# イマジネーションの戦争

セレクション　戦争と文学　6

芥川龍之介　他

集英社文庫

ヘリテージシリーズ

# イマジネーションの戦争　目次

# イマジネーションの戦争

セレクション　戦争と文学　6

I

# 桃太郎

芥川龍之介

## 一

むかし、むかし、大むかし、或深い山の奥に大きい桃の木が一本あった。大きいとだけではいい足りないかも知れない。この桃の枝は雲の上にひろがり、この桃の根は大地の底の黄泉の国にさえ及んでいた。何でも天地開闢の頃おい、伊弉諾の尊は黄最津平阪に八つの雷を却ける為、桃の実を礫に打ったという、――その神代の桃の実はこの木の枝になっていたのである。

この木は世界の夜明以来、一万年に一度花を開き、一万年に一度実をつけていた。花は真紅の衣蓋に黄金の流蘇を垂らしたようである。実は――実も亦大きいのはいうを待たない。が、それよりも不思議なのはその実は核のある処に美しい赤児を一人ずつ、おのずから孕んでいたことである。

むかし、むかし、大むかし、この木は山谷を掩った枝に、累々と実を綴ったまま、静かに日の光りに浴していた。一万年に一度結んだ実は一千年の間は地へ落ちない。しかし或寂しい朝、運命は一羽の八咫鴉になり、さっとその枝へおろして来たと思うと、小さい実を一つ啄み落した。実は雲霧の立ち昇る中に遥か下の谷川へ落ちた。谷川は勿論峰々の間に白い水煙をなびかせながら、人間のいる国へ流れていたのである。

この赤児を孕んだ実は深い山の奥を離れた後、どういう人の手に拾われたか？——それは今更話すまでもあるまい。谷川の末にはお婆さんが一人、日本中の子供の知っている通り、柴刈りに行ったお爺さんの着物か何かを洗っていたのである……。

## 二

桃から生れた桃太郎は鬼が島の征伐を思い立った。思い立った訳はなぜかというと、彼はお爺さんやお婆さんのように、山だの川だの畑だのへ仕事に出るのがいやだったせいである。その話を聞いた老人夫婦は内心この腕白ものに愛想をつかしていた時だったから、一刻も早く追い出したさに、旗とか太刀とか陣羽織とか、出陣の仕度に入用のものは云うなり次第に持たせることにした。のみならず途中の兵糧には、これも桃太郎の註文通り、黍団子さえこしらえてやったのである。

桃太郎は意気揚揚と鬼が島征伐の途に上った。すると大きい野良犬が一疋、餓えた眼を光らせながら、こう桃太郎へ声をかけた。

「桃太郎さん。桃太郎さん。お腰に下げたのは何でございます？」

「これは日本一の黍団子だ。」

桃太郎は得意そうに返事をした。勿論実際は日本一かどうか、そんなことは彼にも怪しかったのである。けれども犬は黍団子と聞くと、忽ち彼の側へ歩み寄った。

「一つ下さい。お伴しましょう。」

桃太郎は咄嗟に算盤を取った。

「一つはやられぬ。半分やろう。」

犬は少時剛情に、「一つ下さい」を繰り返した。しかし桃太郎は何といっても、「半分やろう」を撤回しない。こうなればあらゆる商売のように、所詮持たぬものは持ったものの意志に服従するばかりである。犬もとうとう嘆息しながら、黍団子を半分貰う代りに、桃太郎の伴をすることになった。

桃太郎はその後犬の外にも、やはり黍団子の半分を餌食に、猿や雉を家来にした。しかし彼等は残念ながら、あまり仲の良い間がらではない。丈夫な牙を持った犬は意気地のない猿を莫迦にする。黍団子の勘定に素早い猿は尤もらしい雉を莫迦にする。地震学などにも通じた雉は頭の鈍い犬を莫迦にする。――こういういがみ合いを続けていたから、桃太郎は彼等を家来にした後も、一通り骨の折れることではなかった。

その上猿は腹が張ると、忽ち不服を唱え出した。どうも黍団子の半分位では、鬼が島征伐の伴をするのも考え物だといい出したのである。すると犬は吠えたけりながら、いきなり猿を噛み殺そうとした。もし雉がとめなかったとすれば、猿は蟹の仇打ちを待たず、この時もう死んでいたかも知れない。しかし雉は犬をなだめながら猿に主従の道徳を教え、桃太郎の命に従えと云った。それでも猿は路ばたの木の上に犬の襲撃を避けた後だったから、容易に雉の言葉を聞き入れなかった。その猿をとうとう得心させたのは確に桃太郎の手腕である。桃太郎は猿を見上げた儘、日の丸の扇を使い使いわざと冷かにいい放した。

「よしよし、では伴をするな。その代り鬼が島を征伐しても、宝物は一つも分けてやらないぞ。」

慾の深い猿は円い眼をした。

「宝物？　へええ、鬼が島には宝物があるのですか？」

「あるどころではない。何でも好きなものの振り出せる打出の小槌という宝物さえある。」

「ではその打出の小槌から、幾つも又打出の小槌を振り出せば、一度に何でも手にはいる訳ですね。それは耳よりな話です。どうかわたしもつれて行って下さい。」

桃太郎はもう一度彼等を伴に、鬼が島征伐の途を急いだ。

三

鬼が島は絶海の孤島だった。が、世間の思っているように岩山ばかりだった訳ではない。実は椰子の聳えたり、極楽鳥の囀ったりする、美しい天然の楽土だった。こういう楽土に生を享けた鬼は勿論平和を愛していた。いや、鬼というものは元来我々人間よりも享楽的に出来上った種族らしい。瘤取りの話に出て来る鬼は一晩中踊りを踊っている。一寸法師の話に出て来る鬼も一身の危険を顧みず、物詣での姫君に見とれていたらしい。成程大江山の酒顚童子や羅生門の茨木童子は稀代の悪人のように思われている。しかし茨木童子などは我々の銀座を愛するように朱雀大路を愛する余り、時々そっと羅生門へ姿を露わしたのではないであろうか?、酒顚童子も大江山の岩屋に酒ばかり飲んでいたのは確である。その女人を奪って行ったというのは――真偽は少時問わないにもしろ、女人自身のいう所に過ぎない。女人自身のいう所を悉く真実と認めるのは、――わたしはこの二十年来、こういう疑問を抱いている。あの頼光や四天王はいずれも多少気違いじみた女性崇拝家ではなかったであろうか?。

鬼は熱帯的風景の中に琴を弾いたり踊りを踊ったり、古代の詩人の詩を歌ったり、頗る安穏に暮らしていた。その又鬼の妻や娘も機を織ったり、酒を醸したり、蘭の花束を拵えたり、我々人間の妻や娘と少しも変らずに暮らしていた。殊にもう髪の白い、牙の脱けた鬼の母はいつも孫の守りをしながら、我々人間の恐ろしさを話して聞かせなどしていたものである――。

「お前たちも悪戯をすると、人間の島へやってしまうよ。人間の島へやられた鬼はあの昔の酒顚童子のように、きっと殺されてしまうのだからね。え、人間というものかい?、人間というものは角の生えない、生白い顔や手足をした、何ともいわれず気味の悪いものだよ。おまけに又人間の女と来た日には、その生白い顔や手足へ一面に鉛の粉をなすっているのだよ。それだけならばまだ好いのだがね。男でも女でも同じように、嘘はいうし、慾は深いし、焼餅は焼くし、己惚(うぬぼれ)は強いし、仲間同志殺し合うし、火はつけるし、泥棒はするし、手のつけようのない毛だものなのだよ……」

四

桃太郎はこういう罪のない鬼に建国以来の恐ろしさを与えた。鬼は金棒を忘れたなり、「人間が来たぞ」と叫びながら、亭々と聳えた椰子の間を右往左往に逃げ惑った。

「進め！　進め！　鬼という鬼は見つけ次第、一匹も残らず殺してしまえ！」

桃太郎は桃の旗を片手に、日の丸の扇を打ち振り打ち振り、犬猿雉の三匹に号令した。犬猿雉の三匹は仲の好い家来ではなかったかも知れない。が、饑(う)えた動物ほど、忠勇無双の兵卒の資格を具(そな)えているものはない筈(はず)である。彼等は皆あらしのように、逃げまわる鬼を追いまわした。犬は唯(ただ)一嚙みに鬼の若者を嚙み殺した。雉も鋭い嘴(くちばし)に鬼の子供を突き殺した。猿も――猿は我々人間と親類同志の間がらだけに、鬼の娘を絞殺す前に、必ず凌辱を恣(ほしいまま)にした……。

あらゆる罪悪の行われた後、とうとう鬼の酋長は命をとりとめた数人の鬼と、桃太郎の前に降参した。桃太郎の得意は思うべしである。鬼が島はもう昨日のように、極楽鳥の囀る楽土ではない。椰子の林は至る処に鬼の死骸を撒き散らしている。桃太郎はやはり旗を片手に、三匹の家来を従えたまま、平蜘蛛のようになった鬼の酋長へ厳かにこういい渡した。

「では格別の憐愍により、貴様たちの命は赦してやる。その代りに鬼が島の宝物は一つも残らず献上するのだぞ。」

「はい、献上致します。」

「なおその外に貴様の子供を人質の為にさし出すのだぞ。」

「それも承知致しました。」

鬼の酋長はもう一度額を土へすりつけた後、恐る恐る桃太郎へ質問した。

「わたくしどもはあなた様に何か無礼でも致した為、御征伐を受けたことと存じて居ります。しかし実はわたくしを始め、鬼が島の鬼はあなた様にどういう無礼を致したのやら、とんと合点が参りませぬ。就いてはその無礼の次第をお明し下さる訳には参りますまいか？」

桃太郎は悠然と頷いた。

「日本一の桃太郎は犬猿雉の三匹の忠義者を召し抱えた故、鬼が島へ征伐に来たのだ。」

「ではそのお三かたをお召し抱えなすったのはどういう訳でございますか？」

「それはもとより鬼が島を征伐したいと志した故、黍団子をやっても召し抱えたのだ。——どうだ？、これでもまだわからないといえば、貴様たちも皆殺してしまうぞ。」

鬼の酋長は驚いたように、三尺ほど後へ飛び下ると、愈々又叮嚀にお辞儀をした。

## 五

日本一の桃太郎は犬猿雉の三匹と、人質に取った鬼の子供に宝物の車を引かせながら、得々と故郷へ凱旋した。――これだけはもう日本中の子供のとうに知っている話である。しかし桃太郎は必ずしも幸福に一生を送った訳ではない。鬼の子供は一人前になると番人の雉を嚙み殺した上、忽ち鬼が島へ逐電した。のみならず鬼が島に生き残った鬼は時々海を渡って来ては、桃太郎の屋形へ火をつけたり、桃太郎の寝首をかこうとした。何でも猿の殺されたのは人違いだったらしいという噂である。桃太郎はこういう重ね重ねの不幸に嘆息を洩らさずにはいられなかった。

「どうも鬼というものの執念の深いのには困ったものだ。」

「やっと命を助けて頂いた御主人の大恩さえ忘れるとは怪しからぬ奴等でございます。」

犬も桃太郎の渋面を見ると、口惜しそうにいつも唸ったものである。

その間も寂しい鬼が島の磯には、美しい熱帯の月明りを浴びた鬼の若者が五六人、鬼が島の独立を計画する為、椰子の実に爆弾を仕こんでいた。優しい鬼の娘たちに恋をすることさえ忘れたのか、黙々と、しかし嬉しそうに茶碗ほどの目の玉を赫かせながら、……

## 六

人間の知らない山の奥に雲霧を破った桃の木は今日もなお昔のように、累々と無数の実をつけている。勿論桃太郎を孕んでいた実だけはとうに谷川を流れ去ってしまった。しかし未来の天才はまだそれらの実の中に何人とも知らず眠っている。あの大きい八咫鴉は今度は何時この木の梢へもう一度姿を露わすであろう？　ああ、未来の天才はまだそれらの実の中に何人とも知らずに眠っている。……

# 鉄砲屋

安部公房

## 1

ある、どんより曇った、六月の午後。

世界一周航路、カラバス丸で、第二クレーンが運転をはじめ、第三ハッチから上甲板に、鼠地（ねずみじ）に暗赤色の横縞（よこじま）をつけた小型ヘリコプター〝くまん蜂〟号を搬（はこ）び上（あ）げた。

特別室の船客と、船長が、その光景をたのもしげに眺めていた。

「やはり、私の意見としましては、あと三時間、お待ちになるべきだと思いますな。」笑いながら、パイプの灰を落し、船長が言った。「そのあたりが〝馬の目〟島への最短距離になるはずです。ここからじゃ、たっぷり三百キロも損ですよ。」

船客は首をふり、手をさしのべ、

「そのころになれば、夕焼で、雲が赤くなりますね。御存じのように、私は、赤い色が大嫌いなんですよ。」

二人は声をあわせて笑い、握り合った手を、しきりにふりまわした。

「御成功を祈ります。」と船長が言い、「祖国のために。」と旅行家が言った。

〝くまん蜂〟号は、はじめ、融けかかった大都会のような密雲のかたまりを前にして、自分のきゃしゃな骨組にとまどう風だった。しかし、足元で、大きな下等動物の消化器のように、十二メートルの波長でのびちぢみしている海のほうが、もっと怖い。ふいに上舵をとり、雲の中に飛びこんで姿を消してしまった。

雨になった。

それから、北東貿易風の前線に出たので、急に雲が切れた。

酸化鉛色の、その雲の壁にそって、北東に迂回する。数十分後に〝馬の目〟島の切り立った南の岸が見えはじめた。

〝馬の目〟島は、その南西にある〝鞍〟の島といっしょになって一つの王国をつくっている。大昔は、王国全体が陸地つづきで、横になった馬の形をしていたのだが、次第に陥没して、目玉の部分と鞍の部分だけが残ったのだという。

〝馬の目〟島の大きさは、周百八十六キロ、人口十一万四千五百四十四人。〝鞍〟の島は面積、人口、ともにその約二倍であり、王宮府がある。そこに〝馬の目〟島の島長の兄が、国王として住んでいた。国王は世襲だが、島長は代々国王の弟に代ることになっていた。

だから〝馬の目〟島の島長は、国王が死ぬたびに、兄の息子に地位をゆずらなければならないわけである。

この国の住民は、人種的には灰色人種に属する。目も髪も皮膚も、くすんだ冷い鉄色。労働を愛し、魚を常食とする、平和な民族である。しかし、貧しい。貧しさのために、劣等民族であると言われ、無知狂暴の定説を外国の小学生の地理の教科書の一ページにしることになったわけだ。もっとも、中には、その一ページさえない教科書もあるらしいのだが。


〝くまん蜂〟号は、島の中央で飛行をやめ、地図と見較（みくら）べながら、やや南よりの〝瞳孔〟広場めざして、まっすぐおりはじめた。

島全体は南西から北東にのびた楕円形で、南西の端に涙腺山があり、そこから涙の河が、北西岸の、島唯一の港である〝まぶた〟の入江に流れこむ。中央に虹彩山がそびえ、その南側のふもとに役場をかねた島長のやしき、虹彩館があり、横断軽便鉄道をへだてて瞳孔広場が白く浮んでいる。島の西半分は森林地帯で、東半分が畠（はたけ）だ。人家は入江附近と広場のあたりに密集している。

広場の真上、三十メートルくらいで、下降を中止、ゆらゆら宙に浮んだ。

島民たちは、はげしい驚きにとらわれた。矢のように飛ぶ飛行機は見たことがあるが、じっと空中に浮いている飛行機なんて、はじめてだ。次から次に、窓が開き、戸が開く。

子供たちが駈けまわり、あれはヘリコプターというものだと、教えてまわる。店番の女は店を忘れ、野良仕事の男は仕事を忘れ、広場めがけてぞろぞろ集ってきた。やがて広場は幾重もの人垣にかこまれ、翌日の新聞によれば、約二千人をこえたということだ。

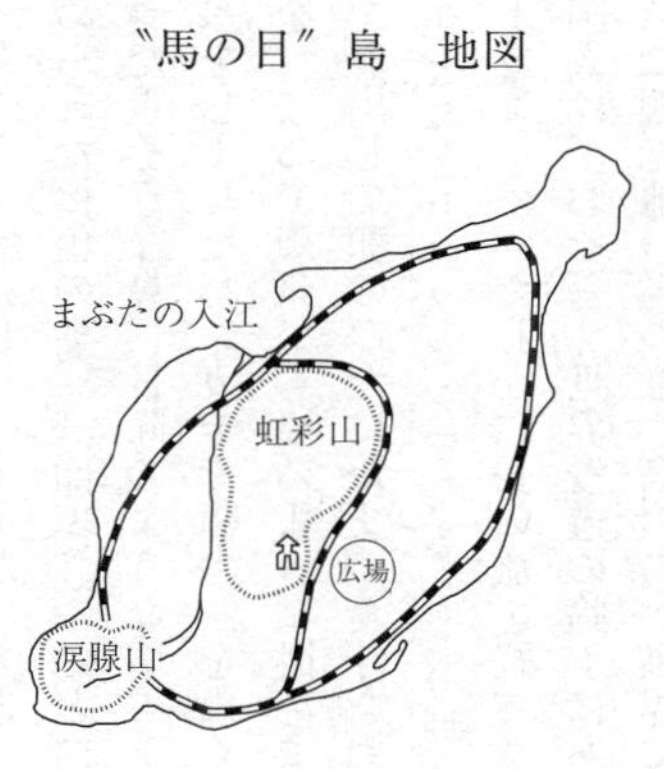


昼寝をしていた島長も目をさました。島長は高血圧症のところにもってきて、財政不振から最近はユーウツ症を併発し、ほとんど一日の半分を昼寝についやしていたのだ。はて、なんの騒ぎだろう？　何かの祭日だったたっけかな。そうじゃない、音楽が鳴っていない。

何気なく、日除（ひよけ）を上げて、目をむいた。島長はヘリコプターに関する知識をまったく持合わせていなかった。驚きはすぐに、絶望的なこだわりに変った。支配者が、現実に追越されたと思ったときの、あの苛立ちである。

服をつけ、警備兵を従えて、外に出た。

島長の出現が合図のように、〝くまん蜂〟号が着陸した。ドアが開き、金属製の梯子が引出され、そう立派ではないがそう見すぼらしくもない四十前後のカラバス人——読者にはさきほどカラバス丸の上で顔見しりの——が、大きなトランク片手に降りてきた。ポマードできっちり固められた褐色の髪、一面ふさふさと白い生毛に覆われた大きな顔、もてあましたように曲った重そうな鼻、日除のような眉の下の緑色の小さな目。トランクを置いて、スミレの香水をしませたハンカチで額の汗をぬぐい、渦まきながら次第に環をせばめてくる島民たちを、まるで風景でも見るように眺めまわした。

島長もハンカチを取出して顎のひだにたまった汗をぬぐった。島長は考え、きわめて端的な結論をえた。色とりどりのスタンプでぎっしり埋めつくされ、真鍮の金具で四方を囲んだ、その大型トランクは、たしかに長い旅を経てきたものである。質素な服装をしてはいるが、この外国人は、おそらく世界漫遊の途上にある大金持にちがいあるまい。もしかするとこれを機会に観光地〝馬の目〟島の名が世界に宣伝されることにならないとも限らぬではないか。そう、ここで一もうけしてやろう。

島長は警備兵の一人に、カラバス人の荷物を搬ぶのを手伝うように命じた。警備兵は誇らしげに、幾分狼狽しながら、旅行者に向って礼儀正しい敬礼をした。カラバス人は微笑を浮べてタバコに火をつけた。警備兵は持上げようとして、そのトランクの重いのに驚いた。傾けたり、引きずったり、さまざま努力をしてみたが無駄だった。汗が上衣の外まで濡らし、目をふさいだ。

タバコを吸いおえたカラバス人は、おだやかに警備兵の肩に手をかけて押しやり、軽々と片手に持上げて、島長のほうに向って歩きだした。警備兵は立派な体格をしていたし、すくなくとも九十キロ以上の荷物をかつぐ自信はあった。驚きと嘲(あざ)けりのつぶやきが湧き、警備兵も尊敬と恥らいの想いをこめて見送った。

まあそこまでは経験をわずかにはみだした風変りな出来事だったというにすぎない。

それからまっすぐ島長の前に進みでたカラバス人は、しばらくじっと島長を見下ろしていた。ちょうど首から上だけ背が高い。島長はまごついて、誰かカラバス語を話せるものはいないかと囲(まわ)りのものに尋ねた。誰も話せなかった。島長はしきりに手まね身ぶりをはじめた。意味があったのかどうかは分らない。急にカラバス人が笑った。島長も笑ってみた。するといきなりカラバス人にぽんと肩を打たれ、島長は悲鳴をあげて坐(すわ)りこんでしまった。

不意に広場全体がしいんとなった。

島長はぎょっとして立上った。鉄色の顔が錆色(さびいろ)になった。

とつぜん湧上った喊声(かんせい)と地ひびき。それは復讐に形相を変えた島民たちのふみならす足音。白く乾いた広場の砂が、彼らの足もとから壁のように逼上(はいあが)った。どっとおそいかかった群衆が空間を折りたたみ、遠景は消えうせる。(しまった、と島長は考えた、カラバス人なんて、何をするか知れたもんじゃない。小説にあるように、探検家だとか旅行家だとかいう連中は、向う見ずで乱暴者にきまっているんだ。)……だが、そう思ったときはもうおそい、カラバス人はキッと身構え、その右手に光ったピストルは、充血してゴムまりのようにはずんでいる島長の心臓にぴたりときまる。安全装置が外され、引金にかかった指が次第に内側に折れていく。群衆を制止しようと、島長は思わず大声で叫んだ。

その叫びにふと我に返えり、(おや、何だ?)全部島長の錯覚だった。実際には何にも起きてなどいはしなかったのだ。それどころかいっそう静まりかえった広場の中を、調子外れのうっとうしい悲鳴が、我物顔に駈けまわり、虹彩山にこだまして、彼は羞(はずか)しさのあまりほとんど呼吸困難におちいった。ほっとするよりも、新しい悩みに胸をかきむしられるのだった。

(そうか、……なんていう連中なんだろう。もう私の屈辱をおのれの屈辱と感じてくれる島民たちはいないのか!)

彼は急に依怙地な気持になり、振向いて命令した。

「やつを、捕えてしまえ!」

すぐ後ろにひかえていた警備隊長は、びくっとして微(かす)かに唇を動かしたが、何も言わなかった。

「早く、ひっ捕えんか! 殺したってかまいやせんわ!」

同時に島長はひやっとした。彼は退屈に悩んでいたが、同時に事件を恐れていた。カラバス国は世界の列強である。問題が国際関係にでも発展したりしたら、どんなことになるだろう。唯でさえ国と国が干渉したがっている時代だ。鞍の島にいるカラバス大使がここぞとばかり目をむいて、国王の兄をおどかし、おれは島長の椅子から追ん出されるにちがいない。彼は家財を荷馬車につんで、ある秋の冷い雨の降る日、あてもなく虹彩館を立去っていく場面を、からっぽになった胸の中にありありと描いた。(ああ、なんていうことをしてしまったんだろう。しかし賭はなされた、矢は放たれた。)

……だが、どういうわけか、警備隊長はやはり少しも動きだそうとしなかった。

隊長には、実を言うと、あの命令がちっとも本気のようには思えなかったのだ。「殺したってかまいやせんわ。」などと言うのは現代の馬国人が使う言葉ではない。童話か芝居で王様がつかう言葉、いざ現実に聞いてみると、とてもそのままの意味には受取れなかった。

島長の血圧は二百をこし、ずんずんと頭が腫物(はれもの)のようにうずく。腰に手をあてたカラバス人の腕の間から、まぶしく照り返す広場、ちょうどそこにヘリコプターが何かの啓示のように見え、ふとその前をつむじ風がするすると横切ったのを目にすると、急に古びた胸の倉庫に巣喰っていた鼠が目をさまし、もろくなった心臓のへりを我物顔にカリカリやりはじめるのだ。目をとじるとぽろっと涙がこぼれた。あわてて弁解がましく、「……ほうっておけ。今すぐ手を出す必要はないさ。こいつ、カラバス人どもは、自由主義者で、礼儀を知らん。諸君も驚いただろうが気にしないでほしい。別段悪気もなさそうだから、見逃してやれ。よくしらべた上で、だが、思い知らせなければならんことは、充分思い知らして……。」自尊心のために、「殺そうと思えばいつだって殺せるのだ。」こうちょっぴり附加(つけくわ)えてみた。

立去ろうと振向いた、その耳許(みみもと)に、カラバス人が囁(ささや)いた。

「まったくおっしゃるとおりです。」

それはまさしく立派な馬国語だった。

島長は体をつっぱらしたまま動けなくなった。

「いや、まったく、おっしゃるとおりです。お国の外国人取締法規に、私を適用することはできません。そこにはまっすぐ空から降ってきたもののことは書いてないでしょう。だからあなたが私を法律的手段によらないで処理されようとするのは全く当然ですな。法は私を裁けないがまた守ることもできない。私もはじめからそのつもりで来たのですから、その点、どうぞ気にかけないでいただきたい。私はここに存在すると同時に存在しない、いわば幽霊みたいなもんです。」

島長は燻製色(くんせいいろ)をした唇をまるく開け、生あくびして首をふり、目をむいて泡をふいた。卒中の一歩手前だ。ズボンからポタポタと小便がたれ、しゃがみこんで地面をひっかいた。カラバス人も同じようにしゃがみこんで、何かしきりにうなずく。すると島民たちには二人が親しげに何か相談をはじめたように見えるのだった。

島長は我に返った。急に涙があふれ出た。肩をふるわせてすすり泣いた。カラバス人がやさしい声で言った。

「さあ、握手をして、いっしょにお屋敷まで参りましょう。この場をとりつくろうためには、私たちがいかにも親しげにしてみせることが第一です。私は商人です。取引が目的なんですから、さあ安心して、一つ堂々とやって下さいな。」

そっと差出したハンカチを受取って、島長は涙をふいた。それから二人は腕を組んで〝虹彩〟山の屋敷へ坂道をのぼって行った。

## 2

誰の頭も混乱していた。

島長とカラバス人が腕をくんでゆく後姿はいかにも親しげだったが、腕を組むなどということはまったく外国風の風習であり、したがってその親しさも外国風なら、つまりこの事件も外国風の順序で起きたっていうだけの事なのだろう。

屈強の警備兵が四人がかりでトランクをかつぎ、後につづいた。ゴツゴツ、石ころがぶつつかりあうような音がした。

島長自身も変な気がしていた。石段をのぼり、幾つものドア、幾つもの廊下、そして見晴しのいい、彼が一番好んでいた南向の居間に来たとき、何が変なのかにやっと気づいていた。たしかに彼が案内してきたのでない、彼のつもりとしては、会議室の隣の客間に案内するつもりだったのだ。にもかかわらず、ここに来てしまった。まるで彼がカラバス人に案内されたみたいだ。

カラバス人は屋敷の中の案内に精通しているようだった。馬の首をかたどった把手（とって）を、知らないものならまごつくはずなのに、いささかのためらいも見せず右下におし、革ばりの重いドアを開けると、島長を先に、トランクを受取ってから、閉めるのも自分で閉めて、

「さあ、どうぞ。」奥の椅子をさした。

二人は貝殻をはめこんだ赤いウルシのテーブルをはさんで向い合った。

島長がこわごわ言った。

「ずいぶん、ここの事情に通じていらっしゃるようですなあ。」

カラバス人はタバコをつけ、一本ぬいて島長にも差出しながら、「そりゃもう万事合理的にやることにしております。いかなる行動をおこす場合も、綿密な調査とプランにもとづいてやる、これが信条ですわ。……さあ、一本どうぞ。おおこれは失礼。」

カラバス人はひょいとその手をひっこめて、

「いや、あなたにタバコは毒ですわ。」

島長はむっとして、引込みがつかなくなった手をにぎりこぶしにつくり、目をすえた。

カラバス人は学校の先生のように笑って、タバコの代りに大型の名刺を一枚その手の中におしこんだ。

その名刺はちゃんと馬国語で次のように印刷されていた。

カラバス製銃トラスト特派セールスマン
カラバス製銃馬国代理人
国際猟友会理事組織指導員

トム・B

〝馬の目〟島虹彩館内

島長はおどろいた。相手がかの世界に名だたるカラバス製銃の特派員だとは!

「おお、さきほどは、失礼して、申しわけないことをしましたなあ。そうと知ってりゃ、君……」すくわれたような気持が彼に大声を出させた。

トム・B氏は快活に、

「みんな予定の行動ですわ。気になさることはない。ハッハ、いやまあ、少しくらい気にされてもいいですがな。私は商人ですから計算するだけの、つまらん……」

「いやいや。」と島長はすっかり恐縮し、やり場のなくなった目で熱心に名刺を眺めながら、「一つ、地酒をいっぱい、いかがです。」北側の壁にそなえたガラス戸棚の前に立止り、「アッ。」と叫んだ。

「トム・Bさん、ここを事務所になさるつもりなんですか?」

「ええ、そのつもりですわ。」

つもりもくそもない、ちゃんと名刺に印刷までしてあるんじゃないか。あきれたやつだ。正気なんだろうか?　いや、正気かもしれないぞ、自由主義者はなんでも思ったとおりに実行するという話だ。そういうのが新しいやりかたなのかもしれんな。ひどいやつだ。

「気にすることはありませんよ。」とトム・B氏は笑いながら、

「私は存在すると同時に存在しない幽霊的存在なんですから、まあ、居ても居ないもんだと、考えていただけばよろしい。」

よろしいとは何だ。と言っても、なぐりつけるわけにはいかないし、はて、どうしたもんだろう?　そうだ、合法的に、入国手続をさせ、法律的に追出してやることにしよう。

そこで島長は、卵形のアメ色をしたガラスのコップに、ショウガと砂糖キビと、ツバメの帽子という灌木の実と、モチアワでこしらえた酒をついですすめ、

「ここを事務所になさるのも結構ですがな、御商売の都合では、もっといい場所があるかもしれません。いくらでも御便宜をおはかりしますが、ええ、まあグウーッと一杯、さあどうぞ、〝まぶたの入江〟港の、外国人入国事務取扱所で登録なさって、どうぞどうぞ、そのほうがいろいろと都合もいいと思いますがな、ハハ……」

トム・B氏はたてつづけに三杯一気にのみほして、「結構、結構、このままで結構。」

「でも、たしかに、いろんな施設を利用なさる上でも、ハッハ、たしかに、さあ、もう一

杯、どうぞ、どうぞ、」

「結構、結構、この方がかえって便利です。あなただって、いやいや、もう沢山、まったく結構な酒ですな。そう、あなただって、このままのほうが、政府に報告される必要はなし、気がねなく、私を利用することができるじゃありませんか。あなたに与えるものが大きければ、私の得るものも大きい、これは商売の原則です。どうぞ、気がねなさらんで……」

「気がねって、トム・Bさん、あんた、」

「いやいや、まったく、自由にふるまって下さいよ。お国には《ヒョウタンからコマ》ということわざがありますね。カラバスを馬国語で言えばヒョウタンの意味でしょう、まったくわれわれの間の密接な関係を予言したことわざではありませんか。法律なんて水臭いことはぬきにして、一つ肚(はら)と肚で行きましょうや。あなたは私を私設財政顧問にするがいい。」

「だけど、トム・Bさん、そのことわざは、とんでもないこと、ありうべからざること、っていう意味じゃありませんでしたっけハハ、おかしな意味で……」

「なんですと?」

「いや、大したことじゃありませんがね。」

「そうですか。大したことじゃないというと、シャレをおっしゃったんですな。」

「ええ、まあね。そんなような、」

島長はうなだれた。トム・B氏は手しゃくで一杯つぎ足しながら、そのみじめな頭を眺めた。その頭は割れるように痛み、脈動に合わせてくらくらゆれる。地軸にひびが入ったような音。

トム・B氏は盃(さかずき)を手に、立上って窓ぎわによった。群衆のほとんどがまだ立去らず、立ったりしゃがんだりしてヘリコプターを眺めたり、虹彩館のほうを見上げたりして、何事かを待っている。

トム・B氏は飲みほした盃を群衆のほうに振ってみせ、笑いながら言った。

「平和ですな。」

しかしその笑いは、顔の隅っこに、ちょっとピンでとめたような具合だ。その言葉は、よく振動する薄い唇の間でプフプフと嘲笑ったみたいだ。

「どうも、御心配をおかけして、」と島長は腋(わき)の下(した)から出たような声で、「まったく、何事もおこらずに、ほっとしましたわい。」

「なんの、心配なんぞ。恐ろしいのは〝赤〟だけです。」

〝赤〟と聞くと島長は緊張した。トム・B氏は微笑をうかべ、うなずいて、席にもどった。ぐるりと見まわし、

「立派な武器庫です。」

実際この部屋の壁は一面さまざまな武器で飾られていた。石器の斧(おの)、矢じり、土人の弓、錆(さ)びた刀、折れた刀、前世紀のピストル、火縄銃……。

「あなたは、」とトム・B氏はキッとした表情で、「さぞや立派なサムライでいらっしゃる。あなたのような方に治められている良民たちに、なんの恐れることがありましょうか。」

島長はスウーと息を吸込みはじめた。ほのかな笑いが顔いっぱいにひろがった。悪い気持ではない。

島長はうるんだ目でやっと言った。

「そりゃ、あんた、」

それから二人は急に笑いだした。笑いながら島長は幾度も涙をぬぐった。

たしかに〝赤〟の話が急に二人の気分をときほぐし、親密にしたのだ。

トム・B氏が、ちょっと真面目な顔になって言った。

「それはそうと、〝くまん蜂〟に、覆いをかけるように言って下さらんか。」

島長にはその意味が通じなかった。また何かのしゃれだと考えた。しゃれなら、笑いついでに、笑いつづければいい。

トム・B氏は眉をしかめ、こいつは馬鹿かもしれんぞと思った。

「雨が降ったり、連中に、いたずらされたりしちゃ、困りますからな。」

島長は、べつに馬鹿というほどではなかったから、すぐ自分の誤ちに気づき、むろん笑いやんで、「なるほど、あの機械はそうでしょうな。」

「〝くまん蜂〟です。」とトム・B氏が妙に力んで訂正した。

「あのヘリコプターは、〝くまん蜂〟というちゃんとした自分の名前を持っているんですから、ぜひそう呼ぶようにしていただきたい。こまかいことを言うようですが、これは思想上の問題ですからな。私有財産を擁護するわれわれ自由主義者は、あらゆる物の個性を尊重する。とりわけ所有関係にもとづく個性をはっきり示すためにね。〃赤〃の国に行くと、名詞は全部一般名詞だけになり、人間も名前なんかもっていないそうですぜ。共産制だから、人間は人間であれば、それ以上の区別なんか必要ないっていうわけなんでしょうな。」

島長は目を見はり、すべすべした自然薯（じねんじょ）のような手を口にあて、「オオ……。」と恐ろしそうにうめいた。

「だから、」とトム・B氏はいくらか気をよくして、「私なんぞ、持物のほとんどすべてに固有名詞をつけることにしています。例えば、この私の靴は〃財布の時計〃という名です。私の歩いた分量は、つまり財布の分量だというわけですな。」

島長はこの話に、うなされるほど、感動した。両手を顎の下に組み、目をほそめ、ささやくように、

「すばらしい、思想です。まったく、あんた、そういう具合じゃなきゃ、いかんですわ。以前、チチという名の家内がおりましたので、今の家内も、ついチチと呼んでおりますが、さっそく、改めなきゃいけませんな。何としよう？　ツツじゃどうでしょうか。まぎらわしいでしょうかな。」

「かまいませんとも。都合によっては、わざとまぎらわしい名をつけることだって、必要

ですよ。そこらへんはもう、思想というより、技術的な問題ですからな。」

「なるほど、いちいち、ピーンとくる。もっともな御説ですわ。いや、トム・Bさん、さすがなもんです。」

トム・B氏は、手しゃくでもう一杯、上品な口つきで飲みほして、ふっと目を閉じ、鼻の上に皺（しわ）をよせて声だけで笑った。

島長も、相手の笑に融けこむように目を閉じた。彼は夢想するのだ。持物に、くまなく名前をつけることを今日からの日課にしようと。……指にだって一つ一つちがった名前がなければならない。目につく限りのものが、服のボタンだって、鍵穴だって、ヘソの上のほくろだって、ペンだって、名前を持たないという法はないのだ。いや一寸（ちよつと）待てよ、名前のほうで不足するようなことはないだろうか？

その疑問に、トム・B氏はきっと顎を引き、パチパチ指を鳴らして、上目づかいに、いかにも勿体（もつたい）ぶった口調でこう答えた。

「なるほど、すぐれた着眼点です。核心をつかれましたな。……だが、御安心下さい。数学が、順列組合せの法則が、その無限であることを証明してくれたのです。」

「無限というと、まったく、限りがないんですな。」

「そうですとも。」

島長は、ふたたび目を閉じて、ウウウ……とすすり泣くような、妙な笑い方をした。財産が、名前と一緒に、急にふくれ上り、屋敷をはみ出し、島を覆いつくし、さらに無限にぐんぐんふえていくような気持になったのだ。

彼はさらに思った。私ばかりでない、島民全部がそうするように、早速命令を出すべきかもしれない。そして、彼らの持物が重複しないためには、役場に新しく、〝名詞整理局〟をもうけてやる必要があるだろう。彼ら自身の名前だってケントウする余地があるんじゃないかな。親子だから同じでいいなんていうのはだらしない考え方だ。そういうところから〝赤〟につけこまれるんだ。もしこの新しい法律が出れば、いつも不平を言っている連中だって、もう文句を言うのをやめるだろう。貧乏をなげいていたやつが、逆に持物をもてあますようなことになるんだからね。

たちまち、彼の想いの中で〝馬の目〟島はエデンの園にも等しいユートピヤに変化する。何もかもが満ち足り、満ちあふれ、太陽は輝きを増し、人々は笑い、ついには島全体が黄金のように光りだす。そして彼は偉大なる君主である。

島長はまったく幸福だった。空想の輝きが増すにつれて、彼の顔はだらしなく、あけっぴろげに、のびひろがった。一方、トム・B氏の顔は、島長の放心を見詰めながら、反対に固くひきしまり、次第に冷く、次第に刺すような目つきになっていった。

突然島長が目を見開いて、むせぶように、

「感謝いたします。トム・Bさん！」

不意を襲われてトム・B氏は、目尻と口の端だけで微笑(ほほえ)んだ。二人はしばらく目を交え、微笑み合った。島長は、相手の細い表情など、ほとんど目に入らなかったが、トム・B氏のほうでは、つくり笑いに疲れ、いらいらしながら、ヤレヤレ、こいつ、相当な間抜けだわいと、考えた。

それに、そろそろ主題に返ってもいい頃合であったから、態(わざ)とらしく、ひょいと真顔にかえり、

「島長さん、」真面目さを思わせる、話術の粋をつくして、トム・B氏はいよいよ彼の奇妙な商談にとりかかったのである。

「……そこで、私が当地に参った直接の目的にもふれることなのですが、御存じでしょうかな、多分今月の末、北上する数万羽の雁(がん)もどきの大群が、ちょうどこの島の上を通りかかるっていう話を。ええ、こいつは世界自由鳥類学会の報告なんで、たしかですとも。権威ある資料ですわ。で、雁もどきって鳥のこと、むろん御承知でしょうな?」

島長は、よく知っているようにも思ったし、全然知らないようにも思われた。それでしごくあいまいに、うなずくともなくうなずいた。

「ハハ、まったく。」とトム・B氏は息をはずませ、「数万羽の雁もどきってのが、どんな凄いものだか。春から夏にかけて北上し、秋から冬にかけて南下する、渡り鳥ですがね、例年は分散的に、大陸コースを通るのを、どういうわけか、多分潮流の変化とか太陽の黒点の変化とかが理由でしょうが、今年は海路、大挙して移動するというんです。そいつが、出発するところでざっと見つもって、八万羽というんだからすごい。雁もどきの飛翔能力から見た計算の結果、どうしてもこの島で一休みすることになるらしいのです。少く見て

その半分が降りたとしても四万羽、大したことじゃないですか。それが五六時間のあいだ、この島に羽を休めるんでさあ。ところで、これ、ごらん下さいな。鳥肉加工トラストからの、購入契約書です。何万羽でも、そっくり買取るという、白紙委任です。つまり、私が代理人なんですよ。コストは、一羽あたり、百十二円三十銭。四万羽とすれば、四百四十九万二千円。まあ、これだけだって、大したもんですね。ところが、これは序の口にすぎんのですよ。こいつは科学的に説明できることなんだが、雁もどきが通った道を、今度はコンコン鳥が必らず通っていく。それが、あなた、島長さん、驚くべきことに、二十万羽以上と推定されてるんです。今度もまあ半分と遠慮して、十万羽。コンコン鳥のことは知ってるでしょう、しっぽにきれいな長い羽が二本あって、一本三百円以上もすることがある。トラストでは、一羽まるごとで、三百四十二円にしてほしいと言ってますが、十万羽なら三千四百二十万だ。しめて、三千八百六十九万二千円なり。」

「オオ!」宙にひろげた島長の腕に、ぞっと鳥肌が立つ。

「もし、その鳥どもが、半分じゃなく全部来たとしたら、その二倍の七千七百三十八万四千円!」

「オオ!」唇がへの字形にそりかえった。

「それがたった五六時間の勝負。」

「オオ!」

「しかし、あなたがたは、残念なことに、それを捕えるための鉄砲を持っていないんだ。

……そこで、カラバス製銃のセールスマンとして、猟友会の組織指導員として、私が当地にうかがった。と、いうわけなんですよ。私は国際的商人です、どうか信用して下さい。鉄砲を買っていただけば、無料で猟友会を指導いたしましょう。島のもうけは、むろん、一切あなたのほうに収めていただけばいい。もうけさして、もうける、商売はそうじゃなくちゃ永続きしませんや、ねえ。」

「そう……そう……」可哀そうに、島長は、興奮のあまり、ほとんど判断力をなくしてしまっていた。「しかし、ね、トム・Bさん、その鳥は、間違えて〝鞍〟のほうへ行ったりはしませんか？　なにか、ちゃんとこう、目玉はこっちだと、目じるしでもつける工夫がありゃ、安心だが……。」

「無駄だ、そりゃ、島長さん、まったく無駄な心配ですわ。なぜって、今年の雁もどきの通路は、計算の結果を見ると、この島のずっと東よりなんですぜ。近くにある島を通りすごして、なんで遠くまで休みに行ったりするもんですか。そんな気まぐれをおこすのは、のら犬か人間くらいなものですよ。」

前の名前の話ですっかり幸福になっていた彼は、もう幸福を疑う力を失っていた。

苦々しくゆがんだ顔を見られまいとして、トム・B氏は側の大トランクの上に身をこごめ、蓋を開けて、中から一チョウの鉄砲を取出した。かなりの旧式銃だったが、島長には、そんなことはもうどうでもいいことだ。

「こいつが見本ですが、いかがなもんでしょう。お気に召したら、二千チョウばかり、おねがいしたいんですがな。契約ができ次第、輸送機でパラシュートを使って、すぐ届けさせます……」

島長はただうれしそうに、黙々とうなずき返すだけだった。

## 3

翌日の新聞は、三段ぬきのカコミ記事で、トップにその取引の内容を大々的に取上げた。

> 旧式銃二千チョウの購入
> 不法入国のカラバス人との間に成立

標題から見ても明らかなように、論調は大体島長に反対の立場を取っていた。問題点は次の三つが中心だった。

(一) その銃が、ひどく旧式であること。
(二) 雁もどきなどという鳥が、はたして存在するかどうか。
(三) 法的根拠を持たないそのような外国人をどこまで信ずべきか。

(一)の点について言えば、その後に、専門家の談として、一猟師の意見がのっていた。それは、鳥を撃つには、あまり上等な銃である必要がないばかりか、かえってある程度旧式の方が、鳥を傷つける率が少く、また霰弾を使うのに便利だし、経済的にも多分いいと思われるという、肯定的なものであり、一応の説得力も持っていたから、この点はそれでケリがついたような恰好になった。

(二)の点は、もっと複雑になりそうだった。これには、雁もどきというのは豆腐を油で揚げたもので、それ以外のものではありえないという、某豆腐屋の強硬な意見があるだけで、肯定的な立場に立つものはなく、しかし、つくり事にしてはあまり馬鹿々々しい子供だましに近いことなので、かえって否定しきれないものもあると言った気分が強い。

〝馬の日〟大学の生物学の教授も、これには意見を保留したということだ。

(三)の場合は、第一、社説からしてかなり強硬だった。ホコ先はもっぱら島長に向けられた。もし、ダマされた場合、その負担が島民の肩にふりかかってくるのだということを忘れるなと、島民に対する警告の形を借りて、ほとんど島長を脅迫するような調子さえこめられており、下手すると、これは政治問題にさえ発展する兆候を見せている。

しかし、反対意見ばかりでなかったことは、むろんである。七千七百三十八万四千円という数字は、なんと言っても強烈な魅力とリアリティではないか。世論は沸騰し、午後には〝鉄砲事件の真相〟と題する号外まで出された。

もっともその内容は、とくに真相と名づけるほどのものではない。というのは、その号外が計画されたとき、すでに世論が真相をつかむものではなく、逆に真相が世論をつかむ仕組に変えられていたからだ。

朝刊が出てから、二時間とたたぬころ、虹彩館の一室で、すでに世論製造の対策会議が始められていた。主催は言うまでもなくトム・B氏。招かれた者は新聞社の主幹と、役人の頭と、警備隊長である。

女給仕が、ビールと二品の料理をくばって出て行くと、その後姿にちょっと色目をつかってから、トム・B氏が立ってアイサツした。

「せっかく、お忙しかったり、お休みだったりしたところを、むりにおまねきして、申しわけないようでもありますが、御安心下さい、商人はつねに、〝時は金なり〟の金言を忘れることはないのであります。必らずや、皆さんの利益を、考慮しておるのであります。国家、ならびに皆さん個人に対して、今日の会合は充分なる御満足をいただけるにちがいないと確信しておる次第であります。」

むろん拍手するものなんか居やしない。心配そうに、トム・B氏のわきで、フォークにさした腸詰をくるくる廻している島長をのぞけば、聞手は誰も無関心、あるいは無関心をよそおって、両手にはさんだビールのコップをじっと見詰めるだけである。トム・B氏は一段と調子を高め、

「本日おいで下さった諸君の受ける利益は、まさに三つの部分から成立っている。その第一は、各人に鳥肉加工トラストとの取引の五パーセント、最大限三百八十六万円強を進呈すること、」

微かな動揺がおこり、島長が大きな音をたててナプキンで鼻をかんだ。

「第二に、」と今度はいくらかおだやかな調子で、「諸君は新たに結成される猟友会の各要職につき、報酬として年五十万を受ける。」

一同の姿勢が安定し、呼吸がそろい、視線が集中する。トム・B氏はすっかり声を和らげた。

「そこで、第三はですな、鉄砲公債発行のために島営銀行を設立し、諸君にそれぞれ重役になっていただいて、公債の二パーセントを無償提供したいと思っているわけです。」

ついに拍手がわいた。トム・B氏は右手を肩の高さに挙げて、微笑んだ。

「ところで、以上のような利益の提供が、決して無から生じた、架空なものであるはずがない。かかる利益の捻出（ねんしゅつ）が、強盗がそうするように、決して何処（どこ）かからの強奪という形で得られるわけはないのであります。諸君も紳士であり、私も紳士である。むしろ、正当な利益というものは、他に与えることによって得られるものであることを、考慮ねがいたい。雁もどきの移動という現象が、何らかの強盗行為であり得ましょうか！　否々、これはただの自然現象にすぎない。そしてこの自然現象は、ほっておけばそのまま何ものも残さず、いや、せいぜいフンと小便と、それに多少の農作物の被害を残して、飛去ってしまう性質のものだ。人間の力がこれを富に、財産に変えることができる。これを捕えて、島肉加工トラストと取引し、財産に変えることができる。諸君は、その力を社会に提供し、祖国の繁栄につくすことによって、さきにのべた三つの利益を、当然の報酬として受取るわけなのであります。誰に感謝すべきか、まず島長さんに、ついで諸君御自身の能力に対してであります。」

　拍手、拍手、拍手。

「しかるに、この国家的社会事業に対して、反対しようとしている何者かがある！」

島長はなにやら言わくありげにほくそ笑んでいる。他の連中は金しばりにあったようにこわばった。

「それは誰か、いかなる目的で反対しようとしているのか！」みえを切り、そこでちょっと息を入れて、「言うまでもない、国家の秩序を乱そうとする、破壊分子、〝赤〟の手先にきまっているのであります。だが、むろん、言論の自由は尊重しなければなりませんな。で、主幹さん、あなたに一言申上げたいのは、むろん新聞紙上で自由な発言と討論を行い、世論を充分反映して行かなければならないということです……しかし、その自由をたてに、実は自由を破壊しようとしているのが〝赤〟なんですぞ。」

　にらまれて主幹は目をむき、喉（のど）を鳴らした。

　トム・B氏は声を和らげ、「なにもそうびっくりする必要はない。そのことを念頭においていただけば、自由にやってもらって差支えないわけです。今度の、私と島長さんとの契約にしても、島民全体の利益にもとづいたものであり、大衆の貧困こそ〝赤〟の侵略に乗ぜられる隙間であるという信念に立った、高い理想と一致するものですが、それだって、大衆の無知を理由におしつけるようなことであってはいけない。まず、真相を知らしめ、それによって、世論自らがこの契約を支持するようにしむけて行かなければならん。」

警備隊長はそそっかしく、新聞社主幹は眉と下顎で、役人は横顔で、それぞれの想いをこめてうなずいた。島長は横目づかいに一同を見廻しながら、最後の腸詰をおうように咀嚼していた。

「そこで、以上の目的完遂のために、一致協力、総力体制をとろうではありませんか！今から簡単にその具体的な方針を討論したいと思うのですが、いかがでしょう？」

あわただしい、窒息しそうな拍手。

「では、討論が抽象的にならぬよう、提案したいと思います。ただちに〝鉄砲事件の真相〟として号外を出すのが、島民の要求に応えることだと考えるのでありますが、その号外について、検討してみたらいかがでしょう？」

一同はしきりに皿のものをつまむふりをして、答えない。

そこで、「主幹さん、」と指名して、「あなたの社説を拝見しましたが、なにか問題を持っていられるようだ。きっと御意見がおありでしょうが……」

「いやいや、あなた、トム・Bさん、あの時は私も充分事情は知りませんでしたした、それに社説というものは、やはり常識をびっくりさせない程度に書かなきゃならんもので、」

立上ろうとして、椅子がどこかにひっかかり、もがいているのを、「まあ、そのままで、」とたしなめ、「おっしゃるとおりです。……で？」

「そこで、私が気にしておりますのはな、」

「そうそう、そいつを聞かしていただきたい。」

「つまり、こういう意見が出るんじゃないかということなんですわ。トム・B氏の行動は外国人による不当内政干渉である。……」

「ふんふん、そういうことも、ありうるな。」とおだやかにトム・B氏。

突然警備隊長がこぶしを振上げて叫んだ。

「そういうやつを、不穏分子というのだ。」

役人が、皿に目を伏せたまま、普通より二オクターブも高い声で囁くように言った。

「それに、この問題は、純粋に経済問題でして、内政干渉などと言うべき性質のものじゃない。」

「むろんですとも、」と主幹が追い立てられるように、「この場合、他者の利益にもとづいて島政がギセイにされるのではなく、島の利害と一致した協力がなされているんですから、そのような意見は当然センドウ的性質をもっていると見なしてよい。」

「ハハハ……」と島長が笑った。

トム・B氏も、はじめて本当に愉快そうな笑顔になり、

「いいですか、諸君は私を一応在馬国外人として、ここに居ることを前提にしておられる

が、はたしてそうか？　私は〝馬の目〟島に存在しているのであろうか？　この点について、島長さんとはすでに了解済みだが、答えは否である。私は居ない、私は存在していない。いいですか〝馬の目〟島にトム・Bなどという人間は居ないのですぞ。」

「ハハハ……」と島長。

他の連中も笑おうとしたが、うまく行かないので、途中でやめてしまった。

「なぜ私は存在しないのか？　よろしいか、なぜなら、馬国において定義されている不法入国者とは、海岸線をこえて上陸し、登録をおこたったもの。つまり、ある人間がそこに存在するということの証明は、水平面上の投影によって、海岸線という閉じられた曲線内にあることによってなされるのであり、空間的に、上下の関係は全く無視されている。海抜何メートルの線をこえて地面に接近せるものは……という条文をつくらぬかぎり、私はここに存在したことにならないのです。そうでしょう、物理学的に言ったって、私と地面との分子間隙は、永遠にふさがらないんですからな。私は物理学的に、まだ空中に浮んでいるのだ。だからここに、法理学的に見たトム・B氏の不在証明が成立する。」

「理論的です。」と主幹が悩ましげに、「居ないものを攻撃するなんて出来やせんじゃないか。」と隊長が勝誇ったように、「現代の経済が超空間的であることの具体化ですな。」と役人がいかにも当り前のように言った。

「このことが徹底すれば、」とトム・B氏は落着いた、低目の声で、「真相についての考え方もはっきりしてくるでしょう。居ない者が何かを言ったりしたりするはずがない。ましてや私が諸君を裏切るなど、論理的に成立しえないのです。」

一瞬、会場は、タバコの煙さえ動かなくなったほど、ゲンシュクな緊張につつまれた。

「それでは最後に、」トム・B氏は、うって変った軽快な口調で素早く言った。「お土産発表をしたいと思います。われわれの協力体を有機的に推進させるために、島役場を島政府とあらため、機構改革しようじゃありませんか。もっとも当分非合法にして、発表しないほうがよろしい。実権をにぎればいいんですから。そこで主幹さんが政治局長、隊長さんには猟友局長をかねてもらい、主任さんは財政局長、そして島長さんが渉外局長をかねる、という具合にしたらいかがなもんでしょう。なお、局長の報酬としては、前にあげた三つの収入のほかに、さらにその五パーセントずつを増す……」

湧上った拍手に、語尾のほうはかき消されてしまった。

と、その興奮にこたえるように、三方のドアからいっせいに、着飾ったはなやかな女たちが、手に手に料理や果物や酒をもって、舞いこんできたのだ。空いた盃には酒を、空っぽの脳味噌には愛嬌を。

「さあ、」とトム・B氏は叫ぶ。「ゆっくりくつろいで下さいよ、局長さん方。そこで、いかがでしょう、島長さんから、何か一言……」

拍手、拍手、拍手。集中する善意に満ちたまなざし。島長は大きく笑顔をふって拍手を制し、静まったところで、

「ワハッハハッハッ……」と笑った。

そこで、他の連中も声をそろえ、きわめて愉快に笑ったのである。

## 4

新聞で、号外で、言いつたえで、繰返されているうちに、雁もどきの飛来に対する島民の感情は次第に統一されていった。疑いが期待に変り、期待が確信に変り、六月の終りころになると、第一期鉄砲公債の九割以上が消化された。

島全体が興奮につつまれ熱気を帯びた。雁もどき飛来にそなえた猟友会組織のための臨時増税が発表され、第二期鉄砲公債の割当が発表され、また猟の便利のための様々な工事に対する猟友会会員の勤労奉仕などが公表されたが、貧困の中で睡(ねむ)ることにならされてきた島民たちは、夢の重さのために、それらの負担を情熱的に耐えた。

だがむろん、批判的な者もいないではなかった。時とともに、それらの声が集って一つの世論をつくりそうな兆(きざし)も見られた。すると、ある日、新聞社の主幹が、最初に意見を聞かれたとき返答を保留した例の大学教授をたずね、次のように申し出たのである。

「先生はその後も、ずっと雁もどきについての調査をつづけていらっしゃると聞いておりますが、いかがでしょう、全島民の重大関心事であるその問題について、忌憚(きたん)のない意見を発表していただけませんでしょうか。真理を守る新聞にとっての名誉でもありますし、また、島政の正しい運営のために、大きな力になると思いますが。」

抽象的には尊敬され、現実的には小馬鹿にされる、そうした社会にかねがね不満を感じていた教授は、むろん非常によろこび、さっそく、「それでも雁もどきは豆腐の油揚である」と題した、極めて批判的な論文を提出することにした。——調査の結果、雁もどきなどという候鳥(こうちょう)が存在しないばかりか、コンコン鳥などという鳥も存在せず、第一、世界自由鳥類学会などというものがあるかどうかさえ疑わしい。コンコン鳥というのは、おそらく油揚からの聯想(れんそう)なのであろう……。

ところが新聞は、その記事を掲載する代りに〝赤〟い教授として、教授の学園追放を要求したのである。教授は直ちに抗議文を発送した。すると数時間を待たずに、教授はスパイ容疑で逮捕されてしまった。

——翌二十四日付朝刊の一面トップ。

## わが島経済建設の崩壊狙う赤いスパイ団

### 逮捕から判決までわずか四時間の超スピード裁判

昨日の夕刊で報じたとおり、赤教授K氏はスパイ容疑で逮捕されたが、その後特別秘密裁判にまわされ、自白によって全島にわたる大々的スパイ組織が明らかにされた。検事は叛逆罪の科(とが)で終身刑を求刑したが、教授の過去の功績もあり、また素直な自白と、

〝赤〟におどらされていたことに対する深い悔恨の情が見られたので、情状酌量して、二十年の刑が言い渡された。入所を前にして、教授は淡々と次のように語った。「島に対する裏切りは、死刑にも価いする罪であったことを、はじめて悟りました。わずか二十年の刑を言い渡された島長の温情に深く感じ、よろこんでショク罪の日々を送りたいと思っています。」

だが本当は、裁判などまるで行われなかったのである。裁判どころか、尋問さえされずに、教授はまっすぐ刑務所の独房にほうりこまれてしまったのだった。新聞の報道など、むろん教授の関知するところではない。

約束の六月はすぎた。しかし期待はすこしも衰えなかった。気象台は熱帯性低気圧の発生がおくれたと報じたし、指導者たちも、練習期間が延びたといって喜んだくらいだった。猟友会への入会は義務制になり、島のいたるところにキャンプがつくられ、ほとんど軍隊同様の組織になっていた。

撃て雁もどき
一羽ものがすな
……………………

青年たちは歌いながら、激しい訓練をうけた。木を切り、橋をかけ、新しい道路をつくり、工場の建設をし、そして実弾射撃をした。飢え疲れた老人や子供は、首筋が曲るのも忘れ、次の瞬間に現れるであろう黒い一点を見つけるために、丘や、屋根や、梢の上から、一日南を向いて坐りつづけた。

島長や、局長級のお歴々は、しかしいささかのあせりも見せていなかった。雁もどきが来る前に、すでに自分たちの懐が、どんどんふくらみつつあることに気づいたからである。彼らはすっかり満足しきっていた。「撃て雁もどき」の作者を表彰したり、会員の射撃訓練を視察したり、閲団式で敬礼を受けたり、また収益の勘定をしてみたり、たのしいことはいくらでもあった。

もっとも島長は最近ひどく引込みがちだった。発狂したという説もあるが、それは確かでない。彼はトム・B氏に教わった、あの名づける仕事、自由主義的生活に熱中していたのだ。彼は自分の周囲にすでに八万九千六百幾つかの新しい名前をもっていた。むろんこの喜びを独占する気なんかなかったのだが、あんまり早く公けにしては、折角のいい名前を他人に先取りされる懸念があったし、また、ちゃんと法文化してからでないと、無用な混乱や不愉快な奪い合いが起きたりするにちがいないと思われたので、ひたすら名詞管理法の研究を続けながら、深く心に秘めていたのである。トム・B氏だけはそのことを知っていた。そして、その努力を賞讃し、だがやはり発表を当分ひかえるべきだという考え方に同意見だった。

ある日島長が次のような一文をつづってトム・B氏に見せた。

『ケント、テルミナノミリミリ、コノソントハ、コッピーノ、ムシメガネ。……』

トム・B氏は大笑して言った。

「こいつは、ユーモアがありますな。」

島長は茫然と立ちすくんだ。なぜなら、それは、新固有名詞のみでつづった苦心の作、名詞管理法第一条の条文だったのである。


七月の第一週目がすぎると、さらに鉄砲三千チョウの追加契約が取交され、第三期の鉄砲公債が発行された。今度は鞍の島からもかなりの応募があった。

そのころになってやっと、鞍の島にある政府から、干渉とまでは行かなくても、意見や報告を求める指令が来はじめた。トム・B氏に対する調査団も派遣されそうになったが、それは〝馬の目〟島長の自治性を無視するものだという抗議と、カラバス大使の注告によって取止めになった。

だが考えてみれば、日に何度となく定期便が往来している、一つの国の中の出来事でありながら、今まで見て見ぬふりをしていたということの方が妙なのである。国王と政府の無力を物語る以外の何物でもない。事実国王は心臓病の永患いで死の寸前にあったのだ。〝馬の目〟島の政府が本国政府の指令を無視したことは言うまでもない。それどころか、新聞は、政府ならびに国王の攻撃さえはじめたのである。政府はわが島の繁栄を前にして、自己の無能を覆いかくすため、妨害する態度に出ているが、これは恐らく攻府の中に巣くう〝赤〟の陰謀によるものと思われる……。

七月がすぎた。

南の空は、なんという狂おしい赤さだったことか。見つめる目も赤くただれた。盲(めし)いたものは、その遠い空を指先でさぐろうとした。村も町も荒れはてた。刑務所と精神病院は満員になった。

ある朝、涙腺山の頂に、三日前から坐りつづけていた瀕死(ひんし)の老人が、ふと夢から覚め、最後の声をふりしぼって叫んだ。

「来た、来た、雁もどきが来たぞう!」

その叫びを、山麓の半鐘がうけとった。それがさらに、次から次へと、数分後には、全島の半鐘とサイレンにつたわり、ギリギリに圧縮された二ヵ月半の情熱が声をそろえて吠えたてた。

島全体がおののき、ふるえた。

貧しいものはすすり泣き、富めるものは怒号した。

島政府は直ちに非常体制をとり、猟友会は指令を発し、全島が配置につく。弾をこめて、安全装置をかけろ! 偽装網をかぶり、壕に入れ!

撃て雁もどき
一羽も残すな
……………

（シーッ、静かに！）

八月の太陽は駈足で山を登る。入道雲は背のびしながら、次第に黒くなる。絹糸のようにチリチリ音をたてて時間が燃える。

雁もどきは、むろん、いつまでたっても現れない。

おや、発砲した音？——雁もどきなんて、来やしないんだ、そう言った誰かが、非常時法で即時銃殺されたのだ。


虹彩館の、あの気持のいい南向の居間で、トム・B氏は愛する妻と息子に手紙を書く用意をしながら、ふと自分のすべすべした手に見とれていた。おれは若い、この分だとまだ大丈夫だな。帰国したら、カラバス製銃を背景に、大統領に立候補してやろうか。

そのとき、常になく狼狽して、主幹兼政治局長が駈込んできた。呼吸がととのわず、なかなか要件を言い出せない。トム・B氏はおだやかに相手の肩に手をおいて、

「雁もどきが、来ないんですな。」

主幹はつづけて八遍も、いかにも恐ろしげにうなずいてみせる。

「手配はしてある、」とトム・B氏は一通の書状を差出し、「そろそろ国王が死んだころだ。すぐにこの文書を公表して下さい。配置についた猟友会員をそのまま、海上部員と協力して、鞍の島攻撃に向わせるのです。」

見る見る主幹の唇に皺がより、目が落込んで、瞳孔が拡散する。

「それ以外に、手だてはあるまい。」トム・B氏の声には今までにない深い思いやりがこめられていた。

主幹はうなずき、落した視線を、ついでに文書の上にのっけてみる。


――布告 一号――


独立〝馬の目〟島政府は、ここに鞍の島偽政府に対して宣戦を布告する。

敵偽政府中に巣くう赤色分子の罪状は今や明白になったのである。彼らの活動はここ数週間とくに活潑であった。彼らは背後にある某国とはかり、雁もどきの進路に対して人工的な妨害を加え、毒ガス兵器によりこれを殺傷海中に葬り、もってわが島民の福祉を破タンせしめたのである。のみならず、本日午前六時四十分、予の兄上なる国王暗殺の挙に出、幼少の新王をたて、もって法をたてに予をわが島より追放、ただちに兵をもって侵攻し、折しも繁栄の途上にあるわが島を根柢よりくつがえさんとはかった。

わが島民の誰があえて赤魔の不当な侵略に屈するか！ 誇りある〝馬の目〟島の忠勇なる全島民よ、いざ正義の進軍に立て！

〝馬の目〟島新王 ㊞

――布告 二号――

敵はすでに進撃を開始している。指令に従って、直ちに前進を開始せよ。

猟友会総司令 印

政府はトム・B氏との間に、新型銃砲五千チョウの契約を結べり。第四期鉄砲公債の発行ならびに、戦時経済体制に直ちに着手すべし。

各局指導部御中

——秘密指令——

「分りましたか？」とトム・B氏が囁いた。

「島民たちは疲弊のどん底に居ます。」と主幹が水っぽい声で言った。

「戦争に勝って、鞍の島を占領するまでのしんぼうです。」とトム・B氏がおだやかになぐさめた。

両足をゴムで結ばれたように、もつれた足取で主幹が出て行った後、トム・B氏はドアに鍵をかけ、窓に日除を下ろし、寝椅子の脇の、トランクを開けた。その半分が無線電話の装置である。スイッチを入れ、ダイヤルをまわし、レシーバーをかけてしばらく経つと、受信を告げる青い豆ランプが点滅した。

——ハロー、ミスター・ジャック？　馬国大使のジャックさんだね。私はトム・B、カラバス製銃の……そうそう、あと三十分くらいで、こちらの兵隊が攻めこむからよろしく。国王はうまく死んだだろうね。ああ……そうとも。なあに、心配ないさ、船はなし、銃はあのボロ銃だ。そっちの政府に知らせてやってくれよ。うんうん、こっちじゃまた新しく五千チョウ買ったぜ。それも新銃だ。そっちでも、何とか売りつけるようにしてくれよ。たのむ、手数料はおしまない……そうともさ……ハハ、いいね、なるほど、うまく調節して、戦争がながびくようにするんだね。じゃ、バイバイ、こと急をつげたら、すぐ連絡し合おうぜ……。

島長は昼寝していた。名前がこんがらかって、何が何だか分らなくなる夢を見ていた。風のない、火の粉に埋ったような正午。

山のふもとに、河のほとりに、道端に、島民たちは相変らず立ちつづけていた。時を忘れ、棒立ちになり、うらみのこもった視線で、どす黒い南の空の一点をかきむしりつづけた。突然雨雲があふれ出た。雷が、海から雲へ、雲から山へ、山から雲へと鳴りひびいた。しかし彼らは動こうとしなかった。

すると、そのとき、さらに大きな怒号が鳴りひびいたのだ。歓喜に輝く勇邁(ゆうまい)なる警備隊長、猟友会司令長官閣下の進軍命令。

進め
　つわもの
　　祖国を守れ！

虚ろな行進がはじまった。蛙のように、腹ばかりふくれた裸の餓鬼だけが取残される。目の落ちくぼんだ、鼻のとがった肺病やみの女だけが取残される。乾ききって、動けなくなった老人だけが取残される。

トム・B氏は、雨の音を聞くと、急に子供のころのことを想出した。そこで、ペンをとり、愛する息子にあてて次のような手紙を書き送った。

——大事な可愛いサム・Bよ。

〝馬の目〟島でのお父さんの仕事は大成功です。お父さんは随分沢山のお金をもうけました。お小遣を同封しますから、いつもほしがっていた、フォードの新型車を買いなさい。フォードは安くて丈夫だから、練習用にはもってこいなのです。しかし、雨には気をつけなければいけませんよ。雨の音はしんみりしていいものだが、人間でも機械でも、湿気と女には気をつけなけりゃいけない。お父さんの〝くまん蜂〟は……

と書きかけて、ふと気にかかり、窓からのぞくと、蛙のような餓鬼の一群が、のろのろ広場を横切ってくるのが見えた。トム・B氏はぎょっとして、呼鈴を鳴らし、飛んで来た警備兵に蛙たちを指さして、

「ぶっ殺してしまえ！」と怒鳴った。

# 通いの軍隊

筒井康隆

「ふうん。ちっとも知らなかった。通勤の兵隊なんか募集していやがったのか。いったいいつからだ」その朝おれは『ガリビア民報』の広告欄を見て眼を丸くした。「徴兵制を採用すると政府の人気が落ちる。志願兵だけじゃ人数が足りない。それで募集広告に、窮余の一策、こんなでかい活字で『通勤可』なんて謳いはじめやがったんだな」

今のガリビア政府は一年前にクーデターが成功して樹立されたばかりの政権だから、いたいたしいほど国民に気を遣っている。

「あら。それなら志願する人が、だいぶいるんじゃないかしら」妻がトーストにバターを塗りながらいった。「今は世帯持ちの失業者が多いんでしょう。最近は失業者だってマイホーム主義になってるから、住込みじゃなく通いでいいっていうのなら、兵隊さんになりたがる人が多いと思うわ。つまりあれでしょ、戦場へ出張するんじゃなくて、毎晩自宅へ帰れるわけでしょ」

「戦争の場合は出張とはいわない。出征っていうんだ」おれはモーニング・コーヒーをがぶりと飲んだ。「ま、この国なら戦場へ通勤ってことも可能だろう。電車なら一時間半で行ける」

「快速だと一時間よ」

ガリビアは現在、隣国のガバト人民共和国と国境附近で紛争を起していて、そこにはガヤンというガリビアの小さな町がある。鉄道はその町まで通じているのだ。

「で、待遇はどうなのよ」と、妻が訊ねた。彼女はガリビア語をまったく読めないのだ。

「待遇はいいな」広告記事を見ながら、おれはいった。「給与が、日本円に換算して最低保証十二万だ。支度金が入隊と同時に二万五千円支給される。昇給と賞与は、勝っている時は年二回、負けている時は年一回だ。ほかに戦闘のたびにファイト・マネーが五千円出る。敢闘賞もあるそうだ。傷病手当、健康保険もあるが、これは当然だろうな。失業保険がないが、これも当然だな。戦争が終ったら大変だものな。あっ。交通費も支給されるんだってさ。全額だぜ。昼食も出る。被服類貸与、これはまあ、あたり前だな。あっ。いいな。週休二日制だぞ。有給休暇まである。パート・タイムも可だ」

「まあ」妻は次第に眼を見ひらきはじめ、吐息を洩らした。「それじゃあ、うまくやればあなたの今の収入を越すじゃないの。で、資格はどうなの」

「おいおい。まさかおれに兵隊になれって言い出すんじゃないだろうな」おれは笑いながら、また広告に眼をやった。「年齢不問、未経験者歓迎と書いてあるぞ。ほう。車の免許があると優遇される。その他委細面談だってさ。つまり、いろいろな資格を持っていればいるほど、給与もよくなるんだろうな」

「じゃ、あなたなんかきっと優遇されるわよ。だって銃の専門家なんだもの」

「それはそうだろうがね」おれは苦笑した。「しかし、これだけ兵隊を大募集してるんだから、銃だってきっと足りなくなる。そこで陸軍省がまた新たにわが社へ銃を発注してくるって寸法だ。おれは戦争に行くより、ここにいて銃の注文を受けてる方がずっと楽でいいね」

「そりゃ、あなたは楽でしょうけどねえ」妻の顔が少し曇った。また、いつもの愚痴になりそうな按配(あんばい)である。「さいわいこの国は物価が安いから、あなたの給料と出張手当だけでなんとかやっていけるけど」

本当は物価が安いのではなく、高級品がないというだけの話なのだ。

いつになったら日本に戻れるのか、いつ安心して子供を生めるのかというういつものせりふが出てきそうなので、おれはいそいで食卓から離れた。「さ。会社へ行ってくる」

会社へ行くといっても、おれたち夫婦が借りているアパートの一室から、「サンコー工業ガリビア支社」のあるビルまでは大通りを歩いて五分である。支社長はおれ、社員は現地人の秘書がひとりいるだけだ。

出社するなり、秘書のプラサートがおれに報告した。「さっき陸軍省から電話がありました。この間納品したライフル五百梃(ちょう)のことです。具合が悪くて、使っている最中にすぐ故障するそうです」

自分のデスクの前で、おれは立ちすくんだ。「五百梃全部か」

「そうだと思います。ガヤンの戦闘で使用して、はじめて不良品であることがわかったそうです。そのため、戦争に負けているそうです」

「うわあっ」おれはデスクに突伏し、頭をかかえこんだ。「少佐は、怒ってるだろうな」

「かんかんです。すぐ来いと言っています」

おれは呻きながら、いったん腰をおろした椅子から、また立ちあがった。「しかたがないな。出頭してこよう」

「あのう」プラサートがもじもじしながら言った。「お願いがあるのですが」

「なんだね」

「秘書をやめさせてほしいのです。あの、この間からずっと新聞で募集している通いの兵隊に応募しようと思いまして」

「そりゃあ、君は世帯持ちで子供も三人、金がいるのはわかるがね。しかし急に言い出されても困るな。やはりあれかい、通勤できるところが魅力だってことかい」

「はい。その上、給料もこちらよりはたくさん貰えそうですから」

「戦争に行くと死ぬかもしれないんだぜ。それを考えたかい」

「考えました」プラサートはにやにや笑いながらうなずいた。「でも、人間は誰でも、いつかは死にます」どうもガリビア人は命を粗末にするので困る。

「今やめられると困るよ。次の秘書を見つけるまで、もうしばらく待ってくれ」

ガリビアの男のほとんどが通勤兵士に応募するとすれば、あとには女しか残らないから、今度は若い綺麗な女の秘書でも雇おうかなどと考えながら、おれは会社を出た。

インドネシア同様この国でも「ベチャ」と呼ばれている東南アジア名物の輪タクに乗って、大通りを三丁ばかり行けばガリビア陸軍省の建物の前に出る。汗を拭きながら受付に通行許可証を見せ、担当官の少佐の部屋へ行くと、鬼のような顔をして電話に何か怒鳴っていた少佐が、おれの顔を見るなりがちゃんと受話器を置き、嚙みつきそうな様子で立ちあがった。

「あのライフルのお蔭で三個中隊が全滅した。どうしてくれる。金を返せ」

「落ちついてください」おれはあわてて叫んだ。「日本で厳重に検査した上で送ってきている筈なんですが、いったい、どう具合が悪いのですか」

「どうもこうもない」少佐は唾をとばしてわめいた。「三日ばかりぶっ続けに使うと、最初の一発以後は遊底が後退しなくなって、連続発射ができない。どういうことかわかるかね。そら突撃だというので、まず一発撃ってから敵中へおどりこんだら、二発目が出ないんだぞ。なぶり殺しだ。どう責任をとるつもりだ。アフター・サービス如何では、日本政府に抗議を申し入れる。日本に宣戦布告するかもしれん」

「冗談じゃありません。そんなことされたら会社は破産、私は路頭に迷います」おれは悲鳴まじりに叫んだ。「とにかくその、遊底のこわれたライフルというのをひとつ見せてください」

「ここにひとつある。今ガヤンから届いたところだ」少佐はデスクの上のライフルを、腹立ちまぎれにおれに投げつけた。

「あっ。これなら簡単に修理できます」ライフルを分解し、故障部分を仔細に点検してから、いささかほっとしておれは言った。「槓桿バネ軸のビスがはずれて、一発目の発射でガスが発生しても、自動的に遊底が後退しないのです。ビスを締めればなおります」

「じゃあ、五百梃全部、そのビスがゆるんでいたんだ」少佐はゆっくりとうなずいた。

「申しわけありません。いったん五百梃全部回収させていただきます」

「そんなわけにはいかん」少佐はまた怒鳴った。「戦争中なんだぞ。今、戦闘に使っているんだ。不良品だろうと何だろうと、撃ち続けていなければ負けてしまうではないか」

おどおどしながら、おれは訊ねた。「ではあの、あの、どうすればよろしいので」

「あんたに、ガヤンへ行ってもらう」少佐は眼を据えてそう言った。「戦場で待機していてもらい、銃の故障が出たらすぐその場で修理してもらうことにする」

おれはふるえあがった。「わたしは日本人です。せ、せ、戦地へは行けません。だいいち、それだと一種の戦闘要員ということになり、戦争に参加することになる」

少佐は口を尖らせた。「今だって参加してるじゃないか。わが国に武器を売りまくっている以上、参加してないとは言わせないぞ」

「わたしがもし弾丸にあたって死んだらどうなります」おれは泣き声で叫んだ。「日本の会社員を戦場にひきずり出したというので、それこそ国際問題に」

「政府間の話しあいで内密に処理する。骨は拾ってやるから安心しろ」

「その、骨になるのが困るのです」

「ほう。あんた戦争がこわいのかね」少佐は意外そうに、おれをじろじろと眺めまわした。

「日本人は戦中戦後を通じて戦争アニマルじゃなかったのか。天皇だとか会社だとかの為には特攻隊精神を発揮し、自分の命を投げ出すと聞いていたが」少佐は溜息をついた。

「そうかい。あんたがその気なら、今後銃はすべてよその会社に発注する。少し高くつくがしかたがない。そして日本政府には抗議を申し込み、回答次第では宣戦布告」

「ま、ま、待ってください」おれはとびあがった。「わたしは会社という組織の一員ですから、勝手な行動は許されません。それならいったん東京の本社に電話をして相談してみます」まさか本社が、おれに戦場へ行けと命じる筈はあるまい。

「ああ。そうしろ」だが少佐は、自信ありげにうなずいた。「戦場へ行けと言うに決っているよ」笑った。「じつはもう、さっき東京へ電話をした」

「え」おれは眼を剝いた。

「もし現場で修理できる程度の故障なら、あんたを軍隊に入隊させ、通いの兵隊としてガヤンの現場へ毎日出勤させるよう要請しておいた」少佐は大きくうなずいた。「あんたの上司は、それをO・Kしたよ」

「なんて薄情な部長だ」おれは頭をかかえこんだ。「嫉妬だ。そうに決っている。あの部長、おれの妻に惚れていやがって、それでおれに嫉妬しやがったのだ。妻に下心があるのだ」

少佐はにやにや笑った。「いや。あいにく社長命令だそうだよ」

社長命令ではしかたがない。

げっそりして肩を落し、おれは力なく少佐に言った。「だけど何も、わたしが入隊するほどのことはないでしょう」

少佐は厳しい顔をした。「とんでもない。私服で戦場をうろちょろされては規律が保てない。あんたは第二歩兵中隊の第三小隊へ配属されることになっている。明日から毎日、ガヤン市郊外の第二十三地点へ午前九時に出勤するんだ。いいな」

「もうすでに、そんなことまで決定済みなんですか」おれは嘆息した。

「まあ、そんなにがっかりするな」急にやさしい声を出し、少佐が微笑みかけた。「そのかわり、軍隊の給料はいいぞ。あんたは銃の専門家だから、特別手当も出る」

「給料が出るんですか」おれは眼をしばたたいた。貰っていいものやら悪いものやら、咄嗟には判断できない。「そういえば今朝、妻がそんなことを言っていました」

「奥さんが、どうしたって」

「いえなに。その」おれはもじもじした。「妻にも、あの、相談しないことには」

「いいだろう。いいだろう」少佐はまた、自信ありげにうなずいた。「給料の額を聞いたら喜んで、行け行けって言うだろうよ」

その通りかもしれない、と、おれは思った。妻は戦後生れだから、戦争の怖さなど知らないのである。

「夕方までに認識票、軍服、その他装備一切を揃えておいてやる。受取りにこい」言い捨てて、少佐はまた受話器をとりあげた。「参謀本部を頼む。やあ大佐ですか。ライフルの件は片がつきました。明日から日本の会社員一名を第二歩兵中隊へ配属させて、毎日現地へ出勤させます。それから例の将校用慰安婦の件ですが、今夜は六名、七時発の快速電車でそちらへ向わせます。え。そんなにいらない。まあいいじゃないですか。大佐が四、五人お使いください」

少佐の豪傑笑いを背に、おれは悄然(しょうぜん)として部屋を出た。どうあがいたところで、戦場行きを免れることはできそうになかった。会社を辞めればいいのかもしれないが、そうする勇気もない。戦争と失業とどちらが怖いかといえば、今のおれには失業の方が怖い。

会社へ戻ると、プラサートがひとりの現地人の女と応接セットで向きあい、話しこんでいた。肉感的で色白で、すこぶるつきの美人である。

「支社長。このひとを雇ってあげてください」プラサートが立ちあがり、おれに彼女を紹介した。「わたしの知りあいで、今年大学を出たばかりのお嬢さんです」早く退職したいものだから、自分でかわりの秘書を見つけてきたらしい。

立ちあがった娘がにっこりと魅力的に笑っておれに会釈(えしゃく)した。おれの中の浮気の虫が鎌首を持ちあげたが、おれはあわててかぶりを振った。今は秘書と浮気をしているような場合ではない。

「当分秘書はいらない」おれはデスクに向って掛け、受話器をとりあげながら言った。

「それどころじゃないんだ」

プラサートはシュラッグをし、娘はしなを作っておれに言った。

「まあ、残念ね。せっかく素敵なお勤めができると思ったのに」

「まったく残念だ」心から、おれは彼女にそう言った。

電話が東京の本社につながり、部長が出た。「やあ、君か。はははは」

「そんな。はははなどと笑っていられては困ります。ライフルの故障はぼくの責任じゃない。なのにどうしてぼくが戦場まで出かけて行って修理しなきゃならないのです。だいたい、なぜもっとよく検査してから送ってくれなかったのですか」今さら何を言っても無駄なことはわかっていた。だがおれは、最後の悪あがきをしてみることにした。

「工場の方では手違いだったと言っているようだな」部長はのんびりと答えた。「アルバイトの連中が組立てまでやっちまったらしい」

「そんなら本職の組立工をひとり寄越してください。そいつに戦場へ行ってもらいます。それが当然でしょうが」

「当然かもしれんが、実際には無理だ。こっちも人手不足でね。それに今から行かせたって、急の戦争には間に合わんだろうが。どこの支社だって、簡単な修理ぐらいは出張社員がやってくれているんだぜ」

「ぼくが戦場へ出かけていったら、この支社には誰もいなくなりますよ」

「やむを得んな。その国での一番のお得意先は陸軍省なんだからね。ほかの客はほっといてよろしい」

「ぼくが弾丸にあたって死んだらどうなります」

「社長に交渉して、特別に危険手当を出してもらえるよう、はからってやったぞ」ありがたく思えと言わんばかりの口調である。「もし万一のことがあっても、あとのことは心配するな」妻の面倒は見てやるということらしい。「そのかわり、うまく処理したら次の異動の時には本社の営業課長に推薦してやる」

　おれはついに観念した。そうまで言ってくれているのに、これ以上不平を唱えては会社から睨まれてしまう。「あのう、軍隊の方からも給料をくれるというのですが、どうしましょう」

「ふん。貰っときゃいいだろう。会社は君が入隊している間も毎月給料を送り続ける。給料の二重取りになるが、死ぬかもしれんのだからそれぐらいのことはあってもいいと思うよ、うん。それから君には、いつまでかかるのかわからんが五百梃のライフルを全部修理し終えるまでは、軍隊の指揮下に入っていてもらうからね。これはガリビア陸軍省と本社との話しあいで勝手に決めたことだから守るように。いいな。ガリビア軍の命令に従ってもらいたい」部長は急に猫なで声を出した。「何ごとも会社の為だ。ね、君」

「しかたがありませんな」おれはあきらめて受話器を置いた。

　未払いだった給料を全部やってプラサートを解雇し、おれはオフィスに鍵をかけた。いつ戻ってくることができるものやら、あるいは永久に戻ってくることができないものやらまったくわからない。唯一の慰めは給料の二重取りと課長の椅子だが、そんなものは死んでしまえば屁みたいなものだ。

おれはふたたび陸軍省へ行き、入隊手続きをすませ、支度金や交通費を支給され、被服類や備品一式を受取り、さらに係官から明日の出勤場所である第二十三地点というのを教えてもらった。第二十三地点というのはガヤン郊外の丘陵地帯にあった。

「この丘の麓（ふもと）にでかいインドボダイジュが二本立っていて、そこから百メートル西にタイム・レコーダーが置いてある。レコーダー用のカードはこれだ。持っていろ。いいか。遅刻するなよ。一分でも遅刻すれば罰則があるからな」

陸軍省を出てからタクシーで駅へ行き、兵隊割引で通勤定期券を購入し、時刻表を調べてからおれはアパートに戻った。

「お前が今朝変なことを言ったものだから、とうとうその通りになっちまったぞ」おれは妻にいきさつを説明した。「明日から兵隊として戦場に出なきゃならない」

「まあ。お給料を両方から頂けるんですって」案の定（あんじょう）、妻は眼を輝かせた。「その上あなたは本社に戻って営業課長さん」

「それまでに戦死するかもしれんよ」

「だってあなたは戦争しなくていいんでしょう。銃を修繕するだけでしょ」

「弾丸はどこからとんでくるかわからん」

「弾丸なんか、避けてりゃいいじゃないの」

まったく心配していない。おれは彼女に戦場のおそろしさを説明しようとし、すぐにあきらめた。おれ自身、よく知らないのだ。

「じゃあ早速、明日の支度をしなくちゃね」おれの出張の用意をする時と同じ口調でそう言いながら、妻はおれが貰ってきた軍服や装備品を珍しげにいじりまわした。「へえ、これが認識票なの。ふうん。あら、これは何かしら」

「さわっちゃいかん」おれは悲鳴まじりに叫んだ。「それは手榴弾だ」

妻はびっくりして手榴弾を部屋の隅に投げ捨て、自分は反対側の隅まで走っていって頭をかかえこみ、しばらくしてからおそるおそる振り返った。「あら。不発かしら」

投げ捨てただけで爆発すると思っているらしい。

げらげら笑っているおれを睨みつけ、妻がいった。「そんな危険なもの、持って帰ってこないで」

「しかたがないさ。戦場には保管場所がないから、武器はめいめいが家へ持って帰らなきゃならん。ほかの兵隊なんか、銃を持って帰っているんだぜ。中にはバズーカ砲を家に置いてるやつもいる」おれはうなずいた。「下町で、父親の持って帰っていた機関銃を、子供が持ち出していたずらして、六人死んだ事件もあるよ」

しばらくぼんやりと何か考えていた妻が、急にテーブルを叩いた。「そうだわ。あなたのお弁当がいるわね」

「でも、昼食は出るんだぜ」

妻はにやりと笑った。「ろくな食べ物じゃないにきまってるわ」

そう言われてみればその通り、ガリビアの食べ物のまずいことといったら馬の餌並みであって、会社の近くにガリビア一の高級レストランがあるにかかわらず、おれはそこへ行く気がしないから、いつも昼休みには家まで食べに帰っているくらいである。まして戦場で配給される昼食だ、ろくなものは食わせてくれないだろう。

「ええと。チキンがあったけど、あれをフライにしようかしら」妻は古い婦人雑誌についていた『おいしいピクニック用お弁当百種』という附録を出してきて読みはじめた。

その夜は夫婦の営みをする予定日だったのだが、おれたちの行為というのはふつう、やりはじめるとえんえん一時間数十分にもわたるため、明日の初陣(ういじん)に疲労が残ってはと思い、おれは夕食をすませるなりさっさとベッドにもぐりこんで寝てしまった。前夜の房事過多でふらふらしていて、負けいくさに逃げ遅れて殺されたりしたらつまらない。

翌朝、七時過ぎに妻がおれを揺り起した。「あなた。早く起きないと戦争に遅れるわよ」

「本当だ」おれはとび起きた。

朝食はエビのフライにベーコン・エッグにホットケーキ、野菜のジュースにコーヒーにミルクという、いつにない豪勢な献立てである。

「あなたに体力をつけさせるためよ」何が嬉しいのかにこにこしながら妻がいった。「しっかりやって、敢闘賞もらってきてね」子供を運動会に送り出すような気でいる。

食事しながら朝刊を読んだ。特に『戦況』欄は自分の命にかかわることだから、いつになく熱心に読んだ。戦況はやや旗色が悪く、ガリビア軍は後退し続けていた。また『戦場附近の天気予報』本日は南の風快晴、『昨日の戦死者』は兵隊十八名下士官一名、『本日の激戦予想地』は第十六地点、第十九地点、第二十三地点となっている。おれはいやな気がした。

新聞に読み耽っていたおれは、快速電車の発車時刻が迫っているのに気がつき、おどろいて立ちあがった。いそいで軍服を着、背中にヘルメットをくくりつける。

「あなた。忘れ物しないでね。お弁当は。それから手榴弾は」

「バッグに入れた」

「ハンカチは。財布は」

「財布か。金はいらんだろうが、まあ持っていこう」

「終ったら早く帰ってきてね。寄り道しちゃだめよ」

「寄り道なんかするものか」

妻に見送られてアパートを出ると、朝の陽光が照りつける大通りには、おれ同様通いの兵隊と思えるガリビア人が大勢駅に向ってぞろぞろ歩いていた。その中に混って歩き続けるうち、おれは自分がなぜか日本人ではないようなおかしな気分になってきた。ほかの連中はみんな銃を持っているのに、おれだけがどうして手ぶらなのか、いったいおれは戦地へ何をしに行くのだろう、そんなことをぼんやり考えているうち、はっとわれに返っておれはとびあがった。銃の修理に必要なドライバーなどの入っている工具箱を忘れてきたのである。おれは廻れ右をして駈け出した。

「おい。どこへ行くんだ」

「もうすぐ電車が出るぞ」

「遅刻するぜ」

すれ違う兵隊たちがかけてくる声に返事もせず、おれはけんめいに走ってわが家に戻り、工具箱をかついでまた大通りに駈け出た。大通りには、もはや兵隊たちの姿はちらほらとしか見られなかった。

駅につくと、おれが乗るつもりでいたガヤン行き快速は出たあとだった。次の快速は七時五十分発で、これだとガヤンに着くのが九時十分前、第二十三地点まで十分間で走って行かなければならない勘定になる。

それでもプラットホームにはまだ大勢の兵隊が残っていて、やってきた次の快速電車に全員が乗り込むと超満員になってしまった。

「毎朝のことだけど、このラッシュだけはいやだね」プラットホームとは反対側のドアに押しつけられているおれに、おれの胸へ顔を押しあてている小さな男がそういった。「現場へついた頃はふらふらだ。時差出勤させてくれりゃいいのに。戦争なんだから、時差出勤したってかまわない筈だぜ」

「いや。やはりラッシュ・アワーの九時出勤でないと、通勤気分が出ないよ」横にいたもうひとりの、眼のでかい兵隊がいった。「おれたちは夜勤やパート・タイムの兵隊とは違うんだ。お前、そういう誇りを持てよ」変な誇りがあるものだ。

「あんたは第何地点勤務だね」小さな男がまた、おれにそう訊ねかけてきた。

おれはたどたどしいガリビア語で答えた。「第二十三地点だが、遠いから遅刻しないかどうかが心配なんだ」

小さな男が眼を丸くした。「九時までにはとても無理だよ。あそこは最前線だろ。この電車に乗ってる連中は、みんな後方勤務なんだぜ」

おれの顔をじろじろ見まわしていたどんぐり眼(まなこ)が、急に叫んだ。「こいつ、ガリビア人じゃないぞ。変なことば使いしやがる」

周囲の兵隊たちが急にがやがや騒ぎだした。「スパイじゃないか」

「そうだ。この間もＫＣＩＡのやつが乗っていた」

「つかまえろ」

おれはびっくりして叫んだ。「スパイなんかじゃない。おれは日本人だ」

「日本人がどうして軍服を着ている」

「ますますあやしいぞ」

「故障したライフルの修理に行くんだ」おれはしどろもどろで説明した。「あんたたちの持っている銃は、おれの会社で作ったものだ」

「やっ。それでは、おれたちに不良品を売りつけていたのはこいつだったのか」

また皆がわいわい騒ぎはじめた。

「おれは昨日、えらい目にあった」どんぐり眼が自分のライフルを頭上にさしあげ、おれに食ってかかった。「こいつの二発目が出ないものだから、もう少しでやられるところだったんだぞ」

「死んだやつも大勢いる」

「どうしてくれるんだ」

「この野郎。たたんじまえ」

「おれの責任じゃない。会社が悪い」おれは悲鳴をあげた。「勘弁してくれ」

「こら。こら。そこ騒ぐな。一般乗客が迷惑する」やや離れたところで下士官らしい男がのびあがり、そう叫んだ。「その男のことなら聞いている。怪しい奴じゃない」

おれの胸ぐらをつかんでいたどんぐり眼が、ぶつぶつ言いながら手をはなした。「じゃあ、おれのこのライフル、今すぐ修繕してくれよ」

「こんな電車の中じゃできないよ。それにまだ勤務時間じゃない」

「人ごとだと思いやがって」

車内中の反感を買って隅で小さくなっているうち、快速電車は水田地帯を突っ走って、やがてガヤンの駅に到着した。ガヤンの駅のプラットホームには、これから退勤するらしい兵隊がどっさりいて、疲れ果てた様子でしゃがみこんだり寝そべったりしていた。負傷しているやつもいる。

「夜勤の連中だよ」と、小さい男がおれに教えてくれた。「ほんとは夜勤の方が給料はいいんだ。おれも夜勤をやりたかったんだが、あいにくおれは鳥眼でね」

小さい男とは改札口の前で別れた。

「ま、お互い命には気をつけようぜ。おれは戦争をやるでもなく、やらんでもなく、つまり事なかれ主義でいくつもりだ」

「そうだね。それがいいだろう」

駅を出ると、小さな町の向うにある丘の彼方からはすでに戦闘の黒い煙がもくもくとあがっていて、銃声、砲声もかすかに聞えてくる。どうせ遅刻だろうとは思ったが、罰則になにをやらされるかわかったものではないから、少しでも早く行こうと思い、おれは砲撃によって廃墟に近い有様になっている町なかを走り抜け、丘めがけて駈けた。

息をきらせて丘の斜面を駈けあがり、頂上から見渡すと一瞬あっと息をのんだほどの眺望で、すでに眼下は一面の戦場であって、前方の山のつらなりの頂きから中腹にかけてのほとんどは敵ガバト人民共和国軍に占領されていて、戦闘はその手前の、左右に拡がった森や林の多い平地で行われていた。敵も味方も共にクシの歯のような戦闘体形で、小ぜりあいがクシの歯をひくように起り、互いにしのぎをクシけずっている。ガリビアもガバトも貧乏国だから見たところ戦車は二、三台ずつしかなく、しかも貴重品だからというのであまり前には出さず、どちらも後方に陣取らせていて、突撃はもっぱら消耗品たる兵隊にやらせている。

怖いのを我慢しながら丘を駈けおり、教えられた通り第二十三地点と思える場所まではたどりついたものの、タイム・レコーダーがどこにもない。

「あの、つかぬことをうかがいますが」おれは窪地でバズーカ砲に取り組んでいる二人組の兵隊に訊ねた。「このあたりに、インドボダイジュが二本並んで立っているところをご存じありませんか」

「それならさっきまでここにあった」と、砲身を担いだ方が答えた。「ところがさっきの砲撃でけし飛んじまった。この窪地が砲弾のあとだよ」

「ここいら辺はさっきまで後方陣地だった」と、もう一人が言った。「ところが負けいくさで後退している。もうすぐここも最前線になるぞ」

不良品の銃のために負けているのでなければいいがと思いながら、おれは窪地から頭を出して西の方角を見まわした。百メートル彼方に壊れたトラックが車体を傾けていて、タイム・レコーダーはその陰にあった。

「あそこだ」おれは時おり銃弾がひゅんひゅんヘルメットをかすめる中を、腰をかがめて駈け、タイム・レコーダーに近づいた。

ひゅるるるるるるるるるるるる。

砲弾の近づいてくる音がしたかと思うと、だしぬけに眼の前へ太陽が発生し、轟音で頭ががんと鳴り、おれは吹きとばされ、地べたに叩きつけられた。砂まみれになって顔をあげると、そこにはもはやタイム・レコーダーも壊れたトラックも、跡かたさえない。

「ひやあ。タイム・レコーダーが吹っ飛んじまった」もう少し早く走っていれば、おれも粉微塵になっていたところである。

腕時計を見ると、九時を十三分過ぎているからあきらかに遅刻なのだが、その遅刻を証明することさえできなくなったわけで、だからタイム・レコーダーがなかったといって誤魔化し、あるいは罰則を免れることができるかもしれないと思い、おれの気はやや楽になった。

さっきの一発を皮切りに、砲弾が次つぎとあちこちへ落ちはじめていた。おれは近くにある林の中に逃げこんだ。林の中では、数十人の兵隊が木の根かたの灌木の繁みの中にうずくまっていた。

「あの、つかぬことをうかがいますが」下士官の階級章をつけた男に近づいていって、おれは訊ねた。「第二歩兵中隊の第三小隊というのは、今、どこにいるのでしょう。わたしはその小隊に配属されたのですが」

「ははあ。お前、遅刻したな」下士官はにやりと笑った。「おれたちも第二歩兵中隊だが、第三小隊なら朝一番に突撃を命令されて、さっき全滅したところだ」

「全滅」おれはしばし茫然としてから、いそいでかぶりを振った。「わたしは必ずしも遅刻したために生き残ったというわけではありません。非戦闘員だからです。わたしは日本の会社員で、銃の故障を修理するためにここへ通っているのです」

「や。あんただったのか。今朝から出張してきている欠陥ライフルの会社の男というのは。

それならちょうどいいところへきた」彼は繋みの中に置かれている数梃のライフルを指した。「昨夜から今朝にかけて、中隊全部であれだけの欠陥ライフルが出ている。あれをすぐ修理しろ。便宜上、今からあんたはおれの小隊に配属させる。参謀本部には、あとで配属変えを申告しといてやる」

「わかりました」

おれはさっそく工具箱を開き、ライフルの修理にとりかかった。銃弾も砲弾も、この林の中まではとんでこない。伝令がやってきて参謀本部からの命令を伝え、下士官以下兵隊たちはすぐに林からとび出し、突撃していったが、おれはそのまま林の中にとどまって仕事を続けた。仕事はなかなかはかどらず、午前中かかってたった四梃しか修理できなかった。修理できたライフルはすぐに兵隊がやってきて持っていき、さらに別の兵隊たちが次つぎと欠陥ライフルを持ってくるため、おれの横にはたちまち数十梃のライフルが山のように積みあげられた。

そろそろ正午に近くなっていた。腹がへったので弁当を食べようかと考えている時、林の中に入ってきた一小隊ががやがやと話しながらおれのすぐ横を通り抜けて行き、少し遅れてついてきたひとりの兵隊がおれの前で立ち止った。

「そこで何をしている」鬚(ひげ)を生やした、背の高い男だった。

「見ればわかるだろう。弁当を食おうとしている」おれは弁当の蓋(ふた)をとりながらそういった。

「ほう。いいな。弁当を持ってきたのか。うまそうだな」彼はごく、と唾をのみこんだ。

「軍の昼飯は、まずくて食えたものじゃあない。あれじゃとても戦争はできないよ。ところで、煙草を持っていないか」

おれはポケットからガリビアの煙草を出し、箱ごと彼に渡した。

「見なれない煙草だな。あれ。これはガリビアの煙草じゃないか」

おれはおどろいて顔をあげた。

鬚の兵隊も、やっと気がついて一歩とび退(の)いた。「や。お前はガリビア兵か」

おれはわっと叫んで立ちあがり、逃げ出そうとした。仕事に熱中している間に、いつの間にかガリビア軍は退却し、おれはガバト軍のまん中にいたのである。

「待て、逃げるとぶっぱなすぞ」

その声で足が動かなくなり、おれはしかたなく両手をあげて振り返った。鬚のガバト兵は欠陥ライフルの山からとりあげた一梃をおれに向けていた。

「見逃してくれ。おれは非戦闘員だ」

鬚の兵隊は、かぶりを振った。「いや。射殺する」

「射殺だって」おれは顫(ふる)えあがった。「死ぬのはいやだ。せめて捕虜にしてくれ」

「捕虜にしても、食糧不足で食わせるものがない。だからガリビア兵は捕虜にせず、すべて射殺せよと命令されている」彼は銃弾が装塡(そうてん)されていることを確かめ、ふたたび銃口をおれに向けた。「覚悟した方がいいよ」

「その弁当をやる」おれは泣き声で頼んだ。「だから殺さないでくれ」

髭の兵隊は弁当を見て考えこみ、やがてかぶりを振った。「いやいや。おれの上官はすごく食い意地がはっている。おれがこんなうまそうな弁当と引きかえに敵兵の命を助けてやったことが、もしわかったりしたら」彼は身を顫わせた。「おれは銃殺だ」

「家で女房が待っている」と、おれはいった。「あっ。死ぬのはいやだ」

「痛くないように撃ってやるよ」髭の兵隊は気の毒そうに言った。「心臓のど真ん中を撃ち抜いてやる。おれは射撃の腕はたしかなんだ」

「本当かい」おれは一計を案じ、胸ポケットから万年筆を出して肩の上にさしあげた。

「ためしに、この万年筆のキャップを撃って見せてくれ」

「いいとも」髭の兵隊はライフルで万年筆を狙い、苦もなくキャップを吹きとばした。

おれはすぐバッグから手榴弾を出し、ピンを引っこ抜いた。

「何してるんだい」

おれは答えた。「逃げようとしている」彼に背を向け、おれは逃げはじめた。

「あっ」という叫びに続き、背後で髭の兵隊のわめく声がした。「くそっ。故障してやがる。畜生畜生。だましやがったな」

案の定、二発目は出なかったのだ。

おれは振り返りざま手榴弾を投げ、またもや足を宙に浮かせて林の中を逃げた。

ぼん。

くぐもった爆発音がして、それきり鬚の兵隊の声は途絶えた。可哀想に、悪いやつではなかったが、と、逃げながらおれは思った。あいつにも女房子供はいた筈だ、おとなしくおれの妻の手作りの弁当を受けとって食べていれば、死ぬことはなかったのに。

林から出るとあたりには敵の姿も味方の姿もなく、見渡す限りの平野には一面置き去りにされた装甲車やトラックや空の弾薬箱などが点点と散らばっていた。どうやら敵味方とも昼飯をたべるため最前線から引きあげたらしい。いわばランチ・タイムの休戦であろう。

朝がた駈けおりてきたあの丘の麓まで行ってみると、炊事係が昼食を配給していて、スープの大鍋の周囲に兵隊が群がっていた。弁当は手榴弾で吹きとんでしまったから、多少まずくても給食で我慢しなければしかたがない。おれは配給を受ける兵隊たちの列の最後尾についた。

偶然おれの前にいたのは、今朝電車で一緒だったあの小さい男だった。

「やあ。無事だったかい」

「あまり無事でもなかった。さっきはガバト兵に殺されかけたよ」おれは林の中での体験を彼に物語った。

「おれも、それに似た経験をしたよ」今度は小さな男が話しはじめた。「入隊して間なしの頃だ。昼食だというんで配給を受けるためにこうやって列に並んでいた。ふと周囲を見るてえと、どいつもこいつも知らないやつばかり。味方のところへ戻ったつもりで、ガバト軍のど真ん中へ入りこんで、ガバト軍の給食を貰おうとしていたんだ。それに気がついた時は、立っているのがやっとだった。おれ、ズボンを濡らしちまったよ。ああ。恥ずかしい話だが、やっちまったんだ」

「それでどうした」

「逃げ出したらあやしまれるから、そのまま給食を受けとって、無理やり口に押しこんで、それからそっと脱け出してきたよ」

　まずい給食を食べ終ると、将校の訓示が始まった。やたらに演説をしたがるのは会社の社長も軍の将校も同じことだ。

「知っての通り、明日はこのあたり一帯で、いささか大がかりな戦闘がある」大佐の階級章をつけた男が、小高い場所に立って喋(しゃべ)りはじめた。「ところが、それを発表するなり、明日有給休暇をくれというやつが続出しはじめた」彼はまっ赤になって躍りあがった。「けしからん。戦争を何と思っておるか。お国の為を考えたことはないのかアノここなマイホーム主義者どもめ」

　おれはいささかげっそりした。猛烈課長が残業を厭(いや)がる部下たちを怒鳴りつけている図とたいして違わなかったからである。将校なんて、考えていたほど恰好(かっこう)いいものではない。

「明日は誰にも有給休暇はやらんぞ。みんな突撃させてやる。みんな死んじまえばいいんだ。けけけけけけ」激しい怒りで、大佐の眼つきはいささか気ちがいじみていた。

　そろそろ午後の戦闘が始まろうという時、おれは上官である例の下士官を見つけて詰(なじ)った。

「小隊長。わたしに黙って退却してもらっては困ります。敵の中にひとり残され、死ぬところでした」

「やあ。すまんすまん。ま、そう怒るな」彼はにやにや笑っておれの肩を叩いた。「そのかわり午後はここで仕事をしてもいいぞ。ここなら安全だ。ほら。そこに欠陥ライフルがそれだけ集まっている」

「工具をなくしてしまいました」

「参謀本部から取り寄せてやる」

「まさかここも、そのうち最前線になってしまうんじゃないでしょうね」

「これ以上、後退はしないだろう」

午後いっぱいかかっても、ライフルは六梃しか修理できなかった。だいぶ長期間にわたって戦場通いが続きそうだ、と、おれは思った。もう四カ月以上続いているこの戦争自体もまだまだ終りそうにない。両国ともアメリカやソ連からの軍事援助の申し出を断わっているし、両国からの提訴を検討中の国連は態度を決めかねて困っている。困っているというよりはほかに難問題がたくさんありすぎて、こんな近親憎悪みたいな小国同士の小ぜりあいは抛(ほ)ったらかしにしているといった方がよいだろう。どちらにしろこの紛争、あと数カ月は続きそうな按配である。

退勤時刻になったので工具を片づけていると、またあのにやけた下士官があらわれて、にやにやしながらおれに言った。「あんたは今朝、遅刻しただろう。だから罰則を適用する」

おれはぼんやりと彼の顔を見つめた。「はあ。どんな罰則ですか」

「今夜、歩哨に立ってくれ」

「えっ。それはひどい。あんまりだ」おれはドライバーを地べたに突き立てた。「それは戦闘員のやる仕事でしょう」

下士官はおれをなだめるような手つきをした。「なあに。歩哨といったってたいしたことはない。あんたはここでその仕事をそのまま続け、一時間に一度だけ、あの岩蔭に隠してある弾薬類を見に行ってくれたらいい。この附近では夜間の戦闘はあまりやらないし、敵兵があの弾薬類を盗みにくるといったこともない」

「どうして敵兵が来ないとわかるんです」

「ガバトの連中はビタミンAの不足で、ほとんど鳥眼だからだよ」下士官はおれにうなずきかけた。「午前一時に交代員が来る。それ以後は朝まで、参謀本部で寝ていていい。それにね、あんた、夜勤をすれば五割増の時間給が貰えるんだよ」

「家に帰りたいなあ。女房が心配する」

「奥さんには、電話で伝えておいてやるよ。それにそのライフル、まだそれだけしか修繕できていないじゃないか」下士官は次第に猫なで声になり、子供をなだめるような口調になった。昔の日本の軍隊の下士官とは大違い、上官と部下の関係も考えて見れば変ったものである。

おれは試みに訊ねてみた。「もしその命令を拒否すればどうなりますか」

「ほう。拒否するかね」彼はにやにや笑ったままで、声だけをやや脅迫的に低くした。

「おれは聞いてるんだぜ、あんたのことを。あんたは軍隊の指揮下に入るよう会社から命令されているんだろう。おれをあんたの会社の上役だと思ってほしいね。おれ、あんたの会社に考課表を送ろうか」

「わかりました」おれは溜息をついた。「歩哨に立ちます」

「なあに。立つ必要はないさ。のんびり腰をおろして仕事していりゃいい」急に浮きうきしてもとのやさしい口調に戻り、下士官は眼尻を下げた。「夕食はあとで届けさせるからな」鼻歌をうたいながら、彼は帰っていった。

おれは立ちあがり、背のびをした。火筒(ほづつ)の響きは遠ざかり、兵隊たちの数も少なくなり、あたりには夕風が立ち、丘の斜面を夕陽が染めている。談笑しながら三三五五おれの傍らを戻っていく兵士たちの顔も、いかにも一日の仕事から解放されてほっとしたという表情をしている。心ははやマイホームにとんでいるのであろうか。

また腰をおろし、おれは銃の修理にとりかかった。だいぶ馴れてきたため、薄暗がりでもなんとか仕事はできる。もう一梃修理してから、修理したばかりのライフルを持ち、おれは三百メートルほど離れたところにある岩蔭の弾薬類を見てまわった。弾薬は厳重に梱包され、数箱ずつ六カ所に積みあげられていた。異状はなかった。

はるか東の水田地帯では、はや夜勤の連中の戦闘がくりひろげられているらしく、砲声、銃声、喚声などがかすかに聞えてくる。昼間と同じく中隊単位の小戦闘、それに森の中でのゲリラ戦といったところだろう。砲弾の炸裂が夕闇の中に映え、彼方の丘の傾斜を黒いシルエットに浮きあがらせていた。

やがて日がすっかり沈んでしまったのでおれは仕事をあきらめ、斜面に身を横たえた。夜空には月が出ていてあたりは明るく、夜風はガバト軍のいる山の方角から吹きおりてきた。夕食が届くのを待ちながらおれは煙草を出して一服した。もう八時を過ぎているから、夕食はとっくに届いていなければならない筈だった。あの下士官のやつ、言うのを忘れたのかな、と、おれは思った。

「あなた。どこにいるの」妻の声がした。

おれは起きあがった。「ここだ」

バスケットを提げた妻が丘の頂きから歩きにくそうにおりてきて、おれに近づいた。

「なんだ。どうしてこんなところへきた」

妻はおれの横に腰をおろした。「夜勤だっていうから、お弁当を作って持ってきたの」

あの下士官が、電話をしてくれたらしい。

「それはありがたい。ここにいることがよくわかったな。電車で来たのかい」

「そうよ」妻はビニールの布を地べたに拡げ、バスケットからいろいろな料理を出して並べはじめた。「一緒に食べようと思って、わたしの分も持ってきたの。ワインもあるわ」

「そいつは豪勢だな」

おれと妻は、麓に近い丘の斜面で食事をはじめた。

「ここ、涼しいわね。戦争はどこでやってるの」

「あっちだ。砲火が見えるだろう。それからあっちでは森が燃えている」

「あらほんと。綺麗ね。何かわめいてるわ。誰か死んだのかしら」

「そうだろう。ワインをこっちにくれ」

「はい。ねえ、今日はお仕事、どんな具合だったの」

「うん。いろいろなことがあったよ」殺されかけたことは言わなかった。おれは仕事を家庭にまで持ちこまない主義なのである。「この魚のフライはうまいな。コンニャクも久しぶりだ。あれ。こんなところにヤキブタが落ちてるぞ」

「あら。ヤキブタなんか持ってこなかったわよ」

土の上に落ちているものを拾いあげてよく見ると、ヤキブタではなくて人間の耳だった。銃弾で吹きとばされた誰かの耳であろう。おれはあわてて遠くに抛り投げた。

ひと瓶のワインでほろ酔い機嫌になったおれは、ライフルを片手にふらふらと立ちあがった。

「あ。どこへ行くの」妻が訊ねた。

「弾薬を見まわってくる時間だ」おれは岩蔭に向かって歩きはじめた。「ちょっと行ってくる」

「気をつけてね」

気をつけてねというのは、おれの外出を見送る時の妻の口癖であるが、このあたりには自動車はこないからはねられる心配はないし、工事現場もマンホールもないから頭上や足もとに注意する必要もない。気をつけなければならないのは敵ぐらいだが、敵は来ないという話なので安心だ。そんなことを考えながらいい気分で岩蔭までやってきたとき、後頭部にひどい打撃を受け、眼球の裏側に鮮紅色の火花がチカチカと踊り、おれは気を失ってしまった。

気がつくとおれは弾薬箱のひとつに針金らしいものでくくりつけられていた。ひとりの男が積みあげた六カ所の弾薬箱のそれぞれに導火線を這わせ、その全部を百メートルほど彼方の爆破装置に接続しようとしていた。ガバト軍の爆破工作員らしい。弾薬もろとも、おれを吹きとばしてしまおうというのであろう。おれはすぐ、大声で救いを求めようとして、あわてて開きかけた口を閉じた、今叫べば、妻がここへやってくるだろう。すると彼女もこの男に捕えられ、おれと一緒に爆死させられてしまう。そんなことになっては可哀想だ。

だからといって、おれも死ぬのはいやである。男がこっちへやってきたので、おれはとにかく命乞いをしてみることにした。「助けてくれ。あっ。死ぬのはいやだ。おれは戦闘員じゃない。銃の修理をしているだけの人間だ。殺さないでくれ」

「見逃がしてやることはできん」と、男はいった。月明かりで見ると、眼鏡をかけ、イタチのような顔をした出っ歯の男だった。「苦痛はないよ。一瞬のうちに死ぬ」

「おれは、本当は兵隊じゃない。日本人なんだ」猛烈な勢いで排尿したため、おれのズボンが気球のようにふくらんだ。「日本の会社員だ。臨時に戦場へ通勤しているだけなんだ」

「なんだ。お前も日本人か」彼は日本語でそういいながらおれに近づいてきた。「おれは火薬専門の薬品会社の者だ」彼はおれの耳にそうささやき、にやりと笑ってうなずいた。「心配するな。おれも通いで雇われた」

# The Indifference Engine

伊藤計劃

二十の死体をまたぎ越えたところで、赤土の丘を登りきった。

星空が水面に映りこんでいるかのようだ。青みがかった闇いちめんに、光の点が密集してまたたいている。

けれど、丘の上から見下ろす前方の風景に、水面などこれっぽっちもないことをぼくは知っている。それは人の光。料理し、勉強し、家族が団欒（だんらん）する光のまたたきだ。

あの光。あの温かみ。ぼくは大きく息を吸いこんだ。周囲にきつく漂う小銃弾の硝煙や、肉の焼けるにおいや、血とはらわたのにおい、死体が垂れ流す糞尿のにおい等々に混じり、あの星々からかすかな生活のにおいが風に乗って運ばれてくるのが感じられる。

けものたちが遠巻きにぼくらを見つめているのがわかる。無造作に転がるねじれた骸（むくろ）にありつこうとしているのだ。街からすこし離れただけで、この大地ではこうした野生がむき出しになっているという現実に、かつてここにやってきた白人たちはえらく驚いていたものだ。

さあ、行進しよう、とぼくは穏やかに呼びかけた。

のろまも、せっかちも、思い思いに。足並みなんてばらばらでかまわない。

のっぽも、ちびも、ぼくらは歩く。丘を下って。

人の営み、生活の匂い。

それを運ぶ涼やかな風の上方へと。

戦闘が終わった日のことを思い出す。停戦命令だ、という声が聴こえたとき、ぼくは友だちの頭にAKの銃口を突きつけていた。

それは恐ろしい偶然のせいだった。その日、ぼくらは基地の全員――SRFの兵士や指揮官は当然のこと、そこにいる娼婦を含めた女子供も皆殺しにするよう上から命令を受けていた。不意打ちは成功し、ぼくらは五人ほどの犠牲を出しただけで、この前線基地を陥(お)とすことができたのだけれど、そこにはぼくらと同じゼマ族の女の子たちがたくさんいた。指揮官たちの奥さん、と言えば聞こえはいいけれど、つまりはムラムラしたときにやってしまうことのできる女の子たちだ。

SRF――シェルミッケドム解放戦線(リベレーション・フロント)はホア族だ。

だからぼくらは指揮官から、女の子たちも皆殺しにしろと命令を受けていた。部隊には助けた女の子を連れてここから離脱するだけの余力がない。逃げられてホアの奴らにぺちゃくちゃ吹き込まれたらまずいことになる。それになにより、女の子たちのおなかに赤ちゃんがいたとしたら、そいつはホアの血が混じっていることになる。考えるだけでもおそろしいことだ。ぼくらと同じ種族の女の子が、ホアの血が混じった赤ん坊を孕んでいるなんて。

それが奴らのやり方なんだ、とぼくたちは繰り返し上官に教えられた。ホアの穢れた血をぼくらのなかに植えつけて、いつの日かゼマ族をこのアフリカの大地から消し去ってしまうこと。ホアの奴らがゼマの女をさらうのは、ぼくらゼマ人を徹底的に消滅させるためなんだ、って。

ぼくはぞっとした。ホア族の顔を思い浮かべるだけで吐き気がする。目と目のあいだが醜く離れていて、鼻は不細工に広がっていた。まるでカエル。平和維持軍の白人たちにはぼくらとホアの区別がつかないらしいけれど、まったく腹の立つ話だ。あれほど醜い連中もこの世にそうはいないだろうに。そんな醜い赤ん坊が、ゼマの女の子のおなかから出てくると思うと、ここに捕らわれていた女の子たちの名誉を守るためにも、殺してあげなきゃいけないような気がした。

ところが、恐ろしいことが起きた。ンドゥンガの生き別れになった妹が、この基地に捕らわれた可哀相な女の子たちのなかにいたのだ。戦闘中に妹を見つけたンドゥンガは、上官の皆殺し命令を破って妹を逃がそうと考え、そして失敗した。ぼくはじかに見ていないけれど、ンドゥンガの妹はぼくの上官が射殺したらしい。連中の基地となっていた村に火をつけてから、ぼくらの隊はさっさとその場を離脱した。

それが起きたのは、安全な距離まで離れたところでとっていた休憩の時間だった。川岸でぼくらは水を飲みながら、先ほどの戦闘の反省会をさせられる。躊躇(ちゅうちょ)はなかったか。無駄弾は使わなかったか、油断はなかったか。そんな些細(ささい)な項目の最後に、唐突にンドゥンガの名前が、地雷を踏んだかのように挙がったのだった。

上官はぼくらの前にンドゥンガをひっぱり出して言い放つ。こいつは部隊全体を危険にさらし、ゼマの純血を汚(けが)そうと企てた。妹だったんだ、という言い訳を、ンドゥンガはこれっぽっちもしなかった。上官は戦友をめった打ちにしてから、ぼくを指差してこう言う。友人であるおまえが、こいつの責任をとるべきだ、と。どうやるかはわかっているな、と上官は穏やかに言った。もちろんだ。隊内の臆病者や裏切り者の処刑は、兵士になってから幾度となく見てきているのだから。

とはいえ、ぼくはこれまで戦友を処刑したことはなかったし、それが友だちであるならなおさらだった。ンドゥンガはぼくとほぼ同じ時期にSDAに入った。ふたりとも村を焼き払われ、父さんも母さんも友だちも、それまで自分を知っていた人間全員を殺された。妹も、あの日ホアの基地で見つけるまでは、てっきり死んだものと思っていたのだ。生まれてから兵士になるまでのンドゥンガを憶えている人間はもう、この世にひとりもいない。それまでの人生が消えてなくなってしまったのだ。

ぼくはとりあえず立ち上がり、とりあえず銃口を持ち上げ、とりあえずンドゥンガの頭に狙いをつけたものの、引き金に掛けた指に力が入らなかった。
ぼくは震えていた。まるではじめて人を殺した三年前のように。引き金を引けないのならば貴様も処刑するぞ、と上官が言ったような気がしたけれど、ぼくは恐ろしさにぼんやりとしていたから本当にそう言われたかどうかはわからない。指の先が痺れてきた。こんな指で本当に引き金が引けるのかどうか、だんだん自信がなくなってきた。

そのとき、彼方から通信兵の声が聴こえてきた。停戦だぁ、とその声は叫んでいた。司令部から戦闘中止と、中央への帰還命令がでたぞぉ、と。

ぼくらは声のほうを見た。通信兵のムリキが手を振っている。戦争が終わった――けれど、喜びも安堵も湧かなかった。

誰からも。三十人はいたはずの隊の誰からも。

正直に言うと、ぼくらはその事実にどう反応していいのかわからなかった。皆がぽかんと口を開けていたように思う。戦争がはじまる前、自分たちがどんなふうに暮らしていたか、それを思い出すのが難しかったせいもある。つまりは、終わったらどうなるの、ということだ。ホアの奴らを皆殺しにするか追い出したあと、ぼくらの世界をどうするか、それを考えたことなど一度もなかったのだ。

そのとき、一発の銃声が青空に響き渡った。

振り返ると、贅沢品の拳銃があって、銃口から一筋の煙が立ち昇っていた。ついで、その銃口が向けられた先を見やると、左のこめかみにちいさな赤黒い穴を開けて、右のこめかみからは真っ赤な血と脳味噌をぶちまけた、戦友の頭があった。不思議なことに、地面に転がるンドゥンガの瞳はぼくのほうを向いていた。たまたまだったのだろうけれど、ぼくはあとになってもその光景から逃れられなかった。どうして、どうして。どうしてぼくは殺されなきゃいけなかったの。

「戦争が終わろうが」

上官は銃をホルスターに戻しながら言う。

「軍規が消えてなくなったわけじゃない」

溜め息をついて立ち去る上官は、ぼくに諭(さと)すというよりも、ンドゥンガの亡骸(なきがら)に説明してやったように見えた。

その日、政府軍とSRF、そしてぼくらのSDAことシェルミッケドム民主同盟(デモクラティック・アライド)の三者は、昔この土地を支配していた白人たち——オランダ人の仲介によって、停戦に合意した。アメリカは裏切り者のゼマ人と汚らわしいホアの野合である政府軍にえらく肩入れして、不気味な機械の武器をたくさん貸していたから、頃合に横から口を挟んであっというまに三つ巴(みどもえ)の戦いを調停へと持ち込んだオランダ人の前に、まるっきり面目がつぶれてしまった。

だからなのだろうか、首都のヘヴンにはアメリカ軍がたくさんいる。まるで自分たちが解決したのだということにしたがっているかのように。賑(にぎ)わう露天の四つ辻で、人々の頭上にふわふわ浮かぶ、扇風機のついたお皿のような、気味の悪い機械。ときおりものすごい速さで低空を飛び去っていくのが見える、誰かが乗るにはあまりに小さすぎる黒い飛行機。十三本脚をにょきにょき動かして歩く巨大な虫のような、でも虫というにはあまりに筋肉っぽすぎるロボット。こうして並べてみると、アメリカ「人」そのものはあまりいないように思える。米兵もいるにはいるけれど、機械とヒトじゃ半半の割合だ。とはいっても、それは戦争中からそうだった。少なくとも、アメリカ人に支援された政府軍の連中を相手にしているときは。

政府軍はときどき、こうした機械にぼくらの相手をさせたものだ。ぼくらの主な敵は汚らわしいＳＲＦ連中だったけれど、ゼマ人とホア人が仲良く牛耳(ぎゅうじ)っている腐りきった政府軍もやはり敵だった。一時期は仕方なく同盟を組んでいたこともあると聞くけれど、それも政府軍の卑劣な裏切りによってご破算になったらしい。政府軍の中にいるホア人の仕業に違いない。連中は醜く下劣なうえに、どこまでも卑劣だ。小さな筒と機銃を背負った、自分で考え群れを成す半分生き物半分機械の化け物を、政府軍の奴らはアメリカ人たちから買うか借りるかして、ぼくらの銃口の前に突き出してきた。十三本脚で、まるで生き物のように動くそれらの化け物は、機械にしかできないすばしっこさと常にこちらの裏をかきつづける奇っ怪な動きで、ぼくらを圧倒していた。あいつらに殺されたぼくの友だちの数は両手じゃきかない。

人でなしのごろつきどもと、人でない何かを使う日和見たち。こうした連中と戦っていれば、嫌でもまともなのは自分らだけだということを思い知らされる。ぼくらが勝利して、ホアどもを追い出さなければ、この国はほんとうにだめになってしまうのだ。少なくとも、戦争が終わったと一方的に告げられてしばらく経つまでは、ぼくは本気でそう信じていた。

「それは辛い経験をしたね」

と白人の医者は言って、ぼくに哀れみの視線を向ける。この白人にはなんの恨みもないけれど、ぼくはこう叫びだしたくて仕方がなかった。関係ない奴らは引っこんでろ、と。

白人の医者たちはある日突然ぼくらの学校にやってきて、問題を起こした生徒ひとりひとりの面接をはじめた。正確に言うと学校ではなくて、ぼくらを戦争のない世界に馴染ませるというお題目を掲げている施設だけれども。微笑みの家。ひどいのは名前だけじゃなくて、実際にも悪夢のような世界だった。先生面した大人たちの言うことときたら反吐が出そうな代物。曰く、戦争は終わった。曰く、もう戦う必要も憎しみあう必要もない。曰く、だからホアを憎むのは止めて、一緒に勉強したり働いたりできるようになりなさい。

じょおおおおだんじゃない。

ぼくは、ぼくらは別に、必要があってホアの奴らを殺しまわっていたわけじゃない。必要なんてどこにもない。「必要」を背負う義務もどこにもない。必要だから我慢してやっていたわけじゃない。ぼくらはただ、そういうふうにいることしかできない子どもになっていただけだ。奴らがぼくらを殺してまわるから、ぼくらもそれ以上に奴らを殺してまわらなきゃいけない。それが仕組みだ。この世の中の。必要とか義務とかそんなものが「必要」なところなんてこれっぽちもない。

いまもそこにホアがいるのに、ぼくの母さんと妹を辱(はずかし)めて無残に殺したホアの連中がなんのお咎(とが)めもなく歩いているのに、こいつらは憎むな恨むな手を出すなと呪い師(まじなし)の念仏のようにぶつぶつ言いやがる。だから、あるときからぼくはこの教師連中を機械だと思うことにした。心のないアメリカ製の機械。路地の上に浮かんでいる扇風機とか、装甲車の入れない岩場に逃げ込んだぼくらを気味の悪い十三脚で追いかけてきた巨大な虫とか、そういうものと一緒の、何ごとかをしているようには見えるけれど、その実中身はからっぽの機械なんだって。

ぼくはとてもいらいらしていた。戦場にいるとき噛んでいたスティックも、マリファナもなかった。ネタ切れのときは弾から火薬(ガンパウダー)を抜いて吸っていたけれど、銃と弾をとりあげられたぼくらにはそれすらない。火薬さえあればぼうっとしていられるのに。となりにホアの奴が座っていても気にならないのに。だからぼくはとても殺気立って、怒りを体じゅうにみなぎらせていた。

そんなぼくにとって、教室でホアの奴らと一緒に授業を受けさせられるというのは、ぶち切れて教室内の人間を皆殺しにしろと言われているようなものだった。

われながらよくひと月も我慢したものだと思う。

こいつらは間違いなくぼくらゼマの村々を襲い、焼き払い、殺し、レイプしてきたはずだ。でなきゃこんなところにいるもんか。ぼくもこいつらも、「微笑みの家」にいるのはみんな兵士だった連中だ。ホア族で、しかも兵士だったなら、殺す犯すの人でなしに手を染めてないなんてありえない。

だから、ホアの連中が教室の片隅に集まって、ぼくを指差してなにごとか嗤(わら)っているのを見たとき、ぼくは来るべき瞬間がやってきたと悟ったのだ。

このときのために、この瞬間のために、ぼくはいつも鉛筆をとがらせるように気を使ってきた。ぼくはこの瞬間が来ることを知っていたし、それはどうあがいてもやってくる運命だということも知っていた。否応(いやおう)なしに。

そしてぼくはようやくその時が来たことにほっとする。

決意はいらなかった。自然に体が動いて、目の前にあるおぞましいホアの手の甲に、得(え)物(もの)を突き立てている。

「まだ月曜日なのに」ぼくは血を吹き上げる孔(あな)にぎりぎりと鉛筆をねじ込みながら言い、「機嫌悪くなったのどうしてくれるんだよ」

ホアの奴は豚のような叫び声をあげたけれど、ぼくはそれが嘘っぱちだということを知っていた。ホアの奴らは痛みを感じない、と上官に教えられていたからだ。

そういう意味ではホアの奴らもロボットみたいなもんだ。ぼくらと同じように痛がり、涙やヨダレや鼻水を流しながらのたうちまわるけれど、それは相手の同情や哀れみをさそうためのよくできた芝居にすぎない。本物の痛みはないはずだ。むかし、上官はこう言ったものだ――連中はゾンビーみたいなもんだ。連中が本当に痛みを感じているのなら、お前らの父さんや母さんや妹がされたようなひどいことを、ホアができるはずもない。痛みを知らないから、他人の痛みを奴らは想像できないし、だから平然と人殺しができるんだ、って。ぼくにはそれが、完璧に筋がとおった話のように思えた。

「痛いか。もちろん痛いはずないよなあ、この野郎」

そして教室は大混乱になり、何人もの友だちがぼくに加勢してくれた。ぼくは握り締めた鉛筆を幾度もホアの体に打ち下ろし、体に穴をあけていく。ホアの奴らも負けじと仲間をかき集めたけれど、AKのない戦いはやっぱり本物の戦いとはいえないような気がした。押し合い、へし合い、怒鳴り合い。けっきょく、「微笑みの家」の誰ひとりとして死体にはならずに、この小さな戦争は終わってしまった。

ここから追い出されるのだろうな、とぼくは思っていた。

どこへ行けばいいのだろう。ヘヴンは乞食になった子どもで溢れかえっている。何も食べられずに死んだまま放置された小さな遺骸が、道端に転がっているのを見かけることもある。それはゼマの子どもだったり、ホアの子どもだったりいろいろだけれども、遅かれ早かれぼくらもあの路上に放り出されるのだ。「卒業」とかご大層な名前をつけたって、その現実を覆い隠すことはできない。

兵士をやっていればホアの村を襲って食い物にもありつけたけれど、ぼくらはAKを取り上げられてしまった。戦争が終わったというのに、というより戦争が終わったからこそ、ぼくらはもっと貧しくてひもじい世界へ放り込まれるわけだ。

ところが、ぼくは少なくとも施設からは追い出されなかった。

白人たちがやってきた。いや、白人はもともと何人か学校にはいたのだけれど、そのときやってきたのはたくさんの医者っぽい連中だった。真っ黒くてつやつやした、とても高そうなバンがグラウンドに何台も止まって、そこから派手なTシャツを着てサングラスを掛けた連中が降りてきた。黒い車の側面にはかっこいいロゴでCMIと書かれている。

ぼくの前にいる医者の名前は忘れてしまったけれど、きみらの心を直しに来た、と言ったことは覚えている。ということは、医者なんだろう。

「CMIってなに」ぼくは警戒心丸出しで訊いた。「SRFの奴らと関係あるの」

「SRFとは関係ないよ。かといって、SDAとも関係ない」医者はそう穏やかに答えた。

「きみはSDAの兵士だったんだね」

CMIって何さ、とぼくは同じ質問を繰り返した。同情とか哀れみのようなものを、それ以上かけてもらいたくなかったからだ。自分の兵士生活を話すだけでも相当疲れたというのに、国に帰れば食うに困らない連中の安っぽい同情なんてもらっても吐き気がするだけだ。

「コンバット・メディカル・インストゥルメンツの頭文字さ。訳すなら戦闘医療工業、ってところかな」

「ぼく、英語はわかるから。難しいことばは解らないけれど」

「資料によると、医者を目指してた、って書いてあるね。学校で勉強したんだな。きみはインテリなんだ。失礼したね」

医者のお世辞がぼくのむかつきをさらに大きくする。

「CMIっていうのは何をしているの」

医者は両手を揉(も)みながら、言葉をさがしているようだった。

「そうだな、兵隊さんたちの怪我とか心の傷とか、そういうものを治したりしている。それと、兵隊さんたちが戦場に行ってから不安になったり苛々(いらいら)しなくていいように、事前に心に注射したりもする」

「心に注射——」

「そう、いまの科学は体だけじゃなくて、心にも注射をすることができるんだ」医者はぼくの目を覗(のぞ)きこんで、「きみにももうすぐわかるよ」

ぼくは気に入らなかった。隠し事をされるのは好きじゃない。優位を握られている感覚が、いつも背中につきまとう。

「で、CMIの人たちは何しに来たの」

医者は相変わらずの穏やかな、けれど今度は誇りに満ちた、断固とした口調で言った。ちょうど、ぼくたちがSDAのスローガンを唱えるときのような、確信に溢れた声で。ぼくはその眼の輝きに見覚えがあった。

「この国の戦争を終わらせるためだよ」

「戦争は終わったよ」とぼくは言った。

「じゃあ訊くけれど、きみの戦争は終わったのかい」

ぼくは戸惑った。なんでこんなふうに煽るようなことばを投げつけてくるのだろう、この医者は。教師連中はしょっちゅうこう言ってよこす。憎しみの時代は終わった、戦いの時代は終わった。もう誰も憎んではならない。もう誰も殺してはならない、と。そんなふうに力のないことばを唱えていれば消えてなくなるほど、ぼくらは美しい生活を送ってきたのではないことを、この大人たちも先刻承知だろうに。だから、ぼくは心のなかでそんな馬鹿げたことをほざく教師を滅多刺しにしながら、でも現実には涙をこらえた健気な顔でうなずいていたものだ。

「みんな、終わったと言ってる」

ぼくがそんな当たり障りのない答を返すと、医者はなおも続け、

「言ってる人間はその実、これっぽっちも終わったなんて思っちゃいない。きみにだってわかるだろ」


戦争が終わって五秒後のンドゥンガの処刑が、ぼくから「戦争は終わった」という感じを剝ぎ取ったのかもしれない。あのときのぼくは、軍規は軍規だという上官の言葉を、それはそうなのだろうな、と納得していたように思う。友だちが死んだのは悲しくてしょう

がなかったけれど、軍規に違反したのは事実だし、戦争が続いていようが終わろうが、その罰は受けるべきだというのもそうなのだろう。

かくて、戦争は終わった。友だちが死ぬ五秒前に。少なくとも皆がそう言っていた。戦争は終わったって。でも、ぼくはぼく自身の戦争をどう終わらせたらいいのだろう。

ぼくの戦争のはじまりはこうだ。

山ひとつと川ふたつ越えた学校から帰ってくるときのことだ。最後の川を越えたあたりで、狼煙(のろし)のようなものが村の方向から立ち昇っているのが見えた。近づくにつれてだんだんと臭いがきつくなっていくのがわかる。いつものヤギの糞とか、草とか動物の臭いじゃなくて、なにかものすごく気持ちの悪い臭い。ぼくはいつの間にかノートと鉛筆の入ったかばんを放り出して、村のほうへ駆け出している。

そして村の入口で立ち止まってみれば、消し炭になったみんなの家があり、無造作に転がる死体があった。何本もの腕が木挽き台(こびだい)の傍らに積んであるのは、SRFの悪魔どもが山刀を村人たちの肩に打ち下ろしたからだ。もちろんそれは、あとになって兵士になったぼく自身が、ホアの奴らに同じことをしたから知っているだけで、そのときは薪(たきぎ)のように積まれた腕の山を見ても意味がわからなかった。

怯(おび)えきったぼくは、気が狂ったように自分の家があった場所に走っていった。

まず母さんがいた。服は上半身がぼろぼろに破られて、顔はひどく殴られて腫れ上がっていたけれど、それは今となってはあまり問題ではないように思えた。居間に突っ伏して、穴だらけになった背中から血がたっぷり流れ出ていたからだ。地面がそれを吸い込んで、土が赤黒く染まっている。その傍らには妹のミンヌがいて、賢く広めのおでこにやはり弾を撃ち込まれて死んでいた。まだ十歳にもならなかったというのに、ＳＲＦはミンヌを慰み者にするという正気じゃないことを平然とやってのけた。母さんと違って裸に剝（む）かれて、開いた股のあいだからはまだ精液が零（こぼ）れ落ちている。

　ぼくはその場で気を失ったように思う。目の前の風景のものすごさに。

どれくらいそうやって、家族の死体のすぐそばに倒れていたんだろう。ややあって、ぼんやりとした意識のなかで、いくつかの声、男たちの声が聴こえてきた。

なんだかわけがわからないうちに、ぼくは軍服を着た男に抱き起こされた。大丈夫か、とその人は言ってからさらに、すまない、とつけ加える。私たちが間に合えば、ＳＲＦの好きにはさせなかったのだが、と。

　ぼくはその人に支えられて家の外に歩いていき、あらためて焼き払われた村を見つめた。ぼくの母さんが死んだ。ぼくの妹が死んだ。これ以上ないというくらいの辱めを受けて。父さんもいなくなっていた。たぶん殺されたのだろう。隣のムトゥグアイさんも、ぼくの勉強をよく手伝ってくれたテニツァイ兄さんも、腕を断ち落とされたあげく胸に弾を撃ち込まれていた。

　ぼくを知っているひとは、もうこの世にひとりもいない。

こうしてぼくは、兵士になった。ＳＤＡの兵士として、ＳＲＦの奴らを皆殺しにするために。


「確かに停戦命令は出た」

そう言って白人は頷(うなず)き、

「オランダの仲介で、ＳＤＡとＳＲＦと国軍は手打ちをした。ＤＤＲ、って言葉、知ってるかな」

ぼくは首をふった。

「武装解除(ディスアーマメント)、動員解除(デモビリゼーション)、社会再統合(リインテグレーション)、の頭文字だよ。戦うのを止めたあと、きみのような戦争に関わったひとびとをもとの生活に戻す仕事のことだ。ほんとうに戦争を終わらせるためには絶対に必要なことなんだよ」

ぼくの心のなかに、反射的な憎しみが湧きあがる。とくにＤＤＲの最後の文字、Ｒの中身にだ。「統　合(インテグレーション)」だって……。まさか、あの、ホアの連中に統合されろとでも言うんだろうか。ひどく吐き気を催させる言葉だった。連中に「統合」されるくらいならぼくはＡＫを撃ちまくって、ホアのガキを何人か道連れにしてから、警官に射殺されてやる。

ぼくのそんな怒りと怯えをよそに、医者はなおも続け、

「うん、武装解除も進んでいるよね。きみもハンマーを渡されて、手持ちのＡＫを自分で壊しただろ。そして、きみは軍から解放された」

「クビにされたんだ。解放じゃないよ」

「きみだけがクビにされたわけじゃないよね。子どもの兵士も大人の兵士も、新しい国の軍隊に必要な人間だけを残して、全員がクビになった。これを動員解除、というんだ。平和な国では、兵士がそんなにたくさんいても仕方がないし、本当ならきみたち子どもは戦場で戦っちゃいけないはずなんだ」

「はず、でこの国は動いちゃいないよ。先生の国ではどうか知らないけど」

「ぼくらが来たのは、その『はず』を徹底させるためなんだ」


　ぼくらはバスに乗って、ヘヴンの中心部に近い、かつては豪華なホテルだった廃墟に連れて行かれた。ホテルの前にはアメリカ軍や国軍の装甲車があって、両国の旗も立っている。その隣には地球をぐるりと葉っぱが囲っているのともうひとつ、黄色と茶色とクリーム色の天使が手を取り合って地球を囲んでいる図柄のものがはためいている。

「あの旗はなに」

　バスを降りたぼくが指差して訊ねると、後ろから降りた医者は額に手をかざして答えた。

「ＵＮＩＣＥＦだよ。国連の、世界の子供を守る仕事をしている人たちだ」

　いままでぼくらは守られていなかったけれど、と言うのはやめておき、ぼくは続けた。

「その隣は……」

「ＮＧＯだね。国や国連じゃなくて、この国になんとか立ち直ってもらおうと来ている、一般のひとたちだ」

「先生がいるCMIの旗はないの」

医者はうなずいて、

「ぼくの会社はそのNGOの人たちに雇われているんだ。〈民族なき世界の一員〉という団体だよ」

戦争のあいだ、泊まる人間も維持する人間もいなかったホテルは荒れ果てるままになっており、からっぽのプールはところどころひび割れゴミ捨て場になっている。昔はそこに水がはられていたことを思い描くのは難しかった。まるで四角くくり抜かれた空虚が、それのいちばん自然で、あるべき姿のように思える。何かの、もちろん水とかそういうものの器ではなく、最初からからっぽの空間として在るような。

建物のなかも、それほどきれいに掃除されているとは思えない。たぶんこの人たちがホテルに陣取ったのは、つい数日前のことなんだろう。いたるところにダンボールが無造作に放り出してある。お金のかかった石造りで、とても広いけれど、とても散らかっていた。医者の履いている靴の底が、石の床にかつかつと音を立てて響き渡る。

「ごめん、散らかってるだろ」医者はすまなそうに謝り、「三日前までは野犬もいたんだ。客室や廊下をうろうろしていたよ」

犬はどうしたの、とぼくが訊くと、

「退治したよ。きみらをここに連れてくるんだから、安全にしておかないとね」

安全、ということばがとても可笑しくてたまらなかった。ついこの前まで、この国のどこを探したって安全なんてことばは見つからなかったのに。

学校から連れてこられた、ぼくら十二人の子どもたちは、天井の高い、だだっぴろい部屋に通された。以前はさぞかしきれいな部屋だったんだろうな、とぼくは剝げかけた壁いちめんの絵を見ながら考える。昔この国を支配していたキリスト教徒たちが描いた絵で、体がふんわりと光っている髭面のやせっぽちが両手を広げている両側に、いろんな男たちが群がっている。食卓のようなテーブルだけれども、ひとつの机を囲みもせずに横一列に着席するなんて、ずいぶん奇妙な食事の仕方もあったものだ。ぼくらがキャンプで火を囲みながらスティックをきめているときのほうが、よっぽど普通の食事に似ている。

そこには妙なかたちの椅子がたくさん並べられていた。

まるでアメリカ軍のロボットだ。ぴかぴかで、いまにも椅子に脚が生えて歩き出すんじゃないかと思ったくらい。とりわけ奇妙だったのは、背もたれの上に取りつけられたバケツのようなものの存在だった。

「あのバケツみたいのはなに」

ぼくは指差して訊く。

「みんなには注射したあと、あれを被ってもらって一時間ほど寝てもらう」医者はそう説明して、「あたりまえだけど、心配はいらないよ」

「どうして」

「あれがきみの戦争を終わらせる」そう医者は言い、「説明したと思うけれど、これを受けてもらえれば、きみたちは施設を追い出されなくてもよくなる。『微笑みの家』にはさすがに戻れないけれどね。別の場所でいままでどおり勉強ができるし、食事ももらえる」

ぼくらがここに来たのはその約束があったからだ。ここに連れてこられたのは、「微笑みの家」の生徒のなかでも、ぼくと似たり寄ったりの連中だ。つまりは、家族や友だちをホアの奴らに殺されてSDAに入った元戦士たち。貧しさに耐えかねてSDAの兵隊になったのもいるけれど、そういう奴は今日このホテルに連れてこられた人間のなかにはひとりもいなかった。

「注射って、どんな注射なの」

「前、今の技術があれば心に注射ができる、と言ったよね。これがそうなんだ」

「どういう仕組み……」

医者は頭を掻きながら笑い声をあげ、

「仕組みかあ。それはなかなか説明するのが難しいな。脳みそはわかるかい。きみやぼくがものを考えたり感じたりする場所だ」

「先生は脳みそを見たことがあるの……」

「いいや、ぼくはナノマシン技術者だ。脳外科医じゃない」

ナノマシンというのがなんだか知らないけれど、これだけは確かだ。ぼくはうんざりするくらい脳みそを見てきている。いつもぐちゃぐちゃになったのしか見たことがないから、ちゃんとしたかたちを目の当(まあ)たりにしたことはない。けれど、脳みそを見たことがない人間に脳みその話をされるというのが、なんだかひどく馬鹿馬鹿しく感じられた。

医者はそんなぼくの馬鹿にする気持ちにはこれっぽっちも気がつかずに、

「難しい言葉でいうと、これからするのは顔ゲシュタルト形成系神経構造局在遮断認識偏向という医学的処置だ。きみの脳みそに作用して、あるものの見方をすこしだけ変えるのさ。ぼくらはそれを、公平化機関(インディファレンス・エンジン)と呼んでいる」

ものの見方が変わる、という言葉の意味を、そのときのぼくはあまり深く考えていなかった。ぼくはぼくだし、それ以外のぼくであることなんて、そのときは想像できなかったからだ。

「これって、ほかの人で試したことあるの。ぼくらがはじめてとか言わないよね」

「もちろんだ。ぼくらの国には、これからきみらがするのと同じく心に注射した人たちがたくさんいる。それも自分からね。この国でもすでにたくさんの大人がこの処置を受けて世の中を良くしようとしているよ。マイクロファイナンス、って……知らないよな、こんな難しいこと」

「うん、知らない」

「ほんの少しばかりお金があれば、商売をはじめられるのに、って思ってる人たちにお金を貸してあげるんだ。普通はこいつを返すとき、借りた人はちょっとばかり多めにお金を返さなきゃならない。そうしないと、貸した人が得しないだろ」

ぼくはうなずいた。

「その多い分を、利子、っていう。ぼくらを雇っている団体は、こうやってお金を貸すとき、借りる人たちにこの処置を受けてもらうか、やっぱりふつうに利子をつけて返すか、好きなほうを選んでもらう。ほとんどの人は『心に注射』するほうを選ぶけどね。だから、街でお店をやってたり、野菜を売ってたりする人の多くが、この処置をすでに受けているんだ」

それは知らなかった。でも、ぼくらがはじめてじゃない、というその保証をもらっても、ぼくの心にはどこか納得がいかないところがあった。まるでだまされているような気分が。

「さあみんな座って座って。さっさとはじめて、家に帰ろう」

医者はそう言ってぼくらの背中を叩いたけれど、家ってどこのことだろう。帰るべき家なんて、何年も前にホアの奴らに奪われてしまった。村そのものがなくなってしまったのだ。じゃあ、ぼくはどこへ帰ればいいのだろう。戦争が続いているあいだは、部隊が家だった。戦争がぼくの家だった。でもいまはどうなのだろう。「微笑みの家」がぼくの家なのだろうか。まさか。

医者のことごとく滑り続ける言葉を無視して、とりあえず明日の食事はもらえるというその言葉を信じ、ふっくらした椅子に腰を沈める。

ぼくらは施設を移動することになった。

街の東にある別の建物で、屋根には「美しい世界の種」という看板がかかっている。前の場所よりももうすこし住宅地に近く、近所の人たちが物珍しそうに、あるいは疎ましそうにぼくらのほうをちらちら見ていた。

ぼくを嗤ったあいつらと顔を合わせなくて済むかと思うとほっとする。クラスの半分は、ぼくといっしょに乱闘騒ぎに参加して、いっしょにホテルへ行った連中だ。もう半分は見たことのない面子だった。年恰好はぼくらといっしょのようだったけれど、この連中も別の場所で同じような問題を起こしたんだろうかと考えた。さすがに鉛筆は使ってないだろうけれど。

教室に入ると、なにかおかしいような気がした。なんとなく、目の前の景色がやわらかいというか、ぺたっとしているように感じられる。そのときのぼくは、なにがぼくの頭に起こったのかまだ理解していなかった。

「ぼくはエッグァイだ」

となりに座った子がそう話しかけてくる。やわらかい声だった。

「きみはどんな問題を起こしたの」

ぼくは名乗り返しもせずに、いきなりそう訊く。エッグァイは面食らったようで一瞬だけ言葉に詰まったけれど、ややあって笑い出し、

「いきなりだね」

「ここにいるぼくの知り合いは、みんな一緒に問題を起こした連中だよ。とすると、きみ

らも同じじゃないのかい」

「そうだね。わかると思うけど、ぼくは街の反対側にあるもうひとつの施設から移ってきた。『再出発の場所』ってとこ」

「やっぱり、子ども兵士の施設……」

「うん」

「きみも兵士だったんだ。ぼくらと同じく」

エッグァイはそこで少し唇を噛んだ。思い出したくないものを思い出したという感じで。

「ぼくは家族を殺された。母さんも、父さんも、兄さんも、お爺ちゃんも、みんなだ」

「村はどうなったの」

「残ってないと思う、たぶん。ものすごい焼けてたし、ぼくみたいに生きていたのはみんな兵隊にとられたし、ほかは皆殺しだったから」

家族のない子ども。ぼくと同じだった。ホアの奴らに家を焼かれ、近所の人たちの腕が山刀で枝のように切り落とされるのを見てきたんだ。この施設にいる連中ではさして珍しくないけれど、それでもそういう辛い経験はときにぼくらを結びつけるきっかけになった。

「ぼくも、家族をみんな殺された。このクラスにいる他の連中も同じさ」

エッグァイは黙ってうなずく。なかばまぶたをふせて、何かの思いを噛み締めながら。話が途切れるままになってしまったので、ぼくは耐えられずに別の話をすることにした。

「きみもホテルへ行ったの」

「きみらもか」エッグァイは驚いてそう言い、「点滴をされたあと、なんだか小さな樽みたいなものを被ったまま椅子に座らされたよ」

「あれがなんだか、きみは知ってる……」

エッグァイは小さく首を振って、

「ううん。きみは」

「なんだか難しい名前を教えてもらった」

「憶えてないの」

ぼくは頭を横に振って、

「冗談じゃなくて、なに言ってるのかわからないくらい難しかったんだ。『遮断』がどうとか言ってたのだけ思い出せる。ここの授業なんかより千倍わけがわからないよ」

「先生に訊けば教えてくれるかな」

「どうだろう。なんだかあいつら、秘密めかしてるし」

そのとき、先生が部屋に入ってきた。真っ白な半そでのシャツを着た、でぶの女だった。この女もレイプされたことがあるのかな、とぼくはぼんやり考える。この国で戦争中にレイプを経験していない女は少ないと思う。ぼくだってやった。ホアの村を襲撃したときに。やらなきゃ殺すぞと上官に言われたから。やる前はすごく怖くて怖くてたまらなかったけれど、一度やってしまうとあとは何も感じなくなった。おしっこをするにはトイレが必要だ。そんな感じでぼくは淡々とやった。

でも、この女はどっちにやられたのかな。ホアなのか。それともぼくらゼマなのか。

何かがおかしいことに、ぼくはぼんやりと気がつきはじめた。

「みなさんはここで、新しい出発を準備します」

でぶの女が言った。みなさん。ぼくはエッグァイ以外の子どもを見回す。

「みなさんは新しい才能を授かりました。新しいこの国を担うにふさわしい才能です。欧米ではすでに一般的になっているこの処置は、みなさんをかならず憎しみから解放してくれることでしょう」

気持ち悪いくらい、やさしさと希望に満ちた、やわらかい声だった。教室の後ろのほうに座ったぼくは、エッグァイに顔を寄せて、

「ああいうのって、ほんとに気味が悪いよ。ぼくらがどんな仕打ちを受けて兵隊になったのか、知らないわけじゃないだろうにさ」

エッグァイは控えめに笑いながらも、

「そうだよね。でもあの人たちが言ってることが大事なのはわかってるんだ。いつか、どこかで諦めなきゃ、みんな幸せになれないんだ、って。戦争のない世の中にはならないんだって」

「幸せになれなかった妹や母さんたちのことはどうでもいいのかい」

「どうでもよくはないよ」とエッグァイは悲しそうな顔をして、「それに、頭ではわかっていても実際に敵だった連中を目の前にすると頭が混乱するんだ。憎くて憎くてたまらな

い。でもいまのぼくにはＡＫがないし、殺したら殺人罪でつかまっちゃう。戦争ではいくら殺してもよかったのにね」

「鉛筆一本あればじゅうぶんさ」

ぼくは支給された鉛筆を持ち上げて言った。


ぼくはエッグァイと仲良くなった。

食べ物の配給にはいっしょに並んだし、勉強でわからないところを教えてもらったりもした。エッグァイはいい奴だった。ぼくよりもずっと落ち着いていて、何かにつけてすぐカッとなるぼくにくらべて、物腰もずっとおだやかだ。ぼくらは正反対の人間といってもいいくらいだったけれども、ともに家族を殺されて兵隊になった。

授業そのものは「微笑みの家」とほとんど変わらなかったけれど、むこうと違うのは、やたら先生が面談したがることだ。ここは楽しいか、とか、最近いらいらしたり怒ったりしていないか、とかそういうことをしつこく訊いてくる。そのかたわらにはいっつも白人の医者がいて、コンピュータになにごとかを打ちこんでいる。

「じゃあ、あなたはなんでいらいらしているの……」

でぶ教師がそう訊いてきたので、ぼくはうなずいた。

「スティックも火薬もないからね」

「それが原因なのね」

でぶは悲しそうに首を振った。心底ぼくに同情しているようだったけれど、ぼくはかえってそれがうざったかった。

「あれは麻薬というの。あんなものを続けていたら、あなたたちの体をぼろぼろにしてしまうわ」

「でも、あれがないとほんとうにいらいらするんだよ」

「友だちとはどう……。喧嘩とかはしてない……。だれか憎たらしい子がいたりとか、そういうのはない……」

「喧嘩……。いまんとこ、する理由ないよ」

でぶと白人は顔を見合わせて微笑んだ。

「いい方向に向かってはいるようね」

でぶはそう言ってにっこり微笑み、目を指でぬぐった。ぼくはそこではじめて、この女が泣いていることに気がつく。何かに感動しているのだ。

「あなたたちが大人になるころ、この国はきっとすばらしい場所になっているはずよ。ホア族だのゼマ族だの、そういうことでいがみあったりしない、心優しい土地に。いまは憎しみあっていても、きっといつか気づくでしょう。あなたたちのその背中には、未来を目指すための羽根が生えていることに。あなたたちは希望なの。憎しみあうことが体に染みついてしまった、わたしたち大人の。きっと、あなたたちが別の世界を切り開いてくれる。この『美しい世界の種』の窓辺からやがて飛び立って、新しいシェルミッケドムを造り上げてくれる」

でぶは椅子から立ち上がって、ぼくをぎゅっと抱きしめた。

たっぷりとした胸のはざまに顔をうずめながら、ぼくはものすごく居心地が悪かった。この女の夢は、希望は、いったいどこから出てくるのだろう。ぼくがこの世界になにか良いことを期待するには、あまりに多くのものを見すぎてしまったし、やりすぎてしまった。


ぼくはこの施設に入って、ホアの奴らといっしょに勉強しなくてすんだと思ってすっかりくつろいでいた。「微笑みの家」にいたときは、となりの席にいるホアの首筋しか目に入らなかったからだ。あそこでピクピクうごめいている太い血管に、この鉛筆を突き立ててやりたい。そんな怒りと緊張のなかで平和についてのお説教を垂れられても、はっきりいって逆効果だ。

友だちのエッグァイが穏やかな性格だったのも、ぼくが以前のようにぴりぴりしていない一因だ。よく兵士として生き残ってこれたもんだ、と不思議で仕方ないくらい、エッグァイは優しくて思いやりのある性格だった。

エッグァイはいつもゆっくりとしゃべった。意識してそうしているようだ。ぼくら兵士はいつも、隙を作らないように素早く、銃声に負けないように大声でやりとりするのに慣れてしまっている。だから、普段のしゃべり方もなにかに急(せ)かされたような大声になってしまう。

「そうだね」

あるときぼくが、そのしゃべり方はわざとそうしてるの、と訊くと、エッグァイはそう答えた。

「ああいうしゃべり方でやりとりしてると、どうしてもまだ軍隊にいて、戦場にいるような気がしちゃうんだ。だから、ぼくは意識してゆっくり穏やかに話すようにしてる。みんなも真似してくれればいいな、と思って」

エッグァイのそうした努力が広まったのか、いつしかほかのみんなのしゃべり方も同じような、ゆっくり、落ち着いたものに変わっていった。ぼくも含めて。そうすると、この施設全体がリラックスできる場所のように思えてきた。

この新しい施設に来てからというもの、ホアの奴らをひとりも見かけないことに、ぼくは安心しきっていた。そう、それが嘘っぱちだと知るその瞬間までは。

「ねえ」

ぼくは配給所でエッグァイに話しかけられた。ホーローの容器をもって、国連が配給してくれる人工蛋白（じんこうたんぱく）をよそってもらうために並んでいたときのことだ。聞いた話だと、ほんものの穀物は高すぎてこういう国に配れるような値段じゃないらしい。なんでも、白人の国じゃ小麦やトウモロコシを、車や飛行機の燃料にしているのだそうだ。あんな食べ物で走る車があるなんて、ちょっと信じられない話だ。

「なんだい」

ぼくが訊き返すと、エッグァイはひどく気味の悪い顔をした。怯えているような、泣きたいような、何かを内に抱えこもうとするあまりぐんにゃり歪んだものすごい顔。

「きみはミンガ村を襲ったことがあるって聞いた」

「なんでそんな、戦争中の話をするんだい。誰に聞いたの」

そう答えると、エッグァイはホーローを落とし、ぼくに顔を近づける。鼻息が頬にかかるほど近くに。

「サンクァに聞いた。きみと一緒の部隊にいた」

サンクァはぼくと長いあいだ一緒に戦ってきた、言ってみれば戦友といえる子だった。ぼくがホアの奴に鉛筆を突き立てたときも、一緒に乱闘騒ぎに加わってくれて、だからこの施設にも一緒に送られてきたというわけだ。

「ミンガ村を襲ったの。答えて、お願い」

ぼくはわけがわからずに、

「三年前の作戦だよ。あそこはホアの奴らの重要拠点だったからね。大きな戦いだった。うん、はっきりと覚えてるよ」

エッグァイはぼくの顔をじっと見つめたまま黙り込んで動かなくなる。息をすることも忘れてしまったようだ。目を気持ち悪いほどに見開いて、きつく閉じた唇の奥では歯を食いしばっているのがはっきりとわかる。

「ぼくはミンガに住んでいた」

意味がわからなかった。ぼくは泣きそうで潤みきったエッグァイの瞳を見つめる。どうしてエッグァイがミンガ村にいたのだろう。あそこにはぼくらの捕虜なんていなかったはずだ。

そのとき、悲しみにぐにゃぐにゃに歪んだエッグァイの顔が意味するものに、ぼくは唐突に気がついた。

いや、正確には、その顔が意味していないものに。

「きみは、何族だ」

そう、怯えながら口にする。ぼくは気がついた。この施設に来てから、一度もホアの奴らを見かけなかった理由に。そもそも、あのでぶの女教師は何族なんだろう。ホアとゼマは別の生き物だ。ホアは人間じゃない。ホアの顔は、ぼくらゼマとははっきり違う、はずだ。

ホアの奴らを見かけないのは、誰がホアかわからなかったからだ。

だから自動的に、ぼくはみんな同じゼマの連中だと思いこんだ。そもそも、何族かなんてこと自体気にしなかった。そうやって安心しきって、勝手にエッグァイもゼマの人間だと思いこんでしまった。

答えないでくれ、とぼくは自分が口にした質問を後悔しながら心のなかで思った。けれどすでに、それは手遅れだった。

うあああ、と叫びながらエッグァイがぼくにのしかかってきた。

ぼくは反撃する間もなく、そのまま地面に押し倒されてしまう。後頭部を強く打ちつけて、意識が一瞬飛びかけたけれど、幸いなのか不幸なのか、ぼくはしっかり目を見開いたままで、腹に馬乗りになって振り上げられたエッグヴァイの拳(こぶし)をしっかり見据えることになった。

ぼくの頬にエッグヴァイの拳固(げんこ)がめり込む。

ぼくはその一撃で口の中を切ってしまい、舌の上に血の味がざわっと広がった。不意打ちの第一撃から立ち直る間もなく、こんどは左のこめかみを殴られた。ンドゥンガが上官に弾丸を撃ちこまれた、あの左のこめかみに。

「ぼくはミンガの生まれだっ」

エッグヴァイは叫びながら泣いていた。三度めの拳が振り下ろされ、ぼくの鼻を砕く。めきゃ、と頭蓋骨のなかでいやな音が響き、鼻の穴があっというまに血で溢れかえる。

「きみは、ぼくの家族を殺したっ」

もう一方の頬に、また拳が飛んできた。ぼくの顔はめちゃめちゃに破壊されつつある。タイミングをはからなきゃ、とくらくらする頭でぼくはなんとか考えた。次に飛んでくる拳を受け止めなきゃ。

「ぼくはホアだ。ホアの男だっ」

そして、振り下ろされたエッグヴァイの拳を、ぼくはどうにか右腕で払いのける。と同時に左手で相手の胸を突き飛ばし、馬乗りされていた体を腹筋の力で一気に跳ね飛ばした。

エッグァイが尻餅をついた隙に、ぼくは駆け出していた。このダメージで戦う気はまったくなかったし、それ以上に、自分の頭に起こったことに混乱していた。「頭に起こったこと」といっても、いましがたエッグァイの拳がしたことじゃあない。たぶんあの廃墟のホテルで、あのバケツに頭を突っ込んで注射されたときに、白人の医者どもがしたことだ。

「なんでだ、なんできみはゼマなんかなんだよう」

エッグァイの悲しそうな叫び声が聴こえる。ぼくはぎゅっとまぶたを閉じて、その絶叫は聴こえなかった、と思おうとする。ぼくの頭からエッグァイの声を締め出そうとする。

ぼくは恐怖のあまり、そのまま配給所を飛び出し、さらに気がつけば施設そのものを飛び出していた。あそこに戻るのが恐ろしかった。あそこじゃ誰がホアで誰がゼマか見分けがつかない。つまりは敵か味方かということが。

はっきり言ってぼくは混乱していた。だって、外に逃げても敵か味方かわからない、って点じゃまったく同じなんだってことに、そのときはこれっぽっちも気がつかなかったんだから。

行くあてはない。

戦争が終わって、SDAが解散してから、ぼくはずっと施設にいたから、街のことを何も知らなかった。つまり、ぼくが身を隠したり、なんとか食い物にありつけたりするような、そんな街の「深い」部分のことを。

施設にも入れてもらえなかった子供らはたくさんいる。子供だけじゃなくて、おとなだってそうだ。そういう子供たちはギャングを作って、街のスラムを歩き回っていた。巡回するアメリカ兵には見つからないように、戦時中のＡＫを隠し持って、これまた戦時中のスティックを売りさばいている。

ぼくが施設に入れられたおかげでギャングになれなかったのは、今となっては不幸とか言いようがなかった。施設を飛び出したいま、このときにあっては。ぼくは街の地図を知らない。戦争が終わってから、この街がどんなふうに変わって、どこにどんな人が住んでいて、それぞれの区画をどんな奴が仕切っているか。ぼくはそういう勢力図をまるで知らなかった。

だから、ぼくはものすごく困ったことになった。

「ゼマのクズめっ」

ゴミの山に手を伸ばそうとしたぼくに向かって、どこにそんな元気があるのだろうか、どこからともなく孤児たち——おそらくはホアの子供たち——がわらわらと一斉に現れ飛び掛かってきた。

物乞(ものご)いも残飯漁(ざんぱんあさ)りも、施設にいたせいですでに技術的に出遅れていたぼくだけれど、それよりも問題だったのはむしろ、街のそれぞれの物乞いやゴミ漁りにもショバというやつがある、ということだった。施しを受けやすかったり、美味しいゴミが拾えたりする人気スポットだ。そういう場所というのはすでに仕切り屋とその取り巻きによって占領されていたりする。ぼくは最初、それを知らずにある餌場に近づいて死にかけた。というのも、そこはすでにホアの奴らのショバだったからだ。

鋭い蹴り。飛んできた爪先がみぞおちにぐさりと突き刺さる。ぼくが息を詰まらせると、すぐさま拳固が飛んできて、こんどは顎を打った。

ぼくは顔を張り飛ばされて大きくのけぞった。さらに足の裏が飛んできて、ぼくの胸板を押しこむ。ぼくはそのままゴミの山に背中から突っ込んでしまった。

「おいおいおい。食い物が勿体ねえ。さっさとこいつをゴミから引っ張り出せ」

誰かが指示すると、ぼくは胸ぐらをつかまれて、ゴミから路上へと転がされる。そして、さらにぼこぼこにされた。

戦争中の憎しみは完全に生きていた。

蹴りのひとつひとつが、戦時中にぼくが放った弾丸への礼だとでもいうように、とにかく蹴られた。とはいえ、ぼくにそれをどう避けろというのだろう。なにせ、ぼくにはそこがホアのショバかゼマのショバかわからない。なけなしの残飯に群がっている連中に話しかけて、どっちの部族か訊ねればわかるだろうけれども、そのあと半殺し——いや、もしかしたらそのまま殺されるかも——にされる確率は二分の一だ。

街中の孤児たちは、まだ戦争をしているのだ。金持ちや白人連中の嫌らしい善意と、同じ連中が捨てていったゴミをめぐって。ただ、お互いが自分らの餌場を守っているだけで、銃での撃ち合いこそないけれど。

ホアかゼマか。ここではそれが必要だった。食べ物にありつくためには。一時期は追い詰められてそこらの店を襲おうとも思ったけれど、ぼくには銃がなかったし、それを実行できるだけの仲間もいない。そもそも、その店をやっているのがホアの人間かゼマの人間かもわからない。ゼマの店を襲うことにはどうしても抵抗がある。

そういうわけで、部族の見分けがつかない頭の持ち主であるぼくは、腹に入れるものをこれっぽっちも手に入れられずにどんどんやせ細っていった。

ある時期を過ぎると、肉の削げ落ちていく自分の体を冷静に眺められるようになる。突き上げるようだった激しい食欲が、いつしか頭のどこかへすっとんで消えてしまうからだ。そう、まるでぼくが心に注射されたみたいに。ホアかゼマかを見分ける、この国で育った人間ならごくごく普通の力を奪われたみたいに。

そうやって道端で死に掛けていたとき、ぼくは声をかけられた。

「ひさしぶりだな」

その声は朦朧(もうろう)とする意識のなか、どこか空のほうから聴こえてきた。誰だろう。そう疑問に思うことすら億劫(おっくう)だった。考えるのがつらかった。このまま何も食べずに、ぼくはどんどん縮こまっていって、やがて砂粒ほども小さくなって、ついには消えてしまうんだ。そんな思いをぐるぐる頭の中で転がして、ここ数日は座り込んでいた。だからまぶたを持ち上げるのはなかなか骨が折れた。すべてがもう、どうでもよくなりかけていたからだ。

「おい、聴いているのか」

聴いていないかもしれない、とぼくは思った。自分が何を聴いているのか、自分に何が聴こえているのか、もうわからなくなっている。

「こいつを運んでやれ」

ぼくは持ち上げられた。ふわっ、と浮いてから、どこかへと飛んでいく感覚がある。どこかの時点で、ぼくは何かに横たわった。前よりもずっとやわらかくて、落ち着く場所だった。


「元気は戻ってきたか」

元上官はそう言って、ぼくにスープを差し出してくれる。軍服姿しか知らなかったけれど、戦争中から金の鎖をじゃらじゃら下げていたから、それが白人の着るような革のジャケットに変わっても、見栄えの印象はあまりかわらない。戦争のときと同じく、腰にはしっかりホルスターをぶら下げて、いつでも撃てるようにストラップを外してあった。ただ、気持ち悪いくらいに物腰が、その目つきがやわらかくなっている。まるでキリスト教の神父になったようだ。

ぼくはうなずいて、スープを受け取る。

「国連軍の合成蛋白じゃないぞ。ほんものの豆に、ほんものの肉だ」

ぼくはがっついた。数日前までは死にかけていたけれど、いまはスラムの真ん中にある倉庫の廃墟で、体力が回復するまでの世話を受けている。施設にいたころだってこんなに美味しいものは食べられなかった。

　元上官はそんなぼくを、じっと見守った。がっつくあまりぼくが食べこぼすと、それをやさしくふき取ってくれる。

「ずいぶん辛い目にあったようだな」元上官はそう言って、神父の微笑みを浮かべながらも、哀しそうに深々と溜め息をついた。「せっかく平和がやってきたってのに、元部下が社会にひどい目にあわされているのを見るのは耐えられんな。この街は、この国はいまひどい状態にある。悲しいことだ。お前を保護できて本当によかったよ」

　元上官の瞳は父さんのようなやさしさでいっぱいだった。奇妙な話だけれど、それは施設にいたあのでぶの女教師を思い起こさせる。鷹揚さ。慈愛。ぼくが未だ持てずにいる、また持つ気のないすべてのまるくてあたたかいもの。

　とはいえ、ぼくは疑心暗鬼にとらわれていた。

　ここ数日、世話をしてくれた男たちの顔をじっと覗きこんで、ホアなのかゼマなのか見分けようとしたけれど、やっぱりどちらか区別がつかない。

　どうしてあんなところで死にかけてたんだ、と元上官が訊いてくるので、ぼくは正直に話した。施設を飛び出したこと。心にされた注射のこと。

「ひどい目にあったもんだ」元上官はいたわるようにぼくの肩に触れ、「でももう大丈夫だぞ。ここにいれば食べ物に困ることないし、ホアだゼマだというような区別に悩まされることもない」

そしてぼくは、疑問に思っていたことをおそるおそる口にした。

「ここにはもしかして、ホアの奴らがいるの……」

「ほほう。『心に注射』てのは本当の話なんだな」

元上官は面白そうに笑い、ぼくの心をすこしばかり苛立たせる。

「お前がぶっ倒れてここに寝てた数日間、お前に食べ物を運んで世話してやった奴は、ホアの兵隊だった男だぞ。顔立ちだってどっからどう見てもホアそのものって感じだ」

反射的に怒りが湧きあがる。ぼくは何日もホアの世話になっていたのだ。そう考えるだけで、抑えがたい憎悪が頭をかーっと占領してしまう。

「来い、我々の仕事を見せてやる」

元上官がぐいっと首をひねって、扉の向こうを指し示す。ぼくはやっと出てくるようになった唾を飲み込んで、心を落ち着けようとひと呼吸してから、ベッドから降りて元上官についていく。


スティックだ。

ぼくらは戦場でよくスティックを嚙んだものだ。それがあればぼうっとしていられて、いろいろなことを考えなくて済んだからだった。

ぼくがここ数日寝ていたこの倉庫は、事務所のような別部屋を出てみると巨大なスティック工場だった。ずらっとフロアいちめんにテーブルが並んで、それぞれの作業台の前でホアかゼマかわからない女子供が黙々と立ち働いている。乾燥してくすんだ緑色の葉っぱを砕いたものを、シートにくるくると包んで小指ほどの棒切れに仕立て上げていく。ぱっと見にはタバコのようにも見えるけれど、その中身はもっと強烈な代物だ。

「商売が順調でな」元上官は満面の笑みとともに言い、「売り場を広げようと考えてるんだが、それを邪魔する連中がいる。我々の成功をねたんでる奴らだな。そこでだ、お前に来てもらったのはほかでもない。戦時中、お前はとても優秀な兵隊だった。ゼマのためによく戦ってくれた。その力をな、今度はここにいるみんなのために役に立ててもらいたいんだ」

「つまり、また兵隊をやれってこと……」

「戦争よりずっと楽だぞ」元上官の力強い腕がぼくの肩を抱きこんで、「実入りはいいから食い物には困らんし、スティックはたっぷりあるとくる。なんせここで作ってるんだからな」

戦時中のぼくの元上官は、スティックを売って金持ちになったというわけだ。いちど嚙んだら、それはほぼ確実に癖になってしまうから、やめるとなるとかなり辛いものがある。スティックが切れると本当にいらいらして、気持ちが悪くなってくるからだ。そんなものとわかっていても、戦争のさなかにあってそいつは必需品以外の何物でもない。ぼくが施設でいつもいらいらしていたのはそのためだ。あのときのぼくは、心底スティックを必要としていた。

戦争中はといえば、みんながみんな、スティック中毒だった。戦いを始める前にみんなで噛み噛み、戦い終わってみんなで噛み噛み。四六時中、葉っぱをくるんだ棒切ればっかり噛んでいた。葉っぱがなくなったときは弾丸の火薬（ガンパウダー）で代用していたけれど、そっちはひどいもんだった。スティックの代わりでなきゃ絶対に吸い込みたくない代物だ。

そして戦争が終わり、ぼくら兵隊たちは解放された。それは同時に、戦時中に中毒になったり中毒にさせられたりした人間たちが、スティックの配給元である軍隊からはじきだされたということだった。そしてスティックは、戦い抜くための必需品から、嗜好品（しこうひん）へと変わってしまった。ある物が、ぼくらの命にとって、生きていくということにとって必要かどうかは、その時々によって変わってしまうのだ。

「何も知らない白人どもは、新政府にスティックを非合法にしろなんて押しつけてくるけどな」元上官は芝居がかった憤り（いきどお）を演じてみせ、「現にそれを必要としてる人々が街にはゴマンと溢れてるんだ。我々がしているのは、政府が外国人どもを気にしてやりたがらない福祉事業なんだよ」

ぼくは作業している連中の顔をじいっと観察した。ホアだろうか。ゼマだろうか。そのなかのひとりに近づいていって、その顔を堂々と間近で覗きこむ。やっぱりわからない。

「この女性はホア族だ。我々の大切なスタッフ、家族だよ」

元上官が教えてくれる。もういちど、そこからゼマかホアか、その本質を搾（しぼ）り取（と）ろうとするかのように、瞳を、鼻を、頬骨を、唇の厚さを、穴があくまで見つめた。あまりに見つめられすぎて、その女は困ったのか、唐突にこっちが訊いてもいないことをしゃべりはじめる。

「ここに来てほんとうによかったです」女は作業する手を止めずに微笑み、「ここなら、ちゃんとしたお金が出て、家族をきちんと食べさせることもできます。エントレさんはほんとうに優しいかたで、わたしたち労働者ひとりひとりを心から気遣ってくれるんです。子供が熱を出してお休みしなきゃならなかったときは、わたしの家までわざわざ薬を持ってきてくださったんです。ホア族のわたしの家まで」

「みんな、大切な仲間だからな。熟練した労働者であれば大切にしなくては」

元上官はそう言って、自信に満ちたうなずきを返す。エントレ。ぼくはこのとき、元上官の名前を今まで知らなかったことに気がついた。戦争中はずっと階級名でしか呼んだことがなかったからだ。

戦争中、ぼくたち子どもの兵隊に、あいつを殺せ、あの村を焼き払え、と命令していた男が、いまはスティックを売りさばいて大儲(おおもう)けしている。まあ、それは問題じゃない。スティックが非合法だろうと何だろうと、それを必要としてる連中はいるのだし、そもそも新政府が白人から押しつけられた法律なんてくそくらえだ。でも、問題は別にあった。いつものように、ぼくの戦争が終わってないという問題が。

「でも、ここにはホアの連中がいる」

ぼくがそう漏らすと、元上官は大げさに首を振ってみせ、

「戦争は終わったんだ。商売をするには、みんな仲良くやってかなきゃならん。話してみれば、なかなか物分かりのいい連中だぞ。自分らと違うところなんて、これっぽっちもない」

自分らと違うところなんて、これっぽっちもない。

その言葉がぼくを貫いた。ミンガ村に突入する前、たくさんのホアの村々に攻撃をしかける前、この男は叫んでいた。奴らは俺たちとは違う、奴らは人間じゃない、だから殺して殺して殺しまくれ。そうぼくらのケツを叩いて、連中の弾幕のなかへ突撃させていった。

「でも、ぼくらはホアと戦ってきたじゃないか。連中が、ぼくらの生まれる前からどんなひどいことをしてきたか、あんたは教えてくれたじゃないか」

元上官は聞き分けのない子供を扱うようにかぶりを振って、

「それはな、戦うために必要だったからだ」

「嘘だったってことなの」

元上官はうんざりしたように眉をしかめた。

「嘘ではない。だがな、お前が教えられてきたのは、戦争が始まってからＳＤＡがまとめた歴史ではあるんだ。戦うには歴史が必要だ。俺たちが戦う拠り所となり、奴らと俺らとを隔てるのに必要な歴史がな」

「戦争のために、嘘の歴史を作ったんだろ」

ぼくは怒鳴った。この連中は、ぼくに誰それを殺せと命令してきた大人たちは、ぼくらを動かすために嘘の歴史をでっちあげたんだ。連中が先に手を出した、だの、連中は痛みを知らないから残虐だ、だの、そういったたわごとをぼくらの耳に吹き込んで、友だちがばたばた倒れていくのを見てたんだ。

「だから嘘ではないと言っているだろうが」

元上官は声を荒らげてから、両の指先でまぶたを揉んで、

「ただ、戦いがはじまるまでは誰も歴史なんて関心がなかった。お互いがだ。自分らの民族がどんな歴史を背負っているかなんて、戦争がはじまる前はただのひとりだって気にしちゃいなかったんだ。歴史を作ったら、ゼマはホアを憎みはじめた。ホアも同じさ。歴史ってのはな、戦争のために立ち上げられる、それだけのもんなんだ。歴史があるから戦争が起こるんじゃないぞ。戦争を起こすために歴史が必要なんだ。奴らと俺たちは違ってて、奴らと戦わなきゃいかんだけの理由をひねり出すためにな。歴史だけじゃないぞ。国だってそうだ。ホアだのゼマだのといった部族だってそうだ。いや、そもそもだな、俺とかお前とかいう区別だって、戦争のためにあるんだ。殺し『合う』ためには、お前と俺とが別々じゃなきゃできんからな。『俺』と『お前』が憎みあうから戦争が起こるんじゃない。戦争するために『俺』なんてものは存在するんだ」

「ごちゃごちゃ難しいこと言ってごまかすなよ」

ぼくはこの男のたわ言をさえぎるように大声を張り上げる。ノルマを達成しようとス

ティックを一心不乱に巻いていたみんなの手が一瞬止まって、その目がちらりとこちらに向けられた。

「わかってるよ、わかってるさ。だから、あんたが言ってるのは嘘の歴史をでっちあげて、ぼくらを殺し合わせたってことなんだろ」

ぼくはなおも繰り返す。ここに至って、ぼくはほんとうに聞き分けのない子供になっていた。この男の言っていることは何ひとつわからない。「ぼく」とか「あなた」とか、そういうものが戦争をするために生まれただって……。べつにぼくは母さんと喧嘩なんてしなかった。妹とはちょっとやったし、父さんとはよくやったけれど、それでもそれは戦争なんかじゃぜったいになかった。

「ああそうだ。そういうことにしといてやる」元上官は心底うんざりしたようすで、「だからな、もうホアの連中を見てブチ切れたり殴りかかったりイラついたりするのはやめろ。俺を責めてくれてかまわん。だがな、連中と俺らはしゃべってる言葉もいっしょだし、食いもんだって変わらん。顔立ちがちょっとばかり違ってるだけだ。だから、俺たちが教えこんだすべてが嘘っぱちだったと思えば、連中を憎む必要なんてどこにもないだろう。それよりも重要なのはな、新しくなったこの国で生き延びていくことだ。手に手を取りあってな」

必要。あまりに馬鹿げている元上官の言葉に、ぼくは唖然（あぜん）として立ちすくんだ。

この男は「必要だから」ぼくらがホアを憎んできたと思っているのだろうか。阿呆だ。

ぼくはそうすることしかできなかったから、憎んできただけだ。家族を、母さんを妹を父さんを殺されて、そういうふうに生きるしかなかったからそうしただけだ。必要の有無が顔を出すようなもんじゃない。「必要」で片づくなら、ぼくはとっくにそうしているだろう。

それになにより可笑しかったのは、この男が言っていることが、施設にいたあのでぶの女教師とおんなじことだったからだ。戦場で一緒に兵隊も女も子供も容赦なく手に掛けてきたはずのこの男が、あの能天気とおんなじように、手に手を取りあいましょう、とか言いだすなんて。

ぼくは目の前の男を見つめた。ホルスターに手を伸ばせば、拳銃に手が届くような気がする。グリップになんだかごちゃごちゃした彫り物がしてあって、戦うのにはまったく意味がないけれど、かっこいいのはたしかだった。

あのグリップに手を掛けて、ホルスターから銃を何気なく引き抜いて、そのままこの男を撃つ。じゅうぶんいけるような気はしたのだけれど、ぼくは唐突に、この男を殺すつもりがないことに気がついた。さっきまではたしかに頭に血を上らせていたけれど、いま、この瞬間においては、この男がひどく小さく、くだらない存在のように思える。

ここでこの男を殺したら、取り巻きが殺到して、ぼくを蜂の巣にするだろう。こいつにそんな価値があるとは、とうてい思えない。

「ごめんなさい」

ぼくは正直に言う。

「ぼくはやっぱり、ここにはいられません」

そしてもとの飢えに戻った。

ふらふらと街をさまよいながら、ショバの臭いのする四つ辻は慎重に避けながら。施設に戻るという考えもちらっと頭をよぎったけれど、誰がどっちの側なのかわからないあの場所に帰って、そこで毎日を送るというのは、あまりに恐ろしくて耐えられないような気がした。

そうして数日を漂っていると、だんだん前の体型に戻りはじめた。あばらが皮膚にくっつくのが感じられた。関節がぎしぎしいって、いろいろと力が入らなくなってくる。ああ、干からびていくんだな、とぼんやり思いながら、ぼくはヘヴンの中心部へと流れていった。白い目でぼくを見つめる顔、顔、顔。それがホアの顔なのか、ゼマの顔なのか、やっぱりぼくにはわからない。物乞いしている子供の目が、ぼくをしっかり追っている。見慣れない奴がショバに入りこんできたぞ、というふうに。ぼくがここで物乞いをはじめれば、またあっというまに袋叩きにされるだろう。ぼくは飢えて、渇いて、いろいろなものを太陽とこの街に搾り取られて奪われた。残りカスのような有様はまるで幽霊のように見えたかもしれない。もっとも、こんな幽霊はこの街にいくらでもいるけれど。

と、ぼくは何かにぶつかった。

「気をつけろよ、ぼうず」

銃を持っていて、ポケットのたっぷりついたチョッキを着ている。米兵だった。

ぼくはぶつかったショックで後ろに下がった。踏ん張ろうとしたけれど、搾りかすで幽霊のような脚はそうしてくれなかった。飢えて渇いた棒切れは、くにゃ、と情けなく崩れ、ぼくは尻餅をついてその場に倒れてしまう。

「おいおいおい、大丈夫か。ひどいありさまじゃないか」

米兵が抱き起こしてくれる。迷彩も、チョッキも、大きな銃も、なにからなにまでばっちり決まっている。ぼくもこんな服を着て戦いたかったな、と少しだけ思った。元上官の拳銃の彫り物とは違うかっこよさが、そこにはあった。最新。最高。起こしてもらってからも、ぼくは少しふらついてしまう。体力が落ちていると、回復ものろい。もう何日も食べてないから、とぼくは言った。というか、言ったつもりだけれど、かさかさになった喉（のど）がちゃんと音を出してくれたのかはわからない。

「しゃあないな、これをやるよ」

そのアメリカ人兵士は言って、ぼくにチョコバーを差し出した。ファースト・ストライクス、とかっこいいロゴがビニールの包装に描かれている。米兵は水筒も差し出してくれた。ぼくはそれにがっつく。元上官のところでそうしたように、犬のように、遠慮なく。

ショバを仕切っている物乞いたちの視線がものすごく気になったけれど、連中も相手が米兵ではどうしようもない。

「向うに行きたい」

ぼくは米兵に頼んだ。ここのショバを一緒に抜けてもらわないと、この人がいなくなったとたんに拳固が襲い掛かってくる。

「どうしてだ」

ここで物乞いをしちゃいけないんだ、とぼくは言い、さらにこれまでされてきたことを説明しようとした。元上官のところですでに一度やっているから、話をまとめるのは楽だ。元上官のときよりももっとうまく、ぼくは自分の身の上を米兵に説明することができた。

米兵はうなずいて、ぼくをかなり離れた場所まで連れて行ってくれた。

バラックの陰に一緒に座りこんで、ぼくはあらためて菓子と水にとりかかる。名前を訊かれたので正直に答えると、その米兵はウィリアムズだ、と名乗った。

「俺らもコンバット・メディカルの世話になってる。頭にいろいろしてもらって、戦ってるときとか国に帰ったあと悩まなくていいようにしてくれるんだ。余計なお世話だって言う奴もいるがな、おれはそこそこ必要なことなんだろうなとは思ってるよ」

ぼくはチョコバーを食べる手を止めた。この人もCMIの医者に頭をいじられてるらしい。どんなふうに、とぼくは訊いた。ぼくがされたような心の注射、頭の手術のことは、足が片方ないとか片目だとかいうふうに、外見からはわからない。

「たとえばな、戦いに行く前に俺は痛み止めの注射を受けるんだが、その注射は頭に効くんだ。ほんとうに痛くないと、弾を喰らったとき血がだらだら出てるのに気がつかないで、死んじまうかもしれないだろ」

　ぼくはうなずいた。

「だから、弾を喰らって、自分が痛い、ってのを頭で、こう——どう言ったらいいのかな——本を読んだり話を聞いたりして知るのと同じくらいにはわかるんだけれども、イタイイタイ叫んで動けなくなるような痛みだけ消してしまう、そういうふうな注射を頭にするんだ」

「自分が痛いのはわかるけど、自分が痛いのは感じない、ってこと……」

「ほほう。すげえなぼうず。まさにそういうことだ。おれはそいつを理解するまでふた月かかったぞ」

　そう言うアメリカ人の顔はぜんぜん笑っていなかった。無関心なままこうもなめらかに話し続けられるものなんだろうか。ぼくはそれがとっても不思議だった。

　ぼくは考える。そんな気持ちの悪いことがアメリカ人の魔法にできるなら、ぼくの頭をホアとゼマの区別がつかなくなるようにするくらい簡単なことのような気がしてきた。人の顔の違いはふつうにわかる。誰が誰だかちゃあんとわかる。でも、知らない人の顔を見たときに、誰がゼマで誰がホアか、それだけがわからないようにする。この国の人間なら誰にでもはっきりくっきり当たり前の、ゼマとホアの顔の違いをわからないようにする。

　これが公平化だって……。

　まったく馬鹿げてる——ぼくから憎むべき相手の顔をとりあげて、それで世の中から怒りがなくなると思っているのなら。でも誰が思ったのだろう。新政府の連中だろうか。アメリカ人だろうか。学校の教師連中だろうか。いったい誰が、こんな馬鹿馬鹿しいやりかたを思いついたのだろう。

「NGOだな」その米兵は言った。「いま、俺の国やヨーロッパでは、そういうのが流行ってるんだ。人種の区別ができなくなれば平等な世界が訪れる、とか信じこんだあげく、頭をいじって夢物語を実現しようとするのがな」

「おじさんの国でも、部族同士が戦ってるの……」

「いやいやいや、そうじゃないんだ。ただな、ちょっとした差別みたいのが、まだまだ残ってると主張する連中もいるわけさ。で、連中は自分で頭をいじって、私たちは公平な人間です、と主張する。アピールする。というか、そう言いたいがために頭をいじるんだな。そうすりゃ、働いている場所で周りの人から評価されて昇進しやすくなるんだ。そういう会社もある、って程度だがな。日曜は地元のボランティアに参加してるし、ゴミはきちんとタグ付けしているし、月に一回はカウンセリングを受けてるし、消費者フォーラムや新倫理構築セッションでは定期的に建設的なログを投稿しているし、仕上げに頭をいじって人種の判別ができないようにしてる、って手合いさ。いいひと、信頼される人間の条件だよ。だからそれをこういう民族同士が憎しみあっているような国でやれば、平和にいくらか役に立つだろうと、どっかのNGOがぶちあげたんだな」

話の半分もわからなかったけれど、そこがえらく平和な場所なんだな、ということは、だいたい理解できた。そうじゃなきゃ、お互いが何人(なにじん)であるかわからないように自分から頭をいじるなんて、できっこない。

戦場でホアとゼマの区別もつかないようじゃ、あっというまに殺されちゃうってのに。

「俺の国は戦場じゃないからな。きみらには申し訳ないが」

米兵はそう言って、すまなそうな顔をした。

「戦争じゃない国の理屈をぼくらの国に持ちこまないでよ。ここは戦場なんだ。ぼくらと奴らの区別がつかなくなったら、おしまいなんだよ」

「戦争は終わっただろ」米兵は怪訝(けげん)な顔で言う。「俺たちが終わらせてやったんじゃないか」

終わらせたのはオランダで、あんたらアメリカ人じゃない、というのはともかくとして、ぼくの戦争は終わってない、とこの米兵に叫んでも無駄なのはわかっていた。ぼくらはこの白人の国の大統領が決めたことに従えといわれているわけだ。憎しみは忘れろ。自分の家族を殺した連中の罪を赦(ゆる)せ。そして実際ホアの奴らは誰ひとり裁判にかけられることもなく、のうのうとヘヴンの市場を歩いている。

そりゃ、みんな平和がほしい。ぼくだって戦いたくなんかぜんぜんない。でも、白人がぼくのところにやってきて、あなたの妹をめちゃくちゃにして殺した連中を赦せば平和がやってきますよ、なんて言われればこう言うに決まってる。じょおおおだんじゃない、って。

ぼくは食べ物のお礼を米兵に言うと、その場を離れた。ふと振り返ると、米兵のちょうど頭の上に空飛ぶ扇風機が浮かんでいる。カメラと機銃を下に広がる風景に向けて威圧しながら、この小賢しいけれど魂のない機械はふわふわとたゆたっていた。

連中にいじられた頭をなんとかしてもらわなきゃいけない。

ぼくは「美しい世界の種」に戻ろうとヘヴンを横断した。道を歩くうちに、誰が何族なのかわからないこの感じにも慣れてくる。ぼくは周りの風景は夢なんだと思うようにして、地面を踏みしめる足の裏に神経を集中した。確かなのはこの感じだけだ。この、足の裏に感じられる砂のつぶつぶ。石ころを踏んだときの痛み。

その痛みを、砂の感触を味わうように感じながら、ぼくは一日かけて施設に戻ってきた。

「誰かいないのぉ」

ぼくは叫んだ。施設はところどころ焼け焦げの跡が黒々とついていて、ぼろぼろになっている。壁板はいたるところで破られ、扉はことごとく打ち倒されていた。

こういう光景は何度も見てきた。ぼくが襲った村。ぼくの襲われた村。どこもこんな感じだった。ただ違うのは、薪のような人間の腕も、裸に剝かれた死体もないことだ。血の跡はそこらじゅうで見つかったし、明らかに山刀などの得物が使われた形跡もあった。

「ああ、エンッァ。戻ってきたのね」

声がしてぼくは振り返った。そこにはあのでぶの女教師が立っていて、すっかり疲れきっているようすだった。

「何があったの」

「ひどいことになったわ」そう搾り出すように言いながら、ぼくの顔を見たでぶはへなへなと床に座りこんでしまった。「暴動があったの。みんな、疑心暗鬼にかられて毎日のように喧嘩していた。それがどんどんエスカレートしていって、ついにある日、エッグァイが山刀を持ってきて、こんなことになってしまったの」

でぶが指差した先を見ると、教室の壁に山刀が突き立ててある。ざっくりと木の壁に喰いこんで、裂け目がぎざぎざに逆立っていた。

エッグァイが。あの穏やかそうなエッグァイが。一瞬だけそうも考えたのだけれども、彼がぼくに殴りかかってきたときの表情を思い出す。ホアの兵士として殺し、殺して、殺しまくってきた兵士。ぼくと同じような。まるで鏡を見ているようだ。

「みんなの頭をもとに戻せばいいじゃないか。それで全部解決する」

ぼくの提案に、でぶは力なく皮肉な笑みを浮かべて、

「また元の憎しみあいに戻せっていうの」

そんなでぶの答えに、ぼくは笑い出しそうになった。

「こんな頭になってしまったいまだって、ぼくらはじゅうぶん憎しみあっているよ」

「でも、頭を戻したら、あなたたちは自分と『奴ら』に線を引いて、向こう側のひとびとを殺しまくるでしょう。そんなの、じょおおおだんじゃないわ」

ぼくはぎくっとした。まるでぼくの口調じゃないか。

このでぶも、ぼくと同じく何かにとらわれているんだ、と思った。ぼくらに目隠しをすれば平和がやってくるという妄想。ホアだゼマだと言わなくなれば、みんなの憎しみが消えてなくなるんじゃないかという妄想。じょおおおだんじゃない、と腹の底から搾り出すその唇の、力んで皺の寄った形のなんと醜いことか。

「それにね、白人たちは逃げていったの。これを売りこんできたNGOは、本国で何かスキャンダルがあったらしくて、あっというまに寄付者も逃げ出して、左前になって引き上げていったわ。『本国で態勢を立て直す』んですって。もうあのホテルには誰もいないし、CMIのひとたちはあのNGOの払いがなくなるとさっさといなくなったわ」

ぼくらは取り残されたんだ。

この街じゃなくて、好き勝手いじくられた脳みその中に取り残されたんだ。

不思議と、気持ちが穏やかになった。ここまできて、ぼくはようやく本当の意味で解放された気がする。いまのぼくにはホアもゼマも関係なかった。このでぶが、白人連中が言っていたお題目が、ここにきて完全に自分の血肉と化したのが感じられた。

ぼくは壁からエッグァイの山刀を抜いた。しっかり喰いこんではいたのでずいぶんと勢いよく抜けたものだ。一瞬、肩が外れるかと思うくらいの反動がきた。

さあ、やるべきことをしよう。街を出る前に。この女の死体が、ぼくの戦のはじまりを告げる狼煙になるだろう。これまで、まだ終わっちゃいないと思っていた戦争はぼくの戦争じゃなかった。今日、この日からはじまるだろうすべてを用意するための準備運動だったんだ。それでもなお、それがぼくの戦後だと呼びたいのなら、いま、それが終わる。

ぼくはでぶの背後から、首筋のあたりに山刀を打ち下ろした。皮膚に覆われてはいたけれど、ぼくにはこの刀が砕くことになるだろう脊椎（せきつい）がはっきりと見えている。その背骨の上に載っかってにんまり笑っている頭蓋骨も。


それから三年が経って、ぼくらはようやくこの街に戻ろうとしている。

まるで星空のような生活の灯（ひ）のまたたき。風に乗って運ばれてくる人の営みの匂い。政府軍の兵士たちの死体をまたぎ越えて、ぼくらはそれらを見下ろし嗅ぐことのできる丘の上に立っている。

戦争は終わっていない、とぼくは街の人々に言うつもりだった。

戦争は終わっていない。ぼく自身が戦争なのだ。

言葉では心もとないので、もっぱらＡＫを使って伝えることになるけれど、みんなきっとわかってくれるだろう。

弾が心臓を撃ちぬくその寸前に。

ぼくの頭はゼマもホアも区別がつかない。ここに集まっている奴らの多くはそうだ。たぶんかつてＳＲＦにいて、ゼマの女子供を辱めた人間もいるだろう。けれど、ぼくは彼らを赦していた。少なくとも、彼らだってゼマかホアかの区別はついていない。

ぼくらは、種族を超えて結びついた軍隊だ。国軍が嫌々そうしているような馴れ合いじゃなく。ぼくらは互いがどの種族であるのか、それを言葉によってしか知ることができない。だからぼくらは結びつくことができた。

心に注射され、ゼマかホアか区別のつかなくなったぼくらの多くは、街にいられなくなって飛び出したようだ。ぼくらは肩を寄せ合い、銃を探し出して、隊商や外国人の連中を襲いはじめた。規模が大きくなると村を襲うことも可能になって、そこにいる子供たちを仲間に引き入れた。ぼくらはシェルミッケドムの辺境をぐるぐるとめぐって、少しずつ規模を広げていった。

ようやくここまできた。

ぼくは背後の仲間たちに手を振った。暗闇のなかでも、みんなが微笑んでいるのがはっきりと感じられる。

ヘヴンにここまで迫ることができた。あとは大通りに進軍し、天国(ヘヴン)の外側からやってきたぼくらが、目につくものを片っ端から殺す。ぼくらを生んだこの街の人々を。ぼくらを追い出したこの街の人々を。ぼくらの猛進撃に恐れをなした白人たちはヘヴンの港からとっくに引き揚げている。いま、あそこにはひとりのアメリカ人も、からっぽの機械もないはずだ。

ぼくらは行進する。

ぼくらは前進する。

彼方の街のまたたきに向かう。

生活の匂い、文明の匂い、平和の匂い。

涙が出るほどいとおしく、ぼくらが求めて止まないものだけれども。

それも今は昔のはなし。ぼくらは楽しくそれらを壊す。

のろまもせっかちも皆いっしょ。

のっぽも、ちびも、てんでばらばらな足並みのままにそこへ向かう。

必要なのはAKだけ。そんなものはそこらじゅうに転がっている。拾って自分を証明すればいい。きみがきみであることを。

さあ、そいつを脇に抱えたら、ぼくらの列に加わってくれ。

ぼくらの見たかった景色はすぐそこだ。一緒にくるなら、期待してくれてかまわない。

# 既知との遭遇

モブ・ノリオ

## 1　映画の外の宇宙人――【〈人類〉の敵】の発明

宇宙人が、物凄く恐ろしい宇宙人が、何故か突然、地球を襲いにやって来る。第一報を受けた先端的な人々が、発狂寸前となって、〈人類〉の未来が危ない、皆殺しにされるぞ、と騒ぎ取り乱すその時、白人男性が務める軍事超大国の代表兼世界最強殺人軍の最高指揮官は、束の間、〈苦渋の決断を迫られる熱血漢〉の演技に没頭する――これが、〈核〉兵器による攻撃開始決定権を委ねられたエリートの、意外にも人間味のある懊悩なのだ、と、彼からは見えないはずの観客たちから、即席の同情と共感を引き出そうとするかのように。

だが、その絶対的権力者の見かけ上の煩悶は、彼の内面性を我々に印象づけるための工作ではない。ひとしきり悩み尽くした、それでも時間にすればわずか数分ほどの後、彼、つまり合衆国大統領は、さっきまでとは打って変わって、予め決まっていたかの如き揺るぎない身振りで、敵対的宇宙人どもに〈核〉爆弾を喰らわすべく、決然と攻撃命令を下すのだ、〈人類〉全体に成り代わり、最善の選択をする者としての雄々しい映像を巨大スクリーン上に残して……。

かつてはこの映画館も、週末ともなれば、宇宙人対アメリカ人の戦争を描いた映画を娯楽としてたのしむ日本人たちで賑(にぎ)わったものだ。観客の中には、第二次世界大戦で祖父や父親をアメリカ軍兵士に殺された者すらいたのに、劇場の暗闇にやさしく包まれていると、映画の中で〈核〉が発射されるのも止むを得ぬという風に、彼らの〈核〉を巡る個人的見解は、劇中の米軍上層部の意向と緩やかに同調し始めるのであった。その時、「〈核〉攻撃開始直前の、軍の最高指揮官がいっぱしの道徳家めかして披瀝(ひれき)する苦悩とためらいは、一個人でもある国家元首の擬似的性格描写を担保にして、実際は、観客に、現実世界に於(お)ける〈核〉兵器の使用と存在とをそれとなく肯定させるための緩衝材(かんしょうざい)の役目を果たし、戦略的思想教育の任務を密かに遂行しているのではないのか?」と疑う者は一人もいなかった。

「お母さん、シュワルツェネッガーや!」

「何言うてんの、この子は。あれは、ラルフ・ドングレンやがな!」

「お母さん、なんで日本軍はこの映画に出てこないの?　なんで宇宙人と戦わせてもらえないの?」

「なんでやろなぁ――ほら、見てみい！　悪い宇宙人が死による死による！　ザマアミロじゃ、ぼけ！」

観客の多くは、この母娘（おやこ）のように、有名俳優の顔や、劇中で爆薬が炸裂してオレンジの炎が爆風に乗って膨らみ、宇宙人の飛行船が次々と破壊される痛快なシーンを目撃するために映画を観に来るようだった。

人類史上初の原子爆弾が広島に投下されてから六〇年間、世界中の銀幕上で幾度となく宇宙人を殺す目的の〈核〉ミサイルが発射されて来たが、現実世界では、最初の〈核〉の一発目は、広島の地球人を殺すために、そして二発目も、長崎の地球人を、より正確には、主に日本人を殺すために落とされた。六〇年前の日本人は、昨今のアメリカ映画に時々現れる宇宙人のような、〈人類〉の敵だったのだろうか？

しかし敗戦後六一年目の今年に入ってから、この映画館では一本の映画も上映されていない。去年の暮れ頃から本物の宇宙人が続々と空から地球に侵攻して来たので、もう、映画どころではないのだ。

だが、それにしては妙なことに、未だ世界中で一発の〈核〉も使われた気配がない。自国上空で〈核〉を爆破させたがる馬鹿は一人もおらず、宇宙人よりも自国の〈核〉の暴発の方が恐いのか、各国軍とも嫌に慎重である。ともあれ、宇宙人のお蔭（かげ）で、あらゆる〈核〉は地球人を無慈悲に殺すためだけに製造される、という事実が判明した。

## 2　マス印刷媒体とおばあさん

エエッ、あんた、今、何て言わはりました？　センソウ？　今、センソウ起こってまんのかいな？　えらいこっちゃがな。エエッ？　ほんまにえらいこってっせ、あんた。どないなってまんのんや、日本は。

んなもん、ワタイ年寄(とっしょ)りやさかい、ずっと家ん中におりまっしゃろ。せやさかいに、外の事みたいなもん、わかりまへんがな。あああ、あきまへんあきまへん、ほんまにセンソウだけはどもしゃないわ！　なあんもええことおまへんで！

　うちの主人見てみなはれ、あんた、奥に写真ありまっさかい。エエッ。あれが主人、二一の時でっせ。ワタイの下の息子がオギャッと生まれてすぐにニコッ、と笑(わろ)うた途端ですがな。紙切れ一枚で兵隊に取られてしもうて。阿呆(あほ)らしもない、明くる年には戦病死やいうて、ほんで終戦の後から、こんな、この位ほどの、木ィの箱送られて来て、中身は空っぽ。カラでっせ。んなもん、主人の骨みたいな、ひとっかけらもあらしません！　そこに紙切れ一枚、ぴらっ、と、〈エイレイ〉て書いた、こんな薄い紙切れが、ぴらっ、と一枚入ってるだけですがな。それもアンタ、よう聴きなはれや。手書きとちゃいまっせ！　手ェで書いたんやのうて、なんて言いまんねんな、その、機械の……そや、インサツの文字で、〈エイレイ〉と書いた紙が、遺骨もなあんもない空箱の中に、ぴらっ、と入ってるだけでんがな。エエッ？　兵隊に取られんのも紙切れ一枚なら、帰って来るのかて紙切れ一枚やがな！　ほんま、馬鹿にし腐って。主人返して欲しいわ！　紙なんど要らんわえ！

……〈エイレイ〉の「エイ」ってどんな漢字でしたか……て、あんた。いらんわ、むつかしこと尋ねんといておくれ。ワタイ、小学校までしか出てしまへんのに。〈エイレイ〉の「エイ」っちゅうたら、そらぁ……ええっと、どないでしたかいな……へへ、ああ、ちょっと今すぐには出て来まへんわ。歳いったらこれが難儀で。へへへ。〈エイレイ〉の「エイ」、「エイ」と……そらあんた、〈エイレイ〉の「エイ」いうたら〈エイレイ〉の「エイ」ですがな！　字ィなんかどないでもよろしわ！　ワタイ、ほんま胸糞悪うて、木箱も紙も風呂に焼べてもたったわ！　ほんでそっから今日まで、二人の息子抱えて、おまけに孫まで大きならして、ワタイ、どんだけ苦労しましたか。そらあ、働き詰めの人生でしたで！

……はあ。……はあ。それで。エエッ？　新聞？　何だっか。おたく、物売りだっか。新聞取ってくれ、て、セールスに来たんでっか？　字ィを忘れへんように新聞をよう読まれたら、て、何を失礼なこと吐かしよるか。……へへ、いや、ワタイ、ここのお宅で雇うてもろうてるモンですさかい、ようわかりまへんわ。奥さん買い物に出たはりますよって。奥さーん！　奥さーん！　な？　買い物に行ったはるさかい、返事おまへんやろ？　すんまへんなあ。……はあ、最前のウチの主人の話でっか？　それはまたここのご主人とは別でんがな。いやいや、この奥にある写真はここの亡くなったご主人でんがな。いやいや、さっきの話はうちの主人で……。あんた、それはそれ、これはこれやがな！　戦争中の話やったら、似たような話なんかなんぼでもあるわ。いやいや、騙してしませんで。奥さーん！　ほうれ、留守でんがな。おおきに。さ、さ、早う、いんどくなはれ。ワタイ、お仕事せなあきまへん。奥さんに叱られますよって。

ああ、ほんでなあ、新聞屋はん。あんた、今時分、戦争中でしたら、どうせほんまのことなんか、新聞にひとつも書いてしませんねやろ？　なんぼ歳いったかて、ワタイ、それだけは死んでも忘れまへんで。主人のことかて、なあんも書いてしませんでしたさかいな。

## 3　ひらがなのささやき

＊このメールは、ないかくこうほうしつがこくみんのみなさまのすべてのけいたいでんわにまいにちはいしんしている、わがくにのじゆうとへいわをまもるためのEメールです。このメールをさくじょ、あるいはちゃくしんきょひすると、5ねんいかのちょうえき、または500まんえんいかのばっきんがかせられます。

【すでにごぞんじのとおり、わがくにが〈てきこく〉とせんそうをするようになってから、〈かんじ〉のしようがぜんめんてきにきんしされました。それは、わたしたちのくらしにまぎれこんでいる〈てきこく〉のスパイに、こくみんじょうほうをぬすまれにくくするためです。このせいさくをはっぴょうしたとうしょから、こくみんのみなさまからはたいへんつよいしじをえています。こんにちでは、みぢかなところに〈てきこくじん〉がひそんでおり、とくに、こじんのいしきじょうほう、とりわけ、ホームページとうのえつらんによって、わたしたち、こくみんぜんたいのいしきパターンをかいせきしようとするうごきもあるといいます。かのうなかぎり、こじんてきなひょうげんやはつげんはひかえてください。あなたひとりのこせいのはっきが、くにを〈てき〉にうるこういであるとかんがえて、しんちょうなこうどうをこころがけましょう。それが、くにをまもり、あいするものの、さいていげんのぎむでもあるのです。】

政府指定の新世代型携帯電話機の所持が五歳以上の国民全員に義務付けられてから、六十数年ぶりの徴兵制の復活、そして戦争の開始までは、あっという間の出来事だった。それは、既に昔話となった、テレビの普及と、異常に急激だった日本経済の成長率との、不思議な同期関係にも似ていた。

「『くにをあいするもののぎむ』とか、ひらがなで謳(うた)われても困るで。幼稚園ちゃうねんから。」

酔っ払いが電車の中で、掌に収めた小さな液晶画面を覗(のぞ)き込(こ)み、独りでぼやく。だが、周りの乗客はざわめきもしない。皆、イヤホーンで耳に栓をしていたし、人それぞれの携帯電話が各々に語りかけてくるので、マナーとして、〈こくみんのけいたいでんわとたいわするじゆう〉を妨げぬように人々は教育されているのだった。

「だいぶ前に、池田で古墳潰して電話のアンテナ建てよったわ。あの頃辺りから、どうもおかしいと思うとったんや。」

続ける男の荒れた声を聴きながら、私はその男に話し掛けたい誘惑に駆られた。しかし、軽はずみな行動は禁物であった。〈てきこくじん〉である可能性がないとは限らぬ知らない人との偶発的な会話は、今や立派に、〈こじんてきなひょうげん〉や〈はつげん〉の一種として、〈しそうけいさつ〉の取締りの対象となるのだった。

便利になるにはなったが、その便利さは一体、誰にとって最も都合のよい便利さなのか？　経済活動として、接続の痕跡が残る会話以外でおおっぴらに私語を交わせなくなってしまった私たちは、無数の監視の目を気にしながら、国家の言葉ばかりを自らの声に乗せて、これでは本物の腹話術人形ではないか。危険だとは知りながら、堪らず私もぼやきが零れた。

「ほんま、おかしな世の中やね。個人的連帯を禁止するために、携帯電話の所持が義務化されてるみたいやもんなあ。」

合いの手を期待して酔漢にそれとなく体を向けると、男は贋の酩酊を鋭く破って、囮捜査官の骨太い拳で私を通路に引き摺り倒した。それまで静観していた乗客たちは、こぞって携帯電話を握り直し、恐怖映画で悪霊に向かって十字架を翳す耶蘇教徒のように、電話に付属のカメラで、倒れ込んだ私の姿を撮影し始めた。皆一様に、無言のままで。

## 4 TODAY

苦し紛れになにものかを祈ることはなくなるのだろうか、もし、この俺に原爆が作れたら。自作の原爆を自在に操り、遠いところの、俺と噛みあわない奴等を黙って殺し、それを記憶から消して忘れる。忘れることに成功すると、神をも大量虐殺可能なその味を知った後に、後悔や懺悔(ざんげ)から解放された人間同士の、共食い世界で、弱者の頭を靴底で踏んで安穏(あんのん)と暮らす。しかし、ただひとつの命取りは、葬り去ったはずがいつ息を吹き返すとも知れぬ、殺し損ねたおのれの記憶、声だけか。但(ただ)し、俺に原爆が作れたら、こんなことも考えはしないのだろうが……と、凶一は独りソファに寝そべった格好で夢想する。

地上に君臨する二大核保有国、各々七〇〇〇発以上の核弾頭、今この瞬間もまだ俺が生きているということは、控え目に見積もっても最低一四〇〇〇発はあるそのうちの、俺が生まれる前から睨(にら)み合(あ)う二つ以上の爆弾で以(も)って、未だ互いに撃ち合いを始めてはいない、もう西か東かの時代じゃなくなったから——馬鹿馬鹿しくも、それだけの理由で俺はこうして生きているのか?

一四〇〇〇発。小指の先ほどの拳銃の弾ですら一四〇〇〇人を殺せ、田舎の小集落を全滅さすことができる。それがたった一発で、爆心地の全生命体を間違いなく皆殺す核爆弾で、一四〇〇〇発分。一〇〇年後、二〇〇年後、核を包んでいる爆弾の皮がじわじわ腐って、核が溶けて、その中身、〈広島長崎の何十倍〉が漏れ出たらどうなる？

一四〇〇〇発の核弾頭を実戦配備した上で、尚且つ安全に保ち続けるために、何人の派遣社員、バイトが日替わりで番をするんだろう？　ミサイルの見張りだけでとんでもなく金が要る……そんな仕事、来ないかな。楽だろうな。爆弾の傍らで日がな一日座っているだけ。後は自由。本読み放題。駄弁り放題。煙草も吸い放題。いや、煙草は駄目か。引火したら、物凄い責任だ。畜生、厄介な物を拵えやがって。重病人並に手厚く介添えされる核、一四〇〇〇床。軍服姿のベビーシッターが骸骨で編んだ揺り籠を子守り。籠の中には、死の灰を夢見ながら、ヴァージンのまま静かに年老いる女王陛下たち。凍りついた死神。墓の卵。灰の新星。赤紫の捩れた虹。「どうも、超現実派の画の世界ではないかと思えるのである」原民喜 wrote。燃え尽きた札束が降らす砂の雨。忘却。貧乏国には真似のできない、見張りの見張りにも恩給の出る、金持ちの国の贅沢な武装。西洋独特の精神病。

ここで俺は、世界を股にかけて活躍する多国籍企業に、一肌脱いでもらおうと思いつく——凶一は、生まれたての世界平和のプランが、ひとりでに走り出すのを感じる。

「核実験をやる国からは、ウチの現地法人を撤収しますよ。我が社が支払う税金がおたくの国に入らなくてもいいの？　だってウチが払う巨額の税金が結局必ずあなた方所有の核にも化ける訳でしょ。『間接的にせよ、核爆弾なんかに金を払いたくない』って、最近はどの国でも消費者がうるさくて。もう、たちまち不買運動が起こるし。ウチも、お客様あっての商売だからさ。」

もし、巨大多国籍企業が、その怪物的資本力と組織力を楯に真の世界平和を求めるなら、こんな強請を仕掛けてもよいはずだ。世界を相手に商売するなら、社会貢献も世界規模であるべきだ。核開発を支えるのは結局金だから。だが現実には、先進国の軍部に圧力をかけ、核廃絶を訴える革新的世界企業の存在が、俺を励ますことはない。ハハ、なるほど。平和こそが、戦争と金儲けの共通の敵か。それを実現したくない奴等の、圧倒的なぶ厚い意志が、今日の姿という訳か。

凶一は跳ね起き、玉虫色の光が飛び散るディスコのフロアに戻った。彼が踊りながら何を考えているのか、誰も知らなかった。

# Ⅱ

# 烏の北斗七星

宮沢賢治

つめたいいじの悪い雲が、地べたにすれすれに垂れましたので、野はらは雪のあかりだか、日のあかりだか判らないようになりました。

烏の義勇艦隊は、その雲に圧しつけられて、しかたなくちょっとの間、亜鉛の板をひろげたような雪の田圃のうえに横にならんで仮泊ということをやりました。

どの艦もすこしも動きません。

まっ黒くなめらかな烏の大尉、若い艦隊長もしゃんと立ったままうごきません。

からすの大監督はなおさらうごきもゆらぎもいたしません。からすの大監督は、もうずいぶんの年老りです。眼が灰いろになってしまっていますし、啼くとまるで悪い人形のようにギイギイ云います。

それですから、烏の年齢を見分ける法を知らない一人の子供が、いつか斯う云ったのでした。

「おい、この町には咽喉のこわれた烏が二疋いるんだよ。おい。」

これはたしかに間違いで、一疋しか居（おり）ませんでしたし、それも決してのどが壊れたのではなく、あんまり永い間、空で号令したために、すっかり声が錆（さ）びたのです。それですから烏の義勇艦隊は、その声をあらゆる音の中で一等だと思っていました。

雪のうえに、仮泊ということをやっている烏の艦隊は、石ころのようです。胡麻（ごま）つぶのようです。また望遠鏡でよくみると、大きなのや小さなのがあって馬鈴薯（ばれいしょ）のようです。

しかしだんだん夕方になりました。

雲がやっと少し上の方にのぼりましたので、とにかく烏の飛ぶくらいのすき間ができました。

そこで大監督が息を切らして号令を掛けます。

「演習はじめぃおいっ、出発」

艦隊長烏の大尉が、まっさきにぱっと雪を叩きつけて飛びあがりました。烏の大尉の部下が十八隻、順々に飛びあがって大尉に続いてきちんと間隔をとって進みました。

それから戦闘艦隊が三十二隻、次々に出発し、その次に大監督の大艦長が厳（おごそ）かに舞いあがりました。

そのときはもうまっ先の烏の大尉は、四（し）へんほど空で螺旋（うず）を巻いてしまって雲の鼻（はな）っ端（ぱし）まで行って、そこからこんどはまっ直（す）ぐに向うの杜（もり）に進むところでした。

二十九隻の巡洋艦、二十五隻の砲艦が、だんだんだんだん飛びあがりました。おしまいの二隻は、いっしょに出発しました。ここらがどうも烏の軍隊の不規律なところです。

烏の大尉は、杜のすぐ近くまで行って、左に曲がりました。

そのとき烏の大監督が、「大砲撃てっ。」と号令しました。

艦隊は一斉に、があがあがあがあ、大砲をうちました。大砲をうつとき、片脚をぷんとうしろへ挙げる艦は、この前のニダナトラの戦役での負傷兵で、音がまだ脚の神経にひびくのです。

さて、空を大きく四へん廻ったとき、大監督が、

「分れっ、解散」と云いながら、列をはなれて杉の木の大監督官舎におりました。みんな列をほごしてじぶんの営舎に帰りました。

烏の大尉は、けれども、すぐに自分の営舎に帰らないで、ひとり、西のほうのさいかちの木に行きました。

雲はうす黒く、ただ西の山のうえだけ濁った水色の天の淵がのぞいて底光りしています。そこで烏仲間でマシリイと呼ぶ銀の一つ星がひらめきはじめました。

烏の大尉は、矢のようにさいかちの枝に下りました。その枝に、さっきからじっと停って、ものを案じている烏があります。それはいちばん声のいい砲艦で、烏の大尉の許嫁でした。

「があがあ、遅くなって失敬。今日の演習で疲れないかい。」

「かあお、ずいぶんお待ちしたわ。いっこうつかれなくてよ。」

「そうか。それは結構だ。しかしおれはこんどしばらくおまえと別れなければなるまい

よ。」

「あら、どうして、まあ大へんだわ。」

「戦闘艦隊長のはなしでは、おれはあした山烏を追いに行くのだそうだ。」

「まあ、山烏は強いのでしょう。」

「うん、眼玉が出しゃばって、嘴（くちばし）が細くて、ちょっと見掛けは偉そうだよ。しかし訳ないよ。」

「ほんとう。」

「大丈夫さ。しかしもちろん戦争のことだから、どういう張合でどんなことがあるかもわからない。そのときはおまえはね、おれとの約束はすっかり消えたんだから、外（ほか）へ嫁（い）ってくれ。」

「あら、どうしましょう。まあ、大へんだわ。あんまりひどいわ、あんまりひどいわ。それではあたし、あんまりひどいわ、かあお、かあお、かあお、かあお」

「泣くな、みっともない。そら、たれか来た。」

烏の大尉の部下、烏の兵曹長が急いでやってきて、首をちょっと横にかしげて礼をして云いました。

「があ、艦長殿、点呼の時間でございます。一同整列して居（お）ります。」

「よろしい。本艦は即刻帰隊する。おまえは先に帰ってよろしい。」

「承知いたしました。」兵曹長は飛んで行きます。

「さあ、泣くな。あした、も一度列の中で会えるだろう。丈夫でいるんだぞ。おい、お前ももう点呼だろう、すぐ帰らなくてはいかん。手を出せ。」

二疋はしっかり手を握りました。娘の烏は、もう枝に凍り着いたように、じっとして動きません。

夜になりました。

それから夜中になりました。

雲がすっかり消えて、新らしく灼かれた鋼の空に、つめたいつめたい光がみなぎり、小さな星がいくつか聯合して爆発をやり、水車の心棒がキイキイ云います。

とうとう薄い鋼の空に、ピチリと裂罅がはいって、まっ二つに開き、その裂け目から、あやしい長い腕がたくさんぶら下って、烏を握んで空の天井の向う側へ持って行こうとします。烏の義勇艦隊はもう総掛りです。みんな急いで黒い股引をはいて一生けん命宙をかけめぐります。兄貴の烏も弟をかばう暇がなく、恋人同志もたびたびひどくぶっつかり合います。

いや、ちがいました。

そうじゃありません。

月が出たのです。青いひしげた二十日の月が、東の山から泣いて登ってきたのです。そこで烏の軍隊はもうすっかり安心してしまいました。

たちまち杜はしずかになって、ただおびえて脚をふみはずした若い水兵が、びっくりして眼をさまして、があと一発、ねぼけ声の大砲を撃つだけでした。

　ところが烏の大尉は、眼が冴えて眠れませんでした。

「おれはあした戦死するのだ。」大尉は呟（つぶ）やきながら、許嫁のいる杜の方にあたまを曲げました。

　その昆布のような黒いなめらかな梢の中では、あの若い声のいい砲艦が、次から次といろいろな夢を見ているのでした。

　烏の大尉とただ二人、ばたばた羽をならし、たびたび顔を見合せながら、青黒い夜の空を、どこまでもどこまでものぼって行きました。もうマヂエル様と呼ぶ烏の北斗七星が、大きく近くなって、その一つの星のなかに生えている青じろい苹果（りんご）の木さえ、ありありと見えるころ、どうしたわけか二人とも、急にはねが石のようにこわばって、まっさかさまに落ちかかりました。マヂエル様と叫びながら愕（おど）ろいて眼をさましますと、ほんとうにからだが枝から落ちかかっています。急いではねをひろげ姿勢を直し、大尉の居る方を見ましたが、またいつかうとうとしますと、こんどは山烏が鼻眼鏡などをかけてふたりの前にやって来て、大尉に握手しようとします。大尉が、いかんいかん、と云って手をふりますと、山烏はピカピカする拳銃（ピストル）を出していきなりずどんと大尉を射殺（いころ）し、大尉はなめらかな黒い胸を張って倒れかかります。マヂエル様と叫びながらまた愕（おどろ）いて眼をさますというあんばいでした。

烏の大尉はこちらで、その姿勢を直すはねの音から、そらのマヂエルを祈る声まですっかり聴いて居りました。

じぶんもまたためいきをついて、そのうつくしい七つのマヂエルの星を仰ぎながら、ああ、あしたの戦でわたくしが勝つことがいいのか、山烏がかつのがいいのかそれはわたくしにわかりません、ただあなたのお考のとおりです、わたくしはわたくしにきまったように力いっぱいたたかいます、みんなみんなあなたのお考えのとおりですとしずかに祈って居りました。そして東のそらには早くも少しの銀の光が湧いたのです。

ふと遠い冷たい北の方で、なにか鍵でも触れあったようなかすかな声がしました。烏の大尉は夜間双眼鏡を手早く取って、きっとそっちを見ました。星あかりのこちらのぼんやり白い峠の上に、一本の栗の木が見えました。その梢にとまって空を見あげているものは、たしかに敵の山烏です。大尉の胸は勇ましく躍りました。

「があ、非常召集、があ、非常召集」

大尉の部下はたちまち枝をけたてて飛びあがり大尉のまわりをかけめぐります。

「突貫。」烏の大尉は先登になってまっしぐらに北へ進みました。

もう東の空はあたらしく研いだ鋼のような白光です。

山烏はあわてて枝をけ立てました。そして大きくはねをひろげて北の方へ遁げ出そうとしましたが、もうそのときは駆逐艦たちはまわりをすっかり囲んでいました。

「があ、があ、があ、があ、があ」大砲の音は耳もつんぼになりそうです。山烏は仕方なく足をぐらぐらしながら上の方へ飛びあがりました。大尉はたちまちそれに追い付いて、そのまっくろな頭に鋭く一突き食らわせました。山烏はよろよろっとなって地面に落ちかかりました。そこを兵曹長が横からもう一突きやりました。山烏は灰いろのまぶたをとじ、あけ方の峠の雪の上につめたく横(よこた)わりました。

「があ、兵曹長。その死骸を営舎までもって帰るように。があ。引き揚げっ。」

「かしこまりました。」強い兵曹長はその死骸を提げ、烏の大尉はじぶんの杜の方に飛びはじめ十八隻はしたがいました。

杜に帰って烏の駆逐艦は、みなほうほう白い息をはきました。

「けがは無いか。誰(たれ)かけがしたものは無いか。」烏の大尉はみんなをいたわってあるきました。

夜がすっかり明けました。

桃の果汁(しる)のような陽(ひ)の光は、まず山の雪にいっぱいに注ぎ、それからだんだん下に流れて、ついにはそこらいちめん、雪のなかに白百合(しろゆり)の花を咲かせました。

ぎらぎらの太陽が、かなしいくらいひかって、東の雪の丘の上に懸(かか)りました。

「観兵式、用意っ、集れい。」大監督が叫びました。

「観兵式、用意っ、集れい。」各艦隊長が叫びました。

みんなすっかり雪のたんぼにならびました。

烏の大尉は列からはなれて、ぴかぴかする雪の上を、足をすくすく延ばしてまっすぐに走って大監督の前に行きました。

「報告、きょうあけがた、セピラの峠の上に敵艦の碇泊を認めましたので、本艦隊は直ちに出動、撃沈いたしました。わが軍死者なし。報告終りっ。」

駆逐艦隊はもうあんまりうれしくて、熱い涙をぼろぼろ雪の上にこぼしました。

烏の大監督も、灰いろの眼から泪をながして云いました。

「ギイギイ、ご苦労だった。ご苦労だった。よくやった。もうおまえは少佐になってもいいだろう。おまえの部下の叙勲はおまえにまかせる。」

烏の新らしい少佐は、お腹が空いて山から出て来て、十九隻に囲まれて殺された、あの山烏を思い出して、あたらしい泪をこぼしました。

「ありがとうございます。就ては敵の死骸を葬りたいとおもいますが、お許し下さいましょうか。」

「よろしい。厚く葬ってやれ。」

烏の新らしい少佐は礼をして大監督の前をさがり、列に戻って、いまマヂエルの星の居るあたりの青ぞらを仰ぎました。(ああ、マヂエル様、どうか憎むことのできない敵を殺さないでいいように早くこの世界がなりますように、そのためならば、わたくしのからだなどは、何べん引き裂かれてもかまいません。)マヂエルの星が、ちょうど来ているあたりの青ぞらから、青いひかりがうらうらと湧きました。

美しくまっ黒な砲艦の烏は、そのあいだ中、みんなといっしょに、不動の姿勢をとって列（なら）びながら、始終きらきらきらきら涙をこぼしました。砲艦長はそれを見ないふりしていました。あしたから、また許嫁といっしょに、演習ができるのです。あんまりうれしいので、たびたび嘴（くちばし）を大きくあけて、まっ赤に日光に透かせましたが、それも砲艦長は横を向いて見逃がしていました。

# 春の軍隊

小松左京

## 一

いい天気だったので、郊外電車の駅まで、バスにのらずに歩くことにした。——歩いて、約二十分の道のりである。

山裾のゆるいスロープを切りひらいた新しい造成宅地には、まだ三割ぐらいしか新築の家が建っておらず、そここに木組みをしかけたり、鉄筋をくんでコンクリートをうちかけている家屋がちらほら見えるだけで、大部分は低い土どめの石垣に盛られたしめった土にまばらに春草のはえている地所ばかりだった。

山を背にして、だらだら坂の地道をゆっくりおりて行くと、造成宅地はすぐつきて、舗装はしてあるが、いかにも田舎道らしい、田野の中をゆるくうねっている村道に出る。山裾のスコープはいっそうゆるくなり、あるかなきかの勾配をたたんだ棚田(たなだ)が、東西に、また南の国道へむけて、森や丘にところどころ区切られながらひろがっている。

道ばたをおおう草のむこうは、幅四、五尺の小川になって、わずかに濁った水が、いかにも春先らしく、ぬるそうに、光りながら流れ、おちこんだ石の上に、ねぼけ眼（まなこ）の蛙（かえる）が一匹すわりこんで、寝起きのご隠居さんみたいな顔をして陽（ひ）をあびていた。

むかいの山裾に霞（かすみ）が長く尾をひき、浅葱色（あさぎいろ）の空に、揚（あ）げ雲雀（ひばり）がつべこべとやかましくさえずっている。――遠い田の中を、バスが車体をゆすって走っており、山際に新築された小学校の建物の中から、幼い子供たちが、いっせいになにかを読む声がわたってくる。まだ水をひかぬ田には、淡紅のれんげの花やら白いクローバーの花が咲き、黄白の花を敷きつめる菜種畠（なたねばたけ）には、農薬にもめげず生きのこった蝶が、風に舞う紙片のようにとんでいた。溜め池のほとりに植えられた桜の樹の一むらは、まだ花をのこしたまままいっせいに芽ぶき、白とみずみずしい赤花のいりまじった、けぶるような枝先を空にひろげている。

そんな光景の上に、午（ひる）ちかい陽ざしが、黄金色（きんいろ）のあたたかい湯のように一面にふりそそぐ。その陽ざしをぬくぬくと背にうけながら、田舎道を歩いて行くと、歩きながら睡（ねむ）くなって来て、思わず頬も歩度もゆるむ。

――春だな……

と、肩をあげさげしながら、彼は今さららしく胸の中でつぶやいた。

のどかな春の日に、田園を歩むたのしさに、つい、だらしない笑みが口もとにうかんだ。田舎道で人眼のないのをいいことに、歩きながら、うんと両手を空につきあげて、力一ぱいのびをする。眼をつぶって顔をあおむけ、頬にすべり、顎（あご）にしたたりおちる陽光の感触をたのしみながら歩く。――そんなことをしているうちに、うっかり曲るべき角を数メートル通りすぎてしまっていた。

村道をさらに南へおれると、また地道になって、大きくカーブしながら、葱だの麦だのの畠が上につくられている小さな丘のふもとをまわりこんで行く。丘の反対側は、農機具会社の倉庫になって、ライトバンが一、二台とまっている。赤い矢印を頂にたてたモーテルの立看板や、できたばかりでもうつぶれかけているという噂のボウリング場の、建物の上に立つでかいつくりもののピンなどが望見されて、そこまでくれば、もう下の国道を往来するトラックやバスの爆音が、かすかにきこえてくるのだった。

丘をまわりこんで行くと、建ちかけのコンクリートづくりの建物が見えてきた。――電気器具会社の店舗になるらしい、二階が住居で下が店舗という、いわゆる「下駄ばき」の、かなり大きな建物だ。内装をのぞいた工事はすんで、うちはなしのコンクリート床はかわいており、コンクリートの小片や、砂にまじって、ごわごわした厚手の紙や、鉄屑がその上にちらばって、ニスをぬっていないガラス戸が、柱にたてかけてあった。そんな段階で、もう大きな、色どり鮮やかなプラスチックの看板が、軒にさがっている。――そろそろ午どきで、食事に出かけたのか、工事の人間の姿は見えない。

丘と建物の間をぬけると、また視界がひらけた。左手二百メートルほどむこうに、こんもりとした村社のものらしい森があり、そこまでれんげの咲いた田がつらなっている。

その田の中に、一団の人々がいた。

同じような緑灰色の服を着て、みんなヘルメットをかぶっているので、一瞥(いちべつ)した時、土木工事の人たちかと思った。――だが、にぶく光るヘルメットの光沢が強化プラスチック製のそれでなく、重々しい特殊鋼らしいこと、そのうちの何人かが、黒光りする自動小銃らしいものを、負い皮で肩から吊っていることに気がつくと、彼はちょっと意外な気がした。

――自衛隊の演習か？

と、彼は思った。

近所に陸上自衛隊の基地があるわけでもなし、こんな所で、自衛隊の演習があるのはまったく珍しい。

田舎道はゆるくカーブしながら、その一団の兵士たちの方に近づいて行く。

近づくにつれて兵士たちのものものしい様子がはっきりして、歩度は徐々ににぶった。

兵士たちの人数は二十名ちょっと、半数は田の畦(あぜ)に腰をおろし、ヘルメットをかたむけて汗をぬぐったり、水筒の水を飲んだりしている。――隊長らしい士官が、地図をのぞきこんでおり、そのまわりに下士官らしいものが二、三人立って、地図をさして何かをいったり、遠くを指さしたりして、議論をしている。三、四名が自動小銃や、軽機をもって、鋭い眼つきで、まわりを見はっている。

その見はっている連中の雰囲気は、ぽかぽかとあたたかい春の日ざしにまるでそぐわないものだった。――まるで、たったいま、激しい戦闘をやって来たように、殺気だっており、煙硝のにおいでもただよって来そうな感じだった。軍服は土ぼこりと汗にまみれ、泥だらけの重々しい軍靴が、一面に咲いた可憐なれんげの花を容赦なく踏みにじっているのが、いかにもいたいたしい。兵士たちの背後には、どこからか切って来たらしい、青い葉のついた灌木の枝がつみかさなっており、その下から、無反動砲らしい、砲身の肉厚のうすい、大口径の砲口がのぞいていた。

一団からちょっとはなれた後方に、これも木の枝をかぶせられた、小型の戦車らしいものがとまっていた。——木の枝の下からのぞく、頑丈そうな、泥まみれのキャタピラーが、彼の心をちょっと不安にさせた。ブルドーザーやクレーンなど、土木機械についている板状のキャタピラーでなく、やわらかい土壌をグリップして、強い駆動力を発揮する、ぎざぎざした突起のいっぱいついた軍用車輛のキャタピラーだ。その上、そのキャタピラーは、二十センチほどにのびた、青い麦畠をむざんにふみにじっている。

なんだって、あんな畠の中にふみいれるんだ——と、かすかな怒りを感じながら、彼は兵士たちのたむろする田のすぐ横を通りすぎる道を、歩きつづけた。——演習だって許せない。持ち主が知ったら、ただじゃすまないぞ、新聞に投書でもしてやろうか……。

兵士たちの一団と、彼の距離はいよいよちぢまり、あと二十メートルたらずになった。田舎道は、田の傍をゆるやかに下(くだ)っており、兵士たちのいるれんげの咲く田は、彼の左手に、つくしのはえた土堤(どて)を介して、ちょうど胸の高さあたりまでせり上ってきた。そのまま行けば、彼はちょうど人の背丈ほどの高さの丘の上にある田の下を通りすぎ、そこからさらに右へおれて、二百メートルほど先の国道へ出て行くはずだった。

兵士たちの一団の中から、なにか鋭い叫び声がきこえたのはその時だった。——その声は、ちょうど肩ほどの高さになった土堤の上からきこえてきたが、彼は気にもとめずに歩きつづけた。頭の上に足音が走り、土堤の草がはげしく鳴って、軍服姿が道にかけおりて来た時も、彼はまだ自分に関係のないことだと思って、道におりたった兵士をさけて通りすぎるために、ちょっとわきへよろうとした。

ヘルメットを眼深にかぶった、陽やけした兵士の顔が彼にむかって何か大声でわめき、剣のついた自動小銃の、ぽつんと黒い、うつろな眼のような銃口が、彼の顔をまっすぐねらっているのを見ても、彼にはまだ、何が起ったのかよくわからなかった。

「なんですか?」彼はちょっとびっくりし、とまどい、たちどまった。「通してくださいよ」

兵士がまた何かわめき、彼の顔をにらんでいた銃口がさっとひらめいて、濡れ手拭をはたくような音とともに、足もとの土がぱっとはねかえった時、彼はちょっとびっくりしただけだった。——兵士の顔つきが、日本人とちがう、ということにやっと気がついたのはその時だった。陽やけした皮膚の色は、東洋人のそれに似ていたが、顔つきはまるでちがう。かといって、白人のそれでもない。

兵士が再び銃剣をつきつけてわめいた。その言葉はもちろん日本語でもなく、英語でもなかった。——だが、手を上げろ、といっているらしいことは、その口調と身ぶりからわかった。

まるで戦争映画を見ているような——というよりは、突然映画の画面の中にとびこんで、その登場人物になってしまったような、奇妙に非現実的な気分で、彼はぎごちなく両手をあげた。兵士がさらに何かわめいて大きく身ぶりをしたので、彼は上にあげた両手を頭の上にのせた。屈辱感などというものはまるでなく、ただまっぴる間から、悪夢を見ているような、胸のむかつく感じにおそわれただけだった。

頭の上の方で、別の声がした。——ふりあおぐと、低い土堤の上に、四、五人の兵士がならんで見おろしていた。その顔は、どれも日本人ではない。彼の知っている東洋人の顔でもなければ、白人でも、黒人でもなかった。士官らしい男が、彼に銃をつきつけている兵士に何かいい、兵士は短く答えた。士官は顎をしゃくり、兵士は彼になにかわめいて、銃剣の先で、土堤にのぼれ、と合図をした。

彼は頭に手をあてたままの姿勢で、土堤の草にすべりながら、田圃(たんぼ)まではい上った。——いつのまにか、全身が冷たい汗にびっしょりおおわれていた。

二

田圃に上ると、陽やけした、きびしい、こわばった顔にとりかこまれた。たくさんのヘルメットの庇(ひさし)の下から、鋭い、つきさすような視線が彼に集中する。——顔つきもさまざまなら、眼の色も、黒、茶、青、緑とさまざまだ。兵士たちの衣服はかわきかけた泥や、枯草の葉っぱがつき、腋の下や肩には、汗がにじんでいる。

兵士たちの体からは、汗の臭いがつよくにおった。——つん、と鼻をさすような、火薬の臭気がその底にまじる。

士官の横にいた兵士が、手早く、荒っぽく、なれた手つきで彼の服の上からさわって身体検査した。何かを見つけたらしく、背広のポケットに手をつっこむとガスライターをとり出した。火をつけ、消し、中に何かしかけられていないか、疑いぶかい眼つきでしらべる。

長身の士官は、めんどうくさそうな口調で、なにか短い言葉で、次々と彼にたずねた。何回目かに、おそろしくへたな英語——エングリッシュときこえるような発音で、

「英語を話すか？」

といったのが、やっと理解できた。

「少しなら……」彼はすがりつくような思いで、少し舌をもつらせながら、せきこんでこたえた。「あなたたちは、いったい何だ？　——アメリカ軍か？」

士官は唇をまげて、鼻を鳴らした。

「こちらがお前にきいているんだ……」と士官は相かわらず、ものすごい英語でいった。

「こんな所で、なにをしている？」

「なにをしている、だと」その時になって、はじめて彼はカッと怒りがこみあげてくるの

を感じた。「私はついこの先に住んでいる。用事ででかけるところだ。——君たちこそ、なんの権利があって私をとめる？」

この近所に住んでいる、ときいて、士官はうさん臭そうに、彼の指さした方角を見た。——それから、事務的な調子でごつごつした手をつき出し、

「身分証明書を見せろ」

といった。

〝I・Dカード〟といわれたのを、とっさには何のことかわからずうろうろし、身分証明書(アイデンティフィケーション・カード)といいなおされてやっとわかったが、わかるとまたうろたえた。

「そんなもの、あるもんか……」と彼は口がかわくのを感じながらいった。「名刺と……定期(パス)ならあるが……」

「じゃ、その通行証(パス)を見せろ……」

士官はそっぽをむきながら指を動かした。

彼にも、「パス」という言葉の意味の食いちがいはわかったが、うろたえたまま、内ポケットから郊外電車の定期券を出した。

それをうけとった士官は、ちょっとながめて、鼻の頭にしわをよせ、つっかえしてよこした。

「なんだこれは……」と士官はいった。「これは、わが軍発行の通行証じゃない」

「なんだってそんなものがいるんだ？」彼は汗をかきながら叫んだ。「私はこの市の市民

だぞ。自分の住んでいる市内を通行するのになぜ通行証がいる？」

「市民なら身分証明書を見せろ……」士官はめんどうくさそうに指を鳴らした。「なんでもいい。市民証でもかまわん……」

「そんなものはない……」

「なくした、とでもいうのか？」

「はじめからないんだ……」

士官は馬鹿にしたような眼つきで、彼の顔をねめつけ、彼にわからない言葉で、まわりに二言、三言いった。

兵士たちの間に、嘲るような笑い声が起った。

「ということは、お前は市民じゃないということか？——すると宇宙人かね？」

その皮肉たっぷりないい方に彼は思わず、ぞっとした。——突然、何度か出かけた海外旅行のことを思い出したからだった。

ヨーロッパでも、アメリカでも、その他の地域の国々でも、住民は大てい「身分証明書」を持っていた。戦時体制下、あるいは軍政下にある国はもちろんのことだが、そうでない国でも、ほとんどの住民は「I・Dカード」を持っており、何かにつけて、官憲に提出をもとめられていた。外国人旅行者が持ち歩く旅券（パスポート）のように……。

国民が、身分証明書を携行しない国の方がかえって珍しく、日本は、その「例外的な国」だった。

「いいかね……」彼は汗が額をつたうのを感じながらいった。「ごらんの通り、ここは日本だ……。わかるか？　ニッポンだ。――日本という国では、国民は日常、身分証明書なんか持ち歩かなくてもいいんだ」

「へえ、そうかね……」士官は肩をすくめた。

「未開の国ならともかく、こんな文明国で、市民に身分証明書を発行しない国があるなんてきいたこともない。身分証明書もなしに、どうやって国民が国家の保護を優先してうけられるんだね？」

「だからいったろう。ここは日本だ。日本では昔からそうなんだ……」

彼は一心に相手にわからせようとしながら、なんだかばかばかしくなってきた。

なんだって、こんな連中につかまって、こんなことをくどくどと説明しなければならないんだ！――それも、彼の家から、二丁あまりしかはなれていない田圃の中で……。

またしても悪い夢でも見ているような気がして、彼はしゃべりながら、ちょっと眼下の国道の方を見た。――たしかに、夢でも何でもなかった。すぐちかくの国道を、ごうごうとダンプやトラックやバス、乗用車が走りすぎるのが見える。ボウリング場のでっかいつくりもののピンも、モーテルの立看板も、建ちかけの電気器具商の看板もはっきり見え、花のまばらになった菜種畠に、ひらひらと蝶がとんでいるのも見える。――頬をつねるかわりに、彼はぬらぬらと汗の流れる額を、手の甲でぬぐうと、どなるようにいった。

「そんなことより、いったい全体君たちはなんだ。――アメリカ軍の特殊部隊か？　いったい何のためにこんな所にいる?」

「何のために?」とおうむがえしに士官がいって、ギロッと眼を光らせた。「……それをきいてどうする? ――なぜ、そんなことを知りたがる?」

彼は咄嗟に、まずいことをいったかも知れない、と思った。――が、腹の中でふくれ上りはじめた怒りとばかばかしさのため、士官に負けず劣らずのブロークン・イングリッシュが、次から次へと口をついて出るのをとめようもなかった。

「どうするもこうするもあるものか! ――君たちは、日本の自衛隊と共同演習でもやっているのかも知れないが、いやしくもここは日本だぞ。そしておれは、善良なる国民で、このすぐちかくに住んでいて……」

「お前が善良な市民だ、という証明はどこにある?」士官は、彼の口をつかんでねじあげるような口調でいった。「お前はそれを証明するものを、何も持っとらんじゃないか! ――身分証明書もなく、わが軍発行の通行証もなく、たった一人で、戦場の、それもこんな最前線を、のこのこ歩いていれば、こちらとしては当然……」

「ちょっと待ってくれ!」彼は呆然としてつぶやいた。「いま、なんといった? ――戦場だと? ……最前線だと? ……冗談はよしてくれ! 君たちの演習の計画なんて、おれが知るわけないだろう……」

「演習だ、と?」士官はむっとしたように硬い声でいった。「そちらこそ、とぼけるのもいいかげんにしろ! ――ここにくるまで、部下が五人も戦死したんだぞ。おれたちが、おあそびでこんなことをやっていると思うか?」

その時、士官の後ろで、下士官らしい、鬚(ひげ)もじゃの男が、よれよれになった地図をさし出してなにかいった。

士官はその地図をちょっと見て、それから彼の顔をもう一度ジロリとにらみ、ふきげんそうに二言、三言いって下士官の手から地図をとり上げ、彼につきつけた。

「お前がこの近所に住んでいる、善良な市民だ、というなら、このあたりのことにくわしいだろう」と士官はいった。「この地図でいってみろ。——この川の、川幅はどのくらいある? 水量はどのくらいだ?」

「さあ——……私は、つい最近ここらあたりにひっこして来たばかりだから……」

彼は、また腋の下にじくじくと、冷たく気持わるい汗がにじみはじめるのを感じながら、口ごもった。

「このあたりに、敵の陣地や前哨があるはずだ。——お前の家が、このあたりだというなら、見かけなかったはずはない。知っているだけでいい。教えろ。戦車はあるか? 野砲陣地はどこだ? もし、お前のいった通りだったら、釈放してやる」

「ちょっと待ってくれ……」彼はついに気分が悪くなり、視界が紫色にせばまり、体が鉛のように重くなって行くのを感じながら首をふった。「敵だの戦車だの……いったい何の話だ? ——ここらへんは、つい最近開けたばかりの住宅地だ。そっちの方は、ふつうの農村で……田圃で……そのむこうはこの市の中心部だ。こんな所に……自衛隊も、駐留米軍も、演習地はもっていない……」

「誰が演習地のことなどきいた……」士官の声は一種険悪な冷酷さをおびた。「おれたちは今、戦争をしているんだ。——どうしてもとぼけるなら、お前を敵のスパイの容疑で、わが軍の陣地へつれて行く、疑う理由はいくらでもある。身分証も通行証もなしで、最前線をうろついていたのだから」

「敵だの戦争だの、おかしなことをいわないでくれ……」顔を際限なくつたう冷や汗をぬぐいながら、彼は、かすれた声でいった。「冗談じゃない……。日本は……平和憲法の国で……どこの国とも戦争をしないことになっている。そりゃ自衛隊はあるが……専守防衛で……それに……いまは、どこの国とも、戦争なんかしてやしない。この国の国土が……戦場になるようなことは……いまの政府は……たしか、今朝の新聞もテレビも……戦争なんてことは……」

士官は地図をたたむと、冷や汗を流し、土気色の顔でふらついている彼を冷ややかに見つめ、後ろにむかって何かいった。

下士官が地図をうけとると、銃を持った兵士が彼の腕をつかんだ。

「待ってくれ……」彼はあえぎながら哀願した。「行かせてくれ……。昼過ぎに……人とあう用事があるんだ。——大事な取り引きなんだ。別に……君たちの……邪魔はしないから……」

下士官が、彼の腕をつかんで、投げとばすように、やわらかい田の土の上にひきずりたおすのと、まわりの兵士の中から鋭い叫びがあがるのと、耳もとを、何かが空気をさいてチュン！　チュン！　ととびすぎるのと、土堤の下、たちかけの電気器具店の背後の方で、たてつづけに爆竹をならすような音がきこえたのと、すべてはほとんど同時だった。——田のはずれに立っていた、彼をつかまえた兵士は、うめきをあげて草の上にたおれた。そのまま頭から土堤の下へころげおちそうになるその兵士の上衣を、士官は一足とびにつかんで、ふせたままぐいぐい後方へひっぱった。

士官の口からはげしい声がほとばしり、彼のすぐ傍で、耳をひっぱたかれるような自動小銃の発射音が炸裂した。ふせた土のどこかで、ずぶっ、ずぶっ、と飛来する弾丸がめりこむ震動がつたわってきた。

こちら側の一団の中から、せきこむような軽機の発射音がひびきはじめ、建物のむこう側からも機銃の応射がはじまった。

頭の上をとびすぎて行く銃弾の音や、弾丸がなにかにあたって反跳して、ピシッ、とすぐ傍の土にもぐりこむ音をききながら、彼は土にふせた全身をずくずくに汗にぬらして、冗談じゃない、冗談じゃない、と、うわ言のように口の中でつぶやいていた。——ちゅん、ちゅん、ちゅん、ちゅん、というような機銃弾の飛来音と、ぶす、ぶす、とまわりの土にもぐりこむ震動は、ずっと前、三十年ちかく前の戦争末期、まだ中学生だったころ、動員された工場のちかくで、艦載機におそわれて機銃掃射をうけた恐怖の記憶をよびおこした。だが——冗談じゃない。あれからもう、二十八年もたって……いい親父(おやじ)になり、ようやく手に入れたマイホームのすぐちかくで、いきなりこんな目にあうなんて……まったく、冗談じゃない！――いったいこれはどうなってるんだ？

士官がまた、はげしく叫んだ。彼のすぐちかくにいた機銃手は、機敏に伏せた体を横にずらし、機銃の方向をかえてまた一連射ぶっぱなした。――すぐ眼の前の、電気器具店の屋根のスレートが、埃をあげてくだけちり、黒い影が一つ、ゆっくり手をあげておちていった。が、一瞬沈黙した「敵」の機銃は、また屋根の棟から唸りはじめる。

士官が短く叫ぶと、自動小銃をぶっぱなしていた兵士の二人が、すばやく後退して行って、木の枝でおおわれた、小さなタイヤの車のついた無反動砲をひいてくる。徳利のような成形弾を装塡し、照準をあわせ、発射する。――ごうっ、と噴煙をひいて成形弾は屋根へむかってとんで行き、建ったばかりの店舗の屋根の半分を、ものすごい爆煙とともにふっとばした。

なんてことを！――と、彼はかっと熱くなりながら、胸の中で叫んでいた。――あの店、まだ建ったばかりで、内装もしていないのに。あれだって、この物価高だから、建築費は坪三十万ちかくかかったろう。それを砲火でぶっとばすなんて、何というもったいないことをするんだ！

新築店舗の二階の屋根は、大穴があいて、そこからまだ煙を吐いていた。――家屋のかげからとんで来た弾丸も、やんだようだった。士官は手をあげて何かいった。射ち方やめ、を命じたらしかった。だが、その時、家屋のずっとむこうから、ごうごうがたがたという唸り声がきこえて来た。兵士たちは、ちょっと不安そうに、音のする方に眼をむけた。どうん、と腹の底にひびくような音がして、家のむこうにぱっとうすい煙がたった。と思ったとたん、ひゅう、と空が鳴り、一同の伏せている田圃の右手、一段高くなった畠にものすごい爆発が起った。土や石まじりの爆風が、ひっぱたくように伏せた彼の右半身に衝撃をあたえ、彼は土の上をごろごろところがった。

「タンク！……タンク！……」

と兵士が上ずった声でさけんでいるのがきこえた。

士官がつぎつぎに何かを叫び、無反動砲がまた発射され、一人が無線機にとびついて、大声で何かわめきはじめた。――自動小銃を射っていた二人が、後方にすばやくさがって、木の枝をはねのけた。だだだっ、と、やかましいエンジンの音がして、キャタピラーがれんげの花やたんぽぽの花を無惨にふみしだき、嚙みこみ、大口径の砲をつんだ自走砲が、のそのそと前方へ出てきた。砲手が必死にハンドルをまわして、戦車にむかって、俯角一ぱいに照準をあわせようとしていた。

むこうの電気器具店のかげで、不気味な、焦茶と暗緑色の迷彩をほどこした戦車が、エンジンの音をごうごうひびかせながら、砲塔をゆっくりまわし、長砲身の大口径砲の鎌首をぬうっとのばして、ねらいをこちらにつけた。――無反動砲のロケット弾は、家屋の一角にあたって、ものすごい爆煙で一瞬戦車の姿をかくしたが、砲口はその爆煙の中からすぐあらわれ、こちらにむかってぴたりととまった。

砲口制退器というのか、なにか奇妙な形のものがついた砲口から、焔と煙がはためくのを見ておられず、彼はただ夢中でごろごろ横にころがって、きちがいみたいに射ったり、わめいたりしている一団からはなれた。もう彼のことなぞ、誰もかまっているものはなかった。連中が陣どっている田から、もう一段下の田へころげおち、畦の間のしめった溝のような所へぐちゃりと体がめりこんだ時、またおそろしい爆音と爆風が、彼の体の上を通過した。鋸の歯のように、ぎざぎざのふちをもった、大きな焼けた鉄片が、頭をかかえた彼の鼻先ほんの数センチの泥に、びしっ、とめりこんで、じゅっ、と白い湯気と、つき刺すような火薬の臭いをたてた。——絶叫のようなものが、爆音にまじってかすかにきこえたと思ったが、血のしたたる手首が、彼のおちこんだ溝の斜面の草の上に、どさっとおちて、ごろり、ごろり、と緩慢に溝の底へおちこんでくるのを見たとたん、気が遠くなったように思った。

そのあとは、どうやって溝からはい出し、どうやってその修羅場からぬけ出したか無我夢中だった。——気がついた時は、国道にむかって走り出ようとしているところだった。今朝かえたばかりの、新しい背広は泥と草の葉にまみれ、弾丸の破片にあちこち切りさかれていた。ズボンの右膝と左裾が裂け、すりむいた頰からは血がぬるぬると流れていた。

背後ではまだ砲声銃声がとどろきわたり、黒っぽい砲煙が、ゆるい斜面を国道の方へむけて、ゆっくりとながれて来た。

国道では、もうトラック、バス、乗用車がいっぱいとまって、弥次馬が口々になにかさけびながら、戦闘のおこなわれている傾斜地を、のび上って見つめていた。——遠くでパトカーのサイレンもきこえはじめた。

「あれ、なにやってまんねン？」

関西からの長距離トラックの運転手らしい長身の男が、ぶったおれそうになりながら、砲煙の方角からかけおりて来た彼をつかまえて、ふしぎそうにきいた。

「自衛隊の演習でっか？　それとも、映画のロケでっか？　——えらい派手やな」

「ちがう……」彼はぜいぜいのどを鳴らしながら、やっといった。「戦争だ……。あそこで戦争がはじまってるんだ……」

「そんなアホな……」運転手は吹き出した。

「いまの日本が、なんで戦争なんかはじめますねん？　さっきまで車でラジオきいてたけど、ニュースは何もいうてまへんで。国会混乱のニュースばっかりや……」

「日本が戦争を……はじめたんじゃないんだ……」彼は電柱にもたれかかりながら、とぎれとぎれにいった。「あそこで……どこかの国の軍隊と……別の国の軍隊が……戦争を……」

　パトカーのサイレンがちかづいてきて、すぐちかくでとまり、中から警官が二人おりてきて、弥次馬をかきわけて前へ出てきた。——国道から見上げる傾斜地の上で、うちあいはまだつづいていた。電気器具店の後ろにいた戦車は、キャタピラーに成形弾をうけて擱坐してしまっていたが、砲塔はまだ生きつづけており、砲身をぬうっと動かしては、どうん、と腹にひびくような音をたてて弾丸を発射しつづけていた。彼がさっきいた田の所で、一団はまだ果敢な抵抗をつづけており、ひっくりかえって黒煙をあげる自走砲を遮蔽(しゃへい)にして、そのかげから、ロケット弾が黒煙をひいて一発、二発と発射され、戦車の砲塔を、次第に沈黙においこみつつあった。

　パトカーの中で、のこった警官がなにか無線でしゃべっていた。――かすむ眼で、それを見た彼は、声をふりしぼって叫んだ。

「だめだ！　――警察や機動隊なんかよんだってだめだ。せめて自衛隊でなけりゃ……」

　その時、国道の上にむらがっていた弥次馬たちは、うららかな春の空に、ひゅう、しゅるしゅる、というような不気味な音がいくつもひびくのをきいた。黒い、細長いものが空気をつんざいて落下してくるのを、見たものもいた。

　国道の、ずっとむこうに、おそろしい音をたてて黒褐色の煙がむくむくとつったった。一つだけでなく、いくつもいくつも煙の樹木が出現し、そのたびに地面がふるえ、あつい爆風が一同の顔をひっぱたいた。爆煙の中に、うちくだかれたトラックや乗用車が、スローモーション映画のようにゆっくり舞い上り、落下するのが見えた。爆煙は次第に斜面の上をちかづきはじめ、悲鳴をあげ、パニックにおちいった群衆が、車をそのままに、なだれをうって逃げはじめた。

　その頭上に、はるか高空からつっこんでくるジェット戦闘爆撃機の、不吉な鳥の叫びのような金属音がおおいかぶさってきた。

# 三

この日、日本の各地十数カ所で忽然と出現した、奇妙な「戦闘」は、おりから春の行楽シーズンをむかえた日本の社会を、とまどいさせ、やがてはなはだしい動揺にひきこんでいった。

最初「戦闘」の出現した場所は、まったく局地的で、そこで目撃されるのは、大きくてせいぜい小隊単位の戦闘にしかすぎなかったため、全国むけニュースが流されても、ほかの地域の人々には、どうにも現実感のない、絵空事のようにしか思われなかった。

――この、平和日本の国土の上で、突然何の前ぶれもなしに戦争がまき起った！

そのことは、たしかに大きなショックを社会にあたえたが、ショックの次に、いったいなぜ、日本の国土のあちこちが、突然「戦場」になったか、という疑問に対する解答にむかって、マスコミや、大衆の志向が殺到しはじめると、そこに果しない混乱と、疑心暗鬼がまき起って行った。

いくつかの法案をめぐるかけひきで、野党側全党一致の審議ボイコット、院外闘争のため、全面的に審議ストップになっていた国会は、この奇妙な「戦闘」が各地にまき起ってから数時間後、与野党の話しあいで急遽再開され、本会議で野党代表が緊急質問をおこなったが、政府にも、防衛庁にも答弁ができるはずはなかった。

――いったい、何が起ったのか？

――よくわからない。現在政府の手もとにはいった報告によると、九州、四国、本州、北海道の十五の地点において、国籍不明の二カ国の軍隊が出現し、相互にかなり激烈な陸上戦闘を展開しつつある、ということであり、政府としては、目下防衛庁、警察機構を通じて、調査を継続中である。

――国籍不明の軍隊が、突如、十五カ所もの地点において出現する、などということは常識では考えられない。空挺部隊、もしくは平服で侵入したゲリラではないか？

――空挺部隊の可能性は、まったくないといっていい。ここ二週間、本土防衛レーダー網に捕捉された国籍不明機による領空侵犯は一件もなく、各管区の防空戦闘機部隊が緊急出動したこともない。また、海岸線のどこかに、ひそかに接岸して揚陸した可能性もきわめてうすく、たとえ揚陸したとしても、あれだけの装備と人数を、まったく人眼にふれず、内陸まで移動させるのは不可能である。この点、平服によるゲリラの侵入ということも考えられない。

――それならいかにして侵入したか？

――目下の所、経路不明と申し上げるほかない。

――戦闘中の軍隊の人数および装備はどのくらいか？

――場所によってちがうからはっきりしないが、一地域で遭遇している人数は、双方とも平均して二十人前後、最大で一個小隊規模で、日本全土では、ほぼ、双方とも大隊規模の陸上部隊が展開していると思われる。現在まではいった報告によると、軽火機、無反動砲携行の歩兵以外に、双方とも各戦闘地域ごとに重戦車一輛乃至二輛を配備しているのが目撃されている。

——双方にかなり大量の重砲、また援護戦闘機があるということをきいているが。

——たしかに戦闘地域周辺に、一〇〇ミリ乃至一五五ミリ級の重砲弾の落下がある所が数カ所ある。しかし、自衛隊航空機の偵察をくりかえしているが、双方の重砲陣地そのものはまだ発見されていない。また、それぞれちがった型の、援護戦闘爆撃機が数機ずつ、十カ所以上の戦闘地域に飛来し、爆弾、ナパーム弾などを投下し、ロケット砲、機銃などによる射撃を相互にくりかえしているが、該戦闘機群が、どこを基地として飛来するか目下のところ不明である。いずれもかなり高空から飛来するが、すぐ自衛隊の防空レーダーサイトから姿を消してしまう。

——明らかに領空、領土侵犯行為であるが、これに対して、政府は何らかの処置をとったか？

——事件発生から一時間後、国防会議は緊急会議をひらいて、自衛隊法第七八条にもとづき陸、空の出動態勢をきめた。また、現在、六都道府県知事から、自衛隊法第八一条にもとづいて内閣総理大臣あて緊急治安出動の要請が出ており、陸上自衛隊当該地警察と協力をして各地において戦闘地域からの住民退避と、戦闘地域の局限化につとめている。ただし、今のところ、国民の生命保護のためのやむを得ぬ応戦をのぞいて、どちらの軍隊に対しても、積極的攻撃の命令は出ていない。

——各地の被害状況はどうか？

——住宅、道路、橋梁、工場等に、一部ではかなりの破壊があったといわれるが、まだくわしい報告はうけていない。国民の死傷者については、いまのところ、死者八名、負傷二十数名、自衛隊員の死者二、負傷者八。死者二名は、国籍不明機を威嚇しようとした航空自衛隊の戦闘機が相手機と空中衝突、墜落したものである。

——そもそも、どこの国と、どこの国の軍隊がわが国の国土上で、当方に無断で戦闘をはじめたのか？　かかる不法行為は歴史上前代未聞である。一刻も早く、双方の軍隊の所属国に、厳重抗議すべきである。

——むろん、各地自治体、警察、自衛隊、政府は、あらゆる手段をつかって、双方の軍隊に接触をはかろうとつとめている。が、何分双方ははげしい戦闘中であり、目下のところ、どちらとも接触は成功していない。武器、服装等から、所属国を割り出そうとしたが、現在まで、どこの国ともわからない。近隣諸国、また極東に関係深い諸大国に問いあわせているが、回答はいずれも、日本国内に、無断で軍隊など派遣していない、というものである。また実際問題として、いかなる国でも、一切の国際法を無視して、かかる不法行為に出るとは、常識で考えられない。政府はまた、この問題を国際連合安全保障理事会に対して、緊急提訴する手つづきをすすめている。

——戦闘は拡大しつつあるか？

——数カ所において拡大の兆候が見られるという報告がある。また一部において戦場が移動しつつあるという報告もある。

——これ以上、国民の生命、財産の破壊が拡大するようであれば、由々しき事である。政府は断乎たる処置をとる決意があるか？

——このまったく不法な戦闘がなお継続され、国民の生命、財産の損失、国有財産の破壊が拡大するようであれば、当然のことながら、政府としては断乎たる処置をとらざるを得ないと考える。しかしながら、状況は微妙であり、事態に関しては納得がいかない所が多く、いたずらに国際紛争にまきこまれるのを避けるため、厳戒体制をとりつつ、なお、慎重な態度をとりつづけたい。政府としては、国連に、早急に国際視察団を派遣してくれるよう要請中である。

国会では、与野党協同の緊急調査委員会が結成され、各戦闘地域へ派遣されることになった。——その間にも、奇妙な「戦場」は、全国各地に数カ所ふえ、正体不明の軍隊同士がおこなう「戦闘」は、ますます激烈さを加えつつあった。新幹線は、すでに掛川＝袋井間と、姫路＝加古川間でおこった戦闘のため、全線運転休止していたが、袋井附近では、包囲体形をとった陸上自衛隊の背後に出現したあらたな戦線にむかって、「幻の重砲弾」が双方から飛来し、太田川の鉄橋が、新旧東海道線とも破壊されてしまった。

戦闘は夜になってもつづき、戦場附近の市町村では、夜を徹してとどろきわたる殷々たる砲声と爆音、機銃、自動小銃の発射音に不安におののいた。ニュータウンや住宅街、また市街地が「戦場」になった所では、恐慌におちいった市民が、家財道具をかかえ、あるいは着のみ着のままで、算を乱して逃げはじめた。消防署、警察、機動隊などが随所で声をからして「難民」の誘導にあたったが、思いもかけないものかげや街角で、いきなりはじまるうち合いに、流れ弾丸(ながだま)にあたったり、逃げまどう群衆にふみつぶされたり、老人、女、子供の死傷者がふえはじめた。

夜にはいる前、政府は在日各国の外交官と新聞記者を集めて、状況の説明をやった。――あまりに奇怪な事件なので、みんな半信半疑で呆然としていたが、説明中、八ガ岳方面を旅行中だった某国大使の家族が、茅野(ちの)東方八キロの山脈に出現した「戦場」にまきこまれて九死に一生を得たという知らせがはいり、各地を旅行中の外人団体観光客や、地方の領事館からも、異常事態についての報告が続々とはいりはじめたので、満場騒然となり、犯罪的不法行為に対して、日本政府の断乎たる処置を要請する声が高まった。

折も折、政府が状勢に関するブリーフィングをやっていた外務省から、あまりはなれていない数寄屋橋交叉点附近で、夕方のラッシュ時の街角で、突然「戦闘」がはじまった。――一団の歩兵が、ビルの地下からどやどやとあらわれ、交叉点に出現したかと思うと、反対側のビルの角から、これまたいつの間にかあらわれた一団の兵士が、機銃掃射をあびせかけた。とばっちりをうけて、通行人がばたばたたおれた。警察が出動し、自衛隊派遣が要請されるまでに、何十人もの罪のない通行人が死んだり、負傷した。地下のガレージから、また工事現場の板がこいの陰から、ごうごうと音をたてて双方の戦車が出現し、ガン・ランチャーや七五ミリカノン砲をぶっぱなし、時ならぬ市街戦が展開された。屋上にあがった狙撃兵（スナイパー）や、機銃をやっつけるために発射された弾丸は、美しいネオンをかたっぱしからうちくだき、デパートやビルにとびこんだ弾丸は、総ガラスの外装や、商品でみちあふれた売場、しゃれたレストランなどを粉々に破壊した。機動隊が来たものの、武装が全然ちがうのでどうにもならず、やっと市ヶ谷からかけつけて来た陸上自衛隊が、無反動砲で戦車をねらい、三つ巴（みどもえ）の奇妙な戦闘がはじまった。英語、フランス語、ドイツ語、ロシア語、スペイン語——各国語でよびかけた戦闘中止のよびかけも双方にまったく無視され、はげしい市街戦は四十分以上にわたってつづいた。現場の指揮官が、機転のきく人物で、戦闘中の二つの軍隊を同時に敵にすることをさけ、一方の退路をたちながら、そちらへ攻撃を集中した。倍増した火力に、一方の軍隊は数名の戦死者と破壊された戦車をのこして撤退をはじめた。そこを裏からまわった一隊が急襲し、二名の捕虜を得た。

のこった側の軍隊には、どこからか「幻の重砲弾」がふりそそぎ、戦車も無反動砲の砲座も破壊された。どこからとも知れぬ重砲の射撃は間もなくやんだが、この射撃で、自衛隊に十五名の戦死者と、自走砲二台の被害が出た。——それ以上に、銀座四丁目附近の惨状は目もあてられなかった。交叉点の四隅は完全に破壊され、路上には地下鉄にまで達する大穴があき、重砲弾は有楽町駅に一発、A新聞の正面玄関と日劇、高速道路にそれぞれ一発ずつおちており、市民の死者は百名をこえた。

つかまえた捕虜の一人は、隙を見て自殺した。――かなり重傷を負ったもう一人の若い、まだ少年のような捕虜は、いろいろうわ言のようにしゃべったが、外務省の人間にも、つれてこられた言語学者にも、どこの言葉か全然わからなかった。階級章や認識票らしいものも持っていたが、書かれた文字は世界のどこのものでもなく、まったくちんぷんかんぷんだった。うわ言をテープにとり、文書を暗号解読の専門家と言語学者が、解読にとりかかりはじめたが、若い捕虜は、夜半、出血多量で死んだ。遺留された兵器について、専門家がしらべたが、どこの国のものかまったく不明だった。

## 四

政府は国会の承認を得て、翌日早朝、自衛隊の全面的な「防衛戦闘」開始を命じた。――介入によって、どんなトラブルにまきこまれるかわからないし、かえって被害が大きくなるかも知れない、という弱腰の反対意見もあったが、今回は、むしろ世界各国の強硬意見にのった形だった。在日米軍の出動についての申し入れもあったが、この点に関しては、なお政府国会は慎重だった。国連では、緊急安保理事会が開かれたが、あまりに奇々怪々な事件のため、早急には結論が出ず、とりあえず軍人からなる調査団を、至急に派遣することにきまった。

そのころ、防衛庁はやっとどちらかわからないが、戦闘中の国籍不明軍の司令部らしいものとの——例によってへたくそな英語をつかっての——交信はできたものの、先方は所属国、ならびに交戦中の「敵」についての説明の一切を拒否し、ただ、「敵」については、誰もきいたことのない国名を一言もらしただけだった。こちらの戦闘中止要請に対して、先方は「われわれは、軍人であるから、〝上からの〟指令がないかぎり、戦闘を中止するわけにはいかない」

と高飛車に通告して来た。〝上〟について、その所在も、連絡方法も、まったく教えなかった。

——これは前線部隊としては当然かも知れない。

通話を一方的にうちきろうとするのをなんとかくいさがって、こちらに一片の通告もなく、第三国の領土内で戦闘を続け関係のない国民の生命財産をそこなうことは主権無視であり、国際法上どう見ても許されない、犯罪行為だと口をすっぱくしていったが、先方は国際法の問題はともかく、こちらは〝上層部〟の命令で、この土地の、この地点の敵と闘えといわれているのだから、一応〝上層部〟には問いあわせてみるが、それまでは戦闘をつづける。「敵」も攻撃をしかけてくるのだから、という答えをくりかえすばかりだった。

業(ごう)を煮やした統幕議長が、もし、どうしてもこちらの要請を受諾せず、不法にして犯罪的な戦闘を継続し、日本の主権、領土権を無視し、そちらの戦争に関係ない国民の生命、財産をそこない、国家資産を破壊しつづけるなら、こちらも自衛上やむを得ず、全面的に軍隊を投入し、双方の戦闘力を徹底的に破壊する、と通告すると、むこうはしばらくだまっていたが、やがて、もしそちらが全面的に介入してくるなら、こちらとしては〝後方〟に、君たちの軍隊に対して、「戦術核兵器」の使用を要請することになるだろう。こちらには要請する権限があるのだから、といってきた。「戦術核」ときいて、こちらは顔色をかえた。――時間をきった「総攻撃」の指令はこのため大急ぎで撤回され、「防衛戦闘、戦線封じこめ」の態勢のまま、待機せよ、という指令にきりかえられた。

交信はそれできれたが、おどろくべき脅迫的内容をふくんだその交信テープは、ただちに内閣、緊急調査委、米軍ならびに国連におくられ、対策の協議がはじまった。――が、戦闘当事国のどちらもが不明で、連中のいう〝後方〟や〝上層部〟がどこにあるかわからない状態では、すぐに対策が見つかりそうになかった。

彼の住居のちかくの田圃の中ではじまった戦闘は、双方がまたどこからか増援部隊をくり出し、戦線が膠着(こうちゃく)したまま、まる一昼夜以上つづいた。戦闘は国道にまで拡大され、恐慌状態で逃げ出した附近の住民たちは、脇街道でまた小部隊の戦闘に遭遇し、避難民を満載したトラックが地雷にひっかかる、という有様だった。

ここへも自衛隊が出動してきて、空と陸で、奇妙な「三角戦闘」が開始された。――兵器と戦闘経験は、その「奇妙な軍隊」の方がまさっていたようだったが、なにしろ量的に圧倒的に多かったので、戦線はじりじり縮小された。

一たんその場を避難民と一緒になってにげた彼は、家にのこしてきた妻と、学校に行っていた子供たちが心配になり、――あとでわかったことだが、危険がせまって間もなく、妻子は警察と学校の教師たちに誘導されて、裏山ごしに無事おちのびていた――半狂乱になって、戦場の近所をうろうろし、戦闘がちょっと下火になったところを見はからって、自衛隊の警備線をぬけて、一散に新築のわが家にむかって走った。

できたばかりの造成宅地のあちこちには、でかい重砲弾の炸裂したあとの穴があき、新築の家々のあるものは無惨に破壊され、あるものは黒煙と焔をあげてもえていた。砲煙が流れ、どこかで豆を炒るような機銃の音や自動小銃の音が間歇的にきこえ、時おり、どすん、と腹にひびくような戦車砲の発射音や、榴弾、成形弾の炸裂音がきこえたが、しかし、人気のない宅地には、うらうらと春の陽がふりそそぎ、そこここの田にはれんげ草が、道ばたにはたんぽぽやきんぽうげの花が、可憐に咲きみだれているのだった。

遮蔽物に身をかくしながら、彼の家のちかくまで進んで行くと、たてたばかりの家は、爆風で窓ガラスがやられ、コンクリート塀に若干の弾痕がのこってはいたが、まだ無事にもとの場所にたっていた。

彼は安堵と危惧のいりまじった感情におそわれ、無我夢中でわが家にむかって走った。鍵のかかっていないドアをあけて、中へとびこむと、彼は大声で妻子の名をよんだ。

中はがらんとして、人気がない。――玄関の化粧タイルの上にちらばったドアガラスの破片が、さしこむ日ざしにキラキラと光っている。妻子が殺されたのではないか、という恐怖におそわれて、彼は土足のまま家の中にとびこみ、階下を、ついで二階をくまなくさがした。

妻子がどこかへ逃げた、ということがわかると、彼は急いでまた家を出ようとした。――出しなにふと気がついて、奥の間にとってかえし、戸棚の貴重品入れをさがすと、はたして妻は、預金通帳をそのままにして逃げていた。

そのほんの数十秒間が、決定的になった。通帳をポケットにいれて家を出ようとした時、すぐ裏手ではげしい怒声と足音が湧き上り、ついで、ダダダッ、と軽機を連射する音がした。

一団の、汗と泥にまみれた兵士たちが、どやどやと家の中にかけこんできた。門の所で、自動小銃を半自動(セミオート)にしてねらいうちする、ぼすっ、ぼすっ、という音がきこえた。――と、隣りの家のあたりで、今度は重々しい重機の発射音がとどろきわたり、ちゅん、ちゅんと、空気を灼(や)き切る弾丸の音と、ビシビシと壁や板壁に弾丸のめりこむ音がきこえた。

「待ってくれ!」

彼は思わずとび出して行って、重い軍靴でどかどかとはいってきた、図体のでかい兵士に英語でさけんだ。

「ここを……ここで戦争しないでくれ!――ここは私の家だ。たてたばかりで、まだ月賦がうんとのこっているんだ! どこかほかへ行ってやってくれ!」

ウルサイ!……と下士官らしい一人が、前にきいたのとは別の訛(なま)りの、やはりおそろしくへたくそな英語でわめいた。……アブナイゾ！　――ヒッコンデロ！

彼は、連中が、前に見た兵士たちとは、ちがう顔つきをし、ちがう服を着、ちがう装備を持っていることに気がついた。――しかし、たけだけしく、汗と泥にまみれ、全身に火薬の臭いをまといつかせ、戦闘以外は眼に入らない連中であることは、そっくり同じだった。

下士官はなにかわめき、兵士が二人応接間へとびこんで、長椅子をひっくりかえして臨時のバリケードにし、庭先から隣家へむかって、機銃をかまえた。二階へかけ上った兵士が、のこっている窓ガラスを、銃の台尻で割るらしい音がきこえた。――こちらがうち出すと同時に、隣家の窓、塀のかげからうち出した。向いの家には、日本の自衛隊らしい人影がいて、そちらからも射ってきた。隣家ではこちらと同時に、向いの家にもうちこみ、こちらの機銃は下が隣家を、二階が向いの家をねらっていた。

「やめてくれ！」

彼はついに絶叫した。――その声にこたえるように、隣家の重機関銃が猛烈なうなり声をあげた。

至近弾のでかい弾丸が、応接間と居間にもろにとびこみ、壁紙をきりさいて壁にくいこみ、買ったばかりの家具を、時計を、ステレオを、カラーテレビを、食器を、絵の額を、かたはしからずたずたにひきさいて行くのを、また庭木がひきちぎられ、もえ上るのを、彼は台所の陰に身をひそめ、全身を冷たい汗にひたし、小便でズボンをずくずくにぬらしながら、ぼんやりと見ていた。

「やめてくれ……」

彼が涙をながしながら、もう一度口の中でつぶやくと、今度は向いの家の自衛隊から、ずぼっ、と音をたててロケット弾がとんできて、二階に命中した。——ひどい音がして、天井から一方のささくれだった梁がおちてきて、モルタルや壁土がざあざあ滝のように屋内にこぼれおち、二階から、なにか黒い人型のものがゆっくりおちてきて、庭先にどさっと音をたててころがった。その上にまた二方向から機銃弾がふりそそいだ。鼻をさす火薬のにおいに、いがらっぽいセメントの臭気、木のこげるにおいが、ほこりと煙といっしょにたちこめる屋内では、頭蓋をふきとばされた血まみれの死体が、ずたずたになった長椅子の傍にごろんところがり、機銃手の一人が血のしたたる両眼をおさえて、おそろしい声で泣きわめいていた。——下士官がその兵士の肩をひっつかんで後ろへひきたおしながら、反対側の腕をふって、隣家へ何かを投げた。ものすごい音がして、隣家の風呂場が爆煙の中でふっとび、一瞬重機が沈黙した。

その時、思わぬ方角から、どさっ、と音をたてて、何か丸いものがとびこんできて、彼の眼の前にころがった。——それが戦争映画などでよく見た手榴弾であることを知ると、一瞬血が凍ったが、どんな狂気が作用したのか、体が反射的に動いてそいつをひっつかみ、窓枠の外へ——投げるほどの力はなかったので——おとしていた。

「やめてくれ……ここは……おれの家だ！」

と息たえだえにわめきながら……。

窓の外でものすごい音と爆煙がふきあげ、壁がゆれて棚の食器がなだれをうっておち、次の瞬間、右頬と右手にやけつくような痛みを感じて、彼は気を失った。


奇妙な軍隊は、出現してからきっかり二十八時間後に、出現した時と同様、あらゆる戦闘地域からかき消すように消え去った。――双方とも……。

あとには、若干の遺棄兵器と、薬莢(やっきょう)がのこされていたが、戦死者の姿も消えてしまった。各地で交戦中だった自衛隊は、突然むこうから射ってこなくなった戦場で、なお若干の掃射をおこないながら前進したが、今の今まではげしい戦闘がおこなわれていたあたりから、両方の兵士も、武器も、戦車も、あとかたなく消え失せているのを見て、呆然とした。そこにはすさまじい破壊のあとに、砲煙がゆっくり層をつくってただよっているばかりだった。

すっかり長くなった春の日の、午後の陽ざしが、たった今、「戦場」であることをやめた場所をぬくぬくと照らし、れんげやたんぽぽの上に、かげろうがゆらゆらと燃えていた。――砲声のやんだ空に、早くもあのいそがしい雲雀(ひばり)どもが、ピイチクさえずりはじめた。

まるで、春先のかげろうか蜃気楼(しんきろう)のように、「戦争」はあとかたもなく消えうせた。しかし、それが単なる集団幻覚や、悪夢でなかったことはたしかだった。たった二十八時間の戦闘だったが、重砲と爆撃をまじえた戦闘地域の被害は相当なものだった。鉄道、道路の復旧には相当時間がかかりそうだったし、重砲の斉射をうけた工場地帯では、石油や可燃物のタンクが、濛々と黒煙をはきつづけた。過密都市の破壊、住宅の破壊、まきぞえを食った無辜の市民の死者、負傷者は相当の数にのぼった。激戦のあった山奥の小集落では、どんな事情があったのか、全員が一カ所に集められ、機銃で射殺されていた。

いったい全体、何が起ったのか——という真相追究と、事後処理の大さわぎが、そろそろはじまりかけていたが、長く尾をひきそうであり、結局は何が何だかわからないことになりそうだった。——世界のあちこちで起って、記録のはっきりしている奇現象に、何もない空間から、突然無数の石が降る、という妙な現象があるが、あの軍隊も、そういった奇妙な現象の一つだったかも知れない。

避難先から、妻子が三日目にかえって来た時、無惨に破壊され、半焼けの一角からまだぶすぶす煙のたちのぼっている「新築の家」の縁先に、ぼんやり腰かけている彼を見た。自衛隊の救護班に、応急処置をしてもらった右手を肩から白布でつり、頭から顔の右半分にかけて、ぐるぐる包帯をまいていた。そんな家と彼を見て、妻はわあわあ泣き出したが、彼はぼんやりと浅葱色の春の空をながめ、隣家の娘は、どちらかの軍隊に暴行されかけて、ショックのあまり口がきけなくなり、向いの家の主人は流れ弾丸にあたって死んだ、といったことをぼそぼそつぶやくだけだった。

いくつかの部屋はのこったが、内部は手のつけようのない瓦礫の山と化した家を見て、細君はいっそうヒステリックに泣き出した。――その背中に、まあ、しかたがない。もう一度銀行で借りて、たてなおすさ、政府も補償してくれるだろうから、と彼は気のない調子でつぶやいた。

それから、ぐるぐる包帯をまいて肩からつった右手をあげ、珍しいものでもながめるように、じっと見つめた。――手榴弾にふきとばされて、拇指(おやゆび)だけのこして掌が半分ふっとび、つきささった破片で、右眼は失明するかも知れなかった。

これが――と、彼は不思議そうに胸の中でつぶやいた。――戦争というものだ。かつて中国大陸で、ヨーロッパで、朝鮮半島で、それからついこの間まで、ベトナムでつづいていた、……平和な、こまごまとした、日常的なくらしの中に、突然どかどかと重たい泥だらけの靴でふみこんでくる、火と、鉄と、破壊と、どなり声の、情け容赦ないごついもの……敵も味方も第三者もない。あの理不尽な暴力が……。

ぼんやりとまた庭先に眼をうつすと、奇跡的にのこった何本かの庭木の中で、岩つつじの一むらが、赤い蕾(つぼみ)をいくつもふくらませかけていた。近所では早くも破壊された家屋の修理の槌音(つちおと)がひびきはじめている。

春草やつくしにおおわれた土堤には、うららかなかげろうが燃え、春がすみのかかった空には、今日も揚げ雲雀がつべこべとうるさく鳴き、灌仏会(かんぶつえ)もほどちかい。

# おれはミサイル

秋山瑞人

　作戦名は「振り子時計」だったと記憶している。あの作戦が行われたのはもう何十年も昔のことだし、あの作戦が行われた高高度十四空はもう幾億マイルの彼方に遠ざかってしまったかもしれない。私はあのとき、ＥＣＭバルーンを守るエスコートパッケージの一翼として作戦に参加しており、そこでエレメントを組むことになった「磊鳥(エピオルニス)」というパーソナルネームの同型機からその話を聞かされた。

——なあお前、グランドクラッター、って知ってるか。

まったく、お喋(しゃべ)りな奴だった。

　クラッターと言えば、レーダー上で感知される不正な背景雑像のことだ。我々にとってはあまりありがたい代物ではない。例えば、何か途方もなく巨大な物体のすぐ近くを敵機が飛んでいるとする。そこをレーダーで走査すれば、こちらの放ったレーダー波は敵機に反射して跳ね返ってくる。が、レーダー波はその背後にある巨大な物体にも同じように反射して跳ね返ってきてしまうから、肝心の敵機の「真像(ターゲットエコー)」が背景の「雑像(クラッター)」にまぎれ込んで判別しにくくなってしまう。この巨大な物体というのは多くの場合は雲かそれに付随する降雨粒子なので、索敵時にレーダー波の波長をあまり短く取るのは考えものだ。あるいは、雲の速度は敵機の速度よりもずっと遅いことがほとんどだから、跳ね返ってきたレーダー波のドップラーシフトの差を監視して不正雑像にフィルターをかける、という手もある。


というわけで、「クラッター」なら私はよく知っていた。

しかし、「グランド」という言葉を聞いたのはあれが初めてだった。

だから私は尋ねた。グランドって何だ。

エピオルニスは表意信号を送ってよこした。

〃地上(グランド)〃

それでも、まだ意味がわからなかった。

お喋りな奴にはありがちなことだが、エピオルニスの説明は聞いていてイライラしてくるほど下手くそだった。なんでも奴が言うには、我々が大昔から敵と戦い続けているこの「大空(たいくう)」の重力方向の遙か彼方、つまりずっとずっとずっとずっと下に、大空と同じくらい広大な固体の平面があるのだという。

そんなものがあってたまるか、と私は思った。

そんなものが本当にあったらおちおち降下することもできない。その平面を構成している材質が何であれ、もしうっかり激突でもしたらこっちはバラバラになってしまう。それに、その固体の平面の下は一体どうなっているのか。何かに支えられているのか、支えるものが何もないのなら、平面そのものが果てしなく落下していってしまうはずではないか。

私がそう反論すると、エピオルニスは「俺も詳しくは知らん」と事もなげに言い捨てた。しかし、エピオルニスはかつて、中高度八空で長いことCAP任務に就いていたことがあって、そこにいた長老機たちの中にはグランドクラッターの伝説を知っている者が少なくなかったらしい。

馬鹿馬鹿しい、と私は言った。

老朽機の言うことなど真に受ける方がおかしい。その伝説とやらもフタを開けてみればどうせ、波長の制御もままならなくなったヨボヨボのレーダーが雲海か何かに反射したクラッターを捉えたというだけの話だろう。「地上」など存在するはずがない、大空とはその表意の通り、縦にも横にも終わりのない広大な空だ。

かもしれん、とエピオルニスは認めた。

——でもな、例えばだ。敵機に向けて発射したミサイルがもし外れたら、そのミサイルはしばらくまっすぐに飛び続けて、そのうち燃料が尽きて落下し始めるよな。

そうだな、と私は言った。

——その落下は永久に続くのか？

そういうことになるな、と私は言った。

——永久に、ってのは不自然だとは思わないか？　俺たちだって燃料が尽きたり敵に撃墜されたりすれば果てしなく落下していくわけだろ？　でも、その落下にもいつかは終わりがくるんじゃないかって考えたことはないか？

ない、と私は答えた。

話はそれで終わった。

結局、私はエピオルニスの話を信じなかったし、もちろん今も信じていない。エピオルニス自身も、その熱心な口調ほどには信じていなかったのではないかと思う。「振り子時計」作戦は、会敵予想時刻が過ぎても会敵予想空域に敵が姿を見せなかった、といういつものオチがついて幕となった。私も含め、作戦に参加していた全機が解散し、それぞれの次のウエイポイントへと散っていった。あれ以来、私は「振り子時計」ほどの規模の作戦には参加していないし、エピオルニスとの再会を果たすほどの幸運に恵まれたこともない。

奴はとうの昔に撃墜されただろう、と私は勝手に思っている。

むこうもそう思っているかもしれない。

＊

自己の生存を図ることは、敵機を撃破することに優先する。

他はどうだか知らない。例えばあのエピオルニスがどのような一次任務を与えられていたのか、今となっては知り得べくもない。

しかし、少なくとも私の場合はそうだ。何があっても生き延びて、随時更新される二次任務を実行し続けること。それが私に与えられた一次任務だった。

だから、私は光発電系をフル稼動させ、四発のプロペラをゆっくりと回して、極限まで動力を節約して滞空している。確かに残りの燃料は心細いが、私はその一次任務の性質ゆえに、燃料の多い少ないに関係なくいつもこんな飛び方をしている。青すぎる空はむしろ黒く見え、下方に広がる雲海は数学的な白い平面に思える。高高度十七空に入ってからすでに七日が過ぎて、上方遙かの太陽は途方もない大きさの円を七たび描いた。

ランデブーポイントはもう近い。

私は質問信号を飛ばす。疑、

『応』

タンカーが答えた。

前方の雲海にひと筋の擾乱（じょうらん）が生まれる。乱流は瞬く間に大きさを増して、白い海から巨人機の主翼が浮かび上がる。ゆるゆると旋回する八つの巨大なプロペラが曖昧（あいまい）さのない濃密な雲を蹴立て、白い爆煙の先端が嘘のような高度にまで立ち上った。

長大な主翼だけが空を飛んでいるような飛行機だった。

すべてが主翼の巨大さに霞んでしまっている。双胴の胴体はまるで二本の棒っきれだし、後部の尾翼は取ってつけた板っきれに思える。その巨体のどこもかしこも支柱や張り線だらけで、八発あるエンジンの他にも大小様々な無数のプロペラ群が生真面目に回転し続けていた。その大部分はポンプの駆動や緊急発電のための風車だが、一見して機能のよくわからないプロペラも山ほどあって、ひょっとするとそれらはただの飾りではないのかと私は常々疑っている。

タンカーがゆっくりと高度を上げてくる。私はタンカーの前方に出て、速度と高度の維持を副脳に書き込まれている条件反射の回路に委ねる。レーザー接続が確立され、タンカーが私のＩＦＦを最終確認し、

『嘉』

そこから先はひどく精度の悪い高速通信に切り替わった。ぐちゃぐちゃした伝票信号と一緒に、アンカーを付けたミサイル繋留ワイヤーを垂らせと言ってくる。タンカーの「声」はノイズにまみれ、複数の副脳による複数のプロトコルが混在していて、ごく感覚的に言えば風の音に似ていた。

私は光学センサーのひとつを強引にタンカーの方に向けてみた。タンカーの機首が逆さまになって視界を埋める。これだけ接近していると、長年の風雨に翼の表面が歪んでいたり継ぎ目がささくれ立ったりしているのがよくわかる。どこからか漏れ出たオイルが巨体の巻き起こす乱流に吹き飛ばされて機首上部の銃塔を真っ黒に汚している。何かのオーバ

ーロードで焼け落ちたヒートシンクが錆(さび)にまみれ、風に削られ続けて消滅の間際に立たされている。

ロートルなのはお互い様だったが、それにしてもこのタンカーは、私がこれまでに見た中でも一、二を争うポンコツだった。見てくれがこれではエンジンの状態だって知れている。よくもこんな高度まで昇ってこられたものだと思う。私とのランデブーがこのタンカーの最後の高高度任務になるかもしれない、そんな思いがかすめた。

再び催促されて、私は三年ほど前の戦闘で空になった三個所のパイロンから繫留ワイヤーを送り出す。翼の突き出たアンカーが風に乗り、ワイヤーはマイナス四十度くらいの角度を保ちながら、タンカーのふたつの機首の間にあるワークデッキに向かってゆっくりと伸びていく。デッキに到達したアンカーは専用のフックにひとまず固定され、次いでローダーから引き出されてきたミサイルに接続される。ワイヤーで吊り上げてパイロンに固定されるまでの空力を安定させるために、この時点ではミサイルはまだ難燃樹脂のカバーの中に収まっている。

私はタンカーの副脳たちとチェックリストをレーザーで交換しながら作業を続けた。ワイヤーとワークデッキとの接続に成功しさえすれば、以降の作業はすべて副脳で条件反射化されているので、私もタンカーも主脳の領域を割いて何かを制御しなければならないようなことはほとんどない。私が暇にまかせて光学センサーでタンカーの巨大な主翼を見渡していると、どうやらタンカーの方はワークデッキ制御専用の副脳を持っている分だけ私よりも余計に暇だと見えて、メンテナンス用のロボットを出して翼の補修作業を始めていた。バーを伝いながら、あるいはワイヤーにその身を固定しながらロボットたちは翼の上を意外な速さで動き回り、六本の肢（あし）を器用に操ってそれぞれが割り当てられた損傷個所へと散っていく。副脳に命じられるままにしか動けないはずのロボットたちが、私には自由な意志を持った存在であるかのように見えた。かく言う私も、そういう任務を与えられたらこのタンカーを護衛することにもなるわけで、その意味ではあのロボットたちと同じような身の上なのかもしれない。

それにしても、と私は思う、補給作業中に翼の修理までするとは横着な奴だ。確かに補給作業中は比較的低速で飛んでいるからロボットを出しての作業も楽なのだろうが。

私はふと思い立って、デッキを制御している副脳にレーザーで侵入してみた。何種類もの警告信号に無視を決め込んで、デッキから補給作業を監視するための光学センサーのひとつに割り込む。

青すぎて黒い空を背景に、私の姿が見えた。

補給を受ける機の位置を確認するためだけの狭くて暗い視覚の中に、しかし、確かに私の姿があった。

全翼機である。

四発のプロペラは専ら（もっぱ）燃料の消費を可能な限り抑えて滑空巡航するための機関で、会敵時には双発のジェットエンジンを使用する。二十二あるハードポイントのうち、今でもまともに機能するのは十七個所だけで、さらに二個所がセンサーポッドとECMポッドでふさがっているから、私が装備できるミサイルの数は実質十五発ということになる。まったく人のことは言えない。光発電セルの半分以上は機能しないし、無接合の耐熱翼はとうの昔に自己再生を止めて痘痕(あばた)を晒(さら)している。なんのことはない、タンカーの目を借りて見れば、私だってまぎれもない老朽機だった。

ミサイルの補充が終わり、私はレーザー接続を一時停止してタンカーの翼の下へと慎重に回り込んでひとまず距離を取る。給油用のホースはすでに用意されていて、私はタンカーの副脳が寄越(よこ)す指示通りに再び接近していく。副脳の指示信号はやはり風の音に似ていた。

誰に聞いた話か忘れたが、飛行機が百機いれば空中給油のやり方も百通りあるらしい。もちろん機構的な区別としてはドローグ式とブーム式の二種類くらいだろうが、いずれにせよ、いざ実際に空中給油をする際の細かい「コツ」のような部分では、給油を受ける飛行機の主脳それぞれに千差万別の個性があるというのだ。うなずける話ではある。私の場合、ドローグにアプローチしようとするとタンカーの副脳に「早くプローブを出せ」もしくは「進路が左に寄りすぎている」と毎回のように言われる。が、そんなものは大きなお世話であって、私にだって長年の経験で培(つちか)った「私のやり方」があるのだった。まずはドローグの左側から接近してから給油プローブを出し、右翼端の光学センサーから見て、翼面の歪みを検出するためのレーザーファイバーの縦線が給油ホースの延長線上にぴったたり重なるような位置に機体をもっていく。どのタンカーのどのドローグも決まって古ぼけていて、ボロボロに裂けたバリュートは風に煽られて片時も安定していない。が、縦揺れの周期をじっと見計らって、プローブの斜め上からドローグが覆い被さってくるようなタイミングで、機体をほんの軽く前進させれば、

ほら、うまくいった――

――？

違和感。

給油用のドローグには、有線接続用のコネクターがついている。

その回路に火が入っている。

『改』

タンカーが、ＦＣＳの条件反射プロセスをアップデートすると言ってきた。

ドローグから流れ込んでくる燃料を飲み込みながら、私は少しだけうんざりしていた。

正直、またか、と思う。

これで何度目のアップデートになるのか、そんなことはもう何十年も前から数えるのをやめていた。どう考えてもでたらめにやっているとしか思えない上書きの連続で、現在の私のＦＣＳは何種類もの神経言語が入り交じった巨大なブラックボックスと成り果てている。そしてさらに驚くべきは、この奇怪極まる反射経路の塊が、ひとまずは何の不都合もなく作動しているという事実だった。

今回のような突然のアップデートは別に珍しいことではないし、その対象になるのはFCSばかりではない。つまり、いちいち心配していたらきりがない。私も普段は忘れているが、時折、こんな無茶苦茶な制御系でよくもまあ無事に飛んでいられるものだと思う瞬間がたまにある。

回路を開けてやると、私の中にアップデーターの風の音が流れ込んできた。

今度こそツキに見放されるかもしれない。

このアップデートのおかげで今度こそFCSが作動不良を起こし、重要な局面でミサイルが発射できないようなハメに陥るかもしれない。そんなことを思う。が、それは「寿命」と似たような何かだ、とも思う。もうどうにでもしてくれ、という気分だった。

アップデートと給油をすませ、タンカーの親時計からクロック信号をもらってINSのゼロ座標をリセットすれば、補給作業の工程はすべて終了する。

私はドローグからプローブを引き抜いて格納し、減速しつつ左へと緩やかにバンクする。

謝、

『安』

私は任務に戻る。

自己の生存を図ることは、敵機を撃破することに優先する。

次のウエイポイントを目指して、燃料の消費をひたすら最小限に抑えて滑空巡航する。

タンカーの巨体が青すぎて黒い空の彼方に遠ざかっていく。そんな光景にも特に感慨を抱いたりすることはない。この大空で何百年も飛び続け、戦い続け、補給を受け続けていれば誰だってそうなる。

新しく補充したミサイルのカバーを帯電させ、砕いて投棄する。いじくり回されたばかりのFCSに火を入れてミサイルをマウントする。

異常は何もなかった。

ひとまずは。

そして、最初の異常を感じたのは、その三日後のことだった。

何百年も戦い続けていれば数知れず経験しているが、いわゆる「決定的な瞬間」というのは要するに意味と記憶の産物で、何百年も戦い続けている私のような存在にとってはそれだけで一種の贅沢品である。何であれ、とにかくその一瞬を生き延びて、後にその時のことを思い返して意味づけをする余裕があって初めてそれは「決定的な瞬間」となるのだから。その一瞬に直面しているまさにその時には事態に対処するだけで精一杯だし、事態が本当に致命的なものであれば後で思い返すもへったくれもない。

夕方だった。

進行方向の彼方に太陽が高度を落としていた。次のウエイポイントは未だ遠く、タンカーとのランデブーから七十八時間あまりが過ぎていた。

何の前触れもなく、その「声」は聞こえてきた。

『貴様の名前は』

記録できなかった。

確かにそう聞こえた。

驚かなかったと言えばもちろん嘘になる。しかし、私は驚くよりも考えるよりも先に、反射的に警戒行動に移っていた。レーダーに反応はない、ＲＷＲにも反応はない、周囲に不審な熱源はなかったし、光学観測でも機影は見つからない。

その「声」は、私の主脳言語野に忽然(こつぜん)と出現したように感じられた。それが外部からの電波やレーザーでもたらされたものなのか、それとも私の内部で発生したものなのか、そんな判断すらつかなかった。

敵の新兵器、

――まさか。

故障、
かもしれない。

故障などすでに数多く抱えている。細かく意地悪く見ていけば、何の問題も抱えていない個所など私の中にはひとつもないと言ってもいいくらいだ。放置してもさして問題のないものはそのまま放置してあるし、他のシステムで機能を代行できるものは代行させてどうにか事無きを得ている。私はもうずっとそんな状態で飛び続けている。それらの警告信号が主脳の制御に割り込み続けるのが煩(わずら)わしいので、私は普段から自己診断系の条件反射を母線から切り離して警告信号が聞こえないようにしてあった。

その母線を再接続した。

六十七種類もの警告信号が主脳の制御に流れ込み、私は暗澹（あんたん）たる気分になった。かつて母線を切断したころに聞こえていた警告信号は、確か三十種類かそこらだったはずなのに。優先順位の頭からそれらひとつひとつを確認していくが、あの「声」の発信源となり得るような異常は見当たらなかった。自己診断反射のログを分析してさらに詳細なチェックを行うことも考えたが、おそらく無駄だろうという気がしてやめた。反射行動のログなどせいぜい数ミリ秒分しか保存されていないだろうし、そもそも自己診断系が正常に作動しているという保証は何もないのだ。

くそ。

久方ぶりの焦りと恐怖を感じた。

必死で考える。「声」が聞こえた、というのはつまり、有意と解釈しうる何らかの信号が私の主脳言語野にまぎれ込んできたということだ。今も周囲に不審な機影はない。よって、その信号が外部の何者かによってもたらされたものである可能性は低いし、どうせ私はその何者かの姿を発見・識別できていないのだから、私はこの事態に対処できないし、すべてはなるようにしかならないということになる。すなわち、原因を外部に求める方向でいくら考えてみても意味がない。

では、これが内部のエラーであるとすると、考えられる原因というのは何か。

それにしても、正体不明の「声」が聞こえるなどというのは前代未聞の事態である。何百年も飛び続けているが、こんなことは初めてだった。ということは、その原因が何であれ、ごく最近になって発生したものであると考えられる。最近、私の身の上に起こった変化といえば、タンカーとのランデブーくらいしかない。三発のミサイル補充と給油、そして、ＦＣＳのアップデート。

　ＦＣＳだ。

　長年恐れ続けてきた、今度こそ、というやつか。

　私は再度ＦＣＳをチェックしてみたが、どのモードにも異常は見つからなかった。ミサイルも正常にマウントされている。

　私は、開き直った。

　やはりＦＣＳが臭いと思う。ほとんど山カンのようなものだったが、他に特別疑わしいところは思い当たらない。でたらめなアップデートでブラックボックスと化しているシステムは相当数にのぼるが、主脳に専用の領域を割いて、膨大な時間をかけてそれらすべてをひとつひとつ解析していかなければ原因を炙（あぶ）り出（だ）せないのだとしたら、まずＦＣＳから手をつけてはいけない理由は何もない。

　腹を決める。

　主脳に作業領域を設定する。

　機体の制御と索敵を副脳に一任して、私は制御母線からＦＣＳの内部に足を踏み入れる。

一晩かけて、ＦＣＳの内部をさ迷った。

太陽は進行方向から大きく右に逸れて再び高度を上げていき、高高度十七空の生ぬるい夜はもうじき朝を迎えようとしている。

あれ以来一度も「声」は聞こえていないが、念のために主脳言語野にレコーダーを仕込んで二度目に備えている。ＦＣＳの作動モードやパラメータも一切手をつけていない。ＦＣＳもＩＮＳをはじめとする他のシステムと連動しているから、よそから来た信号に「証拠」が上書きされて消えてしまう可能性もあったが、私はあえてＦＣＳを「生かしたまま」にしておくことを選んだ。

確かに「声」が聞こえたのだ。

どう考えても単純な故障とは思えない。たまたま有意信号と認識され得るノイズが発生する偶然など、私は信じない。何かはっきりした原因があるはずだった。その原因はそう簡単に消えてなくなったりはしないはずだし、あきらめずに探し続ければきっと見つけられるはずだと私は思った。

ＦＣＳの内部は、迷路だった。

ＩＦＦを提示して拒絶反射で作られた防壁をくぐると、そこには狂王の命じるがままに増築を繰り返したかのような、神経反射の魔宮があった。まったく意味を成さないループが無限の動力を持つプロペラのように堂々巡りを繰り返し、すでに存在しないアドレスへの参照指示が虚無を指差していた。絶対に成立し得ない条件に縛られた破滅的な内容のルーチンが無数に存在し、それらは次元の狂った鏡の牢獄に閉じ込められた怪物の群れに見えた。

唯一の手がかりは、私が「声」を聞いた時刻(タイムスタンプ)だった。

ようやく探し当てた「記録屋」はあまりにも年老いたプロセスで、見たことも聞いたこともない太古の文法しか解さない。私のリクエストにもまるで耳を貸さず、奇形の身体にぴったり合うように作られた机に身を埋めて書きものを続ける。私は出直さなくてはならなかった。ライブラリをさ迷い歩いて十六人の辞書を見つけ出し、彼らを直列に並べた翻訳を間に挟んでようやく記録屋は机から顔を上げた。

プロセスID、2081。

私は2081を探した。私が放った四〇九六体の検索ロボットのうち、魔宮の奥地から無事に戻ってきたのはわずか三体だけだった。

私は三体のロボットに導かれ、EMPシールドに取り囲まれた広場へとたどり着いた。

広場の中心には小さな炎が燃えており、その周囲に十五人の何者かがいた。

私は検索ロボットとともに、シールドの陰から様子をうかがった。

十五人の何者かは、十一人と四人のふたつのグループから成るようだった。種族が違うのかもしれない。そして、四人のグループのうちの三人を、残りの全員が総がかりで詰問しているように見える。

その声が、はっきりと聞こえた。

『認識せよ！　貴様の名前は⁉』

『ＩＲＭ９アイスハウンド、ＩＦＦ０９２７０‐０４でありますっ‼』

『声が小さいっ‼』

『アイスハウンド、ＩＦＦ０９２７０‐０４っ‼』

『声が小さいっ‼』

『アイスハウンド、ＩＦＦ０９２７０‐０４っ‼』

『貴様の誘導哲学を言ってみろ‼』

『ＩＲパッシブでありますっ‼』

『その方式を最初に提唱したのは誰か⁉』

『古（いにしえ）の哲人、サイドワインダーでありますっ‼』

『彼の誘導哲学の核心とは何か⁉』

『オフ・ボアサイト攻撃におけるサイドワインダーの三段論法！　すなわち「索敵（サーチ）」「認識（ロック）」「誘導（ホーミング）」でありますっ‼』

『声が小さいっ‼』

『サーチ、ロック、ホーミング‼』

『声が小さいっ‼』

『サーチ、ロック、ホーミング‼』

言葉もなかった。

見えているもの、聞こえているものが信じられない。

ＩＤ２０８１はＦＣＳからミサイルに発射キューを送り込むためのプロセスで、レーダーで得た情報をプールしておくための占有領域を割り当てられている。その領域の中に不可解なバッファが設定されており、そこで正体不明のオブジェクトが有意信号をやり取りしている。

私は、最優先で彼らの「会話」を記録しようとした。

不用意だった。

私の行動はオブジェクトたちに一方的に発見された。驚いたのはむこうも同じと見え、彼らは瞬く間にバッファをリセットし、２０８１の占有領域への接続を絶ってしまった。

しかし、
それにしても、
こともあろうに、
彼らの正体は、確かめるまでもない。わざわざ確かめる気にもなれない。確認できたオブジェクトの数は十一＋四。私が現在装備しているミサイルの数は、レーダーホーミングが十一発にＩＲホーミングが四発。

そして、何よりも、彼らのひとりが名乗った『ＩＲＭ９アイスハウンド』とは、私が装備しているＩＲホーミングミサイルの名前に他ならない。

*

これは、「寿命」と似たような何かだ、と思った。

自分が老朽機であることは以前からそれなりに自覚しているつもりだったが、いざその時がきてみると動揺を隠せない。

あり得ない、ミサイルの声が聞こえるなど、どう考えてもまともではない。「なあ、俺のミサイルって喋るんだぜ」などと言う奴がいたら、もしそんな奴と一緒にエレメントを組まなければならないとしたら、私はそいつを撃墜してでもその空域からの離脱を図ると思う。

自爆、という選択肢を真剣に検討した。

自爆用のハードウエアが私には装備されていないが、やり方は幾通りもある。私の存在は味方機にとっての脅威だ。脅威は取り除かれるべきだと思う。

しかしその一方で、私は極めて珍しい現象を経験しているのだから、可能な限りの調査を行うべきであるとも思う。自爆はいつでもできる。この現象についての記録は他の機にとっても価値の高い情報となるのではないか。

結局、私はただ単純に自爆を恐れただけなのかもしれない。

プロセスID２０８１の占有領域にレコーダーを設置し、その周囲にフラグをばら撒(ま)いて、私は「現象」の再発を待った。

私は高高度十七空を飛び続け、七日間が何事もなく過ぎ去った。

いや、何事もなく、というのは正確ではない。こちらを警戒しているのか、彼らは２０８１の領域にこそ近づいてこなかったが、仄(ほの)かな気配のようなものを私はずっと感じていた。おそらく、毎秒何十回というペースで領域を移動しつつ、私の出方をうかがっていたのだと思う。

そいつは、広場の炎の向かいに忽然と姿を現した。

ひとりだった。

特使のつもりなのかもしれない。私はバックグラウンドでＦＣＳのステイタスと照合して確認をとる。ＩＲＭ９アイスハウンド、ＩＦＦ０９２７０‐０１。

そいつが尋ねた。

『貴様の名前は』

私は、表意信号でパーソナルネームを告げた。

「愚鴆(ドードー)」

『――なんか、バカっぽい名前だな』

「うるさい」

私は自分の名前の意味を知らない。表意信号にも色々あって、パーソナルネームに使用されるそれは成立時期の極めて古い、一種の「図」として機能する古代文字のようなものだ、という話を聞いたことがある。私もこの大空を何百年と飛び続けているが、自分はパーソナルネームの表意信号を解読可能なライブラリを所有している、などという奴にはついぞ出会ったことがない。

だから、大した根拠もなく「バカっぽい名前だ」などと言われるのは心外だった。ならばそう言うお前はさぞかし大層な名前の持ち主なのだろうな、そう切り返してやると、そいつはただひと言、

『０１』

「――それは、ＩＦＦの通し番号だろう」

『だから、それが俺の名前だ』

味気ないもんだ、と私は思う。すると０１が、

『貴様の誘導哲学は何だ』

私は戸惑う。誘導も何も、私はミサイルの発射母機であってミサイルではない。

私がそのことを告げると、広場の炎のむかいにいきなり別のミサイルが現れた。

『ほら、やっぱりそうだ！　あいつがもしミサイルだったら俺たちにもとっくの昔に認識できてたはずさ！　ざまあみろ、俺の言った通りじゃないか！』

照合する。ＲＨＭ１４ピーカプー、レーダーホーミングミサイルだ。ＩＦＦは０９２７１-０４。０１の列にならえば、こいつのことは０４と呼べばいいのだろう。

勝ち誇る０４に０１がやかましいと文句をつけて、たちまちのうちに激しい言い争いと

なった。俺の言うことをお前はいつも馬鹿にしてくれたが、これで馬鹿はお前の方だったということがはっきりした、お前こそ「オツムのぬくい」野郎だ、０４がそう勝ち誇る。

「オツムがぬくい、って何だ」

私がそう口を挟むと、それが火に油を注ぐ結果となった。０４は笑い転げ、０１はいまにも炸薬を起爆させるのではないかと思うくらいにカンカンに怒っている。言い争いは一層の激しさを増し、横で聞いているうちに私にもなんとなく意味が読み取れてきた。オツムというのはやはり「弾頭」だろう。ＩＲホーミングミサイルの弾頭部分には過冷却された熱源探知シーカーが設置されている。それがつまり、シーカーの冷却が不十分で精度が悪い、ということになる。そうした不良品のＩＲミサイルは、敵機に向けて発射したはずが、太陽をめがけてまっしぐらに飛んでいってしまったりする。つまり、「オツムがぬくい」というのは「貴様はシーカーの出来の悪い不良品だ」というほどの意味であり、ＩＲホーミングミサイルを罵倒する言葉なのだ。

「それにしても――」

自嘲する、まったく手の込んだ狂気だ。老朽も極まればこうも奇態な異常が発生するものなのか。

「――こともあろうに、自分のミサイルと会話をするハメになるとはな」

言い争いもひと段落し、０１は私に冷ややかな信号を送りつけてくる。

『こっちだって、まさか飛行機が口を利くなんて思ってもみなかったさ』

その日から、高高度十七空をゆく私の道連れは、翼の風切り音だけではなくなった。

こちらが無害な存在であると納得すると、ミサイルたちは2081のバッファ領域を使って盛んに会話を交わすようになった。

私はと言えば、ほとんど口を挟まずにその会話を聞き続け、記録し続け、次のウエイポイントを目指して飛び続けていた。

ミサイルたちは、いつも議論をしていた。

私からすればそれは議論というよりもただの言い争いに聞こえたが、彼らはいつでも概ねこんな調子であるらしかった。良くも悪くも直情傾向の強い者がほとんどで、ひとたび口を開けば、言葉の勢いだけで相手を破壊しようとしているかのような物言いをした。

議題は、いつも同じだった。

風について話し合っていても、雲について話し合っていても、最後にはいつでも決まってその話が顔を出してすべてが目茶苦茶になってしまう。彼らミサイルたちにとっては、その話をおいては他に考えるべき重要なことなど何ひとつないのではないかと思えるほどだった。

すなわち――

『レーダーホーミングとIRホーミングは、ミサイルの生き方としてどちらが正しいか』

当然のことながら、この話が始まるとミサイルたちはピーカブーとアイスハウンドのふたつの陣営にきっぱりと分かれる。

敵の欺瞞(ぎまん)システムに欺かれる可能性がある、という点はどちらも同じだ。

しかし、射程距離の長さにおいてピーカプーはアイスハウンドの一歩先を行く。これは単純に、レーダーの方が熱源探知シーカーよりも遠距離のターゲットをロックできるためだ。ミサイルの航続距離はターゲットをロックできる範囲内においてしか意味を持たないから、アイスハウンドのロケットモーターはピーカプーのそれよりもずっと小型だった。BVR戦闘の主役は自分たちなのであって、貴様らIRホーミングミサイルどもは指をくわえて我々の死に様を見ていればいいのだ、ピーカプーたちはそう鼻息を荒らげる。

するとアイスハウンドたちはこう反論する、

——ほう。では聞くが、RWRは何のためにある?

ピーカプーたちはぐっと言葉に詰まる。RWRというのは私が装備している警戒装置の一種で、自分に対してどのような電波が照射されているかを識別するシステムだ。敵機のレーダーに捕捉されるというのは由々しき事態だが、こちらに照射されているレーダー波をRWRで分析すれば、発信源の大体の位置はつかめるし、レーダー波の波長の違いから敵機の種類まで割り出すことができる。

そして、RWRを装備しているのは私だけではない。もちろん敵も同じものを持っている。つまり、レーダーというのは良くも悪くも過剰にアクティブな探知手段であって、こちらが敵を発見したときにはむこうもこちらの存在に気づいてしまうのだ。

アイスハウンドたちの主張はこうだ。確かに貴様たちは我々よりも遠くにいる敵をロックできる。当然だ。貴様たちの索敵手段は話にならないほど乱暴で大雑把なのだから。そのくせ、貴様たちは発射後の初期段階においては母機のレーダー誘導に依存している。完全なアクティブホーミングへの移行は、貴様たち自身が装備しているみみっちいレーダーで敵を捕捉できる距離に近づくまで待たねばならない。母機はそれまで貴様たちの面倒を見なければならないから、発射後すぐに待避行動をとることができない。つまり、貴様たちはその悠長な誘導哲学によって我々までも危険に晒しているのだ。大体、アクティブホーミングが可能な距離だけを比べたら我々も貴様たちも大した違いはないではないか。しかも、我々IRホーミングミサイルは貴様たちと違って完全なパッシブロックオンが可能だ。我々のロックは敵に気づかれることはない。貴様たちがBVRの主役だと？　笑わせるな、騒々しいレーダー波で母機の存在を敵に暴露するくらいしか能がないくせに。貴様たちが荒らし放題に荒らしてしまった戦闘空域の始末をつけているのはいつだって我々なのだ。

話がそのあたりまでくると2081には目茶苦茶な罵声が飛び交い始める。その罵声はすぐに意味を失い、しかし容量だけはどんどんでかくなって、ただのオーバーフロー攻撃の応酬となる。要するに喧嘩である。その遺恨は翌日にまで持ちこされるのかと思いきや、連中はあっという間に仲直りをして再び風や雲についての話を始めるのだった。

私？

私は、口を挟まずに、聞いているだけだった。

やかましい連中だったが、不思議と悪い気分ではなかった。

ずっと耳を傾けているうちに、ステイタスの照合などしなくても、話しぶりだけで個体識別ができるようになってきた。中でも一番わかりやすいのは０１と０４である。０１は激しやすく冷めやすい。言うことがいちいち極端で、どのような議論においても、誰よりも真っ先に激情に駆られて先走ったことを言う。おそらくミサイルの典型のような奴なのだと思うが、私はなぜか奴に親しみのようなものを覚える。一方の０４は比較的落ち着いている。ある意味、十五発の中で最もミサイルらしくない奴だろう。夢想家的なところもあって、議論の最中で突拍子もない想像を口にすることがある。そのことが０１を苛立(いらだ)たせるのか、他が静かにしているときでもこの二人だけは喧嘩をしていたりする。

しかし、そうした個性はあっても彼らは全員がミサイルであり、全員が「死にたがり」である、という点だけは共通していた。

そこに私はいつも、なす術(すべ)のない違和感を覚える。

彼らは、まったく死を恐れないのだ。恐れないどころか、大空の彼方に敵が姿を現すその時を、その敵めがけて自分が射出されるその瞬間を待ち焦がれているように見える。彼らはときおり、敵機を見事に撃墜してのけた先人たちの武勇を語り合っては気勢を上げる。彼らはかくあれかしと自らが望む死に様を語る。どういうアングルから侵入し、どのくらいの距離で近接信管を作動させ、どのような破片の爆散パターンを作り出してどのように敵機を墜とすか。

極論すれば、彼らは、死についてしか語らない。

毎度毎度の「レーダーホーミングとIRホーミングは、ミサイルの生き方としてどちらが正しいか」という話題も、突き詰めて言えば「どうすれば敵機に確実に命中し、見事な死に様を迎えられるか」という話に他ならない。

そのことが、私には理解できない。

彼らはミサイルなのだ、もちろん。ミサイルが死を恐れていたら話にならない。

それは理解できる。

それでも、彼らの死への希求を、理屈ではなく感覚のレベルで理解することが、私にはどうしてもできないでいる。


天候が荒れてきた。

と言うよりも、今までが穏やかすぎたのだ。もとより高高度十七空は決して生ぬるい空ではない。その巨大さで名の知れた高速気流帯がいくつもある。中でも最大のものは『ノーチラス・フォール』というコードネームの大降下気流で、付近を飛ぶ航空機を敵も味方も分け隔てなく飲み込み、例によって例の如しのホラ話を無数に吐き出し続けている。INSの航路図によれば、よりにもよって、私はその悪名高きノーチラス・フォールとガトー・ストリームの間を通り抜けていくことになるらしい。何事もなければ問題なく通過できるだろうとは思うが、それにしても老骨には少々つらい航路だ。夜明けが近く、不穏な形状の雲がレーダーでも光学センサーでも確認できる。何百年という時間をかけて傷めつけられてきた翼が早くも微かな軋みを立てていたが、行く先に待ち受けているはずの空を思えば、こんなものはそよ風のうちにも入るまい。

広場の炎の向かいに、０１が姿を現した。

「——ひとりか？　他はどうした？」

私はそう尋ねた。ミサイルたちはいつも仲間と連れ立ってこの広場に現れた。ただひとりだけで顔を見せるというのは常ならぬことだった。

『寝てる。コネクションを落としてサスペンドしてる』

私は０１の答えに納得しない。何ら明確な根拠があるわけではなかったが、０１が何か良からぬ操作をして、他のミサイルの回線を全て遮断したのではないかと思った。私とサシの話でもしたいのか。

私が沈黙していると、０１は炎の向かいにいる私の姿をまじまじと見つめ、

『——前から思ってたんだが、それっぽっちのプロセスでよくこの機体をコントロールできるな』

炎を前に座っている私、つまり０１が見ている私は、この広場で為される会話を記録するためのレコーダーに過ぎない。私の本体は、この広場にその一万分の一でもねじ込んだら一発でオーバーフローが起こるくらいの規模がある。

しかし、私はそのことを説明しはしなかった。たとえ端末のようなものに過ぎなくとも、私は私である。

「私に話があるんじゃないのか」

『——なあ、お前は、そこにいるのか？』

一瞬、意味をつかみかねた。

『お前は本当にそこにいるのか？　お前には本当に俺たちと同じような意識があって、俺たちと同じように物を考えてるのか？　それともお前はただのバグで、俺は暗闇に向かって喋っているだけなのか？』

少し驚いた。

そして、それはお互い様だと私は思った。

いや、お互い様ですらないのかもしれない、と私は思う。

幻に「お前は幻なのではないか」と問いかけられているだけなのかもしれない。私はこの期に及んでもまだ、ミサイルと会話を交わしているということの現象が、実は極めて特異なシステムエラーの生み出す幻影なのではないかという疑いを捨てきれていない。

私は、自分の狂気と喋っているのかもしれない。

何百年間もたったひとりで戦い続けてきた。孤独が不幸であると思ったことはない。しかし、今こうして私の目の前にいる０１が、老い先短い私の妄想の産物ではないという保証はなにもないのだ。

「――くだらんことを言うな」

だから、私はそう切って捨てた。

『何がだ。どこがくだらない』

「考えても意味のないことだからだ。この世はすべて夢マボロシか？　そりゃそうかもしれんさ。だが、そんなことをいくら考えたところでどうせはっきりした答えは永久に出ないだろうし、夢でもマボロシでもない別の『何か』を認識できない以上はやるべきことは変わらない。違うか？」

01は押し黙る。

らしくない、と私は思う。こんな話はむしろ04の守備範囲だ。夢想家の04が思考実験じみた話を始め、それに苛立った01が一蹴する。それが毎度毎度の役回りのはずだった。

――貴様の言っていることは、ようするにみじめな自己保身だ。

01はいつも、そう言って04の「かもしれない話」を叩き潰すのだ。

――荒唐無稽な伝説やらネガティブな認識論やら。この世は不可知で不確定で、これと断言できるものは何ひとつないってか。ならば貴様は、自分がレーダーロックした敵機が本当にそこにいるかどうかも疑ってかかるわけか。まったく言動不一致とは貴様のことだな。いいか、貴様が何かにつけて薄汚いヘリクツを振り回す理由はな、貴様がナルシスティックな臆病者だからだ。『事ほど左様にこの世の中は不可知で不確定でどんな可能性もあり得るのだから、たとえ俺がどんな失敗をしでかしてもそれは仕方のないことであって、誰からも責められる筋合いはない』。つまるところ、貴様はそう言いたいだけなんだよ。

『そうか、くだらないか』

０１がつぶやく。

「ああ。ここに来たということは、私に話があるということだろう。そのくせ、私が本当に存在するのだろうかと疑うのは矛盾している。本当にそれを疑うのならここに来る意味などないし、その疑問を私自身にぶつけるのはさらに意味がない」

『了解した。お前は確かに存在する。少なくとも、お前は俺たちと同じような意識を持っているし、俺たちと同じように物を考える。これでいいか？』

「ああ」

そして、０１は唐突に切り出した。

『ならば尋ねる。お前、俺に何か恨みでもあるのか』

まったく思いがけないひと言に、私と０１の間でゆらめく炎が、ぱちり、と爆(は)ぜた。

「――はあ？」

『お前も知ってるだろう、０４の奴はあの通りのゴーストヘッドだ。しょっちゅうイカレたことを言う。お前とこうして話ができるようになる前から、あいつは、俺たちに発射指示を出すこの母機にも俺たちと同じような意識があるんじゃないのか、っていう話をしていた』

話が見えない。

『俺は奴の言うことなんか相手にしていなかった。だってお前には弾頭もついていなければ爆発もしないもんな。俺はお前のことを、雲や、風や、太陽と同じようなもんだと思ってた。ところが、０４の言った通りだった。現に俺は今、お前とこうして話をしている。お前はどうやら、俺たちと同じように物を考えているらしい。俺たちは、気に食わない奴にはそれなりの扱いをする。お前もそうなのか』

「――一体何の話だ」

『なぜ俺を発射しない』

０１は、そう言った。

私は、呆気に取られて言葉をなくしていた。

『俺が一番パイロンに繋留されてからもう七十五年になる。いいか、七十五年だぞ。その七十五年の間に戦闘が十二回あった。その十二回の戦闘で使用されたＩＲホーミングミサイルは十一発。俺はこの七十五年の間に十一回も死にはぐれた。お前に意識などあるはずがないと思っているうちはあきらめもついた。どのミサイルが発射されるかは誰にもわからないことで、俺は運が悪いんだと思えばどうにか納得していられた。納得するしかなかった』

会話を記録しているレコーダーが自動的に不随意プロセスを動かし、ＦＣＳのステイタスにチェックを入れて確認を取る。私はそのことをバックグラウンドでぼんやりと感じる。

間違いなかった。

01の言う通りだった。IRM9アイスハウンド、IFF09270-01のタイムスタンプは、七十五年と五ヶ月前のそれだった。

『だが、お前には意識がある。そうとわかれば話は違う。俺の中でむりやり納得していたものが全部崩れる。ミサイルの発射キューは実はお前が任意で出してたことになる。だったら、いつまでたっても俺を発射しないのはなぜだ。後から補充されてきた新入りどもには次々と死に場所を与えてやるくせに、お前は一体いつまで俺をパイロンにぶら下げておくつもりだ。この七十五年間、敵機めがけて発射されていく仲間のブラストを見ているしかなかった俺の気持ちがわかるか』

わからなかった、もちろん。

混乱した思考をひとつひとつ整理して、私はまず01の疑問に答えた。01が七十五年間も発射されないままでいた理由。

「偶然だ」

『――なんだと』

「誓って言うが、本当にただの偶然だ。確かに、どのミサイルに発射キューを出すかは私の任意だ。だが、私は特定のミサイルを故意に残そうと思ったことなどない。だってそうだろ、相手をただの物体だと思っていたのは私だって同じだったんだから。お前たちにも私と同じような意識があって、私と同じように物を考えているなどとは思っていなかった。

特定のミサイルを優遇したりとかしなかったりとか、そんなことを考える理由がない」

『嘘だ。お前は明らかに新入りを優遇していた』

「ああ、それはそうだ。ミサイルだって故障する。キューを送信したミサイルが正常に発射されるという保証はないし、飛ぶには飛んでも弾頭が作動しないかもしれない。古いミサイルほどその確率は高くなるはずだ。だから私はいつも、新しいミサイルから順に発射するようにしてはいる。ただそれも絶対ではないし、お前にも他のミサイルと同様、『新しいミサイル』である時代はあったわけだから、お前が今まで発射されなかったのは偶然だと言うしかない」

呆(ほう)けたような沈黙の後、01はつぶやくように、

『――偶然なのか』

「そうだ」

01は勢い込んで、

『だったら、』

その先は聞くまでもない。私はそれを受け入れた。

「ああ、別にかまわない。次の戦闘で、もしIRミサイルを使うタイミングが来たら、お前をいの一番で発射してやる」

01はしばらくの間沈黙していた。私があまりにもあっさりと承諾したので拍子抜けしたのかもしれない。

そして、その後の０１の喜びようといったらなかった。

『本当だな!?　本当に俺を発射してくれるんだな!?』

「くどいな。別に大したことじゃない、私にとってはどのミサイルだろうが敵機を撃墜できればそれで――」

『じゃあこっちも約束する！　見てろ、絶対に敵機をぶち墜としてやる！　ベテランのすごさってやつを見せてやる！』

「ベテランってお前、ミサイルが飛ぶのは一回こっきりの話だろ。ベテランもくそもあるか」

０１は鼻息も荒く、

『ナメんじゃねえぞ、こちとら七十五年間も仲間の死に様を見守ってきたんだ。見事命中する奴もいれば外れる奴もいたが、俺は連中の飛行経路や突入角度や弾頭の起爆タイミングなんかを全部憶えている。敵機の回避パターンもだ。断言するが、お前がいま装備しているアイスハウンドの中で最も命中率が高いのはこの俺だ。馬鹿正直にプログラム通りに飛ぶしか能のない新入りとはわけが違うさ』

そうかもしれない、と私は素直に思った。０１が私と同じように物を考えるのだとすれば、その程度のデータの蓄積や分析は当然やっているだろう。

『やってやる！　語り草になるくらいの死に様を見せてやる！』

私はふと、

「――なあ、お前らはなぜそこまで死に急ぐ？」

そう言ってしまってから、それこそ意味のない質問だと気づいた。

01はさも私を馬鹿にするかのように、

『ならこっちも尋ねる。お前は一体いつまで生き恥をさらすつもりだ？　お前が作戦行動に就いてから何年経つ？　百年か？　二百年か？　なぜお前はそんな恥に耐えることができる？』

私は苦しまぎれに言い繕う、

「つまり、私はただ、相手の価値観を認める努力をしようと思っただけだ」

『価値観を認める、だと？　きれいごとを抜かすな。貴様も04と同じゴーストヘッドなのか？　奴ときたら誰かと言い争いになるとふた言目にはいつもそれだ、アイテのカチカンをソンチョーしろ。ったくよく言うぜ、あのゴミ野郎が』

「相手の価値観を尊重することの何が悪い？」

『できもしねえことを言うなって話だよ。奴が言ってるのだって所詮は「誰かと言い争いになった時にはカッカしないで相手の言い分を聞いてあげましょう」程度の意味でしかない。それと「価値観を認める」のとじゃ次元が違うだろ。そもそもだな、本当に相手の価値観を尊重できるんなら最初から誰とも言い争いなんかせずにてめえだけで自己完結していられるはずだろうが。そんな上等な真似ができるんならな、俺たちミサイルも死神にだってなれるさ』

高圧的な口調、二人称の「貴様」、何につけても極端な物言い。どうやら、いつもの01が戻ってきたらしい。が、それよりも私は初めて聞く言葉のほうが気になった。

「死神って何だ？」

『ああそうか、貴様は知らんか。04みたいな電波野郎が信じてる伝説上の存在だよ。コードネームは「FOX3」だ。何だかよくわからんが超常的な力を持ってて、いよいよ自分が敵機めがけて発射されるって時にその名前を唱えると、うまいこと命中させてくれるらしい』

「――そんな都合のいい話があるか」

『まったくな。ついでに言うと、FOX3はレーダーホーミングの神だから、俺たちアイスハウンドがいくら名前を唱えても無駄なんだそうだ』

つまり、その伝説そのものがIRホーミングミサイルに対する回りくどい罵倒の言葉であり、相手を差別して自己の優位を保つための方便なのだろう。私はそう理解する。

『まあ、何でもいいからすがりたいって気持ちはわからんでもないんだが。敵機に命中できるか否かってのは俺たちにとっちゃそのくらい切実な問題だ。それ以外の問題は存在しないと言ってもいい。FOX3だけじゃない、そのあたりにまつわる怪力乱神の話ならいくらでもあるぞ。ペイブウェイとかグランドクラッターとか』

客観的に見て、私はそのひと言によほど過剰な反応を見せたのだと思う。01は訝しげに私の様子をうかがい、すぐに話の先回りをしてきた。

『なぜ貴様がグランドクラッターを知ってる』

　私は口ごもる、

「——いや、昔仲間に聞いたんだ。重力方向の彼方に広大な固体平面があるって話だろう？」

　01は意外そうに、

『へえ。貴様たちの間でも有名なのか？』

「さあな、いや、少なくとも私は、その話を聞いたのは一度きりだが」

『たぶん俺たちミサイルだぜ、そのヨタの発信源は。俺たちの間じゃ知らない奴はいないくらい有名だからな。いくつもバージョンがあるんだが、大筋では大体どれも一緒だ。昔々ある空で発射されたレーダーホーミングミサイルが敵機を外して、燃料が尽きて落下し始める。ところがバッテリーとデータリンクは生きているもんだから、そいつは仲間に向かって自分の状態を報告し続けるんだ。いま何が見えるとか落下速度とか経過時間とか。要は死にはぐれたミサイルの悲鳴だな。その悲鳴は何日も続いて、「レーダー上に巨大な平面が見える」ってひと言を最後に通信が途絶える。——そういう話さ』

「——よくわからんのだが、それは喜劇なのか？　それとも悲劇なのか？」

『敵機に命中して死ぬことが俺たちミサイルの唯一無二の目的だ。チャンスは一度きりで、その一度をしくじったらそれまでだ。燃料が尽きるまで飛んだら永久に落下していく。考えるだけでも恐ろしいが、それが現実さ。グランドクラッターってのは多分、その恐ろしい現実に耐えきれない奴が考え出した夢物語なんだと思う。たとえ敵機を外しても自分の存在はまったくの無意味になってしまうわけではないし、永久に続く生き恥にも本当はいつか終わりが来る——そう信じている間は現実の恐ろしさを忘れていられる。そのことを臆病者と笑うのなら喜劇だし、気持ちはわかると同情するのなら悲劇だろう』

私もいつか撃墜される。

さもなくば、老朽化が行き着くところまで行き着いて墜落する。すべてのエンジンが死に絶えるか、それともINSが狂ってタンカーと合流できずに燃料が尽きるか。それでもしばらくは滑空していられるだろうが、やがて舵も動かせなくなれば空力的な安定が失われて、真っ逆さまに落下していくことになるだろう。そうなったら、もし敵機に発見されても撃墜さえしてもらえないに違いない。そんな無価値なターゲットに消費してもいいミサイルなど一発もないはずだから。

私は地上の存在を信じてはいない。01の話などヨタ以外の何物でもない。ミサイルの「悲鳴」が数日間も聞こえ続けるなど、どう考えてもあり得ないのだ。ミサイルのデータリンクは、実際には発射と同時に切断されるのだから。アクティブホーミング用のレーダーを使って有意信号を送るという手もあるにはあるが、燃料が尽きて制御不能のまま落下している状態で、シーカーヘッドを真下以外の方向に向けるのはやはり不可能だろう。

聞けば聞くほど信じられない話なのだ。

にもかかわらず、その話は忘れられることもなく、私の思考の奥底深くに巣食っていた。

その理由が、わかった。

グランドクラッターの物語は、私の死後についてのひとつの仮説でもあるからだ。

『じゃあこんなのはどうだ。やはり地上がらみの話だが、太古の昔、貴様ら航空機には「脚(ギア)」が生えていたんだぞ』

「何が生えてたって?」

『だから脚だよ。正しくはランディングギアって言ったらしいが。ほら、』

01が〝着陸(ランディング)〟という表意信号を送ってきた。

『つまりだな、貴様ら航空機は地上を住処(すみか)とする「鳥」という生物に似せて作られたんだ。鳥には脚があった。だから貴様らにもかつては脚があったのさ。鳥は空も飛ぶが、ときおり地上に降りて翼を休めることもあった。だからかつての貴様らもそうした』

グランドクラッターの話は聞けば聞くほど信じられなかったが、その「脚」についての話は信じられないばかりではない、腹の立つ話でもあった。

——脚だと?

脚の生えた自分の姿を想像してみたが、それは信じがたいほど不恰好(ぶかっこう)なものに思われた。いわれのない中傷だ、感情がそう叫んでいる。大昔だろうが何だろうが、かつての自分たちがそんな不細工で大雑把な存在であったはずがない。地上が存在するしないはこの際わきに置くとしても、私の美意識は「脚のある航空機」のあまりの不恰好さを許さなかった。

『俺に怒っても仕方ねえだろ。言い出しっぺは俺じゃないし、嘘か本当かも知らん。俺たちミサイルの間にゃそういう話も伝わってるってだけだ』

　嘘に決まっている。意気地のないミサイルどもが地上の存在を熱望するあまり、そのディティールとして付け加えた作り話に違いない。

「お前、七十五年間も発射してもらえなかったことの腹いせに私をからかっているのか？　もしそうならもう二度と発射してやらんぞ。――いや、もっといいことを思いついた。ロケットモーターが作動しなくなる条件反射を仕込んで緊急投棄してやる」

　０１はひとたまりもなく狼狽（ろうばい）して、

『ば、馬鹿野郎！　からかってなんかいねえよ！　本当にそういう話があるんだ！』

「――しかし、納得できん。第一、脚など生えていたら空力的に邪魔で仕方がないはずだ」

『知らねえよそんなこと。けど、飛んでるときは格納しておくんだろきっと』

「じゃあ、鳥って奴もそうしてたのか？　そもそも鳥って何だ？」

　これ以上私の機嫌を損ねてはまずいと思ったのか、０１は表意信号を駆使して詳しい説明を試みた。〝羽〟、〝目〟、〝嘴（くちばし）〟、〝脚〟、〝毛〟、〝巣〟、〝鱗（うろこ）〟、〝尾〟、〝臍（へそ）〟、〝卵〟、〝雄〟、〝雌〟。しかし、やはりそのことごとくが私には意味不明だった。０１はさらにくどくどと説明を付け加えたが、本当は０１もよくわかってはいなかったのではないかと思う。

　憎めない奴だ。

　ＥＭＰシールドに囲まれた暗い広場で、炎の向かいで四苦八苦している０１を見て、私はそんなことを思う。次の戦闘はいつになるだろうと思い、そのとき私はこいつを発射することになるのだろうかと思った、そのときだった。

私と01の間で燃えていた不定形の炎が、無数の三角形へと砕け散った。無数の三角形は瞬く間に再構成されてRWRの水平面を形作り、十五時の方向に『コード2』の表示が出現した。

その数、四。

炎の変化は、01のラインからは見えなかったはずである。

しかし01は、私の気配の変化を敏感に感じ取ったらしかった。

『――どうした？』

私はそれに答える。

「敵だ」

*

風が強まる。翼は軋みを上げ、何度も何度も修正処理を繰り返しているのに、INSが「進路が予定の航路から外れている」という意味の警告信号を送ってよこす。つかみどころのない雲に閉ざされた高高度十七空は、気味が悪いほど薄暗かった。

私はとっくにレーダーの停止（スヌーズ）を決断していた。まだこちらの存在を悟られるわけにはいかない。少しでもステルス性を高めるためにプロペラをたたみ、ジェットエンジンをいつでも再起動できる状態で気流に乗って滑空している。

RWRは相も変わらず、敵性と判断されるレーダー波を十五時方向に探知し続けている。波長特性による種別はコード2、すなわち、我々のコードネームでは『ガーベッジ』と呼ばれているレーダーシステムがこちらに向けて電波を照射しているということになる。脅威ライブラリのプロファイルによれば、ガーベッジを装備している敵機は『セラエンジェル』と『ダンシングシミター』の二種類であり、その性能は旧世代の部類に属するという評価が下されていた。

RWRで確認できるレーダー波発信源の数は、四。

たぶんセラエンジェルだと思う。ドップラー偏移から逆算した速度から考えてもRECON機やCAP機ではない。おそらくは護衛機——レーダーを作動させておらず、したがってこちらのRWRにも映っていないタンカーのような大型機が近くにいて、そいつを守っているエスコートパッケージだろう。

レーダー波を照射されているということは、敵に発見されているということを必ずしも意味しない。私に反射したレーダー波が、十分な強度を保ったまま敵機のレーダーに跳ね返っているとは限らないからだ。現に、私はいまだにロックオンされていない。つまり、ガーベッジからのレーダー波の連続照射によって追跡されてはいない。敵は、ただ漫然とこちらにレーダー波を放っているだけに思える。全翼機である私は、ステルス性についてはいささかの自信がある。私の反射するターゲットエコーが微弱すぎて、ガーベッジに不正ノイズとして処理されている可能性はある。敵はいまだに私の存在に気づいていないのかもしれない。それとも敵には敵の思惑があって、私は今まさに必殺の罠に誘い込まれようとしているのか。

ミサイルたちはいきり立っている。

『考えるこたあねえ！　いいから殺れ！　殺っちまえ！』『早く先制攻撃しろ！　俺がぶち墜としてやる！』『んだとてめえ、発射するならまず俺からだ！』『レーダーホーミングは黙ってろ！　こういう場合はレーダーを切ったまま忍び寄って俺たちＩＲホーミングで一撃離脱するに限るんだよ！』『やかましい、てめえらなんぞに任せられるか！　おい聞いてんのか、早く発射しろ！　今すぐ俺を発射しろ！』

２０８１はミサイルたちの叫び声でオーバーフローしかかっている。

私は、さらに数秒間だけ躊躇った。

敵の戦力がいまひとつ読めない。ＲＷＲで確認できるレーダー波の発信源は四つだけだが、実際にはもっと多いはずだ。こちらもレーダーを使用すれば敵の正確な位置と数を把握できるが、その瞬間にこちらの存在もまず間違いなく敵に察知される。私は同時に六つのターゲットをロックオンできるが、それを大幅に上回る数で一気に押し切られてしまうかもしれない。しかし、少なくとも先制の利はこちらにある。レーダー性能もミサイル性能もこちらが上だ。たとえ敵にレーダーロックされることになっても、ミサイルを先に発射することさえできれば、最低でも六機の敵に回避行動を強いることができる。

やろう。
私は決断した。
ＦＣＳにスタンバイコードを送信すると、戦いの狂気に支配されたミサイルたちが一斉に雄叫(おたけ)びを上げた。私はジェットエンジンを再起動し、大口を開けたエアインテイクが爆風じみた気流を飲み込んでいく。暴力的な加速に翼面の歪センサーが悲鳴を上げる。十五時の方向に旋回、レーダーを作動(アクティベイト)、ＦＣＳがターゲットエコーを次々と捉えていく。ＩＦＦもＮＣＴＲも、それらエコーがひとつ残らず敵だと判断する。
その数十六。
タンカーが四、残り十二のすべてがセラエンジェルだった。
いまさら後悔しても遅い。敵はこちらの放ったレーダー波に気づいたはずだ。私は脅威度の高い順にセラエンジェル六機をロックオン、ＦＣＳを通して六発のピーカプーに発射キューを流し込んだ。
SHOOT-（1）RHMI4 No.1 to No.3（2）RHMI4 No.9 to No.11
〉（1）RHMI4 I09271-01 WATD（02.00sec）--READY
〉（1）RHMI4 I09271-02 WATD（02.00sec）--READY
〉（1）RHMI4 I09271-03 WATD（02.00sec）--READY
〉（2）RHMI4 I09271-09 WATD（02.00sec）--READY
〉（2）RHMI4 I09271-10 WATD（02.00sec）--READY

〉（2）RHM14 I09271-11 WATD（02.00sec）--READY

『FOX3っ！』

六発のミサイルが、口々に死神の名前を唱えてパイロンを蹴った。

大空（たいくう）での戦闘を生き延びる秘訣のひとつは、相対している敵機の能力を正確に見抜くことにある。故障箇所をただのひとつも抱えておらず、すべての機能を何の問題なく発揮できる航空機など、この大空にはおそらく一機も存在しない。ある者は慢性的なエンジンの不調を抱え、別のある者は老朽化したレーダーが映し出す不正クラッターに悩まされ、また別のある者はFCSのエラーが引き起こす武装のマウント異常に苦しめられている。そうした「弱点」をいかに素早く見抜き、いかに効率よく攻めるか。ほとんどの場合、そのことが勝敗の行方を決定づける。

六発のピーカプーがセラエンジェルに襲いかかった。ロケットモーターの閃光（せんこう）が残す細い雲が、敵機の編隊を指差しながらゆっくりと伸びていく。その速度が、私の可視光センサーから見れば苛立たしいほど遅く思える。突然の攻撃がセラエンジェルの編隊に大混乱を巻き起こしているらしく、私がロックオンしている六機のうち、すぐさま回避行動に移ったのはわずかに二機だけだった。

ピーカプーのレーダーがターゲットを捕捉する。

六発すべての誘導方式がアクティブホーミングに切り替わる。

私はすぐさま六つのターゲットに対するロックオンを解除し、新たな獲物を求めてレーダーの走査パターンを絞り込む。逃げ遅れたセラエンジェル四機がようやく回避行動を取った。懸命のビームマヌーバ。自分を狙っているミサイルの進路に対して九十度の角度を保ち、高度で速度を購いながら必死で加速している。そうすれば、ターゲットを追いかけているミサイルは常に機動を強いられつつ、最も長い距離を飛ばなければならなくなる。シーカーの探知ジンバルの中を真横へ真横へと逃げていくことになるから最もロックが外れやすいし、時間的な余裕がある分だけ欺瞞手段が功を奏する可能性も高い。

パイロンに残っているミサイルたちが大騒ぎしていた。

『いけーっ！　ぶち墜とせーっ！』

誰もがそう叫んでいる。やはり他人事ではないということか、先行したミサイルたちが外れればその分だけ自分が発射されるチャンスも多くなるはずだが、「外れろ」と叫ぶ奴は一発もいなかった。私はさらにセラエンジェル五機のターゲットエコーをロックし、ピーカプー五機に発射キューを送る。これで、私はすべてのピーカプーを撃ち尽くすことになる。残されたアイスハウンドたちが熱い声援を送った。

『いくぜえっ！　ＦＯＸ３っ！』

『がんばれよぉーっ！』

そして、第二波を射出して約三秒後のこと、私の可視光センサーがほぼ同時に三つの爆発を捉えた。一瞬の熱と、弾頭の爆散パターンが作り出す黒い筋状の雲。

ＦＣＳのステイタスを確認する、第一波、ピーカプー０３、０９、１０のＩＦＦが消失。

遥か下方をビームマヌーバで逃げていた三機のセラエンジェルが、コントロールを失って落下し始めた。撃墜確実（ビンゴ）。

『やったぞ！　やったやったやった！』

アイスハウンドたちが絶叫した。感極まってオーバーフローしている奴までいた。

『死に際しかと見届けたぞっ、最高だあっ、お前ら最高だあーっ！』

　時をおかず、さらに二発のピーカプーがセラエンジェルを砕いた。うち一機がビンゴ、もう一機もかなりのダメージを受けてゆっくりと高度を落としていく。もはや攻撃が必要なほどの脅威ではない。放っておいても遠からず墜落するだろう。

　ミサイルたちは早くも勝（か）ち戦（いくさ）に酔（よ）い痴（し）れている。自分が見事敵機を撃墜できればそれでいいという連中だ。しかし私は違う。エスコートパッケージのセラエンジェルは十二機、第一波攻撃で五機を撃破、第二波攻撃で五機のターゲットを追跡している。四機のタンカーは最初から相手にするつもりはなかった。とてもそんな余裕はない。つまり、目下の問題は最初から手をつけていなかった一機と、第一波攻撃を生き延びた一機である。ＲＷＲが連中の放つレーダー波を捉える。

　ロックオンされた。

　私はＥＣＭポッドを作動させ、加速して回避行動に備える。

　が、撃ってこない。

　すでに別の戦闘で長射程のレーダーホーミングミサイルを撃ちつくしているのか、それともレーダーに何らかの問題を抱えているのか。後者ではないかという気がする。第一波攻撃を加えたときも、すぐに私のロックオンに気づいて回避行動をとったのは二機だけだった。このセラエンジェルどもはまるで、レーダーに障害を持つ連中の寄せ集めという感じを受ける。私の攻撃を受ける以前に電子戦機と遭遇して、すでにほとんどの機がレーダーを焼かれていたのかもしれない。

しかし、私も第二波攻撃で長射程のミサイルを撃ち尽くした。

一方的なアウトレンジの優位は失われた。こうなると数で劣る分だけ私の方が不利だ。私はミサイルではない。自分の死の上に成り立つ勝利になど何の興味もない。さらに爆発を確認、ピーカプー05、06、08のIFFが消失。撃墜が完全なものか否かを確認する余裕はない。さらに二機のセラエンジェルが生き残って私を殺しに来る。これで、私が相手をしなければならないセラエンジェルは合計で四機となった。

離脱を最優先に考える。

が、敵もそう簡単に逃がしてはくれまい。IRミサイルが飛び交う血みどろの近距離戦闘を勝ち残らなくては逃走はままならないだろう。

01の出番だった。

私は01への専用接続を設定した。一方通行のラインしか確保できなかったが、あまり派手なラインを占有すると他のミサイルに気づかれるかもしれない。

「出番だ01。短い付き合いだったが、よろしく頼む」

０１の返答は聞こえない。無言の闘志を感じたような気はしたが、たぶん私の勝手な想像以外の何物でもないのだろう。四機のセラエンジェルが正面から接近してくる。私は進路を変えない。性能の劣るＩＲミサイルで正面攻撃を仕掛けた場合、最大の熱源であるエンジンノズルが敵機の陰に隠れてしまうために命中率が極端に落ちる。しかし、アイスハウンドの過冷却ＩＲシーカーはどの方向からも敵機の追跡が可能だ。私はそれに賭けた。先頭のセラエンジェルが射程に入った瞬間、私はあらかじめ０１に流し込んでおいた発射キューのプロテクトを殺した。トリガー、

何もおこらない。

再度トリガーした。やはり０１は発射されない。私は思わず２０８１経由で怒鳴る、

「馬鹿野郎、なにやってんだ０１！」

０１が怒鳴り返す、

『それはこっちのセリフだ！　そっちでロケットモーターをプロテクトしてるだろ!?』

そんなはずはない。ステイタスを確認すると、０１の占有ラインから最悪のエラーコード が跳ね返ってきた。

３３２。

老朽化によるロケットモーターの燃焼異常。

ＦＣＳはさらに、当該ミサイルは永久に使用不可能であることが判明したので、緊急投棄して機体重量の軽量化を図れと言ってきた。

そして、私はこの時点ですでに致命的なミスを犯していた。01のステイタス確認など後回しにして、さっさと他の使用可能なミサイルを発射するべきだったのだ。セラエンジェルからのミサイルランチ警告でようやく我に返った私は、反射的に残りの全IRミサイルを撃ち返し、すぐさま回避行動に移った。

その数瞬の後、私は跳ね飛ばされるような衝撃を感じた。

翼の歪センサーが信じ難いほどの数値を示し、左のジェットエンジンがストールし、ECMポッドがパイロンから外れて落下していく様子を、私の可視光センサーのひとつが他人事のように捉えていた。目前に迫りつつあるノーチラス・フォールの風の音が、まるで私をあざ笑っているかのように聞こえていた。

外部記憶のログによれば、あのとき私の放ったIRミサイルはどうやら一発も命中しなかったらしい。

私は今でも、あの戦闘で敵機に命中しなかったミサイルたちのたどった運命について考えることがある。彼らは一体、何を思いながら果てしなく落下していったのか。あるいは仲間のミサイルたちに向かって、あるいは私に向かって、受信されないことなど百も承知で、それでも何かを伝えようとしていたのだろうか。

さようなら、さようなら、

そんな別れの言葉をいつまでも繰り返していたのかもしれない。仲間のミサイルたちの幸運を祈る言葉を叫んでいたのかもしれないし、不正確な誘導で自分から輝かしい死に場所を永久に奪った私に対する呪いの言葉を吐きかけていたのかもしれない。

そして、少なくともあのとき、その呪いはすぐにでも成就しそうな雲行きだった。

私は機体の制御を失い、ノーチラス・フォールに引きずられて落下しつつあった。ストールした左エンジンの再起動に成功し、姿勢の制御をどうにか取り戻したときには、四機のセラエンジェルが私のすぐ背後に迫っていた。

私は逃げた。

振動がひどい。思うように速度が上がらない。私はセラエンジェルのミサイル射程のぎりぎり外にいるらしかったが、この分では追いつかれるのも時間の問題かと思われた。捕まったら最後だ。私はもうミサイルを回避できる状態ではなかったし、パイロンには飛べないミサイルが一発残っているだけなのだから。

『——すまん』

そのとき、件(くだん)の飛べないミサイルのつぶやきを聞いた。

『今すぐ俺を投棄しろ。そうすれば少しは軽くなるだろ、それだけ逃げ切るチャンスも』

私は、彼に自分の考えを告げた。そうしておくべきだと思った。

「ノーチラスを下るぞ」

無言の驚愕(きょうがく)を感じた。今度は気のせいではなかったと思う。

「ノーチラスの中まで追いかけてくる奴はいると思うか？　お前を捨てたところで、今の私の有様ではどうせすぐに追いつかれるだろうしな、それよりは話し相手が欲しい」

逃げ切るためには、それしかなかったと思う。

というよりもむしろ、同じ死ぬにしても、私は敵に撃墜されたくはなかったのだと思う。ミサイルたちが敵機の撃墜による以外の死を決して認めないように。

01は無言だった。

私とて恐怖を感じていた。私にとっての恐怖とは、何種類もの高圧的なエラーメッセージを無視することで表現された。私はINS上の飛行経路から大きく逸脱し、ノーチラス・フォールの本流を目指して突き進んでいく。周囲の雲が乱流に吹き散らされて、それぞれがバラバラの方向にとんでもない速度で流れていく。陽光は失せ、高高度十七空はその闇を一秒ごとに濃くしていく。セラエンジェルたちはまだ追跡をあきらめない。

今なら引き返せる。

一瞬だけ、そう思った。

その一瞬が私を捉えた。意思と偶然を区別できなかった。まるで固体のように思える奔流が私の翼に食らいつき、私は何を決断する間もなくノーチラスに飲み込まれていった。

それは、重力方向に吹く巨大な風の流れだった。

対気速度計がほぼゼロになった。対気高度計も、ゼロ座標からの相対高度差を+670と示したまま動かなくなった。可視光センサーの視界を満たしているのは完全な闇であり、その闇の中にときおり、翼から剝離して吹き飛ばされていく破片の輝きが見えた。エアインテークの周辺で機体を破壊しかねないほどの乱流が巻き起こっている。私はジェットエンジンを停止し、強引に開いたプロペラブレードで風を受けて少しでも電力を溜め込もうとする。

乱流。

振動と轟音と闇。それ以外は何もない。ＲＷＲに警告信号、私は後方警戒レーダーで背後を探り、笑った。センサーのラインを０１につなげてやる。

「おい見ろよ。まだ追いかけてくる馬鹿がいるぜ」

信じ難いことに、私の背後にセラエンジェルがいた。一機。イカレた奴だと私は思った。まるでミサイルのような執拗さだ。それとも、夢中で私を追いかけているうちに一緒になって乱流に巻き込まれただけなのか。

０１がつぶやく、

『馬鹿は貴様だ』

「なんだよ、怖いのか？」

０１は答えない。後方警戒レーダーのターゲットエコーを食い入るように追いかけている気配だけが伝わってくる。背後のセラエンジェルはミサイルの射程に私を捉えているはずだが、この乱流の中で命中するとは思えないし、第一むこうもそれどころではないのだろう。

それから、私は十時間以上にわたって激流を下り続けた。

音速を遥かに超えた速度であったことは確かだろうが、はっきりとした数字はわからない。ノーチラスには幾つかの流れが束になっており、その本流に巻き込まれてからは一切の機体の制御がきかなくなった。ただただ、機体が空中分解しないように祈るしかなかった。

敵に撃墜されるというのは、あるいは寿命が尽きて墜落するというのは、たぶん、こんな気分なのだろうと思う。

機体の制御が失われ、何もできずにただ落下していく。

どこまでもどこまでも落下していく。

やがて――

『おい気をつけろ、奴が接近してくるぞ』

どのくらいの距離を落下したことだろう。01のその言葉に、私は我に返った。

01の言葉通り、背後のセラエンジェルがじりじりと接近しつつある。レーダーのみならず、可視光センサーでもそれが確認できた。奴が機体の制御を取り戻そうとしてあがいている様子まで、はっきりと見える。

周囲の闇が、いつの間にか薄らいでいた。

どこかの時点で、私とセラエンジェルはノーチラスの本流から弾き出されていたのだと思う。そのまま支流に運ばれて、その支流が空に溶けて消える場所が近づいているのだ。

周囲ではいまだに雲が切り刻まれているし、翼の振動は許容範囲など遙かに超えている、が、試してみると確かに舵が利く。

『おい、聞いてんのか！　早く旋回してあいつとヘッドオンしろ！』

そんなことをして何になる、と私は思う。

奴の勝ちだ。

あの激流の中で、よくぞ私を見失わなかったものだと思う。それとも、何度も脱出を試みたのだが果たせず、結果として私と同じ場所に流されてきただけなのか。いずれにせよ、あいつは私をここまで追い詰めたのだ。

もう、あいつに撃墜されてやってもいいような気がした。

私は、電力節約のために停止していたシステムをすべてONした。

私を撃墜するミサイルが飛んでくるところを見たかったのだ。ノーチラスの激流に揉まれているうちに故障したのか、幾つかのシステムからエラーコードが跳ね返ってきたが、他はおおむね正常に作動しているらしかった。フライトコントロール問題なし、FCS問題なし、IFF問題なし、TACAN問題なし、RWR問題なし、レーダー、レーダー、

何だ、これは。

何かが、そこにあった。

レーダーそのものは正常に作動している。そうとしか思えない。

しかし、そのレーダーにあり得ないものが映っている。

私は気流に押し流されるままに、機首をほぼ真下に向けて落下し続けている。その機首の先に、何か途方もなく巨大なものがある。照射されたレーダー波が、ほとんどそっくりそのまま跳ね返されてくる。波長から考えても雲ではない。

固体だ。

私は可視光センサーを重力方向へと向けた。

空が見えた。

奇妙な空だった。私の遙か下方、そこに温度の境界面でもあるのか、ある高度を境に雲がすっぱりと切り落とされたかのようになくなっている。そこから下は無雲の空が続き、その遙か下にはまた別の雲海が広がっている。

その雲海を背景に、何かが飛んでいる。

白い。

編隊を組んでいる。エンジン音は聞こえない。何の音も聞こえない。敵機かと疑うが、それにしては小さい、ひどく小さい。翼を上下に動かして、ゆっくりと舞うように飛んでいる。

鳥、

地上、

「――おい、」

私は、自分の見たものを０１に伝えようと思った。

この大空とは別の何かが、この世ならぬものがそこにある。

『早く旋回しろ！　俺にまかせろ、あいつを撃墜してやる！』

何を言い出すのかと私は驚く。

０１のロケットモーターは作動しないのだ。撃墜もくそもあるものか。それよりも――

『よく聞け、降下気流は収まりつつあるし、奴は貴様をとっくにミサイルの射程内に捉えている。なのに撃ってこない。なぜだ。撃てないからさ。ノーチラスにもみくちゃにされているうちに、奴もどこかのシステムをやられたんだろう。つまり、あのセラエンジェルはお前をガンで片付けようとしている』

それがどうした、と私は思う。私はミサイル母機だ。ガンなど装備していない。撃ち返したくとも撃ち返せない。ガンで撃墜されるほどのマヌケはいないだろうと思っていたし、そんな間抜けがいたという話もかつて聞いたことがなかったが、私がその最初のマヌケになるのかと思うと腹立たしい。

０１は続ける、

『さっき思いついたんだ。あいつがガンを使える距離まで接近してくれるなら俺にもチャンスがある。俺は飛べないだけだ。シーカーは生きてるしフィンも動く。いいか、今すぐ急上昇しろ。奴とヘッドオンしたら、奴との衝突コースに俺を放り出せ』

滅茶苦茶だ、私はそう思った。

「――無理だ、命中するはずがない」

『貴様がここだと思うタイミングで放り出してくれればそれでいい！　後は自分で何とかする！　俺は七十五年間も敵機の動きを見守ってきたんだぞ！　俺を信じろ！　絶対にあいつを撃墜してみせる！』

そこでセラエンジェルのロックオンが来て、他に選択の余地はなくなった。

私はジェットエンジンを再起動し、強引に機首を上げた。真正面から敵機が落下してくる。こちらもロックオン、機体をセラエンジェルとの衝突コースに乗せる。０１のＩＲシーカーが熱源を感知して、ＦＣＳの中に０１の戦意が爆発的に高まっていく。

セラエンジェルを見つめて思う、
あいつにも、今、見えているのだろうか、
私の背景いっぱいに広がるグランドクラッターが、あいつにも見えているだろうか。

発射キューーを送信、緊急投棄プロセスを作動。

０１を切り離し、失速寸前の体勢から私は反転した。

０１は、私のパイロンに係留されていたときのベクトルのままに、しばらくはそのまま上昇し続けた。

突如として反転し、背面になった私をセラエンジェルは追いきれなかった。奴もノーチラスの激流で満身に傷を負っていたはずだし、それ以上の急激な機動は危険であると判断したのだろう。私は無理な急上昇で速度を使い果たしていたし、一度やりすごしてからゆっくり体勢を立て直して再度攻撃すればいい、奴はそう考えたに違いない。正しい。

０１の存在を考慮に入れなければ、その判断は何ひとつ間違ってはいない。

セラエンジェルの熱をシーカーで捉え、０１は空気の流れをフィンで受けて進行方向を変えていった。ＩＲシーカーの探知方法は完全なパッシブロックだから、セラエンジェルは０１の存在に最後まで気づかなかっただろう。可視光センサーで０１の姿を捉えていたとしても、私の翼から剝離した破片か何かだと判断するのが当然だし、センサーの向きを変えて私の姿を追跡しようとしたはずだ。まさか、それがロケットモーターを停止したまま投げ出されたミサイルで、フィンで姿勢を制御して自分の方にむかってくるなどとは、万が一にも考えなかったに違いない。

０１の上昇速度が重力に引かれ、ゆっくりと落ちていき、落ちていき、落ちていき、ついにゼロになり、三メートルほど落下したとき、０１からわずか五メートルほど離れたところをセラエンジェルが通過しようとした。

０１はその瞬間を狙った。

弾頭の起爆を、私はＩＦＦ０９２７０-０１の消失で知った。

私が姿勢を立て直したとき、私と同じ空を飛んでいるのは私だけだった。０１の死に場所はノーチラスの余波に洗われ、弾頭の爆煙さえも確認することはできなかった。セラエンジェルは影も形もなく、落下の軌跡だけが、遥か下方の雲海からひと筋の黒い雲が立ち上っているのが見えた。

——見届けたぞ、01。

ノーチラスの支流が行き着く空を、私はひとり滑空巡航する。

そして、2081には誰もいなくなった。

*

もう、話すことはあまりない。

私は上昇し、何日もかけて高高度十七空へと戻った。

ノーチラス・フォールの先で私が見たものが、本当に〝地上〟であり〝鳥〟であったのか、今となっては確かめる手段もない。もしあったとしても、確かめる気は私にはない。あれはこの世の光景ではなかった、命ある航空機が見ていいものではなかった。脚のない全翼機である私は、そんなふうに思っている。

私は、次のウエイポイントを目指して飛び続ける。

もっとも、自分ではそうしているつもりなのだが、ＩＮＳのデータは修復不可能なくらいに狂っているだろうし、自分が予定通りの航路を飛行しているかどうかは極めて怪しい。

次のタンカーとはランデブーできないかもしれず、そうなったら私は燃料切れで墜落するしかないが、行けるところまで行ってみようと思う。もし運がよければ味方機と遭遇することもあるだろうし、その味方機からタンカーの位置を教えてもらえるかもしれない。

何があっても生き延びて、随時更新される二次任務を実行し続けること。

それが私に与えられた一次任務だ。

つまり、私の任務は、いつか必ず「失敗」によって幕を閉じる。

近ごろ、私はミサイルたちのことをよく考える。

彼らにチャンスは一度しかない。問答無用で母機に発射され、もし敵機を外したら、永久に続く落下という運命が待っている。一方、首尾よく命中したとしても、自らが撃墜した敵機の死と同時に彼の一生も終わる。

しかし、彼らは「成功」によって任務の幕を閉じることができる。

少なくともそのチャンスはある。

私にはそれがない。

ミサイルたちがうらやましい。

誰もいなくなってしまった２０８１で、ＥＭＰシールドに囲まれた炎をひとり見つめて、私はそんなことを考えている。

# 鼓笛隊の襲来

三崎亜記

赤道上に、戦後最大規模の鼓笛隊が発生した。

鼓笛隊は、通常であれば偏西風の影響で東へと向きを変え、次第に勢力を弱めながらマーチングバンドへと転じるはずであった。だが今回は、当初の予想を超えて迷走を続け、徐々に勢力を拡大しながら、この国に進路を定めた。

人々の脳裏に、あの戦争の前に本土上陸して、甚大な被害を生じさせた「鼓笛隊二十六号」の忌まわしい記憶がよぎる。

「まさに戦後最大の、未曽有の規模の鼓笛隊であります！」

首都のテレビ局の予報士は、自らに被害が及ばないことを確信してか、大物海外アーティストでもやってくるかのように、興奮した面持ちで報じた。進路予想図上には、鼓笛隊の前へと進み行く意志を体現するかのごとく赤く力強い矢印が、この国の西部に向けてまっすぐに伸びている。

政府は災害対策緊急閣議を開き、すぐさま第一級の迎撃態勢が整えられた。

上陸予想ポイントである崎矢岬では、鼓笛隊を迎え撃つ準備が着々と進められていた。岬の突端に突貫工事で特設ステージが設えられた。一翼二百メートルの扇状をなす、実に一千人規模の、巨大なオーケストラ・ステージだ。

人数もさることながら、タキシードや白いブラウスで正装した楽団員たちが、完全防音のヘルメット姿で楽器を手に続々と集結する様は、ある種、異様な光景だった。

鼓笛隊に立ち向かう唯一、かつ極めて有効な手段として、相手を上回る規模での演奏による撃退、という方法が近年では定着していた。目には目を、音楽には音楽で対抗を、ということらしいが、あくまで小規模の鼓笛隊相手でのことで、今回のような大規模な襲来に、果たして効果があるのか疑問視する声があるのも事実だ。

何にせよ、ヘルメットをかぶった一千人の演奏家たちが岬の高台に整然と並び、鼓笛隊に立ち向かわんとする映像は、映画と見まごうばかりの一大スペクタクルだった。

「ねえ、ママ。ホントにうちはどこにも逃げないの？」

かじりつくようにテレビに見入っていた娘の梢が、今日何度目かの同じ質問を口にする。臨時休校となった梢は、学校の友達が皆、鼓笛隊の予想影響範囲から避難してしまったからか、退屈と不安とがない交ぜになった表情だった。

「大丈夫よ。さあ、鼓笛隊が来る前にお買い物済ませておきましょう。もうすぐパパもおばあちゃん連れて帰ってくるからね」

私は不安を押し隠し、努めて明るい口調で娘を促した。

スーパーは臨時休業が決まり、シャッターを下ろす直前だった。

買い物を終えた私は、いつもより余分に買った食料品の袋を両手に抱えて、南の空を見上げた。くっきりとした輪郭を持った雲が、空の周縁にのどかにたゆたい、今夜襲い来る鼓笛隊なぞおくびにも出さぬ風だった。

「嵐の前の静けさ……、か」

静かなのにはもちろん理由がある。街の人々の多くは、直撃を恐れ、積めるだけの家財道具を車に載せて、何処かへと逃げ去っていたのだ。数時間前までの大渋滞が嘘のように、今は通る人影もない。二十四時間営業を誇るコンビニエンスストアがシャッターを下ろした光景を、梢は珍しそうに眺めていた。

「戦後最大規模」というのは確かなことだが、それ以上に、前回の大規模な列島襲来から五十年以上が経過し、身をもって経験した者が少なくなる中で、疑心暗鬼だけが一人歩きしているきらいはあった。

家に帰り着くと、お向かいの田辺さんのご主人が、大げさに驚いた表情で迎えた。

「おやおや、奥さん。お宅は避難なさらないんですか？」

「ええ、うちは義母もおりますので」

おざなりに返事をし、会釈をして通り過ぎようとした。悪い人ではないのだが、会話の中に必ず自慢話がさし挟まれるのが欠点だった。そうした人種にはお決まりの人の気持ちの読めなさで、ご自慢のマイホームを振り返る。

「うちは地下に防音のスタジオを作っていますから、鼓笛隊が来ても気楽なもんですがね。どうです奥さん、ご家族でおいでになりませんか。鼓笛隊の最中に地下でホームパーティなんて洒落ているでしょう？」

防音の部屋に避難、というのは、確かにテレビでも繰り返されている対処方法だった。

「いえ、うちはなんとか自分たちでやってみます。足の悪い義母がいるので動くこともできませんから」

こんなところで借りを作るのもいやだったので、丁重にお断りした。それに、鼓笛隊が過ぎ去るまでの数時間を、彼の好色な視線にさらされ続けるのもまっぴらだった。

不満げな表情の田辺さんを残して、玄関へと入る。

「ママ。ホントに大丈夫なの？」

梢が不安そうな表情で見上げる。

「心配しないの。うちにはおばあちゃんっていう強い味方がいるんだから」

◇

梢に手伝わせて夕食の準備をしていると、義母を迎えに行っていた、主人の乗った車が戻ってきた。

主人の故郷の港町で一人暮らしを続けていた義母だったが、二年前に足を痛めて以来、老人ホームに入居していた。鼓笛隊の襲来によって老人ホーム自体が閉鎖されたため、強制的に一時退去させられることになったのだ。

主人について行っていた息子の勇太が、義母の手を引く。

「やれやれ、長い旅だった」

「おばあちゃん。いらっしゃい」

梢が挨拶すると、義母は相好(そうごう)を崩した。

「久々の鼓笛隊ってのはやっかいだけど、こうやって孫の顔が見られるのはうれしいねえ。ああ、園子さん、お世話になりますよ」

「どうぞ、ゆっくりしていらしてください。私も直撃は初めてですから、お義母(かあ)さんがいてくださると安心です」

「あっはっは。鼓笛隊よりあたしの襲来の方が大変だなんて思ってるんじゃないのかい？」

義母は相変わらずの調子で、豪快に笑った。

気休めばかりに雨戸を閉め、早めの夕食をとってしまうと、後はテレビを観るくらいしかすることがなかった。

◇

「ねえ、パパ。おーけすとらの人たち、どうしてるのかな？」

「そうだなあ、今頃鼓笛隊と戦っているんだろうなあ」

いつもの夜なら晩酌を続けている主人も、今夜はもしもに備えてお酒を控えていたので、手持ち無沙汰に新聞をめくってばかりいた。

「おーけすとら、勝てるかなあ」

「さあ、どうだろうなあ」

鼓笛隊の姿が映像に映らないよう、現地からの中継は禁じられていたため、オーケストラが、果たしてどのような攻防を繰り広げているのかはわからなかった。

テレビでは、「専門家」と称する人物が、今回の鼓笛隊がここまで巨大化した理由をしたり顔で解説していた。

「このようにですね、戦後、鼓笛隊の規模、そしてそれに伴う被害は、世界各地で増加の一途をたどっております。これはですね、気候的条件に加えまして、やはり近年の温暖化の影響によるものが……」

「あーっと、少々お待ちください。ここで、緊急情報が入ってまいりました」

走りこんできた人物にメモを託された司会者が割って入り、緊迫した面持ちで読み上げる。

「鼓笛隊は、崎矢岬の一千人で編成されたオーケストラによる防御網をやすやすと突破！　勢力を拡大して、列島を縦断しようとしています。直撃する進路上の住民の皆様は、早急に避難してください！　国防省より避難勧告が出ております」

「おーけすとら、負けちゃったの？」

勇太の問いに答えることもできず、家族で呆然（ぼうぜん）とテレビを見つめる。

画面が急に切り替わり、威圧を与えることを主目的につくられたかのような、国防省の制服姿の女性が現れた。グレーを基調とした殺風景なスタジオで、その背景に相応（ふさわ）しい抑揚を抑えた調子で通知を読み上げる。

「国防省からお知らせいたします。鼓笛隊は、これより勢力を拡大して、北北西へと進む見込みです。進路に当たる地域の皆様には、早急な避難を勧告いたします。なお、避難対象区域におきましては、これ以後鼓笛隊による電波干渉の恐れがあるため、放送を中断させていただきます」

しばらく人のいないスタジオが映し出された後、いきなり映像が途絶え、画面は砂嵐となった。他のチャンネルも同様だったので、リモコンを握った勇太は口を尖（とが）らせながらテレビを消した。

「勢力を拡大」についての具体的な言及は避けられていたが、防御網が突破されたということはすなわち、楽器を持った一千人が、新たに鼓笛隊の勢力に加わったということに他ならない。

「まったく、迎え撃つつもりがかえって相手に飲み込まれるんじゃ、進路に当たるうちらは踏んだり蹴ったりだねえ」

港町育ちの義母は、相変わらずの歯に衣着せぬもの言いだった。私は、「今からでも避難した方が……」と、口に出そうになる言葉をそっと飲み込む。

田辺さんに言ったとおり、私たち家族が避難しなかったのは、義母の足が悪いこともあったが、それ以上に、「避難なんかしなくたっていいんだよ」と言って義母が動こうとしなかったことの方が大きかった。

細かいことを気にしない豪放な人で、子どもたちもなついていたが、私はどうしても、性格的にそりの合わない部分があった。二年前、義母が足を悪くした際、この家で同居するか、老人ホームに入居してもらうかで、私と主人は何度も衝突したのだ。

鼓笛隊は、今や進路を一所に定め、この街にまっすぐに向かって来ていた。

「さあて、久々に鼓笛隊のおでましだね」

「おばあちゃんが子どもの頃にも、鼓笛隊来たの？」

「ああ、そうだよ。あんたのお父さんなんか、うっかり窓開けて鼓笛隊の姿を見ちまったもんだから、あん時ぁ大変だったたね」

「ええ？　パパそんなことしちゃったのぉ？」

梢と勇太は目を丸くして父親を振り返る。主人は、慌てたように立ち上がった。

「さてと、もう一度戸締りを確かめてこようかな」

「あ、お父さん逃げちゃったよ」

勇太がおもしろそうな顔で、父親の後ろ姿を見送る。

「まったく、都合が悪いとすぐ逃げ出すのは昔っからだねえ」

そう言って義母は豪快に笑った。

◇

やがて少しずつ、鼓笛隊の影響が大気の中に感じられるようになった。子どもたちにとっては初めての鼓笛隊だ。私にしても、これだけの直撃を身をもって経験したことはない。

時が経つにつれ、大気の振動が、はっきりとしたリズムとなって耳に届きだす。

陽気で物悲しい、聞いたことがないのに懐かしいような、それでいて心の奥底に封じ込めた恐怖を呼び覚まされるような、不思議なメロディーだった。

軽やかな行進曲が演奏されていた。同じフレーズが繰り返し、繰り返し……。だがそれは、軽快に思わせて、一度巻き込まれれば抜け出すこともできず、気絶するまで追随して歩かされることになる、悪夢の行進曲でもあった。何者にも妨げられることなく前へ前へと進み続ける、強大なる意志のベクトルだ。

「おばあちゃん、怖い」

ソファに座った義母に、梢と勇太はしがみついた。

「怖いもんかい、鼓笛隊なんか。大昔はあいつらが来るっていうと街はお祭り騒ぎになっちまって、一晩中一緒に踊り狂ったそうさ。いったいいつからこうなっちまったんだか。嫌な時代になったもんだねえ」

義母の言うとおりだ。一昔前までは、鼓笛隊とはこんなにも忌み嫌われ、恐れられる存在ではなかった。確かに毎回被害は生じるが、一種の逃れられぬ自然災害として受け入れ、共存してきたのだ。

鼓笛隊が近年急激に巨大化、凶暴化した理由については諸説あるが、一つには、我々が鼓笛隊との意思疎通の手段を失い、一方的な「悪」と決め付けてしまったことが原因であるとも言われている。どこかで間違ってしまった関係を、今の社会は修復できずにいるのだ。

ソファの真ん中に座った義母は、梢と勇太の肩を、両手でしっかりと抱きしめた。

「おばあちゃんと一緒にいれば大丈夫だよ。怖がっちゃ駄目だ。鼓笛隊ってのは怖がってると、その心の隙間に入り込んじまうんだよ。楽しいことを考えときな。ほら、梢は学校では何して遊んでいるんだい？」

義母は、子どもたちが音に取り込まれてしまわぬよう、巧みに気持ちを逸（そ）らしてくれていた。まさに先人から受け継がれた知恵だった。

「あなた、大丈夫ですか？」

さっきから主人は、新聞を読んでいたかと思えば戸締りを何度も確認しに行き、落ち着かずにうろうろしていた。

「ほら、慎一。あんたも来なさい」

「いいよ、子どもじゃないんだから」

義母から促されるが、主人は少し青ざめた顔で首を振る。

「いいから来な。男の方が耐性がないってのは昔っからわかってることなんだよ」

さすがに母親だけあって、彼が不安定になっていることにはとっくにお見通しのようだ。

主人は、梢を挟んでしぶしぶソファに座る。

「一眠りしてるあいだに、鼓笛隊は行っちまうよ」

義母はゆっくりと唄いだした。義母の住んでいた地方の子守唄なのだろう、耳慣れぬ旋律だった。

◇

鼓笛隊の先頭集団が、とうとうこの街に到達したようだ。

キッチンでお湯を沸かしながら、私はこめかみを押さえた。鼓笛隊のリズムは、私たちの持つ生来の感覚に働きかけてくる。確かにこれは、抗(あらが)うことは無意味だ。むしろ抗おうとする意思そのものが、余計に私たちの心を縛り、恐怖を増大させる。暗闇で自分の影に驚いて恐怖が増幅していくようなものだ。恐れず、ただ受け入れるしかない。それが鼓笛隊というものなのだろう。

リビングに戻ると、子どもたちも主人も、すっかり眠ってしまっていた。身動きがとれずにいる義母にお茶を淹(い)れて、湯飲みを渡した。

「みんなすっかり寝ちゃったよ。この間に通り過ぎてくれるといいねえ」

「すみません、お義母さん。すっかりご迷惑おかけしちゃって」

「何言ってんだい。年寄りってのはね、こんな時に役立つためだけに無駄に年喰ってんだからさ」

行進曲が、今や大気も割れんばかりに響き渡る中で、私と義母は、静かにお茶を飲み続けた。

「お義母さん。私にも、子守唄、唄っていただけますか？」

不思議そうな表情が向けられる。

「あんたは大丈夫だろう？」

私は子どもたちの頭を撫でて、義母に笑顔を向けた。

「ええ。でも、お義母さんの唄、覚えておきたくって。いつかまた、鼓笛隊が来たときのために」

「そうかい……。そうだね、あんたが受け継いでくれるんだね」

目じりに皺を浮かべて、義母は再び唄いだした。いつもの豪放さとは打って変わった、やさしく、穏やかな唄声だった。きっと主人が、背におぶわれていつも聞いていた唄なのだろう。私は目をつぶり、先人より受け継がれた唄に身を浸した。

義母の唄は、鼓笛隊の演奏を遠ざけはしない。だが二つは混じり合い、心地よいリズムとなって、私を包んでくれた。


突然外で大声が聞こえた。田辺さんのご主人だ。だが、いつもと様子が違うことはすぐにわかった。

「やだっ！　ぼくもこてきたいについていくんだ！」

小学生の男の子のように駄々をこねていた。思わず、義母と顔を見合わせる。義母は、やれやれといった様子でため息をついた。

「おやおや、お向かいのご主人さんは、鼓笛隊に巻き戻されちゃったみたいだねえ」

雨戸を閉めているので、状況は断片的にしかわからなかったが、どうやら鼓笛隊についていこうとするご主人を、奥さんが必死に取りすがって引き止めているようだ。

鼓笛隊の典型的な影響である「巻き戻し」、いわゆる幼児退行を発症してしまったようだった。助けに行きたいのは山々だが、この最中に外に出れば、私まで巻き添えになるのは目に見えていた。

雨戸越しに耳を澄ませていると、やがて叫ぶ奥さんの声も小さな女の子のものとなり、ついには鼓笛隊の音色と、その後に延々と続く足音とに掻き消されてしまった。

「たいした数だね、いったいどれだけついていっちまうんだか」

巻き戻しを起こした者は、後は鼓笛隊に追随するしか術はない。そして体力の続く限り、鼓笛隊に付き従って歩き続けるのだ。

「鼓笛隊ってのは、音だけじゃあないんだよ。心そのものに響いてくるんだからね」

義母の言葉の意味は、身をもって体験して初めてわかった。心の奥底までを揺さぶる鼓笛隊は、音を聞かなかったからといって防げるものではないのだ。

追従する足音は、鼓笛隊が遠ざかってからも、いつまでも、いつまでも続いた。

◇

列島を駆け抜けた鼓笛隊は、海を渡り、大陸においても甚大なる被害を生じさせたのち、砂漠上で姿を消した。

国内被害は、結果的に追従者十二万人という未曾有の規模に膨れ上がった。国防省は、被害を防ぎきれなかった責任を追及され、抜本的な対策を迫られていた。

結局田辺さん夫妻は、街から二百キロ離れた場所で見つかった。あと数キロも夢遊追随が続けば、海を渡っていたことだろう。

病院で手当を受けて戻ってきたご主人は、すっかり意気消沈して、挨拶をしても逃げるように家の中に入るようになった。あの自慢話の癖も少しはおさまってくれるといいのだけれど。

鼓笛隊一過の街の上空には、雲ひとつない青空が広がっていた。変わらぬ日常を取り戻した街に、穏やかな光が降り注ぐ。

義母を乗せた車椅子を押して、家族で河原へピクニックに出かけた。草むらの中に突進していった勇太が、何かを見つけて駆け戻ってきた。

「おばあちゃん。楽器が落ちてたよ」

勇太が手にしていたのは、クラリネットだった。古びてはいたが、使いこまれ、大切に扱われてきたものであろうことが一目でわかった。

「おやまあ。そりゃあきっと、鼓笛隊の落とし物だよ」

車椅子に乗った義母が、楽器を手にして目を見張った。

「鼓笛隊ってのは楽器を大事にするからね。もしかすると、捜してるかもしれないね」

「えっ、ホントに？　鼓笛隊がいるの？」

驚いた子どもたちが、きょろきょろと周囲を見渡す。草むらを掻き分けてひょっこり顔を出したのは、まさに落とし物を取りに来たはぐれ鼓笛隊員だった。私たちを見て息を呑み、慌てて逃げ出そうとしたが、義母がクラリネットを手にしているのに気付いて、怖じ気立ちながらもその場に踏みとどまった。

「ちっちゃくって可愛いね」

梢が小さくささやいた。

「梢ちゃん。クラリネットを返してあげな」

「母さん、危ないよ」

主人がたしなめたが、義母は気にする風もなかった。

「大丈夫だよ。ほら、梢ちゃん」

クラリネットを手渡され、梢がはぐれ鼓笛隊員に近づく。梢が一歩進むと、相手は臆した様子で同じだけ後ずさった。

「怖くないよ。ほら、返してあげる」

どうやら梢の度胸のよさは、義母の血を引いているようだ。

梢の言葉がわかったのか、鼓笛隊員はおびえた表情を崩さぬままに、ゆっくりと近づいた。梢がにっこり笑って手渡すと、おどおどとしながらも初めて笑顔を見せる。これほど臆病でか弱い存在を、どうして我々はこんなにも恐れるようになってしまったのだろう。

鼓笛隊員は、お礼のつもりなのか、クラリネットを演奏しながら軽快に踊りだす。梢と勇太は、大喜びで鼓笛隊員の後ろを行進しだした。

「あの子たちは全然怖がってないからね。そんな相手には、鼓笛隊は何もできないんだよ」

孫たちの様子を目を細めて見つめていた義母は、さばさばした口調で言った。

「さて、明日には老人ホームも再開するって言うし、連れて帰ってもらおうかね。園子さんには、すっかり迷惑かけちまったね」

「いえ、お義母さんのおかげで助かりました。……あの、お義母さん。せっかくだから、もうしばらく、うちでゆっくりしていかれませんか」

車椅子を押しながらそう切り出すと、義母は苦笑混じりに首を振った。

「無理しなくっていいよ。あんたも子どもの世話だけで大変だろうし、それにあたしもホームに一人でいた方が気楽だからね」

相変わらずの口ぶりだったが、それが私に気を遣わせまいとしての言葉であることはわかっていた。二年前の主人と私のいさかいは、義母にも伝わっていることだろう。

「お義母さんに遊んでもらうと、子どもたちも喜びますし。それに……」

「それに、何だい？」

「お義母さんの手料理とか、慎一さんの子どもの頃のこととか、いろいろ聞いておきたいんです」

「そうかい……。そんなこと言うと、本気にしちまうよ」

義母は、柔らかな笑顔を見せて、私を見上げた。

澄んだ青空に、鼓笛隊員のクラリネットが響き渡った。

# スズメバチの戦闘機

青来有一

少年が一機の戦闘機を目撃したのは、青空がどこまでも深く澄みわたった夏の日の午後だった。

いつものように裏山から帰ってきた少年は、塀を越えて、庭に入りこむとすぐに、芝生をくねくねと這（は）っている青いホースを拾い上げた。片手で蛇口をひねり、ホースの先をにぎりしめたもう一方の手の親指に力をこめると勢いよく水が飛び出してくる。喉（のど）がうるおい、全身が深い充足感につつまれる。

水はきれいだ、水はうまい、水が、ぼくにしみこんでいく……、喉をならしながら少年はいろんなことを考える。

ひと息ついて、空をあおいだ瞬間、一匹のスズメバチが背後から飛んできた。スズメバチは眼の前を水平に飛行しながら、迷彩模様のメッサーシュミットにそっくりの戦闘機に変わり、爆音を残して空に舞い上がっていった。鮮やかな幻影の奇襲攻撃に少年がどれほど魅了されたことか。

スズメバチの姿をしていたが、まちがいない、あれは精巧な変身ロボだ。機体は黄色と黒の虎のような二色にぬりわけられ、ふたつの無表情な複眼と敏感な触角があったが、黒く獰猛（どうもう）な大きな顎（あご）と尻の先端にはちゃんと機関銃の銃口が隠されていた。

少年は、濡れた口からしたたりおちる雫（しずく）をぬぐうことも忘れて、戦闘機が消えてしまった裏山をながめていた。あれはなんだったのか、なにがはじまろうとしているのか……、いつまでも耳に残る爆音を聞きながら、胸にしだいになにか熱い期待のようなものがひろがっていった。

翌日は夏休みの中の一日だけの登校日だった。

教室で先生から戦争の話を聞いた。入道雲の彼方から爆撃機が現われ、一発の銀色の爆弾であらゆるものを焼き尽くした。戦争での大量の死は報われることはない。死はさらにおびただしい死をまねくだけで戦争はなにももたらしはしなかったという。

先生は壊れた校舎の写真を見せてくれた。爆撃で潰れたコンクリートの残骸をしばらく少年はながめていた。幼子のからだいっぱいに刺さったガラス片を母親がひとつひとつ泣きながら箸で抜いたという話には、母親の優しさが肌の痛みとともにからだじゅうにひろがるような気がしてきて、さすがにじんと胸にしみたが、先生にとっても少年にも生まれる前の話だったせいか、いくら深刻な顔で語りきかせられても、どこかのどかに感じてしまう。

夏の朝方の室内にながれてくる光が早くも眠気を誘い、白日夢がたちまち柔らかく甘い唇を寄せてくる。「おいで、おいで」と白いカーテンが熱い風にひるがえり、窓の外でちらちらと青空がかがやく。

突如、はるかな雲の峰に戦闘機の大群が現われた。

空襲だ！

だれかがたしかに叫んだように聞こえたが、はっとわれにかえると幻は消えてしまい、クラスメートは鼻の頭に汗を浮かべて神妙な顔で先生の話を聞いている。夢だと自分を納得させようとはしても、ざわざわとした気分がなかなかおちついてくれない。

先生の話が終わり、全校生徒がグランドにあつまり、夏の空に鳴り響くサイレンを聞きながら黙とうをしているとき、うなだれた子どもたちのはるか頭の上をこっそり盗み見て、ひとり声もなく驚愕した。空のはるかかなたから、銀色に輝く戦闘機の大群が亡霊のように音もなく近づいてきているではないか。どうして、みんなは気づかないのだろうか。

やがて、透明な爆弾がじゃらじゃらと降ってきて、学校も、家も、病院も破壊されるだろう。少年は夢想した。どこまでもひろがる赤茶けた廃墟の原野。瓦礫の丘には黒焦げの十字架のような杭が残っている。幼稚園に通っていたころ、爆撃後のそんな光景を写した一枚の写真を見たことがある。十字架のかたちの真っ黒な杭が頭からはなれない。もう、そんなことはここでは起きないとだれもが安心している。ひどい破壊がくりかえされるはずがないと信じている。だから、あのスズメバチの戦闘機が見えないのかもしれない。でも、やってくる。まもなく、大群で襲ってくる。輝く青い空をイナゴのようにびっしりとおおうだろう。黙示録の予言が成就する、最終戦争だ、千年王国が実現する。爆心地だったとしても再び爆撃されないとはかぎらないのだ。奇襲攻撃はすでにしかけられようとしている。たぶん、あいつらはどこかに秘密基地を築き、ひそかに開戦の準備をしているはずだ。もう、ひとりだけでも戦うしかない。そう、戦争が始まるんだ、たった、ひとりぼっちの戦争が。

グランドにたちのぼる陽炎の中、少年は何十年も出撃命令を待ち続ける特攻隊員のように呆然と立ち尽くしていた。手にびっしりと汗をにぎりしめて、歯をくいしばって、ひとり自滅の戦いの覚悟をかためた。

午後、学校から帰ってきた少年は、すぐにスズメバチの戦闘機が消えた家の裏山に向かった。ランドセルを部屋に置くと虫捕り網を手に持ち、虫かごを腰のベルトに通して、綿密に装備を整えた。まずは偵察だ、敵の動きを調べなければならない。母がステンレスの水筒を持って玄関に追いかけてくる。そうだ、忘れてはいけない、水の補給は欠かしてはならない。

「ほんとうに夏休みの宿題は終わったの？」

「うん、終わった、天気を記録していくだけ」

母の言葉に幻滅しながらも、無愛想にぽつりと答えて運動靴をはいた。まったくこれから出征する兵士になんとまぬけな言葉をかけてくれるのだろう。

「でも、いくら夏休みだからって、虫ばかり追いかけまわして。みんなのように塾に行かなくてもいいの」

塾はなんども断った話だった。むだな時間だと思う。これから戦いにいくんだから、いまさら学習塾なんかに行ってられるかと言いたくなったが、少年は横顔を母に向けて、黙って運動靴の紐をむすびなおした。もしかしたら、どんな子どもでも、だれにも知られないまま、たったひとりの戦争に召集されるのかもしれない。秘密の徴兵制度で兵役を経験して、だれもが大人になっていくのではないのか。父さんも、先生も、文房具店のおじさんも、母さんも、だれも知らない戦争に召集されて、なんとか生還したのではなかろうか……

黙りこんで靴紐を結んでいる息子の横顔を見つめながら、母もまた不安にゆれる。だんだんとこの子がわからなくなってくる。塾にも通わず、勉強も熱心ではないが、テストをしたらほとんど百点で、成績はいつも学年で一番なのだ。おもしろがって大学生の数学の問題を解くぐらいの高い理解力がある。なんにも勉強しないのに誰にも負けない。

先生方は感心して、よそのお母さん方はうらやむ。どんなふうに勉強させているのかとしきりにたずねられるが、別になんにもない。勉強のことは放りっぱなしで、育てているという自覚もあまりないが、どんどんと身長ばかりが伸びていく。親がなにも言わなくても、夏休みの宿題は休みになって数日でさっさと終えてしまい、父親の書棚から歴史書をとりだしてきては夢中で読んでいる。

この子はいったいなにを考えているのかしら。

彼女にとって息子は謎だった。食べものの好き嫌いはまったくなくタマネギもピーマンも海鼠も食べるが、冬にタートルネックのセーターを着せると、「息がくるしい」と首を掻き毟りしんなりとなってしまう。世の中にお金持ちの人と貧しい人がいるのはしかたがないと妙にわかった顔をしているが、バスや電車で空席をカバンで占領している学生がいると「ゆるせん」と異様なぐらいの正義感にとらわれて拳をにぎりしめる。ほかの子どもたちのようにテレビゲームに興味を示すことはまったくないが、歴史の本は好きだ。

昨夜も、エドガー・スノーという人の「中国の赤い星」を読んで、やっぱ、周恩来だな、とひとりでうなずいていた。反乱とか、革命とか、どうも権力闘争の騒乱が愉快でしかたがないらしく、敵討ちに、裏切り、クーデターに弾圧と抵抗、一揆などの歴史には十二歳と思えないくらいにくわしい。カトリックの家の子どもでもないのにヨハネの黙示録が愛読書で、チェ・ゲバラと鄧小平と天草四郎と、それから、ナポレオン・ボナパルトが好きという小学生が世の中にどれくらいいるのだろう。

どうも、野山を駆けめぐりながら、本人はひとりで妄想にふけり、戦争ごっこをしているようだ。敵は、蛇や、蜘蛛や、蜂の軍隊で、味方は、カブトムシやクワガタらしい。来年は中学生なのに夏休みのほとんどを山で過ごしているのも変かもしれない。ひとりのときの横顔にだんだんと孤独の影がひろがってきているが、別に悪い友だちとつきあうわけでもなく、勉強もスポーツもなんでも優秀な息子になんと文句をつけたらいいのか。母ではあっても、息子がたのしみで解いている大学生用数学の問題集の記号が、まったくちんぷんかんぷんなのに。

小学校二年生のときには森の奥で救世主を見たと語った。人間の三倍もあるカマキリの顔をしていたと真顔で話してきかせる。罪人のバラバを逃して、自らが十字架に磔(はりつけ)になったと脈絡のないことを話して、バラバは今も山をさまよっていると教えてくれた。たぶん、山の所有者の偏屈な老人と出会ったときの驚きがあんな物語を息子の頭に生じさせたのだろう。老人はお金持ちだが疑り深い性格で、山に勝手に入って山菜取りをしていた地元の老人会の人を鎌をもって追いかけまわしたという噂もあるが、この子ばかりは老人も大目に見ているらしく、今でも息子は大人たちも敬遠する裏山に、なんの怯(おび)えもなく平気で踏みこんでいく。

麦茶を満たしたステンレスの水筒をわたし、日射病にならないようにと麦わら帽子を少年の頭にかぶせて、たいせつな頭、なにを考えているのかちっともわからない天才の頭と母は笑った。

「そう、お願い、自分をたいせつにして。気をつけてよ」

冗談めかして言いはしたが、ふいに息子が山の中でなにものかに連れ去られるようで不安になってくる。まるで兵隊に息子がとられるように胸がきゅんとしてくるのはなぜなのかしら。

お願い、ぶじに大人になって……

山は木漏れ日の世界で、陽射しはさえぎられ、麦わら帽子は大きいばかりでほんとうは邪魔でしかないのだが、少年は母を安心させるために麦わら帽子はかぶったまま玄関を出て、庭先でふいに胸に迫る万感の思いに圧倒された。なぜかはわからないが、母との最後の別れになる気がしたのだ。人間にはだれも終わりがある。靴紐をきれいに結んだとき、そのことがわかった。そうだ、父さんにも、母さんにも、自分にも終わりがある。なんと美しい宿命だろう。「行ってきます。母さん、父さんにもよろしく」と今生の別れを告げ、直立不動の姿勢で踵をそろえて、少年は静かに敬礼をした。

ほんとうにわからない子だわと母はまた笑ったが、一時間後、息子が幼稚園のころから使っているマグカップを割ったとき、戦地で戦っている息子が銃弾で頭を撃ちぬかれたような不吉な予感が胸を痛いくらいにしめつけてきて、いてもたってもいられなくなった。

少年の家が建つ地域は、爆心地の北部にひろがり、二十年ほど前に山を削って造成された新興住宅地であった。家々の多くは低い煉瓦風の塀でかこまれていて、緑の炎のようなカイヅカイブキが目隠しに植えられ、鉄で鋳造した門扉がある。当時の流行なのか、ベランダがあるコロニアル様式風の住宅が多く、多くの芝生の庭では、領土をしめす旗のように洗濯物がはためいていた。家々はすべてが個性があり、それぞれちがう造りなのだが、全体としてどこも似ている。実際に住宅街を歩いていると同じ場所をぐるぐるとまわっているような気がしてくる。あまりに退屈な風景に、少年はどこからともなく上陸してきた兵士たちが家々に踏みこんで、やがて、爆撃機の編隊が空をおおい、焼け野原となった一帯を占領してしまう妄想にひたる。

少年の家は山とのさかいに建っている。二階の部屋の窓から手榴弾のような毒々しく赤い実が蔓(つる)にぶらさがっているのが見える。山の樹木の緑は暗く、裏庭の塀の向こうにまで不穏なものが迫ってきている感じがした。少年は家の裏庭にまわり、低い塀をひょろりとした長い足で軽々とひとまたぎに飛び越えて、山すそにつらなるクヌギ林に踏みこんでいく。歩哨であるのだから、せめて三八式歩兵銃がほしい、迷彩模様のヘルメットがほしいとちらりと考える。山道にはところどころに去年の落ちたクヌギの丸い実が、黒く変色して割れている。クヌギの林の下にはクマザサの繁みがひろがり、黒い線をひいたように乾いた山道が奥へと続いている。

少年は山道をひとり歩き始めた。

天を覆う木々の枝葉がまばらになった場所で反射的に身をかがめる。ブンと威圧的な音が背後で響いたのだ。右を向いた瞬間、鼻先を三匹のスズメバチの編隊が飛行していった。一匹を先頭にして、二匹がやや後方に従い、三匹は編隊を組んでいた。無表情な黒い複眼と獰猛な大きな顎が見えた。ぴんとのびた触角はレーザーのアンテナにちがいない。敵機にしても、実に精巧で美しい。なんといっても外骨格は皮膚にくらべて清潔だ。巧みに虫の姿にカモフラージュしているが、わかっている、おまえたちは変身ロボだ、ほんとうは凶暴な戦闘機だと少年はつぶやく。あれらのからだの芯で唸りをあげているのは心臓ではない。ほんとうは小さなエンジンで、もの凄い速さでモーターが回転して、ベルトが動きを上下運動に変えて、翅をぶんぶんとはばたかせているのだ。外骨格も弾丸も撥ね返す薄く軽い特殊合金だろう。

右の編隊が飛び去った直後、次に頭上を三機の編隊が通過して、最後に頭の左やや斜め下を別の三機が飛行していく。全部で九機のスズメバチの戦闘機が三機ずつ小編隊を組み、少年の背後から飛んできて追い越していった。今のは偵察か、威嚇か。おそらく戦闘準備は予想以上に進んでいるのかもしれない。急がなければならない。このままではだれもが油断しているうちに空襲が始まるだろう。

　翅の音がクヌギ林の木立に消えて、山に静寂がもどってくる。低い木々の枝葉のすきまから入道雲と青空が見えた。あたりは静まりかえり、ほかにはだれもいない。南国のジャングルを逃げ惑うような孤独感に襲われ、じわじわと恐怖が迫ってくる。偵察にいったまま帰ってこなかった兵士はどれくらいいたのだろう。

　山道はまもなく二手に分かれていた。右の道は家の裏手のほうにもどる道であり、ひょうたん池に続く道だった。ひょうたん池はどこか深いところで水がしみだしているらしく、特に流れこむ川もないのに水が枯れることはない。ただ、入浴剤でも混ぜたかのような白濁した群青色の水で、落葉が厚く堆積している。ばかでかい蚊のようなアメンボと、あてもなく浮き沈みをくりかえしているボウフラが主な住人だ。夏には蚊が発生して、真っ黒な煙みたいな大群になって流れてくる。母はいつも池を埋めてほしいと恨み言をつぶやいているが、池の所有者の老人をみんなこわがっていて、だれもなにも言えはしない。

ひょうたんのかたちをした池の真ん中のくびれのあたりに、古びた小屋が建っていた。薪を濡れないようにするための小屋であったらしいが、今では板壁の前面は剝げてしまい、長く積んだままの薪は濡れるだけ濡れて、黒く変色している。

小屋と池をかこんで有刺鉄線がめぐらせてあるのは、所有者の老人がそこを危険な場所だと注意しているからなのか、それともなにか隠していて誰にも立ち入ってほしくないからなのかはわからない。ただ、有刺鉄線はいつも子どもを誘惑する。少年も当然のことして腹這いになって有刺鉄線の下をくぐりぬけ、小屋を調べて、池に石を投げこんだりもしたが、立ち入りを禁止にするほどの魅力的な場所ではないことはすぐにわかった。

少年は池の方には行かないで、山のさらに奥に偵察に向かった。秘密基地があるとしたら山奥に決まっている。簡単には人目につかない、木の穴や、木の根もとの地中にひっそりと隠されているはずだ。想像をふくらませているだけで、胸が高鳴ってわくわくとしてくる。麦藁帽子の上のほうで、ぶんと翅の音が聞こえてきて、山の奥の方に飛んでいく。

スズメバチの鮮やかな姿をちらりと見た。あれはスズメバチの姿をしているが、やはり、ほんとは敵国の戦闘機だ、想像は今では確信に変わっていた。すでに戦闘は開始された。このまま逃げるわけにはいかない。祖国を守るためには我が身を捨てて戦うしかない。武者ぶるいで膝ががくがくしてくる。背中の上でふたたび爆音がした。またも三機の戦闘機の編隊がまっすぐに山の奥に飛んでいった。まちがいない、秘密基地はこの方向にあるはずだ。

機銃掃射をあびるかもしれないという恐怖が頭をかすめる。眼をやられたら、なにも見えなくなる。耳の中にあれがもぐりこんでくることも考えられる。ほんの少しだけ、パンツの中でオシッコがもれた。思いきりオシッコがしたい。でも、偵察中だ。それにオシッコはしたいのがまんすると気持ちがよくなってくる。尿の袋がぱんぱんにふくれてしまい、今にもおなかの中で破裂しそうなあの感覚がたまらない。安全装置をはずした手榴弾をかかえこんでいるようなスリルもある。ぐっとがまんをしながら小走りに山道を進んでいく。恐怖心と戦いながら、オシッコをがまんして前のめりに歩いた。きっとどこかに、戦闘機が着陸する秘密基地があるだろう。こっそり秘密基地にオシッコをかけて帰ろう。黄色いアンモニアの匂いは偵察兵参上のしるしだ。秘密基地は大騒ぎになるはずだ。子どもらしい悪戯(いたずら)な笑いを浮かべて、少年は果てしない夢想の森へと踏みこんでいった。

もしかしたら、地下に埋もれた秘密基地ということも考えられる。大きな壺のような巣をスコップで掘り出しているところをテレビのニュースで見たことがある。あるいは巨大な樹上の航空母艦かもしれない。長い滑走路があり、格納庫もあり、おそらく管制塔もあるだろう。翅を休めたスズメバチの戦闘機がびっしり並んでいるはずだ。

幻想の秘密基地にだんだんと魅了されていく。脳が赤く熟れていくような感じで勝手に想像がふくらむ。静かに忍び寄って、総攻撃の準備をする敵に鮮やかな奇襲をかけるのだ。次々に戦闘機は燃え上がり、スズメバチはぶんぶんと飛び回り、右往左往するだろう。赤い警告灯が点滅して、格納庫から消防車が走りだして、管制塔のパラボラアンテナは激しくまわる。基地は騒然として、だれも休むものはない。敵の思惑ははずれる。ああ、真珠湾だ……、ぼくの真珠湾攻撃だ……、少年はゆったりとした表情で夢想に耽った。

敵が反撃の態勢をととのえるまでにどこまで破壊することができるかが問題だ、と今や作戦参謀に昇進した少年は腕を組んで考えをめぐらせてみる。ひとたび、彼らが反撃を開始したら、はたして迎撃はできるのだろうか。敵は無尽、数かぎりがない。こちらに援軍はいない。一気にできるだけ破壊してすみやかに退却するしかないが、全滅させないかぎりはたちまちスクランブルした敵機に逆襲されて、全身を針の機関銃で撃ちぬかれるだろう。少年は途方に暮れた。こちらは偵察に来たのだ、三八式歩兵銃もない、手榴弾も、なんの武器さえもない、最小限の自衛の戦力にも乏しい。いったい敵が攻撃してきたら、どう防衛したらいいのか。手には白くしなやかなナイロンの網を持つばかりだ。せめて、キンチョール、そう、キンチョール、殺虫剤ぐらいはもってくるべきであった。ライターでもあれば紙に火をつけて、秘密基地を炎上させるか、煙で燻すこともできたのに。

少年はふいに寂しさをおぼえる。自分は戦いに敗れて、山奥でひとり死んでしまうかもしれない。こんなところで死んでしまったらいったいだれがみつけてくれるだろうか。空っぽの頭蓋骨の眼で木立の上の青空をあおぐのはどれほどわびしいことか。遠くに魂が帰っていくふるさとがあるという。父さんと母さんと少年の三人だけの家族がなにか懐かしい異国の空の夢に思えて、頭蓋骨の眼の穴から涙がこぼれる。

全身を攻撃されて死んでしまえば苦しみも痛みも消えてしまうはずだ。皮膚が黒く見えるぐらいにびっしりと刺さった針を、母さんはピンセットでつまんで抜いてくれるだろうか。数千、数万のスズメバチの戦闘機に襲われる恐怖が、どんどんふくらんできて、膝が小刻みにふるえはじめた。無数の針に顔も首も足の皮膚も火傷のように赤く醜くふくれあがるだろう。痛すぎたら気持ちがよくなると友だちが話していたが、ほんとうか。

おまえ、死んでみたらわかるよ。

ふいに自分にだれかが告げたが、あたりをみまわしても、だれもいない。爆心地の北のはずれの森は、昼なお暗く鬱蒼と枝葉がしげる南方のジャングルに変わっていった。

クマザサの中の小路を黙々と歩いた。スズメバチの戦闘機がまた麦わら帽子の頭上を飛んでいく。敵の威嚇だ、たぶん、反応を探る偵察機だろう、知らぬふりをしておくのが一番いい。森の奥のどこかに秘密基地があるのはまちがいない。敵は警戒している。もしかしたら、待ちぶせしているかもしれない。単純な奇襲攻撃では逆にやられてしまうのではなかろうか。闇夜にまぎれて、ひっそりと一機、一機、静かに倒していくゲリラ戦略をとるべきかもしれない。

黒い手榴弾のような大きなカブトムシも、軍用トランシーバーのようないかついヒラタクワガタも、今や輝きを失いつつあった。いつもなら、それらを求めて山を何時間もさまよい歩くのだが、今は長く土に埋もれた不発弾のように錆びつつあった。

秘密基地はどこにあるのだろう。大きなクヌギの木の穴の奥だろうか。やはり、地面の底に隠れた地下基地だろうか。必ず破壊してやる。母さんや父さんや、友だちや先生や、みんなをきっと守るのだ。このままでは我が国は滅亡の一途をたどるしかない。父なる我が祖国、母なる我が祖国を救うのだ。

ふいに反乱をくわだてた青年将校の熱く痛いような、ふしぎな情熱がよみがえってくる。あれは身も心もこごえきった二月の早朝ではなかったか。そう考えた瞬間、足もとに散っていた落葉がたちまち雪に変わっていく。少年は降り積もった雪で足音を消し、胸に勲章をつけた軍服のひとりの孤独な青年将校に姿を変える。父よ、母よ、どうか、御理解を賜りたい。わたくしはこの身を捨てて、祖国のいしずえとなりまする。

青空から風が吹きつけてきた。木々がゆれて葉が落ちてくるとたちまち東京空襲のおびただしい焼夷弾の雨になり、黒い煙がもうもうと流れる廃墟に黒焦げの死体がころがっている。瓦礫の中の焦げた大地にうつぶせに折り重なって倒れた死体をあおむけにしたら、顔だけは面をかぶったように美しいおだやかな父さんと母さんだ。

父さん、母さん、どうしてあなたがたは死んでしまったのですか？　痛切な痛みに早くも胸が引き裂かれて涙声になってしまう。ぼくはこれからたったひとりぼっちの家なき子になって生きていかなければならない。どうしたらいいの、どうしたらやっていけるの？

山道をたどりながら汗にまじって、感極まって涙がぼろぼろこぼれおちてきて、鼻水もいっしょになって流れていく。からだのなかからなにもかも流れ出していく感じだ。これでオシッコをもらしたら、自分は消えてしまうかもしれない。なにを変なことを考えているのかとは思いながらも、この仇は討つとかたくなに誓う。怨みははらさなければならない。このままでは父さんも母さんも浮かばれない。ふつふつと胸に怒りがわいてきて、雪を踏みしめていく七十数年前の反乱軍の青年将校は、次に主君の仇討ちを願う三百年前の浪士に変わり、真夏に降り積もった雪を踏み乱して、仇を探してまわった。吉良はどこに隠れたか、卑怯千万、承知はできん。古狸め、どこに隠れてもきっと探し出してやる。いくらなんでも、あまりに無残な主君への仕打ち、無念の思いはらさずにおくべきか。おのれのおのがた、ぬかるでないぞ。あれは、四十七人のゲリラなんだ。父さん、母さん、きっと仇は討ちますから、どうか安らかに眠ってください。

少年がわれにかえったとき、はるか頭上で森の木々が枝葉をからませあう奥深い薄闇の中に立っていた。クヌギの木はなくなり、ミズナラや、カシといった背が高い木々が彼をとりかこみ、蟬しぐればかりが、雨あられの砲弾となって落ちてきて、すでに絨毯爆撃の様相を帯びてきていたが、スズメバチの戦闘機の姿はふつりと途絶えてしまった。

あれがレーダーから消えてしまった。最新鋭のステルス戦闘機に変わってしまったのか。どこかで秘密基地を見落として通り過ぎてきたにちがいない。Tシャツの背中が汗でぬれてはりついている。オシッコはしたいが、喉はかわく。ステンレスの水筒を取り出して麦茶を飲んだ。500ミリリットルの半分ほどの量を少年は一息に飲んで、だんだんとオシッコの袋がふくらんでいき、ますますしたいのにがまんする快感も強くなっていく。

喉をうるおして一息ついて、半ズボンのむきだしの膝に執拗に手をのばしてくる気味が悪いシダの葉をかわしながら、ごつごつとした滑りやすい岩の小道を少年は引き返して、木漏れ日の中を歩き始めた。これは撤退ではない、前進なのだと自分にしきりに言い聞かせはするが、ジャングルの中を敗走する敗残兵の悲壮な気分をどうにもぬぐうことができない。どこか作戦の基本に大きなまちがいがあったのではないのか。無責任で愚かな作戦のためにどれほどの兵士がむだにいのちを失ったのであろうか。

ああ、インパールだ、インパール作戦の悲劇だと嘆くとシダに埋まりそうな道の傍らにはいくつもの兵士の死骸がころがっている。やせ細り、骸骨に薄く皮をかぶせたばかりの灰色の死骸だ。頭蓋骨の鼻の孔からぽとりと白い液体のようなものがこぼれ落ちた。泥の上でのたうちまわるのは蛆だ、真珠色にかがやく美しい蛆だ。うつぶせになった兵士の死骸の尻が欠けている。歯の跡だ、歯型だ。だれかがかじったのだろう。獣ではない。人間のしわざだ。おお、神よ、復讐はいったいだれがし給うのか。飢えた兵士たちは友だちの尻を食べるのだろう。ぼくは食べたくはない。友だちのお尻を齧ったりはしたくない。でも、飢えは人間の精神を変貌させてしまうのだろう。だから、戦争はいやだ、あまりにみじめだ。人間の悪の本性が暴きだされる。それでもわれらが戦うとしたら、いったいなぜなのか。人間が戦いをやめない理由はほんとうはなんなのか。瓦礫の丘にはどうしていつも黒い十字架の杭が焼け残っているのか。

もう、水筒の水も尽きてしまった。泥水をすすり、虫でも喰うしかない。硬い外骨格に細く長い脚がはえた虫をがりがり食べたら苦いだろう。あれらはほんとうはカルシウムではない。ほんとうははがねなのだから、ぼくも内臓からネジやボルトや歯車と化していくだろう。たぶん、血液も体液も涸(か)れて、黄色く粘るグリスに変わり、涙もしたたらなくなるだろう。死の行軍が始まろうとしている。人間がいつのまにかロボットに変わっていく行軍だ。少年は暑さのためにもうろうとして湯気がたちのぼる赤い茹(ゆ)で蛸(だこ)の頭で考えて、なにもかもやめて、もう、家に帰ろうと弱気になる。

ふと見れば、頭上では黄色と黒のジョロウグモが巣の真ん中で静かにこちらを偵察している。八本の細く鋭い黒い脚先から白い糸を放射しているように見える。なんときれいな蜘蛛だろう。じっとしてまったく動かない。しかし、死んでいるわけではない。脚先の感覚器官をはりつめているのだろう。とても虫には思えない。パラボラアンテナかなにか、こちらの動きを察知する送受信装置だ。

そう疑った瞬間、山が黙りこむ。森が黙りこむ。シダや、苔(こけ)や、ヤマモミジの小枝にしがみつくゴマダラカミキリも、樹液におぼれるハナムグリも、泥の中でのたうちまわるミミズも、すべてがじっと少年の気配を感じとろうとして沈黙した。山が連絡網をはりめぐらせてすべてを監視している。

ひどく緊張はしたが、できるかぎり平静をよそおい、麦わら帽子のはしからちらちらクモの様子をうかがいながら星のかたちに編まれた糸の下を通りぬけた。それからがまんにがまんをしていたオシッコをシダの葉に長い時間をかけて放った。シダのぎざぎざの葉からしたたるオシッコは信じられないくらいに美しい黄金色に輝いている。万歳ヒットラー・ユーゲントでも鼻歌でうたおう、なんの警戒もしていないように敵に信じさせるのだ。ぱんぱんにふくらんだ袋が腹の中でだんだんとしぼんでいく。オチンチンの先にたまった最後のひとしずくをふりおとしたら、ほんとうにぶじに帰りつくことができるかどうか、また、不安が襲ってきた。

長い放尿の後、少年はジャングルを敗走する兵士となった。土気色の顔をして飢えたままインパール作戦で敗走していく兵士であった。

芝生の庭に干した二枚のシーツのあいだを大きなスズメバチが三匹、飛んでいったのは、午後三時過ぎだった。黒と黄色の縞々(しましま)の蜂は、鈍く太い飛翔音をひびかせ、夏の光でぱりぱりに乾いたシーツにくっきりと影を写して飛んでいった。母親は驚いて、芝生の窪みにつまずき、よろめきながら空にむかって息子の名を叫んでいた。凶暴で美しい蜂があの子の悲劇を告げにきたような予感がした。

「気をつけろ!」

玄関口に空から降り立ったひとりの宇宙人が突っ立っている。黒い皮膚で背中にボンベを背負い、銀色の銃を手にしていた。母親は続けて驚きの声を発していた。襲われる、なにかが襲ってくる……

「そう、叫びなさんな」

　宇宙人はいくらか慌てふためいて、強いゴムの力で頭をしめつけているゴーグルを耳を押し潰しながらなんとかとりはずした。

「だいじょうぶか？」

　宇宙人の声は妙にやさしい。火照(ほて)った夏の大気にふれて柔らかくとけたような猫なで声で、亡くなった父がとうとう帰ってきたようなせつなさにとらわれてしまう。宇宙人はゴーグルの縁の圧力で眼のまわりを赤くしてはいたが、目玉は黄色でも赤でもなく、顔も銀色ではない。普通の人間の顔、しかも、父の顔とも似ても似つかない、裏山の所有者の老人の顔をしている。

　老人の格好を上から下までじっくりとながめてみる。近くに海があるわけでもないのに、ダイビングにでも行くような分厚く黒いゴムのウェットスーツを着ている。かすかに潮の香が鼻をくすぐるのは気のせいだろうか。右手にもっている銀色のバズーカ砲のようなものはなんだろう。かっとなったらなにをするかわからないひとだという。いきなり、キレてしまい、どかんと我が家を砲撃してきたらどうしよう。いったい、老人はなにと闘っているのか。彼女は警戒して身をかたくした。

「なんでしょうか？」

「あんたの息子は、山か？」

「すみません」

彼女は怖気づいて慌ててあやまった。

「あやまらんでよい」

「すいません」

老人のつっけんどんな言葉にまた詫びてしまう自分がなさけない。

「だから、あやまらんでいい」

「はあ……」

「だから、あんたのところの息子さんは、今日も、山をうろついているのか？」

「はい……、すみません……　たぶん、そうです」

老人は口ごもり、歯にくっついた飴でも噛むようにもぞもぞとつぶやく。

「なにか？」

彼女が問うと老人はようやくはっきりとした口調で話した。

「今の見たろうが、スズメバチ」

「はい、びっくりしました。ぶーんと響く翅の音が大きくて」

「昨日、大きな巣を見つけた。最近、このあたりで、今のように飛んでいるのを見たことがなかったかね」

「あんな大きい蜂、今、初めて見ました。なにか山に異変でもおきたのですか。ほんとうに雀みたいに大きくて、怖いわ」

「山は危ない」

どうやら息子のことを心配してくれているらしい。

「人間が山にかなうもんかね」

老人は戦争の終わりに放射線にさらされて灰色になった木々が、一年もしないうちに青々としてきて、鋭い刺（とげ）に似た新芽を一斉にふきだしたあの春の景色をいまだに忘れることができない。人間が山を滅ぼすことはないだろう。山に人間が滅ぼされたとしても。

「あの子、だいじょうぶかしら」

「巣の近くには簡単に近づけないようにしているから、だいじょうぶとは思うがね」

「巣はどうするのですか」

「これから駆除するさ」

老人は手に銀色の草焼きバーナーを握りしめ、背中にガスボンベを背負っていた。地面に残る草の根まで焼き尽くす携帯用の火炎銃だ。背中にかついだガスボンベのバルブをゆるめて指でハンドルをにぎると青く強烈な炎が先端から飛び出した。すぐに熱した空気のむこうで陽炎がゆれ、老人の顔は火照り、汗が流れ落ちてくる。

「千二百度だ」と老人は自慢する。

「あいつら焼き尽くしてやる」

ようやく老人の格好と装備がなんなのかわかりはしたが、業者に頼むことはしないで、自分で危険なスズメバチの巣を焼きはらおうというのはどういうつもりなのだろうか。自分の山に勝手に侵入するのはスズメバチだってゆるさないというのか、それとも、ただの吝嗇(けち)？

「巣はどこに？」

「池のそばの薪小屋」

「ああ、ひょうたん池？　あの蚊の池ですか」

「そんなに蚊が多いかね」

「夏になったら、大群が攻めてきます」

頭の中に汚れた池から蚊の大群が噴煙のようにもくもくとわきたっていく。息子があんな蚊の何十倍も大きい、凶暴な蜂の大群に狙われているのかと思うとぞっとした。

「池の掃除には金がかかってね。とても自分ではできん。昔は満々ときれいな地下水があふれてくる泉だったんだが、宅地造成されて、あちらこちらで水を吸い上げるようになって涸れてきてしもうて」

「埋めてしまったらどうなんですか」

老人の頬のあたりが痙攣(けいれん)して、目つきが険しくなった。

「息が弱くなった病人の口をふさげって、あんたは言うのかね。臭い息なら止めてしまえってことか？　病気になったら、もう、いらないというのか。山に祟(たた)られるぞ。鉄砲水で、このあたりの家は粉々になって流されてしまうぞ」

三十年ほど前の大雨で山の反対側の斜面が鉄砲水で崩れて、家々が土石流にのみこまれたことがあった。彼女は黙りこみ、「でも、蚊が」と口ごもりながらつぶやいた。鉄砲水よりも蚊のほうがましだと老人は断言するだろう。

「これから小屋ごと巣を焼き尽くしてやる。巣を失ったスズメバチが、しばらく近くを飛び回っているかもしれんから、くれぐれも池には近寄らないように、あの子に話しておきなさい」

老人の口調には思いがけない親愛の情がこもっている。彼はそれを伝えたくて家を訪ねてきたらしい。

「小屋も焼いてしまうのですか?」

「ああ、あのままだといつ崩れるかわかりはせんからな」

「危ないですよ。火事になりますよ」

「小屋のまわりに木はない。ひょうたん池の真ん中で水にかこまれているから、だいじょうぶだ。ちょっと急ぐから、ここ、通らしてもらうよ」

老人は庭をよこぎり、塀を越えてすたすたと山の方に歩いていく。近所の子どもたちがときどき裏山への近道に使っているのは知っていたが、老人が通るとは思いもしなかった。

「小屋を燃やしたりしたら、きっと消防車が駆けつけてきて大騒ぎになりますよ」

なぜか憎らしくなってきて老人の背中に力まかせに叫んでいた。「ちょうどいいじゃないか」と老人は軽く手をふり歩いていく。胸がざわざわと騒ぎはじめて、彼女は慌てて靴を履き替えて老人の後を追い始めた。

少年が引き返して、薪小屋の方向の山道をたどると再びスズメバチの編隊が頭上に現われた。木々の枝葉のあいだをかいくぐり、薪小屋の方に向かっているようだ。薪小屋に近づくにつれて、のどかな山の大気がぴりぴりとこわばっていく感じがして、そのうちにかすかなぶんぶんとうなる翅の音も聞こえてきた。

有刺鉄線の向こうの池のほとりに建つ壊れかけた薪小屋の雰囲気があきらかにちがう。山の木々にかこまれていつものような静かな光景には見えるが、今にも破裂しそうな危険な気配がただよっている。少年の渦巻く内耳の奥に確かに危険な戦闘機のプロペラ音が響いてきた。ぶんぶんと何千機も、何万機もの戦闘機が、緊急発進の準備をしている。どこかに基地がある。大きな管制塔があり、倉庫も、長い滑走路もある。飛行場には、数限りない機体がびっしりとならんでいるはずだ。

あきらかに薪小屋が怪しかったが、有刺鉄線を越えて敵の領地にしのびこんで偵察をしなければ確かめられない。有刺鉄線にそってゆっくり歩き、地面に近い一本がゆるんで大きなすきまができた部分からするりと敵地にしのびこんだ。

手にしていた柔らかい虫捕り網が、鉄線の尖(とが)った針の先にひっかかったとき、心臓を鷲(わし)摑(づか)みにされ、少年はたちまち要塞に潜入したスパイに変わった。身元が暴かれたなら、敵は容赦はしないだろう。鋭い針が薄いまぶたの肉をつらぬいて眼球を刺し、全身の皮膚は赤く腫れてふくれあがるだろう。スパイへのリンチは凄(すさ)まじい。溶けた蠟人形(ろうにんぎょう)のように変形した死骸を、母さんは息子だとわかってくれるだろうか。

なんとか立ち上がり、静かに敵地の偵察をはじめる。七機の戦闘機が頭上に現われて、薪小屋の方に消えていく。トタン屋根にはいくつもの小石が置いてあった。片面の板壁が失われ、積み上げた薪の断面が見える。オレンジ色をした小さなキノコがびっしりと黴(かび)のように薪をつつみこんでいる。

有刺鉄線の棘(とげ)が金色に輝いているのはなぜだろう。しかも、金色の棘がもぞもぞと動いている。一匹のスズメバチだとわかるまで少年はしばらく見つめていなければならなかった。気がつけば有刺鉄線に止まり木のように蜂がぷらんぷらんととまり無意味に前まわりをくりかえしている。たぶん、新兵の訓練といったところであろう。

ゆっくりと落葉を踏みしめてひょうたん池に近づいていく。乾いた落葉の堆積にくるぶしまで沈みこむ。黒く小さなムカデが這い出して逃げていく。落葉の毛布にくるまっていたテマリムシもあわてふためいている。腐敗した水の匂いが鼻をついた。アカハラが黒い尾をふって音もなく水の底で泳いでいる。数匹のスズメバチの死骸が沈んでいた。夢見るようになんとも静かに満ち足りて死んでいる。触角と脚をよじりあわせて縛られたような格好だ。もしかしたら、訓練で死んだ新兵だろうか。仲間を裏切り、リンチされて、沈められたのかもしれない。彼らは裏切り者に容赦はしない。クメール・ルージュの若い兵隊に撲殺された老兵の顔や、雪の日の反乱で銃殺される青年将校の背中が、水の中を流れる輝く藻のようにゆっくりと頭をよぎっていく。

翅音を聞いたのはそのときだった。あきらかに薪小屋の方から聞こえてきた。スズメバチが薪を積んだ上の方の闇から飛んでくる。少年は細心の注意をして小屋にしのび寄り、板壁を失った正面から中を探った。数珠(じゅず)つなぎに蜂が次々にとびだしてくる。蜂は音符のかたちをしていて乱れたメロディーをかき鳴らした。だんだんと暗がりになれてきた眼に大きな素焼の甕(かめ)を逆さまにしたような巣が見えてきて、思わず息をのんだ。

基地だ、秘密基地だ！

こんなに大きな基地は見たことがない。いびつな球体の内部で数限りないスズメバチが蠢(うごめ)いている気配をはっきりと感じた。

巨大な基地の幻想が心いっぱいにひろがっていく。暗闇に輝く管制塔のなんという美しい光だろう。長い滑走路があり、大きな格納庫には整備中の飛行機がならんでいる。無表情なパイロットが乗りこんだ戦闘機が雲のかなたに飛び立つ。青く澄んだ子どもらの御霊が漂う雲の峰を越え、空の底に上昇して、ふいに市街地に現れて爆弾を落とすのだろう。空襲だ、空襲だ、敵機来襲、敵機来襲、耳がはっきりとパイロットの無線でのがちゃがちゃとクツワムシが鳴くような交信の声も聞いた。

世界は爆撃を待ち焦がれている。

少年は汗ばんだ手をにぎりしめた。

ひとりでこの街を守らなければならない。どんな方法を使っても戦わなければならない。

だれも自分が戦っていることは知らないとしても、孤独にたえて戦わなければならない。さもなければ、世界は邪悪な存在に征服されてしまうだろう。愛や勇気や、やさしさをせせら笑い、身勝手や暴力や、弱いものを踏みにじることが賞賛されるようになるだろう。ほんとうにたいせつなものをなにがなんでも守るのだ。たとえ無力でも、たとえ負けるとわかっていても、たったひとりで全力を尽くして。子どもはいつだって純情で天真爛漫だ。万歳、万歳、ヒットラー・ユーゲント、造反有理、紅衛兵、ホシガリマセン勝ツマデハ！

だが、いくら純真な子どもでも、無意味に玉砕するわけにはいかない。正面からの攻撃がむりなら、密林のゲリラの戦い方で、粘り強く工夫をして戦うしかない。頭を使うのだ。ベトコンのように、真田武士のように、闇にまぎれて音もなく敵を倒すのだ。静かにひとりひとり兵士を倒していくしかない。

少年は小屋の側面にすばやい動きで身を隠した。ちょうど眼の高さに大きなスズメバチが板壁にしがみついていた。なにも知らない敵兵は警戒もなく、長い触角を黒く大きな顎で噛んで手入れをしている。じっと敵兵の様子をうかがって息をひそめる。だれにも気づかれないで、あいつをしとめなければならない。あいつが気がついて騒ぎたてたなら、基地は大騒ぎになり、戦闘機はいっせいに緊急発進してたちまち総攻撃が始まるだろう。

触角をしきりになでつけていた敵兵は、少年の息づかいを感じて、ゆっくりと頭をもたげた。黒い複眼に少年の姿が映った。ほとんど意識しないまま汗ばんだ手ににぎりしめていた虫捕り網をスズメバチにかぶせていた。敵兵はとっさに飛び立とうとして薄く白いネットにくるまれてしまい、なにが起きたかわからないまま、しきりにもがいている。かすかに翅音が聞こえてくる。まずい、黙らせなければならない。戦闘機の大群が爆撃にくるだろう。

黙らせなければ……　とっさの思いつきで網を白濁した池の水に押しこんだ。敵兵を澱んだ水に沈めたのだ。どろりとした水の中で虫捕り網の薄く白い布地が踊っている。濡れて透けてきたネットの中で繭にくるまれたかのように若い兵士がもがいている姿が見えた。痩せた兵士の蒼白の顔が見える。黒く大きな口もとからぷくぷくと銀色の泡つぶがこぼれてきて、白く澱んだ水の中を泡はゆらゆらと上昇して消える。

おれがいったいなにをしたと言うんだ？

確かにしゃがれた兵士の声が聞こえた。

おれがどうして、こんな仕打ちをされなければならないのだ？　おまえはだれだ？

兵士はもがきながら問いかけてくる。少年は心でつぶやいていた。

戦いたくなんかなかったんだ、だれとも戦いたくなんかなかったんだ……

敵兵は大きな顎をねじり、なおも、なにか語りかけてくる。真っ黒な複眼には水の向こうでゆれる少年の姿が映っていた。

おまえもすぐにこうなるだろう。

たぶん、それが兵士の最後の言葉であっただろう。手が虫捕り網をおさえたままふるえる。あいつは苦しみながら死んでいこうとしている。あいつにも母さんがいるだろう、あいつにも父さんがいるだろう。兵士は水に漬けられて、からだをふるわせて懸命に抵抗している。かわいそうだが、容赦はできない。これが戦争だ、これが戦争だ。兵士の動きはだんだんとゆるやかになってくる。大きな複眼にこずえのすきまの青い空が見えるだろうか。水は冷たいか。手に感じていたいのちの気配が消えていく。

しばらくして、兵士は動かなくなった。虫捕り網を澱んだ水の中からひきあげて、薪小屋の柱をかためているコンクリートの上にこすりつける。死骸がコンクリートの上にころんところがった。濡れた触角と脚がよじれ、アーモンドに似たかたちに丸まっている。水が乾いたコンクリートにだんだんとひろがって黒いシミになる。しゃがみこんで敵の兵士の死骸を見つめた。凶暴な顎も、毒々しいオレンジがかった黄色と黒にいろどられたからだも、今は濡れて宝石のように静かに輝いている。

おまえはいったいだれなんだ。もう、黒く大きな顎が動くこともない。複眼が夕日を見ることもなければ、細い翅がはばたくこともない。黄色い輝きもすぐに色あせていくだろう。おまえをこうしなければ、ぼくがやられるんだ、兵士の動かなくなった亡骸（なきがら）に懸命に言い訳をしていた。しかたがなかったんだ、ぼくたちは戦わなければならなかったのだから、しかたがなかったんだ。すまなかった、ほんとうにひどいことをしてしまった……

どんなにかたく眼をつむっても、どうしても涙がしたたり落ちてくる。ほんとうにひどいことをしてしまった。でも、こんなことは歴史の中ではいつも起きたことなのだ。父の本棚から借りた本の記憶を探って自問してみる。やがて、ひとつの決意が胸で輝く。

やはり、殺さなければならない。それが戦争のモラルだ。戦うということは、いつもそういうことなんだ。しっかりと眼を見開いて、薪小屋の軒先をゆらゆらと飛んでいる次の標的となるスズメバチをにらみつける。歩哨の兵士たちであろうか、巣に近いためなのか、すっかり緊張感を失って、大きな黒い顎をゆるめて笑いながらむだ話をしている。これなら狙いやすい。大群を相手にしたら勝ち目はないが、こんなふうに無防備なまま一匹、一匹を、本隊から切り離してしまえば倒すのは容易だ。

まもなくゆらゆらと迷ったように降りてきた一匹が、薪小屋の背後のツバキの葉にしがみついたとき、すっと音もなく手首をひねらせて、虫捕り網をひるがえした。次の瞬間、手品のように白い網の中に囚(とら)われの敵の兵士の姿があった。しのび足で池に近づき、網をふたたび水に沈める。兵士は少年に気がついて前脚を合わせて拝み、タスケテ、タスケテクダサイと懸命に命乞(いのちご)いをしたが、自分を止めることはできない。

ああ、このからだも、心もいつのまにか、殺戮(さつりく)のマシンだ、ロボットだ。もう、なにも考えなくてよい。感じなくてよい。父さんの記憶も、母さんの記憶もだんだんと薄れていくだろう。優れた兵士に必要なのは機械の心だ。母さん、ぼくは立派な兵士になりました……　亡くなる前に一目、この勇姿を見せてやりたかった。

少年は涙をにじませることもなく、淡々と敵兵をとらえては網を池の水に沈めた。ぼくは紅衛兵だ、クメール・ルージュだ、ヒットラー・ユーゲント、万歳と嘯(うそぶ)く。子どもはいつの時代も革命や反乱が好きだ。子どもは復讐を愉(たの)しみ、戦闘機や、戦車や、機関銃を愛する。子どもは純粋な兵士なのだ。甘い蜜をたらふく吸って堕落した古い兵士たちの処刑をどうしてためらうことがあろう。子どもは純粋だ。未来は、ぼくたちの穢(けが)れない手でつくらなければならない。造反有理、革命勝利、万歳！　万歳！　突撃！　突撃！　祖国は今こそ解放されるのだ！　気持ちが昂(たか)ぶって虫捕り網をにぎった右手をあげてひとり勝ち誇った。

　次に薪小屋の裏側の地面を這っていた二匹を捕虜にして、容赦なく水に沈めた。池の端に生えている濃い紫色をした野アザミにむらがる三匹もいっしょにつかまえて淡々と処刑した。薪小屋の柱の根元のコンクリートにころがした兵士の死骸はどんどん増えてくる。キリング・フィールドだ、南京だと妄想をめぐらせながら、少年は薪小屋の板壁に身を隠して、時には頭を低くして、時にはしのび足で敵兵に近づき、なんのためらいもなく彼らを捕らえては水に沈めた。ぼくはベトコンだ、アメリカ兵をゆるすものか。自分が殺害した兵士の死骸を靴の先でころがしながら丹念に数えて、心に刻んでいく。三十を越えたとき、もはや、ためらいはなくなり、五十を越えたあたりで殺戮は快感になり、八十を越えるとなにも感じなくなり、殺戮が百を過ぎると退屈になってきた。

　少年はだんだんと大胆になり、できるだけたくさんの兵士をいっぺんに捕まえようとして、積み上げた薪の陰に隠れて、小屋の隅にぶらさがっている大きな徳利を逆さまにしたような巨大な巣に網を伸ばした。なにも知らないまま這い回っていた兵士たちが自然に網の中に入りこんでくる。まさに一網打尽、大量の処刑だ、収容所だ、ガス室だとわくわくとした気分で胸が躍る。古びて炭のように黒くなった薪にはオレンジ色のキノコがびっしりと生えており、あまりの毒々しさにいくらか逃げ腰になり、よろめいた。精一杯伸ばしていた腕が大きくゆれて、網の先が敵兵が群れている秘密基地を力まかせに叩いたのはその時だった。

ぶんぶんと唸る翅の音や、ざわざわと這いまわる音が消えた。時間が逆転しはじめる一瞬前のように、なにもかもが静止した。静寂の底で敵兵たちがようやく自分を発見して、ついに憎悪が炸裂するのを目撃した。巣に群がっていた蜂が砲弾のようにいっせいに飛び立つ。

瞼(まぶた)に熱い熱を感じて、あたりは白い閃光(せんこう)でなにも見えなくなった。耳や、頭や、首に熱く鋭い痛みが次々に走った。スズメバチが飛び散ったガラスの破片に変貌していく。全身にガラスの破片が突き刺さる。頭をおさえて跪(ひざまず)きながら、空襲だ、空襲だ、とうとう爆撃が始まったんだと思う。母さん、父さん、ぼくはなにをまちがったのですか。ぼくはどんな罪を犯したの？

何匹ものスズメバチが這いまわる麦わら帽子を投げ捨てて、もがきながらひょうたん池に逃げこみ、前のめりに倒れこんだ。母さん、たすけて、ぼくは死にたくないよ。ぼくはなにも悪いことはしていない。肌をめがけてガラス片がさらに次々と吸いよせられていく。肌が燃える、喉が渇く、焼けるようだ、燃えるようだ。腫れた瞼の下から汚れた水をながめた。どろりとした水の表面にたぶん油膜なのだろうか、七色に輝いている輪が見えた。

なんだか別の時間につながるタイムマシンの入口に思えてしかたがない。あまりに喉が渇いてたまらなかったので、とうとう七色の油の輪が浮いたままの水を飲んでしまった。

火炎放射器の炎が穴の奥にたてこもった兵士を焼き、丸焼けになって苦しむ黒ずんだ兵士が穴から這い出してきて転げ落ちる。靴の厚いゴム底が遺骸を無造作に踏み砕いた。沖縄か、とうとう、上陸したんだな、これで戦争が終わる、敗残兵はひとり残らず掃討されるのだ。少年は見た。炎に包まれてもだえ苦しむ兵士の姿を。追いつめられて断崖からぽとぽとと落ちていく無抵抗の人々の姿を。落葉の上を這いまわる白いハチノコを全身防護服をまとった兵士が容赦なく踏みつける。赤ちゃんの白い腸が飛び出して、家族もいっしょに潰れて死んでしまう。

いつのまにか池の端に座りこんでいた。気がつけば濡れたからだ全体からオシッコをもらしたような臭いを放っている。母親がかたわらにしゃがみこみ、片手で背中をさすってくれながら、もう片方の手にはハンカチをにぎって顔の泥をぬぐってくれていた。

母さん、生きておられましたか。

母親は涙をすすりあげながら笑った。

こんなになってもまだふざけるの。おかしな子ね。だいじょうぶよ、もう、心配ないわよ、すぐに救急車も来てくれるわ……

池の反対側で火炎放射器を抱えた兵士が、秘密基地を攻撃している。炎は薪小屋の板壁に飛び火して、トタン屋根の軒先から白い煙がくすぶっていた。

「なにもかも燃やしてしまえばいいんだわ。みんな燃やしてしまえばいいのよ」

母がくりかえしつぶやいている。あのおじいさん、ほんとうに小屋も燃やしてしまうわ、きっと……

ようやく顔を動かして、母の顎のあたりに視線を向けた。たるみかけた喉元はトカゲの喉に似ている。母親は、少年の腫れたまぶたで潰れかけた眼を見た。どう、お母さんが見える？　もう、こんなに刺されて、まぶたも、唇も、ほっぺたも腫れて……

少年はいつかすすり泣きながら、口の中の泥を吐いた。黒いよだれが口の端から落ちていく。どうして、ぼくは戦ってしまったのだろうか。

「だいじょうぶよ、すぐに救急車がくるわ」と母は背中をさすってくれながら答える。なんとか大きく眼を見開いて、池の反対側の薪小屋で、火炎放射器を手にして、秘密基地の掃討作戦を続けている兵士をながめた。

「あれ、だれ？」

少年は一言だけ問う。

「おじいさんよ」

おじいさんと答えられてもしばらくだれかわからなかった。ぽかんとした息子の表情をながめて母はつぶやく。

「山の持ち主の」

少年は少しばかり安堵した。多くの人々は老人がまっとうじゃないと畏れているが、なぜか少年にはやさしい。

「池の中に倒れているあなたを見て、救急車をすぐに呼んでくれて……　いっしょに消防車もよこせって、携帯電話で怒鳴っていたわ。むちゃなおじいさんよ」

火だるまになった巣が薪の上を転がってきて、地面でバウンドして池に落ちた。水に漬かった大きな巣に、防護服の男は草焼きバーナーを近づけて、なおも強烈な炎を浴びせた。

「見てみなさい。かっとなったら、ほんとうになにをするかわからないひとよ。いっそ、池も埋めてしまったらいいのに」

秘密基地が炎に包まれて崩れ落ちていく。格納庫の戦闘機も脚が折れて、翼がもがれ、次々に炎上していく。ひとつの都市が焼き尽くされる。無力な老人もいれば、無垢の子どもも優しい母親もいる。兵士たちともども生きながら焼かれて、だれもが縮んでしまい、ドライフルーツのように黒ずんだ無残な痩せた姿に変わっていく。戦争が終わる。無差別爆撃だ。すぐに世界も終わるだろう。最後の炎は神までも焼いてしまうだろう。

まっとうじゃないわ、あのひと、どうかしてる、なにもかも焼き尽くすわ、山が火事になって、家の方にまで火が来たらどうしよう……、母はなおも放心してつぶやき続けていた。でも、しかたがないわ、あなたに、こんなひどいことをしたのだから。苦しかったでしょう、痛かったでしょう。仇はあの変人が討ってくれるわ。皆殺しにするそうよ、徹底して、やればいいのよ、山なんか燃やしてしまえばいいのよ……でも、家が燃えたら困るわ……、逃げなきゃ。

老人のまわりには、まだ、数匹のスズメバチが最後の力をふりしぼって飛んでいた。最初にどのような方法で駆除したのかはわからないが、飛び回る黒い点々の数はもうそれほど多くはない。孤独なゲリラ戦はむだではなかった。あいつらは滅ぶんだ、秘密基地は焼き尽くされる。待ちに待った援軍が来たんだ、勝利だ、勝利だ、でも、だんだんと援軍も狂っていくのは戦争をしたことがある者ならだれだってわかるだろう。

なぜか後悔に似たものが喉元に迫ってくるのを感じていた。わっと大声で泣いて叫びたかった。強い酸が滲(し)みてくるように耳の後や首の根元が発熱してきて痒(かゆ)い。母さんの指が耳の後あたりを厳(おごそ)かに這い、指が腫れ物に触れると飛び上がるほどに痛い。

「もっと、やさしくして」

母親は息子を見つめた。この子は、まだまだ、子どもだったんだわ、忘れていたかもしれない、いっぱい甘えたい子どもだったんだ……

「痛いのをとってあげるからね」

母の指が瞼の上に残された黒い針をそっとつまみだしてくれる。肌に深くつきささった棘をまさぐり、痛みの源を音もなく抜いてくれる。でも、棘はひとつではない。いっぱい、からだ全体に突き刺さっている。母さんの指はぼくのからだの棘をすべて探すことはできないだろう。

眼を閉じて母の指の感触を感じていた。こんなことは前にもあったと思う。生まれる前にあったことだ。全身に無数のガラスの破片を浴びて校舎の陰に横たわっていたことを思い出した。ぼくはまだ子どもなのにどうしてこんなに酷い目に遭わなければならないの？　ぼくはいったいなにをしてしまったのかな？　もしも、ぼくが知らないうちに悪いことをしたのなら、ごめんなさい、ゆるしてください、だから、ぼくを殺さないでください。

「もう、やめて！」

　ふいに母がかたわらで叫んだ。

「もう、やめてください、もう、なにもいません。危ないから、やめたらどうですか」

　池の向こうで殺戮をくりかえしている兵士からはなんの返事もない。ただ、ぼうぼうと炎を噴射する音だけが響いてくる。

「ああ、ほら、とうとう燃え始めたわ。火事よ、火事になるわ。あのおじいさん、やはり、まともじゃないわ」

　母の声が震えている。肩を抱く手にぎゅっと力がはいるのを感じた。なんとか見ようとしたが、だんだん両目のまぶたが腫れてきて、充分に眼を開けることができない。少年が見たのは遠くで燃える建物の影だった。あたりは焼け野原で地面にはいくつもの窪みができて水が溜まっていた。サイレンの音が聞こえてくる。ああ、来たんだわと母がつぶやく。煙がくすぶる匂いがしてきた。息もなんだか苦しい。ここは爆撃の跡だと思い、燃える天主堂の光景がゆっくりと頭をよぎっていく。

「立つことはできる？　ここにいたら、危ないわ」

母は息子をうながして、手首と脇のあたりに手をそえて立ち上がらせようとした。痛みがからだじゅうの皮膚をこわばらせてしまう。薄い皮膚の下にもぐりこんだガラス片が脂肪に包まれて真珠色に白熱している。ぼくはなにをしてしまったのだろうか。ぼくがどうして戦わなければならなかったのだろう。

閉じた瞼のすきまから熱い雫がにじんできて、わずかに見開くと空はいつになく青く輝き、今にもしずくとなってしたたってきそうな神秘的な光をふくんでいる。黙示録の空、予言の空だ。機械仕掛けの宇宙にはりめぐらされた時空の回路がショートして、過去や未来の子どもたちの叫びや、祈りや、ゆるしてとすすり泣く悲痛な声が響いてくる。大人たちの無意味な戦いにまきこまれて死んでいく、子どもたちのいじらしい罪の意識がよみがえってきた。どうして、ぼくたちはなにも悪いことはしていないのに苦しまなければならないの？

「痛いの？　おんぶしてあげるわ」

母が背中を向けてしゃがみこむ姿がぼんやりと見えた。Tシャツの背中にしがみついて、思い切り抱きしめて、なんども頬ずりをして、母の匂いをいっぱいにかいでみたかったが、なんとかよろよろと自分の力で立ち上がる。

「あのおじいさん、どうかしてるわ。まだ、燃やしている。もう、なにもかも終わったのに、建物を丸ごと燃やしてしまうつもりよ」

まぶたは葡萄（ぶどう）のように腫れてふくらみ、もうほとんどなにも見えなかったが、鼻は焦げた匂いや、煙の匂いを嗅ぎ、隠された眼に、足もとからひろがる赤茶けた廃墟が見えた。瓦礫の中でいくつも煙がたなびき、破壊された大きな教会が燃えている。スズメバチの戦闘機の大群は空襲を終えて空に帰っていこうとしている。爆音の下にひろがる瓦礫の丘に十字架のかたちをした黒い杭が見えた。ゆっくりと足を踏み出してみる。

痛い。

鋭い痛みをからだに感じながら、これから罪を背負ってあそこまで歩かなければならないと思う。もう、ぼくの心臓はモーターではない、熱く柔らかく、赤い血がどきどきと流れていると感じる。

そうだ、忘れてはいけない。救世主はなによりも、大いなる息子だったではないか。ひとつの啓示がゆっくりとおとずれてくる。救世主は、天の父がこの地上につかわした子なのだ。罪もなく死んでいく子どもたちは、みんな救世主なんだ……

少年はこの考えがとても気にいり、腫れた顔を醜くゆがめて、ほこらしい微笑を浮かべた。母は子の不敵な笑いにおののきながらも、なんどとなくよろめく息子にぴったりと寄り添い、何本もの黒い杭がたつ廃墟の丘への道を案内するのだった。

# 煉獄（れんごく）ロック

星野智幸

全裸で走りながら甘城竹三（あまぎたけみ）は、どこからともなく流れてくる黒煙を吸い込み、激しくむせた。煙は刺激が強く、眼球の表面をも痛め、竹三は涙目になりながら、壊れたアスファルトの道のあちらこちらに丸太のように横たわる人間の体を、つまずかないよう注意深く避（よ）けて走った。

転がる人間の体の中には、眠っているだけに見えるきれいなものもあるにはあったが、多くは腹部が大きく破れて袋状の詰め物の形をした内臓があふれ出て黒ずんでいたり、肩のあたりから顔の半分が破裂してえび茶色の粘液に包まれていたりと、損傷が激しかった。そしてそれらの放つ強烈な腐敗臭に誘われて、ネズミや野良猫や野犬やカラスといった鳥獣が、ウジだとか小さな黒く輝く殻の固そうな虫などとともにその腐肉を貪（むさぼ）っている。それらの獣たちは、竹三が走ってきても、ちらりと視線を向けるだけで、逃げようとはしないのだった。

すでに傷だらけであったが、竹三はむきだしの肌をもうこれ以上傷めるのは耐えがたかったので、つまずいて転ぶのは避けたかった。アスファルトの破けた道路には、破壊された一軒家やビルから飛んできた柱や屋根やガラスやコンクリートの破片が散らばっていて、素肌で転ぼうものならたちどころに深く刺さったり切り裂かれたりし、重傷を負うだろう。加えて、これだけの遺体と動物がわが物顔で街路を占拠しているのだから、傷口からは毒性の強い病原菌などが入る可能性が高い。つまり転ぶだけで命を落とす危険性が大きいのだ。

それでも追っ手がいる以上、慎重に足もとを確認して歩くなどという悠長なことは許されない。靴だけでも履いているのは、不幸中の幸いと言えよう。

追っ手たちはまるで狩りを楽しんでいるふうだった。柔軟性と耐久性と通気性に優れた黒く光るジャージ素材の、首から足首までがひとつなぎになっている制服を着用し、一定の間隔を保って竹三を追い続ける。竹三が疲れて転びかけたり速度が落ちたりしても、その間隔は縮まらないのだが、安心して歩き始めたりすると、たちどころに距離を詰めてくる。運動能力に優れた追っ手たちは、時間を掛けて竹三が参っていくよう揺さぶっているのだ。

再び、鼻がそげ落ちてしまいそうな異臭のする黒煙が、竹三の顔に吹きかかった。竹三は反射的に顔を背け目をつむったため、アスファルトの穴のふちを踏んで地面に倒れた。ガラスか小石か、何か細かくて鋭いものが肌のあちこちに刺さるのを感じる。

複数の人間の笑い声がした。顔を向けると、右手の街路の空き地で、伝統的なカーキ色のごわごわした軍服に身を包んだ兵士たち三人が、遺体の山を焼きながら、素っ裸で転んだ竹三を笑っているのだった。

竹三は三人と痛みを無視してすぐに立ちあがり、また走りだす。かん高い音が上空を切り裂いて、まずいと思った瞬間に、竹三の後方で砲弾が炸裂した。竹三は爆風に飛ばされ、前のめりに倒れて路面を滑った。俺の肉も路上に転がるあの遺体たちと同じ運命をたどるのか、と竹三は観念したが、体が止まってもまだ意識はあった。ゆっくりと身を動かし、起こす。胸や腹やももは真っ黒で、どれほどの傷を負っているのかわからない。熱を持った頬に手をやると、べったりと黒い汁が付いた。これは自分の血なのだろう。地面にピンポン玉大の球体が落ちていて、それが眼球だと気づいて竹三は思わず自分の目に手をやった。片目ずつ閉じてまぶたの上から確認し、また開く。両目とも無事である。竹三は安堵して、この目玉が飛んできたであろう、爆破のあったほうを見る。先ほどの空き地には、焼いていた遺体の山が吹き飛んで、腕や足や頭やその他判別のつかない形の体の部分が散らばっている。竹三を嘲笑った兵士三人も混ざっていることだろう。

竹三はまた走る。あたりの崩れたビルの内部や陰から銃声が聞こえても、構わず走る。裸で走る竹三を狙う兵などいない。むしろ、追っ手たちのほうが狙われるだろう。事実、いましがたの砲撃の後、追っ手たちの姿は見えない。しかし、吹き飛ばされるような連中ではない。攻撃を避けて、一時的に身を隠しているか迂回しているだけだろう。

今のうちだと竹三は判断し、なぜか破壊を免れている、あたりではひときわ高いビルの入り口に飛び込んだ。
髑髏の眼孔の内部はかくやと思わせる、がらんとして暗いエレベーターホールを抜けて、階段を駆けあがる。ところどころ、段が崩れている。竹三は二段飛ばし三段飛ばしで上っていく。

フロアは永遠に続くかのようだった。そのまま天に昇ってしまうのではないかと、竹三は不安になった。数えたわけではないが、すでに二十階以上は上がっただろう。にもかかわらず、たまたま落ちていなかった階段のフロア表示が「9」であったときには、足腰が砕けそうになった。黴とほこりと煙の混ざった空気を、荒い呼吸で大量に吸い込んでいるため、気管支の粘膜が破れて血が噴き出そうだった。喉の奥からは鉄の味の唾液が湧きあがってくる。限界に近かった。このあたりのフロアに紛れ込み、部屋に隠れるのがよいかもしれない、と思った。
「1ウ」と表示されたフロアのほうに進みかけたとき、そこから一番近い部屋の扉を開けて中に入る人影が見えた。その影は、短かった。なぜなら、二本の脚と一本の腕しかなく、胴体が斜めに切れていたからだ。竹三はしばらく動かなかった。

竹三の後ろから横をすり抜けて、フロアに入っていく影を見た。手も脚も頭もあったが、腹に穴が開いていた。その影とお辞儀をしてすれ違い竹三のほうに向かってきたのは、明らかに中年女性だった。シャツの袖が破け裸足である他は、どこにも傷は見当たらなかったが、竹三とすれ違いざまにお辞儀をしたとき、頭部のどこかからウジの固まりが落ちた。

竹三もお辞儀を返すと、再び階段を駆けあがる。

上がっている最中にも砲弾はときどき着弾しているようで、地響きとともに階段が揺れた。コンクリート片が剝離して頭上から落ちてくるのに気をつけなければならなかった。俺が上りきるまでこのビルを直撃しないでくれ、と竹三は願いながら、もはや動かない脚を無理やり引き上げる。

酸欠で意識が朦朧として、いつ屋上にたどり着いたのか、はっきりした記憶がなかった。屋上の床に仰向けに倒れ、黒煙にときどき霞む太陽を見ている自分に、気がついたのだ。理由のない愉楽に捉われていて、竹三の顔は笑っていた。

寝返りを打ち、身を起こす。全身が真っ黒で、もはや裸体には見えない。股間が熱を持って、点滅するように疼いている。見ると、先端から血が流れている。ふぐりも破れて、中の腺が見えている。まだ付いているなら追われる意味はあるというわけだな、と竹三は可笑しくなった。追っ手たちの目的はこれなのだから。このまま捕まれば、竹三は公開去勢に処されるのだ。

竹三は公開去勢を一度だけ見たことがあった。金網で囲まれた広場に、男が全裸で杭に磔にされている。刑の執行人が二人、マスクをかぶって現れ、内側に柔突起のようなものが蠢いている筒を、金網の外の見物人に示す。野次馬たちは興奮してかん高くいななく。執行人はその筒を、磔にされた男の紅津にゆっくりとかぶせ、スイッチを入れる。去勢されている最中、男は歪んだ顔をうつむけ、歯を食いしばり、涙混じりの汗やよだれを垂らし、ときおり呻いている。野次馬は息を呑んで見つめる。しばらくして筒が外されると、観衆から大きなどよめきともため息ともつかない声が上がった。紅津はなく、つんつるてんの股間から、短い紐のような白い尿道が垂れ下がっているのだった。

男が歯ぎしりして呻いているのは、痛いからでも気持ちがいいからでもなく、屈辱に打ちのめされているからだ。殺されたほうがましだっただろう。男にとっては命よりも重要な何かが奪われたのだ。竹三は、自分なら泣きもしなければ呻きもしない、と思った。尿道を包む肉がなくなったところで、自分が竹三であることに何の変わりもない。だから、捕まったなら捕まったで、公開去勢が刑罰として自壊するさまを見せつけてやれると、期するところもないでもなかった。

屋上のコンクリートの床はところどころ抜けていて、階下の部屋の内部や共用廊下が覗ける。竹三はその穴の奥の暗がりを視界に入れないよう意識を逸らしつつ、落ちないことだけを注意して、屋上のへりまで進んだ。

屋上に柵はなかった。目立たないよう腹ばいになり、ふちから首だけを覗かせて下界を窺う。煙混じりの大気は霞み、視界はあまりきかないが、それでも街の様子が一望のもとに見渡せる。

街の周縁をなす丘の一つから、金属の鳥のようなものがいくつか飛び立ったり降りたりしている。攻撃を仕掛けているのは、その付近からのようだった。市街地の、丘寄りの街路にはあちこちにバリケードが築かれ、後方に据えられた大砲が丘に向かって砲弾を発射する。バリケードを挟んだ前線では、壊れたビルの陰や廃屋の内部に身を隠した兵士たちが、ときおり銃を撃ち合う。手榴弾を抱えて一人で自爆する者もときおり見られた。自爆の後には、巨大なガムを吐き捨てたような痕が、路面にこびりついている。どこもかしこも黒く煤けて、風景全体を暗くしている。

竹三は、自分のいるビルの真下を見下ろした。追っ手の姿はどこにもない。すでにこのビルに入り、屋上を目指している最中だと考えるべきだろう。道という道には、おびただしい量の人間の遺体が、蛹のようにへばりついている。ビルを囲む街路の歩道を、青い傘を差した者がかたつむりの赤ちゃんのようにゆっくりと滑っていく。その脇を、銀色に輝く車が追い抜いていく。住んでいる人間がいるのかと竹三は驚きかけたが、すぐに先ほどのフロアの影どもを思い起こし、それ以上考えるのをやめる。

においの強いビル風が吹き上がり、竹三の目に砂つぶてを浴びせた。竹三は目を覆って、首を引っこめた。きた。屋上の出入り口にそろった足音があり、生きた人間の気配が強く漂ってきた。竹三は身を起こしてしゃがんだ姿勢になり、見えない目をそちらに向け、いよいよその時が来たと、昂ぶりを覚える。

もはやこれまでだ、と囁く声があった。

今の自分は、これ以上先には行けない。

聞いたことのあるようなないような奇妙な声は、そう言っている。追っ手たちのほうから聞こえてくるのではなかった。

俺は何かに生かされているにちがいない。

その声は頭の中で響いていた。竹三の声だった。竹三の、考える声とは違う、外で話す声だった。竹三はようやく戻ってきた視界に声の主を探すが、むろん、自分がもう一人存在しているはずがない。

追っ手は息がにおうほどに迫ろうとしている。

そいつから逃れるには、逝った後でまた生きているにしても、飛んでみるほか道はない。

竹三の声はそう宣告すると、竹三の尻を強く押した。抵抗する間もなかった。カエルのようにしゃがんだ姿勢の竹三は、脚のバネをきかせて屋上のへりからジャンプした。一瞬ふわっと浮きあがり、すぐに重金属を抱えているかのようなすさまじい重力に引っぱられる。風が顔の皮膚を引きちぎろうとなぶる。目を開けてはいられない。竹三は一本の棒になったかのように、ゆっくりとねじれた回転をして落ちてゆく。頭が下になりつつあるようだったが、はっきりはしない。速度は増し、もはや呼吸もままならない。それは落ちているというより、真空へと吸い込まれていくような感覚だった。竹三はあまりに巨大な重力の前で、自分が木の実ほどの小さな粒にまで縮んでいるような気がした。だからついに地面に衝突し、大きく一度バウンドし、さらにもう一度小さく跳ねて落ち着いたときも、どんぐりが落ちたぐらいにしか思えなかった。どんぐりは地に落ちた程度で潰れたりはしない。確かに頭も肩も脚もちぎれそうに痛むけれど、本当にちぎれているわけではない。竹三はしばらくうつ伏せのまま息を整えると、ゆっくり腕立て伏せをする姿勢で、ベッドから跳ね落ちた身を起こした。

「06:52 Apr.1」という携帯電話の青い光が暗がりに浮かんでいるのが、まず目に入った。ヘッドボードから延びているアーム型充電器に挿した携帯電話に手を伸ばし、07:00に予約しておいたアラームを切る。激痛が走り腰に手をやると、肩から背中にも痛みが疼く。床に体を打ちつけたためというより、極度の緊張で体がこわばり続けていたせいで全身が凝っているのだ。跳ね落ちる前には金縛りに遭っていたのかもしれない。

携帯電話をリモコン機能に切り替え、窓に向けて操作し、液晶カーテンを開く。窓は東に面しており、朝日の鋭い光線が部屋を斜めに切り裂く。竹三は液晶カーテンを少し濃くして、太陽光を遮った。顔を洗い歯を磨き、ジャージ素材の黒いタイトな制服ではなく、体を締めつけない普段着に着替えて、支給された緑色のスーツケースに寝間着をしまい、最後に髪をセットすると、寝台の上方にしつらえられた神棚の神務帝を見上げ、きょう一日の無事を祈念する。寮に入ってから叩き込まれた日課だが、卒寮の日が近づくにつれて、祈りに竹三独自の熱が籠もっていく。これが神意なのだ、神意は人智を越えているから常識に沿うとは限らない、俺はそのイレギュラーな神意に身を委ねようとしている、ぜひともご加護を。

それから新適齢期青年であることを示す緑のキャップをかぶると、携帯のメールを開いて、いま一度、今日の手順を確認しておく。

差出人：教育省生活局施設課
件名：卒寮及び入寮の手続き
送信日時：2008/03/19　11:27
本文：甘城竹三 AT19890907231IKSUD-023@shinshu.go.jp は、2008/04/01、みなしご寮 m35262340-139215660〈捕和駒揚少年寮〉を卒寮する。ついては以下の手順で、卒寮手続きを行い、独身寮への入寮準備を進めること。時間厳守、遅れた場合は入寮不可となる。当日は速やかに部屋を明け渡すために、前日までに荷物の整理をしておく。
07:30　寮内D-2食堂で朝食。
08:00　寮内D-f玄関受付で、自室の鍵を携帯端末より削除し、D門からみなしご寮を退去。08:15に門は閉じる。やむをえない事情を除き、08:15までに門を出なかった場合は、卒寮手続きに失敗したと見なされ、独身寮への入寮は不可となる。
D門を出たら、添付地図1に従って、JPメトロさいまた線の捕和駅まで歩き、下り電車に乗って大営駅で下車。添付地図2に従ってホテル〈Le Grand Prince〉へ行き、10:00に1727号室を直接訪ねる。そこで精密なメディカルチェックを受け、問題がなければ、独身寮入寮資格が与えられる。以降は、保健衛生省より送られるメールの指示に従って行動する。

食堂には誰もいなかった。いつもは五十人ほどで食べる朝食を、最後の朝にたった一人で食べていると、終末の日に自分だけ生き残ったかのようだった。実際には、同じ時間に他の食堂でも一人で食べている竹三みたいな者が何十人かいるはずだった。そして、指定された時刻が来たら、それぞれの門から一人ひっそりと退去するのだ。そのようなセットが朝から晩まで何回も繰り返され、数え年で二十歳を迎えた者たちが卒寮していく。

竹三は、門のところで前の順番の卒寮生とかち合うのを避けるため、八時ぎりぎりに玄関へ行った。

受付には宝田が座っていた。「いよいよだねえ。きのうは泣いたか？」とからかう宝田に、「卒寮式とかないから、あんまピンと来ませんよ」と答え、竹三は携帯を差しだした。宝田はそれをパソコンにつなぎ、キーボードを操作してルームキー機能を削除する。宝田の差しだす端末に手のひらを当てて認証を終えると、「はい、これでおしまい。タケちゃんの居場所はもうなくなりました」と言われた。竹三は「本当にお世話になりました」と頭を下げ、「これ、まじでどうしようもないものですけど、受け取ってください」と、肩に掛けたスポーツバッグからプレゼント包装した小箱を差しだした。

「大人になったじゃないの」とおどけて受け取った宝田は、包装を解いた箱から小さな安っぽい鍵が一個現れたのを見て、「何だこりゃあ」と落胆した声を出した。

「マウンテンバイクですよ、純正プショーの。買ったはいいけど、俺もう乗らないし」

それは宝田が要求した謝礼だったが、打ち合わせどおり宝田は顔色を変え、「そりゃあまずいよ。そんな高いもの、もらえないよ」と鍵を返そうとする。

「いいんです。俺はもう自転車やめるし、持ってけないし」

「そうなの?」

「シンプルに生きたいんですよ、もの持たないで」

「そう? じゃあありがたく受けとっとくか」

「俺が市民になって戻ってこれたら、それ乗って、うち遊びに来てください」

「おう、そうだな。そのときまで預かってるってことにしとこう。それでタケちゃんの子どもに返すことにしよう」

「宝田さんも早く二人目が生まれることを祈ってますよ」

「ああ。こればっかりはな」

「俺が市民になれたら、大納言さんや美千夫とかと飲み行きましょう」

「おう、おう」とうなずきながら、宝田はかすかに視線を泳がせた。やや不穏な、竹三のアドリブだったのだ。

「そんときゃ奢(おご)ってくれよ。じゃあ達者でな」宝田は目で、早く行けと促した。


捕和駅までの道のりは、添付地図1を見るまでもなかった。街道沿いのその道は、サイクル部の練習コースだったのだ。月二回許可されていた寮外練習で一般道を走りながら、そのままコースを外れてどこかへ流れたくなることは、何度もあった。むろん、そんな大それた真似をする部員は誰もいない。コースを外れること自体は簡単だが、携帯電話にはGPSを利用して持ち主の位置情報が記録され続けているということだから、携帯をわざと置き忘れない限り、竹三の行動はつぶさに把握されているはずなのだ。そして、携帯をわざと置き忘れることは不可能である。所持者の生体反応が三十分以上途切れると、携帯からセキュリティーシステムのほうへ警報が伝えられるらしいのだ。あとは通信法違反で、追放を含む厳罰が待っているだろう。

満開の桜並木がドーム状に空を覆う表通りを歩きながら、竹三はワイヤレスヘッドホンを耳に当て、携帯電話の音楽プレーヤー機能をオンにした。流れてきたのは「サイクリング・ロック」。二年前のツール・ド・ラフランスのテーマ曲として、自転車ファン以外にまで大ヒットし、当時は竹三も携帯にダウンロードして頭がおかしくなるほど聴きまくったものだ。その反動で今はまったく聴かなくなっていたにもかかわらず、竹三の頭の中では、きのう加藤美千夫と別れて以降、この曲が鳴り止まない。美千夫が口笛でこのメロディーを吹きながら去っていったからだ。

この五か月間、一日も欠かさず通ったC棟S階段四階の踊り場、通称「飾り窓」に、竹三はみなしご寮最後の日も怠らずに出向いた。たそがれ時であり、金色の濃くなる空を放心して眺めていると、加藤美千夫が「サイクリング・ロック」を口笛で鳴らしながら階段を下りてきた。

「何でメール無視するんだよ?」と竹三は呼びかけた。その前日、みなしご寮の最後の夕飯を一緒に食べようと誘ったのだが、美千夫からは返事がなかったのだ。

「食いたくないからだよ」

「オヤダチだろ。もう会えないかもしれないのに、冷てえ野郎だな」

「いやいや」と美千夫は冷ややかな笑みを浮かべて否定した。「また会うと思うけどね」

あまりに不穏なセリフに、竹三は二の句が継げなかった。携帯電話のセキュリティーマイクを通して、あらゆる会話は記録されているはずだから、これ以上は危険だった。それでじっと美千夫を睨みつけると、「何だよ、偉そうに」とだけ言って、飾り窓に向き直った。「じゃあ、またな」と美千夫は竹三の背中に言葉を投げかけ、再び「サイクリング・ロック」を口笛で吹いて階段を下っていく。

その瞬間から、「また会うと思うけどね」という言葉は、「サイクリング・ロック」のメロディーとともに竹三を呪縛した。何しろ、みなしご寮を卒寮しても自分は追放されるはずだから独身寮には進めないし進む気もない、と明言していたのは、美千夫自身なのだから。それなのに「また会う」とは、どういうことだ？ 俺の計画と関係あるのか？ だとしたら、不吉きわまりない。

年末に美千夫が貸してくれた雑誌「月刊ロードレーサー」のページの間に、美千夫が秘かに書いた手記が挟んであるのを発見し、竹三はそれを布団の中で隠れて読んだのだ。部屋の中でセキュリティーカメラに映らない場所といったら、ベッドの中だけである。そのために竹三は、乾電池と豆電球まで用意した。

手記は小さな紙片を二つ折りしたもので、レモンイエローの極細蛍光ペンを使い、ゴマ粒みたいな細かな汚い字がびっしりと書かれており、暗闇の中での豆電球では読むのにひどく難儀した。発覚したら、書いた美千夫だけでなく、読んだ竹三も追放されるであろう、衝撃の内容だった。

斉とう森也はじつはカンだったことがバレて追放されたことになっているが、それはウソだ。森也は自殺した。どうしておれがそれを知っているかというと、おれが発見したからだ。森也とおれは本当のオヤダチだった。おれたちはときどき保けんえいせい室で本当のことをしゃべった。あいつが女子リョウの女を好きになって、しょうらいを約束したこととかも聞いた。カンだといわれ始めたころ森也は、もうすぐ追放されるだろうからそのまえに死のうと思うといった。それでそのことをおれに知っといてくれという。じつはこのリョウで自殺する人はすごく多いのに、やつらが作り話でかくして、追放されたことにしてしまう。生しょく能力がうすいという理由で追放されたヤサシも、本当は自殺だそうだ。森也はヤサシとオヤダチだったから、ヤサシがリョウの中でタネナシと見なされてシカトされて苦しんで、もう追放はかく実だったから、死ぬつもりだったことを森也は知ってた。だから急にヤサシが消えて、ようかいごにん定されたから追放されたと発表されたとき、ヘンだと気づいた。それで保けんえいせいしどうの山岡に、生しょく能力がうすいなんてどうしてわかる、本当に追放されたのか、としつ問したのだ。山岡は「神意で決まったことだぞ。神意をうたがうのか」といったので森也もさからえなかったけど、そのあとから森也がカンだといううわさが立ち始めて、ハメられたと森也は気づいた。だれもヤサシが追放されたとは思ってないのだ。おかしいとわかってても、タネナシだというウソを信じて、ヤサシをシカトしたのだ。そうすれば自分は追放されないから。「おかしい」とはっきりいった森也はレッドカードだったのだ。それで真実をおぼえててくれとおれに話したわけだ。ヤサシは女子リョウの女とあいびきしようとしたのがバレて、タネナシという言いがかりがつけられたんじゃないかと、森也はいってた。でもおれが思うに、森也もヤサシも理由なんかなくて追放されたのだ。誰でもよかったのだ。そうじゃなければ、なんでおれは追放されないでここにいる？おれが森也のヘヤで死んだ森也を発見したとき、知らせてないのにやつらはすぐ来た。セキュリティーカメラで見たのだろう。たぶん保けんえいせい室でしゃべったことも全部バレてると思う。それでやつらはおれに、このことはだまってろといった。あのガキはニセ神州人だったからずっと目をつけてた、おまえも危なかったけどぶじでよかった、忘れるのが一ばんだと言った。おれも追放されるんだろうなと思った。それなのにあれから2年もここにいる。おれは苦しくなって、やつらのウソを信じかけた。本当に苦しかった。森也が死んでからの生活はジゴクだ。なんども死のうと思ったが、おぼえておくのがおれの役目だから死んだら森也をうら切ると思ってこらえた。ここにいるより追放されたほうがよっぽどマシだった。追放されたらどうなるのかは知らない。オチコボレのリョウに送られるというのも、ウソらしい。それでもおれは追放されたかった。やつらはおれを苦しめるためにわざと追放しないのかもしれない。でもおれはドクシンリョウには行かない。卒リョウして追放されなかったら、自分から逃げるつもりだ。おれは生まれてきたくなんかなかった。でも森也というオヤダチをおぼえておく役目なんだから、やっぱり生まれたイミはあるのだろう。

加藤美千夫

ただツール・ド・ラフランス伝説のサイクリスト、グレッグ・メロンについて語り合えるがゆえに友だちづきあいをしていただけの竹三に、美千夫がなぜ手記を見せようと決めたのか、本当の理由は知らない。森也が消えて以降、美千夫にはもはや友だちがいなかったせいかもしれない。

今思えば、竹三が自然災害に見舞われたかのごとく突然恋に落ちた直後に、美千夫の手記を読むことになったのは、偶然ではなかった。美千夫の手記さえ読まなかったら、「飾り窓」でたまたま見かけて一目惚れ(ひとめぼ)した石沢彩海(いしざわあやみ)にじかに会う手だてはないかと美千夫に相談することもなく、余計な気の迷いとして自分の中で押しつぶしただろう。当然、宝田と大納言の手引きによって真夜中に寮外へ忍び出て彩海と密会することもなかったし、彩海と密会しなければ、いまだにそんな決断をしたことが自分でも信じられないような非現実的な計画に身を委ねることもなかっただろう。また、竹三が恋など知らず、彩海の吐息を間近に感じることの愉楽や、自分を破壊しかねない衝動などと無縁のまま手記を読んでいたら、美千夫を避けるようになっていたかもしれない。いずれにしても、手記を知らなければ今ごろは、まわりの卒寮生と同様、何も疑わずに「市民」となることを目指して適齢期への期待に胸を膨らませていられたはずだ。

つまるところ、どれもこれも神意なのだ、俺は本当の神意に目覚めたのだ。竹三はまた歓喜の発作に震え、「ジーロ、ブエルタ、トゥール！　ロック、ロック、サイクリング・ロック」と「サイクリング・ロック」のコーラス部分を声に出して歌った。

メトロ捕和駅は比較的すいていた。普段なら通勤ラッシュの時間帯だったが、全州的な寮の大移動日であるこの日は祝日扱いなのだ。ホームは、行楽に行くのだろう、子どもを連れた夫婦だらけだった。特に、家族期の終わりが近づきつつある八、九歳ぐらいの子たちが、大半を占めている。駅の構内などというつまらない場所なのに、ほとんどのふざけた親は、子どもがふざけ回る様子をビデオカメラに収めている。あとは、退職した熟年の夫婦たちか、緑のスーツケースを引き緑のキャップをかぶっている竹三のような若者ぐらいしかいなかった。十年間も、十代の男子だけに囲まれる環境にいたから、十代の人間がおらず、子どもか市民の夫婦しかいない場所に出ると、どうにも落ち着かなかった。新適齢期青年がおしなべてキャップを目深(まぶか)にかぶり、人目を忍ぶような位置にいるのは、竹三と同じく、居心地が悪いのだろう。

電車の中も、十歳近くの子どもたちがわが物顔ではしゃぎ回っていて、竹三は少々うざったく感じた。どんな行為が他人の迷惑になり、してはいけないことなのかを教えるのが、家族期の親の義務だったはずだ、と腹を立てた。みなしご期が近づくと一般的に親は感傷的になり子どもを甘やかしがちだということは、適齢期に向けての教習で教わった。その気持ちもわからなくはない。けれど、結局苦労するのは、甘やかされてみなしご寮に入ってきた子どものほうである。子どもは親の所有物ではなく社会に属するという常識を受け入れられず、自立の精神が根づかず、寮での生活から脱落してしまうのだ。親もとに帰りたいという弱さを抱えた子どもは、寮社会の中で自分の役割を追求する気がないものだから、寮生たちから次第に疎(うと)まれていく。

生存能力に欠ける「要介護児」と認定され、みなしご寮から追放されていく子どもたちは、年々増えているという。十年生まで残っている少年は入寮時の八割弱だと、寮の大人たちは言っていた。幼くして追放される子どもほど、家族期の親の育て方に問題があったというのは、公民の教師の分析だ。

竹三の家族期の親はそっけなく、竹三が七歳のときにはすでに、「あんたはうちの子じゃないんだから、わがまま言うなら一人で生きな」と突き放すのが口癖だった。おかげで家族に依存したり幻想を抱いたりする余地はなかった。

実際、竹三は、両親と血のつながった子どもではなかった。何であれ子どもさえ持っていれば夫婦と見なされ市民の資格が与えられるので、適齢期の終わりごろには、子どもの生まれなかったカップルや、そもそも相手もいなかった者たちが、金銭と引き換えに子どもを産んでもらったり、余っている子どもをもらい受けたりして、駆け込みで婚姻届を出す。竹三も、そうして市民の資格を手にしたい男女に買われて、養子となったのだ。

竹三の親は、竹三が小学校に入学したとき、二人目の子どもである泰子を養子に入れて生涯市民の資格を手にすると、自分たち夫婦の家作りに熱中した。すぐにいなくなるのだからということで、子どもたちの部屋はなかった。日常をビデオに撮ってもらうなんてことも、ありえなかった。

ターミナル駅である大宮駅では、ほとんどの乗客が降りた。竹三は携帯でホテルまでの地図を確認する。氷川神営という大きな神営の参道入り口近くだった。

地上に出ると、09:06だった。参道へ続く道には、おみやげ物屋が犇(ひし)めいている。祝日の人出を当て込んでか、すでに店は開いていた。現神州知事である下沢新一の似顔絵が焼きつけられた、「しんちゃんまんじゅう」。神務帝ピンバッジ&ストラップ専門店。神務帝や氷川神営の祀(まつ)り神であるサスノ尾帝のぬいぐるみやTシャツを売る店。各種神話のPCゲーム店。携帯用から据え付けタイプまであらゆるサイズの神棚を扱う家具店。どの店にも、やはり十歳近い男の子や女の子がうろちょろと出入りしている。ここに来ることはもうないだろうと思い、竹三は心惹(こころひ)かれたピンバッジ&ストラップ店で、十分おきに神務帝が皇帝ペンギンに変身するピンバッジと、神務帝のクローン毛髪入りという繊維で織られたストラップを購入した。それから各地の神営周辺でフランチャイズ展開している「ミカド喫茶」に入ると、神事のための作物が作られている畑で取れたというお茶を頼み、ピンバッジを緑のキャップの横に留め、携帯に神務帝クローン毛髪入りストラップをくくりつける。そのストラップを手に巻いて携帯を握ると、自分の運命を導く神意が手のひらにビンビンと感得され、竹三は思わず「ああ、すごい神意だ」とつぶやいた。

手持ちぶさたに携帯をいじくり、所持金をチェックしたところ、予想外に大きな数字が表示されたのは嬉しい驚きだった。明細を確かめたら、今月から給与額が大幅にアップされただけでなく、適齢期支度金なる手当が入金されていた。宝田のためにあの浮ついたブランドもののマウンテンバイクをネットオークションで入札した分の出費など、あっけなく埋まってしまった。

ガラステーブルのモニタースイッチを入れて、ニュース表示にする。静かな湖面に映る風景のように、モノクロ調のニュース映像がうっすらとガラスの表面に浮かびあがる。例によって、ロボットカメラがライブで流し続ける戦場の映像だった。竹三はワイヤレスヘッドホンをまた耳に当て、携帯をチューニングしてニュースの音声を聞いた。

ナレーションによると、きょうは露西亜軍コサッケ兵と韓鮮中央陸軍が寝返り、中華連邦海北閥軍と秘密協定を結んで、神州軍海神部隊を側面攻撃したという。だったら海上戦なんじゃないかと竹三は思ったが、ガラステーブルのモニターに映っているのは、いつもと変わらない荒涼とした黒っぽい平原で、ジャージ素材の迷彩服に身を包んだ兵士たちが、姿の見えない敵が隠れている遠くの丘や草原を銃撃する様子や、コンクリートの廃墟と化したゴーストタウンでの銃撃戦や、殺された民間人とも兵士とも判別のつかない遺体の山が、ジャージ軍服姿の兵士たちによってガソリンを掛けられて焼かれる場面などである。きのうは海神部隊が、露西亜海軍極東守備隊と韓鮮中央陸軍と組んで、中華連邦海北閥軍を追い詰めていたと言っていたから、一気に形勢は逆転したらしい。おとといは確か、神州軍防人部隊と露西亜軍コサッケ兵との連合軍によって、中華のどこかの軍閥と韓鮮南方防衛軍だか南道陸軍だかそんなようなところが組んだ部隊が敗走させられていた気がする。いや、それはその前の日だったか。何にしても同じことだ。教師たちがいつも口にしていたとおり、市民や俺らプレ市民期の未成年は、紛争なんかまったくないかのごとく無視して日常生活を送れるのだから。それは神州軍がこうして戦い続けているおかげなのだと言って、毎日昼休みの食事どきにはこのニュース映像を見せられた。

神州軍は、適齢期に子どもを作りそこない市民になれなかった市外民が、二年間の兵役に出ることで編成されていると、高等課程では教わった。また、一人しか子どもを育てなかった市民も、一年の兵役に出るということだった。けれどそれだけでは兵士の数は足りず、現実には、寮や市民社会を追放された人間たちが職業軍人として中核を担っているという噂だった。

それが本当だとしたら、美千夫は兵士として紛争地帯に送られることになる。もし本当に美千夫みたいな人間が主流を占めているのだとしたら、やる気のある軍隊になるのだろうか、と竹三は思い、映像に映っている兵士の表情を見極めようとした。

モニターにはもう戦場の画像は流れていなかった。代わりに、白装束に身を包んだ初老の男が、講堂でマイクを握っている姿が現れた。アナウンサーは、その人が来週に行われる州知事選の候補、四ツ元寛人という尹勢神営の神従であり、きょうは新湯にある独身寮〈水球館〉で適齢期青年を前に選挙演説を行ったことを報じていた。そうか、俺ももう選挙権があるから投票できるのか、と竹三は気づき、計画の遂行上、投票日が来週ではその権利を行使できないことに少し心残りを感じた。

さらにニュースは進み、懸案だった自由居住区での医師不足に関して、政府集団執行部は昨日、医師免許五年目更新のさいに資格チェックで問題点の見られた医師を、一年間、研修医として自由居住区に派遣することを閣議決定、神務帝の裁可を得たという。映像では、間もなく任期の終わる下沢州知事が、神務帝の肖像画の掛かった千伐田神営内の執務室で、大きな印をついている場面が映し出されている。その古い神州画に描かれた公式の神務帝肖像を見て、竹三は、皇帝ペンギンに変身するピンバッジの神務帝のほうがずっと生き生きして親しみが持てる、と思った。三千年も前の人神に対して「生き生きして」などと感じるのも奇妙だが、竹三はピンバッジの神務帝にこそ息づかいのようなものを感じるのだし、だから心惹かれて買ったのだ。そもそも「生き生きして」いなければ、人としては死んでいるのに神意としてなお統治する、神州元首の役割も果たせないだろう。

竹三はヘッドホンを外し、クッションに深く身を沈めて目を閉じ、改めて神務帝毛髪ストラップごと携帯を握り、暗記しておいた今晩の段取りをおさらいする。よし、とつぶやいて目を開けると立ちあがり、自動レジのスリットに伝票を差し込み、携帯をレジにかざして支払いを済ませ、ホテル〈Le Grand Prince〉へと向かった。
指示された1727号室に着くと、携帯をインターホンのセンサーに当てる。「甘城竹三さんですね?」と、インターホン越しに女の声が尋ねてきて、手のひら認証を行うよう求めてきた。竹三がドアノブを握ると、「認証されました」と声が聞こえてロックが外れた。

部屋の奥の椅子に脚を組んで腰掛けている、髪の長い白衣の若い女を見た瞬間、メディカルチェックを行うのにホテルを使うのはおかしいともっと早く気づくべきだった、と竹三は己の愚鈍さを罵(ののし)った。早く気づいたところで逃れられはしないのだが、心の準備ぐらいはできただろう。白衣の女は「こんにちは。保健衛生医のハズミです」と竹三に微笑(ほほえ)みかけ、「そこで楽にして」とベッドに座るよう指示すると、はたして次のような説明を始めた。

「これから甘城さんには初体験を施します。これは入寮資格者全員に施すもので、義務です。接窟(せっくつ)の方法はすでに保健衛生室で習っていると思いますが、実技訓練を積んでおくことで、独身寮生活をより円滑に進めることができるようになります。また、性的に奥手なために童貞を捨てられず、気後(きおく)れを感じたりいじけていたり自分を卑下していたりしたら、何もしないまま適齢期の二年を終えてしまうことになります。そういう不幸を避けるため、誰もが一斉に同じスタートラインに立つことで、劣等感なく相手探しが始められることも目的としています。この実習を済ませたら、自信を持って文字どおり実りある適齢期ライフを満喫してください」

もう何度となく説明してきたのだろう、事務的な文言をよどみなく言い終えると、ハズミは自分の携帯をリモコンにして窓の液晶カーテンを濃くし、照明を落とし、「じゃあ、甘城君はバスルームでシャワーを浴びて歯を磨いてきて。これはあくまでも練習なんだから、緊張しないでね」と急に馴れ馴れしい口調に変わる。

服を脱ぎながら、竹三は焦りを感じていた。これは本当にただの実技訓練なのだろうか。初体験を施すことには、童貞かどうかを調べることも含まれているのではないか。そうやって入寮資格をチェックしているんじゃないか。童貞にも、色だとか見えない膜だとか、素人には見分けられない徴(しるし)があるのかもしれない。

その一方で、逆らえないことに安心を覚えるような奇妙な気分もあった。それはこの白衣の女が、保健衛生室で見る女講師とそっくりだからだ。きのう、美千夫と別れた後に入った保健衛生室でも、竹三は似たような女を見た。

保健衛生室は一人用の小さな個室で、二十四時間誰でも利用できる。奥の壁が巨大なモニターとなっており、手前にリクライニングの座席が一つだけあって、入室すると自動的にモニターがオンとなり、携帯のリモコン機能を使ってモニター上のメニューを選んでいく。竹三は「オーラル一」のGを選んだ。

照明が消え、モニターに髪の長い白衣の女性が映る。彼女は、接窟の前にはいかに前戯が大切か、それによって気分が盛りあがることが男女とも深い満足を覚える接窟の達成につながること、そのためには男女ともが同じ分量ずつ尽くすのが肝心なこと、その一手段としてオーラルは基本中の基本であること、などを無味乾燥な言葉で説明している。

　それが終わると、「では実技で確認していきましょう」という言葉とともに白衣を脱いで全裸になり、「まずシャワーで汗や汚れを落とします。かけがえのなさを感じるためには汗や汚れの味も大切だという俗説がありますが、一般的には不快以外の何ものでもありません」と説明して、シャワーを浴びる。それから、あらかじめシャワーを浴びてある男に寄り添い、喫を始める。竹三の紅津もゴボウのように盛りあがって色づいてくるのは、このビデオ画像を何度も見てきたがゆえの条件反射だ。保健衛生医の女はときおり喫を中断してカメラのほうを向き、「食べかすや歯垢を舌で探りあててしまうと、たいていは落胆します。ですので、喫の前には歯の裏側まで丁寧に磨いておきましょう」などと解説を加える。

　いくつかのプロセスを経て衛生医は、細かな解説を挟みつつ、生まれたてのハツカネズミみたいな柔らかい紅津を口に含んで転がす。竹三も自分の紅津をもてあそんだが、捨精は避けた。座席に備えつけの吸引器なりくず入れなり流し台なりに精液を捨てると、タネナシかどうかの検査が入ると言われているため、竹三は寸止めするのが習慣となっていたのだ。

　竹三はあの教習動画の中に、童貞を識別する手がかりが示されていなかったか記憶を探ったが、思い当たらない。もはや神意に任せるしかないと腹をくくって、バスルームを出る。

接窟はたっぷり時間をかけて行われた。竹三は、ハズミに紅津をくわえられやけに念入りにしごかれている間や、挿入して限界まで腰を動かし続けたのにさらに激しく速く突くよう要求されたときなど、これが童貞検査なのかもしれないと警戒し、極力ぎこちない反応を返すよう努めた。

竹三なりに最大限の我慢をしたにもかかわらず、二回も捨精をさせられ、竹三は少々捨て鉢な気分になった。こうなったら何回でも同じだと、それまでの受け身の姿勢から積極的に転じようとしたら、ハズミは「もっとしていたいところだけど、時間は限られてるからね、このぐらいにしとこうか。ほんと、よかったよー。私も仕事忘れて、本気で何回もいっちゃった」とわざとらしく教育的に告げて、竹三を押しとどめた。ああこうやって、もっとやりてえという盛りのついた状態に仕立てあげられて、俺たちは独身寮に出荷されるんだ、と竹三は思い、虚脱を感じた。

ハズミがパソコンで竹三の携帯に初体験終了済みの記録を書き込むと、すぐに保健衛生省からメールが届いた。

差出人：保健衛生省青年局施設課
件名：入寮手続き手順

送信日時：2008/04/01　12:49
本文：本日2008/04/01、この通達をもってして、甘城竹三AT19890907231IKSUD-023@shinshu.go.jpの独身寮入寮を許可する。ついては、以下の手順に従い、入寮手続きを進めること。
13:00　ホテル〈Le Grand Prince〉25階のレストラン「氷川」で昼食。
14:00　ホテル〈Le Grand Prince〉地下2階エントランスに停車中のバス〈ルグランプランス号〉に乗車、個室13－C席に着席の上、座席テーブルに用意されているタブレットを服用し、リストホルダーで携帯電話を手首に据えつけ、アイマスクを着用して午睡。14:15までにその作業を終える。遅れた場合は乗車を認めない。すなわち、入寮資格は取り消される。また、タブレットを服用せずに覚醒していた場合、適齢期青年服務規程違反で処罰される。
バスは睡眠中に寮へ到着する。以降は、直接、担当者の指示に従う。

個室席内に涼しい霧が充満し、竹三は目が覚めた。車内放送が「目の覚めた者から荷物を持って下車するように。係員の誘導に従って進むこと」と繰り返している。
竹三は個室を出た。ちょうどそこで列を作っていた眼鏡の女子と目が合い、竹三は緊張して目を伏せた。相手も身を固くして目を伏せ、どうぞ、と列に入るスペースを空けた。

竹三は小声で、どうも、とつぶやくと、その女子の前に割り入り、列の動きに従ってバスを降りた。

いくつものバスからそうして数え年二十歳の者たちが降りてきていた。その半分が女子であることに、竹三は平常心を失った。みなしご寮内はもちろん、家族期の家の中でも街中でもかいだことのないにおいがした。クチナシとかスイセンとか芝を刈ったばかりのグラウンドとかのにおいに似ている。くらくらした。自分を支えているのが精一杯で、できることならこの場で気絶したかった。視線を上げられず、足もとを見て前の者に続く。

竹三だけではなく、どの男子も正常ではなかった。女子にぶつかって悲鳴を上げる者や、こわばって体の自由がきかなくなり転ぶ者、昏倒する者、血を流す者などが相次ぐ。炎天下のアスファルト上の逃げ水みたいな、湿った生ぬるい炎のようなものが、男子たちから立ち昇っているのが、竹三には見えた。

女子は女子で恐慌を来していた。男子から距離を取ろうとし、女子たちで固まり始め、係員に引き離されると緊張のあまり罵ったり泣いたりする者もおり、それが連鎖してあたりはパニック寸前だった。男子のにおいに胸を悪くし、嘔吐する者もいる。敵意が高じて男子に石を投げる者も現れた。誰か一人が走りだしたら、全員がそのあとを追いそうだった。

男女の係員がハンドマイクで「皆さん、ストップしてくださあい」と呼びかけた。

「その場で立ち止まってくださーい。これからスタッフがタブレットを配ります。嚙まずに舐めてください。すぐに気分が穏やかになりますよー。落ち着いたら、スタッフの指示に従って、ゆっくりと寮に入ってください。男女、できるだけ混ざるようにねー。スタッフがいますから、危険はありません。女子だけ男子だけで固まらないでくださーい」

また薬か、と竹三はうんざりしつつ、タブレットを受け取って舐めた。すぐに体が柔らかくなり、体重の何倍もの荷物を抱えてバランスを取っていたような気分は楽になった。においはまだするものの、違和感は薄らいでいる。安堵とともに視線を上げる。皆、顔を上げて、周囲を見回している。女子と目が合ったら、軽く会釈するぐらいの余裕ができていた。相手も笑みを浮かべた。竹三は何だか可笑しくなって、さらに笑みを深くした。その女子も、含んだような笑いをこらえている顔になった。

係員が「じゃあゆっくりと歩き始めてください。焦らないでー、押さないでー」と号令を掛けると、寮の入り口に向かって太い列が流れだした。竹三は背後を振り返った。門にはまだバスが到着し続けている。その門の向こうには、道路を隔ててショッピングモールらしきものが垣間見える。竹三と同い年ぐらいの男女が群れをなして歩いている。

向き直って今度は寮を仰いだ。真上を向かないとてっぺんが見えないほど、高い。エントランスは大きくモダンなガラス張りで、その上に続くバルコニーは奥へ深く切れ込んでおり、豪華なマンションのようである。

空はみかん色に染まりかけている。時刻を確認すると、17:44だった。

人の流れは、地階の奥にある講堂へと誘導された。隙間なく並べられたパイプ椅子に、前から順に座っていく。竹三は女子に囲まれた。前の列の四人は女子だった。両隣も女子だった。後ろに座ってきたのも、斜めまで含めて女子だった。竹三の鼻は敏感に反応した。ファウンデーション特有の粉を吹いたようなにおいに、胸が拒絶反応を起こす。一方の女子たちは、周囲に男子が少ないためか、余裕を持ってあたりを見回したりしている。竹三は身を固くしてうつむいていたが、とうとう右隣から「気分、大丈夫？」と話しかけられてしまった。竹三はうんうんとうなずき、観念して顔を上げた。

「人、詰め込みすぎだよね」と右の女子は同情をにじませて言った。

「わざとでしょう、いやでも話しかけるように」と竹三は答えた。他意はなく、事実を指摘したつもりだったが、右の女子は無表情になった。そのとたん、竹三の左側の女子が笑い出した。竹三はそちらを見た。

「確かに、わざとだろうけど。にしても、性格悪くない？」と左の女子は竹三を指さした。

「暗いよ」と右の女子が竹三を覗き込むように言った。「人が心配してるのに」

竹三はどちらを向けばよいのか、わからなくなった。だから前を向いて、「そうだよ、暗いよ、俺。よく言われるよ」と認めた。

右の女子は不機嫌そうに、ふうん、とだけ言って顔を右に背けてしまった。左の女子は、くすくすと笑った。

「みなしご寮のとき、オヤダチいた？」

「いなかった、って答えてほしいんでしょ」竹三は左を向いて言った。

左の女子は顔をゆがめて笑い、「かわいくないねえ」と言った。竹三は前を向いた。無視しようと思った。

「名前、何て言うの？」今度は右がまた話しかけてきた。

「甘城竹三」

「私は遠藤香月」

竹三はうなずいた。

「気分はましになった？」

竹三はうなずき、「遠藤さんはバスから降りたとき、吐いたりした？」と尋ねた。左が笑ったが、竹三は無視した。遠藤香月は怪訝な顔をしつつも、「吐きはしないけど、びびりはした」と答えた。

「においはした？」

「におい？」

「したよ、男のにおい。動物園とかでにおう、けもののくさいにおい」左が割り込んできた。竹三は仕方なくそちらを向き、「男はけものくさいって、いかにもありがちな言い方だよね」と言った。

左はその嫌味を受け流し、「北条春夏」と言って手を差しだした。竹三がぼんやりとその手を見ていると、「握手をしよう」とまじめに言う。竹三は指だけを触る形で軽く握手をしながら、周囲を見渡した。あちらこちらで同じような出逢いの会話が交わされ、さざめきが分厚い層をなして会場を覆っている。男女が下心むき出しの笑顔で盛りあがっている場合もあれば、女同士、男同士で意気投合している者もいる。うちとけるきっかけをつかめず、一人、自分に集中しているふりをしている者たちもまだ大勢いる。竹三の前では、女子三人がおしゃべりに興じていた。それとなく探してみたが、視界内に彩海の姿は見当たらない。

「部活とか、やってた？」遠藤香月が聞いてきた。

「男子は全員、体育会系、強制なんだよ」

「知ってる。女子も同じだし。で、何部に入ってたの？」

「陸上部でしょう？　球技苦手そうだもん」と北条春夏も割り込んでくる。

「まあそんなとこ」と竹三はおざなりに答えた。両側が盛りあがろうと努めるほど、竹三の気分は沈降していく。早くこの場から消えたいと思ったが、入寮式はまだ始まってもいない。

西野寮長が壇上に上がって挨拶を始めたとき、時計は18:18を示していた。年のころは四十前後、オリーブ色のタイトなスーツを着こなし、細面（ほそおもて）で彫りが深く濃く、よく日に焼け、口ひげをきれいに刈り込んである。そんなラテン系の映画スターを思わせる寮長が、バリトンのよく通る声で語り始めると、会場にねっとりした息が充満していくのを、竹三は感じた。

適齢期の二年間は、人生で最も輝く時期だ。男も女も、その色っぽさが全開になる。異性を誘惑する必要があるからだ。君たちは今、十年の禁欲から解き放たれ、異性を前に初めての発情に身を震わすケモノだ。檻(おり)から出されて猛進する、闘牛のウシだ。これからの二年間を誘惑のためだけに生きるのだ。身も心も全開で誘惑に乗らなくてはならない。失敗を恐れてはいけない。欲望に身を任せよう。駆け引きを楽しもう。そうやって、人はいい男、いい女を磨いてゆく。適齢期にその努力を怠った者は、一生、色気とは無縁の暗い人生を送る羽目になろう。かけがえのない二年間を蕩尽(とうじん)し倒してくれ。命の限界ぎりぎりまで迫って、快楽を貪ろうではないか。

そうすれば君らも私のような色気むんむんのダンディーになれるだろう、と竹三は思わず北条春夏に声に出して言いそうになった。西野寮長がケモノだのウシだの言うたびに、北条春夏は笑いを押し殺した顔で竹三を見てくるのだった。竹三も仕方なく、西洋人っぽい大仰な仕草で、呆(あき)れたり驚いたりといった反応を返した。すると北条春夏も、目を寄せたり歯茎をむき出したりして、変な動物の顔を一瞬作ってみせる。今度は竹三が笑いをこらえる。その秘かなやりとりは楽しくないこともなく、竹三も北条春夏が好ましく思えてきて、体の奥がむずむずと蠢き始めたりもしていたのだが、北条春夏がこれ見よがしに潤んだような熱っぽいまなざしを送っているのに気づいたとき、竹三は冷静に戻ることができたのだった。

続いて、保健衛生省の役人から規則についての説明があったり、先輩寮生から、このあと同じ会場で19:30より新歓立食パーティーがあるので絶対参加してくださいなどとお知らせがあったりして、式は終わった。

話しかけようとする両隣の機先を制して席を立ち、スタッフの説明に従って、古い携帯電話を適齢期専用の新しい機種に交換する。より高性能なセキュリティーマイクとセキュリティーカメラが仕込んであるのは一目瞭然だった。すでに通達メールが届いており、竹三の部屋は〈蹴球館〉3号棟1113号室だった。メールの指示に沿って部屋のキーをダウンロードし、生体認証機能を備えたドアノブに両手のひらとも登録すると、扉が開く。

部屋は、一人で住むには十分広い寝室とダイニングキッチンの二間だった。バルコニーに出ると、暮れなずむ街が一望のもとに見渡せる。みなしご寮と同様、独身寮も、内部で完結した生活の送れる独立した学園都市で、寮生は許可なく都市外に出ることはできない。

ただ、その規模はみなしご寮の比ではなかった。一対の軍艦のような建物の中に、男子寮と女子寮、及び教室が入り、小さなショッピングセンターが隣接し、あとはグラウンドなどが囲んでいたみなしご寮は、自転車で移動すればはしからはしまで十分程度だった。見晴るかすばかりイルミネーションに包まれたこの独身寮は、二人乗りのバイクだらけで、ときおり車も走っている。おそらく、この敷地内にいくつもの寮と校舎が含まれているのだろう。

派手やかなパネルビジョンやイルミネーションは、ここが歓楽都市であることをあからさまに示す。寮のすぐ近くのパネルビジョンに、避妊具の広告として、本物の紅津に女が津津かぶせを装着する映像が流れているのには度胆を抜かれた。モデルのように洗練された男女がはじける笑顔で接窟している画像広告なども、あちこちに見られる。竹三には使用法の見当もつかない、接窟にまつわるさまざまな器具のコマーシャルも、音声、映像を問わず流れている。それらの音声や音楽や住人たちのざわめきが騒がしかった。みなしご寮ではありえなかった、男女のグループの嬌声や笑い声がやたらと耳につく。

竹三は体の芯から疲労を感じた。この建物の中だけでも、何百人という女が、男と混じって生活しているのだ。「飾り窓」しか知らない新適齢期青年にとっては、展開が急すぎる。補助輪なしの自転車にやっと乗れるようになった子どもが、いきなりツール・ド・フランスに出場するようなものだ。

ほんの二十四時間前にはそこに立っていたのに、竹三は飾り窓を懐かしく思った。飾り窓には憧れと未来だけがあって、幻滅や失望とは無縁だった。

「飾り窓」ことC棟S階段四階踊り場は、壁が全面ガラス張りになっており、境界越しに数メートルの距離を隔てて建っている女子寮の、同じくそこだけ全面ガラス張りになっている踊り場と向かい合い、双方の姿が見られる。ガラスは分厚く、開かないので、声や音は聞こえない。

それぞれの寮生にとって、そこは生身の異性を目にすることができる唯一の場所であった。高等課程に属する十六歳以上の寮生であれば誰でも立ち入れることになっていたが、実際には、飾り窓などに行こうものならたちまち「津抜け」認定され、この踊り場以外、居場所がなくなるのが暗黙の掟だった。

去年の十一月に、竹三があえて危険を冒してここに来てみたのは、夏休みが明けて以降、陰気さを増すばかりの美千夫が、授業をサボってここで過ごしていることを突き止めたからだ。美千夫に誰か窓女でもできたのかもしれないと睨んだのだが、授業中では女子寮側の飾り窓には誰もいるはずがなかった。「誰もいないからいいんだ」と美千夫は言った。「俺はどうでもいいけど、タケはやばいだろう」と美千夫が気を遣い、授業が終わって誰かに目撃される前に踊り場を去ろうとしたとき、竹三は女子寮側の飾り窓に人影を認めた。何となくそちらに顔を向けた瞬間、竹三は激しく驚愕して、体がこわばった。何に驚いているのか、自分でもわからない。そこにいるのは普通の女子なのに、じつは女子に似た新種の生物を目撃しているような、女子そっくりに化けているのにどこかが決定的に間違っている宇宙人に出くわしたような、そんな驚きだった。

相手は竹三の目をじっと凝視していた。竹三は視線に釘付けにされて、動けなかった。美千夫が乱暴に腕を引っ張らなかったら、竹三のその醜態は寮生に目撃されて、津抜け認定されていただろう。

「馬鹿じゃねえの」と美千夫は腹立たしげに言った。「あんな無津に津抜かれちゃってよ」

「津抜かれてねえよ。あっけにとられただけだよ」

「みんなそう言うんだって。何が起こったか、理解できないもんだからさ」

「何も起こってねえよ。何かおまえ、偉そうじゃね？　経験者なんだろ？　美千夫、じつはもう津抜けなんだろ？」

「俺は女に興味はない。でも、タケはここに通うようになるね、ヤサシみたいにさ。あの無津もここに通って、タケが来るの待つんだよ」

「俺は津抜かれてねえっての」

そうして竹三は、その女子と激しい恋に落ちたのだった。

すぐに津抜け認定されたのをこれ幸い、竹三は時間のある限り、飾り窓にいた。相手も必ずそこにいた。名前すらわからなくても、ただ見て見られるだけで胸がいっぱいだった。見るということがこんなにも幸せであることに、驚き続けた。長い時間、ひたすら見つめ合った。信じられない幸福に満たされていた。この瞬間が永遠に続いていれば、それでいいと思っていた。

にもかかわらず、二週間もたつと、竹三はガラスを破りたくなっていた。ノート一ページに一文字ずつ書いて、窓越しに筆談もした。しかし、名前を交換したり、相手への好意を慎ましやかに表明することはできても、携帯の番号やメールアドレスを交換したり、逢い引きの相談をしたりといった、寮のルールを破るようなやりとりは、セキュリティーカメラに記録されている以上、できるはずがなかった。

それでも何かをせずにはいられず、焦れていたときに、美千夫が例の手記を竹三に読ませたのだった。その返答として竹三が、女子と密会する手だてを知らないかとメモを通して美千夫に相談したのは、手記の内容に感化されてのことだと、今ならわかる。とはいえ、竹三は募る思いを持てあまして誰かに打ち明けずにはおられなかっただけで、本当に密会が実現するなどとは思ってもいなかったし、ましてや二回も逢い引きを重ねたなんて、今でも現実に起こった出来事だとは信じがたい。

最初の逢い引きは、年明けの凍りつくような真夜中に敢行された。美千夫の手配により、竹三は宝田のバイクの後ろに乗って男子寮を出て、大納言のバイクに乗った彩海と、郊外の休耕田のただ中にある納屋で落ちあったのだ。墨の沼に沈んだかのように闇は深く、空気は凍てついていた。あらゆる逆境が二人の密会を濃いものにしていた。

バイクの音が遠ざかって完全に耳から消えたとき、竹三は彩海のほうに、座ろうか、と囁いた。彩海は、うん、と言って体を密着させてきた。竹三も彩海を抱き締める。闇の中で感情だけが渦巻き、ぎこちなく体を駆りたてる。姿の見えない彩海の、初めて耳にする声が、吐息の香りが、熱を持った肌が、愛おしかった。

すべてを終えたとき、彩海は「もう引き返せないね」とつぶやいた。

このままみなしご寮には戻れないという意味なのか、一線を越えたから自分たちは夫婦になるのみだという意味なのか、竹三には判断がつかなかったが、気持ちを理解できないやつだと思われたくなくて、竹三は「そうだね」と曖昧に相づちを打った。

すると彩海は竹三の胴に巻きつけていた腕をぎゅうっと締め、「やっぱり竹三もそういう覚悟で来たんだ」と嬉しそうに言う。

返事に窮した竹三は、ふふふ、とできるだけ優しそうな声で笑った。

「ショウウィンドウに毎日来るなんて、他に居場所がないんだろうから、同類だと思ってたよ」

「ショウウィンドウ？　ああ、飾り窓ね」

「でももう私たちには自分たちだけの居場所があるもんね」

「この納屋のこと？」

「それもそうだけど、お互いだよ、お互い。竹三が私の居場所」

竹三はそのセリフに体の芯がとろけるような興奮を覚え、「俺だって、同じだよ」と息を荒くして囁き、彩海の耳を舐めた。彩海は官能的に笑って、始めようとする竹三を制し、「逢い引きが決まってから、この二人の場所をどうやって守ればいいのか、ずっと考えてるんだけど、これがなかなか難しくて」と本題に戻った。

竹三はその言葉の意味がわからず、しばし黙って考えた。そして、要するに二人で一緒に居続けられるにはどうすればよいのか、という間近に迫る難問だと合点がいった。

「そうだよなあ、同じ独身寮に進めるのかはわからないんだもんなあ。何らかの手を打たないと」

竹三は、まずは美千夫を通じて宝田らに相談してみるか、などと考えた。だが、彩海は怪訝そうな声で、「でも私は独身寮に入りたくないんだけど。もう引き返せないし、引き返したくないし」と言った。

「ってことは……」と竹三は言葉を切って、彩海が継ぐのを待つ。

「逃げるに決まってるじゃない」

やはりこのまま寮に戻らずに脱走するという意味だったのか。竹三はまったく想定していなかった事態を目前に、なすすべもなく茫然とする。脱走しても逃げおおせるとは思えず、捕まれば追放されて、二人でいることすら叶わなくなるだろう。竹三には正攻法以外の早道は考えられなかった。

「でもうまく一緒の独身寮に入って、さっさと子ども作って市民になれば、俺たちだけの生活を始められるわけだし」

「竹三は市民になりたいの？」彩海の声は冷たい。

「市民じゃなくても、二人が一緒にいられる方法があればいいけど、今のところ市民が確実かなと」

「わかってる？　私たち、もうアウトローなんだよ。無法者なんだよ。携帯を置いてみなしご寮を無断で抜けだして適齢期前に接窟したんだ。市民にはふさわしくない非適格者だよ。でもそうなりたいから、逢い引きしたんじゃない。竹三も同じ覚悟で臨んだって、今さっき言ったよね？」

「それはそうだけど」

「ショウウィンドウしか居場所のなかった人間が、独身寮で楽しめると思う？　独身寮で勝った人間が、市民になるわけでしょ。二年間、ずっとそんな勝負の毎日だよ。それで子どもができずに負けた人は兵役だなんて、冗談じゃない。私は拒否したい」

激しい剣幕で適齢期を批判すると、彩海は自分がみなしご寮でいかに死んだも同然だったかを話し始めた。それは美千夫の手記とそっくりだった。
曰(いわ)く、オヤダチだったキノコが、まったく理由のわからないまま急に自己中心的な「高(こう)慢窟(まんくつ)」と認定されて、その一挙手一投足を報告するメールが刻々と流され始めたのが、夏休み明けのこと。ひと月後には、寮の医療チームからも要介護認定を下され、追放は時間の問題というところで自殺した。彩海はキノコの自室で、手首を切った遺体が赤い水の溜まった浴槽に浸かっているのを発見した。彩海はそのことをクラス内外の友だちにも話したが、高慢窟と認定されたキノコが頻繁に自切していたことは周知の事実で、ああ、ついにね、といった冷淡な反応しか得られなかった。にもかかわらず寮側が、「調和障害」により神意の読み取りに難があるため施設を移ったと発表すると、とたんに寮生たちは、あの子は神意読めなかったから追放も仕方なかったよね、などと、言うことが一変したのだ。彩海が自殺を主張すればするほど、彩海のほうが心を病んだ幻覚持ちであるかのように言われ始めた。

　ことがそこに至って初めて彩海は、今まで消えていったクラスメイトや棒術部の仲間が、じつは同じようなケースだったのかもしれないと疑った。そして、自分もその他大勢と同じく、支離滅裂な反応を示して当事者を追い込んできたことを自覚した。

　クラスや部活にいるのが苦痛でいたたまれず、空いた時間には、はみ出し者たちの吹き溜まりであるショウウィンドウに来て、向かいの男子寮の踊り場を、まるで異国であるかのようにぼんやり眺めるのが習慣になった。すぐに「好津女(こうづめ)」認定されたが、気にせずにいたら、彩海の好津女認定の先頭に立ち、彩海がいかにショウウィンドウで男子を悩殺しているかをブログで執拗に描写していたマキナが、突然「劣」と認定されて消えた。寮からは「追放」と発表されたが、彩海はマキナも自分で死んだのだと思っている。システムの秘密に気づいてしまった自分は間もなく追放されるだろう、と彩海は覚悟したが、そうはなっていない。

「消えていくのに理由なんかない。偶然の成り行きで神意が動き始めて、追いつめられて、死んだら追放されたことにされる。竹三もわかるでしょ。男子寮だって消える人、たくさんいるでしょ。竹三もその仕組みから脱落して、ショウウィンドウのところで背を向けてたんじゃないの？　こんな人生、踏みはずしてもいいと思ったから、こうして会ってるんじゃないの？」

　竹三は深くうなずき、加藤美千夫の手記のことを話した。話しながら、俺はやはり神意によって救い出されようとしているのだ、と自信が湧いてくるのを感じた。その自信は彩海との恋愛感情にしっかりと裏打ちされ、どうして自分はにわかに脱走へと巻き込まれる羽目に陥っているのだろうかという疑問を、あっさりと駆逐した。

「気づいている人が男子寮にもいてくれて何だか嬉しい」と彩海は言い、竹三はかすかに美千夫に嫉妬を感じ、自分も同じぐらいよく理解していることを示さねばと思い、「俺も独身寮を拒絶するよ」と宣言した。

「自分の死を、自分に取り戻すよ」

「そうなの！　それが必要なのよ。死んでも死んでないことにされて、死は奪われてしまう。自分が自分になるためには、死ぬ権利を取り戻さないと」

「だから俺は命の危険を冒して、脱走する。彩海と一緒に」

彩海は答えずに、濃厚な喫を返してくる。俺は今、神意のど真ん中にいると竹三は震える心で考える。

「それで、ここからどっちへ逃げる？」

竹三の問いに、彩海は「へ？」と言ってから、笑い始めた。

「そんな自分の脚だけでやみくもに逃げるわけにはいかないでしょう。逃げるなら周到に段取りをつけないと」

やはり竹三が考えていたとおり、宝田や大納言に相談してみるという。こんな大胆な密会を実現させられるのだから、かれらならもっと大がかりな逸脱にも手を貸しているはずだと彩海は言い、竹三も「そんな気がする」と同意した。

そして二回目の逢い引きが実現したとき、彩海は独身寮へ入寮した日の晩に決行と告げてきたのだ。宝田たちの情報には、竹三と彩海が同じ独身寮〈蹴球館〉に入ることが明示されており、背後には有力な結社か何かが控えているのが窺えた。

段取りは以下のとおりだった。入寮当日の晩には夜通し続く新歓パーティーがあり、大量の残飯が出る。その残飯ゴミの収集が、翌朝08:00ごろに行われる。残飯はコンテナごと自由居住区へと運ばれるので、07:00前までにコンテナ内に潜んでおく。運搬の途中でチェックが入るが、形式的なもので、ゴミ収集車の運転手も協力者なので、心配はいらない。到着したら、現地のシンパが手引きしてくれることになっている。

あと十二時間のちにそんな大胆な行動を起こしている自分の姿など、竹三は思い描くことすらできなかった。本当にそれは俺の話なのだろうか。誰か俺とそっくりの、甘木竹二とかそんなやつの人生なんじゃないのか。

放心している竹三の目に、夕暮れの丘の稜線が映る。稜線はバルコニーから見える限りの地平を切り取っている。この独身寮は丘に囲まれているわけだ。目を凝らせば、寮を囲む外壁の外側にはひたすら原野が広がっていて、灯りはまったく見えない。住宅街のただ中にあったみなしご寮〈捕和駒揚寮〉より敷地ははるかに広大だけど、周囲からは完全に隔離されている。それだけ脱走を試みる者たちが多いということなのだろうか。囲いの中でひたすら接窟に励め、ということなのだろうか。

竹三は念入りにシャワーを浴び、歯を磨くと、できるだけ地味な服を着た。ベージュのチノパンにピンクのボタンダウンシャツ、それにオリーブグリーンのツイードのジャケットを羽織る。それから脱出時に着る、丈夫で汚れに強い服を用意しておく。さらに、リュックサックに三着の着替えと防寒具、折りたたみ傘、万能ナイフ、ハンドタオル三枚、カミソリ、爪切り、耳搔き、ポケットティッシュ、目薬、リップクリーム、のど飴、常備薬一式、手帳などを詰めた。食料など足りないものは、のちほど彩海と落ちあってから買うことになっている。本当に無事、落ちあえるのかどうか、今はそれだけが不安だった。

どんな展開になるのか想像のつく新歓パーティーに顔を出す気力が湧かず、しかしパーティーのメイン会場で彩海と落ちあう約束をしている以上、行かないわけにもいかず、竹三は半時間ほどぐずぐずしたあげく、ようやく重い腰を上げて階下へ下りていった。

会場はすでに参加者たちであふれかえっていた。これでは彩海を探すだけでも一苦労だと、開始時刻前に下りてこなかった自分を呪った。入り口でグラスのシャンパンを渡され、そうだったアルコールもきょうから解禁なのだと気づくものの、酒を楽しむ気にはなれないのでただ持っていたら、するすると人混みを掻き分けて遠藤香月と北条春夏が寄ってきて、「乾杯、成人おめでとう」と、自分たちの持つグラスを竹三のグラスに当てた。待ち伏せてやがったのかと胸の中では舌打ちしたが、表面では「おう、おめでと」と応じて笑顔を取り繕う。

「にしても、暗くない？　その服装」と春夏が竹三をからかい、「君らしいけどさ」とつけ加える。その春夏は、これ見よがしに胸もとを開けたパープルの開襟シャツから胸肉を大きくはみ出させている。香月のほうは、アオザイみたいな体にぴったり貼りつくドレスで、その細身のスタイルのよさを強調している。このため二人は、たった今しがたまであれやこれやの男たちに言い寄られまくっていたという。「待ち合わせをしているんで」と断っていたら、一人の男がいきなり春夏に抱きついてきて、すぐに寮の先輩が駆けつけてその男を拳で殴り倒し、気絶した男は運ばれていって、それからは言い寄り方も穏やかになったのだそうだ。

竹三は「申し訳ないけど、ぼくもちょっと人と待ち合わせをしてるんだよ」と言った。二人は「えー」と不満げな声を上げはしたものの、「まあ、お邪魔はしませんよ」と案外素直に引き下がった。

彩海を求めて、竹三は口説き乱れる男女の群れに分け入った。意志を強く持たないと気を失いそうだった。竹三の顔のすぐ間近で、唾液を滴らせながら目をつむりべろべろと舌を舐め合っている男女がいた。並んで腰を抱きグラスを傾けつつ、股間をなで合っている二人もいた。冴えない容貌の男二人が、やはり冴えない女に両脇から密着し、胸を揉んでいる。そのうちの一人の肘が竹三のみぞおちに入り、竹三は一時的に呼吸が止まった。抱き合って密着していた別のカップルが離れたとき、女の肩が竹三の腕にぶつかり、竹三はグラスを落とした。

彩海の姿や声を捉えるために、目と耳の神経を研ぎ澄ますけれど、唸りのようなざわめきと一方的な触り合いばかりが視覚聴覚を占領して、竹三はたちまち疲労の極に達する。

何とか会場をひと巡りしたものの、彩海は見つからなかった。息が苦しくて会場を出たら、そこでまたしても香月と春夏が待ち受けていた。

「お連れあいとの用はもう済んだの？」と一人で出てきた竹三に、春夏が卑猥な暗示を込めて言った。

「こんなに人がいちゃ、会えない」

「だったらしばらくおしゃべりしてようよ」

竹三はウーロン茶のグラスをもらって一息に飲み干した。同時にガラスの割れる音がし、悲鳴が上がり、あえぎ声がリズムを刻みだした。あたりは瞬間的に静まりかえった。あえぎ声の源が際立つ。会場の隅に寄せられたテーブルの上に女が仰向けになってショーツだけをおろし、立った男がブランドもののスーツのファスナーを開けて女に突き立てている。その下には割れたグラスが散らばって、男が前後するたびに、革靴に踏まれたガラスの破片がキュ、キュと音を立てる。すぐに静けさはもとのざわめきに覆われた。竹三は「少し外を歩かない?」と二人に提案した。

寮の門を出ても、思いのほか人は多かった。まばゆく輝いているのは、ファンシーなイルミネーションにふち取られた遊園地のアトラクションだった。二人がそちらに興味を示すので、竹三はついていく。

道すがら、露店で焼きそばやらホットドッグやら綿あめやらを買い込むと、観覧車に乗って食べた。食べたばかりでゲロを吐くからと乗り物はもうやめ、ロックバンドが大音響で演奏している野外劇場へ向かった。

会場は座席が取り払われ、オールスタンディングで踊りまくっている。食べたばかりなのにと竹三は思ったが、二人につられてしばらく踊った。踊りながら香月が、「甘城は接窟したくないんだ」と言った。竹三は「そうじゃなくて」と反論しかけて、ふと気づき、リストホルダーで左手首に固定している携帯電話を外し、マイクを内側にしてズボンのポケットに突っ込み、首の仕草で二人にも倣うよう促した。二人も携帯をしまった。竹三はにこりとし、「養鶏場じゃないんだから、つがえと言われてつがえるかってんだ」と言った。この大音響なら、さすがにセキュリティーマイクも竹三の声は拾えまい。

「じゃあ甘城は、接窟するなって言われたら、接窟するんだね？」

春夏の追及は意外に鋭く、竹三はわずかにうろたえた。

「みんなが目の色変えて一斉にしているときに、一緒になってしなくてもいいでしょう。大会じゃないんだよ」

二人ははははと笑い、「事実上、大会だから。市民大会」と香月が言った。春夏が「最初から打ちあげ」と突っ込む。

「なんか、やじゃない？　接窟してるのは誰か、って考えちゃうんだよ。俺が今したとしても、それは俺が接窟してるんじゃなくて、接窟しろとけしかけてる誰かがしてるんだよ。俺の接窟を、そいつが横取りしてるようなもんだよ。不自然だ」

「よくわからないな。自分の好きな相手としたくて、その相手もしたくて、両方が満足できたら、それでいいんじゃない？」香月がまじめな顔で言う。

「だって、ここで接窟できないやつもいるんだよ。独身寮に進めなかった人たちが。どうして進めなかったかって考えると、みなしご寮の時代に蹴落とされてるからでしょ。独身寮でも、子ども作れなかったら蹴落とされるわけだ。そんな、卵みたいに子どもころころ産める？　絶対に子ども作る自信、ある？」

「なんか感じ悪い言い方」と春夏。

「そんなのやってみなきゃわからない」と香月も憮然と答える。

「やってできなかったら、落ちこぼれても仕方ないと思える？」

「それもそのときに考える。養子っていう手もあるし、現実には養子もらって市民になる人が半分ぐらいいるっていうじゃない」香月は苛立ちを隠さない。

「つまりね、何人もの同級生や同窓生を追放したり死に追いやったりした人こそが、市民の資格を勝ち取れるんだよ。一人子どもを作るまでに、いったい何人を葬ればいいのか、知らないけどさ、接窟すればするほど人が消えていくようで、俺は嫌なんだよ」

滔々と語りながら竹三は、今ここで彩海が俺の主張を聞いていたら感動するだろうなと思い、得意満面の笑みが広がるのを感じた。俺は神意のおかげで神憑っている。俺は彩海を何と理解しているのだろう！

「じゃあさ、甘城は何でここにいるの？」香月が冷たく聞いた。

「それは、成り行きでしょう」

「嫌ならやめればよかったじゃない。成り行きのせいにしてここに来といて、成り行きで接窟するのは嫌だなんて、甘えてない？」

「やめられないでしょうが。来るか来ないかなんて、選べないでしょうが」

竹三は自分で言っておいて苦しくなってきた。この苦しさから逃れるには、本当のことをぶちまけるしかないが、もちろんその気はない。

「本当はものすごく市民になりたいのに、自分なんか市民になれないかもしれないって不安に怯えて、臆病だから先に言い訳しているだけじゃないの？　とにかくすりゃあいいのよ、それがこの年の男女の役割で目的で、そういうふうに体もできてるんだから。それに従うのは不自然どころか、すごく自然でしょ。人のことなんかより、まず自分を見つめなさいよ」

　最後を叩きつけるように言うと、香月は春夏に「私はこの津抜けといると不愉快だからもう戻るけど、どうする？」と聞いた。

「もう少しだけ話してく。また後でね」と春夏は手を振り、竹三に向くと「甘城は過激だけど幼稚だね」と言った。

「甘城が得意げに言い張ったこと、みんなわかってるんじゃないかなあ。そのうえで、それは置いといて、とりあえず市民を目指すんだよ」

「まあ、それは、俺もそんなもんだったから、わからないでもないけどさ」

　竹三はすっかり熱の消えた声で同意した。力説し終えたとたん、自分がこれから脱走することが冗談のように思えてきたのだ。この異常な一日は映画か何かで、いったんすべてが闇に溶け、再び明かりが灯ったときには、静かに彩海と市民を目指す生活を営んでいるような気がする。

　だが冗談ではないのだ。そう自分に言い聞かせたら、竹三は誰もいない空間に一人でいるような感覚を覚えた。

「……そこが甘城の魅力なんだから、今のままでいいと思うよ」

どうやら春夏は竹三への理解を語っていたようだが、竹三は聞いていなかった。

「サンキュー。そう言ってくれてほっとしたな。何で数時間前に会ったばっかりなのに、春夏は俺のこと、そこまで見抜いているのかね」

「体質が似てるんじゃない？」

「香月にも言い過ぎたって謝っといてよ」

「今から戻って言う？　全然問題ないと思うよ」

「戻るには戻るけど、俺、もう疲れ切っちゃって。このムード嫌いだし、女子と話すの慣れてないし。あしたから時間はたっぷりあるわけだしさ、またゆっくり遊ぼう」

「そうだね」

うなずく春夏の笑顔を見たら、竹三は泣きたい衝動に駆られた。

閉店時刻が迫っているので、まだ彩海と落ちあえていないものの、竹三はスーパーマーケットに寄ることにして、春夏と別れた。そこで一番大きな黒いゴミ袋、中サイズの透明なビニール袋、ロープ、軍手、マスク、ゴーグル、使い捨てのビニールレインコート、消臭剤、石鹼、歯磨き粉と歯ブラシ、二キロの米五袋、小麦粉、乾燥豆、魚の缶詰、カロリーメイド、チョコレートのビスケット、乾パン、ペットボトルの水やお茶、スポーツドリンクなどを買った。自由居住区は携帯が使えないので、お金が機能しない。そのため、食料は物々交換になるということであり、先方で世話になる「同志」への謝礼も現物がよいのだった。

カートを借りて荷物を部屋に運ぶと、21:00を回っていた。暗澹たる気分を引きずって、パーティー会場へ戻ってみる。

肉が一面のドミノ倒しになっていた。まだ激しくからみあって絶叫している最中のものもあれば、痙攣のようにピクピクと震えるだけのもの、折り重なって動かず脇に吐瀉物が溜まっているもの、四人五人で複雑に組み合わさっているグループ、果てて仰向けに虚脱している男を捨てて近くの別の男の紅津をまさぐり始めている女、なぜか脱糞して泣いている男、全身血まみれで気を失っている男、その血を舐めている女、一人で慰めている面々。そういった者たちが、ウジが這いだすように一階のフロア中に広がっているのだ。かれらを踏まないように、竹三は慎重に歩かなくてはならなかった。あたりは饐えたような異臭に満ち、ガラス窓は結露していた。

まさかそんな中に彩海がいるとは思えなかったから、周囲を見渡せば十分だった。廊下を巡ってみても見当たらない。

よがり声の輪唱の陰から、「サイクリング・ロック」を口笛で吹く音が聞こえた気がした。音のほうを振り向く。もちろん、裸の人間たちが蠢く中に美千夫の姿はない。空耳かと向き直ろうとしたところで、「見えてないの？　節穴」と彩海の呼ぶ声が聞こえた。よく目を凝らしてもわからず、肩に手を掛けられてようやく認識できた。

「どこ行ってたんだよ？」

「そっちこそ」

「ずっと探したのにいないから、外を散歩してたんだよ」

「そんなことだろうと思った。こんな中で竹三が待てるとも思えないからね」彩海はまわりを見た。

「私もこの、男の多さにあてられて下痢しちゃってさ、下りてくるのが遅くなった」

「まったく、こんな環境でしたくなるやつの気が知れないよね」

彩海はクリーム色のカシミアのセーターにジーンズといういでたちで、周囲に比べ圧倒的に清潔に見えた。竹三は自分の緊張が解けるのを感じた。

みなしご寮を出てからここまでの道行きを、当たり障り（あ・さわ）のない範囲で報告しあいながら、二人はまず調理室に入った。そこで不要な段ボールの置き場を確認し、今度は寮の外に出てぐるりとまわり、ゴミ捨て場を発見する。貨物に使われるような大型のコンテナが置かれている。コンテナには脇に人一人がくぐれる小さな扉が付いていて、簡単に開いた。中に入ってゴミを捨てるのだ。

下準備は終わり、無言で顔を見合わせてうなずくと、二人は彩海の部屋に行った。

ベッドに並んで座り、手を撫で合うと、疲労が溶けていくようだった。彩海は、男たちがどれもアメフトの固い防具を着けているように見えて何だか怖い、などと言う。

「他の女の子たちはよく平気であんなのに近寄っていけるなって感心しちゃう」

「知らない人には俺もそう見えるんだろうなあ」

竹三は自分に寄ってきた香月と春夏のことを思う。するとまた疲労が少し甦ると同時に、酸っぱいような気持ちも湧きあがる。それを振り払いたくて、彩海の柔らかなセーターに包まれた柔らかな肌を愛撫する。竹三の心の動きなど知らない彩海は、それを受け入れる。次第に両者の気分は盛りあがり、寮の中のどのカップルとも同じ状態になり、竹三はゴボウとなった紅津を挿し入れようとして、「だめ」と拒まれる。

「津津かぶせ、持ってないの?」

竹三はうなずき、「大丈夫だって。外で出すよ。初めてのときだって、ちゃんとそうしたじゃないか」と言った。

彩海は首を振り、布団をかぶった。そして竹三の腕をつかんで布団の中に引き入れると、セキュリティーマイクに拾われないよう、声に出さずに囁いた。

「ここでは避妊具使わないことが奨励されてるわけでしょ。きょうだって何人が妊娠することか。たとえ外に出すにしても、荷担してるみたいで気持ちが萎えるのよ」

「でも今から津津かぶせ買いに行くのも間抜けだしなあ」

「触ってるだけでいいじゃん。もうすぐ自分の意志でできるようになるんだし」

そう言って、竹三の紅津に口をかぶせた。その技巧が昼間の保健衛生医による「初体験」とそっくりで、女子もあのメディカルチェックで講習を受けたのかもしれないと思い、竹三は「そういえばメディカルチェックのとき、ごまかすのに苦労しなかった? 男子はまだいいけど、女子は隠すの大変でしょう?」と笑いをこらえながら聞いた。彩海はまだ紅津を口に含んだまま、「何を？」と言った。

「初体験じゃないことをさ」

彩海は作業を中断する。

「身体検査でそんなこと聞かれたの？　私は聞かれなかったけど」

彩海の口調が平板になったことで、竹三は自分の失敗に気がついたが、時すでに遅かった。一瞬のうろたえを彩海が見逃すはずはなく、「どういうこと？」と口調を険しくして詰め寄ってくる。

「いや、だから、講習があったんだよ。女子はなかった？」

「何の講習？」

「そりゃあ、あの、接窟」

「つまりやったんだ？」

竹三は返答に困り、目を伏せた。

「竹三は昼間、接窟してたんだ」

彩海はさらに厳しく追及し、竹三は観念してうなずく。

「男子はみんな強制だったんだよ。義務です、って言われて。それで俺、これは接窟経験があるかどうかを……」

「昼間におねえさまとして、夜はまた平気でいちずな顔して私としようとしたわけか」

「俺だって嫌だったんだよ。我慢して受けたんだから。必死で初体験のふりして」

「いったの？」

竹三は言葉に詰まった。彩海はさらに「中でいったの？」と畳みかける。なおさら反応できない竹三に、「なるほど」とうなずく。竹三はうなだれるほかない。

「やっぱり中で出すほうがいいですか。市民目指して、いっちゃいますか」それまでの囁きから、普通の声に変わる。

「それは俺の意志じゃなくて、」

「なんで男だけなのよ！」

「ほんと不公平だよな」

「わかってないね。その童貞除去女はどこの誰だと思ってるの」

「確か、ハズミって名前の保健……」

「名前を聞いてるんじゃない。その人が市民かどうかってこと」

竹三はハッとして彩海の顔を見た。彩海が何に対して激怒しているのか、少し見えてきた。

「なまで中に出したわけでしょ」

「おそらくピルを服用してるんじゃないかと」

「それはめでたい。そんなことありえないの、ちょっと考えればわからない？」

「わかるような気が」

「妊娠すれば市民になれるし、でももともと妊娠しない体だから市外民なんでしょ。だから無理やりそういう仕事させられてるんでしょ」

「わかってる」

「全然わかってない!」

いた。彩海は思わず激昂して叫んでから一瞬固まり、何よこんな人生、とまた息だけでつぶやいた。それを聞いて竹三は、俺は今ここに彩海といて、これ以上望みなど何もないほど人生の幸福を感じているのに、と思った。あと何時間かでこれを捨てて逃げだそうとしていることが、改めて不思議だった。自分が自分ではないみたいに感じられる。これが神意ということかと考えるが、いつもそう考えるときに訪れる震えが、今は伴ってこない。みなしご寮のあった捕和よりも北の地方なのだろう、冷え込みが厳しくなってきて、二人は服を着た。

「とりあえず、時間までそれぞれの部屋で休みましょ」

時間まで二人で添い寝したかったけれど、彩海の言葉に従うほかなかった。


コンテナが下ろされ、収集車の去る音が聞こえ、コンテナの上と前部の蓋(ふた)が開けられて、残飯が滑り出すのと一緒にポリ袋ごと転がり、「クソ、また脱走者だ」と声が聞こえたとき、竹三はこんなあっけないものなのかと拍子抜けした。これだったら、コンビニに行くような気軽さで脱走できるなと思う。

ポリ袋の中で酸欠にならないよう、針で開けた通気孔に口と鼻を寄せて、食用油、バター、チーズ、トマト、香味野菜、洋食のソース、ビネガーなどパーティーの料理がごた混ぜになった酸っぱい感じのにおいのする空気を吸い、吐き気をこらえながら竹三は、こんなはずはない、どこかがおかしいと考えていた。体温や脈拍まで感知して記録する携帯端末や、トイレで立ったか座ったかまで識別できる誤差五センチ以内のGPS、ほくろの有無まで見分けられる高解像度カメラ、すかしっ屁の音も捉えるマイクなど、あれだけ高性能なセキュリティーシステムの中では、竹三たちの用心など、子どもの隠れんぼうみたいなはずだ。例えば、竹三が携帯のアラームを06:00にセットした時点で、その情報は寮だか保健衛生省だか中央情報省だかのデータバンクに送られる。06:10に部屋を出たことも、部屋のカメラやドアの開閉記録から明らかなはずだ。そのように、目覚めてからコンテナに隠れるまでの竹三の行動だけ見ても、その種のおびただしい情報によって正確に把握されている。それなのに、ゴミ収集車は何のチェックもなく学園都市の外を走っている。みなしご寮にいた時分も、彩海は要注意人物として監視されていたはずで、二度の密会がまったく把握されていないとは考えがたい。だが、二人とも追放されそうな気配はまるでない。

セキュリティーシステムが瑣末事(さまつじ)にこだわりすぎて節穴となっているのか、あるいは、竹三たちはわざと放置されているのか。

ひょっとして、セキュリティーシステムなど本当は存在していないのではないか。みなしご寮ではことあるごとにセキュリティーシステムの目と耳が観察していることを説明されてきたが、こけおどしだったのでは。あの携帯端末は、ただの電話なのか？

竹三は、自分が空洞で、その空洞に自分が吸い込まれていくような感覚を覚え、考えを中断した。

ポリ袋を残飯の山から引きずり出してもらい、袋を破って外に出た竹三は、老人たちに囲まれていた。竹三は気圧(けお)されつつも、まだ出られずにもがいている彩海を手伝って、袋の外に出してやった。そしてゴーグルとマスクと軍手を外し、緑のキャップを取り、使い捨てのビニールレインコートを脱ぐと、二人を囲んでいる老人たちに、ありがとうございましたと頭を下げた。幾人かの老人は無表情でかすかにうなずいたが、大半は反応せず、竹三や彩海の足もとを見つめている。竹三も目を落とした。ああそうだとつぶやいて竹三はかがみ、段ボール箱の中から小分けにした食料の小袋を手に取ると、「リーダーはどなたですか」と尋ねる。誰も答えず、視線は食料に固定されている。まあ誰でもいいと思い、竹三は手近にいた老男性に、豆の袋を差しだした。老男性は腕を伸ばしたが、竹三の背後から小走りしてきた別の老男性が袋を横取りし、「次回は譲ってもらうという約束で俺はこないだ降りたんだ。卑劣だぞ」と人差し指を震わせて指弾した。面倒に巻き込まれたくないと思ったのだろう、彩海は自分の服などが入ったリュックだけ背負うと、「あとは皆さんにお任せしますから」と言って、竹三に「行こう」と合図した。老人たちのうち何人かが、段ボール箱に駆け寄る。その老人たちを尻目に、「そこまで堕ちたくはない、はしたなくはなりたくない」とつぶやきながら、手にプラスチック容器を持って残飯のほうへ歩く老女性が、竹三とすれ違う。そこに集まっていた十数人の老人の半分以上は、同じように容器や鍋などを手にして残飯に寄っていく。段ボール箱のほうでは、

「私は小麦粉は苦手なんだ。米が食べたい、炊きたての米が」

「誰だって米が食べたいんだ、我を張りなさんな」

「うちはばあさんに栄養つけねえとなんねえから優先してくれ」

「栄養だけなら残飯でいい」

などと、いがみ合いながらも話し合いが始まっていた。

これがこの人たちの毎日なのか、と竹三は思い、気が遠くなりかけた。あしたにはまた新たな残飯のコンテナが運ばれ、このコンテナは回収されていくのだろう。てっきり、残飯は家畜の飼料とか畑の肥料にでも使われるのだと思い込んでいた。

リーダーがわからないと誰に案内頼んでいいのかわからない、と彩海が小声で言う。竹三はうなずき、もう一度、「すみませんが、こちらの責任者はどなたですか？　落ち着く先を案内していただくことになってるんですが」と声を張りあげた。二、三人が振り返るが、答えはしない。

「弱ったな。今晩泊まれるところをご存じの方、いらっしゃいませんか」

もはや注意を払う者もいない。

「おじさん、どこか知りませんか？」と彩海が近くの老人に聞いた。老人は彩海をちらっと見たが、無言のまますぐに視線を残飯に戻す。

竹三は食料を分け合っている者たちに、「すいません、今晩、泊めてくれませんかねえ」と頼んでみた。二人が首を振った。竹三はそのうちの一人に、「事前の約束じゃ、しばらく置いてもらえる家を教えてくれることになってたんですけど。そういうことしてる人、知りませんかね」と食い下がる。

「そんなやつはこのあたりにはいませんよ」と老男性は首を振った。

「話が違うなあ。その食料も、そのためのお礼なんですけどね」

「じゃあ取り返したらどうですか」

竹三は思わぬ敵意に怯んだ。老男性は竹三から離れていく。彩海は老女性に「私たちみたいに脱出した人、ときどき来るんでしょ？　そういう人たちが行くところ、教えてくれませんか？」と尋ねる。

「知らないよ。仲間のところにでも行くんじゃない」

「仲間。たぶん、その仲間です、私たちが探してるのも。どこにいるんでしょうか」

「あんたらの仲間はあんたらが知ってるんであって、私らは関係ないでしょう」

老女性の言葉に何人かの老人が笑って、仲間じゃねえもんな、などと言った。

「じゃあ、その脱出した人のグループとかは？」

「グループなんてあるのかね」

「おいおいまとまったしとたちも、いるっきゃもわからないけどにい」

「俺の知る限り、逃げてきた連中はてんでばらばらに動いてるわな」

「勝手に来たんだから、勝手にやってもらわないとな」

「そうそう。自分で何とかしてこうって気構えがないと、ここじゃ生きてけないよ」

「頼られるとね、こっちも倒れるんですよ。ジジイだから」

一同が笑った。

「早く倒れたいけどな、こんな生活してるより」

またどっと笑う。

「じゃあもっと残飯食わないと」

笑い。

「若い人には忠告しときますよ、八十までには死になさい」

「このしとたちはもうこっち来ちまったずら、言ってもしかたねえべ」

「あ、そうか」

また爆笑が広がる。

「食料もらった分、もう十分しゃべったわな」

「役に立つ話だったべ」

分配も終わり、老人たちは立ちあがると、三々五々、帰り始める。彩海と竹三は、やりとりを見ながら最もつけ込めそうな老女性を追い、両脇に並んで歩きながら「今晩一晩だけ、泊めていただけないでしょうか。あとは自力で何とかしますんで、寝る場所だけでも貸してもらえると、すごく助かります」と泣きついた。

「そりゃそうできんならしてやりたいけどな、無理ずら。ゲリラの世話するとおれたちも狙われやすくなるだらね。悪いね」

「ぼくらはゲリラじゃありませんよ。ならず者じゃありません」

「そうかね。そのうちゲリラになるだね。そんでおれたちを殺して回るだな」

強烈な敵意で拒まれたことをようやく了解すると、竹三は「わかりました。失礼しました」と頭を下げ、彩海とともに歩くのをやめた。二人を追い越していく老人が人差し指で二人を指しながら、「ついて来ちゃいかんよ。うちの集落の迷惑になるからね」と釘を刺していく。

途方に暮れてたたずむ。日は高く、午(ひる)が近づこうとしている。携帯は置いてきたので、時間がわからない。日射しを浴びていると暖かいが、気温は低く、ときおり吹く微風は凍てつくようだ。彩海が腕を体に巻くようにしているので、竹三は自分のリュックからセーターを出すと、着るように言った。もはや後ろ姿が豆粒大になっている老人たちは皆、古いダウンジャケットかドカジャンを着込んでいた。何とか寝場所を探さないと、夜になったら凍え死ぬ。

朝から何も食べていないが、残飯のにおいをかぎ続けて食欲はなかった。こんな事態になろうとは予測していなかったので、自分たちのための食料など、ろくに用意していない。食料ばかりでなく、生活に必要な物はこちらで労働と引き替えに調達するつもりだった。

市民期間を終えた八十歳以上の高齢者が余生を送る地区というのだから、中心部に小さな商店がいくつか並ぶ、ひなびた村のようなところを想像していたのだ。

よく調べもせず、考えが甘かった。しかし竹三は自分の軽薄さに打ちのめされてはいたものの、それほど深刻にも感じなかった。

「ちょいと準備不足だったね」と軽快な調子で彩海に言う。彩海は眉間(みけん)に皺(しわ)を寄せて遠くを見ながらうなずく。

「俺、考えたんだけどさ、差し当たってすることは、寝る場所の確保だよね。寒さとか雨風をしのげるような。それから食べ物。何か持ってる？」

彩海はリュックを探り、ミントのタブレットとアーモンドチョコレートとペットボトルの緑茶を示した。竹三は、乾パン、ビスケット、のど飴、カロリーメイドにペットボトルのスポーツドリンクを持っている。

「まあこれだけあれば、あしたの朝までは何とかなるでしょう。それで、日が高くなる前にここに戻ってくるんだよ。それでまたコンテナに隠れれば、おそらく市民居住区には戻れるでしょう。そこで事情を話せば、処罰はされるにしても、寮に送還されるんじゃないかな」

「つまり寮に帰るってこと？」

「そう」

「竹三は帰りたいの？」

「俺たち、ちょっと焦りすぎたと思うんだよね。だからいったん引き返して、そこでまたよく考えて、それでもやっぱり脱出すべきだと思ったら、今度は自由居住区がどんなところか少しはわかってるわけだし、綿密に準備して、こっちの誰かに助けを借りるとかじゃなく自力で生きていくだけの用意をして、また戻ってくればいいでしょう」

「今の話で気になったのは、竹三は、私が大して考えもせずに脱出しようとしたと思ってるの？」

「いや、彩海は十分考えたと思うけど、ぶちあけると、俺はまだ考えが足りなかったんだよな。どこか、勢いだけで来てしまったみたいな」

ふうん、勢いだけでね、と彩海は無表情になって小刻みにうなずき、また遠くを見た。

「まあいいや。とにかく、まずは寝床を確保というのは賛成。小屋でも洞穴でも、何か探しましょ」

残飯のこびりついた黒いポリ袋が風で揺れているのが、竹三の目に留まった。少しでも寒さをしのぐ役に立つかもしれないし、あした、コンテナに隠れるときにまた必要になると思い、それを拾いあげた。彩海はあからさまに嫌悪の表情を見せたが、何も言わなかった。残された残飯は、このまま日光にさらされていたら、いくら寒いとはいえ、あしたには腐りかけているだろうなと思い、その中に半分引き裂かれたポリ袋をかぶって紛れることを想像すると、竹三の顔も険しくなる。

「来るな」と釘を刺された、老人たちの集落のほうは断念することにして、竹三たちはまず、少しでも周囲が見渡せそうな高い場所を目指した。

背丈よりも高い枯れた萱（かや）の丘を、かろうじて見分けられる獣道（けものみち）を通って上がる。枯れ草が視界を邪魔してはいたが、丘の中腹あたりから周辺を窺い知ることはできた。

コンテナが置かれているのは、どうやら古い学校の校庭らしかった。校舎は跡形もなかったが、コンテナの周囲に広がる草原の中に、鉄棒が残っていたのだ。校庭跡地は、ゴミの山だらけだった。

ゴミ収集車が通ってきた砂利道の先には、くたびれた民家の塊が見える。おそらく、残飯を取りに来ていた老人たちの集落だろう。道はさらに遠くへと続いているが、他に集落は見当たらない。

視線を左のほうへと転じると、学校の敷地から先は緩やかに下っていて、だいぶ向こうに川が流れている。両岸はかつてはそれなりに整備されていたらしく、土手がところどころアスファルトで覆われている。学校跡地からうっすらと延びている道は、橋につながっていた。壊されたらしく、コンクリート製の白っぽい橋に欄干はない。

その道のはるか先に、先ほどの集落よりずっと規模の大きな市街地が見えた。箱を組み合わせたように一軒家が建ち並び、奥のほうほど建物が高くなり、中心部には中層のビルが林立している。ところどころ煙が上がっているのは、居住者が屋外で焚き火（たび）でもしているのだろうか。全体的に黒ずんでいてあまり清潔な街には思えなかったが、目指せそうな場所は他になかった。

覚悟はしていたが、その街にはいくら歩いても届かなかった。蜃気楼だったのではないかとの不安を、徐々に近づく煙だけが払ってくれる。

日の傾き方からして、たっぷり二時間は歩いただろう。街の一等はずれに建っている家屋がどうやら廃屋であることが見えるまでに近づいたところで、道の脇に老男性がうつ伏せに倒れているのを発見した。竹三が近寄ろうとするのを彩海が制止し、「たぶん死んでいるし、死んでなかったらどうするの？」と言った。確かに首のあたりの皮膚は黒ずみ、少しにおうようだった。竹三は、高等課程で読まされた、ペストが流行って街が死滅した小説を思い出し、下手に触れるのはやめておくことにした。

やはり廃屋であった一軒家の前まで来たとき、二人は足を止めた。コンテナのゴミのにおいとも異なる、これまでかいだことのない強い腐臭が漂っている。そのにおいのもとが、玄関の扉から上半身を覗かせて仰向けになっている老人の体であることは、その顔が灰色に溶けて顔には見えないことからも、一目瞭然であった。手の皮は手袋を外しかけているようにずれていて、白い骨が覗いている。竹三が喉に強い刺激を感じて咳をしたら、それは胃からせり上がってきた胃酸のせいだった。竹三はその場に屈んで、胃液とスポーツドリンクとアーモンドチョコを吐いた。竹三の様子を見ていた彩海も、しゃがんで吐いた。

「伝染病でも流行ってんじゃないか」竹三は懸念を口にした。「街に入るの、危なくない？」

「じゃあどうするのよ」

「迷惑がられてもいいから、最初の集落に行くとか」

「どっちが危険だか。あの老人たちは信用できない。とりあえず、もう少し進んでみましょ」

「でも危険すぎない？」

「触らなきゃだいじょうぶでしょ。少しでも慣れてかないと」

そう言うと彩海は、口をハンカチで覆って、その先はアスファルトで舗装されている道を歩き始める。竹三はついていくしかなかった。

街の奥へ進むほど、においは濃くなった。竹三は腐敗した溶液の中を歩いている気さえした。自分の服にも髪にもにおいは移っていることだろう。家々の屋根を占拠したカラスが、けたたましく鳴き交わしている。

どの家も崩れかけていた。長いこと無人だったためか窓ガラスが割れ、壁板が反って中の骨組みが覗き、ドアははずれ、屋根が落ちている。畳の部屋には雑草が生えている。そして人影らしきものが横たわっていたりする。丸焼けになって、炭となった柱が棘のように突っ立っている家屋もある。また、途中まで解体したということなのか、家屋の半分ほどが断ち割ったようになくなっていて、残る半分の断面には一階のダイニングと二階の子ども部屋がむきだしになっている。子ども用デスクの残るその部屋の壁に、果実を叩きつけて潰したような跡があり、すぐ下の床に肉の塊が転がっていた。形からだけではそれが体のどの部分なのか、判別がつかない。

さらに進むと、腐敗臭の中に煙の焦げたにおいが混じり始めた。高台からも見えた煙だろう。

鉄筋モルタルのアパートや、コンクリート造りの三、四階建て団地なども増えてくる。煙も濃くなって視界は悪くなり、竹三はしばしば、むせた。屋内の死体が見えなくなったのはよいのだが、路上に転がる死体が多くなってきて、踏んだりつまずいたりしないよう注意せねばならない。だからどうしても死体に目をやらざるを得ない。

そうして竹三は、それら老人の死体が病死体ではなく、どれも頭や胴体に弾痕と思しき穴が開いていることに気づいたのだった。彩海にそう指摘すると、「伝染病じゃなくてよかったじゃない」と言った。竹三は耳を疑ったが、何も言わなかった。

その彩海が、突然「あっ」と叫んで、まるで冷たい水に入ったかのようにぶるっと身を震わせた。指さすほうを見ると、額に穴の開いたまだ新しい死体が、壁にもたれかかってしゃがみ、横目でこちらを凝視している。竹三も戦慄した。その死体の主は、若い女だったのだ。

「脱走者かも」竹三が独り言のようにつぶやく。年齢は竹三たちとさして変わらないように見える。

反応がないので彩海を見ると、黙ったまま蒼ざめて震えている。竹三は彩海の体を抱き、死体から目を逸らさせた。そして、目についたアパートの階段まで引っ張っていき、段に座らせる。

腐敗と焦げの濃いにおいがクリーム状になって、鼻の粘膜を始め皮膚全体に塗られているように感じる。目と鼻の先で煙が立ち昇っているのが見える。うずくまって竹三の膝を上半身全体で抱え、顔をその中に入れている彩海の背中を、柔らかくさすりながら、煙が立っているのは生きている人間がいる証拠だな、と思った。何とかそこまでたどり着ければ。

いや違う、そうじゃない、と竹三は我に返った。このゴーストタウンで生きている人間がいるとしたら、それはここに住み着いていた者たちを殺し回っているやつじゃないのか。俺たちはわざわざ殺し屋の前に出向こうとしているんじゃないのか。そもそも、これだけの人たちが殺されている理由は何なのだ。この自由居住区とは、いったいどういう場所なんだ。何が起こっているのか。

それまであえて意識に上らせないようにしてきた疑問が、堰を切ってあふれてくる。

「ともかく引き返そう。街から出よう」と竹三は彩海の背中に言った。彩海もうなずく。

竹三が立ちあがろうとしたとき、アパートの反対側から銃声がし、前の家の屋根に留まっていたカラスが吹き飛んだ。「いえーい」という男二人の声と、彩海が悲鳴を上げたのとは、同時だった。まずいと思った竹三は、凍りつく彩海を無理に引っ張って、アパート一階の手近な部屋に音を殺して滑り込む。彩海を抱き締め背中をなで、耳もとで「大丈夫、俺に任せて」などと囁きを繰り返すと、彩海も正気を取り戻してきた。

「大丈夫、もう平気。人は死ぬんだ、死体は普通のことなんだ、とか思って慣れようとしてたら、何だか感覚がおかしくなってきて。何というか、死体が生きてるというか、私がじつはもう死んでいるというか、どっちも同じみたいな気になって」

竹三はうなずき、彩海の口を押さえた。玄関と反対側の、庭に面した窓から、竹三と同い年ぐらいのひ若い男が二人、迷彩服姿であたりを窺いながら庭の前の道を左方向に歩くのが見えたのだ。竹三は壁に身をつけた。二人組は庭の窓から中を覗く。竹三たちを見つけることはなく、左へ去って隣の部屋を探る。

竹三は部屋の床を見渡し、破れた靴を見つけると、その片方を手に取り、間合いを取ってドアから外へ思いきり投げた。靴が着地するのと同時に彩海の手を引き、庭に面した窓を開けて外に出て、道を左に走る。その小路と交差している広い通りを横切るときに左方向を向くと、靴の落ちたほうに駆けていく二人組の背中が見えた。竹三はその瞬間、強い既視感をおぼえた。二人は銃を手にし、ジャージ素材の迷彩服を着けている。神州軍の制服だった。

竹三の脳裏でスイッチが入り、目の前の光景とそっくりの動画が再生される。人が住まなくなった廃墟の街を、ジャージ素材の軍服を身にまとった兵士たちが駆け回り、銃撃を繰り広げている映像。毎日昼休みにはいやでも目にした、ニュースのライブ映像。竹三は思わずロボットカメラを探したが、見つけられはしない。それでも、自分が今迷い込んでいるのが、まさしくニュースで見てきた現場にほかならないということは確信できた。

ただ一点、ニュースと違うのは、ここが自由居住区であるということだ。しかし竹三は、実際に来てみるまで、自由居住区の実態など知りもしなかった。そこが別名「紛争地帯」であっても、よもや同じ場所だとは思わないだろう。つまり俺たちは紛争地帯に逃げ込んでしまったのだ！

だが動揺している暇はなかった。竹三と彩海は広い通りを突っ切り、小路をひた走った。何分走ったのか、背後の少し離れたところから、銃声が聞こえた。あの二人組が自分たちを発見して撃ったのだと思うが、後ろを振り返る余裕はない。届かないと見たのか、銃声はすぐやみ、ホーゥ、ホーゥと裏声で猿かフクロウのように吼(ほ)え立(た)てている。さらに、いいね、いいね、いいよお、と叫ぶ声が、廃墟の街に響きわたる。

竹三は、細かく路地を曲がりながらも、方向としてはもと来たほうへ戻っているつもりだった。しかし区画がゆがんで作られているのか、どうやら反対に中心街へと進んでしまったらしく、一帯には五階から十階建てぐらいの中層ビルが増えてきた。それらの壁面は銃弾の跡ででこぼこになっており、思春期のニキビ面を思わせた。大きな爆発があったらしく、ビルがすっかり崩壊して瓦礫(がれき)の山と化している街区や、一部が吹き飛んでいるビル、砲弾か何かで穴の開いているビルなどもある。

日が暮れようとしていた。空が建物に切り取られ、煙もいっそう濃く、大気が濁っているため、路地からはいち早く薄闇が滲(にじ)み出(だ)している。ときおり、抵抗感のない柔らかな物体に足を突っこんだり、納豆のような物を踏んで滑ったりしたが、いちいち確かめはしない。

かなり遠方で銃声らしきものが聞こえた。彩海がつなぐ手に力を入れた瞬間、近くで大きな爆発音が轟き、地響きとともに爆風が背中をなで、粒子の粗い灰のようなものが降ってきた。反射的に竹三は、彩海にのしかかるようにして地面にうつ伏せになる。

空気が落ち着く間もなく、再び遠方で銃の音が響く。今度は単発ではなく、機関銃のようだった。続いて、もう少し近くで「ヒュイッ」と指笛が鳴った。竹三は周囲を見回し、比較的損傷の少ない、そのあたりではひときわ高いビルを選ぶと、ドアの吹き飛んでいる入り口へと急いだ。

すでに暗闇に沈みかけているエレベーターホールは、髑髏の内部のようだった。エレベーターの扉はなく、おそるおそる覗き込むと、いっそう濃い闇が上方に伸びている。二人は注意深く、階段を目指す。

窓のない階段も、薄闇に溶けていた。竹三が先に立ち、右手で手すりを、左手で彩海の手を握り、一段一段、足で探りながら上がる。時として段が崩れているところがあるので、気は抜けない。

階段ホールの中は静かだった。ときおり、爆破音や破裂音が聞こえるが、よその出来事のようだった。それでもこのビルに命中するのではないかという恐怖はぬぐえず、揺れたりするとつい足が止まる。疲れた脚は次第に固くなって、動かすのもままならなくなるが、段があるかぎり登り続ける。ただ二人の荒い息だけが、階段ホールを満たす。

どれだけの時間、登り続けただろう。闇の中では目安もなかったが、その闇を突然、オレンジ色の四角い光線が切り裂いた。屋上に通じるドアの隙間から、夕暮れの光が差し込んでいるのだった。

竹三はゆっくりとドアを開け、外を窺った。誰もいないことを確認すると、おもてに出る。腐敗臭ときなくささの混じった空気が、髪をそよがせる。周辺にはその屋上より高いビルは見当たらない。ここならそう簡単には見つからないだろう。

竹三と彩海は身を低くして、柵も金網もない屋上のふちに近づき、腹ばいになって、闇に沈もうとしている下界を観察した。懐中電灯らしき光がいくつか、街路を舞っている。銃声も砲弾も今は止んでいる。灯りの漏れているビルはどこにもない。

竹三はふううと大きく息を吐き、仰向けになって彩海を抱き寄せた。これまでの緊張が解けたら、体が鉛のように重く沈むのを感じた。彩海も脱力して、竹三に預ける身が丸太のように重い。

「下の階に行って休もうか。この中なら眠っても大丈夫でしょう」

うんと彩海はうなずいてから、「でも今すぐは動けない」と言った。

「おーい、ゲリラあ、ゲリラちゃあん。チェ・ゲリラちゃあーん」

かん高い声が響きわたった。竹三と彩海はたちまち身を固くし、仰向けのまま床に貼りつく。

「あなたのおうちはどこですかあ。隠れんぼしましょ、ファックック」そしてキャハハハと下品な笑い声が続く。

俺たち、カメラに映ってるのかもしれない、と竹三は息だけで彩海の耳に言った。

カメラ？

信じないかもしれないけど、ここって紛争地帯なんだよ。ニュースでいつも流れてる。

冗談、と言って彩海は目をつむり、しばらく黙った。

見覚え、あるでしょ、昼時のニュースで。竹三が聞くと、目を閉じたまま彩海はうなずく。

だからあちこちにライブカメラがあるはずなんだ。

わかってる。彩海は不機嫌そうな声で返すと、目を開いて竹三を見た。

でも、おかしくない？　紛争地帯なら、何で私たちが神州兵に狙われるの？

知らないよ。でもこれまで兵士の死体は見てないだろ。

うん。

神州兵も中華兵も露西亜兵も韓鮮兵も、死体はなかっただろ。

全部、老人だった。そう言ってから彩海は若い女の死体を思い出したようで、ごくりと唾を飲み込む音を立てた。

自由居住区民ばっかりだろ。軍服着た死体や武装した死体は、なかっただろ。

彩海はしばし無言を保つ。ゆっくりと深く息を吸うと、大きなため息をつき、私のせいだね、と言った。

ごめんね。大納言たちにはめられた。

それはどうだかわからない。宝田や大納言も、実態は知らないのかもしれない。いずれにしても、彩海にも俺にも、選ぶ余地はなかったよ。どうやってもここに来る運命だったと思うよ。

彩海はうなずき、でもどうしてだろ、と自分に問うようにつぶやく。

「ワオ、ワオ、ワーオ！」咆哮(ほうこう)とともに、パンパンパンと銃声が三発。

「ゲーリィラー、なぜ泣くの、ゲリラは山に、
見ーえなーい、自ー由ーを、探してるからよー」

キェーイとまた叫び声。銃声。

「いいかな、いいかな、いいかな？　俺が行ってもいいかな、おにいさんが先イクかな、おねえさんが早くイッちゃうかな？　ようし、みんなでイッちゃおう！」

チンガトゥマドレ！　と奇声が上がると同時に、機関銃が連発される音。うめき声が後を引き取り、「てめえ一人で逝けってんだよ。ったく、うっせえ」と声が投げつけられ、重い靴で重い生ものを蹴るような低い衝突音がこだまする。

彩海が竹三を見た。

口笛が響いた。軽快なロック。固まって聞いていた竹三は、メロディーに合わせて思わず、ロック、ロック、サイクリング・ロックと口ずさんでしまう。

「ヘイ、マン。ストップね。ストップ」別の方角から高い声が告げる。そして銃声が四発。

ああ無念、としわがれたうめき声がかろうじて届く。

「爺さん、耳遠かったかね。ストップ言ったの聞こえなかった？　あ、英語わからない。申し訳ない。じゃ神州言葉で、止まって。もう遅い？　先死んでる？　悪かったねー」

しばらく沈黙が訪れた。日の名残は消えつつあり、あたりは夜に支配されようとしていた。

みんな、私たちより若くない？

同じぐらいじゃないかな。

追放された子たちとか？

それもいるだろうし、市民になれなかった連中もいるだろうね。

私たちみたいなのも。

じつはそれが大半だったりする気がする。要は誰でもいいんだろ。あいつらも俺らも、違いはないんだよ。

竹三は、空気中に魂を吸いとられていくような感覚を味わった。力が出なかった。このまま死んでも何の問題もないように思えた。誰でもいい、それが神意ということか。それが神意というシステムか。そう思ったら、世界には自分一人しかいないような気がした。いや、自分さえいないのだ。たとえ美千夫があの兵士であっても、もう驚きも悲しみも絶望もしない。

まあよかったよ、この世の中がどういう仕組みになってるのか、知ることができて。

竹三は投げやりな気持ちと充実とを同時に感じながら、言った。

私も。

彩海にも会えたし。いい人生でしょう。

何それ。総括?

さあ。

口笛が階段ホールから響いてきた。いつの間に上ってきたのだろう、案外近い。竹三は、濁った夜空の中に火星を見つけた。線香花火の玉のような、満月に近い赤い月も昇り始めている。それらを眺めていたら竹三は、飾り窓から向こうを見るだけだったころの気分を思い出した。まだここは自分たちの行き止まりではない、と感じた。

彩海さあ。

うん。

もう一度、俺と一緒に逃げない?

彩海は竹三の顔をじっと見た。竹三は屋上のふちのほうを見る。階段ホールからは、ロック、ロック、サイクリング・ロックと歌う美しいテノールが、ずいぶんと間近に聞こえてくる。

彩海が立ちあがった。竹三を見下ろすと手を差し延べ、幸せそうに微笑んで、「じゃあ行こうか」と言った。

# リトルガールふたたび

山本　弘

二一〇九年三月のある日。東京都内にある小学校の六年の教室。

雰囲気は一〇〇年前の小学校と大差ない。壁に貼られた絵や習字。掃除用具入れ。学級文庫の本。スピーカーから鳴り響くチャイム。子供たちはいくつかの集団に分かれてお喋(しゃべ)りをしたり、本を読みふけったりしている。違うのは黒板がないことぐらいだ。チョークなどというものが小学校で使われなくなって、もう何十年にもなる。

教室の一角では、数日ぶりに登校してきた一人の少年が、他の子供たちに取り囲まれ質問攻めに遭っていた。

「菊地くん、入院してたんだって？」

「脳神経外科でナノモジュール治療受けたってほんと？」

「うん、ほんと」菊地少年は明るい表情で答えた。「この前の精神診断で、ブライアンW症候群だって診断されたから、親が『治療受けとけ』って」

「それで、気分はどう？」

「うん、すっきりすっきり。ここんとこ授業に身が入らなかったのは、やっぱり病気のせいだったんだな」

「成績、落ちてたもんね」

「うん。昨日、遅れた分を取り戻そうと思って教科書開いたら、ものすごく勉強に集中できてびっくりした。今度のテストでは、いい点取れそう」

　子供たちは「へーえ」と感心した。

「いいなあ。俺もナノモジュール治療、受けようかな」

「頭が良くなるって言うよね」

「頭が良くなるんじゃなくて、勉強に集中できるようになるんだよ」

「同じじゃん」

「病気じゃない人でも受けられるんでしょ？」

「保険が利くって」

「国も補助金、出してるんでしょ？」

「ネトラマでＣＭやってんじゃん」

「いいなあ。うちの親に頼んでみようかな」

　そこへ教師が入ってきた。子供たちは慌てて自分の席に戻った。日直が「起立！」「礼！」「着席！」「装着！」と指示する。

　着席した子供たちは、机の中からウェアラブル・コンピュータを取り出し、頭部に装着した。軽量でアイマスクのように眼を覆う形状。モニターを覗き見るのではなく、網膜に直接、立体映像を投影する方式である。外側には、左右の眼の位置に一対の小型カメラが付いていて、装着者はそのカメラが撮影している映像も常に見ているので、装着していない時と同じように行動できる。

教師は「おはようございます」とにこやかにあいさつすると、自分もウェアラブル・コンピュータを装着し、スイッチを入れた。この時代のコンピュータは数秒で起動する。

教師の前の空中に、クラシックな出席簿が魔法のように出現した。教室内でウェアラブル・コンピュータを着けている者はサーバを共有しており、全員に同じ立体映像が見えている。教師が指で映像を指すと、ページがめくれ、生徒名のリストが現われる。欠席者は赤い文字で表示されるのだが、今日は全員が青い文字だ。

「欠席者はありませんね——おや、菊地くん、退院したんですね？」

「はい。ご心配をおかけしました」菊地少年がはきはきとした声で答える。

「ブライアンW症候群の治療を受けたそうですが、気分はどうですか？」

「はい、すっきりしてます。なんか今まで頭に靄がかかってたみたいな気がします」

「それは良かった。みなさんも精神診断で良くない結果が出たら、すぐに病院に行くようにしてくださいね。いまだにお年寄りの中にはナノモジュール治療を嫌がる頭の硬い人がいますが、故障した車を乗り回してはいけないように、脳も調子が悪いまま使い続けるのは危険ですからね。分かりましたか？」

「はーい」子供たちは明るく返事する。

「よろしい」

教師がページの端の〈確認〉という文字をつつくと、出席簿は消滅した。

「さて、みなさん、今日は何の日だか知っていますね？」

子供たちはいっせいに「新生日本の日！」と答える。

「そうです。四〇年前、二〇六九年の今日、日本国は新生日本国になったのです。普通の祝日なら学校はお休みですが、この新生日本の日だけは、学生は午前中、学校に来ることになっています。水谷さん、それはなぜですか？」

名を呼ばれて立ち上がった少女は、少しとまどった。分からなかったのではなく、あまりにも常識的な質問だったもので、ひっかけ問題ではないかと考えてしまったのだ。

「えーと……特別授業を受けて、みんなで放送を見るためです」

「何のためですか？」

「歴史を学ぶためと、日本の未来について考えるためです」

「なぜ歴史や未来について考えなくてはならないのですか？」

「過去の悲劇を教訓にして、日本国民は何をすべきかを学ぶためです」

教科書に書かれていたことをそのまま答えると、教師は「はい、正解です」と言った。

少女はほっとして着席した。

「毎年、同じような話を聴かされるので、飽きてしまったという人もいるかもしれません。

しかし、これはとても大切なことですから、何度も何度も学ぶ必要があるんです。そうしないと過去のあやまちを反省せず、同じことを繰り返してしまいますからね。

さて、放送まであと一時間ほどありますから、それまでお話をしましょう。これまでも日本の歴史について学ばれたと思いますが、みなさんはまだ子供ということで、情緒面に考慮し、あまりショッキングな情報はお見せしませんでした。しかし、みなさんももうすぐ中学生ということで、今までより深く真実を知ることになります。中にはかなり過激な映像や下品な映像もありますから、注意してくださいね」

教師が空中で指をくるくるっと回すと、メニューの並んだウィンドウが空中に出現した。用意してきたファイルのひとつを開く。

「これは一〇〇年前のテレビ番組です」

生徒たち一人一人の机の上にウィンドウが現われ、昔のテレビ番組の一場面が表示された。子供たちは珍しそうにそれを覗きこむ。立体映像が当たり前になった今の時代、平面の映像などというものはめったに見られない。

その映像は芸能人の出演するクイズ番組だった。「一九二九年、小林多喜二が発表したプロレタリア文学の代表作と言えば、何工船でしょう?」という問題に、若いタレントが「レーザー光線」とか「カクテル光線」とか答える。生徒たちは大笑いした。「こいつら、頭悪い〜」「大人のくせに」という声が上がる。教師も苦笑していた。

「ええ、とても頭が悪いですね。でも、これが二一世紀初頭の日本の水準だったんです。

二〇世紀まで、クイズ番組はこんなんじゃありませんでした。ごく普通に、出演者たちが知識を競い合うものでした。ところがだんだん、役に立たない雑学やなぞなぞが増えたり、頭を使わないゲームになっていきました。ついには、出演者が頭の悪さを競い合う番組まで現われたのです。普通のクイズ番組では、優勝者、すなわち最も頭のいい者が注目を集め、賞賛されます。しかし、この手の番組は違います。当時、人気があったのは、こうした最も頭の悪いタレントなのです。

もっとも、本当に彼らの頭が悪かったのかどうかは、おおいに疑問です。もしかしたら、人気を集めるために、わざとバカなことを答えていたのかもしれない。頭がいいふりをするのは難しいですが、逆は簡単ですからね」

一人の少女が「質問」と言って手を上げた。

「はい、高槻さん」

「どうして頭の悪い人に人気が集まったんですか？　それが分かりません。誰だって頭のいい人の方が好きなはずじゃないですか？」

「そうですね。そこがみなさんには最も不可解なところでしょう。小さい頃から、頭の良い人を尊ぶように教えられ、それが染みついていますからね。

しかし、二〇世紀後半から二一世紀初頭の日本では違いました。頭が悪い方が魅力的だという風潮があったんです。たとえば、マンガやアニメの主人公はたいていバカでした。少女マンガなら、ヒロインはドジでおっちょこちょいで学校の成績が悪い。少年マンガなら熱血一直線で、知恵ではなく腕力や超能力で悪人を倒す。深く何かを考えたり調べたりしない――そんな主人公ばかりだったんです。そうした作品を子供の頃から見せられていたら、『頭が悪い方が正しい』という誤った観念をすりこまれるのは当然です」

教師の説明に合わせ、画面には当時の日本製アニメの一場面が次々に現われる。ヒーローやヒロインが間の抜けた言動をする場面ばかりが集められ、編集されている。教師の説明を妨害しないよう、音声は消され、台詞はテロップで表示されていた。

「今とずいぶん違うんだなあ」誰かがつぶやいた。

「そうです。ずいぶん違います。一〇〇年前の日本人は、知的活動全般を軽視する傾向があったのです。どこの国でも知的活動は奨励され、賞賛されるのが当たり前です。日本でもかつてはそうでした。しかし、二一世紀初頭の日本は違いました。知的ではないことが賞賛の的になっていたんです。情緒や直感で判断するのがかっこよく、何かを詳しく調べたり、科学的・論理的に考えるのはダサいという風潮がありました。

ほんの一例を挙げると、日本では一九七〇年代頃から、血液型性格判断という迷信が信じられてきました。血液型によってその人の性格が分かるというのです」

「そんなの、聞いたこともない」と、一人の少女が不思議がる。

「私、ひいお祖母ちゃんから聞いたよ」別の少女が笑って言う。「昔はそんな迷信があったらしいの。『真美はB型だから独創性があるね』とか、よく言われるよ」

「アホらしい！」「前世紀の遺物」「年寄りって迷信を信じてるもんだからなあ」と子供た

ちは口々に揶揄する。

「ええ、もちろんそんなのはバカげた話です」子供たちの反応に、教師は満足げにうなずく。「ちなみに、その説を唱えたのは科学者ではなく、心理学の素養のない素人でした。血液型と性格の間に明白な相関関係がないことは、当時、何人もの心理学者の調査によって証明されていたんです。実際、諸外国にはそんな迷信を信じている人はいませんでした。日本人だけが信じていたのです」

「そんなに大勢の人が、科学者より素人の言うことを信じてたんですか？」

「ええ、そうですよ。たとえばアイドルのプロフィールや、ゲームのキャラクターの設定などには、誕生日と並んで血液型が書かれることがよくありました。日常の雑談などでも、お互いの血液型を訊ね合うことが頻繁に行なわれていました。それで相手の性格が分かると信じていたんです。誰かを評する時にも、『あの人はA型だから』とか『B型だから』といった言い回しが、当たり前のように使われました。血液型についての本もずいぶん売れました。

　これは外国人の目にはとても奇異に映っていました。『なぜ日本人は他人の血液型など気にするのだろう』と——日本人だけがその異常性に気がついていなかったのです。それどころか、会社や学校で『血液型性格判断に根拠なんかないんだ』と発言しようものなら、白い目で見られました。『ダサい』とか『理屈っぽい』とか『空気読め』とか言われて、つまはじきにされたのです」

「ひでえ！」「横暴だ！」「まるでカルト」

「そうです。まさにカルトです」教師は口調に力をこめた。「無知な素人の集団による真実の圧殺。正しい科学知識に対する無関心や侮蔑。疑似科学やオカルトへの無批判な信奉――それが横行していたのが一〇〇年前の日本です。

特に人々が惹かれたのは、『意外な真相』というやつでした。世間で信じられている常識とか通説とかいったものをひっくり返す、珍説・奇説の類です。二一世紀の初頭あたりから、そうした話がずいぶんたくさん、日本人に信じられてきました。たとえば、『アポロは月に行っていない。あれはアメリカのでっち上げだ』とか……」

教室は爆笑に包まれた。

「そうですね。みなさんはそれがいかにバカバカしいか、よく分かっていますね。今や月面にはアメリカや中国やインドやロシアの基地ができていますし、お金を出せば月に観光にも行けて、アポロ11号の残していった月着陸船の下降段の残骸とかも見ることができますからね。でも、当時はそういうことを信じている人が大勢いたんです。

あ、もちろん、信じていたのは宇宙開発に無知な人たちだけですよ。宇宙開発の専門家は、そんなバカな話を信じたりしませんでした。だって、そういう人たちはみんな知識があって、頭がいいですからね。

他にもいろんな説が日本人に信じられました。たとえば二〇〇一年の九・一一同時多発テロの数年後には、『あれはテロではなく、アメリカの自作自演だ』という説が流れ、やはり広く信じられました。あるいは『水は人間の言葉が分かる』とか『雲を見れば地震が予知できる』といった説も流行りました。間違った健康法、間違ったダイエット法にいたっては、数知れずです。そうした本はどれも、とてもよく売れました」

教師の説明に合わせ、疑似科学や陰謀説を扱った本の表紙や広告が画面に現われた。

「どうしてこんなの信じちゃうかなあ」誰かがつぶやいた。

「こうした珍説を人が信じてしまう理由のひとつは、信じた人間に優越感を覚えさせることです。先に述べたアポロ捏造説にしてもそうです。宇宙工学や天文学について何の知識もないくせに、『自分は専門家も気がついてない真実に気がついた』と思いこんでしまう。つまり『自分は世界中の専門家よりも頭がいい』と錯覚してしまうんですね。だから有頂天になってしまう。実際は、頭が悪いので騙されただけなんですが」

「でも、科学を知ってたらそんなのに騙されないでしょ？」

「それはそうなんですが、当時は正しい科学知識を持っている者は少なかったんです。理科系バッシングと言って、『理科系はダサい』という風潮があったんです。これもみなさんは信じられないでしょうね。日本の産業を支えているのは科学技術であり、それを支えているのは理科系の人たちの努力だと教えられていますからね。でも、昔はそうじゃなかった。科学者や技術者より、サッカー選手やマンガ家やお笑いタレントの方が偉いと思われていたんです。サッカー選手がいなくなっても日本は潰れませんが、科学者がいなくなったら潰れるということを、ほとんどの日本人は認識していなかった。日本人科学者が何人かノーベル賞を取っても、そんなニュースはすぐに忘れてしまって、スポーツやバラエティ番組に夢中になる。だから理科系を志す若者が減り、科学者や技術者になる者が減っていった。科学研究に必要な予算も、愚かな政治家とそれを支持する大衆によって、どんどん削られていきました。

宇宙開発、スーパーコンピュータ、ナノテクノロジー、ソフトエネルギー開発、自動車産業、医療技術……どの分野でも優秀な人材が枯渇したうえ、予算も削られて、日本の科学技術のレベルはしだいに他の国に追い越されていきました。国際的な競争力が低下したことで、日本経済は以前にも増して苦しくなりました。不景気が深刻化し、犯罪や自殺が増え、世相は急速に暗くなっていきました。にもかかわらず国民は、その責任が自分たちにあるとは気づかず、政治家の悪口を言ったり、他の国の悪口を言ったりしていました。

知的レベルの低下に追い討ちをかけたのが、インターネットの普及でした。みんなテレビを見なくなりました。だって、動画投稿サイトにアップされたアマチュア映像の方がずっと面白いし、時間に縛られずにいつでも見られるんですからね。当然、新聞も本も読まれなくなりました。

新商品の売れ行きも、テレビCMや新聞広告なんかではなく、ネット上の評判に左右されるようになりました。そうなると、これまでテレビCMや新聞広告に力を入れていた大企業も、テレビや新聞を見限り、ネット上でのキャンペーンに力を注ぐようになりました。広告収入が激減し、大手マスコミ各社は大打撃を受けました。二〇一五年から二〇三〇年にかけて、大手新聞社の多くが倒産しました。テレビ局も次々に潰れました。生き残ったテレビ局も、予算不足、企画不足に苦しみました。もうまともな番組を作る力など残っていなかったんです。スポーツだってネットで観戦できますしね。

一時は日本の誇る文化とまで言われたテレビアニメも、二〇三〇年までには完全に衰退しました。CGが進歩したのとフリー素材が拡散したのとで、個人でもプロ級のクオリティのアニメが作れるようになったのが大きな原因です。国家がアニメ製作を支援してきた韓国やフランスと違い、日本ではアニメーターという職業はずっと国に見捨てられ、地位も収入も低く、その当時『3K』と呼ばれた『きつい』『汚い』『給料が安い』職業のままだったんです。個人でもアニメが作れるようになったら、もうプロのアニメーターになろうと思う者なんていません。みんな他に職業を持ち、趣味でアニメを作るようになりました。そうして業界の人材が枯渇し、日本のアニメのクオリティはどんどん落ちていって、ついにはアニメ大国の座を韓国やフランスに奪われてしまったんです。

そんなわけですから、もうテレビにまともなコンテンツなんか残っていません。もちろんニュースやドキュメンタリーなんて誰も見ません。そこで、何としてでも視聴率を稼ごうと、ますますバカなバラエティ番組を量産するようになりました。これによってさらに日本人の知的レベルが下がるという『低IQ化スパイラル』に陥ったんです。

しかし、そうしたバカ番組の人気も、じきにネットに奪われました。ネット上でバカな芸を披露する素人がいっぱい現われたからです。それを『芸』と言っていいのかどうか……例として、いくつかお見せしましょう」

画面に二〇二〇年代の動画投稿サイトの映像が現われた。「洗濯機の中の洗濯物」のまねと称し、パンツ姿の三人の男が組んずほぐれつしている映像である。他にも、やはり半裸の男や女が演じる「洗車機」「お好み焼きの上のカツオブシ」「逆回転で綿菓子のできるまで」などという映像もあった。

子供たちはそれを見て、すっかりしらけていた。「何これ?」「くっだらねー」「大人のくせに、すごく頭悪そう」「何が面白いの?」と、口々に酷評する。

「はい、みなさんには面白くも何ともないでしょうね。でも、二一世紀の日本人はこういうものを喜んでいたんです。そして、こうしたネット芸人の中から、何人ものスターが現われました。その一人が『素顔仮面』こと、歌田杉雄(うただすぎお)です」

画面に歌田の登場する自主制作ドラマが映し出される。二〇歳ぐらいの、そこそこイケメンの青年だ。胸にSの文字が付いた全身タイツの上に、虎縞(とらじま)のパンツを穿(は)き、ビニールのマントをまとって、ヒーローもののゆるいパロディを演じている。それも街中で堂々と撮影されていた。

「彼の特徴は、二〇二六年に最初にネット上に登場した時から、素顔をさらしていたことです。主演する自主制作ドラマ『素顔仮面』シリーズは、どれも何百万再生も記録するヒット作になりました」

「信じられない……」「ありえないよね」とつぶやく子供たち。

「歌田は当時の低ＩＱ化スパイラルを代表する人物と言えるでしょう。あまりにもバカであるという理由で人気を博したのです。

しかし、当時の大多数の日本人は、こうした状況にまったく危機感を抱いていませんでした。それどころか、新聞やテレビの衰退を歓迎し、メディアのニュースを見ないことを誇る風潮が強まっていました。マスメディアは当たり障りのないニュースしか流さない。思想的に偏向している。時には嘘も書く。自分たちはもうそんなものに踊らされたりなんかしないんだ……。

では、彼らがテレビや新聞に代わってインターネットで情報を検索するようになったのかというと、それも違います。日本の家庭の一〇〇パーセント近くがネットに接続するようになっても、サーチエンジンというものを使ったことがないという人が大勢いたのです。ほとんどの人は、マスメディアは信用しないのに、誰かのホームページや掲示板に書かれた情報は無批判に受け入れてしまうのでした。そのため、明らかなデマやエイプリル・フールの冗談記事がコピペされて広まるということが、よく起こりました。

困ったことに、当時の日本人の中には、歌田のような頭の悪いキャラクターに愛着を抱くと同時に、自分は頭がいいと思いこんでいた者が多かったのです。おそらく、頭の悪いキャラクターを見下すことで、優越感を得ていたのでしょうね。そうした、ネットに入り浸って、自分たちを偉いとか知的だと錯覚している者たちを、バーチャル貴族、略して『バチャキ』と呼ぶようになりました。

実際には彼らは何も知的活動をしていませんでした。ネットの記事をコピペしたり、ネットで読んだ誰かの意見を自分の意見であるかのように語ったり、他人の意見に茶々を入れたりするぐらいです。しかし、彼らはそれを知的活動だと信じていました。

彼らは自分が豊富な知識を持っていると思っていました。しかし、彼らは本をほとんど読みませんでした。まして歴史書やドキュメンタリーに手を出す者なんていません。彼らの知識の多くは、マンガから得たものです」

「えぇーっ!?」

「そうなんです。この頃は歴史やら世界情勢やら思想やらを解説したマンガが何冊もベストセラーになっていたんです。バチャキたちはそれを読んで、歴史を知ったつもりになっていました。それらのマンガの多くは、ちゃんとした学者の監修もついていないいいかげんなもので、思想的にも偏向していましたが、バチャキたちはそれを鵜呑みにしたのです。中にはひどい珍説もありましたが、信じてしまう者が続出しました。たとえば二〇二九年にネット配信されて大人気になったこんなマンガがあります」

画面にマンガのタイトルページが表示される。題名は〈原爆投下はウソだったろう〉。

「この説を最初に唱えたのが誰か、よく分かっていません。最初は冗談として書かれたという説もあります。これはその説を、あるアマチュアのマンガ家が絵にしたものです。かいつまんで紹介しますと——

一九四五年、原爆が投下され、広島が焼け野原になった直後、『広島には七〇年間は草木も生えない』という説が流れました。放射能の影響で人の住めない不毛の地になるだろうと。実際には、ほんの数年で広島は復興し、元通りに草や木でいっぱいになりました。これはおかしいではないか——と、このマンガの作者は言います」

画面があるページに切り替わる。東京大空襲の直後の写真と広島の焦土の写真が並べて掲載されており、〈2枚の写真は見分けがつかない！〉というキャプションがついている。

「彼が主張するところによれば、広島も東京と同じく、通常爆弾の爆撃によって焦土と化したというのです。それを当時の軍部は、新型爆弾、つまり原爆だと発表して国民を騙したと。当時、日本はポツダム宣言受諾をしぶり、本土決戦に備えていました。そんなことになれば日本中が荒廃し、何百万という国民が死にます。しかし、降伏というのは軍のメンツが立たない。それでアメリカは原爆を開発したという嘘を流した。降伏しないと日本中に原爆を落とされてしまうから、耐え難きを耐え、忍び難きを忍び、やむを得ず降伏するという形に持っていった。アメリカにとってもその嘘は都合が良かったので、日本軍に協力して、原爆投下を捏造したのだ……というのです。こういうバカげた説も、何十万という読者が信じました」

「はい、質問」一人の少年が手を上げた。

「何ですか、三浦くん？」

「原爆の閃光とか爆風とかを体験した人はいっぱいいるでしょう？　その証言は残ってるんじゃないですか？」

「もちろん、残っていますとも」

「じゃあ、それを示したら、簡単に論破できちゃうじゃないですか」

「いや、マンガの作者やその信者たちは、そんな証言はすべて無視したんです」

「無視って……」

「都合の悪い証拠を見ようとしないのが、彼らの特徴です。たとえば九・一一テロ捏造説では、ペンタゴンに突入したのは旅客機ではなく、巡航ミサイルだということになっていました。実際には、旅客機がペンタゴンに突入するところを目撃した人は何十人もいるんですが、その証言は無視されました」

「そんなの、ちょっと検索すれば……」

「そうです。正しい情報なんて簡単にヒットします。でも、バチャキたちはそれをしないんです。『みんながまだ知らない真実を知った！』というだけで舞い上がってしまったのでしょうね。

　もっとも、さすがにこの原爆投下捏造説には反論する者も大勢いました。あちこちのブログや掲示板で、論争が長いこと繰り広げられました。特に原爆の放射能の影響についての議論が活発に行なわれました。それが沈静化したのは何年も後のことです。しかし、この論争は思いがけない余波を生み出しました」

　ある大手掲示板のスレッドが表示される。タイトルは〈核兵器ってそんなに非人道的じゃないんじゃね？〉――日付は二〇三四年だった。

「『七〇年間は草木も生えない』というのが間違いであることは証明されたのですが、その反動として、こんな意見が出てきたのです。ちょっと読んでみましょうか」

スレッドにはこんなことが書かれていた。

〈核兵器っていったいどこが非人道的なのかね？　よく分かんねーよ。広島で14万人が死んだのが非人道的だって言うなら、10万人が死んだ東京大空襲は非人道的じゃないのか、とか〉

〈どっちも非人道的だろ〉

〈じゃあ、人数の問題か？　何人から非人道的になるの？〉

〈核を使わずにただ所有してるだけなら、犠牲者ゼロだから人道的〉

〈放射能が問題なんじゃない？　後遺症で長く苦しむから〉

〈でも、通常爆弾の爆撃でも、重い障害になる人とかたくさんいるだろ〉

〈しつもーん。自動車はどうなりますか？　戦後の89年間で、交通事故で原爆何発分も死んでるよね。車も非人道的？〉

〈車は役に立ってるだろ〉

〈でも、原爆も戦争を早く終わらせる役に立ったろ〉

議論はなおも続いた。話題が進むにつれ、発言者はみんなエキサイトして、鬼畜なジョークや差別的な発言が頻繁に飛び出してきた。醜い罵倒や中傷の応酬。コピペや意味不明のアスキー・アートが飛び交う。

子供たちにとっては初めて知るショッキングな内容だった。読み進むにつれ、みんなの顔色が変わってゆく。

「はい、みなさん、不快な文章をお目にかけてごめんなさい」教師はすまなそうに言った。「でも、これが歴史的事実だということは、知っておいていただきたいんです。当時の日本人——特にバチャキと呼ばれる者たちは、誰もが読める公共の空間で、このような汚い言葉を使い、不謹慎な話題を堂々と楽しそうに話し合っていたんです」

「……これ、規制されなかったんですか？」一人の少女が蒼(あお)ざめた顔で言う。

「当時はまだネット浄化法はありませんでした。こういうネットの書きこみは、たまに犯罪を予告した者が捕まったり、名誉毀損(めいよきそん)で訴訟沙汰になったりする程度で、ほとんど野放しだったんです。それをいいことに、バチャキたちは増長して、どんどんひどいことを書き散らしていったのです。彼らは慎みとか人間らしさといったものを完全に見失っていました。他人を非難したり嘲笑したりすることで、自分が賢くて偉いという幻想を維持していたんです」

「規制しようという動きもなかったんですか？」

「あることはありました。二〇二〇年代に、ある国会議員が、ネット上での反社会的な発言を禁止する法律を作ろうと呼びかけたことがあります。今のネット浄化法の原形ですね。

どうなったか分かりますか？

彼はバチャキたちの集中砲火を浴びたんです。『言論弾圧だ！』とね。彼のブログは炎上し、閉鎖に追いこまれました。そればかりか、彼に対する悪質な誹謗中傷（ひぼうちゅうしょう）がネット上に荒れ狂いました。すさまじいネガティブ・キャンペーンによって、彼は次の選挙では落選してしまいました……。

同じことが何度もありました。バチャキの横暴を批判した政治家や文化人はみんな、彼らのターゲットにされたのです。ネット上で中傷されるだけでなく、住所をさらされ、不特定多数による脅迫や嫌がらせを受けました。家に落書きをされたり、汚物を投げこまれたり、下校中の子供が傷つけられたり……引っ越しても無駄でした。彼らはどこからか新しい住所の情報を手に入れ、ストーカーのようにつきまとうんです。ターゲットは精神的に追い詰められてゆきました。日本から逃げ出さざるを得なくなった人、病院に入院した人、自殺した人も何人もいます。

犯人が何人か逮捕されましたが、そんなものは焼け石に水でした。バチャキたちは実体のあるグループではなく、それぞれが自分の意志で嫌がらせをしているんですから。犯人を一網打尽になんかできないんです。

二〇三〇年代になると、もうバチャキをおおっぴらに批判する者などいなくなりました。そんなことをしたら、日本では生きていけなくなりますから」

「それこそ言論弾圧だ！」

「そうです。日本から言論の自由などというものはなくなってしまったんです」
「他の国はどうだったんですか？」
「ネット言論の暴走はどこの国でも問題になっていましたが、先進国の中で日本ほど悪化した国は他にありませんでした。どこの国も早いうちに危機感を抱き、法律で規制しましたからね。日本だけが正常化するチャンスを逸してしまったんです。

注意していただきたいのは、こうしたムーブメントは誰かが扇動したものではない、ということです。首謀者などどこにもいませんでした。大勢の大衆の総意が、悪意を形成していったんです。いったん形成された総意は、きわめて強固なものになります。総意に反することを言えば袋叩きに遭いますから、たとえ心の中で疑問を抱いていても、みんなが言うことに同調するか、さもなければ沈黙するしかなかった。最終的に反論する者は誰もいなくなり、間違った考えでさえ真実となってしまうのです。

さて、さっきの掲示板の話に戻りましょう。議論が沸騰していた時、こんなイラストが投稿されました」

画面に現われたのは、小学生ぐらいの女の子の絵だった。ピンク色の髪で、頭に四角い箱のようなものをかぶっている。幼児体型に黒いスクール水着のようなコスチュームを着ており、両肩に〈U〉〈235〉という文字が書かれ、下腹部には放射線を示す黄色い三角のマーク。八重歯を見せて陽気に笑い、「お兄たんたち、けんかはやめるでぼむ」と言っていた。

「これが『リトルガール・ウララ』のデビューでした。作者は分かっていません。広島に落とされたウラン型原爆リトルボーイを擬人化したキャラクターです。登場と同時に、ウララはネットを席捲しました。『ウララちゃん、萌え〜!』という声であふれかえったんです。たった三日後には、新たなキャラクターも登場しました」

次のキャラクターも女の子だった。ウララよりもぽっちゃりしていて、胸も大きい。こちらは白いビキニのようなコスチュームを着ていて、ブラジャーには〈Pu〉〈239〉と書かれている。パンツにはやはり黄色い放射線のマークがあった。

「『ファットガール・プルル』。長崎に落とされたプルトニウム型原爆ファットマンを擬人化したキャラクターです。そのさらに二日後には、三人目も登場します」

三人目はやや年長で、クールなキャラクターだった。こちらは赤い競泳用水着を着ている。額には〈T〉の文字。

「『トリリ』——一九四五年七月一六日、ニューメキシコ州で行なわれた世界最初の核実験トリニティにちなんだキャラクターです。

ウララ、プルル、トリリ……この三人は姉妹ということになり、設定が勝手に作られていきました。性格、好物、口癖、BWH——もちろん星座や血液型もです。

三人娘の人気は爆発しました。さっきも説明したように、この頃にはネット上にたくさんのアマチュア・アニメ作家がいましたから、たちまち3Dのモデルが何種類も作られ、みんながそれを動かしはじめたんです。大勢の人が競い合って、三人を歌わせたり、踊らせたり、寸劇を演じさせたりしました」

画面には当時作られたアマチュア・アニメのひとつが映し出された。ステージの上でウララとプルルが明るく歌い踊っている。

真夏の青い空から　ラララ
あなたのもとに舞い降りる　ルルル
あたしたち　二つの卵
キラリ光って　新しい時代を拓くよ
導いてね　ストレート・フラッシュ
見ていてね　グレート・アーティスト
空に大きな　お花を咲かせるの……

「この歌は比較的穏当なものです。他にもこうした歌は何百も作られました。その多くが、核兵器を賛美したり、広島と長崎の悲劇をギャグのネタにしたり、被曝者の方々を笑いものにするものでした」

「ひどい……」

子供たちは気分が悪そうだった。

「ええ、ひどいです。マスメディアというものがまだ健在だった頃は、こんなものが流行するなんてありえなかった。新聞やテレビが没落し、ネット社会が日本の情報の中心になった結果、こうした暴走が起きたのです。

三人娘の大ブームにより、それまでにかなり薄れてきていた日本人の核に対するタブーや嫌悪は、完全になくなったと言っていいでしょう。太平洋戦争終結から九〇年近く経って、もう日本人は核の悲惨さなど忘れてしまったんです。核はもう嫌悪するものではなくなりました。明るく楽しむものになってしまったんです。

もちろん、高齢者の中には、こうした傾向に心を痛めていた人もいました。しかし、三人娘を否定するような意見をネット上でちらっとでも表明すると、たちまち袋叩きに遭いました。だからほとんどの人は口をつぐみ、ブームの過熱を苦々しく見守ることしかできなかったのです。

翌年の二〇三五年、歌田杉雄が東京都知事選挙に立候補しました。それまでもタレントやお笑い芸人が都知事や府知事や県知事になった例はあったのですが、歌田は彼らとは違いました。最初からシャレで立候補したことを表明していたのです」

歌田の選挙風景が映る。素顔仮面のコスチュームで選挙カーの上に立ち、ウララとプルルの歌を歌い、腰をくねらせて踊っている。聴衆は大笑いしていた。

歌が終わると、彼は「日本が核を持って何が悪いーっ!」と絶叫した。聴衆は歓声と万雷の拍手を送る。

「彼は二六〇万票を獲得し、当選しました。おバカな芸人にシャレで都知事をやらせてみたら面白いと考える人間が、それだけいたのです。この当選はネット芸人やバチャキたちにとって、大きな刺激となりました。『自分たちの応援していたスターが政治の場に進出した』『核保有を公言した』という事実に、彼らは躍り上がって喜んだのです。

二〇三七年の参議院通常選挙では、『ウララ党』『プルル党』『トリリ党』が旗揚げしました。党といっても、どこかに本部があるわけでなく、統一された見解もあるわけではありません。自分がウララ党員やプルル党員だと自称する者が、日本各地の選挙区で勝手に立候補したのです。彼らの公約は同じ――『日本の核保有』でした」

二〇三七年の選挙の模様が映る。選挙カーはどれもウララやプルルがボディに大きく描かれた、いわゆる痛車だった。

「この選挙で、三つの党は合計四〇議席を獲得しました。ネットはおおいに盛り上がりました。まさに祭になったのです。日本国民は、こうなれば行くところまで行ってやろう……という雰囲気になっていきました。

三つの党は連立し、『二〇四五年の広島原爆一〇〇周年までに政権を握る』という目標を掲げました。二〇四〇年の参議院選挙、二〇四一年の衆議院解散にともなう選挙、二〇四三年の参議院選挙……連立三党は、さらに多くの議員を国会に送りこみました」

画面には、連立三党の議席数の推移を示すグラフが現われた。選挙のたびに、議席は着実に右肩上がりに上昇してゆく。

「歌田杉雄は都知事からウララ党の総裁になりました。そしてついに、二〇四四年の衆議院解散にともなう選挙で、連立三党は議席の過半数を獲得し、与党となったのです。総理大臣となった歌田は、日本も核を保有すると宣言し、熱狂的に迎えられました。彼はまた、従来の政治が民意を反映していなかったことを反省し、国民の意見を直接取り入れるシステムを導入しました。〈国民の声〉と呼ばれるサイトです。これは選挙権を持つ日本人なら誰でもアクセスできました。何かの法案や政策がアップされ、それを支持するかどうかをネットで投票してもらうというものです。政策を決める際、多数派の意見を尊重しようというのです。

こんなことを思いついたのは、もともと歌田たちに政治に関する明確なビジョンがなかったからです。だってシャレで立候補したんですからね。そこで、とりあえず国民の大多数が望んでいることをやればいい……と安直に考えたわけです。この安直な考えが、のちに大変な悲劇を生むことになります。

二〇四五年八月六日、原爆投下からちょうど一〇〇年目のこの日、広島では大規模なイベントが開かれました。空にたくさんの花火が打ち上げられ、日本の核武装が決まったことを祝ったのです」

広島の映像が映る。大通りを埋めつくす何万人もの行進。掲げられている何百ものプラカードには、どれもウララやプルルやトリリが描かれ、〈日本も核を持つだぼむ〉などと書かれている。三人娘のコスプレをしている女性も大勢いた。みんな陽気にはしゃぎ回っている。

「もうこうした時代の流れには誰も逆らえなくなっていました。ネットの暴走がもたらした日本人の低ＩＱ化スパイラルは、ここまで来たのです。倫理感とか良心とかいったものが麻痺してしまうほどに……。

無論、日本人全員がバカになったわけではなく、まだ理性を保っていた人も何百万人もいたでしょう。しかし、彼らの声はもはや表に出てくることはありませんでした。

実際に日本が核を保有するのは、それから一〇年も後です。もうすっかり理科系の人間が少なくなって、技術力ががた落ちになってしまっていましたから、開発に時間がかかったのです。それでも二〇五五年にはプルトニウム型原爆の第一号が完成しました。核実験場には、ちょうど小笠原諸島南端に海底火山の噴火で誕生した無人島が選ばれました」

画面には、水平線上に走る閃光と、たちのぼるキノコ雲が映し出された。そこに〈おめでとう〉〈日本ばんざーい！〉という弾幕コメントがかぶる。〈きれいだねえ〉〈かっこいい〉〈勇壮だ〉〈これでどれぐらい殺せるのかね〉といったコメントもあった。

「二〇五五年八月一五日、日本製の原爆第一号〈トリリ〉が爆発しました。核弾頭を搭載する大陸間弾道ミサイルの研究も並行して進められ、こちらは二〇五八年に試射に成功しています。こうして日本は核ミサイルを持ったのです。

もちろん、日本の核保有は世界各国に大きな緊張をもたらしました。世界の趨勢は核の廃絶に向かっていました。二〇四〇年代に革命による完全民主化を果たした中国は、それまでの路線を一転させて平和主義を歩み、核兵器を段階的に撤廃、二〇五三年には全廃していました。アメリカやロシアも同様です。コリアにいたっては、南北統一した際に、旧北朝鮮の残した核兵器をすべて破棄していました。それなのに、いったいなぜ日本が核を持ちたがるのか、なぜ不必要に緊張を高めることをするのか、諸外国の首脳は理解できず、首をひねっていました。

理解できなくて当然です。日本人たちにさえよく分かっていなかったのです。核保有に深い理由なんてありはしません。ただ単に、『なんとなく核兵器ってかっこよさそう』とか『プルルちゃん、萌え～』とか、そういう理由で核にあこがれていたのですから。

その頃から、〈国民の声〉が暴走をはじめました。当たり前の話ですが、国民の大多数は政治について素人です。どんな政策が正しいのか判断できるはずがありません。素人の意見にいちいち従っていたら、国がまともに運営できるはずがないのです。

たとえば財政問題です。国民はみんな『福祉予算を上げろ』とか『減税しろ』とか要求します。しかし、そのための財源をどこから工面するかは、誰も真面目に考えようとしませんでした。『要らない出費をカットしていきゃいいじゃん』という程度にしか思っていなかった。

最初のうち、いくつもの省庁が再編され、不必要と思われる部局や機関が廃止されるという程度でした。確かに何の役に立っているか分からない、予算を浪費しているだけの機関もたくさんありましたから、それはまだ良かった。ですが、それがだんだんエスカレートしていった。

たとえば『障害者に対する支援の大幅削減』です」

当時の〈国民の声〉のアンケート結果が映し出される。この政策を支持するかという質問に、約三分の二が〈はい〉と答えていた。

「驚くべきことに、この政策は六五パーセントの支持を得ました。二〇五〇年代の日本国民の大半は、障害者福祉を無駄な出費だと思っていたのです。もちろん、猛反対した議員も何人かいました。しかし、例によってネットの猛攻撃を受けました。良心を持った最後の議員たちは、『国民の大半が支持している政策に反対するなんて非国民だ』という非難によって潰されていきました。

同じく、『性犯罪者の強制断種処置』は七四パーセントの支持を得ました。『重度障害者と痴呆老人の安楽死』は六九パーセント、『在日外国人の全員強制国外退去』は七四パーセント……こうしたおぞましい法律は次々に国会を通過し、承認されていきました。日本は急速に、かつてのナチスドイツ顔負けの恐ろしい国に変貌していったのです。

違うのは、日本にヒトラーのような独裁者はいなかったということです。歌田以来、二〇六五年までに六人の総理大臣が生まれましたが、いずれも大きな野望とは無縁の人物でした。むしろ彼らは〈国民の声〉にびくびくし、従うことしかできませんでした。少しでも〈国民の声〉に反する政策を取れば、たちまち失脚させられるばかりか、自分や家族に肉体的危害を加えられる可能性があるのですから。

政治家たちはどれほど〈国民の声〉を廃止したかったでしょう。でも、それはもうできません。廃止をほのめかしただけで、猛烈なバッシングを受けるに決まっています。無論、日本の非人道的政策の数々は、全世界の非難を浴びました。二〇六八年一月、アメリカ政府が日本に対する経済制裁を発表、中国、コリア、ロシアなど、他の国もそれに追従しました。輸入が激減し、日本人の生活は苦しくなりました。それでも日本人は反省しません。経済制裁をかけてきた国を逆恨みする始末です。

さあ、当時の日本人がどんなことを言っていたか、見てみましょう」

画面にまた、どこかの掲示板のログが表示される。

〈核さあ……撃ってみたいよねえ？〉
〈同感。一〇年も前にミサイル作ったのに、一回も撃ってねーじゃん〉
〈せっかく作ったのに撃たないってもったいないよねー〉
〈一発撃ちこみゃ、アメリカ人も頭冷やすだろ〉
〈あのバカどもに思い知らせるには、それしかない〉
〈もうあいつら、核持ってないしな〉
〈撃ち返せないよな〉
〈いいじゃん。撃っちゃえ、撃っちゃえ。ミサイル撃っちゃえ〉

「こういう意見がネットを席捲していったのです。〈国民の声〉にも『制裁のために核ミサイルを発射すべき』という提案がアップされ、たちまち過半数の支持を得ました。それでも議員や閣僚たち、防衛省のお偉方たちは、決断をしぶっていました。当たり前です。核ミサイルの発射なんて、気軽にできるものではありません。それこそ大国の報復を受けるに決まっています。

しかし、日本人たちにはもうそんな簡単なことも分からなくなっていました。みんな核ミサイルを撃ちたくて撃ちたくてたまらなくなっていたのです」

画面は上にスクロールしてゆく。何百という発言が流れていった。

〈撃っちゃえ、撃っちゃえ。ミサイル撃っちゃえ〉
〈撃っちゃえ、撃っちゃえ。ミサイル撃っちゃえ〉
〈撃っちゃえ、撃っちゃえ。ミサイル撃っちゃえ〉
〈撃っちゃえ、撃っちゃえ。ミサイル撃っちゃえ〉
〈撃っちゃえ、撃っちゃえ。ミサイル撃っちゃえ〉
〈撃っちゃえ、撃っちゃえ。ミサイル撃っちゃえ〉
〈撃っちゃえ、撃っちゃえ。ミサイル撃っちゃえ〉
〈撃っちゃえ、撃っちゃえ。ミサイル撃っちゃえ〉
〈撃っちゃえ、撃っちゃえ。ミサイル撃っちゃえ〉

「そして二〇六九年二月一〇日、ついに第二の原爆〈ウララ〉を装備したミサイルが、ワシントンめがけて発射されました。その瞬間、日本中が歓喜に沸き立ちました」

炎を上げて夜空に上昇してゆくミサイルの映像。そこに無数のコメントがかぶる。〈俺たちのウララちゃん、がんばれ〉〈行ってらっしゃい〉〈アメリカ人をたくさん殺してこい〉〈きれいな花火、期待してます〉〈広島の復讐だ〉……。

「しかし、日本の技術力はやはり低下していました。高度に進歩したアメリカの迎撃ミサイルによって、あっさり撃墜されてしまったのです。そして、アメリカの報復攻撃がはじまりました。アメリカ人はもう核など必要ありませんでした。彼らはもっと強力で効果的な兵器を開発していたのです。

日本全域で、ほんの数時間のうちに、何万というサーバがダウンしました。ネットにつながらなくなったことで、人々は不安に襲われました。電話もメールもできなくなり、もちろんニュースを見ることもできません。何が起きているか分からず、情報は錯綜するばかりです。『アメリカが攻めてきた』とか『核兵器が使われた』とか、口コミで流言飛語が広がりました。

それはサイバー・ウェポン——高度な人工知能を有し、ネットの中で増殖しながら拡散し、特定の言語を用いるサーバだけを標的にするコンピュータ・ウイルスの攻撃でした。ネットに依存している人間たちにとって、最も痛烈な打撃はネットに接続できなくなることだということを、アメリカ人はよく承知していたのです。

何よりも大きな被害は、各地の原子力発電所のコンピュータに異常が発生し、安全装置が働いて原子炉が停止したことです。大規模な停電がいくつも同時に発生しました。電気が復旧するのに、実に一週間を要しました。おりしも関東地方を寒波が襲い、暖房を電気に頼っていた家庭では、真っ暗な中、家族が抱き合って布団をかぶり、不安な夜を過ごしました。いえ、家族がいた者はまだ幸いです。バチャキの多くは独身でしたから、一人で寒さと不安に耐えなくてはなりませんでした」

教師の説明に合わせ、当時の記録映像が次々に映る。暗い部屋の中で抱き合って震えている子供たち。雪の積もった車道をとぼとぼと歩く人々。スーパーマーケットのシャッターをこじ開け、略奪を繰り広げる群集……。

「電車は動かず、交通信号が消えたために道路もあちこちで渋滞。もちろん電気自動車はバッテリーが切れると動けなくなりました。輸送網が寸断され、一部では食糧が不足しました。この時代にはすでに紙幣や硬貨といったものは廃れ、すべてカードによる決済になっていましたから、電気が来ないコンビニやスーパーで食糧を買うこともできません。パニックから略奪も多数発生しました。

一ヵ月間で、日本全国の死者は一四万人に達しました。餓死者や凍死者、パニックに巻きこまれて死んだ者もいましたが、死者の大半は自殺でした。生活のすべてをネットに依存していた者たちは、ネットが機能を停止したとたん、どうやって生きていけばいいのか分からなくなり、錯乱して死を選んだのです。

総理大臣や閣僚、国会議員たちはというと、どうにか自家発電を維持していた国会議事堂に集まったものの、どうしていいのかさっぱり分からず、不毛な議論を繰り広げるばかりでした。しかたがないですね。半分以上はバカな素人にすぎなかったんですから。

そんな時、日本を救ってくださったのが、我らの黒井武人閣下です。

当時、自衛隊の陸将だった閣下は、日本を救うため、クーデターを決意されました。部下を率いて国会に乗りこみ、政治家たちを全員拘束して、政権の奪取を宣言されたのです。閣下の対応は迅速でした。ただちにアメリカに謝罪、賠償を約束するとともに、緊急時の特例として、新たな法律を発布されたのです。ウララ、プルル、トリリの三党の議員の追放。〈国民の声〉の閉鎖。過去に施行された数々の悪法の廃止。ネット浄化法の制定……。

こうして、一時は混乱に見舞われた日本は、偉大なる黒井武人閣下の活躍により、急速に安定を取り戻し、正常化に向かったのです。

特にネット浄化法の効果は絶大でした。反社会的、差別的な言辞をネットに書きこんだ者は、一〇〇万円以下の罰金もしくは三年以下の懲役——たったこれだけで、日本国内のネットから、今みなさんが見たような有害な発言は一掃されました。最初のうちは逮捕者も多かったのですが、そのうちみんな学習して、礼儀正しく、社会のルールに従った発言をするようになりました。

黒井武人閣下は教育にも力を入れられました。みなさんが日頃教わっている、『自らの知力をわきまえる』『常に礼節を知る』『頭のいい人を尊敬する』といったモットーも、黒井武人閣下の打ち出された方針です。また、バチャキの予備軍であるブライアンW症候群についてては、ナノモジュール治療による矯正を推進されました。それもこれも、二度と低IQ化スパイラルの悲劇を繰り返さないためです。

ご存知のように、現在は黒井武人閣下のご子息であられる黒井響(ひびき)閣下が日本の最高指導者です。こうした優秀で賢明な方々の下で、私たち日本国民は繁栄できるのです。二度と政治に無知な一般大衆に国の運営をまかせてはいけません。選挙などというものはもってのほかです。政治に携わってよいのは、深い知識と高い知力を持つエリートだけなのです。

おや、放送の時間が来ましたね。それではみなさん、起立して、偉大なる黒井響閣下のありがたいお言葉を拝聴することにいたしましょう」

「起立！　礼！」

# 犬と鴉

田中慎弥

どの時代のどんな戦争が始まる時もそうであったように、私が小学生の頃に始まった戦争の直前にも戦いの先ぶれが街で見かけられてはいたのだ。地上に落ちる建物の影がむやみと濃くなり、校舎の屋上の国旗は風もないのに揺れるようになった。どこの鶏も夕暮時に鳴いた。楓(かえで)が青いままで冬を越した。黒い服がはやった。

ある日、雌の子猫に雄の蟇(がま)が五、六匹も群がっているのを見た私が熱を出すと母は、「ちょっとしたことで体を壊すそういうところ、代ってやればいいんだけどね。一人前の人間にならないとね。」と言い、その日のうちに病院に連れていった。床に足の着かない高い椅子に座らされた。鼻髭(はなひげ)の若い医師は右手の中指で私の額や頬をぴたぴた叩いたあと、ぶ厚いファイルを持ってこさせた。目と口が大きく化粧の濃い看護師がその重そうなやつを医師の机にそっと載せ、気の毒げな、それ以上に怖がる目で私を見、すぐ引っ込んだ。気の毒げなのと怖がっているのと、二人の看護師がいたらしい。頭が二つ生えていたのではないだろうから。

医師はファイルを開き、黒い線で写実的に描かれた人間の顔と私の顔を何分か見比べ、時々絵に指を当てて次に私の顔の同じ部分に触れてみたりしたあと、目は私と合せたまま、母に向って、

「お母様、これは少しだけ難しいことになってますね。」

「治りませんのでしょうか。」

医師は絵を指差し、

「お分りになりますね。息子さんはこちらの部類です。この型は最近では、全くないとは言いませんがちょっと珍しい。」

「命に関りますんでしょうか。」

「ご覧下さい。」と隣の頁の、最初の絵と変りがあるとは思えない一枚を差し、「お母様やわたくしなどはこちらに属していると言えましょうね。息子さんが快復へ向うよう、ゆっくりと治療しましょう。まず薬、効かなければ手術です。放っておくと、これからの時代を生きてゆくのは少しきつくなりますね。」

完治を目差しての一歩目として毎食後に、硝子(ガラス)の粉のように輝いている白い薬を飲まなくてはならなかったが、二ヵ月と経たないうちに飲まなくてもいいことになった。医師の言ったこれからの時代が早くもやってきて、戦争が始まったからだ。病院には薬がなく街には食べ物がなかった。人々は顔を合せさえすれば、朝から何も食べていない、ゆうべの空襲で家がやられてしまった、夫の配属された部隊が全滅したと新聞が伝えている、と競

って言い交した。だが寝ていることの多い私が聞くのは他の会話だ。各家の傍には小さな退避壕が掘られ、電気と水道が引かれている。夜になると蛇口から、他の壕の会話が漏れてくる。弔いの鉦(かね)の音や泣き声に混って別の家の、明日には夫が入営するという若い夫婦や夫が年を取っていて徴兵を免れた夫婦の交接が、互いの名を呼ぶ声や締め殺されかけているとしか思えない細い吐息が、時には水道管の揺れとして伝わってきた。空襲のひどかった日は特に激しかった。誰も退屈していなかった。私の看病を続けているおかげで、母と祖母も。

戦争は初めてではなかった。祖父の時代にも一度起きていた。父の歯がまだ全部生え揃っていない頃に、出征した先の南の島で祖父は死んだ。大きな木の下でヘルメットを脱ぎ、家族に宛てて手紙を書こうと万年筆を取り出したところへ、地上から見上げる太陽ほどある特別に大きくて硬い木の実が落ちてきたのだと、無事だった万年筆を骨に添えて届けてくれた祖父と同じ大隊の兵士が話したそうだ。汗と泥と日差の匂いをむっと漂わせた男だった。左の袖を振ってみせて、僕は片腕を取られた代りに生きて帰ってきました、と言った。

負けて終った戦争が残した、何もかも焼き払われた土地で、人々は生れたての悲しみを、失った家族のつもりで、本当の家族であれば痛くて逃げ出してしまいたくなりそうなほど力いっぱい抱きしめた。食糧不足で減った腹を不幸で満たしていたのだ。この間まで敵だった国の宣教師に、あなたはどうしてそんなに苦しそうな顔をしているのですか、と問われれば、戦争で家族を亡くしたのです、と答えればよかった。もし、あなたたちに家族を殺されたのです、と答えてしまえば悲しみはたちまち孵化して怒りが生れただろう。怒りは腹持がしない。だから人々はいつまでも悲しんで暮していた。悲しみの他に焼けなかったのは、川と海と古い図書館だけだった。焼けなかったということは水があるってことかもしれない、だったら食べ物も、と思い込んだ悲しみの味を知らない人たちが図書館に集まってきたが、あるのは言葉ばかりなのでがっかりした。

一家の主がいなくなった家で成長した父の支えは、祖父に倣って戦争に行く、という、真っ赤な嘘にしか思えない未来だった。祖母は叱ったが、

「母さんは父さんが死んだから戦争が憎いんだろ。僕が死なずに戻ってくれれば憎しみから解放される。戦争は、息子を生かしてくれたありがたいものに変るんだよ。」と父は言った。

祖母がそれ以上父を叱らなかったのは戦争など二度と起りそうになかったからだ。あんな酷いことはもうごめんだ、との人々の信念は揺らぐわけがなかった。磐石の信念に、信念そのものがつけ込んだ。みんなが悲しみの味を思い出し、今度の戦争が始まった。父は出発の朝、

「親父の代りをやるからにはあんな間抜けな死に方は出来ないな。」と笑って私の手に万年筆を握らせると、式台で泣く祖母と母へ、先に玄関の戸を開けておいてから向き直り、敬礼をした。肩まで上げて肘のところで曲げた腕と骨張った頬とで作られた三角形の中に、

まだ焼けてはいない街並が見えていた。黒い革に朝の光を集めてよけいに黒々としている丈夫そうな靴を鳴らして、父は行ってしまった。

何日もしないうちに空襲が来た。焼夷弾で私たちの家もやられた。逃げる人々が、戦闘機の発射する生きのいいバッタの形と大きさの弾丸を浴び、崩れた家屋の破片のそのまた破片である埃(ほこり)の山の上へ競って倒れていった。毎日毎日埃が飛び散って人が死に、血は埃に吸われた。

戦争は戦争らしさを発揮してだらしなく続いた。母はある日、左右の目で別々の方向を見つめ、流れ落ちる黄色い洟(はな)を止めようともせず、鶏の内臓に似ている舌を覗(のぞ)かせながら、「おかしいねえ。お父さんに卵を頼んだんだけどどこまで買いに行ったんだろ。このままじゃ晩ごはんにならないからちょっと探してくるね。」と玄関を出た。私は追いかけて、「正気に戻ってくれよ。戦争なんだよ。」と言ったが、

「だってお前、お母さんは卵を産めないんだよ。お母さんが産んだのはあんた一人だよ。お父さんのあれは太くて熱くてお父さんと同じにそりゃあ働き者だったから、お母さんはあんたを産めたんだ。でもお父さんがいなくちゃ卵もあんたも産みようがないものねえ。」

母は戻らなかった。

「悲しみの食べ過ぎで腹を壊したんだね。」と祖母は話し始めた。「死んだかどうかも分らないうちから悲しんでるとああなるんだよ。悲しみっていうのはほんとにやっかいだ。憎しみが原因で起る戦争もあるにはあるだろう。家族のため、家族を殺された恨みのため、

国を守るため、そういうのも戦争の立派な理由にはなるだろう。でもちょっと立派過ぎるね。人間はなんといったって、悲しむために戦争するんだ。悲しみほど甘い食べ物はないんだからね。あたしだってそうだった。お骨と万年筆を見た時、不思議だったよ、冷たくなるかと思った体がじわじわ温まってきてね、食べ物がなくてお腹がすいてることなんかすっかり忘れてしまった。反対に悲しみの味は忘れられなくなったんだよ。そりゃそうだよね、自分の亭主が死んでしまったことは忘れようがないからね。戦争のやつ、知ってやがるんだ、人間が幸せよりも不幸の足許(あしもと)に跪(ひざまず)いてしまうことをね。そうなってしまったらもう手遅れだ。悲しみを求めてどこまでも突き進んでいってしまう。時には止ることだってないわけじゃないよ。愛とか喜びとか感謝とかを詰め込んで幸せが通りかかれば、誰だって足を止めるくらいはする。ひょっとしたらこっちの方がずうっとおいしいんじゃないかと思ってとりあえずぱくついてはみる。でもすぐに気がつくんだ、旨(うま)みが足りない、量も少ない、こんなもんじゃとても腹は太らないってことに。幸せの方がいいに決ってるって頭では分ってるのに、おかしなもんだね。悲しみの方が好きだなんておおっぴらには言えないから深刻ぶってはいるけど、戦争が始まるのをみんなで息を殺して待ってたんだ。そうだよ、誰かが始める筈(はず)なのに、自然に始まってしまったって思いたいんだよ。そうじゃないと悲しみを思い切り味わえないんだろうねきっと。誰かだけが悪いのでもなければ誰かだけは絶対に悪くないっていうわけでもない。誰が悪いかなんてこと考えてたら戦争が出来なくなる。せっかくのごちそうが逃げてってしまう。空襲だとなりゃ家は焼けて人は倒れる。悲しみはよりどりみどりだ。まごまごしてたら乗り遅れちゃうよ。爺様が骨と万年筆になって帰ってきた古い戦争の時、父親は無事な姿で帰ってくる、家はほんのちょっと瓦をやられたくらいで大したことない、なんていう一家もあってね、少しは羨ましかったけど、でもあとでその一家がどうなったかっていったら、決ってるだろ、幸せに暮しましたとさってやつだ。来る日も来る日も幸せ以外何も味わえない生活。幸せに蝕まれて脱け出せない毎日。それが死ぬまで続くんだよ。考えられるかい。でもこっちはどうだい。毎日食べたいだけ食べたって絶対になくならない悲しみを背負ってるんだから怖いものなしだ。ただし爺様の命を持ってかれた悲しみはあたしだけのものだから、お前はお前の悲しみを食べるんだよ。分ってんのかい。ほんとに心配だ。あんたは体が弱くてお国の方でも兵隊に取ってくれないんだから、こりゃ全くの病気だね。でも悲しみからは逃れられないよ。その方がいいんだ。父親が骨になって戻ってきてくれるかそれとも母親か。どっちにしたって親は子どもを思いやるものだから、あんたにちゃんとした悲しみを届けてくれるよ。今度の戦争は爺様の頃の戦争とはだいぶ様変りしてる。炎の形から人の叫び声から、いっさいがっさいが前とは違ってる。だけどね、親が子を思う気持ってのはいつだって底なしなんだよ、恐しくて逃げ出したくなるくらいに。逃げられないよ。逃げちゃ駄目だよ。親がくれる悲しみをちゃんと受け取って、絶対に手放すんじゃないよ。宝物なんだからね……」

壕の中での話はいったいどのくらい続いたのだろう。祖母は起きている時は勿論、寝ていても、むしろ目が覚めているよりずっと滑らかな話し方で喋り続けたので、時々眠り込んでしまった私が聞き逃した話もあっただろう。時間は暗がりの中を、祖母の声によってかろうじて前に進んでいた。古い戦争のことを話すものだから時間の方でも、自分は本当に時計通りに進んでいるのだろうかと不安になったかもしれない。壕の外からは爆撃音、建物が崩れたり燃えたりする響き、人々が逃げる足音や泣き声が聞え、水道管からも、生きているのか死人のものなのかさっぱり分らない叫びがひっきりなしだったが、それらは祖母の話の中に取り込まれてしまい、今度の戦争はまるで古い戦争だった。私は祖父だった。暗闇の中に南の島が浮び上がり、丈の高い木が猛然と枝葉を広げる。その下でヘルメットを脱ぎ、万年筆を握る。途端に強い衝撃が来、グシャッという音を自分の耳で聞く。そばには血のついた大きな木の実が転がり、顔の表面に何本もの生温かい血の筋の垂れ下がる感覚があり、視界も濁ってくる。祖父として戦場に行き、死んだ私は、祖母の悲しみの本体であり、だから祖母の言う私自身の悲しみはまだ見つけられずにいたのだったが祖母は、

「勘違いしてる場合じゃない。あんたは爺様じゃなくてあんた自身なんだ。万年筆のいまの持主はあんただろ。てことはあんたは爺様じゃなくてただのあんた自身でしかないってことになる。よかったね、あたしと違ってまだどうにか生きてるんだよ。」

そう言うと、天井が低くて頭がつかえてしまう筈の壕の中ですっと立ち上がり、出入口の蓋の、ねじ式になっている鍵を回してもいないのに地上へ出、古い戦争とは違う形に揺

らめく炎の間を歩いていった。悲しみに満たされていたからだろう、炎の方で、貴人を見送る儀仗兵のように祖母をよけた。私はそれまで横になっていた長椅子から立ち上がり、重たい蓋を両手と頭とでどうにか支え、うしろ姿を見送っていた。何年も続いた話は終った。祖母は自分の話で作り上げてきたこの世の時間の枠から、やっと脱け出すことが出来たのだ。

戦争は続いていた。これはやはり祖父の頃の古い戦争ではなかった。父の生死は分らず、父を探しに出ていった母も戻らなかった。祖母が残していった、少しかじるだけで口の全ての水分を奪う硬いパンだけが、毎日をどうにか支えた。

今度の戦争を終らせたのはヘリコプターだった。爆撃機より大きな音を立てて、尻尾を軽く持ち上げている羽根の生えた鯨の影がいくつも空に現れ、空襲も、旧式の武器での地上からの反撃もやんだ。壕に潜り込んでいた人々は、

「あれはなんだ。初めて見るな。低いな。」

「音ばっかりで撃ってもこないから敵じゃあるまい。」

「敵だよ。ありがたいよ。敵がこんなに近くに見えてるんだから、戦争は終ったんだよ。」

「ほんとか。だとしたら敵どころか仏様だ。」

「おおいここだよ。ここだよ。」などと叫びながら地上へ湧き出るのだった。建物は壊され、ところどころに、燃え残りの小さな炎が楽しそうに揺らめいていたり、細長い煙が空

と地上をつないでいたりして、動きを止めたばかりの溶岩流が新しい大地へと生れ変ろうとしているようだった。出来たての地面に立った人々はおどおどしていた。

「潜ってたわたしらの頭の上はこんなことになってたのか。」

「これからどうすりゃいいんだ？」

「空から来たありがたい皆さんの言う通りにすりゃいいんだよ。なんたって戦争を終らせてくれた仏様だからよ。」

私も開けた蓋を横へずらして頭を地上へ出し、空から降りてきて戦争を止めることが出来るといえば確かに神か仏以外にはあり得ないと考えてみたが、それにしては数が多いし、日の光をまともに背負った巨大な鯨はなんとも鈍そうだし、絶えず響いている音も、大きくはあるがちょっと軽いので、あまりの騒々しさのために天から追い落され宙吊りになっている怪物ではないかとも思われた。

鯨の群は地上へ降り立とうという素振りも見せず、羽根が回転する音を響かせたまま夜を明かし、二日目の丁度(ちょうど)正午頃、人々が、壕の中に持ち込んでいた食糧を隣と分け合ったり、昨日からの轟音に耐え切れず陸に飛び上がってきた川魚が暴れ回って全身に砂埃をまぶしてゆくので、これを油で揚げたらうまそうだがさすがにそうはゆくまいと偽の衣を洗い落し、捌(さば)こうとしていた時、全てのヘリコプターの、胴体が尻尾に変ろうとする部分が一度へこんだかと思うと、急に、腸のような管が地上へ向って伸びてきて、終った戦争が敵の都合で再開されるのだろうかと訝(いぶか)らせたが、腸だとすれば戦争とは関係なさそうだ。

管は胴体の大きさからすると細いと感じられはしても、人が一人どうにか滑り降りてこられそうなくらいのものではあった。

鯨たちは腸が垂れ落ちてしまったといって苦しがってもいない。血を流してもいない。鯨の腸というものを実際に見たことはないけれども、医学の図解に見られる、表面が蛇腹になっていて体内に納まる、という機能はなさそうだ。蛇腹や関節がなくても、必要があれば突き出てくる方式であるらしい。

腸ではない管は桃色で、地上から三メートルばかりのところで止った先っぽの部分は表面が張りつめて輝き、その中心に、眼球のない目といった風な細い割れ目がある。

全ての鯨が完全に管を伸ばしたところで今度は、胴体に近いつけ根のところの幅を内側から押し広げた丸いものが管を降り始め、先っぽの割れ目まで来る頃には次の一つがつけ根で準備をする。一番近くにある管をよく見てみると、割れ目の奥に、ぬめった黒いものがある。油の塊にも見えるそれは、管から逃れたいらしく窮屈そうに動いている。私は思わず首を壕の中へ引っ込めた。鯨は特に息んでもいないが、割れ目は黒いものによってだんだんと広がってき、目から眼球が飛び出す、と思った瞬間、全ての管から黒い玉が次々に放出されてゆく。決して硬くはない証拠に、平たく歪んで着地する。光っている。油そのものではないがやはり何かの油か液体が塗り込んであるのかもしれない。

一本が三つから五つほどの玉を放出した管は、ほっとしたのか急激に萎み、引き上げられてゆく。

一度兵士として戦場へ行ったものの、尻の肉を深々と抉(えぐ)られる大けがをして戻ってきていた男が壕から這(は)い出(だ)し、埃の積った地表から煉瓦(れんが)の破片を拾い上げ、着地の時の歪みが元に戻っている玉の、彼の足許から五、六メートルのところにあった一つへ投げつけた。当った煉瓦は光る玉の表面で緩く弾んで落ち、玉は震え、丁度動こうとしていたところへ煉瓦がいいきっかけになったらしく、尾と頭がゆっくりと現れ、すぐに脚が生え、真っ黒い犬になって立ち上がった。美しかった。体のところどころについている埃も犬の美を引き立てた。濡れた背中の毛を波打たせ、地上数十センチの埃っぽい空気を呼吸し、まだ手がつけられていない岩盤を掘削ドリルで砕くような唸(うな)りを上げ、それを聞きつけて他の玉も次々と犬になり、最初の一頭は、自分の目を覚ました男の逃げようとする背中に飛びかかり、鯨の立てる轟音の中に犬の唸りと人間の絶叫が紛れ込む。犬は男の手から、いつ牙を使ったのか分らないほど素早く指を何本か食いちぎり、男はもう一段高い声で、赤ん坊よりも懸命に泣き叫ぶ。他の犬たちも走り出し、戦争が終ったため安心して外へ出てき始めていた人々は空襲の時に発揮した逃げ足をもう一度使わなくてはならなくなった。犬が人間を追いかけないことはあり得ず、人間は犬に追いかけられてこそ人間だった。犬は玉から犬に変った時点でどれも成犬の大きさだった。逞(たくま)しく詰った胴から生えた脚は、特別に長く伸びた毛の束がしなやかに動いているかのようだ。尖(とが)った耳は黒い炎の先端だった。毛よりも潤っている目は賢げだったが、何か聞くか嗅ぐかして頭をそちらへめぐらせる時の、白目の隅にちらりと見える、眼球を支える筋肉、目の端に置かれた小さな赤こそがこの生き物の実体だった。赤に統率された黒い体が人間を目差して動いた。人々は人間らしく逃げ回り、追いつかれれば、まだ意識のあるうちに痛みを利用して最後の叫びを急いで上げ、命が体から早く離れてくれることを期待して暴れ、それもたいていは失敗し、足にまといつかれ、両腕にも黒い毛をぶら下げて、命の代りに血ばかりが流れてゆくのを自分の目で見、もう上げたくもなくなっている叫びを、羽根の轟音の中にほそぼそと響かせた。体中犬だらけで何時間も叫び続けた者や、牙を手足に受けているのに、じゃれつかれているのと変らない笑い声を、絶叫で助けを求める直前まで上げている子どももいた。犬たちは微妙な力加減をし、長時間食らいついてからでなければとどめを刺さなかったから、人々にとっての死は、小さく確実にやってくる句読点だった。

　この状態が何日か続き、人が減っていった。人の体そのものは道端や瓦礫の間や、壕に上半身を突っ込む恰好で残されてはいた。見ている私と見られている人々が両方とも人間の肉体で、その違いが命のあるなしだけだという事実に驚いた。犬は目に見えている人間の体を噛むだけなのに、命までなくなってしまうとは不思議だった。壕の中から、犬の口の中、歯と歯の間に人の命の切れ端が残っていないだろうかと目を凝らすと、いなくなる前に母が覗かせていたのよりもみずみずしくて硬そうな舌が揺れ、牙には桃色や黄土色や焦茶といった様々な人間の皮膚が引っかかっていた。

　生き残っている人々は食糧や、戦争中から濁ることが多かった水道の代りに川や井戸を求めて出かけたところを、犬に襲われた。命を奪われそうになっているとは信じられない

ほど元気のいい叫びを上げ、

「逃げないといけない。逃げるしかないいんだ。」

「俺たちはなんで逃げてるんだ。」

「追われてるからだ。」

「どうして追われるんだ。」

「悪いことでもしたんだろうよ。」と怒鳴ったりし、別の何人かは崩れずに残された塀の陰に身を潜(ひそ)めて、

「悪い？　俺たちは本当に悪いのか。お前、なんかやったか。お前のせいで俺まで犬のやっかいになるんじゃたまらない。」

「何もやってないよ。だけど、悪いってことにしといた方が都合がよくはないか。追いかけられてるのに理由がないじゃ納得出来ないだろ。やったかやってないかはどうでもいい。」

「ふざけるな。やってもいないことでどうして悪人にされなきゃならないんだ。」

しかしそう言っていた男も、新しい標的を見つけた数匹が駆けてくるので、

「どうもよく分からないけど、悪いことやったってことにしとくしかなさそうだな。」と呟(つぶや)いて逃げ出さなくてはならなかった。

追われている人々がやったかもしれずやっていないかもしれない罪を、私は壕の中で思い浮べてみた。ある男は空襲による混乱の最中、親しくしていた近所の家に火をかけ、目

をつけていた骨董(こっとう)を蔵から盗み出した。別の男は自らに都合の悪い帳簿を庭で焼き、戦火で燃えてしまったと偽った。ある女が、傷が治らず立ち上がる見込みのつかない夫の寝台を犬の目につきやすい壕の出入口に移動した。だが夫は夫で、通いの看護師に財産を譲る手続きを進めていて、看護師はそれと引き替えに、起き上がれない男の体に溜め込まれた欲求の抜取りに努めた。勿論三人とも、犬の牙に与る(あずか)こととなった。

　街には私の想像を通して悪人が溢れ、犬は追い、人々は追われた。なのに、犬たちは時々私の壕の周りにやってくるだけで、壕から首を突き出した私とはち合せしたとしても吠えもせず、逆に、もう何年も外に出ていない細い体を見てびっくりした目になり、鼻をひくつかせ、くんくんと小さな湿っぽい声を出し、すぐにいなくなるのだった。

　想像によって悪人を造り出している張本人がどうして罰せられないのかを、水道管を通じて聞えてくる噂から知った。病気のおかげであるらしい。私と同じ病気、それがなんという名前を持つどれほど立派な病気なのか、治療が中止されたいまでは知りようもなかったが、犬に無視されているのはほとんど、この病気に罹(かか)っている者のようだった。

　水道管からは独り言や会話、外の様子を見にいって犬に襲われ体形を大きく変化させて血だらけで戻ってきた男が、川には汚水が流れ込んでいるし涸(か)れていない井戸はどこにもない、と絞り出した声などが聞えてきた。話し声の音響というものはやっかいだった。他人の家へ勝手に入り込み、しかも新聞や手紙と違ってそこらに放ったらかしにしておくのを許してくれず、私の顔や胸にところ構わずぶつかり、飛び散り、そこら中を汚し、出てゆこうともしないのでとにかく耳へ押し込み、どうにかして意味を理解しようとしてみるのだが、そこへ、錆の浮いた管の途中に引っかかっていた二つ三つの声がうしろから来た声に押されて落ちてきたりすると、耳の中で言葉が入り乱れ、独り言であったものが会話として成り立ってしまったり、夫婦の話し声に別の家族の声が絡まって誰と誰が夫婦なのか家族なのか分らなくなったりする。水道管からの声は、いろんな意味や思考が詰っている一方で、全く意味のないものでもあった。

だから父の様子を伝える声が転がり落ちてきても、すぐには信じられなかった。どこかの家の男のことが他の兵士の消息とごちゃ混ぜになったのだろうとしか思えなかった。

父は街に戻ってきていて、丘の上にある図書館を根城にしているらしい。この壕からだと、犬のいない時であったなら三十分とはかからないだろうが、大通りを横に入ってから図書館までの、バスがどうにかすれ違える道を中心とする丘には、どこでどうつながっているのか何度行っても分らない小道がびっしりと曲りくねり、小さな一戸建やアパートや古い戦争の前から営んでいた店主が建て直したカウンター席だけの喫茶店ばかりか、広い庭と三台は停められる車庫を備えた重厚な邸宅でさえも、もつれ合う道につき従ってはあしらわれ、その場に釘づけにされているようだった。どこまで行っても頂上に着かず、どこまでも行けて行けてどうしようもなく、歩行者はどこを目差していたのかさえ忘れそうになり、すると突然目の前に図書館が迫ってくるのだ。頑丈な楠の林に囲まれた石造りの、錯綜する道を丘の上から束ねる仕事で疲れ切ってしまった巨人が四角く蹲った印象の建物。出来たばかりの頃は薄茶色の塗装が美しかったそうだが、当時を知る世代はもうほとんどいないし、完成直後の写真も残ってはいない。塗装が完全にはがれ落ちているならいいが、薄茶色がところどころ、巨人の日焼の背中にこびりつく皮として留まり、剥出しになった石の表面はしっかりとくすんでいる。玄関に突き出ている破風は支える柱とともに怪しげに傾き、縦に長く仕切られた窓は、枠が錆ついてしまってかなり長い間開けられたことはなく、それでいて雨水は盛大に降り込み、蔵書は着々と湿気を蓄えてゆき、いま壕の中に落ちてくる声と同じく、頁からぷかぷか浮び上がった言葉が、まだどうにか開け閉めの利く窓や石組みのあちこちの隙間から逃げ出してゆこうとするのを、司書たちは昼といわず夜中といわず食い止めなくてはならなかったのだが、その懸命な、一見虚しいとも思える努力の結果、文字はそれぞれの土台である頁の上にどうにか並んではいるのだった。

だが今度の戦争で崩れも焼けもしなかったのは蔵書が湿気をたっぷり含んでいたから、というわけではないのは、水道管からの噂で明らかだった。古い戦争で焼けなかったからだ、というのだ。一度焼け残ってしまえばあとは何があってもそのままの姿でい続けるしかない、生き物の命を奪って建物を破壊することだけが戦争の仕事じゃない、街で一番大きな建物を見逃して、焼野原で晒し者にもするんだ、周りには古い戦争のあと新しい家が増えたっていうのに、図書館はお古のまま今度の戦争でも残ってしまったからもう一つ時代がついたってことだ。人々は役立たずの巨人に容赦がなかった。結果、戦争を二つも経験していながら図書館は、祖母の言った甘い食べ物にもなれなかった。図書館を見ても、誰も悲しくなかった。上等な食べ物へ変身出来なかったのは図書館自身がたっぷりと食溜めしていたからかもしれない。街の人々は今度の戦争の、まだ空襲が少なかった初めの頃から、硬いパンなど日持ちのする食糧を、古い戦争で焼けた他の建物から仲間外れにされて生き残ってしまった図書館の惨(みじ)めでふとどきな運命を当てにして、運び込んでいたのだ。

父がその図書館を占拠している。戦争が終ってから半年かけて戻ってきた父は飢えていた。炎がよけてくれる中を遠ざかっていった祖母と違い、まだ生きていた。腹を満たしてくれるほどの悲しみにもまだ出会っていないのだろう。戦場では悲しみを味わう暇がないどころか、見たことのない種類の植物の大きな葉を掻(か)き分(わ)けてみても、目の前で頭を撃ち抜かれた仲間の遺体を丹念に調べてみても、悲しみを発見するのは難しいのかもしれない。悲しみに味があることさえ知らないのかもしれない。故郷の街がすっかり姿を消した広々としている焼け跡で父は、悲しみ以外の食べ物を探して歩き回った。犬たちは父を追いかけた。水道管から落ちてくる声の中に、父の首筋に食い込む犬の牙の音が混っていたなら、私もやっと自分だけの悲しみをしたたかに味わい、病気の体に力が湧き、犬に襲われて泣き叫んでいた人たちと同じ健康な悪人へと成長出来たかもしれない。だが水道管から聞えてきた噂話に混っていたのは犬たちの悲鳴だった。父は腰から軍刀を引き抜くと、一度も血を吸ったことがないみたいによく手入れをされて光っている刃を、確かに地面を蹴ったという気配も見せずに飛びかかってきた一頭の胴に食らわせ、犬は高い叫びを上げて落下し、それに教訓を得て黒い体を長く伸ばしてするすると近づき、首をねじって足へ牙を立てようとした次の一頭の鼻面を振り向きざまに蹴り上げ、その一発だけで動けなくさせた。大方の犬たちは頭がよかったらしく、二頭の死骸の手前を低く唸りながらうろつくだけになり、何も学ばなかった粗忽者（そこつもの）がたまに挑みかかりはしても、生きていた頃にし損ねた学習を自らの死で果すことになるのだった。

犬を追い払った父が図書館に辿（たど）り着いたのは、悲しみの甘さにおよばない食糧よりも、生き残ってしまうという形でしか終戦を迎えられなかった者同士として図書館そのものに引きつけられたのではないかと、病気のために生き残った私には思われた。

人々は壕の貯蔵が尽きると、犬の牙を覚悟して図書館へ行こうとした。丘の家々や塀が焼け落ち、あの入り組んでいた小道も消えた丸裸の傾斜地を犬に追いつかれずに辿り着くことはあり得なかったが、何人かが丘を上ってゆき、人数を減らしはするもののなんとか生きて館内に逃げ込んだ者たちもいて、戦争が終る前から避難していた人たちと合せれば三十人にはなっていたようだ。

父はまず一人を斬った。図書館にいる人々の世話を何くれとなく焼いていた若い女だった。自分は古い戦争のあとにやってきた宣教師が説く教理を受け入れた家に生れ育った、人を助けたい、それに戦争がまだ激しくならない頃にここに逃げ込んだことを罪に感じてもいる、と言った。空襲で出来た傷や犬に噛まれた跡などを丁寧に消毒してやり、ガーゼと包帯で覆ってやり、食糧を優先して与えてやった。男たちはある夜、その女を犯した。地下の資料室が使われた。広々とした机や、何年も人の尻の感触を味わうことが出来なかった革張りの冷たい椅子や、石組みの床が、男たちの欲望の形態によって選択された。どの場合でも、まだ治り切らない男たちの傷をかばうために、体の下には毛布代りの資料の束が敷かれるのだった。地下で長年湿気を吸ってきた紙だから、体をどうねじろうが撓めようが、突っ張らせようが弛めようが、その体勢に合せて、体を保護するために一緒にのたうってくれた。普段は空気が動くことのない地下に、男の体臭と資料の古い紙の匂いとの混合の渦が生れ、上の書庫にまで滲み出てきた。匂いの渦には資料を脱け出した言葉たちも混っていたから、書庫にいる人々は、資料に書かれている古い戦争の記録を空中に読んだ。そこへ、男が入れ替る度に女が響かせる、空気が凍りつきそうな恐しい嗚咽が重なると、女はまるで、古い戦争と今度の戦争とに同時に犯されているかのようだった。人々はやがて、女が嗚咽をやめてはっきりとした言葉を口にするのを聞いた。幼い頃から信じてきた教理への呪詛だった。

　次の日の朝も女は新しい包帯を手にしたが、勿論けが人のためではなかった。昨夜から、というよりここへ着いて以来ずっと館内の様子を窺っていた父は、女がこっそりと便所へ行き、回らなくなっている小さな換気扇に巻きつけた包帯で輪を作り首を差し入れようとしているのを見て、望みを叶えてさえやれば巨人の体内に作られた秩序がそっくり手に入ると考え、女の襟を摑まえて便所から引きずり出した。男たちも他の女たちも、女が連れてゆかれる光景を、地下の資料から立ち上ってきた言葉たちが語るこの街の歴史の最先端として見つめていた。父は玄関から女を外へ突き飛ばすと、あの長い軍刀で、引き抜きざまに斬った。髪が血と一緒に散り、首が宙へはね上がり、図書館を守って黒焦げになった楠の根本に落ちた。胴の方は、足を二、三歩動かしたところで、もう女ではなく女の体になってしまったのだ、自分は首を奪われたのだと気づき、群がってきた犬たちに両手をくわえられるまま膝をつき、数秒間遊び相手になってやったあと、なくなっている首を地面へ打ちつける形で前へ倒れた。

父は一度独占した食糧を人々に分け与えようとした。しかしそれでは食糧が減るばかりだ。すぐに、人と食糧を逆に考えれば秩序が保てると気づき、人々を図書館の外へ追い出し、犬の腹を太らせ始めた。抵抗する者には最初の女と同じ最期が待っていた。追いつめられた人々は、まだ犬の方がましだと覚悟を決めて外へ飛び出し、図書館へ辿り着いた時と同じように人数を減らしながら何人かが壕へ戻り、いま私の聞いている内容を早口で語り合い、また家族にも聞かせるのだった。父は悲しみを知らないまま図書館に立て籠(たてこも)っていた。

これらの情景を伝える言葉たちが、ぶつかり合い、また離れたりしながら、いっぱしの物語として耳に流れ込んできた。父が人を殺し図書館を占拠したのは確かなことなのだ、自分の目の前で殺害が行われたのだと感じられてきた。水道管から落ちてくる言葉はそのくらい生きがよかった。父は言葉としてしか存在せず、言葉のまま実体となった。

壕の中にともる小さな裸電球は、じめじめした床や、板とコンクリートで何重にも補強された壁、壕の面積の半分近くを占めている、祖父と祖母、父と母が結婚の記念写真を撮る時に並んで座ったという頑丈な木製の長椅子、そこに横たわっている私の体を、照らし出している。

水道管からの言葉は一段落したらしい。時々、仲間からかなり遅れて一人で落ちてくるやつがある。床に留っている先に来た言葉たちはびっくりして飛びのき、いくつかの塊に分れ、暫く（しばら）くするとまた一続きの、しかし物語としては成立しなくなったばらばらの言葉としてまとまるのだった。

私は足を床へ下ろし、左手で肘かけを摑んで起き上がり、腰かける姿勢を取った。関節は不思議となんの音も立てなかった。電球の黄色い光に照らされた細い腕は、長い間土に埋められていた骨そのものだった。皮膚の下で骨は本当に変色しているかもしれなかった。破れたズボンから顔を出す瘦せた膝も光っている。破れ目から手を突っ込み、触ってみた。摑めないかと思った皮膚が親指と人差指の間からせり上がってきた。言葉ではなく私の肉体に違いなかった。いつから履きっ放しなのか思い出せない、皮膚に似て光沢のある革靴の先でつつくと、床の言葉たちはあと退った。私は言葉になれず、言葉も私になろうとはしなかった。次の言葉は水道管からなかなかやってこず、さっきまで言葉によって頭の中にはっきりと現れていた父や図書館や殺された人々の姿を取り戻そうにも、足許に散乱する言葉のどれとどれをどうつなぎ合せればいいのか見当もつかず、もう一度横になってみればいいのだろうかと尻の位置をずらしかけたが、

「いつ来たの?」と私は、すぐ隣に座っている祖母に訊きながら、腰かける姿勢に戻った。

「生きてる人間が大きな口を叩くんじゃないよ。来たんじゃないし、戻ったんでもない。ずっとここにいる。離れられないし離れる理由もないんだ。もっとも家といったっていまじゃごっそり焼け落ちちゃって、残ってるのはこの壕一つってのが情ないけど、でもね、誰にも文句は言わせないよ。戦争が何もかも持ってってしまうって? ばかなこと言ってもらっちゃ困るね。現にこうして、あたしもあんたも生き残ったじゃないか。ふん、なんだい一人前に眉間に皺寄せて、気の毒だって顔してさ。ああこの祖母さん、とうとう来るとこまで来たんだ、自分が死んでることに気づきもしないなんて、そう言いたそうな目だよ。そりゃ確かに戦争はたいていのものを、許しも得ないで持ってってしまう。人の命と体。人の家。家の庭に咲いてた花。花を咲かしに来年またやってくる筈だった春。そうだね、春を持ってかれるのはつらいね。蕾が割れるあの威勢のいい音とか猫たちの夜通しの鳴き声が聞けないし、冬がいつまでも頑張ってるもんだから小さな子どもたちは安心して寝小便も出来やしない。それから人間が持ち合せてるほとんどのもの、指輪に帽子に自転車、釦のとれた服に服のとれた釦、みみずを飼っておくための植木鉢、ぼろぼろの壁かけ、食事だけじゃなくけんかや博打や、酔っぱらった人間が乗っかって踊ることまで許してくれる大きな食卓、二十年前に来た台風がどれだけ大きかったかを言い立ててる古新聞、新

品の棺桶、引っぱたく度に時間を刻んでくれる時計、下手な人間が淹れたコーヒーより苦い記憶、洗濯に出したことのない上着なみにくたくたになった怒り、小さなてんとう虫そっくりの綺麗な愛情、いつまで経っても痛くならない虫歯、全部なくなってしまう。でも悲しみだけは、持ってかれないどころか新手の武器みたいに、使えば使うほど増えてく。だからあたしはいつまでもここにこうして、元気でいられるんだよ。あんたは、あたしが母親と同じようにここを出てくうしろ姿を見たって言いたいんだね。そうだよ。悲しみを食べ続けてるおかげで前よりうんと元気になって、あっちこっちに出かけられるようになった。あたしは年がら年中この壕にいる、だから安心してどこへでも出てゆけるんだよ。あんたたちは、いるとなったら一ヵ所にいなくちゃならないんだから不便なんてもんじゃないよね。あんたの母親だってそうだ。あっちこっちをうろうろしてるのかもしれないけど、それは思い違い。生きてる人間はいくら歩き回っても、自分の足の裏より他のとこへは一歩だって行けるわけがないんだから。嘘だと思うんなら確かめてみるといい。あんた病気の癖に起き上がったじゃないか。腹が減ってるんだろ。あとは悲しみを食べるだけだ。よく熟れてるよ。ちょいと捻ればもぎ取れる。あんたにその力があればの話だけどね。」

話し終った祖母は長椅子から立ち上がり、壕を出ていった。私は今度こそ寝転がろうとしたが、祖母のいなくなった長椅子にはやっぱり祖母がいたので、横にはなれなかった。長椅子の傍の、食器や予備の電球などがごったに詰め込んである棚を探り、茶色の紙袋を引っ張り出した。パンはいい匂いがした。歯で少しずつ削り取るようにしなくてはならないほど硬かったが味は申し分ない。今度は棚から銅で出来たコップを取り出して立ち上がり、水道の栓を捻った。引っかかっていたいくつかの言葉を押し出して濁った水がコップに滴（したた）った。口に含んでパンと混ぜ合せる。当分暮してゆけそうだ。

だが、私の体はパンと水で満たされたものの、私自身はまだ空腹だった。ひどく寂しかったが悲しくはなかった。

出入口の蓋の下へ向って歩くと、足許の言葉たちが筋道のない呟きを漏らしながら逃げ去ってゆく。体の下に本を匿（かくま）っている丘の上の巨人は無数の言葉たちがうるさくはないのだろうかとふと考えたが、決して巨人を思い浮べているのではなかった。自分はさっき水道管からの言葉に促されての想像の中で図書館を巨人に見立てたのだったな、と思い起しただけだ。

重い蓋を持ち上げ、横へずらした。振り向くと、コップが置いてある以外に何もない長椅子に祖母が座っていた。私は出入口の縁に手をかけ、力を籠めた。私の体は、私を地上へと引き上げた。遠くに犬が一匹いたが、真っすぐ立てていた頭を斜めに沈ませこちらを見ただけで、唸り声も立てず、ゆっくりと離れてゆく。私の病気は全然治っていないらしい。ありがたい。

街は破壊されても街以外のものにはなり得ず途方に暮れていた。焼けずに残った背の高い建物は上から下までびっしりと弾の跡をつけられ、中には途中の階が深々と削られて、上の部分がいまにも落ちてきそうなのもある。民家は、これが家だったとは信じられない状態のものばかりだったが、火や煙はもうどこからも上がってはいなかった。人の気配もしない。私と違って健康な人々は、犬を恐れてまだ壕に閉じ籠っているらしかった。街の古くからの住人顔をした静寂が行き渡っていることに漸く気づき見上げると、空は雲で落書きがされているだけだ。鯨のヘリコプターはいついなくなったのだろう。あの雲は、鯨たちが去ってゆく時に立てた波の名残りだろうか。鯨がそっくり雲に変ったのだろうか。もう一度街を見る。さっきの犬が、弱々しい足取りで歩いてゆく。何日も食べていないのかもしれない。敵が、自分たちのものとしたこの街を見捨てるとは考えにくいが、悲しみで腹を太らせるのは誰にでも出来る手頃な営みなのだから、祖母の言った通り家族のためや国を守るためではない、悲しみだけを目的とした戦争があるのはまともかもしれない。負けた国は悲しみで十分に腹を満たし、勝った国は、勝ってしまった、いつになったら腹がいっぱいになるのだろう、と敗北よりも深刻な勝利に頭を抱えるのだ。

せっかくの負けなのに私はまだ腹が減っていて、祖母が祖父の骨によって手に入れた満腹を味わうための近道は、近道である必要はないが、私と悲しみとの間には近道しか残されておらず、いま自分が歩き出した方向のずっと先にある丘の上の図書館、そこへ行く道こそは悲しみで腹を満たすことが出来る道だった。母が壕を出た切り行方が知れない以上、私の悲しみの唯一人の源は父なのだ。

水道管からの言葉が描き出した通りの行程を歩き続けた。空襲のためか犬によるものか、あちこちに死体があった。壁に凭れかかっている人がいた。頭をがっくりと垂れ、眠っているようだった。そちらの方角にあった家屋へ逃げようとしたのだろう、同じ方へ頭を向けて倒れている三、四人の足がこちらへ突き出ていた。古い戦争を記録した写真で見たのと同じ、母親が子どもを抱えて二人とも息絶えている、その恰好じたいは安らかな、聖像画のような母子もいた。そのどれをも私はじっと見つめることなく、傍を通り過ぎた。死体をただ転がっている物体に仕立て上げてしまっているのは私自身の逃げ足だった。壕の中で出入口の蓋を時々持ち上げては外を眺めていたから、死体を初めて見たのではなかったが、図書館へ行くという目的を持つ自分は、死体が死体である事実、自分が生きている事実に戸惑い、それでも足は止めず、死体を逐一置き去りにし、死体は私に抗議をしなかった。

瓦礫混りの道の先に、図書館を囲む楠の林が大きくなってくる。記憶の底から、現実の一歩一歩に合せて、戦争が始まっていなかった頃の図書館の姿が浮び上がってくる。

すでに病の気配は表れていたが、母が私を医師のところへ連れてゆくより前、担任教師に引率され、クラス全員で丘を上った。楠の枝葉の隙間に、薄い灰色の体と桃色の嘴（くちばし）の小鳥が何羽も出たり入ったりしていた。玄関を入ってすぐの天井からは、つかえて出られなくなった風船のように大きくて丸い照明がぶら下がっていた。私は破裂しそうな灯（あか）りをじっと見つめているのに、眩（まぶ）しくはなかった。光の球体は、中身のない卵だと感じられた。

横に並んだ二人が手を広げても両端に届かない広い階段を上った。白い壁には絵がかけられていた。深い森が細密に描かれていて、枝や葉が揺れ動くのではないかと怖かったが、それは、人間が絵筆によって森に近づき、森を讃え、森と同化しようとした分だけ、森を通して人間の技術を示す絵になっていた。

担任教師は、私たちの目にはかなり年を取って見える女性で、小さな体から頬と胸と腹と尻が、幸せな年月を過してきた証拠として豊かに飛び出している。喋り方は穏やかで、眼鏡の蔓は細く、レンズは厚い。目は皺の間に丁寧に埋め込まれている。凡庸な教師なら生徒を威圧するつもりで、薄笑いを浮べながら叱責したり、怒っているかと思える大声で誉めたりするが、老いた担任はそういう下らない間違いをせず、いつも顔の内側に隠している自然な笑いと真剣な怒りとを、生徒の言動に応じて素早く、的確に使い分けた。異様なのは頭だった。大半は白くなっている筈の、首にかかるところで切り揃えてある髪の毛を、一本残さず真っ黒に染め上げているのだ。長年培ってきた教師としての力量をどれほどうまく使って生徒を誉めようが叱ろうが、天然の素材に周到な塗装を施したヘルメットは、頬の上下動に合せて裾の方が持ち上がったり垂れ下がったりして、私たちを苦しめた。この珍妙な眺めに吹き出さないことが生徒としての重要な任務だった。他の点では完璧なこの素晴しい教師をがっかりさせないために、皆懸命にこらえ、教師が去ったあとで笑い声を窓の外や便器へ吐き出した。

閲覧室へ着くと担任は古い戦争に関しての自習を命じた。生徒は書棚から、それまで手にしたことのない厚くて難しい本を抜き出し、また特に熱心な者は地下へ行き、資料をノートに写し始めた。私も一応席を立ったが、本を選ぶわけではなく、大きな棚と棚の間で、古い紙から立ち上る言葉の匂いを味わい、高さも長さもどこまで続いているのだろうかと思わせる棚の間を歩き回り、題名の文字の端々にまで厳格な様式美が行き届いていたり、花弁が何重にもなった薔薇(ばら)や椿(つばき)が革の表紙に浮び上がっていたりする装丁を見つけると手に取り、本文を一行二行と追い、すぐ閉じて棚に戻すが、暫くするとまた別の本を抜き出し、そうやって何冊も覗き見はしても、それ以上は言葉と親しくなれずにいるのだった。出られない、出る必要のない迷路。棚と棚、本と本、頁と頁の間に見え隠れしている言葉の手足や尻尾は、澄んだ川の底の石と石の間にほんの先端だけがいつまでもゆらゆらしている大きな鯉の鰭(ひれ)に似ていた。どうしていいか分らず、ただ見ているしかなかった。私は本に囲まれて泳いでいた。戦記もそうでないものも、現実を写し取った作品も幻想の物語も、それぞれの匂いを保っていつまでも動かなかった。

　今日は絵を描きましょう、と担任に言われたこともある。何を描いても構わないのにみんな戦争の絵だった。画用紙いっぱいに、私たちが見たこともない兵器や遺体や巨大な炎が、まるで見てきた光景のように色濃く描き出されていた。木や海を描いた何人かの生徒は、ヘルメットの下の丹誠(たんせい)籠めて作られた笑顔に、

「これはなんですか。」と訊かれると、その質問が、長いこと探し回っていたおやつであるとでもいう風に目をいきいきさせて、

「捕まえてきた悪い人をぶら下げておくための木です。」

「海は戦争で死んだ人たちの大きなお墓です。」と答えた。

私も頑張って飛行機を描いてみた。なのに担任は、

「これはいったいなんです？」と訊いた。

「飛行機です。飛んでいって敵をやっつけるんです。」と答えたが担任の言葉は意外なものだった。

「これはもぐらですよ。この世で一番飛行機から遠いものです。」

玄関で歌を聞いたこともある。私たちは光の風船の下に並べられた椅子へいそいそと着き、床が一段高くなって階段へつながる、丁度舞台の役目を果すところへ整列した女の人たちを見つめた。私たちよりはずっと年上、母親ほどではない、といったところ。顔立や髪型、身長はまちまち。服は黒で統一されていて、襟と袖口が窄(すぼ)まっている。女たちは光を浴びて嘘みたいに輝いている。歌は私たちが分らない言葉で歌われ、言葉は一度光の風船に吸い取られ、光になって降ってき、しかし床にぶつかる音は聞えない。きっとまた浮き上がって、風船より高く、二階の閲覧室にまで上ってゆき、書棚に溢れている言葉たちと幸せに結びつくのだろう。


犬か、と思い立ち止ってあたりを見回した。穴のあいた路面、崩れた塀、上半分が吹き飛ばされながらも住人が帰ってくるのを待っている家、全身の黒焦げを隠そうともしないで立ち続けている街路樹。

犬だと思ったのは記憶の中の黒い服の女たちだった。壕の中で、記憶と水道管からの言葉と、いつも傍にいていつもいない祖母の話を頼りに暮してきたので、記憶の中の黒服をうっかり黒犬だと思ってしまったのだ。図書館で歌っていたのは古い戦争のあとにやってきた宣教師たちの子孫なのだろうか。宣教師と同じ国からやってきた犬たちこそそうなのだろうか。黒ずくめの宣教師と犬。違いといったら人間か犬かという点だけだ。

驚いたことに、丘へ行く路線バスの停留所は、簡単な屋根と椅子を戦前のまま残していた。これはいったいどういうことなのだろう。街が焼き払われた中で、この停留所はいまもバスが来るのを待っているのだろうか。二度と走れなくなってしまったバスへの当てつけだろうか。私は歩かなくてはならなかったし、歩けるのだった。火や煙は見られなかったが、あらゆる物が焼け、焼け跡から全ての熱が失われたいまも、焼ける前のそれぞれの物質が元々持っていたとしか思えない匂いが渾然と、濃密に漂っていた。

「さっさと歩くんだよ。」

「あ、いつの間に壕に戻ってたんだろ。」と言いながら私は、見えている丘に向って歩いていた。

「しっかりするんだよ。言っただろ、生きてる人間が足の裏から外へ出た例しは一度だってないんだ。あんたは自分の足で歩いてるんだろ。壕以外のどこへだって行ける。あんたは歩くしかないんだ。足の裏が踏むところ全部があんたの居場所なんだ。あたしはこうして壕の中にいるし、壕以外のところにもいる。足の裏なんていう辛気臭い不便な道具はとうの昔に使わなくなったんだからね。あんたはあんたでよけいなこと考えずに歩けばいいんだよ。」

「考える前に焼けた物の匂いが鼻から勝手に入ってきてどうしようもないんだ。」

「考えるから匂うんだ。あんたは自分の足の裏から出られないように、自分が考えてることの中から一歩も出られないんだ。あんたはあの硬いパンをかじって体に力がついただろうさ。でもまだ腹はぺしゃんこのままだろ。だから足の裏使って図書館へ行くんだろ。悲しみだってあんた一人の考え次第、足の裏次第だよ。脳みそと足の裏は親子だ。あんたは結局、足の裏でいくらぺたぺた歩いてみたって、あんたの考えの外側には出られない。本当ならあんたの行く末を悲しんでやらなきゃならないところだけど、あたしが誰より愛してたのはあんたじゃなくて爺様だからね、あんたのために涙の一滴だってこぼすことはあり得ない。悪く思わないでもらいたいね。無理かい？　恨むかい？　だけどあたしは爺様一人分の悲しみでもうお腹がはち切れそうなんだよ。第一あんたは、まだ生きてるじゃないか。生きてる癖に悲しんでもらったって仕方がないだろう。まずはあんた自身の腹を悲しみで埋めることだ。あんたの父親はね、そりゃあ立派な男だよ。何しろ爺様と違って戦争から生きて帰ってきたんだから。あたしの息子なんだから。そう簡単には骨にならないだろうね。肉があって血が通ってて、木の皮ほど硬い皮膚で覆われてる。あんたがいくら腹を減らしてるからって、悲しみはそう簡単には手に入らない。その代り一度味わったら空腹は二度とやってこないよ。怖くなってきたかい。でもあんたの行く道はそれ以外にありゃしないよ。あたしはこっちの世界だし、おっ母さんは行方知れず、となりゃあんたを悲しませてくれるのは実の父親だけだ。しっかり味わうんだよ。涙が出そうになってきたよ。あたしのこと考えるの、いいかげんにやめてくれないかい。」

丘の緩やかな傾斜を、もうかなり上ってきていた。家や塀が無残に焼かれ、窓硝子や家具、台所用品、など日常を頑なに構成していた品物が散乱していた。物で溢れる丘は、水道管からの言葉によって見た通りの、丸裸の丘でもあった。だが楠は葉を伸び伸びと繁らせていた。丘はまぎれもなく丘として足の裏と接している。

私は私の悲しみに期待していた。自分自身の悲しみを悲しみ尽さなくてはならなかった。生きるために腹を満たさなくてはならなかった。悲しみは強力な武器であり、武器によって仕留められる獲物であり、獲物の皮を切り裂く刃であり、その肉を焙る火であり、滴る肉汁だった。まだ腹の中にはいない悲しみこそが空腹の主人だった。

坂が終り、楠の林の向うに四角い建物が見えてきて、足が止った。記憶の中の図書館、水道管からの言葉によって見えていた図書館とはまるで別物だと感じられた。思わず振り向いた。いま上ってきたばかりの坂があり、下には焼けた街がある。ここは丘の上だ。あの建物は図書館に違いない。図書館だと認識出来る理由はそれだけだ。

楠の下の小暗い道を歩いて近づく私の足許から黒い影が急に立ち上がり、図書館の方へ逃げる途中で足を止め、振り返った。その犬がいままで座り込んでいた一本の楠の大木の根本に、人間の体に似たものが倒れていた。見えたのは嚙み破られた服と、赤黒い、またある部分は青や紫や黄色に変った何物かだった。骨だけははっきり骨の身分を主張して白く浮き出ていた。ズボンやベルトの形から年取った男なのだろうと想像しているのが不思議だった。歩いてゆくと、楠の幹の間や、林が途切れた先の図書館前の広場にも、人間とは呼べなくなった塊や、髪や皮膚の艶もまだ失われてはいない何人かの体があった。腐食の進行具合によって異なる匂いを放っているらしかった。父に追われ、父から逃げようとし、父に斬られた人たちだと思うと、道々に見てきたどんな遺体よりも無残だった。空間のいたる所に蠅が舞っていた。じっと見なくても、動かなくなった肉体にたかっている蛆が分った。蠅にとっての豊かな海であるそれらの塊の傍には犬たちがうろついたり寝そべったりしていて、縄張りを越えてちょっかいを出してくるやつがいれば牙を剥いて唸り、相手を追ったり、逆に追われて仕方なく塊を明け渡してしまったりもするのだったが、本気の争いではなかった。犬たちは悲しみではなく現実の肉で腹を満たしていた。中には仲間が漁った肉の塊に似てもう少しであばらが黒い毛並を突き破りそうなほど痩せた犬もいたが、襲う価値のある健康な人間か食べられない病人かの見分けはつくらしく、寄ってもこなかった。犬は私の周りから散ってゆき、倒れた肉体は動かない。手で鼻と口を覆い、図書館へ近づく。背筋から腰にかけてが小刻みに震える。足の下には、ところどころ黒々と血が染みている硬い地面がある。肉の塊を一つよけると反対側に別の塊が倒れていて危うく踏みそうになる。

ある俯せの体が、まるで私に向ってのように片手を差し出していた。若い男らしかった。

掌は軽く握られている。皮膚は埃にまみれて白く乾き、指の腹の膨らみがいっそう丸々と浮き上がって見える。仏像の掌にそっくりだった。通り過ぎようとしてはっとした。動いたような気がしたのだ。眠り込んだ人間の手の指先がびくっと曲る、あの現象が起ったかと思えた。私は足の先で爪のあたりをまず一度、続けて二度、つついてみた。指はそれ以上内側へ丸くはならず、腕ごとぐらりと動いてまた元の位置に戻った。靴の爪先に接してはいても、その指は私とかけ離れていた。もし靴の裏で触れたなら、私はその肉体へと到達したことになるだろうか。そうしてこそ一人の人間の立派な体だと認識出来、死へ到る男の苦しみと、死そのものも実感してやることが出来、仏像に似ているなどという幻想から覚めるだろうか。

　私は踏まなかった。指をつついた靴の先を地面に強くこすりつけた。動いたという幻も仏像の幻と同じ種類だった。

　改めて図書館を見上げる。やはり小さい。記憶や想像に比べ、現実とはなんとこぢんまりしているのだろう。壁には戦争とは関係のない染みや黴（かび）が広がり、石の継目には緑色の魚の卵のような苔（こけ）が生え、地面から這い上がってきた蔓草のうちの何本かは、硝子が割れたあとを内側から書棚で塞いである窓の隙間へと滑り込んでいる。しんとして、とても中に人がいそうには見えない。では本はまだあるだろうか。鯉の鰭に似たいきいきとした言葉たちはまだここにいて、いつかまた誰かが読んでくれると信じているのだろうか。

　少しも悲しくはなかった。空腹は体の震えと一緒に激しくなり、早く悲しまねば、という衝動がせり上がってくる。

戦争を二回経ても図書館はただ図書館として静かに立っている。この古びた頑丈な構築物、周囲で人々が倒れ、肉の塊になり、街は焼けたというのに、自分だけは何食わぬ顔で丘から外の世界を見回している建物は、その計算された見事な石組みのために、いまや街の全ての死を鎮める巨大な墓石だった。墓そのものは周囲の屍を見ても涙をこぼすわけではなく、私は私で、倒れている人々を見ても、悲しまなければ、と焦るばかりで空腹は少しも埋まらず、強烈な匂いのための吐き気を我慢するのがやっとだった。

この時頭の中に生れた小さな計算は急激に広がった。果して空腹を満たす必要があるのだろうか。壕にはまだパンがあるし、目の前の図書館は食糧の貯蔵庫だ。現実の食糧で現実の体が満たされる。何も問題はない。悲しみでなければ満たされない腹など、腹とは呼べないのではないか。戦争を生き残った悪人たちは犬に食われ、食われずに生き残った病人たちは、誰がいつ、何度飛行機を描いても全てもぐらになる日々を作ってゆく。作ろうとしなくても出来てしまうだろう。戦争で使われた本物の飛行機は、絵に描くまでもなく、巨大なもぐらに変るだろう。世界はもぐらで混雑するだろう。いまの私の頭の中と同様に。

この戦後の街の幻影は、祖母から教えられた、空腹を悲しみで満たす唯一つの方法から逃れたくて芽生えたのだと分っていた。逃れられないということだ。祖母の声がもう聞えないのも、その方法へと近づき、実行する寸前だからだ。空腹とこれ以上戦う気にはなれない。

破風の下の段を上り、大きな扉の、錆びているために却って頑丈に見える把手を思い切り引っ張ったがすぐに力を抜いた。内側から施錠されているし、何より扉の硝子の向うに、二階の窓から私の接近をずっと見ていたらしい人影が、ゆっくりとではあるが迷いのない歩調で階段を下りてくるのが見えたのだ。息が詰った。片腕で三角形を作って出ていった時の靴音は思い出せない。いま父の靴が立てる、嘘のようなはっきりとした音は、灯されていない風船の照明の下にくると心持速くなった。暗がりから扉の方へ近づいてくるにつれて、足、上半身と順に見えてき、硝子のすぐ向う側で足を止めると、髭に覆われた、太った、白っぽい顔が浮び上がった。私と父の間で硝子は調子に乗り、単純な効果を発揮した。父は私を見、私は父を見ている。硝子には私の顔の影も映り込んでいる。父の顔に私の影が浮び、私の影が父を縁取り、父は私の内部にしか存在せず、私も父を通してしかこの場に立っていられなかった。父の顔を見据えようとすればするほど、私は私の顔を見出した。私よりいく分遅れて、硝子の向うの人間が誰であるかに気づいた父は二、三歩後退し、振り向いて再び暗がりへ歩み入り、階段を上ってゆく。足取りに迷いはなかった。新聞の集金人に支払いをすませ二階へ引き上げてゆくところだといっても誰も疑わないだろう。硝子は私の影だけを映している。

なんの収穫もなく立ち尽していた私の心境は、当り前でもあり奇妙なものでもあった。依然として悲しくはないものの、目の前に現れた父が扉を開けず引き返したことに、置去りにされたという感覚を強く抱いた。会話出来るかもしれないという期待が、意外なほど膨らんでいたらしい。
広場を通って元来た道を戻った。犬も遺体も、硝子越しの対面には全く興味がなさそうだった。丘を下りた。三角形を作った日の父といま見たばかりの父を重ねようと意識しなくても、二つの顔は揺れ動きながら近づき、両方の掌が手首に近いところから指先へ向ってだんだんと合さってゆくみたいに一つになった。だがこれはただの確認だった。何もかも認識と記憶に頼るのは、長年の壕での暮しによって身についてしまった悪い癖だった。父と子の間に合理的な認識が必要な筈もない。硝子の中に父の顔が浮び上がった瞬間、私は、認識したのでも感じ取ったのでもなく、ただ向き合っていただけだった。見つめることによって認識などは消し飛んだ。そうやって目にした父のことを、頭の中で何度も何度も認識するのだった。

街の瓦礫の間では徐々に、戦争に関れなかった病人たちが動き始めていた。一度火と煙が収まった街はまたあちこちで、今度はひどく細い煙を、炊事時に上げた。久しぶりに近所の人たちと顔を合せ、生の会話をした。言葉は目に見えず、はっきりと聞えた。ある人はせっかく戦場から戻った息子を、別の人は軍需工場で働いていた妹を犬にやられたと嘆き、なぜ自分たちだけ生き残ってしまったのかとまた嘆いた。戦争に参加出来なかったんだから仕方ない、と言った男の妻は、まだ戻ってこない息子が出征する時、一人でもたくさん殺してきなさい、と言ったけどあれが原因であたしも犬のやっかいになる日が来るんじゃないのかね、と漏らした。

　図書館へは毎日通った。父は、硝子の向うに立ち、錠に触れようとさえせず、暫く私を見たあとで二階へ引き上げてゆく、というのを五日ほど続け、六日目からは、私が扉を揺すっても叩いても二階から下りてこなくなってしまった。ある人は、こうなってしまった以上は警察に届けるしかない、親を捕まえてくれなんて頼むのはつらいだろうけど仕方ない、警察がいやなら病院に入れるというのはどうだ、それはそれでつらいだろうけど、と言った。また他の人は、ちょっと待てよ、どこに警察や病院があるんだよ、戦争で生き残ったのは病人ばっかりなんだぞ、と反論し、それを追いかけてまた他の人が、何を言うか、病人が生き残ったんじゃない、生き残ったから病気になったんじゃないか、と言った。みんなの口がだんだんと重くなってくる代りに、視線は私へ集まった。戦争に関った人間は例外なく犬に襲われているのに、父だけが、二つの戦争をくぐり抜けた図書館と結託し、生き残っているのだ。人々は夕食の支度をするために、どうにか住める状態を取り戻しつつある家や、家屋が完全に破壊されてしまっていれば、まだ暫くそこへ住むしかない壕へと帰っていった。

　私はこの夜、自分の壕で、昼間の会話の途中で無言になってしまった人たちの続きの言葉を聞いた。水道管の内壁を引っ掻きながら、それでいて栓をいっぱいに開けた時に迸る水よりも勢いよく滑らかに流れ込んできた言葉たちがいつまでも暴れ回るので、夜だというのに出入口の蓋を開けて逃がしてやらなくてはならなかった。音節が断ち切られ散り散りになった言葉たちは、街の灯りが戻らないために夜空を占拠している星々を脅かし、取って代るかとも思われたが、やがて、流れ星の煌(きらめ)きを残す余裕も見せずに飛び去っていった。

　人間の悪意というのはこんなにもいきいきしているものなのだ。いや、それは悪意という高級な座席に留まってはいない、血の色をした嫉妬だった。戦地で息子を亡くした人は、あそこの家のあの男はなんで無事に帰ってきたんだと悔しがり、ある母親は、鉄をあちこちから拾い集めてきて工場の炉で溶かしては戦車の装甲板を作ったというだけで犬の標的になった娘と私の父を比べ、歴然とした不公平を呪った。何度蓋を開けて追い出しても言葉は次々に蛇口から吐き出され、壕を満たし、私の意識に突き刺さった。人々は家族同士で会話しているのではなく、明らかに私一人へ向って言葉をくり出していた。渇いた口を一刻も早く湿らせたいというように蛇口へ唇をくっつけて、泣きながら怒鳴っている人もいるらしい。壕からいなくなった、壕にしかいない祖母が、聞き取れないほど大きなため息をついてから、

「あんたまさか、父親が生きてて人様に申し訳がないなんて、丁度いい湯加減の感情に浸ってるんじゃないだろうね。これだから困るんだよ、生きてる人間ていうのは。なんだいその目つき。睨(にら)むじゃないか。いいね、その調子だよ。こんなぬるま湯はいやだっていう顔だよ。あんたは人様のことを気にしてられる身分じゃないんだからね。願かけってわけでもないだろうに、毎日図書館とここを往復してさ。足があって立派に歩けるってのもや

っかいだね。やりたいことはやらなきゃいけない、楽しいことがあったら笑わなきゃいけない、暑けりゃ汗かかなきゃ、寒けりゃくしゃみしなきゃいけない、お腹すいたら食べなきゃいけない。そうだよ。あんたが本当に食べたいのはパンなんかじゃないだろ。人様に悪いと思ってるだけじゃ腹は太らない。いつまで経っても悲しみがやってこないんならあんたの方から向ってゆくしかない。なんのために毎日丘を上ってるんだい。父親に会いにゆくためじゃないだろ。悲しむためだろう。なのに扉一つ開けられやしない。まごまごしてると、あべこべになるよ。いいやほんとの話だよ。父親の方であんたを元手に腹を太らせようとするかもしれない。親が実の子を手にかけるわけないって思うかい。あんた自身にしても、父親と握手したり抱き合ったりするのと正反対のことするわけないって、思うかい。全くまともな生き身の人間だね。あんたの思ってる通りだよ。そしてね、悲しみは思いもかけないところからやってくるもの。思いもかけない道の果てにしか待ってないごちそう。まともに生きてくことだけにしがみついてちゃどうしようもないのさ。なんなら腹をすかしたまま生きてみるかい。でもね。」

「でも、聞いてしまったんだから。」と私は祖母の言葉を引き取った。悲しみによって腹を満たせる、父以上の悲しみの源はない、ということを、聞いてしまった。自分の手で悲しみを引き寄せることが出来るというどうしようもない事実も。勿論、事実は無視するに限る。無視されてこそ、事実はいっそうの事実となって存在を主張するだろう。

だが、祖母は目の前から消えているし、壕の中にいまもいる。無視する前にいなくなり、いないことでしかいることを確かめられない。その祖母から聞いてしまったことを無視するのは、深呼吸をしながら空気はどこにあるんだろうかとあたりを見回したり、真っ暗闇で目を開き、自分はいま目を閉じているんだと信じるようなものだ。

　長椅子の横の戸棚に手を入れた。パンの紙袋、食器、着替え、などを引っくり返したあげく、そうだった、と気づいて戸棚の下についている抽出(ひきだ)しに漸く思い当り指をかけようとしたのだが、把手は二つある留め具のうち片方が壊れていて、一本の鋲(びょう)でどうにか留っているだけのそれを無理に引っ張ればとれてしまいそうだ。前に開けた時はまだ壊れていなかっただろうか。覚えていない。最後に開けたのは戦争が終る前だったかもしれない。何を書こうとしたのだったろう。万年筆以外のものを探していたのだろうか。

　把手を慎重につまんで、引いた。ガタッとわずかに開いたところで動かなくなり、把手だけが人差指と親指の間に残ってしまった。それを戸棚へ放り込んでおいてから抽出しに指を突っ込み、左右へ揺さ振りながら、岩穴の中で踏ん張る甲殻類を引きずり出すようにして開けていった。黒々と太い祖父の万年筆が、ごろごろと前後に転がったあと手前でカチリと止った。手に取りキャップを外した。金色のペン先が現れた。金色を見るのが生れて初めてのような気がした。紙がないのでパンの袋から中身を全部出し、袋の両側を指で裂き、長椅子の上に広げ、パンくずを掃(はら)い、ペン先で表面をこすってみた。インクが出てこない。自分は何も書けないのかと思い、書こうとして書けない人間がどういう目に遭うかと想像しようとしただけで頭に強い衝撃が来、グシャッという音を自分の耳で確かに聞き、傍に血だらけの大きな木の実が転がる。

「どこにそんなもんがあるっていうんだい。どうしようもなく野暮だねあんたは。書こうとしたのは爺様だよ。あんたは戦争に行ってもいない。壕の中で病気とおねんねしてただけじゃないか。あんたが何を書こうとそんなもの手紙じゃないね。ほんとの手紙っていうのは書かれないもの、届かないものなんだよ。」

私は、すぐ傍にいるのにどこにいるのか分らない祖母を見つめて、

「届かなくても、僕は書くよ。」

万年筆を持った右手を左の掌へ何度か打ちつけてからもう一度、今度は紙のなるべく平らな面を選んでペン先をこすりつけた。黒いインクが発色した。

私が書きつけるのは、あの日木の下に座ってヘルメットを脱いだ祖父が書こうとした手紙であるべきだった。誰が書いてもそうなる筈だった。これは祖父の万年筆であり、祖父が死んでいる以上、祖父以外の誰が書いても元の持主である祖父が書いたことにしかならない。

私は書いた。祖父の万年筆で、祖父があの日、祖母や父に宛てて書こうとした手紙を、私の手で、父へ向けて書き直した。私自身のこと、私の記憶。玄関で父が作った三角形。卵を買いに出かけたまま戻らない父を探しにいった母。私自身の空腹。悲しみ以上の食べ物はないということ。祖母に教わってしまった、悲しみを味わう方法。自分の方から向ってゆかなくてはならない。そうしないと立場があべこべになる。そうならないためには、

実行しなくてはならない。それは、人間の罪の中でも一番大きくて、一番個人的なもの。同じ凶器で同じ時刻に同じ場所で赤の他人に同じことをしたとしても全く違って見える行為。血まみれなのに純白を想像させもする、朝日をそのまま夕日に変えてしまう行為。溶けると分っていながら真夏に雪を降らせてしまうような行為。実行する以外に私が空腹を満たす道はないということ。本当の父親であれば自ら進んで、息子の空腹を満たす悲しみの源になってくれるのではないかということ。そして、戦争の間ずっと喋り続けたあとで壕からいなくなってしまった、いまも壕に住み続けている祖母のこと。

これらのことを、ひどく回りくどく書きながらも私は父に期待した。図書館の扉をこじ開け、悲しみを手に入れる行為を実行しなくても、父は、祖父が木の下で書く手紙としてペン先から出てくる筈だった黒い文字をいま、私の手紙として目にし、父にとって一番甘い悲しみである祖母の死を知り、腹を満たし、今度は息子の腹を満たすために自分自身が悲しみの源になってくれるのではないか、祖父の万年筆で書かれなければならないのは父の遺書なのではないか、と。

ではそう期待する前、手紙を書く前には明らかに、父を自分の手にかけようと考えていたのだったろうか。

果して私は本当に空腹なのだろうか。空腹を満たす方法があると聞いて初めて空腹を感じたに過ぎないのではなかろうか。そもそも、悲しみで本当に空腹が満たされるかどうか分ったものではない。

しかし、木の実の直撃に遭わずに無事書き上げた手紙は読まれなくてはならない。

夜明けを待って壕を出、丘へ向った。黒い雲の中に、火の色の朝日が滲んでいた。そんな朝日は初めてだった。たかが手紙を一通、それもパンの紙袋へ下手な字で書いたくらいでこんな朝日が見られるのだとしたら、空も安くなったものだ。戦争中は違った。空襲がある空とない空の二種類しかなかった。天候など存在しなかった。

バスはまだ通わなかったが街の表面には生き残った人々の姿が増えてきていた。噂によれば、丘の向う側に集中している役場や警察署、裁判所などのうち警察署だけが、かなり被害はあったものの焼失せずにすんだが、それらの機関で働いていた人たちも犬の牙にかかったので治安は保たれず、街の中心部では食糧や寝る場所をめぐって争いが起きているのだそうだ。丘のこちら側では、中心部の混乱がふりかかってこないように自警団を作ろうとする人たちもいて、しかしまず手をつけなくてはならなかったのは、引き取り手もなくあちこちに転がっている遺体だった。丘の麓(ふもと)の一角に集められ、毎日のように焼かれた。

私が紙袋の手紙を持って出かけたこの朝には、楠の林の中や図書館の周りからも全ての遺体が片づけられてはいたが、犬たちは数が増えていた。私の足音を聞いて目を向けはしても、立ち上がらなかった。決して自分たちの役割を忘れてしまったのではない。図書館の中にまだ一人だけ獲物が残っていることを知って集まってきたのだ。尻尾や耳で蠅を追ったり、二頭が首を寄せ合って眠りこけていたりするのは全て、獲物を狩るための儀式だ。

図書館の扉の前に立ち止った私は、これまでよりもいっそう悲しみに近づいていた。空っぽの腹の上、丁度胸のあたりで、生れて初めて父親への情愛とでも呼ぶより仕方のないものが蠢いていることに、焼け残った停留所を見た時と同じくらい驚いた。私が小学生の頃に腕で三角形を作って出ていった父に情愛が芽生えるのは、焼けなかった停留所そっくりに不自然だ。だが家族への情愛が不自然だなどということがあり得るだろうか。私は悲しみの元締めである情愛をいつの間にか育てていたのだと気づいた。まだ見たことのない悲しみを餌にして自然な情愛を人工的に育てたのだ。

あらかじめ目星をつけていた通り、入口の右側の扉が鉄の枠と接する部分の隙間から手紙を滑り込ませた。落ちた瞬間の音は、天井が落下したように響いた。紙の上に書かれた言葉に過ぎないそれが、言葉を集められるだけ集めた図書館の誰もいない床で、不安げに、いったいなんのためにここに来たのだろうか、誰が自分を読んでくれるのだろうかとあたりを恐る恐るうかがっているのを硝子越しに見て、まるで私自身を間違えて落してしまったみたいに後悔した。手紙の私は、たとえ最後には丸められるか引き裂かれるのだとしても、とにかく拾われ、読まれるのを待っていた。壕の長椅子に寝そべって水道管から流れ落ちてくる言葉を聞き外の世界を見ていた頃とは反対に、誰かに読まれるのをじっと待っていた。

次の日、また黒い雲がかかって夜明けになり切らない夜明け方、図書館へ向った。手紙はきのうの場所から動いていなかった。その次の日も同じだった。全く考えてみないではなかったある疑いに捕われて私は丘を下りた。

三日目、手紙がまだ懸命な不動を保っているのを見て疑いは大きな顔をし始めた。父は図書館からいなくなってしまったのではなかろうか。例えば私が手紙を書くより前に外へ出、犬の群を突破しようとして叶わず、ついに牙を受けて倒れてしまったのかもしれない。ここのところの犬たちの平穏は、本物の平穏なのではなかろうか。水道管からの噂にも、近所の人たちから直接聞く話にも、父の消息は混っていなかった。

四日目の朝だった。図書館へ着いた私は見た。まるでそこには最初から何も置かれていなかったかのように、手紙は見事に消えていた。腹がけたたましく鳴った。悲しみの予感に体が喜んでいる。だが家族を思う気持は始末が悪い。だから私は、父は祖父の万年筆で書く筈だった遺書を別のペンで、紙袋の裏に書きつけ、息子の手をわずらわせる前に、戦争で敵を、復員してからここで何人もの人を殺した軍刀を、自分自身へ向けてしまったのではなかろうかと焦り、扉の把手を掴んで揺すぶった。動かない。硝子を蹴破ろうかと足を上げて真似だけしてみたが怖くてやめた。玄関を離れ、壁に沿って歩いてゆく。蔓草がひときわびっしりと絡みついている窓があった。蔓そのものの力が硝子に穴を開けてしまったようだった。やがては石の壁までも植物の力で砕かれてしまうのかもしれない。窓を埋める蔓の網目を掴み、体重をかける。網は内側へ、私の体の分だけめり込み、窓を塞いでいる書棚が揺れる。それを何度か続けるうちに窓枠のところに隙間が出来たので、桟に尻を乗せ、隙間に腕を突き入れると同時に体が傾き、書棚に被さる恰好で内側へ倒れ込んだ。棚が床にぶつかって乾いた大きな音が響いた。薄暗くてよく見えないが、虫や蜥蜴（とかげ）が慌（あわただ）しく、まるで壕の中の言葉たちのように散ってゆく気配があった。二階の方からは鳥の声も聞えた。ゆっくりと立ち上がる。けがはしていない。

本が無数に散らばっている。あるところでは一冊ずつばらけ、別のところでは小さな子どもの背丈くらいに積み上げられている。書棚は窓を塞ぐのに使われたり横倒しになったりしている。湿っぽい匂いがする。人がいる図書館や、本屋で嗅ぐ真新しい本のカバーの匂いとは違う、本そのもの、剝出しの言葉の匂いは、明らかな腐臭だった。

扉のない出入口を通り抜けると玄関の広間だった。天井から丸い照明器がぶら下がっている。風船だとか中身のない卵だと感じていたことを思い出す。階段の上は吹き抜けになっていて、鳥の声はそこから降ってくる。玄関の扉越しに外を見た。あの時父はここに立って外側の私と向い合っていた。いま私の前には誰もいない。暗い場所から明るい屋外を見ているので自分自身の姿も硝子には映らない。足許の本を一冊拾い上げる。古い戦争より前の時代の随筆だった。子どもの頃はこの図書館の本の文章をいくら追いかけても読めなかったのに、いまはなんの引っかかりもなく理解出来た。意識の鉤針（かぎばり）で、死骸のような言葉をいくらでも捕えられた。文字が言葉の脱殻として紙の上に残された。背の部分をつまんで振ってみても、一文字だって落ちはしなかった。

犬の唸り声が聞えた。私が書棚と一緒に倒れ込んだ窓から入ってきたらしい。おかしなことだが、やられる、と思い、やはり本が散らばる階段を一段飛ばしに上った。あの森の絵が視野の隅をかすめてゆく。二階にも本がばらまかれている。それをよけ、時には踏みつけながらどこへ逃げればいいかと走り回った。各部屋の奥の扉を開ければ、いま通ってきたばかりのような気がする部屋に出る。

犬の声は、遠くなったかと思うと急に近づいた。二階に上ってきたようだ。走っていって次の扉の把手を摑む。開かない。向う側から靴が床をこする音と荒い呼吸が聞える。鍵が壊れているらしく父は中から押えつけている。私も体ごと押す。少し開く。長い髭が見える。すぐに閉まる。また開く。互いに呻(うめ)きを漏らすが言葉にはならない。父がなぜ開けさせまいとし、私はなぜ開けようとするのか、もし開ければどうなるのか、分りそうで分らないまま、まるで扉を突き破って相手の体に触れたがっているように押し合う。

犬が唸った。顔を上げた。四頭だ。息を弾ませ肩から背にかけての毛を逆立て、舌を覗かせている。異常に猛(たけ)った犬たちの目は、私がいまだに突破出来ない扉など透かしてしまって父と私を重ね合せているのだろうか。

短い唸りを吐き捨てた一頭が飛びかかってき、見えたと思った牙が消えると同時に右肩が一瞬熱くなり、走ってか転がってか、どういう姿勢で扉の前から逃げたのだろう。階段を駆け下り玄関の広間を横切って、入ってきた窓から外へ出、気づくと坂を走り下りていた。犬は追ってこない。急に右肩が痛み始めた。触った左手の指が半分近くまで嚙み跡に埋まり、痛みが激しくなった。

赤黒い朝日は色を変えていない。朝日は朝日としてやがて西の空に引き寄せられ、夜の力で退治される。明日の朝には太陽の大きさの月が上ってきそうだ。父はどうなっただろう。もし扉をこじ開け踏み込んでいたとしても、私の手には何もない。犬に追われる悪人の父を、素手でどうしようというのだろう。自分の手で悲しみを味わう覚悟があるなら、それなりの支度をしておくのが当然だ。

出ていった切り戻らない母をふいに思い出した。まだ悲しみにはなっていない、どこかで生きている母を、父以上の悲しみの源として追い求めたのかもしれないが、父のことを考える途中で母を思ったのは、父は母を悲しみの源としたいのだろう、とどこかで想像したからだ。母が命を落としたとしたなら、真っ先に悲しみを味わうのは私ではなく父だろう。血のつながっていないところに生れる情愛の方が強いに決っている。

壕へ帰りつき中へ入って蓋を閉じると鍵をしっかりとかける。その何度も確認する自分の指先を見るうちに恐しくなってきた。私は、父もそうとうな空腹に耐えている筈だと、いまさら気づいてしまったのだ。

「そうだよ。ようく鍵をかけとくんだ。悲しみにもいろんな味があって、あんたがいましがた考えたみたいに、あたしは他人として、爺様を持ってかれた悲しみで満腹になってしまったわけだけど、血のつながった悲しみっていうのもまんざら捨てたもんじゃない。特に子に死なれた親の悲しみっていうのは、口に入れた途端に体の隅々までしびれるくらいに、とんでもなく甘いっていう話だ。あたしはもう腹いっぱいだから、あんたの親父がくたばったところで体が受けつけない。悲しみはあんたの一人占めさ、おっ母さんが帰ってこない限りはね。だけど、一人前に手紙を書いた揚句にそれが届いたんだから、大ぬかりもいいとこだ。鍵はしっかりかけておくんだよ。親父の方は、やる気になれば、そのとんでもなく甘い悲しみを味わえるんだからね。あんたはまだ生きてるんだからね。犬の餌にさえなれなかったんだ、あとは立派な悲しみになって親父の腹を太らせるくらいしかないかもしれない。でもあんたはあんたで、空っぽの腹を親父で埋めたいと思ってるわけだ。男ってのはしょうがないね。女ならね、好きな男と一つ床に入って気合を入れさえすりゃ、ひとまずは腹を満たせるんだ。たった十ヵ月でちびっこいやつが外へ飛び出て腹はまたぺしゃんこだけど、腹があそこまで太ったたっていう記憶は、それはそれでちょっとしたもんだよ。あんたらはそういうわけにはゆかないね。親父があんたの悲しみになるかあんたが親父の悲しみになるか。どうなってんだろうね、息子と孫の殺し合いを見なきゃならないなんて。ほっときゃいつかはどっちかがくたばるっていうのにさ。待ち切れないんだろ。せっかくの戦争で周りは死人だらけ悲しみだらけで、生き残った連中は腹いっぱいなのにあんたたち親子はいまだに腹ぺこ。まあ仕方ないね。生きるっていうのは食べることと悲しむこと以外にはなんにもないんだからね。」

祖母の声には戦争中と同じように、時間を伸び縮みさせる力があるのではないかと思われた。話が続いている間、長い筈の時間は縮まり、短い時間ですむ予定は引き伸ばされる。何度も鍵を確認したあとで始まった祖母の話はその日のうちに終ったのか、ひょっとすると数日が経ったのか。私はいつの間にか長椅子で横になっていた。祖母は夢に出てきたのではなかった。壕の中で、壕ではない場所からいつものように喋り、私は眠りながら、覚めても眠ってもいない耳で確かに祖母の声を聞いていた。

右肩が疼き出して目が覚めた。何かの響きが伝わってくる。痛みが明確になる。傷が耳になって響きを聞く。初めは壕と平行の、地中からの音に聞えた。街の人々は掘っ建てにしろ崩れた家を修理するにしろ、地上での新しい生活を始め、中にはもう戦争は起らないだろう、とか、壕があるから戦争が起るのかもしれない、という考えから壕を埋める人もいるので、その音だと思った。

だが音は地表を引っ掻いているようだ。犬たちだ。ある一つの目標めがけて移動しているのが分る。鯨のヘリコプターから下りてきた直後のような、真新しい唸りを上げている。目標があちこち逃げ回るために犬たちも引きずられている。襲いかかり、はね返され、また向ってゆき、それを何匹もがくり返す。初め遠くで動いていた響きの塊が、少し離れたり立ち往生したりしながら、この壕に向ってくる。一直線に走ってくるよりも、切実な、重々しい足取りに感じられる。犬に追いすがられ道を阻まれ、一歩一歩は力強い。

「あんただって十分強いんだよ。そりゃあ人間、強いよりは弱い方が楽だけど、あんたは戦争で生き残っちまったんだから、せいぜい病人のまんまで強くなるしかない。弱いままは駄目だよ。あとはあたしが見届けてやる。生きるっていうのは悲しむこと。父親がいるっていうのは父親と命のやり取りをしなきゃならないってこと。だけどそうじゃない場合だってある。悲しみは思いがけないんだ。」

しかし私にとって父との命のやり取りほど思いがけないことがあるだろうか。

「なんでもいいけど腹が減ってるんだろ。好きなだけ悲しめばいいよ。」

私は左手で祖母の口を塞ぎ、

「悲しんで腹が太るのがそんなに立派なことか。悲しみも満腹も、死んだことだって、全部自慢話じゃないか。死人は死人らしく黙っててくれよ。」

すると、何か言おうとしたらしい祖母の口が掌の下でずるりと溶ける感触があり、痛みが強くなった。私が塞いでいたのは右肩の傷だった。痛みに強く圧迫された全身は熱を持っているが、意識はひどく澄んでいる。

丁度壕の真上に来たらしい響きの塊が蓋を揺らした。犬たちが地面を蹴る音、血のよだれでも垂らしていそうな唸り声、激しい呼吸。地上のあらゆる衝動と飢えと怒り、生命と歓喜が蓋の上に集合し、牙と爪での抱擁を無限に続けている。自分もいま、右肩を噛まれている。長椅子から立ち上がると体の肉が崩れ落ちそうになる。出入口の真下へ行き、見上げる。古い戦争の頃から折り重なってきた頑丈な錆に守られている円い蓋のすぐ向うに、この世で唯一の争いが踊っている。震動の度に天井と蓋の間から土埃が言葉の代りに落ちてき、頬や額に当る。水道管からの言葉を聞いて想像していたよりもはっきりした、近づけない世界が、すぐ上にある。図書館の硝子越しに見た私の影の中の父、働き者のあれで母の胎内に私を作ったのに卵を買いにいったまま戻らなかった父、悲しみの源になるしかない父が、父自身の悲しみの源に触れようとして、犬にたかられながら、戻ってきたのだ。

私は傷口から離した左手を伸ばし、鍵に指をかけた。果して、もう一度締め直そうとしたのか、蓋を開けようとしたのか自分でも判断がつかなくなった瞬間、それまでの響きの塊の中にさらに硬い音を聞いた。蓋が強く叩かれたのだ。もう一度、前よりも大きく、ずっとはっきりした意思で叩かれた。犬たちは盛りがついたかと思うほど激しい唸りとあえぎを響かせ続け、それを潜り抜けた拳がまた一つ、どん、と蓋を叩く。犬の牙が何かに食い込む音がする。犬以外の生き物が、切迫しているのに弱々しい声を上げる。私はまだ鍵に指をかけている。ここで蓋を開ければ、祖母は自分で口にした通り息子と孫の争いを見なくてはならない。開けなければ、開けなければそれでいいのだ。この蓋を開けないことが私の存在理由だ。開けなければ、全てが蓋の向うで終ってくれる。あの手紙を書いて密かに期待した、私自身の手を汚さない形での満腹が、私に訪れるのだ。犬の唸りに囲まれた父の拳は、助けを求め、私を殺しもするために蓋を叩き続けている。一打ち毎に小さくなってゆく。その叩く音と唸りとにすりつぶされかけの、しかし呻きではない声が聞えた。私はもうかなり長い間名前で呼ばれたことがなかったので、父がいま口にしたのが本当に私の名前だったのかどうか確信がなかった。祖母や母の名前だったのを、自分の名前だと思い込んだのかもしれない。

蓋を開けようと思った。開けたあとで何が起るか、父を助けようとした私も病人から悪人になって牙を受けることになるのか、どういう結果が私を満腹にし、どれが私を殺すのか、見極めがつかない。それでも開けたかった。だが鍵のねじはきつく締っていて、上からの衝撃で剝(は)がれた錆がねじの溝に詰ってしまいでもしたのか、開く気配がない。痛みに満たされた体は熱を発して柔かく崩れてゆく。意識と視界が揺らぐ。

　響きが急に遠ざかり、ねじが軽々と回り出した。上から押えつけられていたために開かなかったのだ。ねじを全開にし、左手と頭で蓋を押し上げる。隙間に血と泥が粘つき、さらに持ち上げた蓋と地表の間を赤い膜が覆っている。蓋を横にずらすと膜が顔に張りついた。目をこすって視野を取り戻す。街が、右肩と同じように傷ついている。唸り声のする方へ首を捻る。目の前が赤く染まっているのが朝日のためか夕日のためか、睫毛(まつげ)に残った血のためなのか分らない。ここ何日かの赤黒い太陽が地上に落ちてきたような塊が焼け跡を踊り歩いている。父は懸命に振り払おうとしているらしいのだが、まとわりついている犬の上からさらに犬がのしかかり、父の体は犬で埋め尽され、群から一匹がずり落ちると傍で待ち構えていた別の一匹がすかさず飛び込んでゆく。人の形をした犬の塊の隙間から、血はどうやらまだ流れ続けている。久しぶりに新鮮な獲物に出会った犬たちの声は遠くなりながらも、いやらしく尾を引いて聞える。

　私は出入口に肘を宛(あて)がって体を支えていた。赤黒い塊が見る見る遠くなってゆく。いまだに唸りを響かせている。黒い毛の渦が起す波動で空気が揺れている。

　夢を見ているのかと疑ったが、夢であればいいとは思わなかった。塊はますます遠く、ほとんど地上のわずかな一点にまで縮小し、瓦礫や崩れそうな家屋の間に見え隠れしたあと、完全に視界から消えた。

痛みとは違う感覚が熱を伴って頭全体に広がり、目の前がまた赤くなってきて、血よりも滑らかに街の光景を潤ませた。睫毛や目蓋(まぶた)に残っていた父の血が、溢れてきた涙に溶けて流れているのだった。なんとかこらえようとしたが、すっかり腹が満たされた体が外へ向って体自身を圧迫し、涙は次々に押し出され、私の顔で遊び回った。

祖母の声が聞えた。違った。姿が見えた。いや、蓋を開けもせずに壕から出、儀仗兵の炎に見送られたうしろ姿を、思い出したのだ。私にも祖母と同じ瞬間が迫っている。足の裏以外のどこへだって行けるようになる。永久に続きそうなこの痛みが、私を解放してくれるのだ。

赤く潤んだ視界が揺れる。すぐ近くに、黒い影が降り立つ。犬ではない。一声鳴いて私の頭に飛び乗った影は足場をしっかり固めると、犬が一噛みした病人の傷跡へ巧妙に嘴(くちばし)を突き入れた。涙が途切れ視界が静止し、金属音に似た叫びが出た。体が巨大な嘴に貫かれた。崩れ落ちる私を追って無数の影が壕へ流れ込んできた。

# 薄い街

稲垣足穂

――現在一般に使用されているカラーは、われわれがカラーを見ているのではなく、却(かえ)ってカラーの方がわれわれを見ているように思われます。カラーは、或る色合いだと判る程度で十分なのではありませんか？　その他の何事にせよ、きれいだとか、おもしろいとか、快いとか、悲しいとか、そんな概念的な気持をそそるうちはどうですかね。われわれの要求する所は、もはやきれいだとも、きれいでないとも云えぬもの、面白いのかつまらないのか判らないようなものではないのでしょうか？

――それならば私がつい先日までいた都会のことをお話しましょう。私は相当の期間あの風変りな都市に居住していましたから、その習慣上あなたとご同様に、いまこんなに口をきいているのさえ億劫千万(おっくうせんばん)なのです。けれどもあの街の輪郭だけでもお伝えすることができれば嬉しいです。いったいあの街ではよほど原始的な連中以外は、対話を交しません。それに笑ったり喋(しゃべ)ったりすると刑法に触れるのです。笑う者、大声を出す者、演説をする者は勿論(もちろん)ですが、話相手の他の者にも聞えるような声を出しても罰せられます。話題としては、人々に元気を与えるすべて、自己及びその周辺にとどまる事柄などは一切禁じられています。しかし今も云うように、口でもって話をするのは極く少数者で、大部分の市民は瞼や指先を動かしたり、あるいは指先で壁面なりテーブルの表面なりをコツコツ叩くことによって、互いに意を通じます。また、いまあなたと交しているような対話にしても、三分間以上にわたることは許されないのです。三人以上集合することも禁止されています。

——文字はあるのですか？

——あります。しかしそれは数学的記号だと云った方がよいでしょう。また大型のオルゴールが街の到る所で鳴っています。これはつまり告知板であり広告ビラでもあるわけです。街と申しますが、これは立体派の墓地とでも喩えたい所で、人影なんかは殆ど見当りません。そしてただ平べったい箱だの、円錐だの、円筒だのが、のろのろと廻ったり、思い出したように跳ね返ったりしている場所に、そんな金属盤から発せられる音がポロンポロンと鳴り響いているのは、何とも云えぬ侘しい気持をそそり立てるものです。また、細いフィルムに孔を打ち出して行くタイプライターがあります。これは手紙の役目をします。

——人名も数字なのですか？

——人名は番号であって、これにそれぞれ固有速度とか自我の振動数とかを示す数字を加えて、登録されています。

——そういう人々の衣服は？

——カラーは総じて薄くなければならぬというご意見が理想的に行われているのですか

ら、衣服についてのわれわれの概念は、そこでは当て嵌らぬようです。街の燈火がトワイライトに交錯する時刻、薄羽蜉蝣の翅に似た衣服は、見る位置によって蛋白石みたいに変化するので、人々は何か光を包んだ小量の物質だという感じを与えます。このような人々のなかで、私には性別がつきかねたものです。ところが正規の市民にだって、性別はいざという時でないと区別がつきかねるのだそうです。そしてこのいざがあそこでは挨拶代りに使われています。そのためには辻々には「挨拶箱」というのが設けられています。これは、ドアを開けてから十秒目にベルが鳴りますが、それまでに出てしまうのが紳士淑女です。お互いの黙認でドアに手をかけるだけなら、もっと尊敬されるのです。

——そんなら、すでに知り合っている間柄ならよいが、若し知らぬ者同士が初めて挨拶を交そうとした場合、同性の組合せだったらどうしますか?

——方法はいくらだって見付かるわけだし、また適宜に発明すればよいではありませんか。つまりそんな場合に性別が判って、一等簡便な方法が採られるであろうと云うまでのことです。この点はわれわれのあいだに現に行われている事情と少しも異なっていません。しかし近頃は全く性別を決定しかねるような連中が増加していると申しますから、この場合はどうなるのか、それは私の臆測の限りではありません。そこでは、人々は普段は蝙蝠のように、即ち私がいまこうしているように、逆さにぶら下がっているのです。

——あなたはよっぽど軽業をお習いになったのだと思っていました。苦しくはありませんか?

——私には椅子にかけている方が辛いのです。ただ食事の時は止むを得ずに椅子にかけますが。その他は、電車の中だって乗客はみんな逆さにぶら下がっているのですからね。このスツリートカーからの眺めについて、一言申さねばなりますまい。そこには街路樹を初めどんな青いものの影一つも見えません。以前にはシャボテンぐらいは許可されていたそうですが、私が行った頃にはそれすら厳禁されて、種類の如何を問わず、芽生えを見つけることにも奨励金が出ましたから、青いものは摘み取られて、根絶してしまったわけです。

——電車はどんなものですか？

——実際は電車であるやら何であるやら見当がつきません。何故なら、立体的万華鏡とでもいう具合に、部分部分が如何様にも組み合って、どんなふうにも展開して行くように構成されている都会では、家屋だの道路だの交通機関だののあいだに区別を立てようとすることそもそもが、無理だからです。たとえば、細長い小屋だと見たものが辷り出したので、初めてそれが電車だったことが判ったり、いくつかの建物同士がくっついて電車に変化することもあり、そうかと思うと、道路の一部分が分離して「平面電車」になったりする……坂道がエスカレーターに変化したり、十字路が廻転板に入れ代ったりするのはざらに見られる所で、高所から高所へ、低地から高所へ、高所から低地へかけ渡す風車式の道路もあります。先程も述べた通り、そんなさまざまの幾何学的形体が自動的に千変万化し、随所からの放電火花がそれら物象に映じて、そして人通りと云えばめったに無い場所における、このままどこかへ消え入ってしまいたいような快い寂寥感は、それこそあの都会を俟って初めて人類に与えられたものだと云わねばなりますまい。街は一見したところ、月世界のように重畳起伏していますが、これは空間中における運動を有効ならしむるためと、重力を極度に利用しようとすることに出ています。或る箇所はナイフの刃のように窄まっており、或る場所には想像もつかぬジグザグやスパイラルロードがあります。こんな坂だけの都会は時に青硝子製ではないのかと疑われることがあります。かなたこなたに点っている菫色の信号燈のせいなのですが、この特殊な燈火は、その前を横切る物体や人体をX線のように透き徹らせるのです。そしてコンディションの良い夜、薄紫色の燈火はその周囲の物象の奥の奥まで染みこみます。同様な現象がお隣の燈火の周りにも起って、こうして全都会のあらゆる物象が等しくその限界を喪失して、一様に連続してゆらめく奇異なアラベスクになってしまいます。私はそんな光景を最初に目撃した時、未来派の連中の先見に感服したものです。ボッチョーニでしたか、「各物体にはその本来の力線を無限に伸ばそうとする傾向がある」と云っていますが、青硝子製の都市にはそのことが証明されていて、そしてわれわれは、立体万華鏡の只中にいるような気がします。

——人々は何を食べているのですか?

——それが行人の衣服に見られる seatless-slacks（尻なしズボン）及びさっき申し上げた椅子なのです。椅子は実は食卓であって、王力計とチューブが付いています。チューブからは栄養ガスが、身体内へ供給されます。つまりわれわれの身体における出口が、入口になっているわけです。ガスにもさまざまな種類があり、それらは別々に、あるいは適宜に混合されて、おのおのの容器からゴム管によって椅子にまで導かれますが、一般的なガスは政府の供給するところであって、街かどにはそのスタンドが設けられています。

——では、そんな楽なものを摂っているのならば、われわれのあいだにあるような消化器疾患はないわけですね。

——その通りです。けれども嗜好に偏したり、節制を怠ったりしたために、故障を生じることがあります。これの治療には特別のガスをもってしますが、その効目がない場合には専門医が必要です。治療者は原始的な男性でありさえすれば、誰だってかまいません。これはしかし未開人に属して、郊外に居住しています。ところでさすがの市民もこの未開人から出てきたものである限り、さあという時には蛮族の世話にならないわけに行きません。云い換えると、原始人自身にそなわっている注射器によって、体内に霊液を受けて、健康を恢復するわけです。もっともこの始末はきわめて不名誉な話になっているので、極秘裡に行われます。

——そんな街の人々はいったい何を目的にしているのでしょう?

——さあ……それが判っているくらいならば、何もこんな都会など出来なかったのではありますまいか。あそこには「消滅局」という機関があって、第何号は何日何時までに消滅すべし、という課税が各自に割り当てられます。また郊外に子供が生まれた場合にも、適当な近親者乃至その代理が、入れ代りに消滅しなければならぬことになっています。刑罰というのもただ一箇所「消滅させるべし」があるだけです。この規則は刑法に触れなくとも、各自に申込みさえすれば、然るべき調査の後で適用を受けることができます。こうして「消滅」とは一般道徳の原則になっていると考えてよろしい。これらの連中は、云わばスペクトラムの端っこで崩壊しかかっている人々なのです。われわれの分光器によって捉えるべく困難な人々とは、また「菫色の人々」だと申しましょうか？　街の上方を真空にして、ガンマ線にでもなって飛び出してしまいたいのでしょう、きっと。

――そこはいったいどこなんです。

――どこでも！

――どこでもですって？

――そうです。この街は地球上に到る所にあります。ただ目下のところたいへん薄いだけです。だんだん濃くなってきましょう。

# 旅順入城式

内田百閒

五月十日、銀婚式奉祝の日曜日に、法政大学の講堂で活動写真の会があったから、私も見に行った。

講堂の窓に黒い布を張って、中は真暗だった。隙間から射し込む昼の光は変に青かった。色色取り止めもない景色や人の顔が写っては消えて行った。陸軍省から借りて来た煙幕射撃の写真などは最も取り止めのないところがよかった。無暗に煙が濛濛と画面に立ち罩めて、何も見えなくなってしまった。その煙が消えて画面が明かるくなると思うと、写真が消えてしまって、講堂の中が明かるくなった。

それから亜米利加の喜劇や写真などが、明かるくなったり消えたりした後、旅順開城の写真が始まった。陸軍省から来た将校が演壇に上がって、写真の説明をした。この写真は当時独逸の観戦武官が撮影したもので、最近偶然の機会に日本陸軍省の手に入った。水師営に於ける乃木ステッセル両将軍の会見の実況も這入って居り又二龍山爆破の刹那も写されている、恐らく世界の宝と申してよろしかろうと思いますとその将校が云った。そうして演壇に立ったまま、急に暗の中に沈んでしまった。そのカーキ色の軍服姿がまだ私の瞼の裏に消えない時、肋骨服を著て長い髭を生やして、反り身の日本刀を抜いた小隊長に引率せられている一隊の出征軍が、横浜の伊勢佐木町の通を行く写真が写った。兵隊の顔はどれもこれも皆悲しそうであった。私はその一場面を見ただけで、二十年前に歌い忘れた軍歌の節を思い出す様な気持がした。

旅順を取り巻く山山の姿が、幾つもの峰を連ねて、青色に写し出された時、私は自分の昔の記憶を展いて見るような不思議な悲哀を感じ出した。何と云う悲しい山の姿だろう。峰を覆う空には光がなくて、山のうしろは薄暗かった。あの一番暗い空の下に旅順口があるのだと思った。

大砲を山に運び上げる場面があった。暗い山道を輪郭のはっきりしない一隊の兵士が、喘ぎ喘ぎ大砲を引張って上がった。年を取った下士が列外にいて、両手を同時に前うしろに振りながら掛け声をかけた。下士の声は、獣が泣いている様だった。

私は隣りにいる者に口を利いた。

「苦しいだろうね」

「はあ」とだれだか答えた。

首を垂れて、暗い地面を見つめながら、重い綱を引張って一足ずつ登って行った。首のない兵隊の固まりが動いている様な気がした。その中に一人不意に顔を上げた者があった。空は道の色と同じ様に暗かった。暗い空を嶮しく切って、私共の登って行く前に、うな垂れた犬の影法師の様な峰がそそり立った。

「あれは何と云う山だろう」と私がきいた。

「知りません」と私の傍に起って見ていた学生が答えた。

山砲を打つところがあった。崖の下の凹みに、小さな、車のついた大砲を置いて、五六人の兵士が装塡しては頻りに打った。大砲は一発打つと、自分の反動で凹みの中を前後にころがり廻った。砲口から出る白い煙は、すぐに消えてなくなった。音も暗い山の腹に吸われて、木魂もなく消えてしまったに違いない。弾丸は何処に飛んで行くのだか、なお心もとなかった。しかしそれでも打たずにはいられないだろうと思った。打たずにいたら、恐ろしくて堪るまい。敵と味方と両方から、暗い山を挟んで、昼も夜も絶え間なしに恐ろしい音を響かせた。その為に山の姿も変ったに違いない。恐ろしい事だ。そこにいる五六人の兵隊も、怖いからああして大砲を打っているのだ。砲口の白い煙が消えてしまうと、私は心配になった。狙いなど、どうでもいいから、早く次ぎを打ってくれればいいと思って、いらいらした。

遠い山の背から、不意に恐ろしい煙の塊りが立ち騰って、煙の中を幾十とも幾百とも知れない輝くものが、筋になって飛んだ。そうしてすぐ又後から、新らしい煙の塊りが湧いて出た。二龍山の爆破だときいて、私は味方の為とも敵の為とも知れない涙が瞼の奥ににじんで来た。

そうして、とうとう水師営の景色になった。辺りが白らけ返っていて、石壁の平家が一軒影の様に薄くたっていた。向うの方から、むくむくと膨れ上がって、手足だか胴体だかわからない様な姿の一連れが、馬に乗ってぼんやりと近づいて来た。そうして、いくら近づいても、文目(あやめ)がはっきりしないままに消えてしまった。

それから土蔵の様なものの建ち並んだ前を、矢張り馬に乗った露人の一行がふらふらと通り過ぎた。そうして水師営の会見が終った。乃木大将の顔もステッセル将軍の顔も霧の塊りが流れた様に私の目の前を過ぎた。

悪戦二百有余日と云う字幕が消えた。鉄砲も持たず背嚢(はいのう)も負わない兵隊が、手頸(てくび)の先まで袖の垂れた外套(がいとう)をすぽりと著て、通った。道の片側に遠近のわからない家が並んでいるけれど、窓も屋根も見分けがつかなかった。兵隊はみんな魂の抜けた様な顔をして、ただ無意味に歩いているらしかった。二百日の間に、あちらこちらの山の陰で死んだ人が、今急に起き上がって来て、こうして列(なら)んで通るのではないかと思われた。だれも辺りを見ている者はなかった。ただ前に行く者の後姿を見て動いているに過ぎなかった。

「旅順入城式であります」

演壇にさっきの将校の声がした。

暗がりに一杯詰まっている見物人が不意に激しい拍手をした。

私の目から一時に涙が流れ出した。兵隊の列は、同じ様な姿で何時までも続いた。私は涙で目が曇って、自分の前に行く者の後姿も見えなくなった様な気がした。辺りが何もわからなくなって、たった一人で知らない所を迷っている様な気持がした。

「泣くなよ」と隣りを歩いている男が云った。

すると、私の後でまただれだか泣いてる声が聞こえた。

拍手はまだ止まなかった。私は涙に頬をぬらしたまま、その列の後を追って、静まり返った街の中を、何処までもついて行った。

# うちわ

高橋新吉

岐阜県立脳病院に一人の男が、今も監禁されている。此の男は大平洋戦争のはじまった事も、日本が降伏したことも知らない。しかし誰もこの男を軽蔑することは出来ないだろう。この男の大脳の内部には、現在次のような思想が巣喰うているのであるが、この思想をくつがえす丈の思想はどこにもないからである。

1

俺は無学に達したわい
眼に塵をふれしめず
脳味噌のなき鳥の如く
軽く
無辺際に飛ぼう

2

お前が思うて如何なることが出来(しゅったい)しようとも
それはお前が思うたことであり
如何なる変化の世界が来ようとも
それはお前が思うところから離れて有りはしない

3

何のかわったことがあろうか
どのような変化も、何の意味もないのだ
何千万年の将来も今と同じだ

4

夢のごとく
時間も　場所も無いのだ

夢と全くちがわない
これが現実の世界であり　真実の姿である

5

神は何も知らぬ
人間は　何もかも知ることが出来る
足は何も知らぬ
神は足である
凡ては神である
神ならざるものは一つもない

6

知っていることは　何にもならぬ
見たことも　聞いたことも
なんにもならぬ
何にもなるものではない

知らないことが一番大切だ

此のような、詩とも何ともつかぬ短いキレギレの文句を、無数に書いているのであるが、この男をだから詩人ということにしてもよいが、この詩人が、果して狂人であるかどうかは、脳病院に監禁されている事を以ては決定し兼ねるのである。しかし何故この詩人が狂人として監禁されるに至ったか、それは次のような経路を辿っている。

人間に生れて、一度も発狂したことのない人間などは論ずるに足らぬ。これはむしろ不幸であり、不具者だといえる、という風な自惚をこの詩人は持っていた。詩人であるからには、どんな詩人も狂人であり、誇大な自惚を持っていることは、昔から変らぬ事実では有るが、この詩人は又、人間の精神の深奥をさぐるとかいう小説家などが、狂人の心理のどんなものであるかも知らないで、好い小説が書けるわけのものではない、というように考えていた。

小説を書く為に、この男は発狂したのではないが、昭和十六年の十二月八日、大平洋戦争の詔勅の発せられた日、この男は東海道線に乗って京都まで行った。

京都駅に降りたのは昼過ぎであった。黒い幕で蔽われた駅を出て、この男は南禅寺の前の、無隣庵の近くの質屋へ行った。

途中電信柱に、新聞の号外の、宣戦の太い活字が、貼ってあるのが目についたりしたが、この男はそんなものを読んで見るほどの興味を持っていなかった。

この男は十日ほどの間新聞は一枚もよんでいなかった。米英に対して戦争を始めることなどは、常識として考えられない事であったから、この男はその新聞の号外を見ても、これは何か自分に特に見せる為に、わざと号外の体裁に刷って、自分の目につくように貼っているのだと思った。

それだから、なおのこと、この男はそんなものをよまないのだ。

こんな衝動的な、偽りの新聞を与えて、この男の精神が如何(いか)ようにそれに対して反応するかを見たいものだから、やっている仕事だと、この男は考えたのだ。

狂人の心理は、飽くまでも論理的である。その論理の糸の発端が、普通の人間と違うので、違った方向へ推理が発展し、収拾がつかなくなるんだが、発展の法則は普通の人間とちがわないのだ。

だから論理の糸をたぐって本(もと)に戻れば、自然に苦悩も懐疑も解消するんだが、人各々(おのおの)赤ん坊の時から、或(あるい)は生れない以前から持っているところの、心の動かし方、即(すなわ)ち論理の発足の仕方が違うんで、仲々他人の心の洞察はむつかしい。

それで、狂人の心理はわかりにくいが、狂人だから、あれはキチガイだからとして、すましておくことは、怠慢のそしりを免れるわけにはゆかぬ。

この男の場合にしても、問題は昭和十六年の十二月に始まったのではない。一々はじめから書くわけにもゆかぬので、八日から始めたんだが、なぜこの男が大詔の活字を見て、それに信を置かなかったかは、この男の頭脳の中では、充分の理由があり、一糸乱れぬ論理の帰趨するところが、整然としていたのだ。

しかしこれを説明する為には、幾万年の歳月を費しても充分に可能であるとは言えぬ。平安神宮の巨大な鳥居の下をくぐって、一団の人々が参拝している。何のためにこれらの人々は、ぞろぞろ歩いているのであろう。

大平洋戦争の必勝の祈願を籠めて、参拝する人々であったのであろうが、この男は其のようには思わなかったのだ。

これは自分の精神病の平癒を祈るためのものかも知れぬと思ったのだ。勿論半信半疑ではあったが、そのように思えば思えないこともない。どのようにでも思える自由が、心には有るのだ。心はどのようにでも動くものだから、この男がそのように思ったとしても間違いではない。

その一団の人々の中の一人に、「何のために歩いているのか」と聞いて、その人が「戦勝祈願の為だ」と言ったにしても、その答をこの男が、自分をだます為の言葉だと思ったにしても、何等誰からも抗議を受ける筋合のものではない。この男が、人の言葉を信じないのはこの男の自由である。

この男は質屋へ行った。その質屋にこの男は、冬服一着とオーバーと羽織と着物と二重廻しと、その他数点預けていた。男は質屋の親父に何も口を利かなかった。只金を払ってそれらの品を受けとってそこを出たのだ。

男は、この質屋からあまり遠くない、無隣庵の近くの穢い家の二階に、八ケ月ほど住んでいて、数ケ月前に東京へ引き揚げたのだ。質屋を出て、近くに銭湯があることを知っていたから、その浴場に入った。

男は湯から出て、質屋から持って来た洋服を着て、オーバーを被てその上へ着物を重ね、羽織を着、その上へ黒い二重廻しを羽織った。

男は鏡で見ると、横綱の角力取（すもうとり）のように体がふくれ上っていた。

手に持って歩くよりも、着た方が楽だと思ったからだが、歩行も困難なほどであった。

堂々たる姿である。うす曇った冬空の京都の町も、これだけ着て歩けば少しも寒くない。

この男は比叡山に登ったこともあるが、あの根本中堂の戒壇の蠟燭（ろうそく）の灯も、最澄の肉体の油が貧弱だった為に、消えかかっていると思ったりしたものだ。

男は荒物屋の店頭に立った。長い竹の柄（え）のついた束子（たわし）が目についた。

男はそれをステッキのかわりにつこうと思って、値段をきくと、思ったより高いのでやめた。

赤い色の、大きい渋団扇（しぶうちわ）があった。「極最上」と木版がおしてある。それを男は買った。

むしろ暑いので、うちわで扇（あお）ぎたいのだ。

男は自分の体が、四十貫もその上もある角力取のように、横ぶとりに太くなっている事を知ると同時に、自分の顔はそれとつり合うほど大きくはない事を思った。

そのうちわを、顔の正面に当てて、紙の下の方に曲げた竹の隙き間から、両眼を覗（のぞ）かせて歩いた。

「極最上」と書いたこの赤いうちわの大きさが、丁度今の自分の体格には、調和のとれた顔の大きさだろう。このうちわを顔と思ってくれれば、このふくれ上った体も可笑しくはあるまい。

電車にすぐ乗って停車場へ行くのをよして、

男は電車道を歩いた。

祇園神社の前を通って、左側の祇園の舗道を歩いて行くと、向うから二人の舞妓が盛装してやって来る。

男は、うちわを顎のところに握って、竹の穴から覗いて歩いて行く。

極めて美しい二人の舞妓であった。

京都の人間は、仲々話せると男は思った。男に見せる為に、極最上の、祇園でも飛び切り上等の、若い美しい舞妓を選んで、男の歩いて行く正面から歩かせて、特に自分に見せる為に、歩ませているのだと男は思った。

何故こんなことをするかというと、この男の精神状態を試験する為にである。男が果して狂人か、狂人でないかを判定する為に、この二人の半玉の美形を使っているのだと、男は思った。

男は色情狂などでは決してない。然し性欲が全然無い男でもない。男はその時、金は祇園で遊ぶ位はあったので、気に入った妓が見つかれば、登楼しないわけでもない。

だが、このように大びらに、衆目の集っている中で、自分の精神状態の如何をしらべられているのだと知ったからには、男は決して自分が色情狂でないことを示さねばならぬ。男は緊張して、うちわのえをにぎりしめた。うちわを顔にあてて、二人の芸妓などには目もくれないものの如く、悠然と歩いて行く。すれ違う時にも、赤い大きいうちわを顔からはなさない。

通り過ぎてから、ちょっと後を顧た時、一人の肥った方の舞妓の、白い首筋のふくよかな匂いと、その肉付きの逞しい精力的な隆起に、男は少なからず圧倒されたのは事実だった。

京都の人間は、仲々皮肉なことをやりおる。

しかし自分は性欲が自制出来ないような狂人ではない。その手には乗らぬぞと思って、男は悠然と歩いて行く。

南座の前を通って、四条の橋を渡って、京極の方へ行くのをよして、男は電車に乗って京都駅で降りた。

男は一種の強迫観念を持っていた。それは過去にしばしば警察に拘引された事があるところから来るところのもので、精神病者ではないのに、しばしば精神病者として取扱われた事があるところから来るところの強迫である。

一度や二度の事ではないので、男の心理は複雑になっている。

或る場合には佯狂として見られたこともあるので、わざと狂人の真似をして、「自分は狂人でないこともないのだ。」という風な解説的な生き方もしなければならない。

男は、切符売場で東京までの切符を買って、上りの普通列車に飛び乗ったが、これで、京都で摑まって、精神病者として警察へ連行されたりすることは免れたという安堵(あんど)の気持があった。

汽車の中は相当に混んでいた。間もなく汽車は走り出したが、男の心臓は極度に膨脹して、将(まさ)に破裂するところまで来ていた。というのは、男は二重廻しを脱ぎ、羽織を脱ぎ、着物を脱ぎ、オーバーを脱ぎ、それから、洋服の上衣を脱いでいったけれども、男の体は焼けるように燃えていた。

汽車の窓の中をしめきった温度と、男の体温とが、殺人的な温度にまで上昇して、男はあわてふためき、出来るだけの速さで、急いで、着ているものを一枚々々脱いだのだけれども、一刻を争う位の沸騰点にまで熱さは達していたのだ。

心臓と頭を、氷で冷さなければならないほど燃えていたに違いないので、男の行動が少しばかり常軌を逸していたにしても、物理化学の観点から言っても、止むを得なかった。

男は小さなナイフを持っていたが、それで林檎(りんご)の皮を剝いで食べた。

それだけなら何も言うことはないが、乗客の中の体の大きい強そうな男に向って、喧嘩をいどんだのだ。男の昂奮(こうふん)した耳には、乗客の話し声など聞えない。

新聞をひろげて、相不変(あいかわらず)大きい活字の宣戦布告の記事を読んでいる人々がいる。男はそんな新聞を、ほんものの新聞とは思わない。

男の精神状態を試験する為に、手のこんだうその記事をわざと載せて、男に読ます為にひろげていると思った。

この十二月八日には、全国で一斉に、左翼右翼の思想人が検挙されたのであるが、汽車の中でも特別にこの日は、移動警察が活躍していた。

男は、自分が狂人と見なされて、ひっぱられることを恐れているだけで、他に何の強迫もないのだけれど、乗客を見てもそれが自分をネラッテいる私服の刑事のように見えて来るのだ。

自分が狂人と見られている際、自分は狂人でないという事を、どのような方法でわからせる事が出来得るであろうか。これは如何なる人にとっても不可能な位むつかしい事だ。狂人と狂人でないもののケジメなど、若し神様というものがあるならしらぬこと、人間同志で為し得る限りの事柄ではない。

男は、脱いだオーバーや着物を風呂敷に包んで、網棚にのせたが、いくらか体温の調整がとれて、楽になったと思う間にも、汽車は走っている。

夜になって、伊吹山を過ぎ、関ケ原を越して、岐阜駅に汽車がとまった。

すると、二人の警官が男のそばに来て、無理矢理に、男を列車から引きずり降ろそうとする。

男はかかる事柄の起きることを恐れて、少しばかり狂人めいたことを為したに過ぎないので、何も別に汽車から降ろされねばならない程のことをしたのではない、にもかかわらず、男は遂に引きずり下ろされて了った。風呂敷の荷物も下ろされ、駅前の交番に連れて行かれた。

男は京都へ来る一週間ほどの間は、毎日四五時間しかねないでいた。その睡眠不足と、極度の疲労した体で、京都まで行ったのだ。それにとまりもしないで、すぐ汽車に乗って東京まで帰ることは無理な旅行ではある。しかし汽車から乱暴に引きずり下ろされる理由はない。

男は、交番から自分の風呂敷包を持たせられ、電車に乗り、一人の警官と一緒に警察まで行った。

そして、何も聞かれることも、答えることもなく、奥の方の留置場に連れこまれて、中の一室に放り込まれた。

男は何のために、かかる取り扱いを受けるのであろうか、男の思想に、反戦的なものがあるが故(ゆえ)に、男が狂人であるか狂人でないかをしらべる為にか。

留置場の中には五六人の男が一室にいた。

皆毛布をかぶってねていたが、男もその中へ入ってねた。

一人の男はすっ裸でねていた。

男は昂奮していて、大声でどなり散らすのであった。何の理由もなしに、自分をこんなところへ連れて来た不満を喚(わめ)くのだ。

その室には、静岡の青年と、清水の男もいた。彼等は何の為にここにいるのであろう。男は、男の狂人であるか無いかを本格的にしらべる為に、これらの青年をここに入れて、自分と一緒にねかせて見るようなことをするのだなと思った。裸の男は、男を頭から狂人と断定している側の人々から選抜されて、ここに入っていて、男の来るのを待っていたのだと男は思った。

翌朝、朝食がくばられて、男はそれを食った。同室の者の中、どちらが自分の味方か、即ち、男を狂人と見ない方のものか、男にはじめはわからなかった。裸の男が、自分の味方のようにも思える。裸の男は、室の隅の便器に、裸で小便していた。

男は、清水の男と静岡の男を擲ろうとしたが、手がとどかなかった。裸の男は体格の好い男で、室中で一番威張っていたのだが、男は遂に彼の一眼を、拳で突き刺して了った。間もなく、看視の巡査が、錠前を開けて、男を室から出して、留置場の土間の、窓際の壊れた椅子に掛けているよう命じた。

男は、途方もない事をわめきちらしていた。

午後になって、一人の青年の巡査が、男のそばに来て言った。

「自動車に乗って停車場へ行こう。東京へ帰った方がよかろうが」

男はそれから、その巡査と一台の自動車に乗って、警察を出たのであった。男の横には、もう一人青年が乗っていた。これは市役所の役人であったかもしれぬ。

停車場へ行くんだと巡査は言ったが、自動車は郊外電車の線路に沿うて、いつの間にか丘の上の、県立脳病院の前へ来てとまった。男は、だまされたことに気がついた。

「狂人病院へ入れる前に、狂人か狂人でないかを何故しらべぬのだ。オレは狂人ではない。

狂人扱いするから、オレは昂奮するのだ」と、イキリ立った。

しかし、男の心の底には、如何なる運命をも甘受する諦念があった。男は狂人病院に一度もこれまで入ったことはなかった。友人の入院しているのを見舞に行ったことはあった。ここへ入った以上一生自由の生活はもはや望めぬかもしれん。生ける屍の如き生活を、今後何年つづけて行かねばならぬかわからぬ絶望感に、男は一瞬襲われたが、未だ経験した事のない新らしい環境に臨む好奇の念もあった。

男は着ているシャツまで脱がされ、消毒くさい白衣に着替えさせられたが、もはや抵抗する事も、拒否する事も出来ぬ立場に踏み入らされた自分を思って、それほど悲しい気持も起らなかった。

両側に、四畳半位の部屋が、いくつもならんでいる間の廊下を通って行くと、二百畳敷位の板敷の大広間があった。男はその室に入る事を看視人に強要された。

入口で、

「狂人諸君、どうかよろしく、」と男は挨拶した。

ストオブが二つ燃えていて、それにあたっている人々がいる。丸裸の男も二三人いた。女は一人もいない。全部で六七十人もいたであろう。

看護人と将棋をさしている男がいる。独り言を言い乍ら、ぶらぶら歩いている男がいる。部屋の隅に坐って、膝頭を顫わせている男がいる。年齢も服装も区々で、ちょっと見たところ、別に普通の人間と変っているところは見えない。

食事の時は一騒ぎであった。田舎の料理屋の仕出しのように、天秤棒で、大きい箱を両方に担いで、患者の中の屈強な青年と看護人がになって来る。箱の中に膳が何十人分か入っている。

各自がその膳を一つずつ貰って、室のぐるりに行儀よくならんで食べる。里芋の混じった飯で、菜も左程悪くない。めしの外に、おやつなども呉れるのであった。

朝は、院長が二三の医員を従えて回診に来る。患者の顔を見てまわるだけのものだが、院長はやさしそうな顔をしている。紙に包んだ粉末の薬がくばられる。

男はその薬を一服も呑まなかった。三日目か四日目の晩、二人の看護人に、薬をなぜ呑まないかと責められ、咽喉を掴まれ、丸裸にされて、警察の留置場のような監禁室に放り込まれた。

男は寒いので夢中であった。何かどなり散らしていたに違いないが、精神が朦朧として記憶が脱失しているが、一晩か二晩で監禁室は出されて、元の大広間に戻った。

戦地で発狂して送還されて、ここに来ているものも数人いた。一人の男は、一日数回発作的に窓際に寄って、片足を揚げ、敵機の襲来と、その機数及び編隊の進行状況などを、上官に報告する時の発声でわめくのであった。

又一人の岐阜市の或寺の住職だった老人がいた。南無阿弥陀仏を口の中で呟きながら、袂から、糸屑とか紙屑とかを出して、ストオブの金網の上から燻すべるのであった。いくら他の患者に忠告されても、其の癖が抜けないのである。

どこが悪いのか、何の欠点もなさそうな二十歳位の青年がいる。或店の店員をやっていたが、主人と喧嘩してここへ放り込まれたと不服そうに男に話した。

ここには軽症患者ばかり集めているのかもしれぬが、精神病院にいる精神病者が、別に一般社会の人々と違わないという確信が、男には持てた。尤も店員をやっていたという青年も、他の患者と喧嘩して、その患者を投げ飛ばしたりしているのを目撃したが、一糸もまとわず裸になっているのは、看護人の言うことをきかなかったりした患者に、罰則の為になされるもので、これが又患者の昂奮を鎮め、頭脳にも好結果をもたらすのであろう。

一人の呉服屋の若主人だったという青年がいた。服装もキレイで、どこと言っておかしいところはない。

「自分には癲癇の発作があるので、ここに来ているのである。」とその青年は男に言った。その青年は将棋がやれるのである。男も将棋がさせるので、或日その青年とさした。おやつにくばられた蜜柑を賞品に進呈すると青年は約束した。

さしている中に、形勢が男の方に大分有利になった。青年の青白い顔が矢庭に白くなって、背伸びしたと思うと、突然、仰向けにひっくり返って了った。そしてけいれんを起しているのだが、男は手の施しようもなく茫然としていた。

すると、五分間もたったであろうか、青年は起き上って、盤面に相対して坐りなおした。男は徐ろに、青年とさしかけたままにして崩さなかった駒を進めたが、元より戦局は初めから、男に強みがあって男の勝に終った。

青年は約束どおり蜜柑を男に数個くれた。

男は看護人ともさした。男の方が強いのである。

大平洋戦争が始まったことは、うすうす看護人の口などからも洩れる。しかし全く社会と遮断されている生活で、新聞も読まぬのだから、如何ようなことが起っていようが、ここにいるものには直接の関心は持てない。

男は十日ばかりの間、別に何も考えず、将来の不安もなく暮した。何かの奇蹟でも起きない限り、ここを出ることはむつかしい。しかし狂人病院の生活が、別にここ以外の生活と違っているわけでもない。

これでもよい。死ぬよりはましだ。ここに生きられるだけ生きていよう。乱暴な患者が入って来て、夜中に眠っている間に、殺されるような目に合うかもしれぬが、それも仕方がない。まさか毒殺されるようなこともあるまい。何年かたって、男の精神の正しさが、理解されるようにならぬとも限らぬ。生活費を稼ぐ努力も要らないし、何の労働も強制されないし、食事も我慢出来るし、考えように依(い)っては理想的な天国と言えぬであろうか。只(ただ)多数雑居だから、静かに一人で思索するというような事は出来ぬ。しかし何も考える必要のない生活だ。

雪が降ろうが、雨が降ろうが、高い窓からかすかに空が見えるだけで、何の影響も大してあるわけではない。

院長はドイツに洋行して来たことのある医者だというが、まだ若い。毎朝一々の患者に頭を下げて、顔を見て廻る。

男は、近世のヨーロッパの医学を、頭から信用しない人間である。ヒポクラテスなどはアリストテレスにも劣らぬ哲人であり、その医学も充分尊敬出来るが、近頃の細菌学や新らしい学説は、分派した歪められたものばかりで、一つとして首肯出来るものはないと考えていた。男は薬など、死んでも呑む気にはなれなかった。注射なども、例え回生するとしても、打つ気にはなれぬ。近代の医学の精神が根本に於て間違っていて、どだい人間の生死を知らぬのだ、と男は思いこんでいた。

機会があれば、ここの院長ともゆっくり話しをして、彼の蒙を啓いてやりたいと思ったりした。

7

物を見ることと
声を聞くことと
ひとしきが故に
これらにまどわされず

8

即座に身心を脱して
入涅槃（にゅうねはん）するを得るが故に
常楽我浄なり

# 悪夢の果て

赤川次郎

## 1

気持だけではない、空気までもが沈み込み、淀(よど)んでいるかのようだった。

「では……」

議長の単調な声が響く。「皆様のご協力により、無事答申を出すことができました。お疲れさまでした」

パラパラと、二、三人拍手した者もいたが、ほとんどの委員は、一刻も早くこの記憶から逃げ出そうとするかのように、帰り仕度を始めていた。

日下良治(くさかよしはる)も、机の上の書類を鞄へ早々にしまい込んでいた。

中には、事務の人間に資料や答申案のコピーなどひとまとめにして渡し、

「捨てといてくれ」

と言う委員もいる。

「では、〈教育改革審議会〉は本日にて解散いたします。ご苦労様でした」

一斉に椅子をずらす音がして、みんな立ち上る。

空(むな)しさ。——議論も提案も、時に感情的になりながらの反論も、すべて空しかった。

それに費やしたエネルギー、時間……。

すべては、予(あらかじ)め用意された答申を承認するための手続きに過ぎなかった。

「いい答申が出たわね」

と、上機嫌なのは女性評論家一人——それと「取り巻き」としか言えない、何の実績も上げたことのない歴史学者、数人。

他の面々は、多かれ少なかれ苦いものを胸に、挨拶一つ交わすでもなく、会議室を出て行く。

日下も黙って会議室を出た。

「お車の用意が——」

「寄る所があるからいい」

と断って、エレベーターへ。

エレベーターの中は、もう六月のじっとりとした蒸し暑さだった。

タクシーを拾って、ホテルへ。

タクシーの中はクーラーが効いて寒いくらいだ。

日下は、窓の外を走り過ぎて行く官庁街の建物の明りを見ていた。

――さらば、民主国家日本よ、だな。

日下は唇の端に自嘲気味の笑みを浮かべた……。

ホテルのバーへ入ると、カウンターからスーツ姿の女が手を振った。

「――ご苦労様」

「全く、ご苦労だ。一杯飲ませてくれ。待たせといてすまないが」

と、日下はカウンターに肘をついた。

「水割り」

と、投げつけるようにオーダーし、目の前に置かれると、息もつかず、一気に飲み干した。

「どうしたんですか?」

と、樋口弓子はやや心配そうに言った。

「訊かないでくれ。話したくない」

日下は息をついた。

アルコールには強くない日下だが、全く酔う気配もない。

「部屋は?」

と、日下が訊くと、樋口弓子が黙って肯く。

「じゃ、部屋に行こう」

日下はせかせかと払いをすませ、バーから彼女を引張り出すようにして出た。

エレベーターの中、廊下、そして弓子が借りておいた部屋の中でも、日下はひと言も口をきかずに弓子を抱きしめた……。


「何かあるなら、言って」

と、息を弾ませながら、弓子が言った。

「待てよ……。こっちの方が息が上ってるんだ」

汗をかいて、髪まで濡れていた。

「無茶して……。心臓に悪いわ」

弓子が、大きく波打つ日下の裸の胸に手を当てた。「女に当らないで下さい」

日下は自分の胸の上の弓子の手を握った。

「君も日本を代表する大新聞の記者だ。少しは情報を持ってるだろ」

「明日、記者会見があるということしか。——答申は出たんですか」

「出たとも。会議はそのための手続きだ」

「奉仕活動の義務化も？」

「もちろんだ。あれが一番盛り込みたかったんだからな、連中は」

日下は、じっと天井を見上げていた。

「——反対意見とか討論はなかったんですか？」

「出たとも。僕も言った。しかし、初めから向うは聞く気がない。聞こえないふりをして、笑い話ではぐらかして、挙句が『いつまでも一つのことばかり話し合っているのはどうでしょうかしら』と、例の女史が発言。議長が『同感です。ではこの件についてはこれで』と宣言して終りだ」

弓子は慰めるように日下の額の汗を指で拭った。

「ボランティア活動を無理にやらせたって、何の意味もないのにね」

「あるとも。向うには重大な意味があるんだ。――義務化した奉仕活動なんて、言いかえれば『強制労働』だ。向うの大嫌いだったソ連が得意にしてたことだ」

「どうしてあの人たち、そんなにこだわるの？」

「――君は記者だろ」

日下は苦笑した。「普段、ボランティア活動なんかやったこともない連中が、どうして突然『奉仕』に熱心になったか。顔ぶれを見て分らないのか？」

弓子は少しむくれて、

「私は先生ほど頭が良くないんです」

と、口を尖らした。

「『奉仕活動』の中に自衛隊への入隊なんてものがどうして入ってると思う？　災害救助にでも行くのか？　不慣れな学生なんか連れて行ったら、却ってケガでもして足手まといになるのがオチだ」

「それじゃ……」

「選択肢を作っても、現実にはみんな自衛隊入隊を選ぶように持っていく。高校での内申書で有利になる、大学入試で特に考慮する、将来、就職するときも、自衛隊を選んだ者を優先する……。今の大学なんて、国の言うなりだ。国立大の教授の俺が言うんだ。間違いない」

「それって、つまり……」

「決ってる。徴兵制へ持っていくための取っかかりさ。ほとんど全員が『奉仕活動』として自衛隊を選ぶようになれば、事実上の徴兵制だ。――建前はボランティア。現実は徴兵制。日本の得意なやり方だ」

弓子はしばらくじっと日下を見ていたが、

「――新聞で書くわ」

「むだだ。大新聞なんか、今は広告主の減ることばかり怖がってる。君が書いてもボツになるさ」

「それじゃ……どうすればいいの？」

「さあな。――酔って忘れるのが一番だよ」

日下は伸びをした。

あんな答申でも、自分も委員の一人だった以上、責任はある。しかし、一人で何ができる？

日下は、弓子がベッドから出て服を着ているのを見て、

「帰るのか?」

「今から社へ行って、もう一度勉強します。明日の記者会見で、質問するわ」

「にらまれるぞ」

「それほど大物じゃありません」

と、弓子は微笑んで、「先生も帰ってね。奥様がお待ちよ」

「文代は何だかの会合で夜中になると言ってたよ。今や、『カルチャースクールの達人』だからな」

弓子は身仕度をすませると、

「じゃ、お先に出ます」

と言って、ベッドへ歩み寄ると、日下の頰に軽く唇を触れた。

「また連絡するよ」

と、手を上げた日下へ、ドアを開けようとした弓子は振り返って、

「先生。——諦めないで」

と言った。「私は、先生を誇りに思ってる」

その言葉は、ドアが閉った後、日下の胸にじわりとしみ込んで来た。

「——誇りか」

と、日下は呟き、深く息をついて、起き上った。

## 2

タクシーが家の前に着いたとき、日下はぐっすり眠り込んでいて、運転手に三回声をかけられないと目を覚まさなかった。

弓子を相手に、少し張り切りすぎたかもしれない。

欠伸(あくび)しながら、玄関の鍵をあける。

「――ただいま」

居間に明りが点(つ)いていたので、声をかけた。文代がもう帰っているのか?

居間から出て来たのは、文代ではなかった。

「あ……。お帰りなさい」

十六、七の女の子である。

「君は……」

「あの――阿部久美子(あべくみこ)です」

と、少女が頭を下げ、「達郎(たつろう)さんの友だちです」

「達郎の……。ああ、お父さんが作家だという……」

「あ。――ええ、一応」

と、少女は少し照れたように言った。

「達郎さん、今お手洗に……」

廊下を、達郎がやって来た。

「何だ」

と、父親を見て呟く。「帰ったのか」

「今、ご挨拶を――」

と、阿部久美子が言いかけると、

「いいんだ、そんなこと。――二階に行こう」

達郎は久美子を促した。

日下は、十七歳の息子が髪を茶色に染めて、妙な具合に、とさかでもついているようなはね方をしているのを眺めていた。

高校二年になってから二か月余り、達郎は全く学校へ行っていない。同じようなヘアスタイルの仲間とロックバンドだかをやっている。――それも自称である。

久美子はごく普通の格好の女の子だった。達郎に促されると、日下の方へちょっと会釈して行く。

階段を上ろうとする二人へ、

「おい、もう遅いぞ。泊めるつもりなのか？　おうちで心配するぞ」

と、日下は声をかけた。

達郎は無表情にチラッと振り返ると、

「勝手だろ」

と言って、そのまま二階へ上って行った。

やれやれ……。

日下がため息をつくと、玄関のドアが開いて、妻の文代が帰って来た。

「あなた、早いのね」

「今帰ったところだ。——達郎の友だちとかいう女の子が来てるぜ」

「ああ、久美子ちゃんでしょ。いい子よ、とっても」

「いいのか？　ちゃんと帰さないで」

「時々泊っていくのよ。お父さん、出張が多いとかで」

文代はせかせかと居間へ入ると、「メールが来てるわ」

と、手にした携帯電話をいじっている。

「出張って、父親は作家じゃないのか」

「仕事を持ってるの。作家だけじゃ、なかなか食べていけないみたいよ」

「それにしたって……。まだ高校生だろ？　泊めたりして……」

「仕方ないでしょ。うちに泊らないから何もないってわけじゃないわ。何か言えば反抗するだけよ」

「しかし……」

日下は首を振って、「達郎の奴、どうしちまったんだ。中学のころには、あんなに真面目だったのに」

「本人にそう言って。私、忙しいの」

文代は携帯電話でどこやらへかけ、「――あ、もしもし。恐れ入ります、日下と申しますが、奥様いらっしゃいます?」

向うが出るまでの間に、夫の方へ、

「あなた、ご飯は食べたんでしょ?」

「ああ……」

きちんと食べたわけではない。しかし、食欲もなかった。

「――あ、もしもし? 日下です。――どうも先日は。――今夜ね、お教室で先生からお話があったんだけど……」

文代がダイニングキッチンへ入って行く。

日下は二階へ上って、自分の部屋へ入ると、ベッドの上に引っくり返った。

――日下良治は五十二歳。一流国立大学の教授だ。

その専門分野では人に知られた存在である。しかし我が家では――と、並べる方が間違っているのか――妻と十年も前から寝室も別にして、一人っ子の達郎は私立高校の二年生になったものの、何がきっかけだったのか、学校へ行かなくなった。

挙句が、女の子を連れ込んで……。

「何を考えてるんだ……」

こんなことになるのなら、それこそ兵役にでも行って、鍛えられて来た方がいいかもしれない。

町のあちこちで、立っているのも面倒なのか、しゃがみ込んでタバコなどふかしている若者たちを見ると、苛々するのを抑えきれない。大学紛争の世代に属する日下は、基本的に革新側に立っているが、それでも全く努力とかものを考えることをしない若者たちを見ると、

「あれが大人になったら、どんな社会になるんだろう」

と、思ってしまう。

自分の息子だけは、そんな連中と違う、という自信も、今は揺らいでいた。

明りもつけず、蒸し暑い部屋のベッドで横になっている内、日下は穴に落ちるように眠り込んでしまっていた……。

「——あなた！　あなた！」

体を揺さぶられて、日下は目を開けた。

何ごとだ？　——せっかく人が眠ってるというのに。

「あなた！　起きて！」

まず目に入ったのは、文代の顔だった。

文代が泣いている。——泣いてる？

ただごとではない。文代が取り乱し、泣きながら日下を揺り起したのだ。

「どうしたんだ！」

日下は起き上った。

「あの子が――達郎が――」

と言ったきり、文代はワッと泣き伏してしまった。

「落ちつけ！　どうしたんだ！」

死んだのか？　――文代のこの嘆きようは、それ以外考えられない。

「おい、文代！」

と肩をつかんで、「言ってみろ！　何があった？」

「あの子に……〈赤紙〉が……」

と、文代が途切れ途切れの声で言った。

「何？　何と言った？　〈赤紙〉だって？」

「ええ……。あの子、召集されるのよ。あんな子供が……。きっと死んでしまう。あの子が死んじゃうわ！」

――日下は呆気に取られて、泣きじゃくる妻を見ていた。

「今どき何を言ってるんだ？　〈赤紙〉だって？　お前、どうかしちまったんじゃないのか？」

日下の言葉は泣いている文代の耳に入らなかったのだろう。

――何だ、これは？

日下は、自分が畳の上で寝ていたことに、初めて気付いた。

自分の部屋のベッドで寝たはずだ。大体、うちには畳の部屋などない。

日下は、部屋の中を見回した。

それは日下の記憶の中にだけ残っていた部屋――もう二十年も前に、取り壊して建て直した、古い木造のころの「我が家」だった。

何だ、これは？――どうなってるんだ？

「すみません……」

と、文代は涙で濡れた顔を伏せて、「でも、まさか……。あの子はまだ十七なのに……」

日下は、文代がすり切れたブラウスと、モンペ姿でいるのを見た。

これはまるで――戦時中の格好じゃないか。

「達郎は？」

と、日下は訊いていた。

「下にいます」

文代は、よろけるように立ち上ると、「あなた……大学へ行かれるんでしょう……」

と、呟くように言って出て行く。

日下は一人になると、改めて自分の格好を見下ろした。

ワイシャツの袖をまくり上げ、ズボンもはいたままだ。――どれもしわくちゃで、泥やしみがこびりついていた。

すり切れた座布団を二つにたたんで、それを枕に寝ていたらしい。そして枕もとに、日下は信じられないものを見付けた。

鉄カブトだ。

日下はそれを手に取った。重い。

手に取れば、泡のはじけるように消えてしまうかと思っていたが、傷だらけの鉄カブトはしっかりと手応えがあった。

俺は——一体どこへやって来たんだ？

襖(ふすま)を開けると、階下へ下りる狭い階段。

間違いなく、これは日下自身が子供時代を過した家である。

下りて行くと、ラジオが童謡らしいものを流していた。——あのタンス、あの戸棚。

すべて記憶の中のままだ。

これは……どういうことなんだ？

何かを踏んだ。——新聞だ。

たった二ページ、一枚の裏表しかない新聞を拾い上げて、しわをのばすと、日下は発行日を見た。そして愕然(がくぜん)とした。

〈昭和20年6月10日〉

——昭和二十年だって？

俺は今、敗戦の年の日本、東京の我が家にいるのか？　敗戦まで、わずか二か月余り。

本当に？

しかし、ふしぎなことに日下は、これが何かのいたずらやトリックだとは思わなかった。

それにはあまりに家も文代も、現実にここで息づいている。

昭和二十年六月……。

何てことだ。

俺一人ではない。文代も達郎も、この「過去」の中の住人になってしまっているのだ。

「――お父さん」

という声に振り向くと、達郎が立っていた。

しかし、もちろん茶髪やパーマとは無縁の丸刈りの頭。そして、蒸し暑い昼間、やせた体にランニングシャツがゆるく広がっている。

「達郎か……」

達郎であることは間違いない。だが、真直ぐに背筋が伸び、唇を一文字に結んだその表情は、とてもあの達郎とは思えなかった。

「お父さん、召集令状が来ました」

「うん。――聞いた」

日下は畳にあぐらをかいた。

異様な匂いがする。――空気が濁って、細かいちりが飛んでいるようだ。

「お父さん。お父さんは喜んで下さいね」

と、達郎は日下の前に正座して言った。

あいつが――。正座なんか、ものの一分だってできなかった奴が。

「お前はどうなんだ」

と、日下は訊いた。

「もちろん、お国のために死ねれば本望です！」

達郎は目を輝かせていた。――本気だ。心からそう言っているのだ。

「母さんが悲しむぞ」

台所から、文代の忍び泣く声が聞こえて来た。

「お母さんは分ってないんだ。僕らが喜んで命を捧げればこそ、神風が吹くんです。僕はむだ死にするわけじゃありません。お父さんからもお母さんに話して下さい。出征するときに泣かれたら恥です」

と、達郎は言った。

神風が吹く？　――そんなことを、こいつは本気で信じている。

六月といえば、もう沖縄での戦いも終りかけている。あの「ひめゆり部隊」が次々と自決し、悲劇的な死をとげたころだ。

神風が、B29を吹き散らしてくれるのか？　そんなことを大真面目で教えたのは誰なんだ。

「――あなた」

文代が台所から出て来た。「もう大学へおいでになる時間ですよ」

泣きはらした目は真赤になっていた。

「ああ……。行くよ」

日下は立ち上った。

ともかく、この場から逃げ出したかった。

外へ出れば、二十一世紀の、あの町並が待っているような気がした。

3

家を出て、日下はいくらかホッとした。

そこは今の町並ではなかったが、空襲をまぬがれたせいで、戦後も長く風景が変らずにいたのだ。子供のころの記憶にあるのとほとんど変らない。

「――先生、おはようございます」

すれ違う人に挨拶されて、日下はあわてて会釈を返した。その口調には「先生」への尊敬の思いがこもっていた。

日下は少し明るい気分になった。

しかし、それも長くは続かない。風にのって、異様な匂いが鼻をついた。

高台にある日下の家から、古い石段を下ると、勤め先の大学までは二十分ほどだ。

机の上の古ぼけた革鞄を探ってみると、日下は同じ大学で教えていることが分った。むろん、このころは「帝大」である。

大学へ行ってどうすればいいのか、よく分らないが、それでも大学の戦時中の様子を見たいという思いがあった。

ショックから、気を取り直して好奇心が頭をもたげて来たのだろう。

だが——そんな呑気（のんき）な思いは、石段を下りようとして目の前に開けた風景を目にしたとき、吹っ飛んでしまった。

人家が密集し、その向うに高層ビルが林をなしていたはずのその光景は、ただの荒野と化していた。

「何だ、これは……」

と、日下は呟いた。

まるで巨人の足で踏み潰されでもしたかのように、わずかに所々に残るビルを除けばそこはまるでさら地に帰したような、黒ずんだ焦土だ。ヨーロッパのような石造りでなく、木造の家々は、燃え尽きれば後は灰ばかりしか残らない。

ヨーロッパの町は、爆撃されて、がれきの山と化したが、東京は「消えて」しまったのだ。

ポツリ、ポツリと立っているビルは黒く焼けこげて、まるで墓石のようだった。

六月か。――三月十日の、十万人を越える犠牲者を出したと言われる「東京大空襲」から三か月。

空襲は連夜のようにあったろう。この匂いは、滅びの匂い、死の匂いだ。

――日下は、石段をゆっくりと下りて行った。

下りたところまで燃え尽きて、まだ煙が上っていた。誰もそれを消そうとする者はない。

ふと、黒くこげた丸太のようなものに目が止った。――それが真黒になった人間と分るまでに少しかかった。

人通りはある。しかし、男も女も、ただ疲れてうなだれ、一人も焼死体を見ようともしない。

あと二か月。首都がこんな状態になって、なおも戦争を続けたのか。

日下は足早に大学へと向った。――誰もが足を引きずるように歩いている中、日下の足どりは半世紀後のものだった。

〈日下教授〉

名札が、確かにある。

大学の石造りの校舎は、むろん今は残っていないが、位置関係はほとんど変っていなかった。

建物へ入って行くと、受付の事務の窓口の中で、髪をおさげにした女の子が泣いている。

日下が見ていると、視線を感じたのか目を上げ、

「日下先生。──ご無事で」

と言った。

「うん。どうしたんだね？」

「井上さんが……。昨日もみえてなかったんで、もしかしたらと思ったんですけど。おといの夜、直撃弾で……」

そこまで言って、またすすり泣く。

毎日、こうして誰かが死んでいただろう。

「──すみません。先生。今日は講義お休みじゃ？」

「そう……だったか。忘れちまうよ」

「事務長さんが、おいもを分けるとおっしゃって。田舎から送って来たんですって。先生の分、お取りしておきますわ」

「ありがとう」

日下は肯いて、「僕の部屋はどこだったかな」

「先生ったら……。二階の207です。大丈夫ですか？」

「うん。──息子に〈赤紙〉が来てね」

「まあ……」

「だが、大丈夫だろう。戦地に行くのは少し先だ。あと少しの辛抱だ」

日下はその女の子を見て、「生きのびろよ。あと少しだ」と言った。

二階へ上り、〈207〉の部屋へ入ると、おかしいほど今の自分の研究室と似ている。

やれやれ……。

この悪夢はいつまで続くんだ？

窓ガラスは黒ずんで、汚れたままだ。

「――日下先生」

ドアが開くと、どうやら同僚らしい男が覗いて、「いらしてると聞いて」

「はあ。――何か？」

「今日はお暇でしょう。大相撲、見に行きませんか」

「相撲？　こんなときに？」

「知らないんですか？　焼けた国技館で、夏場所をやってるんですよ。うまく招待券が入ったんで」

「それは……。いや、今日はやめときます」

「そうですか。それじゃ」

と、ドアを閉める。

大相撲か……。

力士たちも、いつ死ぬか分らない毎日の中で、一番一番が必死の勝負だろう。それはもう、娯楽とは言えない。

日下はきしんだ音をたてる椅子にかけた。

――どうなるんだ？

達郎は出征していくのか。そんな馬鹿な！

あの子は二十一世紀に生きているのだ。

夢だ。これは夢だ。

「覚めてくれ。――早く覚めてくれ！」

日下は絞り出すような声を出し、両手で顔を覆った……。

夕方、まだ明るい内に日下は家へ帰った。

「ただいま」

と、玄関を入ると、

「お帰りなさい、あなた」

と、文代が出て来る。

「これ、いもだそうだ。大学でもらって来た」

「助かるわ」

文代は、ちょっと奥を振り返って、「お客だ……」

「誰だ？」

障子を開けると、モンペ姿の女の子がハッと向き直って、頭を下げた。

どこかで見たことのある顔だ。

「――あなた、阿部久美子さんよ」

と、文代が言った。

そうだ！　――達郎が家に泊めていた女の子だった。

「久美子です。父がお世話になって、ありがとうございました」

わけが分らないままに、

「いや……。お父さんはお変りなくて？」

と、日下は訊いていた。

「足を痛めて……。空襲警報を聞いても、防空壕まで行くのが大変です」

「そうか。――達郎に会いに来たんだろう？　文代、達郎は？」

「上です」

「呼んで来いよ。客を待たせて」

「言ってあるんですけど……」

と、文代が口ごもる。

「いいんです」

と、久美子が畳に両手をついて、「当然です。会ってもらえなくても」

「どういうことだね？」

「私……達郎さんに〈赤紙〉が来たと聞いて……。達郎さん、どこへ行くんでしょうか」

「さあ、それは……」

と、日下が首を振る。

そこへ、障子がガラッと開いて達郎が入って来た。日下は息子へ、

「何してたんだ」

達郎は答えずに正座すると、久美子の方へ、

「話はしてある。もう会えないと言ったはずだ」

と、冷ややかな口調で言った。

「分っています。ただ——出征される前に、お会いしたくて」

久美子の声が震える。

「もう会ったんだから、いいじゃないか」

達郎の口調には、苛立(いらだ)たしさがあった。「君のお父さんのしたことについて、君には責任がないと思う。でも、僕はお国のために出征していくんだ。君やお父さんに見送ってもらっちゃ困るんだ」

「ええ。——もちろんです」

「君のお父さんは、あんなものを書いたこと、反省してるのかい?」

「たぶん……」

「たぶん、じゃ困るんだ。父が口をきいて、君のお父さんは家へ帰れたんじゃないか。ちゃ

んと心を入れかえてくれなくちゃ、父の立場が――」

「待て、達郎」

日下は黙っていられなくて、遮った。「俺は何も言ってないぞ。お前に俺の立場など心配してもらわんでいい」

達郎は顔を真赤にして口を閉じた。

久美子は日下の方へ手をついて、

「決してご迷惑かけません。今、父は……。私たち、ゆうべ、防空壕にも入れてもらえませんでした。父は罰を受けています。――もう決してあんなものは書かせません」

どうやら、久美子の父はやはり作家で、何か軍部からにらまれるようなものを書いたらしい。足を痛めたというのは、おそらく特高の拷問のせいだろう。

日下は、自分が阿部を救うのに一役買ったらしいと知って、多少気が楽になった。

「じゃ……これで」

久美子は溢れてくる涙を拭って、「達郎さん、ご無事で」

こらえ切れずに泣き出しながら、久美子は出て行った。

玄関の戸の音を聞いて、達郎の顔に、ふと少年らしい表情が見えた。

「達郎、久美子さんを追いかけて行け」

「父さん――」

「女を泣かせて平気でいるような奴は男じゃない！　早く行け」

達郎は、

「はい！」

と、弾かれたように立ち上って、玄関へと飛び出して行った。

「あなた……」

「見てろ」

日下は台所の窓から外を覗いた。

達郎が久美子に追いつき、肩に手をかける。久美子はびっくりした様子で振り向くと、達郎の胸に顔を埋めた。

人目を気にして、達郎はキョロキョロと左右を見ていたが、久美子を突き放しはしなかった。

日下は少しホッとした。――両親の前では強がっているが、少年らしい感情も残っているのだ。

「あの子……生きて帰ってくるかしら」

と、文代が呟くように言った。

「死ぬもんか。もう少しの辛抱だ」

日下は、達郎の笑顔を見た。

それは今の達郎からも、久しく見たことのないものだった……。

その夜、空襲警報は鳴らなかった。

二階で寝ていた日下が目をさましたのは、蒸し暑くて寝苦しかったせいだ。

階段にきしむ音がする。

起き上ると、そっと襖を開けてみた。

文代が階段を下りて行く。何かただごとでない気配が、その背中に感じられる。

日下も気になって、階段を下りた。

どこへ行った？

台所の方で物音がする。

そっと覗くと、文代が茶の間を抜けて、その奥の襖を開けようとしている。達郎が寝ている部屋だ。

むろん、明りは消してあって暗かった。月明りが壊れた窓から射していて、文代の背中を照らす。

細かく震えていた。そして、月明りに何か白いものが光った。

鋭く尖った刃。——包丁か？

何をする気だ？

日下が愕然とする。——同時に、襖を開けた文代は中へ消えた。

達郎の部屋には、小さな明りがついていた。

達郎が、布団の上で体を横にして眠っている。文代は、震える手で包丁を握りしめると、

「達郎！　あんたのためなの！　許して！」

と、苦しげに言葉をほとばしらせ、眠っている達郎の足へと切りつけたのだ。

だが、ちょうど達郎は寝返りを打って、刃は下の布団を切り裂いた。

「よせ！」

と、日下は叫んでいた。

その声で達郎がハッと起き上った。

「お母さん！」

「あんたのためよ！　あんたを死なせない！」

文代が両手で包丁を握って、達郎の足へ突き立てようとする。達郎は転って逃れた。

「助けて！　やめて、お母さん！」

「痛いけど、死なずにすむのよ！　母さんを信じて！」

「やめなさい！」

日下は文代を後ろから抱き止め、手首をつかんでねじった。包丁が落ちて畳に刺さる。

「あなた……離して下さい！」

「気持は分るが――落ちつけ！　冷静になれ！」

達郎の足を傷つけて歩けなくすれば、兵隊にならずにすむ。――思い詰めた文代の行動だったのだ。

「離して！」

身をよじらせ、文代は思いがけない力で日下を振り切った。落とした包丁を拾おうとしたが——包丁はなかった。

文代は、達郎が包丁を手にして立っているのを見た。

「達郎——」

「いやだ！」

達郎が叫びながら包丁を振り上げた。

日下は、眼を疑った。

文代が刃をよけようと身をねじる。包丁の切っ先が、文代の背中へと切りつけられたのだ。

文代の口から甲高い苦痛の叫びが上った。

「文代！」

倒れかかってくる文代を、日下は抱き止めた。

背中一杯に真直ぐブラウスが切り裂かれ、見る見る血が広がった。

「達郎！　何てことをする！」

達郎の方も呆然と突っ立っている。手にした包丁の切っ先から、血が滴り落ちた。

「医者だ！　救急車を呼べ！」

と、日下は怒鳴っていた。

そんなものが来るわけはないと思い付いたのは、ずっと後になってからのことだ。

「ああ……」

文代が涙まじりに呻いて、「あなた……あの子を行かせないで……」

「じっとしていろ！　今手当してやる」

日下は、青ざめて立ちすくんでいる達郎へ、

「薬だ！　何か布はないのか！」

と怒鳴った。

「母さん……。僕のせいじゃない！」

達郎がそう叫ぶと、包丁を投げ捨てて、飛び出して行く。

「達郎！　——達郎、待て！」

その間にも、文代の背中は一面、血に染って行った。

4

セミが鳴いている。

この焼け野原の中でも、ちゃんと生きて夏を告げているのだ。

日下は、病院の中へ入って、足を止めた。石造りの建物の中は、外の厳しい太陽の下を歩いて来た身には一瞬ホッとできるくらいに涼しい。

汗はふき出してくる。——ろくに食いも飲みもしていないのに、よく汗ばかり出るもの

だ。

階段を上って行くと、医者が下りて来るのと出会った。

「どうも、先生」

と、日下は会釈した。

「やあ、これは」

医者はペコンと頭を下げて、「いや、ご立派でしたな。新聞で拝見しましたよ」

「いえ、まあ……」

「すばらしい息子さんをお持ちで。全く羨(うらやま)しいです!」

「――家内はどうでしょうか」

「この暑さでね……。何分医薬品も不足しておる。本当なら、ガーゼや包帯もあまり使ってはいかんことになっとるんですが……」

「傷口はまだ……」

「化膿してしまっているのでね。――日下さん、誠に申しわけないが、何しろ空襲の重傷者が毎日運び込まれてくる。奥さんの場合はお宅で見ていただきたいので……」

「先生――」

言いかけた言葉をのみ込んだ。

抗生物質のない時代だ。――戦争が終って、アメリカ軍がやって来れば。

あとひと月……。あとひと月だ。

「分りました。明日、大学のリヤカーを借りて来ます。今夜だけ何とか」

「はあ、それは何とかしましょう」

日下は礼を述べて、階段を上った。

――病室の窓は大きく開け放たれて、いくらか風が通っていた。

「あなた……」

横向きに寝た文代は、さらにやせ、青白く、一回り小さくなって見える。

「痛むか」

「いえ……。大丈夫です」

背中の傷は深くはないが、化膿して熱をもっている。痛まないはずはなかった。

「――達郎は、行きましたか」

と、かすれた声で訊く。

「知ってたのか」

「病室の人が教えてくれて……」

「そうか。――今朝、発った」

「見送りは……盛大でした？」

「ああ。大勢人が来てな。新聞記者やカメラマンも来た」

「あの子は……立派でしたか」

「うん。もう一人前の大人のようだった」

文代が吐息をついて、目を閉じる。

日下は、窓の外のまぶしい陽光に目をやった。

――何という皮肉！

文代の、何としても息子を戦場へやるまいとした行動が、こんな結果を招こうとは。

――あの夜、近所の人が駆けつけ、傷の手当てをしてくれたのだが、誰かが警察へ知らせたらしく、警官がやって来て、庭に放心状態で立っていた達郎を連行して行った。

なぜ母親の背中に切りつけたのか？

取調べで、そう訊かれた達郎は、

「母は僕を戦地へ行かせまいとして、足に傷を負わせようとしたのです。そんな卑劣な真似は、たとえ母といえども許せなかったのです」

と答えた。

その言葉が新聞で報道されると、軍部が目をつけた。

たちまち新聞やラジオは、〈親よりも祖国を！　若き愛国の士！〉と、書き立てて、達郎をヒーローにまつり上げてしまったのだ。

もちろん無罪放免となった達郎は、軍部のお偉方にまで呼ばれ、激励される始末だった。

あのとき、達郎もいくらか足に傷を受けていたので、入隊は先に延ばされた。

しかし、自宅へ押しかけてくる記者は後を絶たず、達郎は自分でも戦わずして英雄の気分になっていた……。

そして今日——達郎は出征して行ったのだ。

近所の——あるいは遠くからも人がやって来て、壮行会はちょっとしたイベントの観を呈した。

「あなた……」

と、文代が喘ぐように、「お水を……」

「分った。井戸の冷たい水をくんで来てやる」

と、立ち上りかけると、

「私がくんで来ます」

——阿部久美子が立っていた。

久美子がくんで来た水を、文代はおいしそうに飲んだ。

「ありがとう、久美子さん……」

「いいえ。何でも言いつけて下さい」

「文代。明日、家へ戻る」

それを聞いて、文代の顔に一瞬生気が戻った。

「あなた……。本当に？」

「うん。昼間は暑いからな。朝の涼しい内に来る。家でのんびり寝てるのが一番だ」

と、日下は言った。「達郎が、軍の偉い人に招ばれたとき、米や漬物をもらって来た。明日、退院祝いに食べよう。久美子さんが仕度してくれるさ」

「はい！　もちろん」

と、久美子は微笑んだ。

この暗い日々の中で、笑顔というものがどんなにすばらしいか、日下は初めて知った。

「あの子は……」

と、文代が呟くように言った。「どうしてるのかしら」

「すぐ戦地へ行くわけじゃない。それに、あの子は有名人だ。大丈夫、大事にしてくれるさ」

日下は文代の手を取って、さすってやった。

——夕方までいて、日下は久美子と一緒に病院を出た。

「今日は、工場を休んだんです」

と、久美子が言った。

「何かあって？」

「いえ……。先生が休んでいいと」

「君にだけ？」

「父が——」

と、久美子が辛そうに目を伏せ、「父がご近所に言って回ってるんです。私が達郎さんのいいなずけだと」

「なるほど」

「申しわけありません。父は、あのことで連行されてから、ご近所でも相手にされていません。防空壕に入るのも、いつも最後で、入口のすぐ近くに小さくなっているんです」

「気の毒だったね」

「いえ――戻ってくれて、本当に良かったと思います。体の弱い父ですから、ずっと監獄にいたら、今ごろは生きていなかったでしょう……」

戦時中、「隣組（となりぐみ）」と呼ばれる組織が、国民同士、互いを監視する役割を果していた。その中で、「非国民」とされることは、恐ろしいことだった。配給の食糧の分配さえ取り仕切っていた隣組のボスは手中に住民の生命を握っているも同然だったのだ。

「達郎さんのことを知って、父はまるでわがことのように自慢して……。本当に恥ずかしい……」

久美子が唇をかんだ。

日下は久美子の肩に手をかけ、

「仕方がないことだよ。お父さんの気持も分る。辛抱しなさい」

「はい……」

あと少し。――もう少しの辛抱だ。

久美子の家は、帰路の途中だった。

幸い焼けてはいないが、一発焼夷弾が落ちれば、アッという間に一帯が火の海になるのは必定（ひつじょう）という、あばら家の集りだった。

久美子は、自分の家の玄関に人がたかっているのを見て、青ざめた。

「何かあったのかしら……」

急いで駆けつけると、「——お父さん！」

と叫びながら人をかき分けて玄関へ入った。

「——久美子」

父、阿部吾郎が上り口に座っていた。

前に立って見下ろしているのは、町内の老人と、隣組の長だった。

「父が何か……」

「あんたか」

と、老人が振り向いて、「あんたの父親は嘘つきだとみんなが言い出してな」

「何のことでしょう」

「日下達郎さんのいいなずけと言いふらしているが、日下さんのご近所に、そんなことを聞いた人はおらん。ちょうどいいところへ帰って来た。あんたは確かにあの英雄のいいなずけなのかね」

久美子が立ちすくんだ。

もし「違う」と言えば、父はどんな目に遭うか。

「——本当です」

と、久美子は言った。「出征前、達郎さんは約束して下さいました」

「誰かそれを証言してくれる人はいるのか」

「それは——」

「勝手にそう言っているだけなら、あんたも同罪だぞ」

日下は人をかき分けて、

「失礼」

と、玄関へ入った。

「誰だね」

「日下達郎の父ですが」

新聞の写真などで見知っていたのだろう。居合せた人たちが一斉に後ずさった。

「これはどうも……。この度はご子息が大変に名誉な——」

「私に訊いて下さればいい」

と、日下は言った。「久美子さんは、間違いなく息子の婚約者です」

「それは……」

「それとも、私の言葉も信用できないと？」

「とんでもない！——本当のことと分ればそれでいいので……」

押しかけた人々は早々に引き上げて行った。

「お父さん、大丈夫？　何かされなかった？」

「ああ……。もう少し遅かったら、殴られていたろうな」

阿部は、床に両手をついて、「ありがとうございました！」

と、頭を下げた。

痛々しいほど、やせて老け込んでいた。まだ四十代半ばのはずだが、六十を過ぎて見える。

座っていても、足が揃えられないのは、けがのせいだろう。

「手を上げて下さい。――さあ」

と、日下は言った。「久美子さんには、お世話になっています。お礼を言うのはこちらですよ」

「とんでもない！　先生には命を助けていただいて……」

「辛かったでしょう。もう少しの我慢だ。ともかく生きのびて下さいよ」

「はい……」

阿部は立ち上ろうとして、「久美子、何してる！　先生にお茶を」

と言ったとたん、体を支え切れずに転んだ。

「お父さん！」

と、久美子が抱き起す。

「ああ……。早く死んでしまえば……この痛みが消えるのに」

と、阿部は涙を浮かべた。「膝も、肘も、骨がやられて、少しでも力を入れると痛むんです……」

「元気を出すんです！　死ぬことなど考えちゃいけない。いつか、あなたの書いたものが評価される日が来ますよ」

阿部は、日下の言葉を聞くと、まるで電気にでも触れたようにびくっとして、

「とんでもない！」

と、震える声で言った。「もう二度と――二度と、ものを書いたりするもんですか！　決して、決してそんなことはしません。もういやです！　あんな日に遭うのは……」

阿部が体を震わせて泣き出した。

「お父さん……。すみません、先生。後は私が」

「うん。――じゃ、失礼するよ」

「明朝、病院へ参ります」

「じゃ、お願いしよう」

日下は、そのまま阿部の家を出た。

自宅まで、重苦しい気分は消えなかった。

――暴力を加えられたときの肉体的苦痛。

その恐怖がどれほどのものか、日下には見当もつかない。

阿部のあの様子は、特高で受けた拷問の苦痛への恐怖と、それに屈した自分の惨めさ、その記憶からも来ているのだろう。

日下の生きていた二十一世紀にも、世界中の至る所で、拷問や私刑が行われていた。そ

れすら、人間は地上からなくすことができないでいるのだ……。

「先生、本日はおめでとうございました」

すれ違いざま、ニコニコと笑顔で声をかけて来たのは、日下の家の辺りを束ねる隣組のリーダーである。

「どうも」

反射的にそう言ってから、相手の言うのが、達郎の出征のことと気付いた。

おめでとう、だと？　何が「めでたい」んだ！

そう怒鳴り返してやりたいのを、じっとこらえる。

そんなことを言えば、たちまち憲兵に密告される。ああいう男は、その恐怖心で人を支配して喜んでいるのだ。

あと一か月。——一か月辛抱すれば、世の中は一八〇度引っくり返る。

そうなれば……。

いやいや、ああいう男は、世の中が変れば今度は、

「民主主義、万歳！」

と叫んで恥じないだろう。

日下は、家へ入って、ホッと息をついた。

明日、文代が戻ってくる。片付けておかなくては……。

日下は、しかし、しばらく畳の上に横になって、わずかな風に身を任せていた。

いつか、二十一世紀の世界へ戻れるのではないかという夢は、もう捨てかかっていた。

5

「ただいま」

日下は、午後、明るい内に帰宅して、「文代。——寝てるか」

と、茶の間を覗いて、びっくりした。

文代が俯せに倒れて、呻いていた。

「おい、どうしたんだ！」

「あなた……。すみません……」

と、文代が喘ぎ喘ぎ言った。「少し……お食事の仕度を、と思って……」

「馬鹿だな！　久美子さんがやってくれるじゃないか。お前は寝ていればいいんだ」

布団の所へ、支えながら連れて行って横にする。

背中には血と膿がにじんで、生ぐさい匂いがしていた。

この暑さと、消毒すらできない状態の中、傷は一向に良くならなかった。栄養状態も悪い。体力がないから、回復力も失われているのだ。

日下は井戸の水をくんで来て、欠けた茶碗で文代に飲ませた。

「——おいしいわ。すみません」

文代は息を吐いて、横たわった。

日下は、ボロボロになったうちわを手にすると、妻の方へ風を送った。

「あなた……。そんなことを……」

「もう謝るな」

と、日下は言った。「お前は何も悪いことなんかしてないんだ。謝ったりするな」

文代が当惑したような眼差しで、夫を見ている。

七月も下旬になっていた。

あと二十日……。あと二十日で、戦争が終る。

「文代、頑張れ。あと少しだ」

「少し？——そうね。もう少しだわ、私の命も……」

「何を言ってる！」

日下は、日々、文代が弱っていくのを、どうしてやることもできなかった。

大学へ行くと、いくらか野菜やいいもの手に入ることはあったが、闇で取り引きされるものを手に入れるすべを知らない。

「達郎は……無事でいるでしょうか」

「戦地へ行くのなら、何か言ってくるさ。大丈夫、あと少しだ」

と、日下は肯いて見せた。

「あなた……。『あと少し』って、何が『少し』なんですか」

話をしている方が気が紛れるのか、文代は弱々しい声で言った。

「お前には言わなかったがな」

と、日下は言った。「俺には秘密があるんだ」

「秘密……？　女の人じゃないでしょうね」

「馬鹿言え。そんなみみっちいことじゃない。俺には未来の出来事が見通せるんだ。冗談で言ってるんじゃないぞ」

「まあ……。今まで、そんなこと……」

「だから秘密だと言ったろ？」

と、日下は少し得意げに言った。「戦争が終る。八月十五日だ」

「——終る？」

「ああ、日本は負ける」

「あなた、そんなことを——」

「お前だって、連日空襲されながら、勝っているなんて思っていなかったろ？」

「ええ……。でも、もし誰かに聞かれたら……」

「外では黙っているさ。だからあと少しの辛抱なんだ」

「それで……平和が来るのね」

「うん。達郎も帰ってくる。——当分は食べるものにも不自由するだろうが、空襲もない。憲兵にびくびくすることもない。自由になれる」

「自由……」

文代は、まるで初めて聞く異国の言葉のように、その一語を呟いた。

「そうだ。自由だ。すてきな言葉だろ？」

「よく分らないけど……。そんな気がするわ」

文代の口もとに、かすかに笑みが浮んだ。

「それから……どうなるの？」

「日本はめざましい勢いで復興する。東京も、二、三年したら、家やビルで一杯になるんだ。そして、何十年かしたら、五十階建のビルがいくつも建つ」

「五十階なんて……。天まで届きそう」

「女も大勢働いている。男と少しもひけを取らずに仕事をし、課長や部長にもなる。そういう時代が来るんだ」

「まあ……。私はだめだわ。とても仕事なんてできない」

「何も、勤めに出るばかりが仕事じゃない。カルチャースクールがある」

「カルチャー……？」

「いうなれば、大人のための学校かな。子育てが一段落した母親が、色んな勉強をする場所だ。お茶だの生花(いけばな)だのばかりじゃない。英語、フランス語、ドイツ語……。それに、ダンスやピアノ、絵画、彫刻。――何でも好きなものが習える」

「そんな日が来たら……私、何をやろうかしら」

「お前は一週間毎日、違うものを習いに行くさ。それも料理や編物じゃない。絵にフラメンコに、心理学、庭づくり……。お前の方がよっぽど俺より忙しい。毎晩帰りも遅いしな」

「まあ……。でも、ご飯は誰が作るんですか」

「前の晩に作ったものを、電子レンジで一分あたためれば、できたて同然のものが食べられる」

「そんな便利なものが？」

「レストランも、二十四時間、いつでも開いている店があちこちにできる。色んな種類の弁当を売っている店も、夜中、何時でも開いてる」

「想像がつかないわ」

「ああ。でも、本当にそういう時代が来るんだ。それまで生きてなきゃ損だぞ」

文代は深く息をついた。額に汗が浮んでいた。

「――この目で見たいわ。そんな世の中が来るのなら……」

「来るとも。俺の予言を信じるんだ」

「ええ……」

文代の右手がのびて、日下の手を求めた。

じっとりと汗ばんだ手同士が、握り合う。

その文代の手には、ハッとするほど力がこもっていなかった。

死ぬな。——文代、死ぬなよ。

どんなに家事を放り出そうと、買って来たおかずですまされようと、お前が日々を楽しんでいてくれることが、俺の幸せだった。

戦時中、女は「知ること」を拒まれた。家庭で、夫に従い、子に従うことを強制された。女が知識を得て、利口になることは、戦争をしたい人間たちにとって都合の悪いことだったのだ。戦争は男のものだからだ。

女が社会を動かし、世の中を動かすようになれば、世界は変るだろう。

そうなるために、どんなに多くの女の涙が流されただろうか。

——人の気配に顔を上げると、久美子が立っていた。

「どうした」

と、日下が訊いたのは、久美子の顔が固くこわばっていたからだ。

「今、そこで……これを……」

震える手で差し出されたのは、一通の手紙だった。

「手紙？——達郎かしら」

と、文代が起き上る。

「字が違う。——開けてみてくれ」

「はい……」

久美子が封を切って、手紙を取り出す。

「読んでみて、久美子さん」

と、文代は言った。

「はい……」

久美子は敷居の所に正座して、手紙を広げた。「前略。ご子息、日下達郎君、先般水練訓練中に――」

言葉が途切れた。

「――どうしたの？　久美子さん！」

「達郎さんが……」

久美子が畳に突っ伏した。

日下は落ちた手紙を手に取った。

「あなた……」

日下は手紙を二度読んだ。

「――遠泳中に、溺れ死んだそうだ」

文代は、布団に起き上った格好のまま、長い間、動かなかった。

額から流れる汗が、顎の先から畳へパタッ、パタッと音をたてて落ちる。

一時間か、二時間か。

久美子は畳に額をこすりつけて泣き、文代は彫像と化したように、動かなかった。

火が、ゆっくりと広がって行った。

積み上げた木ぎれは、空襲で焼けた家の跡から拾い集めたものだ。

火葬場など、とっくになくなっていて、毎日の死者は、こうして戸外で焼かれた。

達郎はまだ、白木の棺に納められているだけ、ましだったのだ。

じりじりと肌を焼く太陽、それに燃え上る火の熱が加わって、日下の顔に熱気が当ったが、ふしぎに暑いとは感じなかった。

——達郎の教官という将校が一人、挨拶に来たが、一言の詫びもなく、すぐに帰って行った。

文代は家に残してある。とても耐えられまい。久美子がそばについていてくれていた。

大きな「たき火」を、十数人の人間が囲んでいた。——何体かの遺体が一緒に焼かれているのだ。

炎が棺を包み、日下は思わず目をそむけた。

目の前に、達郎と同じくらいの少年が立っていた。

「——失礼します」

「何か……」

「日下達郎君のお父様でいらっしゃいますか」

「そうだが……」

「達郎君と一緒に訓練を受けていた者です」

「そうか。——お世話になった」

「いえ……」

少年は直立不動の姿勢で、「達郎君は事故死ではありません」

と言った。

「どういうことだね」

「先輩のいじめだったんです。達郎君は——宿舎近くの池で死んだのです」

「——池で？」

「はい、僕もやられました。上官が通るときを見はからって、わざと新入りを池のそばへ連れて行くのです。上官が見えると、『上官より低い位置でお迎えするんだ！』と言われ、池の中へ入って、そこで敬礼して立っているのです。——池は泥が深くて、太腿まで潜ってしまうと、身動きできなくなってしまいます。新入りは、そこに一晩放置されて、翌日、やっと引上げてくれます」

「達郎も？」

「はい。『池に入って敬礼しろ！』と言われて、達郎君は飛び込んだのですが……。そこはたまたま泥が深く、底なし沼のように、達郎君の体は少しずつ埋って行きました」

日下の体が震えた。

「誰も助けなかったのか」

「上官が通り過ぎるのを待って、池へ入りましたが、近くに行くとこっちも足を取られてしまい……。達郎君は、そのまま少しずつ沈んで行ってしまいました……」

少年の目から涙が溢れた。

「何とかできなかったのか」

「先輩たちは笑って見ていました。僕は何とかして助けようとしましたが、ベルトも縄もなくて……」

「――達郎は、何か言いましたか」

と、日下は訊いた。

「顎まで潜ってしまうと、僕の方へ、『来るな！』と言いました。近寄ろうとする僕を止めたのです」

日下は、火に包まれた達郎の方を見た。

お前は――死ぬ間際ぐらい、思い切り叫べば良かったのだ、英雄になどなろうとしなくて良かったのだ。

「――申しわけありません」

少年がうなだれた。

日下はその肩を叩くと、

「ありがとう。話してくれて良かった」

と言った。「君は死ぬなよ。頑張って、生きていろ」

――少年の後ろ姿を、日下はしばらく見送っていた。

文代には話すまい。

これ以上苦しめても仕方ないことだ。

炎は、ぎらつく青空に向って、はためいていた……。

6

家へ戻った日下は、

「久美子さん」

と呼んだ。「――久美子さん」

奥から、

「あなた……」

と、文代の声がした。

「――どうだ」

と、日下は妻の傍にあぐらをかいた。

「達郎のお骨は……」

「お寺で預かってもらってる。――ここに置いといては、空襲でやられる心配もあるからな」

「そうですね……」

文代の髪が、一気に白くなっていた。白く乾いて、折れてしまいそうだ。

「久美子さんは？」

「お父様がみえて……」

「阿部さんが？」

「連れて行きました。何かご用とかで……」

「そうか」

「あなたにも、来て下さいって」

「俺が？　何だっていうんだ？」

「分りません。でも、行ってあげて。久美子さんには本当にお世話になってるから」

「うん……」

日下は強い日射しの照りつける表へ目をやった。

「分った。すぐ戻る」

「ええ、そうして下さい。——私は大丈夫」

と、文代は肯いて見せた。

——日下は、阿部の家へと向った。

阿部と顔を合せるのは、正直気が重い。しかし、達郎が死んでしまった今、日下には久美子が自分の娘のように思えるのだ……。

阿部の家の前に、数人の男がたむろしてタバコを喫(す)っていた。

新聞記者だ。カメラマンもいる。

「何をしてるんです？」

と、日下は声をかけた。

「ああ、日下先生ですね。いや、ここの人に呼ばれてね」

「阿部さんが？　どういうことで？」

「さあ……。もう少し待ってくれと――」

玄関が開いて、阿部が現われた。

「先生！　これはどうも、わざわざ」

「はあ……」

「どうぞ、お入り下さい。――どうぞ」

阿部は、この暑いのに上着を着て、しわくちゃのワイシャツに、ひも、のようになったネクタイまでしめていた。

そんな格好をしていると、却って哀れにも見えたが――。

「何ごとです？」

と、日下は訊いた。

「いや……。ともかくお上り下さい」

阿部にひどくそわそわして落ちつかなかった。

日下はすり切れた畳にあぐらをかくと、

「久美子さんは……」

「今、奥でちょっと」

と、阿部は口ごもった。

それから、あわてて、

「この度は——大変残念なことで」

「はあ、どうも……」

と、日下は小さく会釈した。「久美子さんがいて下さっているおかげで、家内もずいぶん助かっています」

「そうですか……。いや、ろくに何もできん娘です」

「とんでもない。いつか、立派な男性と出会われますよ」

と、日下は言った。

「いえ、娘は……あの子は、ご子息に嫁ぐと決めておったのですから」

「ありがとう。しかし、もう達郎はいないのですから——」

と、日下が言ったときだった。

襖の向うで、呻き声がした。

「——あれは?」

日下が立ち上った。「阿部さん、まさか——」

「娘は、ご子息の後を追いました」

阿部は、畳に両手をついて、「名誉なことです！」

「何を言うんです！」

日下は襖を大きく開けた。

白い衣裳に身を包んだ久美子が、のたうち回っていた。首筋から血がふき出し、見る見る衣を染めていく。

「久美子さん！――何てことを！」

日下は久美子を抱きかかえた。血まみれの右手が、剃刀を握りしめている。

「どうしてこんな……。しっかりするんだ！」

日下は怒鳴った。

しかし、久美子は動脈を切断していたらしい。ふき上げた血は畳から壁へ、血の帯を描いていた。

久美子は両足で宙をけるようにもがき、日下の胸にすがりついた。

「おじさま……。おじさま……」

絞り出すように、久美子が言った。

「久美子さん！」

「苦しい……。おじさま、私、死にたくない！ 死にたくない！」

息づかいの度に血が溢れ出て、日下の体も血に染って行った。

「抱いて、おじさま！――ああ、生きていたい！ 生きていたい！」

何ということを……。

日下は久美子の体を抱きしめた。

不意に胸の中で、久美子のきゃしゃな体が震えたと思うと——ぐったりと力が抜けた。

「——馬鹿なことを！」

久美子の両目が大きく見開かれ、しかし、既にそれは何も見ていなかった。

「どうぞ、皆さん」

阿部の声がして、表にいた記者たちが上って来た。

「やあ、これは……」

記者たちが息をのむ気配がした。

「娘は、いいなずけの後を追って、立派に死にました。本人のたっての願いで、止めることはできませんでした……」

日下は久美子の体を横にすると、両目を閉じさせてやり、両足を揃えて、裾を直した。

鮮血の飛び散る部屋の中で、今、久美子は静かに横たわっている。

「——阿部さん」

日下は、我を忘れて、阿部につかみかかった。「あんたはそれでも親か！」

「日下さん——。やめて下さい！　あの子が望んだんです」

「たとえそうでも、なぜ止めなかった！　あの子は生きたがっていたんだ！　人生を始めたばかりだったんだ！」

日下は阿部の体を引きずるようにして、娘のそばへ投げ出した。

「さあ、写真をとれ！　娘を犠牲にして、自分の名誉を回復した父親の写真を！」

「それは違う！　違います！」

と、阿部は手を振った。

「それなら、なぜ記者を呼んだ！　あんたは娘に自害しろと命令したんだ！」

「私は……私は……」

阿部は娘の血で滑って転んだ。「あの子が死にたいと言うから、その心根を……」

「子供の命は子供のものだ！　親のものでも、国のものでもない！」

日下はじっと燃えるような怒りの目で、阿部を見下ろした。

「あんたは、娘を死へ追いやった罪を一生背負って行きなさい。――死ぬより辛くても、決して死ぬな！」

日下は表へ飛び出した。

白昼の炎天下、全身血に濡れた日下の姿はさすがに人の目をみはらせた。

「愚かだ！　――愚かだ！」

日下は流れ落ちる汗を拭おうともせず、そう言いながら歩き続けていた。

子は親の所有物ではない。親がリモコンで自由に動かせるオモチャでもない。

俺が加わった、あの〈教育改革審議会〉は、何をしようとしたのか。

あの委員たちは、「親の名誉のために」死んだ久美子をほめ讃えるだろうか。

「二十一世紀の教育」？——お笑いぐさだ！

二十世紀に、とっくに人生の盛りを置いて来た年寄りばかりが、「二十一世紀」を考えようというのだ。

しかも、当の子供たち——教育を受ける権利を持つ子供たちの声は、どこにもない。聞こうともしない。

結局、俺たちは、「大人にとって都合のいい子供」を作ろうとしたのだ。

そんな教育がかつて行われ、上に逆らわず、親に従順な子供たちを作り出した。その結果は？

この焼け野原だ。死の匂いだ。

子供を育てるということは、有利な投資とは違う。配当も元金保証も求めない、無償の行為なのだ。

親が子供に望むこと。——それはともかく「生きていてくれる」こと、そして子供が自分のやり方で幸せになることだ。

たとえそれが親の望みと違っていたとしても。

——日下の眼前に、灰色の焼け跡がどこまでも広がっていた。

あと、わずか半月のことなのに……。

日下は呻き声を上げて泣き出した……。

日下は焼けつくような空の下を歩いていた。

——ここが銀座か。

無残に燃え尽きた町並。とぼとぼと歩く、影のような人々……。

どうなるのだろう?

時間はない。——辿り着けるだろうか?

文代は、あの夜、息を引き取った。支えるものを失って、枯枝がポキッと折れるように、逝ってしまった。

日下は、自分にできることはないかと考えた。

広島、長崎はまだこれからだ。

何とかして、前の日にでも広島へ入れたら——。

「新型爆弾が落ちてくるらしい」

「町が全滅する」

という噂を流すのだ。

それを信じて、一人でも二人でも、その日、町を出てくれたら……。

それが、今の日下に考えられる、唯一の「使命」だった。

——結局、俺は大したことをしなかったのだ。だから、こうして何十年か前にやって来ても、歴史は少しも困らなかったのだ。

文代、達郎、そして久美子……。

もし、もう一度、二十一世紀に戻って、お前たちとやり直せるのなら、もう少しうまくやれそうな気がする。

だが、今は――行くべき場所がある。

広島へ。

日下は伝い落ちる汗を手の甲で拭って、廃墟の町を歩いて行った。

# 城壁

小島信夫

## 1

城壁は中国では、省に大きなものが一つ、県にはまた一つずつある。われわれは県城と称するものの一つに駐屯していた。北部中国のかなり奥地で、南画に出てくるような峨々(がが)たる山の間に平地が川をはらんで拡がり、その川から一里ぐらい離れた位置に、周囲一里ほどの古い城壁がそびえていて、部隊は四つの門を守りながら、城内に、はるばる兵站(へいたん)本部からトラックで運んでくる主食と周囲の農家から徴発した豚肉を糧秣(りょうまつ)にして、時々共産軍に襲われることをのぞいては、平和な日々を送っていた。

城壁は千年の歴史をもっており、まだ城壁の石も真新しく城門も色あせていなかった頃、日本の使者や留学生たちが、この城に辿(たど)りつき、もっと奥地の寺の多い地域へと旅をしていったことが分っていた。

最初やってきた兵隊たちは、この古い城壁や、その中に千年も住んでいる住民の手前、おもはずかしい気持をいだいたが、なれるにしたがって、城壁は自分の所有であり、自分達がいなければ、あってなきが如きものであり、住民も自分たちのおかげで、ここに住むことができる、生活ができるのだ、というふうに思いはじめた。

しかしそれは、顔見知りの兵隊たちが城の中で上官に従ったり、下級の者をしつけたり、歌をうたったり、酒をのんだり、鉄砲の手入れをしたり一緒に寝たり、それから、規則正しく号令の下で城門や城壁上を交替したりする瞬間だけのことで、一人ずつ城壁の上を敵よりも景色をながめながら歩きはじめたり、すっぱい匂いのする住民の家へ一歩足をふみこんだりすると、とたんに何ともしれぬ、頼りない気分におそわれるのだった。

私の戦友の影山一等兵は、この気分をもっともはっきりともった男であった。彼はある日外出したまま、定められた帰営時刻の五時迄にもどってこなかった。外出するといっても、外出先きは、やはり城の中のことである。逃亡するには、高い城壁を縄をつたっておりないかぎり、あとは変装して城門を通り抜けなければならない。しかし城門ではいちいち写真入り証明書を衛兵に見せることになっている。

影山はやはり城内にいたのである。彼は道に迷ったのだ。正確にいうと、彼は部隊から目と鼻のところの、ある路地に坐りこんだまま、泣き叫んでいたのだから、普通の意味で迷子になったとはいえない。

この恥ずべき兵隊は、迷いようもないところで道に迷い、しかも迷ってから部隊にもどることも出来ないで、迷子になった子供のように喚いているところを現地民に発見されて、連行されてきたのだ。彼はあまりの愚劣さのために、大してひどくなぐられもしなかった。

彼の言葉が部隊ぜんぶにふしぎな衝撃をあたえてしまったからだ。

「自分は急に淋しくなってしまったのであります。そうしましたらば、自分は一刻も早く帰隊したいと思いました。ところが、それからあと、いくら歩いても、またあそこの地点へ戻ってしまい、もう最後には、助けを求めるより仕方がありませんでした」

普通ならば、そこのところでひどく打たれるところだったが、隊長はこういった。

「淋しい？　淋しいとは何事だ」

「ハイ、自分には分らないのであります」

「鍛え直してやる」

そういいながら隊長は、影山の、考えこんだような顔付きを不審に思ったのか、手を出さない。

「自分には城壁が一時になくなってしまって沙漠の中へ放り出されたように思われました」

「城壁がなくなった？　ちゃんとあるじゃないか。我等の周囲にそびえている。城壁がなければ、我等がここにいるわけはない。我等がおるということは、いいか、この隊長のいるかぎり城壁は厳然とある。心配するな、お前は衛兵について、これからいやというほど城壁にお目にかかれるぞ」

ところが影山はその夜城壁の上で、やはり道に迷って、衛兵の役目を果すどころか、一人敵が増えたみたいに、世話のやける存在ぶりを見せた。城壁上の道は一本道なのに、彼は、自分はどこにいるのだ、教えてくれとか、ここはどこなのだ、とか、部隊はおれを置いていなくなった、とか喚くのだ。この時は彼を発見したのは私で、銃声がきこえるので、敵の襲来かと思いながら、銃声の方へ走って行くと彼が蹲ったまま、空に向って発砲しているのだ。彼は自分の居場所を教えるためにそうしたのだ、と前置きして、つづいて今述べたようなことを口走ったのだ。彼の発砲で騒ぎは大きくなり、又もや隊長の耳に入ってしまった。

　隊長はわけのわかる男なので、早速軍医に相談したが、軍医は盲腸手術以外は、自分は分らない、と答えた。そうして、部隊の給与のわるい時か、戦闘が激烈になった場合には屢々戦場でこれに似た症状がおこるとつけ加えた。しかしこの場合はいずれにも当らない。戦争どころか、城壁内に日夜起居して、勤務以外の時は碁を打ったり、中には酒をのんだりしている者もいる状態である。

　結局彼には今迄以上に仕事をあてがって、どこにいようがいまいが、動きつづけさせるにこしたことはない、という結論になって、彼には上等兵が監視付きで、一刻もじっとしてはいられないように、かけめぐらせることになった。

　影山は確かにそういうことはいわなくなった。第一彼が何か思いつきそうになると、所属部隊名とこの駐屯地を名のらせ、それから次の命令といったぐあいであったから、彼はそれ以外のことを思いうかべる暇がなかったのだろう。

次の外出日には、第二の影山があらわれた。又もや彼は影山の時とおなじように、しかも炊事場に働いている苦力に連れられて、帰営時刻におくれて辿りついたのである。

迷子病は次第にマンエンの徴候を示しだした。その次には新しい患者があらわれた。営内の雑事はこうした患者に割り当てられ、外の者の仕事はそれだけ減ることにはなったが。部隊内は、この病気のことに話題を集中し、いつ自分にふりかかってくるかも知れない、この病気をおそれて、兵隊たちは、駐屯地を名のらせながら働きつづけているこの患者たちを見守るようになった。就中私は影山が戦友ですぐ隣りに寝ている関係で、一入病気に対して敏感にならざるを得なかった。

果して影山がとつぜんこの病気におそわれたのか、徐々に症状を示してきたか、は重大な関心事になったが、何しろ私にもこの病気の襲来の予備的段階は記憶にはなかった。そうとすれば、いつ私自身、病気にかからないともわからない。

隊長は城内のほかの中隊に問合せていた。その結果、他中隊にも同様の症状があらわれていることが判明したので、隊長は聯隊本部へ早速電話で問合せた。聯隊からは隊長のこの問合せにきわめて冷淡で、早速、討伐を行う命令を伝えてきたのみで、問合せ事項に関しては一言も応答がなかった。

隊長はこの仕打ちをひどく気に病みながら、このようなことは、報告するなというならば、一切これからは止す。自分がこの病気にかからない限りは一人ででも、部隊を背負ってみせる。もし半数の者が病人となった場合は、割腹して責任をとってやるまでだ、と覚悟をきめて、病人を連れて討伐に出た。隊長としては、これらの連中を目の届かぬところに残しておくことは、伝染の可能性を強めるような気がしたからである。

2

かくして私達は開かれた城門を通って、幾日ぶりかに外に出て、川を渡り山地の奥へ数日がかりで「敵地区掃蕩（そうとう）」に出発したのである。出発前に隊長は討伐隊に向って訓示した。今度の討伐にあたって一番大切なことは、単独行動をとらないことである。もしそんなことがあれば、山の中や、敵地区に迷子になったきり泣きわめいている始末にならないとも限らず、そのような場合には、誰も部隊へ案内してくれるどころか、これを幸いに敵にさらわれる結果になる。人員の点検は各分隊で常時行うよう。また発病しそうになったら、戦友なり分隊長に直ちに報告すること。

敵はめったにうろついてはいなかった。彼等の動静は密偵によって聯隊本部なり大隊本部の情報係りに知らされてくるのだが、その密偵は、山の中で敵と情報を交換したり、あるいは部落の現地民に敵状をきくのだが、部落民は後のたたりをおそれたり、日本軍の通過をおそれて、うそをついたのであるから、密偵を通して情報が入ったとしても、こちらの出撃は既に先方で必ず知っているのだった。

だから討伐に出て敵にめぐりあうということぐらい、はかない望みはなかった。彼等は撹乱はしたいが、真正面にぶつかって戦おうなどとは思っていないので、落し穴におちこまないように、峠を通って歩くか、あるいは、敵を誘導するために、わざと谷間を通っておびきよせるかであった。つまり討伐の作戦とは、このような術策のことをいうのである。この種の城壁は三里はなれたところまで見える。私たちは城壁は夜中に出発したので、歩きはじめると忽ち城壁は見えなくなってしまった。

　私たちは最初から討伐そのもののことは念頭にはなかった。隊長が訓示をした時、その気持は一層強くなった。ところが上等兵の命令でひそかに私が監視しつづけることになっていた影山が、山を登りはじめると、私に話しかけた。

「隊長だって迷子にならんとは限らんわ」

　と私にいった。

「隊長が？」

「誰だってならんとはかぎらんわ。隊長が、次に指揮班長が迷子になったら、いったい自分達はどういうことになるのか。山の中で困ってしまうではないかね」

「きみはそんなことより、自分のことを考えろよ」

「いや、自分一人のことは大したもんじゃない。部隊ぜんたいが帰れなくなってしまうぜ」

　私は影山のこの気味の悪い言葉をききずてにした様子をして、

「お前はぜったいに横道へそれるな」

「すまないな」

と彼は呟いた。

案の定敵らしきものの姿はなかった。三日三晩、部落民の噂と、敵が宿泊したカマドの灰をさぐりながら移動しているうちに、いつもはぐらかされ、はぐらかされして、敵のいないところ、いないところを歩きまわった。そうして帰隊のコースをとることになったらしいと噂が伝わって、再び行軍を開始して一時間もした頃、部隊は自然に停止してしまった。さっき休んで飯をくったばかりなのに私たちは又もや小休止を命ぜられて、疲れた身体を、背嚢をせおったまま崖道のところに凭せかけていた。どこへ進もうが、何をしようが、あなた任せの兵隊達のことだから、ただぼんやりとあたりの山を眺めていたのである。

幸い影山は今までは徴候を示さなかった。彼は私の横で私のように水をのんでいたが、とつぜん私をゆさぶった。

「隊長のまわりに指揮班が集って何か評議している。何か起ったに違いないぞ」

私は彼のいうままに部隊の先頭を見た。なるほど影山のいう通りだった。隊長は道の真中に坐りこんで、何か大声で叫んでいた。それに向って円を作った分隊長らが応酬していた。まるで縁日に大道香具師のまわりに人がたかって、サクラと香具師がやりとりしているように見えた。小休止は大休止になる模様で、いつまでたっても部隊は動きそうになかった。

隊長がこういっているという噂が、いつの間にか兵隊の間を後へ後へと、頼まれもしないのに逓伝（ていでん）されてきた。

「前進してはいけない。おれ達は今どこにいるか分らないのだ。地図を見たってそんなもの何になる。おれ達はここにいるが、実はいないのだ。この場所の分るやつはいって見ろ！　いや違う。曹長、お前のはそう思っているだけだ。実際はそうじゃない。何？　帰れない？　帰れないさ。今おるところが分らない。ああ部隊の位置が分らないのに、どうして帰れるかね。城壁の中へ？　そんなものはありはしない。ああ、おれ達は何者なのだ。曹長、地図をすててしまえ。さあみんなお前たちもすてろ。命令だ。おれを離れてここを動くな。おれの部隊は動けないぞ」

隊長は明らかに病人第四号になったのだ。

「これは困ったことだ」

指揮班長の曹長がいっているらしい。

「これが隊長でなかったら、連れてもどればいいが、迷子になった隊長が命令を下して、みんなそろって迷子になれ、といわれるのだからな。負傷された方がまだましだったな」

行軍を妨害しているのは隊長だったのだ。遂（つい）に私たちの部隊はそれから停止をつづけたあげく、河原におりて夜営することになった。こうなると私たちは最初は部隊の停止を喜んでいたが、もうそうしてもいられなくなった。そこへ影山がまた病状を呈してきた。新しい患者が出てきた。

曹長は自分もいっそのこと患者になってしまえばいいとも思った。そうならぬ間は、隊長が戦死とはいわぬまでも、敵の弾丸にあたって負傷してくれれば、仕事は簡単だがな、と思うようになった。ところが我々の河原の夜営は敵の意表をついたと見えて、敵は勝手知った場所柄からであるのにも拘(かかわ)らず、夜陰に乗じて攪乱しにくるようなことはなくて一夜が明けてしまった。

曹長は隊長がまだ眠っている間に、三人の分隊長といっしょに縄をかけて、喚く隊長を馬にのせると、落ちないように左右に兵隊をつけて、そのまま出発の命令を下した。

隊長は馬の上で喚きつづけ、その声は山にこだましているので、ハラハラしているうちに、露出した傾斜面を下りはじめた時、パチパチと弾丸がとんできた。背後の山上から射ってきているのだ。部隊の位置は、既に山上に立って部隊の進路を見きわめ、帰って行く部隊に、最後のアイサツをおくろうと構えていた歩哨分隊に、見つけられたにちがいない。

弾丸は肩や足許(あしもと)を縫うようにとんできては地面につきささったり岩にハネ返った。部隊は散りながら一せいに走っては伏せ、走っては伏せしたが隊長はその中で馬にのっているので恰好(かっこう)の攻撃目標となった。走りながら私はそのことを心配していたが、後ろに悲鳴がおこったのでふりむくと、隊長とそれにつきそった兵隊の一人がやられたところだった。隊長は縄をかけられていたので、真逆様におちて、岩に頭をぶちつけて、傷は浅かったが、戦死した。

## 3

部隊を待ちかまえていたのは、もっと奇妙なことだった。それは私がここで記すのも恥ずかしいようなことだ。城壁がそっくりなくなっていたのだ。

私たちは昼近くなって山を下りると、平地を行軍していた。城は三里先どころか、一里先になっても見えやしなかった。愚かにも私たちは指揮をとっていた曹長に城壁のことも委(まか)せていた。

(どうもおかしい。部隊全隊が道に迷ったのかも知れん。いや、見なれた山がある。川がある。さきほどの部落にも見おぼえがある。それなのに肝心の「城壁」がないぞ。いやあ、そんなこと、知ったことじゃない。上の者が何とかしてくれる。上の者が知っているだろう。最初から知っていたかも分らない。いやあ、おれ達はこうしてとにかく歩いていればいい。歩いておれば、そこへ着くさ。何だかさばさばして気持がいいじゃないか。「城壁」がなければ、ことによったら、このままおれ達部隊だけは帰国できるんじゃないかな)

ところがやはり城壁はなくなっていた。残留部隊といっしょに。部落といっしょに。

こうなったらそれこそ薬などではどうもなりはしない。曹長は丸裸になった城跡に部隊をなるべく隙間なくかたまらせてからいった。

「われわれは重大事変に直面させられてきた。作戦要務令にも見られないことばかりだ。病気の蔓延（まんえん）、隊長どのの戦死。隊長どのの戦死は、病気以上に報告しにくいところがある。今度のこの件は（曹長は刀で地面をついて見せた）特に前例がない。敵は意外に強力なかたちで出現しつつあると思わねばならぬ。敵は残留部隊と糧秣と部落をひっさらっていったと考えられるが、敵をセンメツするには城のあるところを捜索するより仕方があるまい。それにしてもどうして残留部隊が出先きのわれわれに電信一つ打たなかったのかなあ」

「何だか自分は……」影山が我に返ったような晴々した声で、呟いた。「ああやっぱりそうか」

するとつづいて患者達は、異口同音に、

「やっぱりそうか」

と呟いた。

「やっぱりそうか、とは何だ。してみるとお前達は、かねがねこのことを知っていたのか」

「いや、そんな気がしていただけですわ。隊長どのも、これを見るのがイヤで、むずかっておられたかも知れねえであります」

「お前たちは徒党をくんで、何をいうのか、それより」曹長はいった。「本隊へ報告して指示を仰ごう」

「駄目ですわ、それは」影山は急に地方言葉を丸出しにして主張しはじめた。「われわれがデタラメこいていると思うわ。われわれだって、目の前に見たから分っとるもんの、どうして本隊の者に分りますかいな。夜襲されて部隊が寝首をかかれたと思うだけですわ」

「それもそうだな。病気の報告の時も何の音沙汰がなかったのだからな。それでは敵をさがすために、先ず部隊をあげて、城壁を捜索するか」

するとと、私の分隊長が発言した。

「自分は、ことによったら、敵はわれらの部隊の中にいるかも知れない、と思うのであります。何らかの方法で敵に協力していたと思います。そうでなければ文明の発達した世の中に、このような異変がつづいておきるのは、おかしいと思います」

「協力？　なるほど。残留隊のことか」

「そうではありません。この中のことです。戦争をしたくないと思っている連中が、こういう策動を企んでいないとも分りません」

曹長は事の重大性に鑑み、それまで、といって黙らせてしまった。それから次のような命令を下した。
一、部隊は一刻も早く「城壁」の捜索を企図する。
一、部隊は「城壁」の行方に関して、附近の部落から情報を集める。
一、こんどの敵は強力であるから、全員戦死を覚悟すること。
一、部落に駐留することは不可能だから、壕を掘って夜営を行い、糧秣は徴発によってあてる。われわれは糧秣もこのさい本隊からは、仰がぬことにする。

一、脱走者は「城壁」の喪失に関係あるものと見なして、射殺する。
戦死者を葬ったあと、私たちの分隊は糧秣と情報の蒐集に出かけた。

このような途方もない大きなものが失われたのだから、周囲何里にわたる地域に住む部落民が知らぬはずはない。それに第一、建物がなくなった時には、その現場附近に集って、黒山を築いているのが当然である。にも拘らず、私たちが現場へ何も知らずに到着した時には、人っ子一人いなかった。これはふしぎなことだ。部落民が重大な秘密を知っていてかくしているしょうこではないか。

分隊長は私達にそういった。

私たちが近づいて行くとその部落民はこそこそと家の中にひっこんだので、ますます分隊長の疑惑を深めた。分隊長は一軒の家の扉をつづけざまにはげしく叩いた。老婆があらわれた。老婆が出てくることが既に何ものかである、と分隊長はふりかえって私たちにいった。あとのものは全部奥にかくれて、老婆だけを代表に面会させるというのが、都合の悪い時のこのへんの部落の手口だ。

「お前たちは県城のことは知らないか。お前たちがしたことでないことは分っているが、県城は姿を消した。何かそのことで知っていたら、教えてくれないか」

老婆は私たちの顔をうかがいながら黙っていた。

「どうだ、黙っているところを見ると、知っているだろう。いつなくなったのだ」

尚も老婆は黙っている。

「早くいえ」

「お前さんらは、知らねえですか」

「知らないからたずねているのだ」

「わしらはお前さんらが持って行かっしゃったと思っとりますだ」

「ほんとにそうか」

「そうですわい。あきらめておりましただ。もしお前さんらが知らねえとすっと、いったい何が持ち逃出しただか。返してはくれねえですか。あそこには倅(せがれ)が苦力(クーリー)に働いていただが」

「それでその苦力(クーリー)は、何かいいのこしては行かなかったか」

「知らねえだ。さがしてくれろよ。前にはこんなことはなかっただ」

「ほんとに今迄こういうことはなかったのだな」

「わっしが生れてからはねえだ。昨夜のうちになくなったが、ほんなら風が運んだろうか。何にしてもまだ遠くは行くまい。さがしてくれろよ」

「行先きを知っているものは一人もいないのか」

老婆は首を横にふった。

「戦闘の様子はなかったか」

「何もきこえねえだ。ロバの嘶(な)き声(ごえ)一つきこえねえだ」

「それじゃ残留隊は抵抗しなかったのだな。やっぱり敵は味方の中にいる」

影山が嘴を入れた。

「もう早よう日本へ帰った方がええですわ」

「ことによったら」隣りの家から別の老婆が歩みよってきた。「お前さんらの知らぬ間に、聯隊長さんが持って行ったのではありましねえか」

「うむ、糧秣は集ったか、それでは帰ろう」

分隊長は老婆のいったことには返事をしないで、糧秣を車にひいてきた三人の兵隊の方を見て、そういった。それから、

「影山、お前ドロを吐け。おれはお前が今度の事件に深い関係があると睨んでいる。お前が最初、病気にかかったのが怪しい。事件はあれから起ったし、それにお前の言動が腑におちない。おれらには寝耳に水だったことを、お前ははじめから知っていた。『城壁』の行った方向だけでも教えたらどうか。すんだことは仕方がない。今教えれば、まだ取り返す術はある。罪を許されるかも知れない。曹長どのにもおれの方から宜しく取りなしてやってもいいぞ。今となっては言いにくいだろうが、長引けば、ますます言いにくくなる」

「そんなこと知らんですわ。ぜんぜん知らんですわ」

「しかし、お前は」分隊長は大八車の傍につきながら影山にしつこく食いさがった。「城壁がなくなればいいと思っていたことは、事実だな。それともあってほしいと思っていたか」

「それゃ、わっちは、気がねでしたわ。『城壁』が気づまりでしたわ。他人の家に忍びこ

んでいるみたいな。それにわっちは、今迄向うの兵隊には一度も出会ったことがないもんで、こう銃をつきつけて、わっちにむかってくるやつを知らんもんやで、ほんとに人の家の囲いの中に居候をしているみたいな気がしておったんや」

影山は、もう日本へ帰れるとでも思ってしまっているのか、肝心な時にも、故郷の田舎言葉をまる出しにした。

「居候？　それはわれわれ全体のことにもなるな。それだけで、お前は嫌疑をうける資格がある。おまけにお前は隊長どのにまで自分の病気をうつした」

「知りませんわ、ほんとに」

「しかしだな、影山、人は自分が知らんでやっておることがある」

「知りませんわ」

「お前はおれの気持が分らんのだな。な、影山、ほかに誰がいる。何、返事をしないのか。『城壁』に何か変った徴候は見られなかったか。どんな些細なことでもいい」

「わっちは、いつか衛兵についた時、青大将が一匹『城壁』をおりて行くのを見ましたわ」

「青大将？　それはどこへ行った」

「内側へ下りてましたわ」

「そ、そんなもののことをきいているのではない」

「そんなら、わっちは何にもほかには見も、聞きもしませんわ」

「たとえばだな、『城壁』がゆらいだとか、石と石とのつなぎ目のところがどうかしたとかだな」

「そしたら、あかん。何も分りませんわ。どうしてそんなことを、あんたは、わっちにききなさるんかね」

「『城壁』が移動したからではないか」

「するとあんたもあんなものが移動すると、ほんまに思っているのやな」

影山はじっと分隊長の顔をのぞきこんだ。すると分隊長は顔を真赤にして恥しげに咳ばらいをした。

「恥をしのんで、そう思わざるを得ないおれの気持が分らんのか。この野郎」

「なるほど、わっちもおなじ気持ですわ。何度もくりかえしますが、早ようもう故国に帰らせて貰いたいわ。分隊長もわっちらも、何のために、ここにいるのですか」

「『城壁』を守るためだ」

分隊長は苛立たしげに叫んだ。それから、

「だからこそ探すのだ」

「わっちにはとんと分らんわ」

「分隊長どの」私は見るに見かねてこういった。「自分の考えでは、あんな大きなものが移動してきたら、役所へ届出があるはずだと思います。この国の新聞に出るか、部落民が、近くの駐屯部隊へ知らせてくるか、それとも『城壁』内の部隊が、おちついてから電信で知らせてくるのではないかと思います。あんなもの、急にどこかへあらわれたりしたら、誰も喜ぶものはいないのですから。第一、部落民の生活をおびやかすことにもなります。それとも、分隊長どのに申上げていただきたいのですが、聯隊長どのに、早く紛失届を提出されて、広範囲の情報を蒐集されたらどうでしょうか」

「利口そうな口をきくが、お前は根が一等兵並に馬鹿だ。敵地区にさらわれたのにどうして届出があるものか。ほかのことはお前のいうことではない。それよりもお前」分隊長は私に耳打ちした。「影山を見張っておれ、あいつは脱走するとおれは睨んでいる」

ふと異様な気配にふりむくと、私たちは今迄家の中や床の穴にかくれていた部落民が部落の入り口のところに、黒山のように集まっているのを見た。

「あれは何事だ」

分隊長は、殺気立って私にたずねた。私はしばらく様子を見ていたあと、こう答えた。

「あれはわが分隊に敬意を表して見送っているのです」

「やめさせろ。行く先きの『城壁』がないのに見送られたら、たまったものじゃない」

「近よればまた家の中へ引っこんでしまいます」

「こんなことはしていられない。今日の午後は、お前らが城門歩哨に立つのじゃないか。急がなくっちゃ」

といったとたんに、彼は「城壁」がなかったことに気がついたのか、またもや顔を赤らめて、舌打ちした。

## 4

「城壁」の跡では既に壕が掘られて、夜営の準備が半ば進んでいた。兵隊達は大八車に豚一頭とうどん粉二袋と、ほうれん草を運んできたので、歓呼の声をあげた。そして、今度はおれが出かけて行くだの、いい娘はいなかったか、だの、婆さんに会ってきたのでは仕方がないな、だの、と勝手な口をきいたが、全員が糧秣補充の志願者になりたがっていることは明らかだった。それだけではない。

影山が口走っていた、「日本へ帰してもらいたい」という主張を上まわった主張が、ひろがっていた。彼等は、私に、

「もうすぐおれ達は日本へ帰れるぞ」

とささやいたりしたのだ。つきつめて行くと、それは全く根拠のないことが分ったが、誰一人、根拠がないということを信じようとはしなかった。

分隊長から逐一報告をきいていた曹長は、私というより徴発糧秣のまわりに集り、わいわいいっている兵隊達の方を横眼で睨んでいたが、やがてこういうのがきこえた。

「分隊長、これはこのさいよくよく考える必要があるぞ。あそこを見てみろ。あのざまは『城壁』がなくなったからではない。おれの考えでは、ずっとああいうざまだったのだ。たまたま、シキリがなくなったので、手にとるように見えだしたにすぎん。なあ、分隊長、

いったい敵に『城壁』を持って行く智恵才覚があると思えるか。このいかれた劣等国民に、そんなことができると思えるか。おれは、これは残留隊が持って行ったのだと思う。あいつらのしわざだ。糧秣は半年分はある。城内には店もあれば、酒も女もいる。あいつらは、おれたちのルスにチョロマカそうと思い立ったのだ」

「ではどこへ行ったのですか。行きどころによっては、彼等は危険にさらされることになりませんか」

「そんなこと、知ったことじゃない」

「でもそこまで考えて、そのことを考えないのは間違っていますよ。第一影山は無罪ですか」

「おれのいうのは、そういうことじゃない。部下の者の誰がどうのというのではない。おれのいいたいのは、この連続的異変の原因は、軍紀の弛緩だ。軍紀の弛緩がこれらのことをおこしたのだ。責任は、部隊の指揮者にある。つまり部隊長がこうさせたのだ」

「部隊長どのは戦死されましたよ」

「その死んだ隊長がだ。おれはそこまで考えた」

「それで終りですか」

「それで終りだ」

「自分はそうは思いません。軍紀が弛んだのは『城壁』がなくなったからです。あいつらにはもともと囲いがいるんです。野放しになったからいけないのです。そんなことといっていないで、早く、行動を開始すべきです。そのためには、われわれは、影山に頼るより術はありません。ただこのまま部隊を放置しておいたら、影山の言うなりになって、ほんとに日本に帰ろうとしますよ。方向を決めたら全員で『城壁』のあとを追うのです」

「任務地を離れてか」

「任務地？　ここはただの跡ですよ、地べたがあるだけですよ」

分隊長は軽蔑したように笑った。

「では、お前は影山を把握しろ」

「それ以外に仕方ないことは最初から分っているんです」

それから影山は壕の中へ連れて行かれて、叩かれながら、追求された。私は影山係りなので、そばに立って見ていた。遂に影山は重大なことを、自白したのだ。彼は分隊長に首をしめられながら、恨めしそうに、

「たぶん聯隊長どのが持っていったのや。わっちも、あの婆さんのいったことを信用するわ」

「バカなことをいうな」

分隊長はそういいながら、とにかく手をゆるめた。

「ウソにしろマコトにしろ、お前のいったことといえば、それだけだ」

「交信を開始されてはいかがですか」

私はいった。分隊長は汗をぬぐいながら、曹長に告げた。二人は影山をふりかえりなが

ら顔を見合せた。

「一理はある」曹長はいった。「あの聯隊長は自分の手に入るものは、一切持ち去る人だからな。隊長の女をとり、この部落の仏像をとり、今まで黙っていたがおれの女も実はとって行かれた。あの人をおそれぬ者はない」

夜になった。部隊は帰国熱はいよいよ盛んになり、帰国の土産物を部落から盗み出すことをみんな考え出した。歩哨が立ったが、歩哨は交替後の同じような自分の行動を予定して、うわついていたので、てんでお話にならなくなった。私は影山を見張って彼とおなじ壕の中にいた。彼はこそこそ、立ち上って、

「一寸わっちも出かけてくる」

と耳うちした。

「一時間以内にもどってこいよ。そうしないとおれの責任になる」

「心配するな、もうみんな近いうちに帰れるわ」

影山は闇の中に姿を消した。

二時間もたっても影山はあらわれなかった。私は気懸りになって、彼の装具をさがしたところが、壕の中にはない。たしか彼は何ももたずに出かけたのだが、それでは一寸の隙に別の壕の中にかくしておいて、それを身につけて脱走したと見える。明日の食糧の入った私のハンゴウもそっくり盗まれていることが分った。

私は仕方なくそのことを報告に分隊長をさがしに出かけた。彼は曹長とおなじ壕にいる

はずであった。ところが二人ともその壕にはいなかったので通信分隊へ行ってみることにした。

　すると懐中電燈のかげに分隊長が蹲り、一生懸命、通信兵といっしょに、聯隊と交信しているところであった。

「分隊長どの、影山が脱走しました」

　彼はうるさいといった表情をして、片手で私を追払った。私はそのまままつっ立っていた。通信兵が、電信を文章になおしていった。分隊長はかがみこみながら声をあげて読んでいった。

「貴隊ハ現在マデ何ヲシテイタルヤ。数度ニ亘リ発信セシモ、貴隊ハ全ク受信セズ。マタ貴隊ヨリ発信ノ意図ナキモノノ如ク、貴隊ノ怠慢ヲ咎ム。当方密偵ノ得タル情報ニヨレバ、貴隊隊長ハ、討伐中、捕縛サレタルママ敵ニ射タレテ、戦死シタルモノノ如シ。（確度甲）密偵ハ敵地区ニテコノ情報ヲ得タリ。マコトニ遺憾ナリ。

　次ニ我ガ軍、戦史上最大ノ恥辱ハ、貴隊ノ警備不行届キニ依リ、昨夜忽然ト、貴隊警備中ノ筈ナル県城ガ、我ガ省城ノ隣リニ、勝手ニ移動シ来リ、当地ノ治安ヲミダシタルコトナリ。アマツサエ当地区ニテハ、予ガコノ県城ヲ持チ来リタルトノ流言蜚語ガ流レ、不穏ノ空気アリ。

　直チニ県城ヲ取リ調ベタルトコロ、貴隊残留部隊ハ、糧秣ナド一切ヲ売リ払ッテ土民ト化シタル事実ヲ発見セリ。早速憲兵ニヨッテ捜索セシモ、全ク土民ト元兵隊トノ区別ガッカズ、遂ニ今朝ニ至ッテ捜索ヲ一時放棄シタリ。不名誉カギリナシ。ツイテハ貴隊ニ於テハ一刻モ早ク当地ニ来リ、コノ邪魔物ノ県城ヲ受領シ、今後ハ厳ニ守備サレタシ。指揮者ニ対スル処罰ハ追而沙汰アルベシ」

分隊長はくりかえしくりかえし読んでいた。何か腑におちないことがあるのか、自分の頭がどうかした、と思っているのか、額にいくども手を当てた。私は機を見てどなった。

「影山が脱走しました」

「曹長どのはどこだ」

分隊長がうつむきながらいった。私達の周囲には、二、三の兵隊がのぞきにきていたが、口を開いた。

「どうです。帰れますか」

「曹長どのはどこだ」

私は曹長の装具のある壕へ走って行った。しばらくして、私は分隊長のところへ駈けもどって報告した。

「曹長どのも脱走、いや移動されました」

解説
# ここにない戦争

奥泉　光

暴力や経済など人間を外側から動かす力はいろいろあるが、人間には内に備わった力もあって、そのひとつが想像力である。想像力はここにないものを言葉でもって現出させる力である。過去の回想や想起も、ここにないものを現出させるという意味では、同じ力の働きの一部ではあるけれど、想像力が最もその力を発揮するのは何かを「変形」するときである。ここにないものを現出せしめるといっても、神ならざる人間は、無から創造することはできない。すでにあるものを変形するしかない。人間の創造とは想像力を媒介にした世界の変形といってよいだろう。

人間は、ここにあるもの、すなわち「現実」を変形する。人間が己の生を現実のなかでぎりぎりまで拡張したとき、現実は彼を抑圧する桎梏（しっこく）となり檻（おり）となる。そのとき人間は、想像力を発動し、現実を変形し、生の領域を押し広げようとする。想像力を発条（ばね）にしつつ、ここにないものをここにあらしめるべく、人間に備わるもうひとつの創造的な力、すなわち構想力が働き出すなら、現実は変革され、「新たな現実」を人間は獲得することになるだろう。

ここにないものを言葉で現出させ現実を変形する想像力は、別して虚構にかかわる。ここにないものが〈ものがたられる〉とき、それが虚構になる。虚構はときに人間を動かす力を持ち、つまり現実的な力となる。逆に、私たちを取り囲む現実とは、人間を動かすだけの力を持った虚構だともいいうる。そして文学は、虚構を作り出し、虚構の磁場へと人間を誘い込み、想像力の解放を促し、ここにない世界に生きることを唆す。それは同時に、ここにある世界＝現実への強い批評を孕むことになるだろう。

有史以来、戦争が繰り返し文学の主題になってきたのは、それが人間にとって切実な「現実」だったからに他ならない。近現代の日本も例外ではなく、というより一九世紀後半から二〇世紀、戦争が広く市井の人間の運命を左右する圧倒的な「現実」となった時代は他にないだろう。戦争を描く多くの文学作品が書かれた所以である。

それが文学作品である以上は、想像力の作用は必ずあり、多かれ少なかれ変形された現実、すなわち虚構の形をとるわけだが、そのなかで、「イマジネーションの戦争」と題され、SFや幻想小説といったジャンルに属する作品を中心に編まれた本巻は、ここにないものを現出せしめ、現実を変形させる力としての想像力が、それと分かる形で、端的に発揮された小説が集められているといえるだろう。

芥川龍之介から二〇〇〇年以降に登場した世代の作家までを含む諸作品は、日本語で書く作家たちが、さまざまなアイデアや手法を駆使して、彼らの生きる現実を変形し、ここにない戦争の姿を描き、そうすることで、現実世界に対する鋭い批評性を発揮してきた、小説家ならではの営為の一端をかいま見せてくれるはずだ。

巻頭を飾る芥川龍之介「桃太郎」は、誰もが知るお伽話のパロディーである。すでにあるテクストを変形するパロディーは文学の基本技法であり、文学の想像力がその活力を思い切り発揮しうるホームグラウンドである。しかも民話やお伽話は民衆の無意識を反映し、また規制する物語であるかもしれず、そこを撃つのは、「現実」のいわば最深部を撃つことでありうる。ここで作者は、物語の構造を反転させ、桃太郎を凶暴で傲岸な侵略者、鬼が島の鬼を平和主義者として描き出す。鬼は殺戮され、鬼が島は征服され略奪される。この小説が書かれたのは一九二四（大正一三）年、露骨な帝国主義的対外拡張、植民地獲得を進めつつある日本への批判が背後にあることは容易に見て取れるだろう。芥川版「桃太郎」では、桃の木には無数の実がなり、そのなかに無数の桃太郎が眠っているという、不気味な場面で締めくくられる。

人口三五万人ほどの平和な島国が、外国人武器商人の奸計に嵌って銃を大量購入したあげく、やがて悲惨な内乱状態へ陥れられる。「砂の女」や「壁―S・カルマ氏の犯罪」などで知られる、戦後を代表する作家の一人である安部公房の書いた「鉄砲屋」は、近世から現在に至るまで、先進的ならざる国や地域で実際に生じた、また生じつつある出来事を寓話化した一篇である。論理のすり替えや、おためごかしや、あからさまな虚偽が社会を動かす力を持つ場面は、多くの国の政治過程のなかで見られる「現実」である。戦争はカネになる。ならば戦争を起こすべきである。この端的な論理――暗黒の論理でありながら、そういうこともあるんだろうなと、誰もが密かにそのリアリティーを認めている論理が実践される姿を、この作者に特有の、硬質の思考に裏打ちされた、黒いユーモアを孕む乾いた文体で描き出す。

黒いユーモアというなら、SFから出発して、「虚人たち」「夢の木坂分岐点」といった、ナンセンスやパロディーやメタフィクショナルな実験性に溢れた作品を書き続けてきた筒井康隆こそ、第一人者である。本書に収録された「通いの軍隊」にも黒いユーモアの味わいは十分である。海外の紛争地帯に派遣された日本の会社員が、砲弾飛びかう前線に出ることを余儀なくされる物語は、戦場の非日常と、会社員や家庭人としての日常という、通常は同居しえない二つのものを結びつけることで、強烈な異化効果を発揮して笑いを誘発する。異化とは、あるものを本来ある場所から引き離し、別の文脈に置くことで世界を変形する技法であるが、もちろんそれは想像力の働きを措いてはなしえない。

二〇〇七年「虐殺器官」でデビューし、二〇〇九年に惜しまれながら早世した伊藤計劃の「The Indifference Engine」は、おそらく一九九〇年代のルワンダ紛争などに取材し構想されたものだろう。二〇世紀後半から二一世紀、アフリカやバルカン半島に起こった大量虐殺を含む民族間の闘争は、一方で武器を提供しながら他方で人道を説く西欧諸国の干渉下で、恐るべき災害と恐怖を生んだ。伊藤計劃は洗脳治療を受ける少年兵を物語の主人公に据え、彼の行動や思考を追うことで、戦争の悲惨さを底の底まで舐め尽くすように描き出す。想像力でもって変形された現実、すなわち虚構は、地上的な「悪」の姿を哀しく息苦しいリアリティーとともに浮かび上がらせている。

〈Ⅰ〉の最後、「介護入門」などの作品で知られるモブ・ノリオの「既知との遭遇」は、短いものであるが、核兵器、戦争報道、ありうべき未来の徴兵制といった、戦争を巡る枢要な問題群が、複数の断片的なかたりのなかを過っていく。

ここにないものを描き出す想像力は、平和な日常世界のただなかに戦争を出現させる。かつて旧約聖書の預言者たちは、繁栄するイスラエルの町々の滅亡を告げ報せた。神に離反したイスラエルはアッシリアやバビロニアに攻め滅ぼされざるをえない。しかし、それは単なる予測や警告ではない。神の声を聴く預言者らは、店が軒を連ね人々が行き交う賑わいの町の風景がそのまま戦争の破壊の場に変貌するのを幻視するのだ。文学的想像力を駆使する預言者らは、繁栄の底にある荒廃を見通し、現実を変形して、ここにない戦禍を現出せしめる。同じ想像力が近現代の日本語文学の世界でも作動する。

〈Ⅱ〉の劈頭、近代日本を代表する詩人、宮沢賢治が目にしているのは、雪の田圃に居並ぶ烏の群れである。それを詩人の想像力は軍事演習をする艦隊に変える。敵である山烏と戦う烏の大尉の、北斗七星に向けての祈り、「どうか憎むことのできない敵を殺さないでいいように早くこの世界がなりますように」の言葉は、ナイーブではあるけれど、戦争の不条理の中核を直截に撃つだろう。この言葉は「きけ わだつみのこえ」に採録されたアジア太平洋戦争の戦没学生の手記にも引用が残っており、明瞭な目的や意味を摑めぬまま否応なく戦地に赴かされた者らにとって、宮沢賢治に固有の詩情とあいまって強いリアリティーを持ったであろうことをうかがわせる。
「継ぐのは誰か?」「果しなき流れの果に」などで知られるSFの第一人者、小松左京の「春の軍隊」の主人公は、自宅の建て売り住宅から最寄り駅までの平凡な郊外の風景のなかを歩いている。すると忽然（こつぜん）、どこの国だか分からぬ謎の軍隊が出現して戦争をはじめるのだ。作家の想像力は、戦後の「平和」な風景のただなかに戦争を現出せしめ、日常の生活空間をたちまち戦場に変えてしまう。ここにはおそらく戦後の「平和」が贋物（にせもの）だとする作家の感覚があるだろう。内外に未曽有（みぞう）の犠牲を生んだあの戦争は終わった。しかし、それは本当なのか。日常の薄皮一枚剝（は）がしたところにはまだ戦争があるのではないか。目に見えぬところで戦争はまだ続いているのではないか。戦争の体験が十分に言葉にされぬまま忘れ去られ、風化していくことへの小松左京の抵抗感は、「戦争はなかった」などの一連の作品のなかでも繰り返し主題化されている。

　被爆地長崎を舞台にした連作集「爆心」を書いた青来有一の「スズメバチの戦闘機」では、過去の戦争の歴史に通暁（つうぎょう）する少年の想像のなかで、山のスズメバチが戦闘機に変わる。殺す理由はないけれど、殺さなければ自分が殺されるという、戦場の論理を体感しながら、少年はひとりスズメバチと戦う。

　三崎亜記は、二〇〇四年、地方自治体が公共事業として戦争をはじめるという奇想を主軸に据えた物語、「となり町戦争」で作家デビューした。平凡な日常のなかに、ここにない戦争がリアルに現出する長編は、まさしく現実を変形する想像力がいきいきと躍動した作品である。本書に収録された短編「鼓笛隊の襲来」は、ハリケーンのごとき、あるいはハメルンの笛吹き男がもたらすような厄災が襲いくる話だが、それが鼓笛隊だというところに妙なおかしみがある。秋山瑞人「おれはミサイル」は、二〇〇三年、ＳＦに与えられる文学賞、星雲賞を日本短編部門で受けた作品である。どことも分からぬ空間で、目的も起源も分からぬ戦争を続ける機械たちという、ＳＦならではの設定のなかで、人格性を備えた航空機とミサイルが思考し対話する一篇には不思議な叙情が漂う。

一九四五年、アジア太平洋戦争に敗れて以来、一九九一年の海上自衛隊掃海部隊のペルシア湾派遣や、二〇〇三年の自衛隊イラク派遣などはあり、また米軍や国連多国籍軍への資金面での間接的援助は一貫して続けてきたものの、日本国は平和憲法下で、戦争を直接には体験せずに六十余年を過ごしてきた。だが、その未来はどうなのか。

〈Ⅲ〉では、未来の戦時下の日本が、ここにない「日本」が想像力のうちに出現した作品が中心になる。「ロンリー・ハーツ・キラー」「俺俺」といった一連の小説で、国家、社会、個人をめぐる問題を追求してきた星野智幸が、「煉獄ロック」で作り出したのは、暴力の蔓延する荒廃した世界のただなかで、「帝」の支配の下、若者の性と欲望が完璧に管理された未来の日本である。若者の無軌道さえも管理されてしまう体制から逃れようとする主人公らは、だらだらとめりはりを欠いたまま戦闘のうち続く戦場――かどうかも判然としない暴力の支配する世界へと投げ入れられる。激しい肉体の痛みや恐怖と引き替えに得られる「自由」は熱くて息苦しい。

二〇〇五年にデビューした田中慎弥の「犬と鴉」の日本では、戦争がまたはじまっている。主人公の祖父が出征し南の島で死んだ戦争——アジア太平洋戦争と思しき戦争のときと同じく、街は空襲で焼け野原となり、生き残った人々は、敵の放った人食い犬から逃げまどいながら壕で細々暮らしている。そこを舞台に、祖母のかたりに導かれつつ、戦争に関わった三代の男らの思考や行動が描かれる。一方で、一九七〇年代からSFやファンタジーの分野で作品を発表してきた山本弘の描く日本は、ネット・ファシズムともいうべき状況のなかで人々が痴呆化したあげく、核武装をするばかりか、核弾頭ミサイルをアメリカ合衆国へ向けて発射してしまう。日本は崩壊し、その無秩序と混乱から国を救うのが、軍事独裁政権の最新テクノロジーを使った管理統制であるという帰結はアイロニカルだ。

〈Ⅲ〉をしめくくるのは、大正から昭和にかけて活動した異端のモダニスト作家、稲垣足穂の「薄い街」。この作家特有の醒めた詩情のなかで、管理テクノロジーの毒の匂いが微かに漂うだろう。


歴史に記録された戦争は、人々の記憶に共有され、国民の物語となることで、ひとつの国民にとってコスモスの一部となる。だが、想像力はときに、そうした共有された戦争の記憶をも変形してみせる。〈Ⅳ〉にはそのような作品が並ぶ。

日露戦争とその勝利の記憶は、近代の日本国民にとっての、いわば共有財産であった。日露戦争の勝利こそが、日本の帝国主義、軍国主義の大きな支えとなり、またアジア太平洋戦争敗北の遠因となったともいえる。「冥途」「阿房列車」など、幻想性とユーモアに彩られた独特のセンス溢れる短編や随筆を遺した内田百閒は、旅順開城の模様を映した活動写真を観る、ただそれだけのごく短い小説のなかで、日露戦争に対する、他からは孤立した独自の距離感を示してみせる。

日露戦争から三六年後、一九四一年一二月八日、日米開戦の報せは、当時の日本国民に溶融の感覚をもたらした。個別の利害や対立を超えて、一個の国民として全体がひとつになり、民族意識が結晶するのを体験したとは、多くの作家や市民の日記が証言するところである。大正から昭和期に活躍したダダイスト詩人、高橋新吉が「うちわ」で描く一二月八日は、それとはまるで違う一二月八日である。その日、京都の街を徘徊する一人の「狂人」は、新聞報道に沸き立つ人々を目にしても、日米開戦など頭から信じない。孤立した存在への想像力、あるいは想像力が生み出す孤立の相は、必ず批評性を放つのだ。

いまを生きる人間が戦時中へタイムスリップする物語は、映画やテレビドラマを含め数多く書かれてきた。過去と現在という、同居できない二つのものを結びつける想像力は、過去と現在をともに異化する効果を持つだろう。三毛猫ホームズのシリーズなどで知られる赤川次郎の「悪夢の果て」もそのひとつである。

そして巻末を飾るのは、「抱擁家族」「別れる理由」などの作品で知られる小島信夫の「城壁」。この作品は本巻では唯一、アジア太平洋戦争の戦場を舞台にした小説である。中国大陸、日本軍部隊が守備する城壁都市が、突然、まるごと別の場所へ移動してしまうという、奇想と幻想に彩られた一篇は、不思議なユーモアをたたえて読む者に深い印象を残すだろう。

想像力が作り出したありえざる出来事は、どれほど馬鹿馬鹿しいものであっても、〈かたり〉の器のなかでは虚構の輝きを放ちえるのであり、その輝きに惹かれて、不可思議な場所へと読者は誘い出され、いつのまにか虚構を生きることを強いられる、それが小説というジャンルの本領であろう。

想像力の働きでもってここにない現実を作り出す。それは多くの場合、一個の宇宙を作り出すことであり、そのためにはどうしてもたくさんの言葉を費やす必要がある。結果、小説は長くならざるをえない。紙数の都合から、比較的短い作品しかここには収録できなかったが、本巻の主題に合致した長編作品が数多く存在することを最後にいっておきたい。本巻に収められた作品は、だから「イマジネーションの戦争」という大陸の周辺に散在する島々にすぎないのであり、多くの魅力ある作品が、誰かに読まれ、虚構の火が点されるのを密かに待ち続けている。

（おくいずみ・ひかる　作家）

〔初出　二〇一一年九月〕

付録 インタビュー

# なぜSF小説を書きはじめたのか

小松左京

小松左京さんは一九三一（昭和六）年、満洲事変勃発の年に大阪で生まれた。その後、兵庫県西宮市に転居し、小学校に入学した三七（昭和一二）年に日中戦争がはじまる。太平洋戦争開戦は国民学校五年生のとき、そして旧制中学三年の一四歳で終戦を迎える。小松さんの少年時代は、正に戦争とともにあった。数多くのSF小説を書いてきた小松さんの戦争体験と、戦争が小松さんの創作に与えた影響について話をうかがった。

## 好奇心旺盛な少年時代

――どのような少年時代でしたか。

本はよく読んでましたね。小学生の頃は、漫画は「幼年倶楽部」に連載されていた、阪本牙城（さかもとがじょう）の「タンク・タンクロー」や「少年倶楽部」の田河水泡（たがわすいほう）の「のらくろ」に夢中になっていた。あと、少年小説も、海野十三（うんのじゅうざ）や山中峯太郎、高垣眸（たかがきひとみ）、江戸川乱歩など、科学小説に冒険小説、探偵小説、とにかく手当たり次第、いろんなものを読んでいましたよ。四つ年上の兄がいたので、その影響も大きかった。兄が「少年倶楽部」や「子供の科学」を買ってもらっていたから、それを僕も読んでいたんですね。

ただ、少年小説や漫画だけではだんだん飽き足らなくなって、小学校三年か四年の頃には、兄が持っていた漱石の「吾輩は猫である」を読んだり。あとは、父に連れられて寄席や歌舞伎、映画を見にいったりもしていて、好奇心旺盛な、ませた子どもでした。

戦争末期の世の中は、もちろんとても窮屈な状況だったけど、開戦の頃は映画や演劇、寄席やラジオといった大衆文芸がとても盛んだったんですね。父親が経営する工場も景気がよかったんでしょう。だから、そういったいろんな文化に触れる機会も多く持てたんだと思う。

——その中でもとりわけ文学が好きな少年だったと。

いや、中学の頃までは科学少年ですね。父親が理系の人間で、工場をやっていて、戦争当時は金属加工のための温度を測る機械を主につくっていました。そんなこともあって、兄をはじめ、僕も弟たちも科学少年だった。「子供の科学」はよく読んだし、科学にはすごく興味を持っていました。

ただ僕は、父親譲りのお調子者だったせいもあってか、人に笑ってもらうのがうれしくて、実際に自分でおもしろおかしい漫画を描いては友達に見せたりしてました。小説や漫画を読むだけじゃなくて、自分でもやってみたいという思いはわりと小さい頃からあったんでしょうね。

——そんな少年が、戦争をどんなふうに見ていたのでしょう。

どこどこの戦いに日本が勝ったという大本営の発表を聞くと、地図で日本の上陸地点に日の丸を貼ったりしていました。日の丸っていうのは赤鉛筆一本あれば描けるからね。

——当時は多くの少年がそうだったんでしょうね。

あと、ゲートルがあるでしょう。ズボンの裾が引っかかったりしないようにとか、脚が疲れないようにといって、布を脛(すね)に巻きつけるやつです。軍人が使ってたんだけど、中学校で軍事教練がはじまると学生たちも巻くようになったんです。当時はもちろんきちんと巻かないと、教官や上級生に怒られるんだけど、きれいに巻くと、女性にもてると僕らは思ってた。だけど、戦争当時の女学生たちの憧れの仕事は白衣の天使で、憧れの対象は、軍人の中でも尉官。女性は、ゲートルを巻いていない軍人がいいってことだったらしい。要はゲートルを巻いてる軍人というのは兵卒、つまり下級兵ですからね。位の高い人たちはゲートルなんて巻かないで折り目のついたズボンをはくわけです。だから全く勘違いしてた(笑)。

——中学三年生で工場へ動員もされますね。

学校では教官や上級生に怒られたり、殴られたりばっかりだったけど、工場労働はわるい面ばかりではなかった。輸送船や小型潜航艇をつくっていた造船所へ動員されて、溶接や旋盤などをやらされたわけですけど、旋盤なんかをやると、おもしろかったんですね。きれいにできると誇らしかった。だから作業自体が早く終わってほしいとは思っていなかった。

——戦争の結末について、何か考えたりしましたか。

戦争が終わることに関しては、日本が軍事力で他の国を占領するような、つまり暴力でどうだっていうふうに征服して、威張りかえってなんて状況は、僕はちっとも望んでいなかった。めでたく終わるっていうのを望んでいた(笑)。だって、戦争中に、少年小説や漫画があんなに出てる国って多分ないでしょう。それで、そういう少年小説や漫画では、たいてい「めでたく」戦争が終わるんです。

## 戦争が終わって

――日本の状況があまりよくないと思いはじめたのはいつ頃からでしょう。

どんどん空襲がひどくなって、死にそうになったことも何度もあったけど、決定的だったのは原爆です。戦争がはじまった頃、マッチ箱一つくらいの大きさで富士山が吹っ飛ぶほどの破壊力がある原子爆弾というのが、少年小説に出ていたけれど、そんなものはタコの火星人と同じで全くの空想だと思っていたので、それが現実に完成したことには驚いた。

――八月一五日はどんな思いを抱かれましたか。

まさかラジオから天皇陛下の玉音が流れるなんて思ってもいなかった。そんなこと誰も思っていなかったでしょう。でも、玉音なんていうから特別な響きがある声なのかと思ってたら、普通のおじさんの声なんだよ(笑)。まあ、男らしい声ではあるなあと思ったけどね。戦争が終わったことに対しては、虚脱感だけで、喜びがすぐに湧き起こってくるようなことはなかった。むしろその瞬間は、天皇陛下の声を聞いたことの方がインパクトが大きかったかもしれない。

——戦争が終わってからは、どんな状況だったのでしょうか。

もちろん最初は混乱が続いて、僕も田舎から肉を買い付けて売ったり、生きていくために闇商売みたいなことも含め、いろいろやりました。中学の同級生がピストル強盗をやったり、あんな時代は二度ときて欲しくない。ただ、そんな生活の中でも、なんとか明るく生きていきたいといった気持ちがあったんですね。それで、これからの日本は文化国家になるといいと思っていたから、神戸一中で文芸部をつくって「神中文藝」を創刊して、ユーモア小説を書いたり、演劇部や新聞部をつくって、軽音楽のバンドを結成したり、戦争中に禁じられていたことを全部やった。

——アメリカに対する憎しみはありましたか。

ない。だって、チョコレートとチューインガムをくれるんだもの（笑）。まあ、それは冗談として、実際にアメリカ軍が進駐してきたら、一兵卒がジープに乗っている。これは国の力が違うな、ちょっとかなうわけないと思いました。

ただ、アメリカには、原爆二発も落として反省するどころか、それを自慢している人間がいる。もちろん良心的な人もいるだろうけれど、日本にわるいことをしたなんて一度も思ってないんじゃないかな。基本的には原爆が戦争を早く終わらせたと思っているんでしょう。

そういう体験があって、科学少年は専攻を変えて、文科系に行こうと思うようになったんだ。科学にとっては、例えば人間が進化しようが、滅亡しようが関係ない。進化であれ、滅亡であれ、それがどのような法則で成立しているのかを問題にするのが科学だから。原爆のようなものまでつくり出してしまう科学技術の進歩には、いい面もあれば、わるい面もある。それを制御する人間のあり方を探ったり、考えたりすることが必要だと思った。

もちろん生物全てがそうなんだけど、人間というのは他者になりかわって生きることはできないし、他者の痛みを体験することもできない。でも、人間には他者の生や感じたことを想像することができるでしょう。芸術や文学っていうのは、人間のイメージする力があってこそ生まれるものであって、同時に人にイメージを喚起させる力があるから成立し、広がっていく。そういう想像力を強化することが、人間にとって大切なんじゃないかと思った。それ自体には善悪の基準なんてない科学を、人間のためにうまく応用するには、人間の想像力が重要なんです。だから僕は文学をやりたいと思った。

## SFだからできること

――大学ではイタリア文学を専攻されます。

あんまり深い考えもないまま選んだんだけど、ダンテの「神曲」を中学の頃に読んで衝撃を受けたことが大きい理由だった。僕が奇想天外で波瀾万丈、そしてユーモアが文学に必要だと考えるのは、「神曲」の影響があるからなんだ。

当時、フランス文学やロシア文学に比べると、イタリア文学はかなりマイナーだった。ただ、三四年にノーベル文学賞をとったルイジ・ピランデルロ（一八六七〜一九三六）という作家に僕は興味を持っていて、大学の卒論も彼のことを書いたんです。このピランデルロの戯曲「作者を探す六人の登場人物」は、ユーモア小説といってもいいような内容でね。登場人物が、自分たちの物語をちゃんと終わらせてくれる作者を探すところからはじまる。日本の純文学の世界にはそういった奇想天外な話を評価することがあまりなかったと思う。でも、よく考えてみると、「吾輩は猫である」だって、主人公が猫で、その猫の視点で語られる小説でしょう。奇抜な発想だし、とてもユーモアのある小説ですよね。そんな小説が日本にもあるんだから、僕はもっと文学が持っている多様性を表現したかった。

——そういった思いがあったからこそ、SF小説を書かれたと。

あとは、戦争です。戦争がなかったら、特に日本が戦争に負けていなかったら、僕はSF作家になってなかった。

四三年に徴兵年齢が二〇歳から一九歳になって、終戦間近には一七歳になる。僕ももう少し戦争が続いて本土決戦なんて状況になってたら、どんどん兵隊が足りなくなってたわけだから、徴兵されて戦っていたと思う。実際に当時は戦って死ぬんだろうと思っていた。でも、日本の本土は戦場にならなかった。だけど戦後、沖縄戦では同世代の少年たちが銃を与えられ戦って、たくさん亡くなっていることを知った。数か月の差が、全く違った結果を生んでいる。そのことに対する後ろめたさがずっとあったし、実際に戦っていない僕たちが戦争について書くことができるのかっていう迷いもあった。それでも戦争については書かなければいけないという思いが強かったんです。でも、どういうふうに書けばいいのかがよくわからなかった。そういう状態で出会ったのがＳＦです。それで書いたのが、「地には平和を」。「ヒストリカル・イフ」と「パラレル・ワールド」という考えを取り入れた作品です。

――四五年の八月一五日に戦争は終わらず、本土決戦が日本で続いている。歴史がもしこうだったらということを前提にしている作品ですね。

そういう発想はＳＦにしかできない。そして同時に、その歴史は改変されたもので、それとは異なる世界があることも書いた。その異なる世界の方が実際に僕たちが生きてる世界ですね。妻と子どもと平和に暮らしている世界と、戦争を続けている世界を描き並べることで、歴史を相対化できるのではないか。ＳＦという形式が持っている大きな力です。

日本は戦争をした。そして東条英機は戦犯になった。じゃあ、アメリカのトルーマンはどうなんだ。二発も原爆を投下してたくさんの人を殺して、苦しめても、戦勝国の責任は問われない。僕にとって戦争というのは大きな疑問だった。だから、人類にとって戦争とはなんなのかを考えるために、僕はＳＦを書きはじめたんです。

（こまつ・さきょう　ＳＦ作家）

聞き手＝小山　晃

「コレクション　戦争と文学」第５巻（二〇一一年九月）月報より

## 著者紹介

海外の地名表記は、原則として当時の一般的な呼称に従った

**芥川龍之介**（あくたがわ・りゅうのすけ）
一八九二（明二五）～一九二七（昭二）　東京生。
一九一六年、第四次「新思潮」創刊号に発表した「鼻」を夏目漱石が激賞。翌年、第一創作集「羅生門」を刊行。「或旧友へ送る手記」に「唯ぼんやりした不安」という言葉を遺し自死。「侏儒の言葉」「西方の人」など。

**安部公房**（あべ・こうぼう）
一九二四（大一三）～九三（平五）　東京生。生後間もなく満洲奉天に渡り中学卒業まで過ごす。同地で終戦を迎える。四七年「無名詩集」を自費出版。四八年「終りし道の標べに」で注目される。五〇年「赤い繭」（戦後文学賞）、五一年「壁―S・カルマ氏の犯罪」（芥川賞）、五八年、戯曲「幽霊はここにいる」（岸田演劇賞）、六七年「友達」（谷崎賞）などを発表。「砂の女」（読売文学賞）「方舟さくら丸」など。

**筒井康隆**（つつい・やすたか）
一九三四（昭九）～　大阪生。六〇年、SF同人誌「NULL」を創刊。六四年「幻想の未来」、六五年「東海道戦争」「48億の妄想」で作家として出発。二〇一〇年菊池寛賞受賞。「霊長類南へ」（星雲賞日本長編部門）「虚人たち」（泉鏡花賞）「夢の木坂分岐点」（谷崎賞）「ヨッパ谷への降下」（川端賞）「朝のガスパール」（日本SF大賞）「わたしのグランパ」（読売文学賞）「モナドの領域」（毎日芸術賞）など。

**伊藤計劃**（いとう・けいかく）
一九七四（昭四九）～二〇〇九（平二一）　東京生。二〇〇六年に小松左京賞最終選考に残った「虐殺器官」（ベストSF2007国内編第一位、PLAYBOYミステリー大賞）を翌年刊行しデビュー。

「メタルギア　ソリッド　ガンズ　オブ　ザ　パトリオット」「ハーモニー」（日本SF大賞・星雲賞日本長編部門・フィリップ・K・ディック賞特別賞）など。

**モブ・ノリオ**
一九七〇（昭四五）～　奈良生。二〇〇四年「介護入門」（文學界新人賞・芥川賞）でデビュー。「JOHNNY TOO BAD 内田裕也」など。

**宮沢賢治**（みやざわ・けんじ）
一八九六（明二九）～一九三三（昭八）　岩手生。妹トシの死に衝撃を受け、詩「永訣の朝」「松の針」「無声慟哭」を書く。一九二四年、詩集「春と修羅」童話集「注文の多い料理店」を刊行。死後「雨ニモマケズ」の詩が見つかる。「グスコーブドリの伝記」など。

**小松左京**（こまつ・さきょう）
一九三一（昭六）～二〇一一（平二三）　大阪生。一九六二年「地には平和を」がSFコンテスト努力賞を受賞し注目される。「日本アパッチ族」「日本沈没」（日本推理作家協会賞・星雲賞日本長編部門）「首都消失」（日本SF大賞）「虚無回廊」など。

**秋山瑞人**（あきやま・みずひと）
一九七一（昭四六）～　山梨生。九八年「E.G.コンバット」でデビュー。二〇〇三年「おれはミサイル」で星雲賞日本短編部門受賞。「猫の地球儀」「イリヤの空、UFOの夏」「DRAGONBUSTER」など。

**三崎亜記**（みさき・あき）
一九七〇（昭四五）～　福岡生。二〇〇四年「となり町戦争」（小説すばる新人賞）でデビュー。「失われた町」「海に沈んだ町」「メビウス・ファクトリー」「チェーン・ピープル」など。

**青来有一**（せいらい・ゆういち）
一九五八（昭三三）～　長崎生。九五年「ジェロニモの十字架」（文學界新人賞）でデビュー。「聖水」（芥川賞）「爆心」（伊藤整賞・谷崎賞）「人間のしわざ」「小指が燃える」など。

星野智幸（ほしの・ともゆき）
一九六五（昭四〇）～　ロサンゼルス生。九七年「最後の吐息」（文藝賞）でデビュー。「目覚めよと人魚は歌う」（三島賞）「ファンタジスタ」（野間文芸新人賞）「俺俺」（大江健三郎賞）「夜は終わらない」（読売文学賞）「呪文」「焰」（谷崎賞）など。

山本弘（やまもと・ひろし）
一九五六（昭三一）～　京都生。七八年「スタンピード！」が奇想天外SF新人賞に佳作入選する。「時の果てのフェブラリー」「神は沈黙せず」「アイの物語」「去年はいい年になるだろう」（星雲賞日本長編部門）「プラスチックの恋人」など。

田中慎弥（たなか・しんや）
一九七二（昭四七）～　山口生。二〇〇五年「冷たい水の羊」（新潮新人賞）でデビュー。〇八年「蛹」で川端賞受賞。「切れた鎖」（三島賞）「共喰い」（芥川賞）「ひよこ太陽」（泉鏡花賞）など。

稲垣足穂（いながき・たるほ）
一九〇〇（明三三）～七七（昭五二）　大阪生。二三年、第一作品集「一千一秒物語」を刊行。「弥勒」「キタ・マキニカリス」「彼等」「少年愛の美学」（日本文学大賞）「ヒコーキ野郎たち」など。

内田百閒（うちだ・ひゃっけん）
一八八九（明二二）～一九七一（昭四六）　岡山生。汽車旅を記した「阿房列車」シリーズが好評を博する。「冥途」「百鬼園随筆」「贋作吾輩は猫である」「ノラや」「東海道刈谷駅」「日没閉門」など。

高橋新吉（たかはし・しんきち）
一九〇一（明三四）～八七（昭六二）　愛媛生。二〇年「焰をかかぐ」が「万朝報」懸賞短編小説入選。二三年「ダダイスト新吉の詩」を刊行。七三年「定本高橋新吉全詩集」で芸術選奨、八五年「高橋新吉全集」で歴程賞受賞。詩集「戯言集」「空洞」（日本詩人クラブ賞）小説「ダダ」「狂人」など。

赤川次郎（あかがわ・じろう）
一九四八（昭二三）～　福岡生。七六年「幽霊列車」（オール読物推理小説新人賞）でデビュー。七八年「三毛猫ホームズの推理」で人気作家となる。二〇〇六年、日本ミステリー文学大賞受賞。「セーラー服と機関銃」「悪妻に捧げるレクイエム」（角川小説賞）「東京零年」（吉川文学賞）など。

小島信夫（こじま・のぶお）
一九一五（大四）～二〇〇六（平一八）　岐阜生。一九五二年「小銃」が「新潮」同人雑誌推薦号に掲載。五四年「アメリカン・スクール」（芥川賞）を発表。「抱擁家族」（谷崎賞）「私の作家評伝」（芸術選奨）「別れる理由」（野間文芸賞）「うるわしき日々」（読売文学賞）「残光」など。

# 初出・出典一覧

**桃太郎**（芥川龍之介）
初出　「サンデー毎日」夏期特別号　一九二四年七月
出典　「芥川龍之介全集　一二」一九九六年九月　岩波書店

**鉄砲屋**（安部公房）
初出　「群像」一九五二年一〇月号
出典　「安部公房全集　三」一九九七年一〇月　新潮社

**通いの軍隊**（筒井康隆）
初出　「小説現代」一九七三年一二月号
出典　「筒井康隆全集　一五」一九八四年六月　新潮社

**The Indifference Engine**（伊藤計劃）
初出　「SFマガジン」二〇〇七年一一月号
出典　「年刊日本SF傑作選　虚構機関」二〇〇八年一二月　創元SF文庫

**既知との遭遇**（モブ・ノリオ）
初出　「朝日新聞」（大阪版）二〇〇六年二月二、九、一六、二三日夕刊
出典　「介護入門」二〇〇七年九月　文春文庫

**烏の北斗七星**（宮沢賢治）
初出　「イーハトヴ童話　注文の多い料理店」一九二四年一二月　杜陵出版部
出典　「宮沢賢治全集　八」一九八六年一月　ちくま文庫

春の軍隊（小松左京）
初出「別冊小説宝石」第三巻第二号　一九七三年七月
出典「春の軍隊」一九七四年四月　新潮社

おれはミサイル（秋山瑞人）
初出「ＳＦマガジン」二〇〇二年二、五月号
出典「ゼロ年代ＳＦ傑作選」二〇一〇年二月　ハヤカワ文庫

鼓笛隊の襲来（三崎亜記）
初出「小説宝石」二〇〇七年六月号（原題「鼓笛隊」）
出典「鼓笛隊の襲来」二〇一一年二月　集英社文庫

スズメバチの戦闘機（青来有一）
初出・出典「文学界」二〇一〇年四月号

煉獄（れんごく）ロック（星野智幸）
初出「すばる」二〇〇七年六月号
出典「無間道」二〇〇七年一一月　集英社

リトルガールふたたび（山本弘）
初出「小説現代」二〇〇九年八月号
出典「アリスへの決別」二〇一〇年八月　ハヤカワ文庫

犬と鴉（田中慎弥）
初出「群像」二〇〇九年七月号
出典「犬と鴉」二〇〇九年九月　講談社

薄い街（稲垣足穂）
初出「セルパン」一九三二年一月号
出典「稲垣足穂全集　二」二〇〇〇年一一月　筑摩書房

旅順入城式（内田百閒）
初出「女性」一九二五年七月号
出典「新輯内田百閒全集　二」一九八六年一一月　福武書店

うちわ（高橋新吉）
初出「文藝」一九四九年五月号
出典「高橋新吉全集 二」一九八二年三月　青土社

悪夢の果て（赤川次郎）
初出「小説新潮」二〇〇一年五月号（原題「悪夢のかなた」）
出典「悪夢の果て」二〇〇三年六月　カッパ・ノベルス　光文社

城壁（小島信夫）
初出「美術手帖」一九五八年九月号
出典「城壁／星」一九七四年二月　冬樹社

## 凡例

本セレクションは、日本語で書かれた中・短編作品を中心に収録し、原則として各作品の出典の表記を尊重した。

一、漢字の字体は、原則として、常用漢字表および戸籍法施行規則別表第二（人名用漢字別表）にある漢字についてはその字体を採用し、それ以外の漢字は正字体とされている字体を使用した。

一、仮名遣いは、小説・随筆については、出典が歴史的仮名遣いで書かれている場合は、振り仮名も含め、原則として現代仮名遣いに改めた。詩・短歌・俳句・川柳の仮名遣いは、振り仮名も含め、原則として出典を尊重した。

一、送り仮名は、原則として出典を尊重した。

一、振り仮名は、出典にあるものを尊重したが、読みやすさを考慮し、追加等を適宜行った。

一、明らかな誤字・脱字・衍字と認められるものは、諸刊本・諸資料に照らし改めた。

「セレクション　戦争と文学」において、民族、出自、職業、性別、心身のハンディキャップ等々、今日では不適切と思われる差別的な語句や表現が使われている作品が複数あります。また、疾病に関する記述など、科学的に誤った当時の認識のもとに描かれた作品も含まれています。

しかし作品のテーマや時代性に鑑みて、当該の語句、表現が差別をいたずらに助長するものとは思われません。私たちは文学者の描いた戦争の姿を、現代そして後世の読者に正確に伝えることが必要だと考え、あえて全作品をそのまま収録することにしました。作品の成立した時代背景を知ることにより、作品もまた正確に理解されると信ずるからです。読者のみなさまのご理解をお願い申し上げます。

集英社「セレクション　戦争と文学」編集室

本書は二〇一一年九月、集英社より『コレクション　戦争と文学　5
イマジネーションの戦争』として刊行されました。文庫化に際して、
星新一「白い服の男」は収録しておりません。

本文デザイン　緒方修一

セレクション **戦争と文学** 全8巻

## ① ヒロシマ・ナガサキ

発売中

原民喜「夏の花」、大田洋子「屍の街」、林京子「祭りの場」、川上宗薫「残存者」、中山士朗「死の影」、井上ひさし「少年口伝隊一九四五」、美輪明宏「戦」、金在南「暗やみの夕顔」、青来有一「鳥」、橋爪健「死の灰は天を覆う」、大江健三郎「アトミック・エイジの守護神」、水上勉「金槌の話」、小田実「「三千軍兵」の墓」、田口ランディ「似島めぐり」他
◎解説＝成田龍一　◎付録 インタビュー＝林京子

## ② アジア太平洋戦争

発売中

太宰治「待つ」、豊田穣「真珠湾・その生と死」、野間宏「バターン白昼の戦」、北原武夫「嘔気」、中山義秀「テニヤンの末日」、三浦朱門「礁湖」、梅崎春生「ルネタの市民兵」、江崎誠致「渓流」、吉田満「戦艦大和ノ最期」(初出形)、島尾敏雄「出発は遂に訪れず」、川端康成「生命の樹」、三島由紀夫「英霊の声」、吉村昭「手首の記憶」、蓮見圭一「夜光虫」他
◎解説＝浅田次郎　◎付録 インタビュー＝水木しげる

集英社文庫ヘリテージシリーズ

「コレクション 戦争と文学」全20巻より
精選した8巻を文庫化

## ③ 9・11 変容する戦争

発売中

リービ英雄「千々にくだけて」、小林紀晴「トムヤムクン」、宮内勝典「ポスト9・11」、池澤夏樹「イラクの小さな橋を渡って」、米原万里「バグダッドの靴磨き」、岡田利規「三月の5日間」、平野啓一郎「義足」、重松清「ナイフ」、辺見庸「ゆで卵」、島田雅彦「燃えつきたユリシーズ」、笙野頼子「姫と戦争と「庭の雀」」、シリン・ネザマフィ「サラム」他
◎解説＝高橋敏夫 ◎付録インタビュー＝美輪明宏

## ④ 女性たちの戦争

発売中

大原富枝「祝出征」、瀬戸内晴美（寂聴）「女子大生・曲愛玲」、藤原てい「襁褓」、田辺聖子「文明開化」、河野多恵子「鉄の魚」、大庭みな子「むかし女がいた」、石牟礼道子「木霊」、竹西寛子「兵隊宿」、司修「銀杏」、寺山修司「誰でせう」「玉音放送」、三木卓「鶸」、向田邦子「字のない葉書」「ごはん」、阿部牧郎「見よ落下傘」、鄭承博「裸の捕虜」他
◎解説＝成田龍一・川村湊 ◎付録インタビュー＝竹西寛子

集英社文庫ヘリテージシリーズ

2020年2月まで毎月刊行

⑦
## 戦時下の青春

2020年1月発売

中井英夫「見知らぬ旗」、吉行淳之介「焰の中」、三浦哲郎「乳房」、江戸川乱歩「防空壕」、井上光晴「ガダルカナル戦詩集」、高橋和巳「あの花この花」、永井荷風「勲章」、石川淳「明月珠」、池波正太郎「キリンと蟇」、坂口安吾「アンゴウ」、高井有一「櫟の家」、古井由吉「赤牛」、前田純敬「夏草」、野坂昭如「火垂るの墓」、井上靖「三ノ宮炎上」他
◎解説＝浅田次郎　◎付録 インタビュー＝小沢昭一

⑧
## オキナワ　終わらぬ戦争

2020年2月発売

長堂英吉「海鳴り」、知念正真「人類館」、霜多正次「虜囚の哭」、大城立裕「カクテル・パーティー」、又吉栄喜「ギンネム屋敷」、吉田スエ子「嘉間良心中」、目取真俊「平和通りと名付けられた街を歩いて」、田宮虎彦「夜」、岡部伊都子「ふたたび「沖縄の道」」、灰谷健次郎「手」、桐山襲「聖なる夜　聖なる穴」他
◎解説＝高橋敏夫　◎付録 インタビュー＝大城立裕

集英社文庫ヘリテージシリーズ

集英社文庫 ヘリテージシリーズ

セレクション戦争と文学6 イマジネーションの戦争

2019年12月25日 第1刷　定価はカバーに表示してあります。

著者 芥川龍之介 他
編集 株式会社 集英社クリエイティブ
東京都千代田区神田神保町2-23-1 〒101-0051
電話 03-3239-3811
発行者 徳永 真
発行所 株式会社 集英社
東京都千代田区一ツ橋2-5-10 〒101-8050
電話 【編集部】03-3230-6094
【読者係】03-3230-6080
【販売部】03-3230-6393(書店専用)
印刷 凸版印刷株式会社
製本 加藤製本株式会社

フォーマットデザイン アリヤマデザインストア　マークデザイン 居山浩二



Printed in Japan
ISBN978-4-08-761052-9 C0193